RUSH

Ingo Koch

RUSH
Ein Peter Crane Roman

*Bibliografische Information der Deutschen Nationalbibliothek:
Die Deutsche Nationalbibliothek verzeichnet diese Publikation in
der Deutschen Nationalbibliografie; detaillierte bibliografische Daten sind im Internet über http://dnb.dnb.de abrufbar.*

*Texte & Cover:
© Copyright by Ingo Koch
Deutschland, Stolberg (Rhld.)
Alle Rechte vorbehalten.
Tag der Erstveröffentlichung: 03.10.2015*

E-Mail: ingokoch22@icloud.com

Internet: www.inkoch.de

Facebook: www.facebook.com/autoringokoch

*Herstellung und Verlag:
BoD - Books on Demand, Norderstedt*

ISBN 9783739204871

PROLOG

Ein Mann wälzte sich im Schlaf unruhig in einem Bett hin und her. „NEIN!", schrie er und schreckte hoch. Schwer atmend, schwitzend und mit weit aufgerissenen Augen schaute er sich desorientiert um. Er befand sich in einer Art Hotelzimmer. Vielleicht war es auch kein Hotel, sondern eine Lodge. Insgesamt war das Zimmer eingerichtet wie in den sechziger Jahren. In der Ecke stand auf vier Beinen ein alter Röhrenfernseher, der mit seinem Holzfurnier-Imitat eher aussah wie ein Möbelstück. Vor dem Fernseher standen zwei Ohrensessel, die mit einem moosgrünen Filzstoff bezogen waren. Der Boden war mit einem braunen Schlingen-Teppich belegt und die Wände mit dunklen Holzpaneelen verkleidet. Mehrere Hirschgeweihe hingen an den Wänden neben diversen Landschaftsgemälden. Aus einem alten Transistorradio drang leise die Stimme von Johnny Cash, der "Walk the Line" sang. Der Mann kam sich vor, als wäre er in einem Museum.
Der Albtraum verblasste schon wieder und er konnte nicht mehr sagen, was ihn hatte aufschrecken lassen.
„Wo zum Teufel bin ich?", fragte er sich selber.
Er kannte das Zimmer nicht, in dem er sich befand und hatte keine Ahnung, warum er hier war. Er wusste nicht mal, in welcher Stadt oder welchem Land er sich überhaupt befand. Doch das Schlimmste war, dass er nicht wusste, wer er selber war. Krampfhaft versuchte er sich zu erinnern, wie er hierher gekommen war, und wie seine Identität war. Er konnte seine Gedanken jedoch nicht ordnen. In seinem Kopf herrschte Chaos. Bilder, Personen und Namen blitzten wild durcheinander in seinem Kopf auf.
Plötzlich wurde ihm schwindelig und Übelkeit überkam ihn in Wellen. Er spürte, wie ihm die Galle hochkam. Da es ihm nicht rechtzeitig gelang, aufzustehen, um ins Bad zu rennen, übergab er sich neben das Bett. Er bekam Schüttelfrost und kalter Schweiß trat ihm auf die Stirn. Mit dem Handrücken wischte er sich den Mund ab.
„Was ist nur los mit mir?", fragte er, doch niemand antwortete.
Er ließ sich zurück auf das Kissen fallen und atmete mehrmals tief ein und aus. Langsam ließ die Übelkeit nach. Er wollte liegen blei-

ben, um sich zu erholen und zu Kräften zu kommen. Doch es war so, als würde ihn etwas zwingen aufzustehen.
Er gab dem Drang nach, richtete sich auf und setzte sich auf die Bettkante. Er fühlte sich schwach und elend. Der Zwang, aufstehen zu müssen, ließ jedoch nicht nach. Vorsichtig und langsam stand er schließlich auf. Wieder wurde ihm schwindelig und es kam ihm vor, als würden die Wände des Zimmers regelrecht auf ihn zukommen. Er stützte sich an der Wand ab und atmete hektisch. Panik überkam ihn und er drohte ohnmächtig zu werden. Nur durch pure Willenskraft gelang es ihm, stehen zu bleiben und sein Bewusstsein nicht zu verlieren. Gähnend langsam kam sein Kreislauf wieder in Gang. Er schloss die Augen, beruhigte seine Atmung und konzentrierte sich darauf zu gehen. Einen Schritt nach dem anderen. Er schlurfte langsam, wie ein Betrunkener zum Fenster, um etwas frische Luft hinein zu lassen. Doch er bekam das Fenster nicht auf. Er schaute hinaus, aber es war dunkel. So dunkel, dass er nichts erkennen konnte. Keine Lichter, keine Sterne, keinen Mond. Nur tiefe, dunkle Schwärze.
Vor seinem geistigen Auge erschien ein Gesicht. Ein Frauengesicht. Eine hübsche Frau mit langen blonden Haaren und blauen Augen. Sie lächelte ihn mit strahlend weißen Zähnen an und ihm wurde wohlig warm.
„Nia….", sagte er verträumt.
Sie war das Einzige, woran er sich erinnern konnte. Seine Freundin und große Liebe Nia Coor. Er sah, wie sie beide zusammen waren. Sah gemeinsame Urlaube, sah, wie sie sich liebten. Sah, wie sie glücklich waren. Die Erinnerungen trafen ihn mit Wucht, stürmten auf ihn ein und brachten seinen Schädel fast zum Platzen. Ihm wurde wieder schwindelig und er musste sich an der Fensterbank festhalten.
In einem Erinnerungsfetzen flüsterte ihm Nia mit einer warmen, beruhigenden Stimme etwas zu:
„Peter!"
Peter? War das sein Name? War er ein Mann namens Peter? Doch mit Ausnahme von Nia, konnte er keine Erinnerungen fokussieren und festhalten.
War Nia auch hier? Er wusste es nicht, aber so, wie er gerade eben

einen Zwang verspürt hatte, aufstehen zu müssen, verspürte er jetzt einen übermächtigen Drang, Nia Coor zu finden.
Er wandte sich vom Fenster ab und ging in Richtung Zimmertür. Neben der Tür hing ein großer Spiegel, in dem er einen etwa 1,80 m großen Mann sah, mit leuchtend blauen Augen und kurz geschnittenen Haaren, die ihm wirr vom Kopf standen und strähnig und ungewaschen aussahen. Er trug eine Jeans, ein T-Shirt und war schlank und muskulös gebaut. Doch die Person sah krank aus. Blass und ausgezehrt, mit dunkeln Rändern unter den blutunterlaufenen Augen. Das T-Shirt klebte vor Schweiß an seinem Körper. Die Person im Spiegel war ihm zugleich bekannt und unbekannt. Zwar wusste er, dass er selber diese Person war, allerdings blieb alles Andere weiterhin im Dunkeln.
Er griff den Türknauf und öffnete die Tür. Vor sich sah er einen kurzen Flur. Links und am Ende des Flurs befand sich jeweils eine Tür. Die zu seiner Linken schien die Eingangstür zu sein, denn an ihr war ein Türspion angebracht. Dann musste hinter der anderen Tür das Badezimmer sein, überlegte er.
Dort würde er zuerst nachschauen. Er betrat den Flur. Auch hier waren die Wände mit Holz vertäfelt und mit Hirschgeweihen gesäumt. Erneut wurde ihm schwindelig. Wieder hatte er das Gefühl, als würden die Wände sich bewegen und auf ihn zukommen, als würden sie in Bewegung sein, um ihn zu zerquetschen. Er verlor das Gleichgewicht, torkelte gegen die Wand und schaffte es gerade noch so, sich auf den Beinen zu halten. Langsam ließ der Schwindelanfall wieder nach und er ging in Richtung Badezimmer. Geschwächt, wie er war, kam ihm der Weg unendlich lang vor. Als er die Tür erreichte, packte er den Türknauf und öffnete sie. Am Waschbecken, vor dem Spiegel, ihm den Rücken zugewandt, stand sie: Nia. Sie war nur in einen weißen Bademantel gehüllt. Als sie seine Anwesenheit bemerkte, drehte sie sich zu ihm um. Ihre Schönheit verschlug ihm den Atem. Er meinte fast, wie bei einem Engel, ein Leuchten um sie herum wahrzunehmen. Sie lächelte ihn an und sein Herz begann zu rasen.
„Hallo, Liebster!"
Immer noch lächelnd kam sie auf ihn zu, stellte sich auf die Zehenspitzen und gab ihm einen Kuss auf die Wange. Ihre Haare waren

noch leicht nass, weil sie gerade geduscht hatte. Sie duftete nach Shampoo und Bodylotion, und ihr wohlgerundeter Körper schmiegte sich an seinen. Erleichtert umarmte er sie und drückte sie an sich. Er hätte sie bis in alle Ewigkeit so festhalten können. Sie gab ihm die Hoffnung, dass alles gut würde.
Doch dann machte sie eine sorgenvolle Miene, löste sich leicht von ihm und fühlte seine Stirn.
„Was ist los mit dir? Du siehst schlecht aus und fühlst dich an, als hättest du Fieber. Bist du krank?"
„Ich…ich weiß es nicht…", brachte er mit krächzender Stimme hervor, weil sein Mund so ausgetrocknet war.
„Dann lege dich wieder hin. Wenn ich fertig bin, werde ich mich um dich kümmern. Ich werde dir Tee holen und dir kalte Wickel machen. Keine Sorge, ich kriege dich schon wieder hin.", sagte sie und zwinkerte ihm ermunternd zu.
Dann schaute sie an ihm herab und ihre Miene versteinerte sich.
„Warum hast du eine Waffe in der Hand?", fragte sie ängstlich.
Verdutzt hob er die Hand und blickte überrascht auf die Handfeuerwaffe, die er hielt. Er konnte sich nicht daran erinnern, die Waffe mitgenommen zu haben. Genau genommen wusste er nicht einmal, dass er überhaupt eine Waffe besaß.
Dann spürte er etwas in sich aufsteigen. Einen unbändigen Drang, der ihn überspülte wie eine riesige Welle. Nia sah, wie sich sein Gesichtsausdruck veränderte und trat einige Schritte zurück, bis sie mit dem Gesäß an das Waschbecken stieß.
„Peter, was hast du? Du machst mir Angst!"
Immer noch blickte er auf die Waffe. Der Drang wurde übermächtig. Er wollte sich wehren und dagegen ankämpfen. Das durfte nicht sein. Doch er kam nicht dagegen an. Die Hand begann zu zittern. Ganz langsam, so als wäre es nicht seine Hand und nicht sein Arm, richtete er die Waffe auf Nia. So sehr er sich auch anstrengte, er konnte den Arm nicht bewegen, konnte die Waffe nicht von Nia abwenden. Es fühlte sich so an, als hätte er die Kontrolle über seinen Körper verloren, so als wäre er ferngesteuert. Eine Erkenntnis traf ihn wie ein Donnerschlag: Er würde es nicht verhindern können.
„PETER, HÖR AUF!", schrie sie panisch mit weit aufgerissenen. Augen. Sie wollte am liebsten fliehen, oder auf ihn losgehen. Doch

ihre Beine versagten den Dienst. Zu furchtbar war es, von ihrem Liebsten mit der Waffe bedroht zu werden, aber noch furchtbarer war der animalische, tödliche Ausdruck auf seinem Gesicht. Es hatte nicht mehr diesen sanften Ausdruck, den er immer hatte, wenn er sie liebevoll anschaute. In Kontrast zu seinem Gesicht, schauten seine Augen sie tieftraurig an. Etwas Endgültiges lag in diesem Blick. Sie sah den inneren Kampf, den er austrug und hoffte, dass das Gute in ihm gewinnen würde.
„Nein…Nein…NEEEEEIIIIIIIIN!", *schrie er. Tränen liefen ihm die Wangen hinab.*
Dann drückte er ab und schoss Nia in den Kopf.

1

Sein ganzes Leben hatte Harold Starve in Kingman, Arizona verbracht. Er liebte seine Heimatstadt und wusste alles über ihre Geschichte. Kingman wurde vor allem mit der Route 66 in Verbindung gebracht. Der sogenannten "Mother Road", welche den Osten mit dem Westen der USA verband, und von Chicago bis nach Santa Monica, Los Angeles, führte. Sie galt als die Verkehrsader von Amerika, bis im Zuge des "Highway Act" ab 1956 ein modernes Highway-Netz aufgebaut wurde, und die 66 zunehmend an Bedeutung verlor. Viele Ortschaften, die von der 66 gelebt hatten, waren dadurch dem Untergang geweiht. Restaurants und Tankstellen mussten schließen, Einwohner zogen weg und ganze Kleinstädte verwaisten. Kingman war eine der wenigen Städte, auf die das nicht zutraf, da die Stadt an das Highway-Netz angeschlossen wurde und ein wichtiger Verkehrsknotenpunkt blieb.
In Kingman erinnerte bis heute ein Museum an die goldene Ära der Route 66.

Etwas außerhalb von Kingman befand sich eine wunderschön restaurierte Ranch. Sie war ganz klassisch aus großen Holzpfählen

gebaut, hatte ein graues Dach und war rundherum von einer Veranda umgeben, auf der man gemütlich die warmen Sommerabende bei selbst gemachter, eiskalter Limonade genießen konnte. An einer Seite des Gebäudes war aus grauem Bruchstein ein Kamin in die Höhe gebaut. Früher wurde auf der Ranch Rinderzucht betrieben, doch das war schon lange her. Die große Scheune diente mittlerweile als Garage, in der neben diversen Autos auch eine restaurierte Kutsche stand wie sie die ersten Siedler genutzt hatten, die sich in der zweiten Hälfte des neunzehnten Jahrhunderts auf den beschwerlichen Weg in den amerikanischen Westen gemacht hatten. Als Tiere wurden auf der Ranch nur noch Pferde gehalten, die in einem großen Stall neben der Scheune untergebracht waren. Das gesamte Gelände wurde von einem weißen Holzzaun umgeben.
Hier lebte Harold Starve mit seiner Lebensgefährtin Joan Jaxter. Joan war fast sechzig Jahre alt, aber immer noch eine attraktive, schlanke Frau mit blonden langen Haaren und blauen Augen, die häufig deutlich jünger geschätzt wurde, als sie tatsächlich war. Sie war nie verheiratet gewesen. Mit Männern hatte sie irgendwie immer Pech gehabt und sich grundsätzlich die falschen Kerle geangelt. Einige waren Alkoholiker gewesen, andere hatten sie nur ausgenutzt und einer hatte sie sogar verprügelt. Vor Harold hatte sie nur eine einzige gute Beziehung gehabt, und das war mit einem Mann namens Richard Metz, mit dem sie eine Tochter namens Lilly hatte. Leider hielt die Beziehung mit Richard nicht allzu lange an, denn er war einfach kein Typ für eine lange Beziehung oder gar fürs Heiraten. Dennoch hatte er sich immer um Lilly gekümmert und auch nach der Trennung hatte er dafür gesorgt, dass sich Joan und Lilly keine finanziellen Sorgen machen mussten. Lilly, die den Nachnamen ihrer Mutter trug, war mittlerweile Mitte zwanzig und eine erwachsene, reife Frau geworden. Joan wusste, dass sie als Kryptographin in einer großen Firma namens "TARC" arbeitete, der "Technology And Research Company". Der Name war so nichts sagend, dass sich Joan darunter nichts vorstellen konnte, und Lilly durfte leider nicht über ihre Arbeit dort reden. „Streng geheim.", sagte sie immer, wenn ihre Mutter sie über ihre Arbeit ausquetschen wollte.

Harold war einige Jahre älter als Joan. Er hatte schlohweiße Haare, die er etwas länger trug, und einen Vollbart. Sein Gesicht war wettergegerbt und durch seine tagtägliche Arbeit auf der Ranch, wo es immer irgendetwas zu tun gab, war er sehr schlank. Meistens trug er abgewetzte Jeans mit einem Flanell-Hemd und einen Cowboy Hut.
Seine Eltern waren reiche Viehzüchter gewesen und hatten ihm nicht nur die Ranch, sondern auch viel Geld vererbt. Im Grunde genommen war Harold ein verschrobener Naturbursche, der nicht viel redete. Doch Joan fühlte sich wohl bei ihm. Er war einfach gut zu ihr und behandelte sie besser, als die meisten ihrer Ex-Freunde es getan hatten. Das Finanzielle spielte dabei jedoch keine Rolle. Joan hatte selber genug Geld, und das nicht nur wegen ihrer damaligen großen Liebe Richard, sondern auch, weil sie ihr Leben lang hart gearbeitet und sparsam gelebt hatte. Mittlerweile hatte sie sich zur Ruhe gesetzt und genoss gemeinsam mit Harold ihren Ruhestand in vollen Zügen. Das Einzige, was sie traurig machte, war dass sie ihre Tochter Lilly so selten sah. Genau wie sie selber, arbeitete Lilly viel und hart, sodass ihr kaum Zeit blieb, um ihre Mutter zu besuchen. Die Zentrale von TARC befand sich in Washington DC, weswegen eine Reise zu ihrer Mutter für Lilly viele Stunden Anreise bedeutete.

Eine von Harolds Lieblings-Freizeitbeschäftigungen waren lange Ausritte durch die Wüste. Alle zwei bis drei Monate unternahm er solche Touren, und blieb oft mehrere Tage weg. Sein treuer Begleiter bei diesen Ausritten war sein Vollblutaraber Malik, ein stolzer, weißer Hengst.
Die Pferderasse der Vollblutaraber verfügte über große Ausdauer, Härte und Schnelligkeit, und war darüber hinaus aber auch äußerst genügsam, was sie zum idealen Begleiter für solche beschwerlichen Touren machte.
Der Name des Pferdes "Malik" war arabisch und bedeutete "König", was - wie Harold fand - der passende Name für einen solch schönen Schimmel war. Seine Eltern hatten Harold alte Landkarten aus der Region vermacht, die teilweise noch aus der Pionierzeit des "Wilden Westens" stammten und auf denen damalige

Reise- und Handelsrouten verzeichnet waren. Er ritt gerne die Wege der alten Siedler. Auf ihnen gab es immer etwas zu entdecken. Mal große Höhlen mit unterirdischen Seen, wo man das Nachtlager aufschlagen oder das Pferd versorgen konnte. Mal alte Bergwerke oder zerklüftete, imposante Canyons. Und manchmal fand man auch längst vergessene Siedlungen, die mittlerweile Geisterstädte waren, in denen man die Geschichte regelrecht fühlen konnte. Auf seinen Touren hatte Harold immer eine alte, doppelläufige Schrotflinte dabei, denn neben Naturwundern und Werken aus Menschenhand, traf man auch manchmal auf wilde Tiere, wie Klapperschlangen, Rotluchse, Pumas und Kojoten. Zwar war Harold noch nie in eine Auseinandersetzung mit einem solchen Tier geraten, aber dennoch wäre es fahrlässig gewesen, ohne den Schutz einer Flinte, alleine in die Wüste zu reiten.

Harold saß an seinem ausladenden Eichenschreibtisch in seinem Arbeitszimmer, über den großen, dicken Ordner gebeugt, in dem die alten Landkarten zum Schutz in Folie verschweißt waren. In diesem Ordner war Harold soeben auf eine kleine Karte gestoßen, die er bisher übersehen hatte. Neben einer alten Siedlung war auf dieser Karten ebenfalls ein Bergwerk aus dem neunzehnten Jahrhundert verzeichnet. Eine interessante Route. Er könnte es in einem Tag zu der alten Siedlung schaffen, um zu übernachten. Vielleicht gab es dort auch einen Brunnen mit Trinkwasser, um seine Vorräte aufzufüllen. Das Bergwerk lag von dem Dorf ungefähr zwei Stunden mit dem Pferd entfernt. Das hieß er könnte morgens in aller früh zu dem Bergwerk reiten, den Tag über alles erkunden und vor Anbruch der Dunkelheit zurück ins Dorf reiten. Dort würde er auch die zweite Nacht verbringen, und am nächsten Tag die Heimreise anzutreten. Mehr als drei Tage blieb er nie fort. Zwar ließ Joan ihn bei seinen Touren gewähren, weil sie wusste, dass sie ihm wichtig waren, aber dennoch machte sie sich Sorgen um ihn, wenn er ganz alleine in der Wüste unterwegs war. Deswegen beschränkte er seine Ausritte auf maximal drei Tage.
Er stand auf und ging hinaus zu Joan, die auf der Terrasse in einer Hollywoodschaukel saß und ein Buch las.

„Na, hast du wieder in den alten Karten gestöbert?", fragte sie lächelnd.
„Ja, ich habe eine interessante Karte gefunden. Auf ihr sind eine Siedlung und ein Bergwerk aus dem neunzehnten Jahrhundert verzeichnet. Ich denke, das werde ich mir mal anschauen."
„Mach das. Du weißt ja, dass ich dich nie von deinen Touren abhalten würde.", sagte sie zwinkernd. Doch Harold konnte auch dieses Mal die Sorgen, die sie sich machte, in ihrem Gesicht ablesen.
„Keine Sorge. Ich bin vorsichtig wie immer und werde in drei Tagen wieder hier sein.", sagte er beruhigend, setzte sich neben sie und nahm sie in den Arm.
„Ich weiß.", antwortete sie. „Aber Sorgen mache ich mir trotzdem. Komm mir bloß wieder heil zurück."
„Das werde ich!", versprach er ihr.

Noch am gleichen Tag begann Harold mit den Reisevorbereitungen. Zunächst schrieb er eine Liste, auf der er alles notierte, was er mitnehmen wollte und noch erledigen musste. Zwar hätte Harold mittlerweile auswendig wissen sollen, was man bei solchen Ausritten im einzelnen brauchte und beachten musste, aber es hatte sich als sinnvoll erwiesen, es dennoch aufzuschreiben. Ansonsten neigte er dazu, irgendetwas zu vergessen. So war es ihm zum Beispiel schon passiert, dass er zwar an seinen Camping Kocher gedacht hatte, aber ein Feuerzeug oder Streichhölzer vergessen hatte, weswegen er dann gezwungen war, sein Essen kalt zu "genießen". Seitdem schrieb er sich dann doch lieber "To-Do-Listen" zur Ausflugsvorbereitung.
Anschließend fuhr er in die Stadt und kaufte Pökelfleisch, Konserven, wie zum Beispiel Bohnen und Obst, Instant Kaffee, Grillanzünder und Futter für Malik. Jeden einzelnen Gegenstand hakte er sorgfältig von seiner Liste ab.
Als er wieder zuhause war, fing er an, die übrige Ausrüstung fertig zu machen. Neben seiner Flinte und dem Camping Kocher nahm er sein Jagdmesser, einfaches Camping Geschirr, ein Fernglas und einen Kompass mit. Und, am allerwichtigsten, mehrere große Wasserbeutel für sich und das Pferd.

Als er schließlich abends die Liste abgearbeitet hatte, ging er zufrieden und voller Vorfreude ins Bett, gab Joan einen Kuss und fiel in einen tiefen, erholsamen Schlaf.

Am nächsten Morgen, lange bevor die Sonne aufging, stand Harold auf und machte sich bereit für den Ausritt. Noch bevor er selber ausgiebig frühstückte, ging er zu Malik und gab ihm frisches Futter und Wasser. Das Pferd schien zu ahnen, dass es wieder in die Wüste ging, denn vor lauter Vorfreude scharrte es mit den Hufen. Anschließend ging Harold zurück ins Haus und machte für sich und Joan Frühstück. Rührei mit Bratkartoffeln und dicke, knusprige Scheiben Speck. Dazu Vollkorntoast mit Butter und frisches Obst. Als das Essen fertig war, ging er ins Schlafzimmer und weckte Joan. Dieses Frühstück am frühen Morgen, bevor er ausritt, war ihr gemeinsames Ritual.
Nach dem Frühstück ging er wieder zu Malik, sattelte und bepackte das Pferd. Als er gerade fertig war, kam Joan in den Stall und gab ihm noch eine Thermoskanne mit frisch aufgebrühtem Kräutertee. Zum Abschied küsste sie ihn lang und innig.
„Viel Spaß, wünsche ich dir. Sei vorsichtig und komm heil wieder zurück.", beschwor sie ihn.
„Natürlich. In nur drei Tagen wirst du mich wohlbehalten zurückhaben."
Er bestieg Malik, winkte zum Abschied und machte sich auf den Weg in die Mojave-Wüste.

Als er etwa eine Stunde unterwegs war, dämmerte es. Langsam ging die Sonne auf und tauchte die Mojave Wüste in ein oranges Licht. Das war für ihn immer einer der schönsten Momente auf seinen Reisen. Die schier unendliche Wüste mit ihren verdorrten Büschen und vereinzelten Joshua Trees im Schein der aufgehenden Sonne - und er mitten drin. Ein wirklich erhebender Moment. Im Mai waren die Temperaturen um diese Uhrzeit noch sehr angenehm. In der Nacht lagen sie im Frühling im Schnitt bei knapp über zwanzig Grad. In der Mittagssonne konnten die Temperaturen jedoch schon bis zu vierzig Grad erreichen. Im Hochsommer, in heißen Jahren, überstieg das Thermometer

sogar die fünfzig Grad Marke. Von Juli bis August verzichtete Harold auf seine Ausritte in die Wüste, weil die Temperaturen einfach zu mörderisch waren.
Heute Mittag würde er sich ein schattiges Plätzchen suchen und Pause machen, bis die extreme Mittagshitze etwas abgeklungen war. Trotz der zu erwartenden hohen Temperaturen trug er ein langärmeliges Hemd, eine lange, aber luftige Hose und einen Hut auf dem Kopf. Das war der aggressiven Sonnenstrahlung in der Wüste geschuldet, die ihm ansonsten gnadenlos Arme, Beine und Kopf innerhalb kürzester Zeit verbrannt hätte.
Gemächlich trabte er auf Maliks Rücken durch den Wüstensand. Es bestand kein Grund zur Eile. Er genoss die Ruhe, die hier herrschte, in vollen Zügen. Kein Verkehrslärm, keine schnatternden Menschen. Nur er, die Natur, das Säuseln des Windes, der leicht über die Prärie wehte und ab und zu der Ruf eines Vogels. In der Ferne konnte er einen hügeligen Wüstenstreifen erblicken. Wenn die Karte stimmte, dann würde er dort die Geisterstadt finden. Vermutlich würde er am späten Nachmittag oder frühen Abend dort eintreffen, je nachdem, wie gut er vorwärts kam. Er spürte, wie die Temperatur immer weiter anstieg und es immer wärmer wurde. Schweiß rann ihm den Rücken hinab.
Weit und breit waren keine Bewohner der Wüste zu sehen, doch davon durfte man sich nicht täuschen lassen. Reptilien, wie die Klapperschlange, waren so gut getarnt, dass sie im Wüstensand nicht auszumachen waren. Selbst für erfahrene Reiter konnte es zum Problem werden, wenn das Pferd durchging, weil es von einer Klapperschlange erschreckt wurde. Und deswegen war er stets aufmerksam und schaute sich ständig um, ob sich etwas im Wüstensand bewegte.
Zur Mittagszeit erreichte er eine Felsformation, die etwas Schatten warf. Der ideale Ort für eine Rast. Er stieg ab, nahm aus dem Gepäck einen großen Topf, füllte ihn mit Wasser und stellte ihn Malik hin, der direkt begierig anfing, zu trinken. Dann legte er dem Pferd noch etwas Futter hin und setzte sich mit dem Rücken an den Fels gelehnt in den Schatten. Aus seinem Rucksack nahm er eine Dose Obstkonserven, öffnete sie und begann zu essen.

Anschließend nahm er sein Fernglas und beobachtete die Umgebung, in der Hoffnung seltene Tiere zu sehen.

Nach zwei Stunden beendete er seine Pause und ritt weiter. Es war, entgegen seiner Erwartungen, für den Monat Mai ein sehr heißer Tag geworden und es waren mittlerweile über fünfundvierzig Grad Celsius. Zudem führte ihn sein Weg durch eine ausgedehnte Senke, in der kein Wind wehte, der zumindest für etwas Kühlung sorgen könnte. Malik schienen diese Temperaturen rein gar nichts auszumachen, aber Harold machte die Hitze doch zu schaffen. Kurz hatte er überlegt, ob er nicht lieber umkehren und die Tour auf Herbst verschieben sollte. Aber er entschied sich dagegen. Jetzt, wo er schon mal so weit gekommen war, wollte er nicht aufgeben.

Am frühen Abend erreichte er schließlich die Geisterstadt. Rundherum standen einige Häuser aus Holz. Er entdeckte den Saloon, einen Gemischtwarenladen und eine kleine Kirche, die einen Marktplatz umgaben, in dessen Mitte sich ein Brunnen befand. Doch etwas stimmte hier nicht. Harold war bei seinen Ausflügen immer wieder auf alte Geisterstädte gestoßen. Und diesen Städten sah man an, dass sie schon lange Zeit verlassen waren. Doch hier war das anders. Zwar schien auch in dieser Stadt niemand mehr zu leben - zumindest konnte er auf Anhieb keine Bewohner entdecken - und doch machte sie den Eindruck, als wäre sie gerade eben erst verlassen worden. Die Häuser sahen gepflegt aus. Die Dächer waren intakt und nirgends entdeckte er zu Bruch gegangene Fensterscheiben. Die Verandas vor den Häusern waren nicht von Wüstensand bedeckt, sondern sahen so aus, als wären sie vor gar nicht allzu langer Zeit erst gekehrt worden.
„Eigenartig.", dachte er.
Er ritt zum Saloon, machte Malik am Verandageländer fest, nahm seine Schrotflinte und betrat das Gebäude. Innen sah es genauso aus, wie man sich einen Saloon vorstellte. Der Raum wurde dominiert von einer großen Holztheke. Dahinter standen Regale, auf denen für gewöhnlich Flaschen Schnaps untergebracht waren. An der Rückwand der Regale befanden sich Spie-

gel, damit der Wirt die Gäste im Blick halten konnte, wenn er ihnen den Rücken zuwandte. Der Boden bestand aus Holzdielen und rundherum standen runde Tische mit Holzstühlen im Raum verteilt. Links neben der Theke führte eine Holztreppe hinauf ins Obergeschoss. Doch erstaunlicherweise sah er weder dicke Staubschichten noch Spinnweben in den Ecken, wie man es von einem lange leerstehenden Gebäude erwarten würde. Die Theke, die Tische und die Stühle waren sauber. In den Regalen hinter der Theke standen saubere Gläser und er konnte auch einige Flaschen Schnaps dort entdecken, die aussahen, als hätte man sie gerade erst im Supermarkt gekauft. Harold stieg die Treppe ins Obergeschoss hinauf, um die Räume dort ebenfalls zu untersuchen. Auf der Etage befanden sich zehn Gästezimmer und ein Gemeinschaftsbad, die über einen langen Flur zu erreichen waren. Harold durchsuchte jedes einzelne. Auf Bewohner stieß er nicht, aber auch die Zimmer waren blitzblank sauber. In jedem Zimmer stand ein frisch bezogenes und gemachtes Bett. Im Bad meinte er sogar, noch einen leichten Duft nach Deodorant ausmachen zu können. Harolds Unbehagen wuchs mit jeder Minute. Die Stadt machte einen unheimlichen Eindruck auf ihn.
Als er zurück in den Schankraum kam, nahm er einen eigenartigen, leicht süßlichen Geruch in der Luft wahr, der ihm vorher nicht aufgefallen war und den er nicht so ganz einordnen konnte. Doch anstatt nach der Quelle des Geruchs zu suchen, entschloss er sich zunächst dazu, die umliegenden Gebäude zu durchsuchen. Zuerst schaute er sich die Wohnhäuser näher an. Hier fand er ein ähnliches Bild wie in den Gästezimmern des Saloons vor. Alles war sauber, und ordentlich, und sah so aus, als wären die Räumlichkeiten eben erst verlassen worden. Dann ging er in den Gemischtwarenladen. Zwar befanden sich in den diversen Regalen keine Waren mehr, aber auch hier war alles sauber. Und auf der Theke stand eine alte Registrierkasse aus dem neunzehnten Jahrhundert, die jedoch so gut restauriert war, dass sie aussah, als hätte sie gerade erst das Werk verlassen. Als letztes ging er dann in die Kirche. Vor sich sah er mehrere Reihen von Holzsitzbänken für die Besucher der Messe. Weiter hinten stand ein Holzaltar. Die Fenster aus Buntglas waren rundherum allesamt intakt.

Auf den Bänken sah er einige Gebetbücher liegen. Er griff sich eines, und schaute nach dem Druckdatum.
„2012. Gerade mal zwei Jahre alt.", bemerkte er laut und schüttelte den Kopf. Hier mussten bis vor kurzem noch Menschen gelebt haben, doch erklären konnte er sich das nicht. Wer konnte hier gelebt haben? Warum war niemand mehr hier? Und warum war dennoch alles sauber und aufgeräumt und eben nicht so, als hätten die Bewohner einfach nur den Ort verlassen? Es würde wohl kaum jemand noch aufräumen, bevor er eine Stadt endgültig verließ. Harold konnte sich auf all diese Fragen keinen Reim machen. Dennoch wollte er die Nacht hier verbringen. Schließlich war niemand mehr hier und Gefahr schien ihm nicht zu drohen. Er verließ die Kirche und ging hinüber zu dem Brunnen. Über dem Brunnen hing eine Kurbel, an der ein Seil befestigt war, das in den Brunnenschacht hinab hing. Harold betätige die Kurbel und beförderte einen Blecheimer aus den Tiefen des Brunnens hervor. Das Wasser in dem Eimer war klar. Vorsichtig nahm er einen Schluck. Es schmeckte frisch und kühl. Damit würde er seine Wasservorräte auffüllen können. Neben dem Saloon hatte er vorhin eine Tränke für Pferde gesehen. Harold löste das Seil von dem Eimer und begann die Tränke mit Wasser zu füllen, damit Malik genug zu trinken für die Nacht hatte. Anschließend legte er ihm noch etwas Futter neben die Tränke. Die Sonne stand mittlerweile tief am Himmel und die Nacht zog herauf. Harold setze sich auf die Stufen vor dem Saloon, baute seinen Camping Kocher auf und machte sich eine Dose Bohnen und etwas Pökelfleisch warm. Er aß mit Heißhunger. Es war ein aufregender Tag gewesen, so viel war sicher. Vielleicht würde er ja irgendwann das Geheimnis dieses Ortes lüften können. Den eigenartigen Geruch, der ihm vorhin im Erdgeschoss des Saloons in die Nase gestiegen war, hatte er schon längst wieder vergessen. Als er fertig gegessen hatte, war es dunkel. Er verstaute den Sattel und das Reisegepäck im Inneren des Saloons. Dann verabschiedete er sich für die Nacht von Malik, der ihn freudig anwieherte. Aus dem Gepäck nahm er seine Taschenlampe, griff sich die Schrotflinte, und machte sich anschließend auf den Weg in eines der Gästezimmer im ersten Stock. Er stellte die Flinte neben das

Bett, nahm sein Jagdmesser aus der Scheide am Gürtel und legte es auf einen kleinen Nachttisch. Dann zog er sein Hemd aus, ließ sich erschöpft auf das Bett fallen und versuchte zu schlafen. Doch trotz des anstrengenden Tages wollte sich der Schlaf nicht einstellen. Zu sehr beschäftigte ihn diese seltsame Geisterstadt. Seine Gedanken rasten und er wälzte sich hin und her.
Irgendwann fiel er dann doch in einen unruhigen, von Albträumen geplagten und viel zu kurzen Schlaf.

Als Harold am nächsten Morgen bei Sonnenaufgang nach dieser unruhigen Nacht erwachte, war er wie gerädert. Der Schlaf war in keiner Weise erholsam gewesen und so steckten ihm die Strapazen des Ritts durch die Wüste noch immer in den Knochen. Seine Augen fühlten sich dick und geschwollen an. Sein Unterhemd, welches er beim Schlafen getragen hatte, war nass und roch nach Schweiß. Und das Bett war so ungemütlich gewesen, dass er Rückenschmerzen hatte.
Er blieb noch eine Weile liegen und horchte angestrengt. Doch außer dem leisen Säuseln des Windes und dem gelegentlichen Knarzen des Dachstuhls war nichts zu hören. Die Bewohner der Stadt waren wohl über Nacht nicht zurückgekehrt, was er allerdings auch nicht erwartet hatte. Bezüglich der Stadt hatte er düstere Vorahnungen. In ihm reifte der Verdacht, dass hier irgendetwas Furchtbares passiert sein musste.
Mühsam rappelte er sich hoch und streckte sich, wobei seine Knochen laut knacksten. Er zog sich seine Klamotten vom Vortag über, nahm seine Sachen und ging hinunter zu Malik. Als er den Schankraum durchquerte, nahm er wieder den seltsamen Geruch wahr. Auf dem Rückweg würde er schauen, was die Ursache dafür war. Doch jetzt wollte er erst einmal weiter zum Bergwerk. Vielleicht fand er dort die Antworten, die er über diesen Ort suchte.
Als er hinaustrat schaute er sich um. Alles war unverändert, so wie am Vorabend. Und dennoch hatte sich die Atmosphäre irgendwie verändert. Gestern war die Stadt einfach nur verlassen gewesen, doch heute lag etwas Bedrohliches in der Luft. Nichts wirklich Greifbares. Einfach eine undefinierbare Feindseligkeit.

Malik war immer noch an das Geländer angebunden. Doch anders als sonst, begrüßte ihn Malik nicht. Die Augen des Pferdes gingen unstet hin und her und es spitzte die Ohren und lauschte in alle Richtungen. Auch Malik schien von irgendetwas beunruhigt zu sein. Harold ging hinüber und streichelte dem Hengst die Nüstern. Aber trotzdem blieb die übliche Begrüßung und die Freude über die Streicheleinheit aus.
„Ruhig, mein Alter.", flüsterte er dem Pferd beruhigend ins Ohr. „Wir verschwinden jetzt gleich von hier."
Harold ging hinüber zum Brunnen, füllte den Eimer mit Wasser und wusch sich notdürftig. Das kalte Wasser des Brunnens sorgte wenigstens dafür, dass er jetzt richtig wach war, und es brachte seine Lebensgeister zurück. Dann füllte er den Eimer, ging zurück, und schüttete ihn in die Tränke. Anschließend gab er Malik noch etwas Futter, als Stärkung für den bevorstehenden Ritt. Doch das Pferd trank nur etwas Wasser und verweigerte die Nahrung komplett. Auch das war ungewöhnlich für Malik, der normalerweise immer dann aß, wenn Harold ihm etwas gab und der nie etwas übrig ließ. Harold setzte sich wieder auf die Stufen des Saloons und aß zum Frühstück eine Konserve mit eingelegtem Obst. Er hatte zwar, genau wie das Pferd, keinen Hunger, doch er zwang sich das Obst trotzdem hinunter.
Wieder überlegte Harold, ob er den Trip nicht abbrechen und zurück nach Hause reiten sollte. Doch die Neugier gewann. Er wollte zu dem Bergwerk und er wollte sehen, ob es dort ebenfalls den Eindruck machte, als wären bis vor kurzem noch Menschen da gewesen.
Nach dem Frühstück sattelte Harold das Pferd, lud das Gepäck auf und machte sich daran, die Stadt in Richtung des Bergwerks zu verlassen. Beim Ritt aus der Stadt schaute er sich in alle Richtungen um, konnte aber nach wie vor nichts entdecken, was sich gegenüber gestern Abend verändert hätte. Und dennoch war das Gefühl einer unmittelbaren Bedrohung immer noch da.

Gemächlich ritt Harold auf Malik durch die Prärie. Anders als gestern Morgen, als er voller Vorfreude den Tag begonnen hatte, saß er jetzt missmutig und ernüchtert im Sattel und zerbrach sich den Kopf über die Geisterstadt. Er ersann eine Theorie nach der anderen, was womöglich passiert sein konnte, doch jede einzelne verwarf er sogleich wieder. Eine zufriedenstellende Erklärung wollte ihm einfach nicht einfallen. Wenn er wieder zu Hause war, dann würde er auf jeden Fall Nachforschungen anstellen. Kingman war die einzige halbwegs größere Stadt in der Nähe. Irgendjemand musste dort etwas über die Geisterstadt wissen. Er sollte sich auf jeden Fall ins Stadtarchiv von Kingman begeben, um zu schauen, ob dort Unterlagen zu diesem Thema zu finden waren, und er sollte auch mal im Archiv der lokalen Zeitung vorbeischauen. Vielleicht fanden sich dort Artikel über diesen Ort oder über seltsame Geschehnisse in dieser Gegend in den letzten Jahren. Da er in der Stadt wohlbekannt war, und seine Familie schon viele Generationen in Kingman lebte, konnte er behaupten, er wolle Nachforschungen über seine Vorfahren anstellen. Das hatte er bereits in der Vergangenheit getan, weswegen bestimmt niemand unbequeme Fragen stellen würde. Er bemerkte, dass sein Mund mittlerweile vollkommen ausgetrocknet war. Vor lauter Grübeln hatte er wohl vergessen, zu trinken. Ein dummer Fehler, wenn man in der Wüste unterwegs war, weil man sehr schnell dehydrieren konnte. Er ermahnte sich, aufmerksamer zu sein und konzentrierte sich mehr auf seinen Ritt durch die Wüste, als auf das Geheimnis der Geisterstadt.

Nach etwa eine Stunde erreichte er einen Weg, der in ein kleines Tal hinabführte. Laut der Karte würde der Weg ihn zu dem Bergwerk führen. Wenn die Karte stimmte, dann verbreitete sich das Tal zur Talsohle hin und dort unten sollte sich dann der Eingang in das Bergwerk befinden. Der Weg war rund dreißig Meter breit und je weiter er hinab ritt, desto höher türmten sich rechts und links von ihm steile, zerklüftete Felswände auf. Falls es hier zu einem Steinrutsch kommen sollte, dann hätte er keine Chance zu entkommen.
Plötzlich meinte er, aus dem Augenwinkel heraus eine Bewegung an dem Kamm der Felswand zu erkennen. Schnell drehte er den Kopf in die Richtung, doch es war nichts zu sehen.
„War wohl nur ein Tier.", sagte er zu sich selber, um sich zu be-

ruhigen.
Doch er meinte immer wieder, dort oben Bewegungen wahr zu nehmen. So, als würde ihn etwas beobachten. Etwas, das sehr schnell war. In der einen Sekunde noch da, in der anderen Sekunde, sobald er den Kopf drehte, schon wieder weg. Trotz der Hitze bekam Harold eine Gänsehaut und sein Unbehagen steigerte sich zu Angst. Auch Malik wurde immer unruhiger, je näher sie der Talsohle kamen. Zwei Mal blieb das Pferd sogar stehen und weigerte sich weiterzugehen. Nur durch beruhigendes Zureden brachte Harold den Hengst dazu, den Weg fortzusetzen. „Komm, mein Großer. Immer schön weiter. Wir haben es bald geschafft.", flüsterte er Malik ins Ohr.
Das Gefühl, verfolgt zu werden, wurde übermächtig. Immer wieder schaute Harold sich um, drehte hektisch den Kopf zur Seite oder nach hinten, doch nichts war zu sehen. Er kam sich so langsam vollkommen paranoid vor.
Endlich erreichte er die Talsohle. Insgesamt war sie ungefähr zweihundert Meter lang, bevor sie sich wieder verjüngte, und an der breitesten Stelle rund hundert Meter breit. Außer ein paar vertrockneten Gräsern wuchsen hier unten keine Pflanzen. Darüber hinaus war es ungewöhnlich ruhig. Es waren weder der Wind noch irgendwelche Vögel zu hören. Es herrschte eine fast surreale Atmosphäre, die Harolds Unbehagen und seine Angst noch verstärkte. Rechts erblickte er den Eingang in das Bergwerk. Ein riesiger, dunkler Schlund im Felsgestein. Daneben stand ein dreigeschossiges Holzhaus.
„Vielleicht eine Art Lager, in dem das geförderte Rohmetall zwischengelagert wurde, bevor man es weiter transportierte.", überlegte er. Auch dieses Gebäude war gemessen an seinem eigentlichen Alter ungewöhnlich gut in Schuss.
Langsam ritt Harold in Richtung des Bergwerkzugangs. Malik wurde immer unruhiger, bis er sich gar nicht mehr bewegte und sich auch mit gutem Zureden nicht mehr überreden ließ, weiterzugehen. Harold stieg ab und ging noch einige Meter weiter, als er auf dem Boden direkt vor der Höhle Spuren entdeckte. Reifenspuren. Es waren Doppelreifen, was bedeutete, dass hier vor kurzem noch ein LKW gefahren war.

Harold bemerkte nicht, wie sich über ihm jemand auf dem Dach des Hauses erhob, doch Malik bemerkte den Fremden. Das Pferd stieg, wieherte panisch und trat die Flucht aus dem Tal an.
„Malik…MALIK!"; schrie Harold und wollte gerade hinter dem Pferd her, als hinter ihm etwas Schweres landete.
Ängstlich, mit weit aufgerissenen Augen, drehte Harold sich um. Was er sah, ließ ihm das Blut in den Adern gefrieren. Noch ehe Harold reagieren konnte, bekam er einen mächtigen Schlag auf den Brustkorb, der ihm vollkommen den Atem nahm und ihn mehrere Meter durch die Luft nach hinten schleuderte. Harold schlug so hart auf dem Boden auf, dass er Sternchen sah. Noch bevor er wieder ganz bei sich war, bekam er einen ebenso harten Schlag an den Kopf und verlor augenblicklich das Bewusstsein.

Mit spielerischer Leichtigkeit wurde Harolds fünfundachtzig Kilogramm schwerer Körper hochgehoben und in die Höhle getragen.

2

Am Venice Beach in Los Angeles lief Peter Crane seine tägliche Runde auf einem der Laufpfade. Es war sein morgendliches Ritual, wenn er in Los Angeles war. Jeden Vormittag parkte er sein Auto am Santa Monica Pier und joggte von dort aus die 3,7 Kilometer zum Muscle Beach Trainingsgelände, wo man unter freiem Himmel an diversen Geräten Gewichte stemmen konnte. Hier trainierte er dann rund fünfundvierzig Minuten und joggte anschließend zurück zu seinem Wagen. Im Muscle Beach kannte man ihn mittlerweile und mit einigen Mitgliedern, die dort ebenfalls um diese Zeit trainierten, hatte er sich angefreundet. Auch wenn einige der Leute regelrecht furchteinflößend mit ihren Muskelbergen aussahen, so waren sie doch alle wirklich in Ordnung, und im Gegensatz zu ihren oft grimmigen Gesichtsausdrücken, sehr freundlich.

Im Mai waren die Temperaturen in Los Angeles noch recht mild und lagen tagsüber im Schnitt bei 20 Grad Celsius, und so war die Temperatur auch an diesem Vormittag angenehm. Peter trug eine eng anliegende Dreiviertel Tight, ein T-Shirt und darüber einen dünnen Zipper. So langsam kam er richtig ins Schwitzen. Wie immer waren schon jetzt viele Leute in Venice unterwegs. Menschen, die mit ihren Hunden spazieren gingen, Touristen, Inline-Skater und Radfahrer. Venice Beach war einer von Peters absoluten Lieblingsorten. Hier fühlte er sich über die Maßen wohl. Es gab selten schlechtes Wetter, die Leute waren gut drauf, der Strand kilometerlang und sauber, und immer hatte man den Geruch des Meeres in der Nase.
So gesehen war es ein perfekter Vormittag. Schönes Wetter und er in Venice, wo das Leben pulsierte und wo man mit jedem Atemzug den „Californian Way of Life" in sich aufsog. Das Problem war nur: Peter war ein absoluter Sportmuffel. Wenn er es sich hätte erlauben können, dann würde er sich den Sport liebend gerne sparen. Allerdings ließ das sein Beruf nicht zu. Peter war Außendienst-Geheimagent bei einer unabhängigen Geheimdienstorganisation namens „ISOS", dem „Independent Special Operation Service". Unabhängig war in diesem Fall tatsächlich wörtlich zu nehmen. Der Geheimdienst finanzierte sich komplett selber und erhielt keine Steuergelder von irgendwelchen Regierungen, außer natürlich die Regierungen baten ISOS um Hilfe. Dann wurde diese Hilfe in Rechnung gestellt. Dementsprechend hatte auch keine Regierung Befehlsgewalt über ISOS. Selbst der US Präsident konnte ISOS nichts befehlen, sondern musste um Unterstützung bitten.
Darüber hinaus war der Geheimdienst eng verzahnt mit einer Firma namens „TARC", der „Technology And Research Company". Diese Firma erforschte und entwickelte neue Technologien und ließ diese dann patentieren und lizenzieren. Im Laufe vieler Jahre hatte TARC damit Milliarden verdient, und diese Milliarden dienten zumindest teilweise als finanzieller Grundstock von ISOS. Der Rest floss zurück in die Forschung. Außerdem entwickelten die TARC Ingenieure Ausrüstung und Waffen für die ISOS Agenten.

ISOS verstand sich selbst als „Weltpolizei" und „Krisenfeuerwehr". Wann immer sich weltweit Konflikte oder Krisen abzeichneten oder ausbrachen, war ISOS zur Stelle, um die Kohlen aus dem Feuer zu holen. Aus diesem Grund wurden im „Analysis Center", in der ISOS Zentrale in Washington, Nachrichten und Geheimdienstmeldungen aus aller Welt analysiert und ausgewertet. Kam man dabei zu dem Ergebnis, dass ein Eingreifen nötig war, dann wurden die entsprechenden Analysen mit Empfehlungen zur Vorgehensweise an das „Operation Center" weitergeleitet, wo die Einsätze dann geplant und koordiniert wurden. Um schnell reagieren zu können, betrieb man in vielen großen Städten weltweit Außenstellen, in denen Einsatzteams und Außendienstagenten stationiert waren.

Peter Crane war einer dieser Außendienst Agenten. Er war die rechte Hand von ISOS Direktor John McDermott und erledigte mit seinem Einsatzteam weltweite Geheimdiensteinsätze. Im Moment hatten er und sein Team allerdings Urlaub und deswegen hätte er liebend gerne auf den Sport verzichtet. Jedoch musste man in seinem Job, auch in der Urlaubszeit, allzeit bereit sein, was wiederum bedeutete, dass es ratsam war, selbst dann seine Fitness zu halten, wenn man eigentlich frei hatte. Denn oft genug musste man in den Einsätzen an seine körperlichen Grenzen gehen. Eine einzige gute Sache sah Peter aber in dem Übel des Sports: Er war schlank und durchtrainiert. Ohne Sport würde er wahrscheinlich zehn bis zwanzig Kilo mehr wiegen.

„Aber machmal ist das ein schwacher Trost…", dachte er.

Peter trabte vor sich hin und sein Atem ging ruhig und regelmäßig. Er hatte den extra ausgewiesenen Laufweg ausnahmsweise verlassen und lief mittlerweile auf der Hauptpromenade von Venice. Zu seiner Rechten standen Straßenkünstler, die musizierten oder irgendwelche Kunststücke vorführten. Außerdem sah er einige kleine Stände, an denen Schmuck verkauft wurde. Zu seiner Linken befanden sich einige Souvenierläden, Tattoo- und Piercingstudios und einige Meter vor sich entdeckte er sogar einen Laden, der Marihuana verkaufte.

In den USA war in vielen Bundesstaaten der Verkauf von Marihuana zu medizinischen Zwecken erlaubt. Man brauchte ledig-

lich eine Bescheinigung seines Arztes. Dementsprechend boomten Läden, in denen Marihuana verkauft wurde.
Gerade passierte Peter den Marihuana Laden, als jemand seinen Namen rief:
„Pete? YO, PETE!"
Überrascht blieb Peter stehen und schaute, wer ihn gerufen hatte. Er erblickte einen Farbigen, der winkend auf ihn zulief. Der Mann trug weiße Sneakers, eine weiße Trainingshose und ein weißes Feinrippunterhemd. Unter einer ausladenden Wollmütze quollen dicke Rastalocken hervor und der Mann war mit schwerem Goldschmuck behangen. Er lächelte und entblößte dabei eine Reihe riesiger Goldkronen.
„Jamal?"
Peter hatte Jamal vor einigen Monaten in New York kennengelernt. Damals arbeitete Jamal als Taxifahrer und bot nebenbei „Dienstleistungen aller Art" an, die Peter jedoch nie in Anspruch genommen hatte. Allerdings hatte er ihn häufiger angerufen, wenn er ein Taxi benötigte.
Jamal griff Peters Hand und führte eine nicht enden wollende Kombination aus Handshakes aus.
„Yo, Bro, was machst'n hier? Hier an da Beach hät' ich dich am wenigstens erwartet?"
„Das könnte ich dich auch fragen, Jamal.", entgegnete Peter, der sich wirklich freute, seinen schrägen Bekannten hier zu sehen.
„Ach, weißte, Pete. Jamal hatte keine Lust mehr auf Taxi in New York. Jamal wollt' BBS: Beach, Bitches and Sun. Jamal macht jetzt in Gras. Das bringt mo' money, und mo' money bringt mo' bitches, fallste weißt, was Jamal meint?"
Jamal grinste und entblößte dabei wieder seine riesigen Goldzähne, wobei er seine Augenbrauen hoch und runter bewegte.
„Schon klar, Jamal!", antwortete Peter ebenfalls grinsend.
„Yo, Pete, biste mit deiner Lady hier?"
„Ja, Nia ist auch hier. Wir machen Urlaub."
„NICE!", entgegnete Jamal aufgeregt. „Dann lass' uns alle hier bei Jamal mal einen durchziehn'? Was hältst'n davon, Pete?"
„Danke, Jamal. Nia und ich kommen dich gerne mal besuchen, oder wir laden dich zum Essen ein. Aber Haschisch ist nicht so

unser Ding."
„Versteh' schon, Bro. Dein Job, und so."
Jamal wusste mittlerweile, was Peter beruflich machte, schwieg darüber aber wie ein Grab.
„Richtig.", antwortete Peter. „Pass auf, Jamal. Ich drehe jetzt mal weiter meine Runde, und in den nächsten Tagen kommen Nia und ich dich hier in deinem neuen Geschäft besuchen."
„Korrekt, Bro. Da hört Jamal dich. Und pump' nich' so viel. Is' nich' gut für's Gehirn, und so."
„Ich werde daran denken.", sagte Crane und verabschiedete sich. Nach der kurzen Pause hatte er jetzt erst recht keine Lust mehr, weiter zu laufen. Aber er biss die Zähne zusammen und setzte seinen Weg fort.

Nach seinem Workout und dem Lauf zurück zum Auto war Crane jetzt in seinem Porsche 911 Cabrio auf dem Weg zurück nach Malibu. Er hatte dort für Nia und sich vor einigen Monaten ein Haus am Strand gekauft, wo sie - so wie jetzt - ihre gemeinsame Freizeit verbrachten.
Als Crane noch ein Kind war, kamen seine Eltern bei einem Bombenattentat ums Leben. Bis heute hatte der Verlust seiner Eltern in so jungen Jahren eine klaffende Wunde in seinem Herzen hinterlassen. Er wurde zum Vollwaisen, erbte aber auch sehr viel Geld. Der beste Freund seines Vaters, Richard Metz, nahm Peter auf und adoptierte ihn. Bis zu seinem einundzwanzigsten Geburtstag verwaltete Richard treuhändisch Peters Vermögen und vermehrte es sogar noch, in nicht unerheblichem Maße. Dadurch besaß Peter mehr Geld, als er jemals ausgeben konnte. Die Tatsache, dass seine Eltern bei einem feigen Attentat gestorben waren, hatte Peters berufliche Laufbahn letztlich vorgezeichnet. Kaum war er alt genug ging Peter zur Army, später dann zu den Delta Forces, um eben gegen Leute zu kämpfen, die Attentate billigten und veranlassten. Damals hatte ihm das Geld nichts bedeutet. Seine Truppe und ihre Einsätze waren das, was zählte. Auch heute war Peter immer noch Idealist und hatte den Kampf gegen den Terror nie aufgeben, aber im Gegensatz zu damals war er mit seinen mittlerweile achtunddreißig Jahren froh, dass er sich

um das Finanzielle keine Sorgen machen musste und er ausgesorgt hatte.

Nach kurzer Fahrzeit erreichte Peter ihr gemeinsames zu Hause in Malibu. Es war ein Haus in Flachbauweise aus Bruchstein gemauert. Die dicken Bruchsteinwände sorgten dafür, dass es auch im Sommer schön kühl war, selbst wenn die Klimaanlage nicht lief. Das Haus verfügte über zwei Etagen. Auf der oberen Etage befanden sich ein großes Schlafzimmer, zwei etwas kleinere Gästezimmer und ein großzügig geschnittenes Badezimmer mit Natursteinfliesen, zwei Marmorwaschbecken, einer Dusche und einem Jacuzzi mitten im Raum. Vom Schlafzimmer und einem der Gästezimmer aus gelangte man auf einen Balkon mit Blick aufs Meer. Die Wände im Obergeschoss bestanden auch im Innenbereich aus unverputztem Bruchstein, was den Räumen eine urige, gemütliche Atmosphäre verschaffte und für ein angenehmes Raumklima sorgte. Im Erdgeschoss war die komplette Rückseite des Hauses verglast, sodass man von der Küche, dem Wohnzimmer und dem Arbeitszimmer einen perfekten Blick auf den Strand und den Pazifik hatte. Küche, Wohn- und Esszimmer waren in einem einzigen großen Raum untergebracht, der nur durch eine Theke getrennt wurde, an der Peter und Nia gerne ihr Frühstück zu sich nahmen. Die Küche war riesig und komplett in weiß gehalten, die Einbauten glänzten in Edelstahl. Das Wohnzimmer wurde dominiert von einer urgemütlichen und sehr großen Wohnlandschaft, die so aufgestellt war, dass man entweder den Blick auf das Meer genießen konnte, oder, bei gemeinsamen Filmabenden, auf den gigantischen hundert Zoll Flatscreen an der Wand. Außerdem befand sich im Erdgeschoss noch ein zweites Bad, wo man sich nach dem Schwimmen im Meer kurz abduschen konnte. Auf der Sonnenterrasse, deren Boden mit dunklen Holzdielen belegt war, standen mehrere weich gepolsterte Liegestühle, eine Couchgarnitur mit einigen Sesseln und ein Jacuzzi. Als der Makler Peter und Nia diese Immobile gezeigt hatte, waren sie sich sofort einig gewesen und hatten noch am gleichen Tag den Kaufvertrag unterschrieben.

Peter parkte den Porsche in der Garage neben Nias GM Hummer und ging hinein ins Haus. Er fand Nia auf der Sonnenterrasse in einem der Sessel, wo sie in ein Buch vertieft war. Sie trug eine Shorts, ein ärmelloses Top und Flip Flops. Genau wie Peter, hatte auch Nia sich sportlich betätigt, sie war aber bereits geduscht und umgezogen. Sie bevorzugte es, am Strand zu laufen, während Peter lieber in Venice lief, weswegen sie ihren Sport getrennt voneinander betrieben.
Nia war 1,65 m groß und sehr durchtrainiert, aber trotz des ganzen Trainings und der harten Einsätze, waren ihre weiblichen Rundungen erhalten geblieben. Manch ein männlicher Gegner hatte Nia wegen ihrer Größe und ihres weiblichen Körpers bereits unterschätzt, und hatte dann äußerst schmerzhaft erfahren müssen, dass man sie besser nicht unterschätzen sollte. Peter und Nia hatten sich vor einigen Jahren in Berlin kennengelernt. Sie arbeitete damals beim BND, dem deutschen „Bundes Nachrichten Dienst". Nia war in Deutschland geboren und aufgewachsen. Nach der Schule war sie zur Bundeswehr gegangen, hatte dort studiert und sich im Laufe ihrer Karriere auf den Umgang mit Sprengstoff spezialisiert. Nach ihrer Zeit bei der Armee war sie dann zum BND gegangen. Peter war damals in Berlin mit einer Tarnidentität hinter einem Waffenhändler her. Nia wiederum war vom BND auf Peter angesetzt worden, von dem sie allerdings nicht wusste, dass er ebenfalls Geheimagent war. In einem Lokal waren sie dann schließlich ins Gespräch gekommen und sofort hatte es zwischen den beiden gefunkt, woraufhin sie eine leidenschaftliche Affäre begannen. Als Nia herausfand, dass Peter Geheimagent war, verließ sie ihn zunächst enttäuscht und verletzt darüber, dass er ihr nicht die Wahrheit über sich gesagt hatte. Einige Monate später liefen sie sich durch Zufall wieder über den Weg, und nachdem Peter sich mehrfach entschuldigt hatte, sprachen sie sich aus. Seitdem waren sie ein Paar gewesen. Nia verließ Deutschland und den BND und wurde ein Mitglied von Peters ISOS Einsatzteam. Damit, Berufliches und Privates zu trennen, hatten sie nie Probleme. Doch bei einer gemeinsamen Mission in Prag wurde Nia angeschossen und schwer verletzt. Peter machte sich so große Vorwürfe, dass er letztlich Nia verließ und sein

ISOS Team auflöste. Er sah sich selber und ihren gemeinsamen Beruf als zu große Gefahr für Nia, weswegen er zu dem schwierigen Entschluss kam, dass es besser sei, alleine weiterzumachen. Zwar hatte er Nia damit das Herz gebrochen, aber wenigstens konnte er damals sicher sein, dass sie unter seiner Teamleitung nicht ums Leben kam.
Vor einigen Monaten jedoch waren Peter und ISOS das Ziel einer Intrige gewesen, und er war gezwungen, sein altes Einsatzteam und Nia um Hilfe zu bitten. Während dieser Vorkommnisse waren Nia und Peter sich wieder näher gekommen und nachdem alles ausgestanden war, hatten sie ihrer Beziehung noch eine Chance gegeben. Mittlerweile arbeiteten sie auch wieder zusammen. Für beide kam es weder infrage, ihren Beruf aufzugeben noch eine Fernbeziehung zu führen. Und wenn sie zusammen sein, und Zeit miteinander verbringen wollten, dann war das nur möglich, wenn sie als Team zusammenarbeiten. ISOS Direktor John McDermott akzeptierte, dass die beiden ein Paar waren, obwohl das genau genommen gegen die ISOS Vorschriften verstieß. Beide waren absolute Profis und funktionierten und harmonierten bei Einsätzen als Team perfekt.

„Hallo, mein Engel!", sagte er gutgelaunt und gab ihr einen Kuss.
„Hallo. Wie war es beim Sport?", fragte sie schelmisch, da sie wusste, wie ungern Peter Sport trieb.
„Ha, ha. Du bist aber heute eine Stimmungskanone…", sagte er grinsend. „Der Sport war wie immer Mist, aber ich habe einen alten Bekannten getroffen."
„Wen denn?"
„Jamal Dupree!"
„Jamal?", fragte Nia erstaunt, die Jamal ebenfalls sehr mochte.
„Was macht er denn hier in L.A.?"
„Er macht jetzt in Gras…wegen der Bitches und mo'money, und so was…", sagte Peter lachend, woraufhin auch Nia anfing zu lachen.
„Typisch Jamal, der Chaot.", sagte sie immer noch lachend.
„Na ja, ich gehe mich mal duschen."
„Ok, dann kümmere ich mich in der Zeit um das Essen."

„Mach das.", sagte er mit einem betont säuerlichen Lächeln. Bei dem Gedanken an Nia am Herd wurde Peter immer leicht mulmig zumute. Zwar war das Ergebnis (meistens) recht ansehnlich und essbar, aber Nia war in der Küche einfach sehr ungeschickt. Wenn sie mit den Pfannen wirbelte, dann flog der Inhalt gerne mal kreuz und quer durch die Gegend, und der Kochplatz sah später insgesamt so aus, als hätte eine Bombe eingeschlagen. Ein kleines Glücksspiel bei Nia war das Thema Würzen. Manchmal würzte sie perfekt, aber es konnte auch passieren, dass man sich zum Essen einen Liter Milch danebenstellen musste, um den Flächenbrand in der Mundhöhle, verursacht durch zu viel Chili und Pfeffer, löschen zu können. Peter ließ es sich natürlich nicht nehmen, sie damit regelmäßig zu necken.

Als er nach dem Duschen wieder hinunter kam, stand Nia am Herd. Es roch nach gebratenem Fisch.
„Schatz, was gibt es denn heute Feines?"
„Gemischten Salat mit Lachsfilet."
Er hatte insgeheim unter der Dusche auf Steak und Folienkartoffeln gehofft.
„Hmmm, wie lecker.", sagte er sarkastisch.
Nia wusste, dass Peter kein großer Freund von Fisch, und noch viel weniger von Salat war. Er bevorzugte Fast Food aller Art. Am liebsten Burger. Nia legte jedoch Wert auf eine gesunde Ernährung, die ihnen beiden letztlich gut tat. Und so hatten sie einen Kompromiss ausgehandelt. Samstag und Sonntag bekam Peter sein Fast Food (sonst hätte er irgendwann gestreikt) und Wochentags gab es gesundes Essen mit vielen Vitaminen und wenig Fett.
„Du weißt doch, dass ich es nur gut mit dir meine!", sagte sie zwinkernd. Für Nias Verhältnisse sah der Kochplatz noch relativ sauber aus.
„Ja, ja, deine Fürsorge erdrückt mich regelrecht.", nörgelte er, umarmte sie jedoch von hinten und gab ihr einen Kuss auf den Hals. Plötzlich klingelte sein Handy, welches auf der Küchentheke lag. Er nahm das Telefon und schaute auf das Display, wer anrief. Es war Joan Jaxter.

Als Peter dreizehn war, hatte sein Adoptivvater Richard Metz eine Beziehung mit Joan Jaxter. Nach einigen Monaten wurde sie von Richard schwanger, und brachte nach neun Monaten ihre gemeinsame Tochter, Lilly Jaxter zur Welt. Peter war direkt vernarrt in das kleine Baby. Für ihn war sie so etwas wie eine kleine Schwester. Auch Joan hatte er sehr gerne, und er hätte sich gewünscht, dass die Beziehung von Joan und Richard von Dauer sei. Doch leider trennten sie sich nach zwei Jahren. Peter hielt jedoch den Kontakt zu Joan und vor allem zu Lilly. Nach Lillys Schulzeit bezahlte Peter ihr Mathematikstudium, brachte sie anschließend bei ISOS als Kryptographin unter und nahm sie schließlich in sein Einsatzteam auf. Sie fungierte dabei als sogenannter „Operator", was bedeutete, dass sie nicht aktiv an den Einsätzen teilnahm, sondern am Computer saß und per Funk die Einsätze der Agenten koordinierte. Dabei musste sie nicht nur für die Agenten Wegstrecken und Zugänge finden, sondern auch Computersysteme hacken, um zum Beispiel Sicherheitssysteme lahmzulegen, wobei ihr natürlich ihre Fähigkeiten als Kryptographin zugute kamen.

Zu Joan pflegte Peter auch heute noch ein enges Verhältnis und telefonierte regelmäßig mit ihr. Durch den Tod seiner Mutter in jungen Jahren, war Joan so eine Art Mutterfigur für ihn geworden.

„Hallo, Joan, was kann ich für dich tun?" Keine Antwort. „Joan? Hallo…."

„Ja…Hallo, Peter.", hörte er Joan sagen, die sich verschnupft anhörte. So als hätte sie geweint.

„Was ist los, Joan?", fragte Peter besorgt. „Ist etwas Schlimmes passiert?"

„Es…es geht um Harold. Er ist nicht zurückgekommen.", sagte sie laut schluchzend.

„Ganz ruhig, Joan. Was meinst du damit?"

„Er ist vor drei Tagen zu einem seiner Reitausflüge aufgebrochen, und ist nicht zurückgekehrt. Und heute Morgen stand Malik plötzlich vor der Scheune. Er trug den Sattel und das Gepäck noch bei sich. Aber von Harold keine Spur. Ich habe schon die

Polizei alarmiert. Sie meinten, sie würden einige Suchtrupps losschicken, aber sie sagten, ich solle mir nicht allzu große Hoffnungen machen.", wieder schluchzte sie laut. „Bitte, Peter, du musst mir helfen."

Peter mochte Harold und nachdem, was Joan ihm erzählte, machte er sich auch große Sorgen um ihn.

„Natürlich helfe ich dir. Ich mache mich sofort auf den Weg. Wenn ich etwas Glück mit dem Verkehr habe, dann sollte ich in etwa fünf Stunden bei dir sein. Was ist mit Lilly? Weiß sie es schon?"

„Nein, ich habe ihr noch nichts gesagt. Ich wollte sie nicht beunruhigen."

„Ok, das verstehe ich. Gut, dann mache ich mich jetzt auf den Weg."

„Danke, Peter. Vielen, vielen Dank."

„Nichts zu danken, Joan.", sagte er und legte auf.

„Und?", fragte Nia.

„Harold ist von einem Reitausflug nicht zurückgekehrt. Joan hat meine Hilfe erbeten, um ihn zu finden."

Nia wurde blass vor Sorge. „Der arme Harold. Hoffentlich ist nichts Schlimmes passiert und hoffentlich findest du ihn. Soll ich dich begleiten?"

„Nicht nötig. Mache du dir noch ein paar schöne Urlaubstage. Ich werde mich schon darum kümmern."

„Na gut.", sagte sie. „Aber melde dich, sobald du etwas herausgefunden hast. Soll ich dir von dem Essen etwas für unterwegs einpacken?"

„Nein, brauchst du nicht. Ich hole mir unterwegs eine Kleinigkeit.", entgegnete er, nicht unglücklich darüber, auf den Fisch verzichten zu können.

Peter ging hinauf und packte sich einige Klamotten für die nächsten Tage zusammen.

Der Kleiderschrank hatte einen doppelten Boden, in dem sich Waffen und Ausrüstung befanden. Peter entschied sich jedoch dagegen, etwas davon mitzunehmen. Bei der Suche nach dem verschollenen Harold würde er keine Waffen brauchen.

Als er fertig war, ging er wieder hinunter zu Nia und gab ihr einen langen und innigen Kuss.
„In ein paar Tagen bin ich wieder da. Ich liebe dich."
„Ich liebe dich auch."
Er löste sich von ihr und machte sich auf den Weg nach Kingman zu Joan Jaxter.

3

Etwas außerhalb von Washington DC befand sich die Zentrale von ISOS und TARC. Es war ein riesiges, kreisrundes Gebäude mit einem Durchmesser von achthundert Metern und einer verglasten Fassade. Auf insgesamt zwanzig Stockwerken waren neben diversen Büro- und Konferenzräumen auch das Operation Center und das Analysis Center untergebracht. Darüber hinaus eine komplett ausgestattete Krankenstation inklusive OPs, wo man leichte Eingriffe vornehmen konnte, ein Sportzentrum für die körperliche Ertüchtigung der Agenten, diverse Schießstände und sogar mehrere Indoor Trainingsparcours, auf denen die Agenten zum Beispiel das unbemerkte Eindringen in Gebäude trainieren konnten. Hinter dem Firmengebäude befand sich eine Flugzeug Start- und Landebahn für Privatjets. Rund um die Piste standen einige Hangars, in denen unter anderem der ISOS Firmenjet und einige Helikopter untergebracht waren.
Man hatte jedoch nicht nur zwanzig Stockwerke in die Höhe, sondern auch nochmal zwanzig Stockwerke in die Tiefe gebaut. In den unterirdischen Etagen waren die ISOS Server untergebracht und dort befand sich ebenfalls die Stromversorgung des Gebäudes. Ein eigenes, ultramodernes Kraftwerk, welches seiner Zeit weit voraus war und Strom umweltfreundlich und sauber produzierte. Es war ein Prototyp, aber in einigen Jahren war man möglicherweise so weit, diese Kraftwerkstechnologie zu lizenzieren. In den verbleibenden fünfzehn unterirdischen Stockwerken hatte man die TARC Labore untergebracht. Dort forschten die

weltbesten Ingenieure und Wissenschaftler in viele verschiedene Richtungen, zum Beispiel Waffentechnik, Computertechnik, Antriebstechnik, Physik, Chemie und vielem mehr. Und die ISOS Agenten wurden von den TARC Leuten mit allen nur erdenklichen Ausrüstungsgegenständen versorgt.

In einem der oberen Stockwerke saß Lilly Jaxter in ihrem Büro an ihrem Rechner. Sie hatte das Büro gerade erst bezogen. Wenn sie nicht mit ihrem „Bruder" Peter Crane und dem Team im Außeneinsatz war, hatte sie bisher im Analysis Center gearbeitet, was ihr durchaus Spaß gemacht hatte. Und dennoch genoss sie es jetzt in vollen Zügen, ein eigenes Büro zu haben. Im Analysis Center war es immer laut und hektisch. Es ging dort oftmals zu, wie an der Wall Street. Manchmal hatte Lilly wegen dem ganzen Trubel regelrecht der Schädel gebrummt.

Nach einem Einsatz, den das Team vor einigen Monaten gemeistert hatte, war Lilly befördert worden und hatte im Zuge dessen ein eigenes Büro bekommen. Nun hatte sie ihre Ruhe, was ihr half, sich bei Problemlösungen besser fokussieren und konzentrieren zu können. Grundsätzlich war Lilly allerdings am liebsten mit dem Team unterwegs. Neben ihrem Job als Kryptographin war Lilly auch ausgebildete ISOS Außendienst Agentin. Doch bei Einsätzen fungierte sie für gewöhnlich als Operator, sodass sie normalerweise nicht gezwungen war, ihre Fähigkeiten als Agentin zu nutzen. Die anderen kämpften an vorderster Front und sie war deren Augen und Ohren.

Das Team hatte Urlaub bekommen, und die anderen waren alle verreist. Peter war mit Nia in Los Angeles, Arif Arsan war in Las Vegas und Frank Thiel war in Deutschland in seiner Heimatstadt Köln. Doch Lilly war keine große Urlauberin. Sie hatte kurz überlegt, ob sie nicht eventuell ihre Mutter in Kingman oder ihren Vater Richard in Miami besuchen solle, sie entschied sich aber dann doch dagegen. Wenn sie Freizeit hatte, dann war das Knacken von Codes eines ihrer größten Hobbys. Und deswegen verbrachte sie ihre Urlaubstage, im Gegensatz zu ihren Kollegen, lieber hier in der Zentrale vor ihrem Computer und half den Leuten im Analysis Center, wo sie nur konnte. Sie wusste nicht, woher sie diese Affinität zur Mathematik und die Begabung Codes zu entschlüsseln, hatte. Weder ihre Mutter noch ihr Vater hatten einen solchen Hang zur Mathematik. Rein äußerlich sah man ihr das auch nicht an. Sie war optisch nicht der typische Nerd, im Gegensatz zu so vielen, die im Analysis Center arbeiteten. Lilly war eine blonde Mittzwanzigerin mit blauen Augen. Bei einer Größe von 1,65 m war sie schlank und attraktiv. Diverse Kollegen im Analysis Center hatten ihr bereits Avancen gemacht, manche einfach nur nett, andere auch mal etwas anzüglich. Aber Lilly hatte immer freundlich lächelnd abgelehnt. Sie war einfach noch nicht bereit, sich zu binden, und schon gar nicht mit Arbeitskollegen. Wenn sie irgendwann eine Beziehung haben wollte, dann sollte diese auch außerhalb der Arbeit stattfinden, fand sie. Eine Beziehung wie zwischen Nia und Peter konnte sie sich einfach nicht vorstellen. Sie war hier und da zwar mit Männern ausgegangen, aber meistens waren diese Dates gähnend langweilig gewesen. Die Männer, mit denen sie aus war, hatten sich vornehmlich rein körperlich von ihr angezogen gefühlt und daraus resultierend nur sehr plump den ganzen Abend geflirtet, um sie ins Bett zu kriegen. Doch das hatte sie immer abgelehnt. Keiner der Männer hatte es geschafft, auch ihren Intellekt anzusprechen. Es waren allesamt nur Testosteron-gesteuerte Schönlinge ohne Hirn gewesen.

Lilly nahm ihr Handy und wählte die Nummer ihrer Mutter. Joan nahm den Anruf jedoch nicht an, und nachdem sie eine Minute hatte klingeln lassen, legte Lilly wieder auf. Das war seltsam. Normalerweise ging Joan immer ans Telefon, wenn Lilly anrief. Sie wartete einige Minuten und versuchte es erneut. Doch wieder nahm ihre Mutter nicht ab.
Nach zwanzig Minuten und dem vierten Versuch wählte sie die Nummer ihres Vaters.
„Metz."
„Hi, Dad, ich bin's, Lilly."
„Lilly! Freut mich, von dir zu hören!"
Richard Metz war ein Lebemann und Playboy, was der Grund war, warum die Beziehung zwischen ihm und Joan nicht von

Dauer gewesen war. Der Miami Jetset war seine Welt, und nicht das Leben als verheirateter Familienvater. Dennoch hatte er sich immer um seine Tochter Lilly gekümmert. Im Sommer besuchte sie ihn regelmäßig in Miami. Und egal, wo auf der Welt er sich befand, er nahm sich immer die Zeit, um sich zum Beispiel Schulaufführungen seiner Tochter in jungen Jahren anzuschauen. Lilly mochte ihren Vater sehr und sie bedauerte es zutiefst, dass ihre Eltern getrennt waren und dazu auch noch hunderte Kilometer entfernt voneinander wohnten.

„Sag mal, Dad, hast du irgendetwas von Mom gehört? Ich versuche sie zu erreichen, aber sie geht nicht ans Telefon, was außergewöhnlich ist. Normalerweise geht sie immer ran, wenn ich anrufe."

Richard und Joan standen immer noch in Kontakt und plauderten gerne miteinander. Vornehmlich natürlich über Lilly. In den ganzen Jahren nach ihrer Trennung war ansonsten aber nie etwas zwischen ihnen gelaufen. Richard wusste natürlich, dass Joan einen Lebensgefährten hatte und er respektierte das ohne wenn und aber.

„Nein, tut mir leid, Kleines, ich habe zuletzt vor einer Woche mit deiner Mutter gesprochen, und da war alles in Ordnung. Vielleicht werkelt sie nur irgendwo auf der Farm und hat ihr Telefon im Haus vergessen!?"

„Ja, mag sein…", antwortete Lilly wenig überzeugt. Ihre Mutter vergaß nie etwas, und schon gar nicht ihr Handy.

„Warte einfach etwas ab. Wenn sie deinen Anruf sieht, dann wird sie sich bestimmt so schnell wie möglich bei dir melden."

„Ja, wahrscheinlich hast du recht.", doch insgeheim zweifelte sie immer noch. „Okay, Dad, dann werde ich jetzt mal weiterarbeiten."

„Mach das, Kleines. Wir hören voneinander.", sagte Richard zum Abschied und legte auf.

Was Lilly nicht wusste, war, dass Peter Richard angerufen und ihn darum gebeten hatte, Lilly zu beruhigen, falls sie anrief, um nach ihrer Mutter zu fragen.

Joan war am Boden zerstört, was Lilly bei einem Telefonat sofort bemerken würde, und sie wollte Lilly nicht beunruhigen, bevor es nicht Klarheit über den Verbleib von Harold gab. Deswegen ging Joan im Moment lieber nicht ans Telefon, wenn Lilly anrief.

Lilly zerbrach sich weiter den Kopf:
„*Was ist da los? Dad hat viel zu schnell versucht, mich zu beruhigen, anstatt sich ebenfalls Sorgen zu machen. Er weiß bestimmt etwas und will es mir nur nicht sagen. Das würde bedeuten, dass Mom meine Anrufe bewusst ignoriert. Vielleicht ist ja etwas mit Harold? Schließlich ist er nicht mehr der Jüngste. Gut möglich, dass Mom mich deswegen zunächst nicht unnötig beunruhigen möchte. Vielleicht sollte ich doch ein paar Tage Urlaub machen und nach Kingman fahren, um zu schauen, ob alles in Ordnung ist......*"

Plötzlich wurde Lilly von einem Blinken auf ihrem Monitor abgelenkt. Es war eine Nachricht vom ISOS Hauptrechner:

Alarmnummer: E-05-17-14-6785

Datum: 05/17/2014

Zeit: 12:24 Uhr

Grund: Verdächtige verschlüsselte E-Mail

Art der Verschlüsselung: Unbekannt

Lilly stutzte. Der ISOS Hauptrechner, ein Supercomputer der übernächsten Generation, überwachte unter anderem den weltweiten E-Mail Verkehr. Dabei analysierte der Rechner die jeweiligen E-Mails, suchte nach verdächtigen Mustern, und, wie in diesem Fall, nach speziellen Verschlüsselungen. Verschlüsselte E-Mails wurden dann entschlüsselt, der Inhalt analysiert und falls der Rechner etwas Verdächtiges oder eine mögliche Gefahr erkannte, an Mitarbeiter des Analysis Centers in Form einer solchen Alarmmeldung weitergeleitet.

Das war so weit nichts Außergewöhnliches. Es kam allerdings praktisch nie vor, dass der Rechner eine Verschlüsselung nicht (er)kannte. Für gewöhnlich wurden bei verdächtigen E-Mails Standardverschlüsselungen der E-Mail Provider verwendet, weil viele Leute meinten, dass diese vermeintlich sicher waren. Manchmal wurden auch militärische Codes verwendet, welche den ISOS Hauptrechner aber auch nicht vor große Probleme stellten. Doch auch Lilly erkannte auf den ersten Blick, dass dieser Code anders war. Fast schon elegant. Bewundernd und gleichzeitig beunruhigt starrte Lilly auf ihren Bildschirm.
An einer Wand des Büros stand Lillys Workstation, an die sie direkt Rechenleistung des Zentralcomputers ableiten konnte. Lilly schickte die verschlüsselte Mail auf die Workstation, ging hinüber und machte sich an die Arbeit.
Der Code war raffiniert und vollkommen anders als alles, was Lilly bisher zu sehen bekommen hatte. Eines erkannte sie aber sofort: Sie durfte nicht zu forsch vorgehen, da die Verschlüsselung über Schutzmechanismen verfügte, die bei Fehlern unwiderruflich den Inhalt der Mail löschen würden. Darüber hinaus ließ sich die Mail nicht klonen, was bedeutete, dass sie ihre Arbeiten an der Originalmail durchführen musste. Eine zusätzliche Herausforderung!

Im Analysis Center saß Nicholas Richmond an seinem Rechner und brütete an einem Problem. Wenn er so intensiv arbeitete, dann trug er meistens Kopfhörer mit Geräuschunterdrückung, mit denen er leise beruhigende Musik hörte, damit er trotz des Lautstärkepegels im Analysis Center in Ruhe und ungestört arbeiten konnte. Nicholas war erst einen Monat lang Mitarbeiter des Analysis Centers, worauf er sehr stolz war, da er sich gegen drei Bewerber durchgesetzt hatte.
Bei der Vielzahl an Mitarbeitern, die hier in drei Schichten, sieben Tage die Woche arbeiteten, hatte er die meisten Kolleginnen und Kollegen noch nicht richtig kennenlernen können. Nicholas hatte seine erste Nachtschicht und es waren mittlerweile ein Uhr in der Nacht. Er schaute kurz von seinem Rechner auf und runzelte die Stirn. Wo waren denn seine Kollegen hin? Die Arbeits-

plätze um ihn herum, die normalerweise besetzt sein sollten, waren leer. Nicholas hatte sich scheinbar so sehr auf seine Arbeit konzentriert, dass er gar nicht gemerkt hatte, dass seine Kollegen ihre Arbeitsplätze verlassen hatten. Er stand auf und schaute sich um. Am Ende der riesigen Halle, in der das Analysis Center untergebracht war, erblickte er seine Kollegen, die sich in den Vorraum eines dort gelegenen Büros quetschten. Er wusste weder wem das Büro gehörte noch warum seine Kollegen dort herumstanden. Neugierig ging Nicholas ebenfalls hinüber und kämpfte sich mit ausgefahrenen Ellenbogen durch die Reihen seiner Kollegen, bis er schließlich, hinter dem Vorraum, in das eigentliche Büro gelangte. Seine Kollegen drängten sich mit etwas Respektabstand um eine junge Frau, die lethargisch an einer Workstation arbeitete.

Nicholas tippte dem Mann vor ihm auf die Schulter und fragte: „Was ist denn los?"

„Sie knackt ihn!", sagte der Mann fasziniert.

„Sie knackt was?", fragte Nicholas.

„Sie knackt den Code der E-Mail. Die Verschlüsselung, die der Zentralrechner nicht knacken konnte."

Nicholas prustete los. „Ist klar. Sie knackt mal eben den Code, den der Rechner nicht knacken konnte…."

Erbost schaute der Mann Nicholas an. „Sag' mal, Bürschchen, weißt du überhaupt, wer das ist? Hast du auch nur einen blassen Schimmer, über wen du dich hier lustig machst?"

„Ähm…nein!", antwortet Nicholas kleinlaut.

„Das ist Lilly Jaxter. Die Dame ist trotz ihrer jungen Jahre eine wahre Legende. Es hat bis jetzt noch keinen Code gegeben, den sie nicht knacken konnte. Egal, wie lange es dauert: Sie löst das Problem."

Bewundernd schaute Nicholas auf Lilly. „Und wie lange sitzt sie jetzt schon da?"

„Ihr bisheriger Rekord liegt bei zehn Stunden. An dem Problem hier sitzt sie aber schon seit 12:30 Uhr heute Mittag."

Nicholas schaute auf seine Uhr.

„DAS SIND JA ÜBER ZWÖLF STUNDEN", stieß er hervor.

„Psst, leise. Ja, das sind über zwölf Stunden und sie ist noch nicht fertig. Und jetzt Ruhe, damit wir sie nicht stören!"

Lilly saß vor ihrer Workstation und starrte auf den Bildschirm, auf dem unendliche Zahlenkolonnen zu sehen waren. Ihr Mund war leicht geöffnet. Ab und zu bewegte sie das Scrollrad der Maus. Doch ansonsten saß sie dort vollkommen regungslos. Nur ihre Augen bewegten sich hektisch hin und her. Lilly war voll und ganz auf die Lösung des Codes fixiert und sie hatte ausnahmslos alles komplett ausgeblendet. Körperliche Bedürfnisse, wie Hunger oder Durst, nahm sie nicht wahr, und ihre Kollegen, die um sie herumstanden, bemerkte sie nicht. Ihr Gehirn arbeitete auf Hochtouren. In ihrem Kopf drehte sich so etwas, wie ein riesiger Zauberwürfel, auf dem tausende Zahlen an die richtige Stelle gesetzt werden mussten. Nummern wirbelten umher, wurden zusammengesetzt und wieder auseinander gerissen, Gleichungen wurden gelöst und die Lösungen wieder verworfen und das alles rasend schnell und ohne Unterlass, Minute um Minute und Stunde um Stunde.
Das erste Mal war ihr das als Kind passiert. Man hatte ihre Begabung für die Mathematik früh bemerkt und im Alter von acht Jahren bekam Lilly von ihren Eltern ein Buch mit Mathematikrätseln zum Geburtstag geschenkt. Lilly hatte sich sofort voller Eifer an die Lösung der Rätsel gesetzt. Viele Stunden später kam Joan in das Zimmer und fand Lilly in dem Zustand vor, in dem sie sich auch jetzt befand. Joan war zunächst schockiert, weil sie dachte, Lilly hätte einen epileptischen Anfall oder Ähnliches. Sie schnappte sich das Kind und fuhr sofort in die Notaufnahme des Krankenhauses, obwohl Lilly schon wieder aus ihrer Lethargie erwacht war. Der Arzt konnte Joan jedoch beruhigen und erklärte ihr, dass es kein epileptischer Anfall war, sondern dass Lilly sich einfach nur zu sehr in ihre Arbeit an den Rätseln vertieft hatte.

Plötzlich bewegten sich Lillys Augen nicht mehr hin und her. Ihr Blick wurde klar und ein Lächeln umspielte ihre Lippen.
„Geschafft…", krächzte sie, weil ihr Hals so trocken war. Sie zückte ihr Smartphone, drückte kurz einen Knopf und begann zu

sprechen: „Lilly Jaxter, Identifizierungscode Alpha…Zeta…Gamma…7…8…2…4"
„Identifizierung korrekt! Hallo, Lilly, was kann ich für dich tun?", fragte der virtuelle Sprachassistent ihres Smartphones.
„Alarm: Code 1, höchste Priorität!"
„Verstanden.", sagte der Assistent.
Bei einem Alarm Code 1 mit höchster Priorität handelte es sich um ein kurz bevorstehendes Attentat oder um einen Terroranschlag. Bei einem solchen Alarm wurde automatisch die ISOS Führungsriege alarmiert und jeder dieser hochrangigen Mitarbeiter war dazu angehalten, zu jeder Tages- oder Nachtzeit innerhalb von dreißig bis maximal vierzig Minuten in der ISOS Zentrale im sogenannten Briefing Room zu erscheinen. Lillys Smartphone erledigte diese Alarmierung automatisch.
Erst jetzt bemerkte Lilly ihre Kollegen und wirbelte mit ihrem Bürostuhl herum.
„Hallo, Leute. Ich habe euch gar nicht bemerkt." Sie schaute Nicholas Richmond an. „Hey, Grünschnabel, geh' mal zum Automaten und zieh' mir dort fünf Dosen Energydrink und so viele Schokoriegel, wie der Automat ausspuckt."
Nicholas schaute sie konsterniert an. „Geld?", fragte er verunsichert.
„Betrachte es als deinen Einstand bei ISOS, dass du mir die Sachen ausgeben darfst…", sagte Lilly grinsend. Die Kollegen hinter Nicholas glucksten. Er bekam einen roten Kopf.
„Ja, Sir.", sagte er.
„Ma'am!"
„Wie bitte?"
„Ja, Ma'am, oder sehe ich aus wie ein Mann?"
„Nein, Sir…ähm…Ma'am."
„Ach, sagen Sie einfach Lilly.", sagte sie nach wie vor grinsend und die Anwesenden fingen an zu lachen, während sich Nicholas durch die Menge hinaus zum Automaten um die Ecke kämpfte.
„Meine Damen und Herren, es gibt viel zu tun. Sie finden den Inhalt der E-Mail auf Ihren Rechnern. Schauen Sie sich alles an und fangen Sie an zu graben. Jede Information kann hilfreich sein. Wer hat sie verschickt? Wo wurde sie verschickt? Wer war

der Empfänger und so weiter und so weiter. Je mehr Background-Informationen Sie alle finden, desto besser. Außerdem brauche ich umgehend ein vollständiges und lückenloses Dossier über den Gouverneur von Kalifornien, Mr. Derek Johnson. Vor allem mit dem Augenmerk darauf, ob er irgendwelche Feinde hat, die ihm schaden wollen. Senden Sie bitte alle Daten auf den Rechner im Briefing Room. Also los, an die Arbeit!"
Die Leute verließen das Büro. Lilly ließ sich erschöpft in die Lehne fallen und schloss die Augen.
„Ähm, Ma'am?" Es war Nicholas Richmond. „Ihre Sachen."
„Danke, Nicholas. Vielen, vielen Dank. Wie gesagt: Nennen Sie mich Lilly. Und verzeihen Sie, dass ich Sie eben etwas auf den Arm genommen habe. Das mache ich schon mal mit Kollegen."
„Das war nicht so schlimm, Lilly.", sagte er tapfer und lächelte sie an.
Er war attraktiv. Zwar noch etwas jung, aber verdammt gutaussehend, bemerkte Lilly. Fast 1,90 m groß und für einen Mitarbeiter des Analysis Centers sehr trainiert, wie sie anhand des T-Shirts, welches sich eng über seine Muskeln spannte, erkennen konnte. Er hatte braune, etwas längere lockige Haare und haselnussbraune Augen. Außerdem roch er gut, wie Lilly feststellte.
„Ich gehe dann mal an die Arbeit, Lilly.", sagte er, drehte sich um und verließ Lillys Büro. Beinahe wäre sie in Versuchung geraten, ihm hinterher zu pfeifen, als sie seinen durchaus knackigen Hintern in seiner engen Jeans bemerkte, sie konnte sich aber gerade noch so beherrschen.

Gierig machte sich Lilly über die Lebensmittel her. Sie trank zuerst zwei Dosen Energydrink in einem Rutsch leer, dann aß sie mehrere Schokoriegel und trank anschließend die restlichen Dosen. So langsam kehrten ihre Lebensgeister zurück. Wenn sie, so wie gerade eben, an der Lösung eines Problems arbeitete, dann laugte sie das völlig aus, und sie brauchte danach dringend zuckerreiche Nahrung. Nach ihrem Mahl ging Lilly in einen der Waschräume des Analysis Centers, um sich etwas frisch zu machen. Sie spritzte sich kaltes Wasser ins Gesicht und hielt danach ihre Handgelenke unter den Strahl. Jetzt war sie endgültig wiederhergestellt, auch wenn sie immer noch blass aussah und dunkle Ränder unter den Augen hatte. Als sie fertig war, machte sie sich auf den Weg in den Briefing Room in der Nähe von Direktor McDermotts Büro im obersten Stock des ISOS Gebäudes.

Der Briefing Room war etwa zehn mal fünfzehn Meter groß. In der Mitte stand ein großer Konferenztisch, der Platz für insgesamt zwanzig Personen bot. An einem Kopfende stand ein Notebook, welches mit einem riesigen berührungsempfindlichen Flachbild-Monitor verbunden war, der an der Wand hing.
Als Lilly oben ankam, setzte sie sich an den Rechner und überprüfte die ersten Informationen, die ihre Kolleginnen und Kollegen im Analysis Center herausgefunden hatten. Nur wenige Minuten später betrat ISOS Direktor John McDermott, als der erste, der alarmierten Personen, den Raum, gefolgt von seiner Sekretärin Rose, die einen Servierwagen mit Thermoskannen Tee und Kaffee, und Flaschen Mineralwasser in den Raum schob.
McDermott war ein 1,85 m großer, energiegeladener, charismatischer Mann in gesetzterem Alter, der nach wie vor volles, weißes Haar hatte, welches er zu einem Seitenscheitel gekämmt trug. Bei den Politikern in Washington galt er als „harter Hund", aber seine Untergebenen verehrten ihn regelrecht.
Seine Sekretärin Rose Parker war eine unscheinbare Frau mittleren Alters, mit grau melierten Haaren und Hornbrille. Sie war schon viele Jahre in Diensten des Direktors und verbrachte wahrscheinlich mehr Arbeitszeit in der ISOS Zentrale, als jeder andere Angestellte. Manch einer hatte den Eindruck, als wäre Rose immer dort und hätte weder ein Privatleben noch ein Zuhause. Auch wenn Rose gelegentlich arg konservativ war, so war sie doch sehr beliebt bei den ISOS Mitarbeitern, da sie immer freundlich war und für jeden ein offenes Ohr hatte. Darüber hinaus kümmerte sie sich bei solchen Krisensitzungen fast schon aufopferungsvoll um das leibliche Wohl der Teilnehmer.
„Hallo, Ms. Jaxter!", grüßte der Direktor.
„Direktor.", nickte Lilly. „Hallo, Rose."
„Hallo, Lilly. Sie sehen aber müde aus.", sagte Rose besorgt.
„Hier, trinken Sie erst einmal eine frische Tasse Kaffee. Das wird

Ihnen helfen.", sagte sie und überreichte Lilly einen riesigen dampfenden Becher tiefschwarzen Kaffee.

„Danke, Rose, genau das brauche ich jetzt." Rose verließ daraufhin das Zimmer.

„Ms. Jaxter, nur ganz kurz vorab: Wie schlimm ist es?", fragte der Direktor mit sorgenvoller Miene.

„Die Lage ist ernst, Direktor, und wir müssen schnell handeln." Lilly wollte gerade näher darauf eingehen, als die restlichen alarmierten Personen den Raum betraten. Allen voran Super Advisor Steve Hudson, Leiter des Operation Centers, und dessen Stellvertreter Tom Brooke. Hudson war ein respekteinflößender, fünfzigjähriger Afroamerikaner mit einem kantigen Gesicht und ausgeprägtem Unterkiefer, über dessen linker Gesichtshälfte sich eine lange Narbe spannte, die manchmal regelrecht zu leuchten schien. Hudson war ein aufstrebender ISOS Außendienstagent gewesen, bis er bei einem Einsatz in einem Feuergefecht ein Bein verlor. Seitdem leitete er das Operation Center mit eiserner Härte. Sein Stellvertreter Brooke war das genaue Gegenteil: Ein unscheinbarer Mann mit Glatze und Brille, der eine stoische Ruhe ausstrahlte.

Den beiden folgte Dr. Alexander Willard, Leiter des Analysis Centers und Lillys Vorgesetzter, ein großer, grobschlächtiger Mann mit breiten Schultern, dessen Äußeres so gar nicht zu seinem extrem hohen Intelligenzquotienten passen wollte, wohingegen der ebenfalls anwesende Professor Louis Lassarde, seines Zeichens Leiter der wissenschaftlichen Abteilung, genau so aussah, wie man sich einen zerstreuten Professor vorstellte. Er war klein und schmächtig, trug eine schief sitzende Nickelbrille und seine wenigen verbliebenen Haarsträhnen standen ihm meistens wirr vom Kopf ab.

Danach traf ISOS Vize Direktor Alan Moore ein. Moore trug grundsätzlich teure Designer Anzüge und sein Gesicht hatte Züge, wie die eines Haifischs. Er war nicht gerade beliebt bei den ISOS Mitarbeitern, doch er verrichtete seine Arbeit grundsätzlich effizient und zuverlässig, weswegen der Direktor große Stücke auf ihn hielt. Moore war eiskalt und scheute auch nicht davor zurück, sich die Hände schmutzig zu machen, wenn es nötig war.

Als letztes betrat Senior Special Agent Vin Sparks den Raum. Sparks hatte für gewöhnlich bei besonders schwierigen und wichtigen Außendiensteinsätzen das Oberkommando. Er war ein knallharter Ex-Marine mit breiten Schultern und extrem muskulösen Oberarmen. Seine Haare waren stets kurz geschoren und wenn er ging, sah es aus, als würde er gerade einen Militärmarsch machen.
Lilly saß am Kopfende des Tisches. Die Anwesenden nahmen rechts und links von ihr auf gemütlichen Bürosesseln Platz.

„Ms. Jaxter, bitte fangen Sie an.", forderte der Direktor sie auf.
Lilly räusperte sich. „Meine Herren. Gestern Mittag um 12:24 Uhr fing der ISOS Hauptrechner eine verschlüsselte E-Mail ab. Der Rechner kannte weder die Art der Verschlüsselung noch war er in der Lage, die Verschlüsselung zu entschlüsseln."
Die Anwesenden schauten sich verdutzt an.
„Nach einigen Stunden Arbeit ist es mir schließlich gelungen, den Code zu entschlüsseln und den Inhalt der E-Mail zugänglich zu machen, woraufhin ich Sie alle umgehend alarmierte."
„Verzeihen Sie, wenn ich Sie unterbreche, Ms. Jaxter. Sie sagen der ISOS Rechner war nicht in der Lage, den Code zu entschlüsseln. Wie aber ist es Ihnen dann gelungen?", fragte Louis Lassarde neugierig.
„Na ja, der Code war…ähm…fehlerhaft. Er hatte….Makel. Solche Codes basieren für gewöhnlich auf der Logik und den Gesetzen der Mathematik. Dieser Code jedoch absichtlich nicht. Um es an einem einfachen Beispiel zu erklären: Für Sie alle, für mich und den ISOS Hauptrechner ist $1+1=2$. Bei dem verwendeten Code ist aber $1+1=3$. Der Code richtete sich also nicht nach mathematischen Gesetzmäßigkeiten, sondern er war komplett unlogisch, weswegen ihn der Rechner nicht lösen konnte. Ich habe lange gebraucht, bis ich dahinter gestiegen bin, aber wenn man dieses Grundprinzip des Codes verstanden hatte, dann war es nicht mehr sonderlich schwer, ihn zu entschlüsseln. Der Code war scheinbar bewusst so gehalten, dass automatische Entschlüsselungssysteme wie unser Hauptrechner, oder die Rechner der NSA ihn nicht dekodieren konnten."

„Danke, Ms. Jaxter, und Glückwunsch zu dieser großartigen Leistung.", sagte Lassarde anerkennend. Lilly errötete. Lassarde war der intelligenteste Mann, den sie kannte, und ein solches Lob von ihm kam einem Ritterschlag gleich.

„Danke, Professor Lassarde. Kommen wir nun zum Inhalt der E-Mail." Lilly tippte etwas auf der Tastatur und auf dem großen Flatscreen an der Wand erschienen etliche Bilder. Sie stand auf und tippte auf dem Monitor doppelt auf einzelne Bilder, die daraufhin vergrößert dargestellt wurden.

„Was Sie hier sehen, sind Straßenkarten und Luftaufnahmen von Los Angeles, genauer gesagt Downtown L.A., mit Fokus auf dem Biltmore Hotel in der South Grand Avenue. Auf den Karten sind Pfeile und Markierungen eingetragen worden, doch dazu später mehr." Lilly tippte auf andere Bilder. „Hier wiederum sind etliche Fotos des Hotels von außen und von innen. Ansonsten enthielt die E-Mail nur einige wenige Textzeilen. Genauer gesagt ein Datum plus Uhrzeit - 19.05.2014, 19:00 Uhr, und die Adresse des Biltmore Hotels. Das alleine ist zunächst nicht verdächtig. Ich bin dort auch nur drauf gekommen, weil ich es morgens in der Zeitung gelesen hatte. Am 19.05., also morgen Abend, hält der Gouverneur von Kalifornien, Mr. Derek Johnson, eine Rede im Biltmore Hotel. Die Zeichnungen auf den Straßenkarten zeigen Straßensperren, Positionen und Laufwege der Security des Gouverneurs. Wie Sie sicherlich alle wissen, hat Johnson sich mit seinen verschärften Umweltschutzgesetzen und seiner Kampagne gegen Genforschung und Genmanipulation, mächtige Feinde in der Industrie gemacht. Und anhand der Daten aus dieser E-Mail müssen wir davon ausgehen, dass morgen Abend im Biltmore Hotel in Los Angeles ein Attentat auf Gouverneur Johnson geplant ist!"

Die Anwesenden schwiegen und dachten über das Gesagte nach, bis schließlich Direktor McDermott das Wort ergriff.

„Ms. Jaxter, Sie haben da sehr gute Arbeit geleistet. Und ich stimme voll und ganz zu: das alles deutet auf ein Attentat hin. Wenn Sie mich bitte kurz entschuldigen würden. Ich muss in dieser Angelegenheit sofort einige Telefonate führen."

„Natürlich, Direktor.", entgegnete Lilly.

McDermott verließ den Raum.

„Gibt es schon erste Anhaltspunkte, wer diese E-Mail verschickt haben könnte?", fragte Steve Hudson mit seiner dunklen und sehr lauten Stimme.

„Im Analysis Center arbeitet man daran, aber noch gibt es keine konkreten Hinweise."

Auch die anderen hatten noch einige Fragen, die Lilly versuchte zu beantworten soweit es bei den spärlichen Informationen, die man bis jetzt hatte sammeln können, möglich war. Einige Minuten später kam Direktor McDermott zurück:

„Zuerst habe ich mit Gouverneur Johnson telefoniert. Er ist natürlich schockiert über dieses mögliche Attentat, möchte aber keinesfalls den Auftritt absagen. Es stand aber auch nicht zu erwarten, dass er klein beigibt. Das liegt nicht in seiner Natur. Anschließend habe ich mit dem Leiter seines Personenschutzes telefoniert. Man wird die Anzahl an Wachleuten und Personenschützern erhöhen. Ms. Jaxter, der Leiter, ein Mann namens Chris Jordan, hat Sie und Ihr Team als Berater angefordert. Sie sollen helfen, mögliche Schwachstellen im Sicherheitsnetz zu erkennen und zu beheben. Der Mann ist ein Bekannter von Peter Crane, was der Grund dafür ist, dass er explizit Ihr Team angefordert hat. Bitte informieren Sie Arif Arsan und Frank Thiel, wo auch immer die beiden stecken mögen, dass sie sich schnellstmöglich in L.A. einfinden sollen. Nia Coor befindet sich bereits dort, wenn ich richtig informiert bin. Auf Peter Crane werden Sie verzichten müssen. Er ist in einer eigenen Angelegenheit unterwegs, die leider keinen Aufschub duldete. Senior Special Agent Vin Sparks wird Peter ersetzen und mit Ihnen nach L.A. fliegen."

Sparks nickte.

„Die ISOS L.A. Division ist alarmiert.", fuhr der Direktor fort. „Man wird Sie dort mit allem unterstützen und ausrüsten, was Sie brauchen. Der ISOS Jet wird gerade startklar gemacht und wird Sie umgehend nach L.A. fliegen. Tut mir leid, Ms. Jaxter, ich weiß, dass Sie sich eigentlich eine Pause verdient hätten!"

„Schon in Ordnung, Direktor. Ich kann mich ja im Flieger etwas ausruhen.", sagte sie abwesend, denn sie grübelte darüber nach, was Peter wohl so dringendes zu erledigen hatte. Sie wurde das

Gefühl nicht los, dass Peters Abwesenheit, und die Tatsache, dass sie ihre Mutter nicht erreichen konnte, irgendwie in Zusammenhang standen. Doch jetzt war leider nicht die Zeit, um dieser Sache auf den Grund zu gehen.
Der Direktor ergriff wieder das Wort:
„Bitte gehen Sie nun alle an Ihre Arbeitsplätze. Wir haben viel zu tun. Diese Sache hat oberste Priorität. Erstens das Attentat vereiteln, zweitens herausfinden, wer das Attentat geplant hat. Agent Jaxter, Senior Special Agent Sparks, viel Glück!"

Die Anwesenden verließen den Raum. Lilly fuhr mit dem Aufzug hinunter und ging in ihr Büro. In einem Schrank hatte sie dort einen stets gepackten Koffer, damit sie in Notfallsituationen, so wie jetzt, direkt aufbrechen konnte. Anschließend machte sie sich gemeinsam mit Sparks auf den Weg nach Los Angeles.

4

Mit knapp einer Million Einwohnern wurde die Rheinmetrople Köln auch gerne als „Millionendorf am Rhein" bezeichnet. Auf der einen Seite war Köln zwar durchaus eine „echte" Großstadt, auf der anderen Seite hatte die Stadt in den engen Gassen der Altstadt aber eher das Flair einer gemütlichen Kleinstadt. In den dortigen Kneipen herrschte fast schon eine familiäre Atmosphäre. Denn mit echten Kölnern kam man sehr schnell ins Gespräch und man konnte sich mit ihnen sehr eingehend unterhalten, sofern man über die beiden Kölner Heiligtümer reden mochte: Den Kölner Dom und den Fußballclub 1. FC Köln. Beide waren das Herzblut eines echten Kölners und speziell über den „FC" konnten Kölner stundenlang lamentieren.
Der Kölner Dom war das Wahrzeichen der Stadt. Der Bau wurde im Jahre 1248 begonnen. Die gesamte Bauphase umfasste zwei Bauperioden und endete schließlich im Jahre 1880. Die beiden markanten Türme des Doms ragten 157 Meter in die Höhe. Er

war damit das zweithöchste Kirchengebäude Europas und das drittgrößte der Welt. Darüber hinaus war er mit jährlich sechs Millionen Besuchern die meist besuchte Sehenswürdigkeit Deutschlands.
Wenn man so wollte, war der FC das zweite Wahrzeichen der Stadt. Gegründet 1948 schrieb der Club Geschichte, als erster deutscher Meister der neugegründeten Fußball Bundesliga 1964. Aus diesem Grund war der FC für die Kölner natürlich der einzig wahre deutsche Meister. Das Vereinswappen zierte nicht nur die Silhouette des Kölner Doms, sondern auch das Vereinsmaskottchen: Ein Geißbock namens Hennes. Im Jahre 1950 wurde dem Verein von einem Zirkus als Glücksbringer ein junger Geißbock geschenkt. Getauft wurde der Bock nach dem damaligen Spielertrainer Hennes Weissweiler und war fortan bei den Heimspielen als Maskottchen dabei, wodurch er zum Identifikationssymbol des Vereins avancierte. Aus diesem Grund wurde die Mannschaft auch „Die Geißböcke" genannt. Bis heute war ein Geißbock namens Hennes (mittlerweile Hennes VIII.) bei jedem Heimspiel des FC als Maskottchen am Spielfeldrand dabei.
Trotz schwieriger Zeiten von den neunziger Jahren bis heute, und mehreren Abstiegen in die zweithöchste Spielklasse, hielten die Kölner dennoch stets ihrem FC die Treue.

Einer dieser Kölner war ein Mann namens Frank Thiel. Ein Geheimagent und Mitglied von Peter Cranes ISOS Einsatzteam. Frank war Mitte vierzig, 1,80 m groß und stets Solarium gebräunt. Seine lichter werdenden Haare hatte er kurz geschoren. Er trug gerne Anzug und Krawatte und war stets adrett und elegant gekleidet. Als Kettenraucher schimpfte er gerne mit seiner lauten Stimme und seinem rheinischen Dialekt über das Rauchverbot, welches, wie auch in Deutschland, mittlerweile in vielen Ländern weltweit in Kneipen und Restaurants herrschte.
Frank war seit vielen Jahren ein Teil von Peters Team. Genau genommen war er ein Ex-Krimineller. Er hatte in früheren Jahren sein Geld als Hehler und Schmuggler verdient. Durch exzellente weltweite Kontakte hatte er sich damals einen Ruf gemacht als „Der Mann, der alles besorgen kann". Und im Team war das eine

seiner Hauptaufgaben. Wenn sie Undercover im Ausland unterwegs waren, dann oblag es Frank, Waffen, Autos und Ausrüstung zu organisieren. Er sprach fließend mehrere Sprachen und verstand es meisterhaft, sich landestypischen Gepflogenheiten anzupassen. Frank und Peter hatten sich in Köln in einer Kneipe kennengelernt und waren sich danach immer mal wieder dort über den Weg gelaufen, da Peters Großmutter in Köln lebte, und er deswegen häufiger in der Stadt war.

Als Peter Frank fragte, ob er nicht Interesse daran hätte, seinem Leben eine neue Richtung zu geben und Mitglied des Teams zu werden, hatte er zunächst lachend abgelehnt. Doch Peter hatte ihn dann ziemlich aufs Kreuz gelegt. Eines abends hatte er Frank nach allen Regeln der Kunst abgefüllt und mit von Alkohol getrübten Sinnen hatte er dann doch zugesagt. Und ein echter Kölner stand zu seinem Wort, ob betrunken oder nicht. Bis heute fragte sich Frank allerdings, ob die erste Begegnung damals zwischen ihm und Peter wirklich nur Zufall gewesen war, oder ob Peter ihn nicht doch schon vorher ganz gezielt als potenzielles neues Mitglied ausgesucht hatte. Er hatte Peter schon öfters danach gefragt, aber der grinste nur schweigend, wenn er ihm diese Frage stellte.

Frank war in seiner mittlerweile langjährigen Tätigkeit als Außendienstagent schon in den schönsten Städten und an den schönsten Orten der Welt gewesen. Aber frei nach dem Lied „Ävver et Hätz bliev he in Kölle" (Aber das Herz bleibt hier in Köln) einer Kölner Musikband, hing Frank Thiels Herz an seinem Köln und sobald er Urlaub hatte - und waren es auch nur wenige Tage - reiste er in seine Heimatstadt, um dort seine Freizeit zu verbringen.

Und auch jetzt war Frank in Köln, um dort seinen Urlaub zu verbringen. Er saß spätabends in einer urigen Kneipe in der Kölner Altstadt und trank ein kühles Kölsch, ein Bier, welches in Köln gebraut wurde. Frank kannte sowohl den Wirt, als auch die Kellner und Kellnerinnen und einige der anwesenden Gäste. Normalerweise stand der Rheinländer an solchen Abenden regelrecht im Mittelpunkt, schmiss Runden, erzählte lautstark Anekdoten aus seiner Zeit als Schmuggler und forderte weibliche Gäste gerne zum Tanz auf. Doch weder heute noch in den Tagen zuvor war er in Feierlaune gewesen. In früheren Zeiten war er ein Egoist. Andere hatten ihn nicht wirklich interessiert. Geld, Alkohol, Drogen und Frauen. Das war damals sein Leben. Eine aufregende Zeit, auch wenn er im Rausch viele Details vergessen und Erinnerungen verloren hatte. Dann war er Peters Team beigetreten. Und dadurch hatte er sich gebessert. Er war ehrlicher geworden. Gewissenhafter. Den Drogen hatte er komplett abgeschworen. Mit Frauen flirtete er immer noch gerne, nutzte sie jedoch nicht mehr aus, so wie er es früher immer gemacht hatte. Damals hatte er den Damen das Blaue vom Himmel herunter gelogen, nur um sie ins Bett zu kriegen.

Zwei Dinge hatten sich allerdings nie geändert: Er trank immer noch gerne in gemütlicher Runde ein paar Kölsch, und er war immer eine rheinische Frohnatur geblieben. Auch als damals Nia Coor bei einer Mission in Prag angeschossen wurde, was ihn tief getroffen hatte, war es ihm gelungen, die Trauer zu überspielen, um die anderen, und speziell Peter, aufzumuntern. Doch im letzten Jahr hatte ein Wahnsinniger versucht, ISOS zu vernichten. Damals war ISOS Direktor McDermott sogar entführt und gefoltert worden. Frank Thiel und Arif Arsan sollten den Direktor in einer Nacht- und Nebelaktion befreien. Frank war im Laufe der Mission am Arm angeschossen worden, was jedoch halb so wild war. Sie hatten den Direktor befreit und sogar noch zwei, ebenfalls dort gefangene ISOS Kollegen, gerettet. Auf dem Rückweg wurden sie in ein Feuergefecht verwickelt und als die Rettung in Form eines Helikopters für sie alle zum Greifen nahe war, hatte es Arif Arsan erwischt. Er wurde von drei Kugeln schwer verletzt. Frank zerrte seinen verletzten Kumpel in den Helikopter und hielt ihn in den Armen. Er hatte gespürt, wie Arif immer schwächer wurde und dem Tod immer näher kam. Dieses Ereignis hatte Frank irgendwie aus der Bahn geworfen. Er träumte häufig von diesem Vorfall und wachte schwitzend und schreiend auf. Und auch heute Abend überrollten ihn immer wieder dunkle Gedanken, und so saß er mit finsterem Gesicht alleine an

der Theke und starrte auf sein Kölsch Glas.
Auch die Arbeit im Team hatte sich verändert. Früher wurde auch mal gescherzt, es wurde sich geneckt und in ruhigen Minuten gelacht. Rückblickend würde Frank sogar sagen, dass sie sich alle irgendwie für unverwundbar und unschlagbar gehalten hatten. Die Verletzung von Nia hatte erste Risse in der Fassade verursacht und die Vorkommnisse im letzten Jahr hatten sie regelrecht zum Einsturz gebracht. Die Arbeit war ernster und verbissener geworden. Die Freizeit, die sie früher auch mal zusammen verbrachten, wurde mittlerweile getrennt voneinander verlebt. Ihnen war aufgezeigt worden, wie verletzlich sie doch alle eigentlich waren. Dennoch funktionierten sie nach wie vor als Team. Sie waren immer noch gut. Verdammt gut. Und dennoch hatte sich alles verändert. Frank bedauerte das. Manchmal, in ruhigen Minuten, überlegte er sogar, ob er nicht aussteigen sollte. Aber die Wahrheit war, dass er sonst niemanden hatte. Eine Familie hatte er nicht, denn er war in einem Heim aufgewachsen. Sein früheres Leben hatte er aufgegeben und er wollte auch nicht mehr in dieses Leben zurück. Und zu den Leuten, die sich früher seine Freunde nannten, hatte er keinen Kontakt mehr. Sie waren sowieso nur mit ihm um die Häuser gezogen, weil er viel Geld hatte und sie regelrecht auf seine Kosten lebten. Auf diese Art von Freunden konnte er getrost verzichten. Die Wahrheit war, dass Peter, Arif, Nia und Lilly seine Freunde waren. Echte Freunde, und letztlich sogar so etwas wie seine Familie. Deswegen wollte und konnte er das Team einfach nicht verlassen. Frank wusste, dass er mit seinen Problemen jederzeit zu Peter hätte gehen können. Doch das wollte er nicht. Zumindest im Moment nicht. Auch Peter hatte eine schwere Zeit hinter sich und er war gerade erst wieder mit Nia zusammen. Frank wollte Peter einfach etwas gemeinsame Zeit mit Nia lassen und ihn nicht mit seinen Problemen belasten. Sie würden das noch früh genug klären können.
Jemand tippte Frank auf die Schulter.
„Hey, Süßer."
Frank schaute auf. Neben ihm stand Jaqueline, genannt Jackie. Eine dralle Blondine mit weit ausgeschnittenem Dekolleté, die sich verführerisch zu Frank herüber lehnte . Sie war eine Kellne-

rin, mit der er in der Vergangenheit schon öfters die Nacht verbracht hatte, wenn sich für sie beide nichts Anderes ergeben hatte. So war das zwischen ihnen. Sie führten eine zwanglose, rein sexuelle Beziehung, in der keiner auf den anderen Rücksicht nehmen musste.
„Hey, Jackie.", antwortete er mit dem misslungenen Versuch eines Lächelns.
„Was ist denn los mit dir? Zuerst warst du monatelang weg und jetzt sitzt du hier, als ständest du kurz vorm Exitus. So kenne ich dich gar nicht…"
„Stress auf der Arbeit!", antwortete er knapp.
„Dagegen kenne ich ein gutes Mittel.", sagte sie und legte ihre Hand auf seinen Oberschenkel.
„Tut mir leid, Jackie, aber heute nicht."
„Komm schon.", hauchte sie ihm verführerisch ins Ohr und griff ihm in den Schritt. Sanft aber bestimmt nahm Frank Jackies Hand und drückte sie weg.
„Wenn du mir was Gutes tun willst, dann bring mir bitte die Rechnung."
„Wie du willst.", entgegnete sie sichtlich gekränkt.
„Jackie…"
„Schon gut. Wir sind ja nicht verheiratet." Doch Frank merkte, dass sie immer noch leicht verschnupft war.
Sie knallte ihm die Rechnung auf den Tresen und verschwand wortlos in der Küche. Frank bezahlte, gab ein großzügiges Trinkgeld und verließ das Lokal. Draußen holte er tief Luft und zündete sich erst mal eine Zigarette an. Er machte sich auf den Weg zum Rheinufer, um sich noch etwas die Beine zu vertreten, auch wenn das einen Umweg auf dem Weg nach Hause bedeutete. Er ging gerne abends noch ein Stück am Rhein entlang. Es war mittlerweile spät in der Nacht und es waren nur noch vereinzelt Leute unterwegs. Als er nach etwa zwanzig Minuten zu Hause ankam, war er müde und freute sich auf sein Bett. Er zog sich seine Klamotten aus und ließ sich erschöpft auf die weiche Matratze fallen. Fast sofort war er eingeschlafen.
Ihm kam es so vor, als wäre er gerade erst eingenickt, als sein Handy klingelte. Meckernd tatschte er auf dem Nachttisch her-

um, doch da lag sein Handy nicht. Mühsam rappelte er sich hoch, um zu schauen, ob sein Handy in der Tasche seiner Hose war, die er über einen Stuhl geworfen hatte. Auf dem Weg dorthin stieß er sich den Fuß am Bettpfosten und hüpfte wie ein Rohrspatz fluchend auf einem Bein hin und her, während er sich den Fuß des anderen Beins hielt. Das Handy klingelte noch immer. Er humpelte zu seiner Hose, grapschte das Handy aus der Tasche und pfefferte die Hose wütend in die Raumecke.

„JA!", bellte er in den Hörer.

„Ruhig, Brownie, hier ist Lilly." Wegen seiner Sonnenbank-Bräune hatten die anderen Frank den Spitznamen „Brownie" verpasst.

„Lilly, entschuldige. Ich hätte mir auf dem Weg zum Telefon beinahe den Hals gebrochen. Was gibt's denn so Dringendes?"

„Entschuldige die Störung, aber es gibt Arbeit. Du musst dich sofort auf den Weg nach L.A. machen. Alle wichtigen Informationen sende ich dir auf dein Smartphone. Am Flughafen sind First Class Tickets für dich hinterlegt. Du musst dich beeilen, um ihn nicht zu verpassen. Wir sehen uns dann in ein paar Stunden in L.A."

„In Ordnung.", sagte er knapp, während er sich bereits auf dem Weg ins Bad befand, um sich schnell zu duschen. Genau wie Lilly hatte Frank in seinem Schrank einen stets gepackten Koffer. Als er nach zehn Minuten im Bad fertig war und sich angezogen hatte, griff er den Koffer und machte sich mit einem Taxi auf den Weg zum Flughafen. Er freute sich darauf, seine Freunde wieder zusehen und seine dunklen Gedanken waren für den Moment vergessen.

5

Die Stadt Las Vegas war mit fast einer Million Einwohner die größte Stadt des US Bundesstaates Nevada. Bekannt wurde Las Vegas natürlich als Oase des Glücksspiels, aber auch durch die großen Abendshows, bei denen Künstler wie Britney Spears, Celine Dion oder Illusionisten wie David Copperfield auftraten. Jährlich besuchten im Schnitt vierzig Millionen Touristen die Stadt, manche, um einfach ein paar schöne Tage zu verbringen, andere jedoch in der Hoffnung, das große Glück - sprich Geld - zu finden. Die Skyline von Las Vegas bei Nacht, mit Hotels wie The Mirage, Paris, Caesars Palace oder Bellagio war mittlerweile weltbekannt. Das Herz von Las Vegas war der „Strip", an dem sich die Luxushotels wie an einer Perlenschnur aneinanderreihten.

Es war sechs Uhr morgens in Las Vegas. Einige wenige Leute waren auf dem Strip unterwegs. Meistens Nachtschwärmer, welche ihre Zeit in Clubs oder an den Spieltischen verbracht hatten. Einige Männer hatten weibliche Begleitungen in billigen, kurzen und eng anliegenden Kleidern bei sich, die auf den ersten Blick als Prostituierte zu erkennen waren. Manche Leute torkelten umher, weil sie einen über den Durst getrunken hatten. Straßenreiniger waren damit beschäftigt, Müll aufzusammeln und die Gehwege mit Hochdruckreinigern vom Schmutz der Nacht zu reinigen, damit Vegas für den kommenden Tag und die kommende Nacht in gewohnt sauberem Glanz erstrahlte. An den Hotels und Casinos leuchteten die grellen Reklamelichter, welche niemals ausgingen.
Es war mit circa fünfzehn Grad Celsius angenehm kühl. Tagsüber konnte die Temperatur aber doch schon die dreißig Grad Celsius erreichen. Im Sommer waren es sogar über vierzig.

Las Vegas konnte einem alles bieten, was das Herz begehrte, wenn man über das nötige Geld verfügte. Es konnte einen aber auch zerstören. Am nördlichen Strip verließ ein Mann das dort gelegene Wynn Hotel, ein imposanter Bau, der in der aufgehenden Morgensonne golden schimmerte. Der Mann war südländischer Herkunft. Er war von kleinerer Statur, ungefähr zwischen 1,60 und 1,65 m groß, aber sehr durchtrainiert. Sein Kopf schien ein kleines bisschen zu groß zu sein, für den Körper. Die lichter werdenden Haare hatte er kurz geschoren. Doch trotz seines an sich dunklen Teints, wirkte seine Haut fahl und er hatte dunkle Ränder unter seinen blutunterlaufenen Augen. Er sah ungepflegt und unrasiert aus, so als hätte er seit Tagen nicht mehr geduscht. Die ganze Nacht hatte er im Casino an den Poker-Tischen verbracht und dabei einiges an Geld verloren. Der Mann blinzelte aufgrund der aufgehenden Sonne, die er schon viele Stunden nicht mehr gesehen hatte. Ihm wurde schwindelig und stechende Kopfschmerzen bohrten sich in seinen Schädel. Er konnte sich gerade noch an einem Geländer vor einem wunderschönen Wasserfall festhalten, wofür er jedoch keinen Blick hatte. Mit zitternder Hand fischte er aus seiner Hosentasche eine durchsichtige orangene Kunststoffdose, öffnete sie mühsam, ließ sich die letzten drei Tabletten in die Hand fallen und schluckte diese trocken. Er würde dringend Nachschub an Tabletten brauchen. Der Mann schloss die Augen und wartete, sich am Geländer festklammernd, bis die Wirkung einsetzte. In lichteren Augenblicken gab es in der hintersten Ecke seines Gehirns eine leise Stimme, die ihm zuflüsterte, dass er süchtig war und dass er in einen Abgrund fiel, aus dem er möglicherweise nie mehr herausfinden würde. Doch Arif Arsan ignorierte diese Stimme. Er brachte sie mit Demerol zum Schweigen, einem starken, Morphium ähnlichen Schmerzmittel.

Arif hatte ein Zimmer in einem schäbigen Motel etwas abseits des Strips gemietet. Auf dem Weg dorthin würde er an einem Diner vorbeikommen, welches vierundzwanzig Stunden geöffnet hatte. Da er bemerkte, wie hungrig er war, weil er seit Stunden nichts mehr gegessen hatte, wollte er dort frühstücken gehen. Er schlurfte den Strip entlang und wurde immer wieder von Leuten schief angeguckt, weil er so heruntergekommen aussah. Doch Arif bemerkte die Blicke nicht. Durch das Demerol fühlte sich sein Kopf an, wie in Watte gepackt.
Als er das Diner erreichte, setzte er sich an seinen gewohnten Platz, in der hintersten Ecke, wo niemand ihn sah und er seine Ruhe hatte. Gedankenverloren starrte er auf den Tisch vor sich.
„Arif…ARIF."
Er schaute auf. Es war Penelope, genannt Penny, die Bedienung des Diners. Eine attraktive Mittdreißigerin mit brünettem, lan-

gem Haar und dunklem Teint. Sie trug eine weiße Bluse, einen Rock und eine Haube, was der typischen Bekleidung einer Bedienung in einem solchen Lokal entsprach. Penny hatte einen Hang dazu, deutlich zu viel Schminke aufzutragen. Ihre Lippen glänzten in großzügig aufgetragenem grellroten Lippenstift, und ihr Gesicht wirkte durch die ganze Schminke leicht maskenhaft. Energisch kaute sie auf einem Kaugummi herum.
Penny kannte Arif schon lange, denn er war Stammgast, wenn er sich in Vegas aufhielt, was häufig vorkam, wenn er Urlaub hatte. Penny vermutete, dass Arif insgeheim eine Schwäche für sie hatte, denn er kam fast jeden Tag zu den Uhrzeiten, wenn sie Schicht hatte, und das, obwohl das Diner nicht unbedingt das beste von Vegas war. Und Unrecht hatte Penny damit nicht. Arif mochte Penny sehr und wäre gerne mal mit ihr ausgegangen. Er hatte sich jedoch bis jetzt nicht getraut, sie zu fragen. Arif war ein Computerexperte und Hacker, weswegen er sich mit Computern und Technik natürlich perfekt auskannte. Aber Frauen waren für ihn ein Buch mit sieben Siegeln, was seine Unsicherheit gegenüber Penny noch verstärkte.
Mit sorgenvollem Blick schaute Penny Arif an. Ihr waren die Veränderungen an ihm natürlich nicht verborgen geblieben. Sie setzte sich ihm gegenüber, obwohl ihr das von ihrem Chef während der Arbeitszeit nicht gestattet war. Zu dieser frühmorgendlichen Stunde war ihr Chef jedoch noch nicht anwesend.
„Arif, was ist denn nur los mit dir? Du hast dich so verändert. Früher warst du immer gut angezogen, hast dich rasiert und warst gepflegt. Und nun schau dich an! Du zerstörst dich selber, und das bricht mir das Herz.", sagte sie einfühlsam und meinte das Gesagte auch so.
„Nichts. Es ist nichts. Ich brauche nur Frühstück.", blockte er ab.
„Komm schon, Arif. Ich kann und möchte dir helfen!", sagte sie fast schon flehend. Vor einigen Jahren hätte Las Vegas auch beinahe Penny verschluckt. Zu viel Glücksspiel, zu viel Alkohol, zu viele Männer. Doch sie hatte es geschafft da rauszukommen und führte jetzt ein solides Leben.
Arifs Kopf dröhnte. Pennys Worte drangen irgendwie nicht zu ihm durch. Es war so, als würde sie eine andere Sprache sprechen.

Seine Gedanken konnten sich nur auf zwei Dinge konzentrieren: Essen und Demerol. Er musste nach dem Essen unbedingt seinen Dealer aufsuchen.

„Nur Frühstück.", sagte er knapp, ohne sie dabei anzuschauen. „Wie du meinst.", entgegnete Penny enttäuscht und stand auf. Nach zehn Minuten war sie wieder da und knallte Arifs Frühstück auf den Tisch. Wie immer bekam er Rührei mit Bratkartoffeln, Speck und einen Obstteller. Arif begann zu essen. Doch nach wenigen Bissen war er schon wieder satt. Er bekam einfach nichts herunter, obwohl er eben noch so einen Heißhunger hatte. Er nahm ein paar zerknüllte Scheine aus seiner Tasche und warf sie auf den Tisch. Wie immer war ein großzügiges Trinkgeld für Penny dabei. Dann verließ er das Lokal, um seinen Dealer aufzusuchen, der glücklicherweise in der Nähe seines Motels wohnte.

Die schweren Schussverletzungen, welche Arif sich vor einigen Monaten bei der Befreiung von Direktor McDermott zugezogen hatte, hätten ihn beinahe sein Leben gekostet. Die Ärzte der ISOS Krankenstation hatten ihn notoperiert und ihm das Leben gerettet. In den Tagen danach war er langsam wieder zu Kräften gekommen und Schmerzmittel halfen ihm, die Schmerzen der Verletzungen auszuhalten. Dann begann die Reha. Arif biss die Zähne zusammen und kämpfte sich dadurch, bis er wieder voll und ganz genesen war. Dann wurden seine Schmerzmittel abgesetzt. Zunächst ging alles bestens und er fühlte sich so, als könnte er Bäume ausreißen. Doch kurze Zeit später wachte er eines Nachts schweißgebadet auf und hatte dort, wo die Kugeln ihn getroffen hatten, unbeschreibliche Schmerzen. Es fühlte sich so an, als würde ihm jemand glühende Eisenstangen in den Körper stechen. Er schleppte sich ins Badezimmer und fand dort noch einige der Schmerztabletten aus seiner Behandlungszeit im Krankenhaus. Nachdem er diese geschluckt hatte, waren die Schmerzen plötzlich wie weggeblasen. Am nächsten Tag ging Arif zu dem Arzt, der ihn behandelt hatte, und ließ sich untersuchen. Doch rein körperlich war er kerngesund. Der Arzt kam daraufhin zu dem Schluss, dass die Schmerzen möglicherweise psychischer Natur seien, was bei Schussopfern, die so schwer verletzt worden waren, durchaus passieren konnte. Er verwies Arif zu einem Psychologen, der auf so etwas spezialisiert war. Doch Arif war nie dorthin gegangen. Wann immer die Schmerzen kamen, nahm er Demerol und sie gingen wieder fort. Wenn er in der ISOS Zentrale war, dann ließ er sich die Tabletten von einer Krankenschwester besorgen, die er während seiner Behandlung kennengelernt hatte. Er besserte ihr Einkommen auf, sie besorgte die Tabletten und schwieg wie ein Grab. Eine Win-Win Situation. Seine dienstfreien Tage verbrachte Arif mit Vorliebe in Las Vegas. Dort hatte er mittlerweile einen eigenen Dealer. Dieser wohnte in einem heruntergekommenen Mehrfamilienhaus in einer etwas abgelegeneren Gegend. In den Fluren roch es nach abgestandenem Alkohol und Urin: Hier wohnte der Abschaum von Vegas. Der Mann, zu dem Arif wollte, hieß Jackson. „Einfach nur Jackson", wie er immer betonte. Jackson trug grundsätzlich einen zerschlissenen Ledermantel und darunter ein weißes, schmieriges Unterhemd. Seine Jeans bestand mittlerweile mehr aus Löchern als aus Stoff. Lippen, Nase und Ohren waren mit Piercings übersät. Er war so dürr, dass sein Schädel aussah, wie ein Totenkopf. Arif hatte ihn in einer Kneipe hier in Vegas kennengelernt. Beide waren schwer angetrunken gewesen und kamen an der Theke ins Gespräch. Wegen der durch Alkohol gelockerten Zunge, rutschte Arif heraus, dass er auf der Suche nach jemandem war, der Schmerzmittel unter der Hand verkaufte. Jackson wurde natürlich sofort hellhörig und kramte aus den unzähligen Innentaschen seines Mantels ein kleines Tütchen gefüllt mit Demerol Schmerztabletten hervor.

„Hier mein Freund. Zur Probe für dich. Falls du Nachschub brauchst, dann frage hier in der Kneipe nach mir. Man wird dir dann sagen, wo du mich findest.", sagte Jackson mit einem Grinsen und der Gewissheit, dass er Arif als neuen Kunden am Haken hatte, denn ihm war Arifs gieriger Blick sofort aufgefallen. Seitdem war Arif Stammkunde bei Jackson.

Arif klopfte an der Tür des Dealers. Kurze Zeit später öffnete Jackson nur bekleidet mit einem speckigen, vermutlich ehemals weißen Bademantel.

„Arif, Alter. Du siehst ganz schön beschissen aus! Komm rein."
Die Einzimmerwohnung war dreckig und unordentlich. Auf dem Wohnzimmertisch standen unzählige Flaschen Bier und Schnaps, etliche überquellende Aschenbecher und ranzige Pizzakartons. Die Couch war zerschlissen und mit Brandlöchern übersät. Der Linoleumboden war durchgelaufen, dreckig und irgendwie klebrig. Auf der kleinen Küchenzeile stapelte sich schmutziges Geschirr. Die Tapete an den Wänden war uralt und an vielen Stellen beschädigt, vor allem war sie aber mittlerweile gelb vor lauter Nikotin. Ein Geruch nach Marihuana, Zigaretten und Schweiß lag in der Luft. Auf dem Bett, welches dringend hätte neu überzogen werden müssen, lag eine billige, verbrauchte Prostituierte mit verträumtem Blick. Sie hatte einen Lederriemen eng um den Arm gebunden und an einer Vene baumelte eine Spritze. Unten herum war sie entblößt und offensichtlich bereit dazu, Jackson ihren Körper anzubieten. Scham zeigte sie keine als Arif das Zimmer betrat, sondern sie blieb einfach liegen, wie sie war. Arif vermutete, dass sie zu allem bereit war, um ihre Drogen zu bekommen. Kondome konnte er keine erblicken.
„Wie du siehst, habe ich etwas vor, also mach's kurz. Was kann ich für dich tun?"
„Ich brauche meine Pillen.", sagte Arif matt und griff aus seiner Hosentasche einige Geldscheine.
„Alter, so wie du aussiehst, brauchst du mal was Stärkeres. Setz dich, bin sofort bei dir.", sagte Jackson und deutete auf die Couch. Arif war zu kaputt, um zu widersprechen und ließ sich auf die Couch fallen. Der Bezug fühlte sich irgendwie leicht feucht und schmierig an, was ihm jedoch in seinem jetzigen Zustand egal war. Er wollte nur seine Pillen. Jackson ging hinüber zur Küche und nahm aus einer Kaffeedose ein Tütchen mit einem weißen Pulver.
„Hier, probier mal was Koks. Hilft genau so gegen deine Schmerzen, macht dich aber sofort wieder top fit." Jackson grinste Arif an und entblößte dabei seine dunkelgelben, ungepflegten Zähne. Arifs Sinne waren nach der durchzechten Nacht und unzähligen Demerol zu vernebelt, als dass er sich Gedanken darüber machen

konnte, was er im Begriff war zu tun.
„Dann gib mal rüber!", sagte er erwartungsvoll.
Jackson schob den Müll auf dem Wohnzimmertisch beiseite, ließ aus der Tüte etwas Kokain auf den Tisch rieseln und formte das Pulver mit einer Kreditkarte zu einer „Line". Dann gab er Arif ein dünnes Röhrchen. Arif nahm das Röhrchen entgegen und schniefte sich damit das Kokain in die Nase. Nach ungefähr einer Minute begann das Kokain zu wirken. Es war wie eine Explosion in Arifs Körper. Euphorie setzte ein, die Müdigkeit fiel von ihm ab. Er fühlte sich regelrecht, als hätte er unglaubliche Superkräfte. Er sprang auf und grinste Jackson an.
„Wow, das ist der Hammer. Gib mir mehr von dem Zeug", forderte er gierig.
„Kein Ding, Alter. Hier, ein Tütchen gibt's gratis von mir."
„Hier hast du meine ganze Kohle. Gib mir so viel, wie ich dafür bekomme."
Jackson zählte nach und gab Arif mehrere Tütchen Kokain.
„Danke, Jackson. Du bist der Beste!", sagte Arif überschwänglich und stürmte aus der Wohnung. Er hatte ein Gefühl, als wäre er der König und ihm würde die ganze Welt zu Füßen liegen. Er rannte regelrecht zu seinem Motelzimmer, nahm eine Dusche, rasierte sich und machte sich bereit, den Tag in Vegas zu verbringen. Es war nach wie vor früh am Morgen. An Schlaf war jedoch überhaupt nicht mehr zu denken. Das Kokain hatte ihm einen gewaltigen Energieschub verpasst.

Arif zog den ganzen Tag durch die Stadt, von Casino zu Casino. Er hatte sogar Glück und gewann im Laufe des Tages etliche zehntausend Dollar, was seine Euphorie sogar noch steigerte. Er engagierte zwei Eskortdamen und steckte ihnen an den Spieltischen Dollars ins Dekolleté. Zwischendurch schnupften sie gemeinsam auf der Toilette immer wieder Koks, sodass Arif sogar Nachschub bei Jackson holen musste, denn seine beiden Begleiterinnen konsumierten das Pulver, als gäbe es kein Morgen mehr. Im Caesars Palace nahm er sich eine Suite, ließ sich von seinen Begleiterinnen verwöhnen, während sie alle, sobald die Wirkung nachließ, noch mehr Kokain schnupften und Champagner aus

Flaschen tranken. Arif überschüttete die Frauen an intimen Stellen mit dem prickelnden Getränk und leckte es von ihren Körpern. Beide machten mit Arif Sachen, die er sich in seinen kühnsten Träumen nicht hätte vorstellen können. Als sie ihre sexuellen Spiele nach vielen Stunden schließlich in der Nacht beendeten und der Rausch nachließ, schliefen die Drei nackt auf dem großen Doppelbett der Suite ein.

Geweckt wurde Arif von dem Klingeln seines Smartphones. Er wusste nicht, wie lange es schon klingelte. Er war unfähig sich zu bewegen. Sein Körper fühlte sich ausgedörrt und ausgezehrt an. Sein Kopf dröhnte und das Klingeln fühlte sich an, als würde es sein Gehirn zum Bersten bringen. Mühsam und unendlich langsam gelang es ihm aufzustehen. Er erinnerte sich an Bruchstücke des vergangenen Tages und der Nacht und musste trotz seines Zustandes grinsen. Er hatte es krachen lassen, keine Frage, und er hatte sich so lebendig gefühlt, wie schon lange nicht mehr. Er ignorierte das Telefon, ging zum Kühlschrank und entnahm eine Flasche Wasser, die er in einem Zug leer trank. Dann griff er sich mehrere Schokoriegel und schlang sie hinunter. Ein Blick in den Spiegel zeigte ihm, dass die Exzesse nicht spurlos an ihm vorübergegangen waren. Seine Haut war bleich und er hatte fast schwarze Ringe unter den Augen. Sein Gesicht sah eingefallen aus. Eines war klar: Er brauchte seine Medizin. Er ging zum Nachttisch, fand dort noch etwas Kokain und schnupfte es umgehend. Kurze Zeit später setzte die Wirkung ein, und er fühlte sich wie neugeboren. Jetzt endlich ging er ans Telefon.
„Arif? Ich bin's Lilly. Gehst du auch endlich mal ans Telefon?", fragte sie verärgert.
„Ja, sorry, war beschäftigt.", sagte er knapp mit monotoner Stimme. „Was gibt's?"
„Arbeit! Wir landen in einer Stunde mit dem ISOS Firmenjet in Vegas und lesen dich auf. Schau bitte, dass du dann dort bist. Ich erkläre dir auf dem Flug nach L.A., was los ist."
„Okay.", sagte Arif ohne ein weiteres Wort und legte auf. Er nahm eine kurze Dusche und ging zurück ins Schlafzimmer, wo seine Begleitungen auch mittlerweile erwacht waren.

„Hey, Süßer."
„Hallo, Mädels. Danke für diese unvergessliche Nacht. Hier, ein kleines Dankeschön." Arif warf mehrere hundert Dollarscheine auf das Bett. „Tut mir leid, ihr Süßen, aber ich muss arbeiten. Ich melde mich, sobald ich wieder in der Stadt bin. Dann wiederholen wir das Ganze.", sagte er zwinkernd.
„Bye, Arif!", sagten die beiden gleichzeitig.

Arif verließ das Hotel und nahm sich ein Taxi. Er musste noch schnell zu Jackson, und in seinem Motelzimmer seine Tasche holen, bevor er sich auf den Weg zum Flughafen machte. Er würde noch Nachschub brauchen, wenn er jetzt einen Einsatz hatte. Ein schlechtes Gewissen, dass er seine Arbeit vollkommen zugedröhnt erledigen würde, hatte er nicht, denn schließlich - so dachte er - machte ihn das Kokain unbesiegbar...

6

Peter Crane fuhr auf der Interstate 40 in Richtung Kingman. Er war seit mittlerweile fünf Stunden unterwegs und würde in dreißig bis vierzig Minuten die Ranch von Joan Jaxter und Harold Starve erreichen. Peter mochte Fahrten durch die Wüste. Bei solchen Road Trips kam bei ihm immer noch ein wenig das nostalgische Gefühl des „Easy Riders" auf, auch wenn er nicht mit einer Harley, sondern mit seinem Porsche Cabriolet bei geöffnetem Verdeck unterwegs war. Der Fahrtwind in den Haaren, die unendliche Weite der Wüste und einige klassische Diner mit großen Werbetafeln am Straßenrand ließen die „Golden Sixties" fast wieder lebendig werden. Gerne hätte er sich etwas mehr Zeit genommen, um in einem gemütlichen Diner einen Kaffee zu trinken, oder einen Burger zu essen und dabei einfach den vorbeifahrenden Verkehr und die Leute zu beobachten. Auch wäre er gerne kleinere Umwege gefahren, um über die Historical Route 66 zu cruisen und die dort gelegenen verschlafenen Ortschaften zu besuchen. Er nahm sich vor, mit Nia einen solchen Road Trip zu machen, wenn er zurück in L.A. war. Jetzt war dazu leider keine Zeit, da das Verschwinden von Harold natürlich absoluten Vorrang hatte und jede Minute zählte. Seinem Porsche hätte er am liebsten noch etwas mehr die Sporen gegeben, aber in den USA war es ratsam, sich an das Tempolimit zu halten, um nicht teure Strafzettel zu kassieren, und so rollte er bei 75 Meilen pro Stunde dahin, was 120 Kilometer pro Stunde entsprach.

Ein Stück vor Kingman bog Peter in einen Seitenweg ab, der als Zufahrt zur Ranch diente. Hinter einer Biegung kam das Anwesen in Sicht. Es war ruhig, abgeschieden und friedlich. Peters Lieblingsstädte waren Berlin und Los Angeles, aber wenn er wirklich Ruhe brauchte, um die Batterien aufzuladen und den Kopf freizukriegen, dann verbrachte er einige Tage auf der Ranch bei Joan und Harold. Wenn er dann frühmorgens ausritt und alleine durch die Prärie trabte, genoss er die Einsamkeit und Ruhe in vollen Zügen. Keine Hektik, kein Verkehrslärm, keine klingelnden Mobiltelefone. Die letzten beiden Male hatte er Nia mit dorthin genommen. Wenn er ausritt, war sie bei Harold und Joan auf der Ranch geblieben, oder sie hatte selber Ausritte mit den beiden unternommen. Sie akzeptierte, dass Peter gerne ein paar Stunden für sich alleine hatte und ließ ihn gewähren. Was diese Dinge anging, war ihre Beziehung unkompliziert, und beide ließen sich gegenseitig ihre Freiräume. Da sie zusammen arbeiteten, befanden sie beide gewisse Freiräume in ihrer Freizeit für wichtig, damit man nicht zu sehr zusammenhing und sich nicht irgendwann regelrecht auf die Nerven ging.

Joan hatte das Auto gehört und erwartete Peter bereits auf den Stufen der Veranda des Haupthauses. Peter hielt davor an und stieg aus. Joan eilte direkt auf ihn zu, fiel ihm um den Hals und drückte ihn fest an sich. Im ersten Moment erschrak Peter leicht bei Joans Anblick, denn sie sah durch die Sorge um Harold um Jahre gealtert aus. Ihre sonst so strahlend blauen Augen waren stumpf und schauten Peter traurig an. Dunkle Ränder unter den Augen zeugten von Schlafmangel und ihre sonst so rosige Haut war blass, wodurch sie einen leicht kränklichen Eindruck machte. Ihre langen blonden Haare hingen strähnig herab. Sorgenfalten

hatten sich tief in ihr Gesicht gegraben. Ein tiefes Schluchzen entrang sich ihrer Kehle. Als sie sich wieder beruhigt hatte löste sie sich von ihm.
„Peter, Gott sei Dank bist du hier!"
„Hallo, Joan."
„Ich habe schon alles vorbereitet. Du kannst dich direkt auf die Suche nach Harold machen!", sagte sie hektisch.
„Ganz ruhig, Joan. Ich würde mich liebend gern sofort auf den Weg machen, aber schon bald geht die Sonne unter und im Dunkeln würde ich Harolds Spuren nicht finden. So leid es mir tut, aber wir müssen bis morgen früh warten. Sobald die Sonne aufgeht, mache ich mich auf die Suche. Lass uns hinein gehen und einen Tee trinken. Dann erzählst du mir, was er am Tag seines Ausritts gesagt hat und dann schauen wir bei seinen Sachen nach, ob wir seine geplante Reiseroute irgendwo in seinen Aufzeichnungen finden, okay?"
„Ja…du hast recht. Entschuldige, ich bin einfach krank vor Sorge."
Peter parkte das Auto in der großen Scheune neben Joans und Harolds Autos und anschließend gingen sie gemeinsam ins Haupthaus. Joan setzte sich in der Küche an den massiven Holz-Küchentisch, während Peter für sie beide einen Tee zubereitete. Als er fertig war, setzte er sich zu Joan. Behutsam nippten sie beide an dem heißen Getränk.
„Dann erzähle mal. Was hat Harold am Tag seiner Abreise gesagt oder getan? War er anders als sonst?"
„Er war ziemlich aufgeregt. Er sagte, er hätte eine alte Karte gefunden, auf der eine Siedlung und ein Bergwerk eingezeichnet waren, die er sich unbedingt anschauen wollte."
„Hat er dir die Karte gezeigt?"
„Nein, leider nicht.", sagte sie bekümmert.
„Hat er sich ansonsten irgendwie anders verhalten?"
„Nein, alles war wie immer. Er hat gewissenhaft seine Sachen zusammengepackt. Genug Nahrung und Wasser für den Ausflug und zusätzlich noch etwas Reserve für ein oder zwei Tage für den Notfall. Allerdings befanden sich die Vorräte noch in Maliks Satteltaschen, als er zurückkam. Harold ist also ohne Vorräte in

der Wüste verschollen."
Als Joan das aussprach, kullerten ihr Tränen die Wange hinunter.
„Das muss nichts heißen, Joan. Harold kennt sich in der Wüste hervorragend aus. Egal was passiert ist, er wird sich zu helfen wissen. Hast du Harolds Arbeitszimmer mal durchsucht? Bist du dort auf Hinweise gestoßen, welche Route er genommen haben könnte?"
„Ich habe alles durchsucht, aber nichts gefunden und das Buch mit den alten Karten war zugeklappt."
„Ok, dann lass uns gemeinsam nachschauen."
Sie verließen die Küche und gingen in den rückwärtigen Teil des Hauses zu Harolds Arbeitszimmer. Der Raum war großzügig geschnitten und rundherum mit Holzpaneelen verkleidet, an denen in Bilderrahmen alte, vergilbte Landkarten der Umgebung hingen. Der Boden war mit Naturstein belegt und durch ein großes Panoramafenster konnte man die Prärie sehen. In der Mitte des Raumes stand Harolds großer Schreibtisch mit einem gemütlichen Ledersessel. Auf dem Tisch standen sein Computer und ein Drucker. An einer Wand sah Peter einen aus Bruchstein gemauerten Kamin, und an der gegenüberliegenden Wand war ein langes Bücherregal aufgebaut, welches bis unter die Decke reichte. Peter erblickte unzählige historische Bücher, viele davon in altem, rissigem Leder eingebunden. Vor dem Regal stand ein weiterer Schreibtisch mit Ledersessel zum Schmökern in den alten Werken. In der Luft lag ein Geruch nach Pfeifentabak, denn Harold schmauchte gerne Pfeife beim Lesen. Insgesamt wirkte der Raum gemütlich und einladend.
„Da auf dem Schreibtisch liegt das Buch mit den alten Landkarten der Routen, die Harold reitet. Darin war aber leider kein Hinweis zu finden."
Peter blätterte durch den dicken Einband, der ungefähr die Ausmaße eines Tapetenmusterbuches hatte. Tatsächlich fanden sich keine Hinweise darauf, welche Karte Harold gewählt hatte. Weder ein Lesezeichen noch sonst etwas. Dann fiel Peter Harolds Drucker auf.
„Sag mal, Joan, Harolds Drucker verfügt auch über einen Scanner. Kann es sein, dass er die Karten einscannt, um nicht die

Originale mitnehmen zu müssen?"
„Hm, kann gut sein. Mitbekommen habe ich das noch nicht, aber es würde durchaus zu Harold passen. Er hegt und pflegt seine alten Bücher und er würde vermutlich tatsächlich nicht die Originalkarten mit auf einen Ausritt in die Wüste nehmen."
„Dann lass uns mal einen Blick auf den Rechner werfen."
Peter ging hinüber, setzte sich auf den Stuhl und fuhr den Computer hoch. Joan stellte sich hinter ihn. Nach einigen Sekunden wurde der Desktop auf dem Monitor angezeigt. Peter durchsuchte Harolds Dateien und stieß bald auf einen Ordner mit dem Namen „Scans". Als er den Ordner öffnete, erschien eine lange Liste von chronologisch geordneten PDF Dateien. Die letzte war von vorgestern. Als Peter sie öffnete, zeigte sich auf dem Bildschirm der Scan einer Landkarte, auf der unter anderem eine Siedlung und ein Bergwerk eingezeichnet waren. Zudem hatte Harold nachträglich, vermutlich mit einem Grafikprogramm, eine Markierung eingezeichnet, welche die Lage der Ranch anzeigte.
„Aha, das dürfte die Route sein, die Harold gewählt hat.", sagte er erleichtert.
„Ja, du hast recht. Zu dumm, dass ich da nicht selber drauf gekommen bin.", entgegnete Joan traurig.
„Mach dir nichts draus. Du warst nun mal mit deinen Gedanken bei Harold. Da kann man so etwas auch schon mal übersehen. Was hältst du davon, wenn wir gemeinsam für morgen die Ausrüstung fertig machen und alles vorbereiten?"
„…Ja, ist ok.", sagte Joan geistesabwesend.
Und so begannen sie, Proviant und Ausrüstung zusammenzupacken und schon mal in die Scheune zu bringen. Peter entschied sich dafür, mit Malik zu reiten, denn schließlich war der Araber den Weg bereits geritten. Als sie fertig waren, bereitete Peter ein kleines Abendessen für sie beide zu, einen gemischten Salat mit Hühnchenbrust. Doch Joan rührte fast gar nichts an und redete auch kaum ein Wort. Zu sehr war sie in Sorge um ihren Lebensgefährten. Nach dem Essen und dem Abwasch bezog Peter das Gästezimmer mit angrenzendem kleinen Badezimmer und ging

nach einer Dusche früh zu Bett, um ausgeruht für seinen Ausritt in die Wüste zu sein.

Am nächsten Morgen stand Peter auf noch bevor die Sonne aufging. Er nahm eine Dusche und zog sich funktionale Kleidung für die Suchaktion an. Als er fertig war, ging er in die Küche und fand Joan dort vor, mit einer Tasse Kaffee in der Hand.
„Guten Morgen.", begrüßte er sie. „Wie lange bist du schon wach?"
„Guten Morgen. Ich habe gar nicht geschlafen. Seitdem Harold weg ist, kann ich überhaupt nicht mehr schlafen."
„Das kann ich verstehen. So etwas wirft einen ziemlich aus der Bahn.", entgegnete er mitfühlend. „Ich werde mich jetzt sofort auf die Suche machen."
„Ich habe dir eine Thermoskanne Kaffee und einige Sandwiches gemacht."
„Danke, Joan."
„Bitte bring mir meinen Harold zurück, Peter!", flehte sie mit Tränen in den Augen.
„Ich werde nicht eher zurückkommen, bis ich Harold gefunden habe. Versprochen!"

Gemeinsam verließen sie das Haus und gingen zum Stall. Dort sattelten sie Malik und als der Morgen langsam dämmerte, war Peter bereit, die Suche zu starten. Joan drückte ihn zum Abschied und dann ritt Peter in den Sonnenaufgang.

Ein heißer Tag kündigte sich an. Trotz der frühen Stunde war die Temperatur bereits recht hoch und Peter begann zu schwitzen. Genau wie Harold trug auch Peter zum Schutz vor der Sonne lange Kleidung und auf dem Kopf einen Hut.
Gleichmäßig trabte Malik vor sich hin. Peter war zwar noch nie auf dem Araber geritten, hatte ihn aber schon bei seinen Aufenthalten auf der Ranch gefüttert und gestriegelt, sodass das Pferd ihn kannte und ihm vertraute. Unter normalen Umständen hätte Peter einen solchen Ausritt genossen, aber jetzt waren seine Gedanken nur bei Harold und er spähte nach Spuren, die dieser

hinterlassen haben könnte. Da es in den letzten Tagen windstill gewesen war und es nicht geregnet hatte, entdeckte Peter die Spuren eines einzelnen Pferdes im staubigen und sandigen Wüstenboden. Peter stieg ab und verglich die Hufabdrücke mit denen, die Malik heute mit ihm hinterlassen hatte. Sie waren identisch. Er hatte Harolds Fährte gefunden. Peter stieg wieder auf und trieb Malik an, schneller zu galoppieren als vorher, denn jetzt hatte er eine Spur, der er folgen konnte.

Noch vor der Mittagszeit erreichte Peter die Felsformation, an der Harold seine erste Rast eingelegt hatte. Die Spuren der Mittagspause waren ebenfalls noch deutlich zu erkennen. Peter war klar, dass Harold hier gestoppt hatte, um der heißen Mittagssonne zu entgehen, doch er selber konnte sich diesen Luxus nicht erlauben. Er gab Malik nur etwas Wasser, genehmigte sich selber ebenfalls einige Schlucke und setzte dann seinen Weg auf Harolds Spuren fort.

Die Mittagssonne war gnadenlos und die brüllende Hitze machte Peter zu schaffen. Am liebsten hätte er seine Trinkvorräte in einem Zug hinunter gekippt, aber er musste sich das Wasser streng rationieren, da er nicht absehen konnte, wie lange seine Suche dauern würde, und ob er irgendwo seine Wasservorräte wieder auffüllen konnte. Deswegen begnügte er sich damit, in regelmäßigen Abständen immer nur kleine Schlucke zu trinken. Sein Hals fühlte sich bereits trocken und rau an.

Am Nachmittag gelangte Peter zu der Geisterstadt. Genau wie Harold war er verwundert, dass die Stadt so aussah, als wäre sie gerade erst verlassen worden. Peter entdeckte den Brunnen und füllte seine Wasservorräte auf, jedoch nicht ohne sich vorher ordentlich satt zu trinken. Anschließend durchsuchte er die verschiedenen Gebäude auf der Suche nach Harold, fand jedoch keinerlei Hinweise auf dessen Verbleib. Als letztes nahm er sich den Saloon vor. Schon als er das Gebäude betrat, stieg ihm der leicht süßliche Geruch in die Nase, der auch Harold aufgefallen war. Doch anders als er, wusste Peter direkt, um was für einen Geruch es sich handelte. Vorsichtig durchsuchte er das Gebäude. Er fand das Zimmer, in dem Harold geschlafen hatte, aber die Quelle des Geruchs fand er nicht. Er verließ den Saloon wieder und ging um das Gebäude herum zur Rückseite. Als er um die Ecke kam, vernahm er ein Summen und vor sich entdeckte er einen riesigen Schwarm schwarzer Fliegen, die über einer großen Grube herumschwirrten. Peter hatte einen Kloß im Hals und ein flaues Gefühl im Magen. Er wusste, was sich dort vorne befand. Er hatte so etwas schon einmal gesehen. Oh ja, das hatte er. Damals im Kosovo. In schneller Folge blitzten die Bilder des Schreckens, den er damals gesehen hatte, in seinem Gehirn auf. Bilder, die er lange Zeit verdrängt hatte. Wie in Trance bewegte sich Peter auf die Grube zu. Schweiß rann ihm das Gesicht herunter. Er atmete stoßweise. Sein Herz hämmerte wie wild in seiner Brust. Er konnte den Puls in seiner Halsschlagader spüren und er hörte das Blut in seinen Ohren rauschen. Sein Gehirn befahl ihm umzudrehen und fortzulaufen, doch seine Beine trugen ihn unerbittlich weiter zum Rand der Grube. Wütend summten die Fliegen um den Eindringling herum. Langsam, ganz langsam senkte Peter den Blick. Die schrecklichen Fratzen des Todes grinsten Peter an. Unter ihm in der Grube lagen dutzende Leichen in Reihen neben- und übereinander kreuz und quer gestapelt. Der Geruch nach Tod und Verwesung wurde übermächtig. Maden krochen auf den Leibern umher und tummelten sich in Augen- und Mundhöhlen. Die Leichen waren aufgedunsen und die Haut der Toten sah grünlich und verfault aus. Peter schloss die Augen. Er beruhigte seinen Atem und es gelang ihm, den Schrecken dieses Anblicks auf Seite zu schieben, um diese Sache analytisch anzugehen. Er öffnete die Augen wieder. Zunächst stellte er, trotz des Grauens, erleichtert fest, dass Harold sich nicht unter den Toten befinden konnte. Dafür war die Verwesung schon viel zu weit fortgeschritten. Alle Leichen in dem Massengrab waren Männer. Sie alle waren von kleinerer Statur und hatten dunkle Haare. Sie waren vermutlich hispanischer Herkunft, möglicherweise illegale Einwanderer. Bekleidet waren sie mit Flanellhemden und dicken Cordhosen mit vielen Seitentaschen. Manche hatten sogar Werkzeuggürtel umgeschnallt. Es waren Handwerker, wie Peter verwundert schlussfolgerte. Ein Massengrab voller Handwerker. Aber was hatten diese circa fünfzig Arbeiter hier im Nirgendwo gemacht? Und warum hatte man sie umgebracht?

Genauer gesagt regelrecht hingerichtet. Denn so, wie die Leichen dort lagen, hatte man sie am Rand der Grube aufgestellt und einfach mit Schnellfeuergewehren niedergemäht, worauf auch die Einschusslöcher hindeuteten. Die Mörder hatten sich nicht mal die Mühe gemacht, die Leichen zu vergraben, sondern sie hatten sie einfach so liegen lassen. Man hatte wohl gedacht, dass sie hier sowieso nicht gefunden würden. Peter ging zur Seite der Grube. Dort erblickte er einige Meter entfernt unzählige Patronenhülsen. Kaliber 5,56 x 45 mm Sturmgewehr Munition. Diese Munition konnte man beispielsweise in M16 Sturmgewehren benutzen, wie sie auch die U.S. Army verwendete. Rückschlüsse auf die Identität der Schützen ließen die Hülsen aber nicht zu, da das M16 in mehr als achtzig Staaten weltweit verwendet, und auch auf dem Schwarzmarkt gehandelt wurde.
Peter hatte genug gesehen. Er hatte Harold hier nicht gefunden und er wollte sofort weiter reiten zu dem alten Bergwerk, in der Hoffnung, Harold dort zu finden. Zwar ging die Sonne bereits unter und die Nacht nahte, aber in dieser Stadt der Toten würde Peter keine Minute länger verweilen. Er würde lieber die Nacht im Freien verbringen, als hier, wo so viele Unschuldige ihr Leben gelassen hatten. Peter ging zurück zum Brunnen, wo er Malik angebunden hatte. Er stützte sich mit beiden Händen an dem gemauerten Brunnen ab und atmete einige Male tief durch. Die schreckliche Entdeckung hatte ihn tief getroffen. Er schwor sich, dass er die Verantwortlichen für dieses Massaker finden und sie ihrer gerechten Strafe zuführen würde, sobald er Harold gerettet hatte. Mental erschöpft stieg er auf und ritt aus der Stadt in Richtung des Bergwerks.

Als Peter den Pfad erreichte, der hinab ins Tal zum Bergwerk führte, fielen ihm zwei Dinge auf. Zum einen waren auf dem Boden rechts und links tiefe, breite Furchen. Das konnte darauf hindeuten, dass hier schwere Fahrzeuge regelmäßig gefahren waren. Gut möglich, dass zwischen den Spuren und den getöteten Arbeitern ein Zusammenhang bestand.
Und zum anderen war er nicht alleine. Er wurde beobachtet. Zuerst dachte er an ein Tier. Doch dann erhaschte er eine

menschliche Silhouette am Kamm über ihm. Ein Mensch, der sich verdammt schnell bewegte. Peter ließ sich nichts anmerken, beobachtete seinen Verfolger aber aus den Augenwinkeln. Auf die Entfernung konnte er allerdings nicht erkennen, wer genau ihn da beobachtete. Genau wie bei Harold, wurde Malik immer unruhiger, je weiter sie den Pfad hinab ritten. Schließlich gelangte Peter zur Talsohle, wo sich zu seiner rechten der Eingang zum Bergwerk befand. Seinen Verfolger konnte er nicht mehr sehen. Mittlerweile dämmerte es. Peter befestigte Malik am Eingang an einem Holzpfahl. Das Pferd schüttelte unruhig den Kopf hin und her und schaute Peter mit panischen Blicken an, als plötzlich hinter Peter etwas Schweres auf dem Boden landete. Aus Reflex sprang Peter zur Seite, rollte sich ab und schaute auf das, was hinter ihm gelandet war. Es war ein Mensch. Der Mann war fast zwei Meter groß und bekleidet mit einer Tarncargohose und einem Muskelshirt. Sein Schädel war kahl rasiert. Über den unnatürlich ausgeprägten Muskeln an den Oberarmen spannten sich dicke Venen. Der gesamte Körperbau wirkte irgendwie unnatürlich. Viel zu muskulös. Fast wie bei einem Stier, doch gleichzeitig bewegte sich der Mann mit der Anmut und der Schnelligkeit einer Raubkatze. Peter schaute dorthin, wo der Mann vermutlich heruntergesprungen war, was unmöglich sein konnte, denn ein Mensch hätte einen Sprung aus fünfzehn Metern Höhe nicht unbeschadet überstanden.
„Wer zur Hölle sind Sie?"
Doch anstatt zu antworten, ging der Mann mit rasender Geschwindigkeit auf Peter los und versuchte ihn mit gewaltigen, tödlichen Schlägen einzudecken. Nur Peters Reflexe und seine Erfahrung in solchen Zweikampfsituationen verhinderten, dass die Schläge ihn trafen und ihm die Knochen zertrümmerten. Immer wieder tauchte er unter den Schlägen ab und konterte mit schweren Leberhaken, die jedoch keinerlei Wirkung zeigten. Peter war fassungslos, wie unglaublich schnell sich sein Gegner, trotz seiner schieren Körpermasse bewegen konnte. Peter merkte, wie ihn langsam die Kraft verließ. Lange würde er das nicht durchhalten. Er musste sich etwas einfallen lassen, um dieses Ungetüm außer Gefecht zu setzen. Doch bevor er dazu kam,

wurde er von seinem Gegner überrumpelt. Einen Schlag täuschte der Mann nur an. Als Peter wie erwartet unter dem Schlag wegtauchen wollte, bekam der Mann mit der anderen Hand Peters Hals zu fassen. Leicht wie eine Puppe hob er Peter hoch und schleuderte ihn gegen die Felswand neben dem Eingang. Peters Hinterkopf knallte mit voller Wucht gegen den harten Fels. Er verdrehte die Augen und sackte bewusstlos mit blutendem Hinterkopf zusammen.

7

Senior Special Agent Vin Sparks und Lilly Jaxter saßen am McCarran International Airport in Las Vegas im ISOS Firmenjet und warteten auf Arif Arsan. Als Arif schließlich das Flugzeug betrat, tauschten die beiden einen vielsagenden und schockierten Blick aus.
„Arif, was ist los mit dir? Du siehst nicht gut aus…", bemerkte Lilly besorgt.
„Nichts. Gar nichts. Ich…ich bin nur etwas müde.", entgegnete Arif beschwichtigend, aber wenig glaubwürdig.
„Bist du sicher, dass du fit und bereit für einen Einsatz bist?"
„Ja, sicher. Ich bin voll da. Ich gehe nur mal eben ins Bad und mache mich etwas frisch. Danach könnt ihr mich einweisen."
Der schneeweiße ISOS Jet war eine Spezialversion des Airbus A319 ACJ. Insgesamt zwölf Personen fanden in diesem Jet Platz, die den Flug in luxuriösen Ledersesseln mit Liegefunktion genießen konnten. Darüber hinaus verfügte das Flugzeug über mehrere Schlafräume, zwei Bäder mit Dusche und einen Konferenzraum mit allen modernen Möglichkeiten der Kommunikation. Im Passagierraum konnten sich die Gäste auf einer Großbildleinwand mit Soundsystem Filme anschauen. Der Jet hatte eine Reichweite von 11000 Kilometern, sodass Nonstop-Flüge zwischen den USA und Europa problemlos möglich waren.
Als Arif in einem der Bäder verschwunden war und anstatt sich

frisch zu machen, heimlich Kokain schnupfte, flüsterte Lilly zu Vin Sparks:

„Was ist nur los mit ihm? Er ist ja körperlich in einem desolaten Zustand. Abgemagert und verbraucht. Und seine Pupillen sind riesig…"

„Ja, er sieht erschreckend schlecht aus. Er muss irgendein schwerwiegendes Problem haben."

„Denkst du, wir sollten ihn bei diesem Einsatz lieber außen vor lassen?"

„Hm. Wenn er sagt, dass er das schafft, dann glaube ich ihm das zunächst mal. Und wir brauchen ihn in Los Angeles. Jemanden, der ihn im Team eins zu eins ersetzen kann, werden wir auf die Schnelle nicht mehr finden."

„Ja, da hast du recht. Dann werden wir ihm vertrauen müssen, wenn er sagt, dass er voll da ist. Ein schlechtes Gefühl habe ich trotzdem."

Als Arif zurück in den Passagierraum kam, verstummten Lilly und Vin. Arif setzt sich zu ihnen und Lilly erklärte ihm, was ihr Auftrag war. Als sie fertig war, nickte Arif nur kurz, stand auf und setzte sich kommentarlos alleine in die hinterste Ecke des Flugzeugs, wo er anfing, wie besessen auf der Tastatur seines Notebooks herum zu tippen, was Lilly mit einem Kopfschütteln in Richtung Vin quittierte.

Kurze Zeit später bekamen sie die Startfreigabe und das Flugzeug setzte sich in Bewegung für den Flug nach Los Angeles.

Nach siebzig Minuten erreichten sie den Flughafen von L.A. Als das Flugzeug an einem etwas abgelegenen Hangar zum Stillstand kam, und Lilly, Vin und Arif ins Freie traten, erblickten sie unten an der Treppe Nia Coor, die sie freudestrahlend erwartete.

„Hallo, ihr drei. Willkommen in Los Angeles. Freut mich, euch zu sehen!"

Nacheinander umarmte sie die Ankömmlinge, wobei auch ihr Arifs Zustand auffiel. Sie verkniff sich jedoch zunächst einen Kommentar.

„Mein Auto steht dahinten." Nia deutete mit dem Kopf hinter sich, wo ihr Hummer stand. „Ich würde vorschlagen, wir fahren zuerst zur ISOS Außenstelle und melden uns dort an. Und auf der Fahrt dorthin möchte ich wissen, was ihr so in den letzten Wochen erlebt habt!", sagte sie zwinkernd.

„Dann los.", sagte Lilly.

Die ISOS Agenten genossen besondere Privilegien, sodass sie nicht durch irgendwelche Kontrollen mussten und das Flughafengelände ohne Umwege verlassen konnten. Im Prinzip galt der ISOS Jet als Regierungsmaschine, was er zwar streng genommen nicht war, denn schließlich war ISOS nicht Teil der U.S. Regierung, doch man gewährte dem Geheimdienst dennoch diesen besonderen Status innerhalb der USA. Das lag darin begründet, dass ISOS sich im Laufe vieler Jahre in Notfällen aller Art bewährt hatte, und dass bei Einsätzen auf amerikanischem Boden, die nicht selten der Terrorprävention dienten, oftmals jede Sekunde zählte.

Sie stiegen in Nias Hummer und brausten los in Richtung der ISOS Außenstelle in der Nähe von Downtown L.A.

Da die Straßen für L.A.-Verhältnisse relativ frei waren, kamen sie zügig voran und erreichten bald ihr Ziel.

Das Gebäude der ISOS Division L.A. sah genau so aus, wie die Zentrale in Washington DC, nur deutlich kleiner und ohne den unterirdischen Komplex. Dennoch war man auch dort gut ausgestattet und hatte sogar eine Forschungseinrichtung, in der TARC Ingenieure und Wissenschaftler arbeiteten. Die Posten bei dieser ISOS Division waren sowohl bei den Agenten als auch bei den TARC Mitarbeitern heißbegehrt, denn nach der Arbeit die Freizeit am Strand verbringen zu können, war äußerst reizvoll.

Gemeinsam betrat das Team das Gebäude. In der Empfangshalle, auf deren Boden zur Tarnung der „TARC"-Schriftzug prangte, wartete vor dem Empfangstresen ein ISOS Mitarbeiter auf sie. Der Mann mittleren Alters hatte eine eher rundliche Figur und ein gutmütiges Gesicht. Lilly erkannte sofort, dass sie keinen Außendienst Agenten vor sich hatten, sondern einen Verbindungsmann, dessen Aufgabe die Diplomatie war. Und das nicht nur intern unter ISOS Agenten verschiedener Abteilungen, sondern vor allem auch mit externen Personen, wie beispielsweise

Politikern und Behörden wie der Polizei. Diese Agenten wurden "Agent of Communication" genannt, kurz „AoC". Zwar war das Team schon öfters in L.A. tätig gewesen, dieser AoC war ihnen jedoch unbekannt.

„Meine Damen und Herren. Mein Name ist Francis Kramer, meines Zeichens ISOS AoC. Ich heiße Sie herzlich willkommen in der „Stadt der Engel". Ich bin Ihr Verbindungsmann und in vollem Umfang über Ihren Auftrag in L.A. informiert. Ich soll Sie mit allem unterstützen, was Sie benötigen."

Nacheinander stellte sich das Team vor und jeder schüttelte Kramer zur Begrüßung die Hand.

„Ich war so frei, Ihnen schon einmal ein paar Dinge zusammenzupacken. In den Sporttaschen hier vorne findet jeder einzelne von Ihnen seine individuell bevorzugten Ausrüstungen und Waffen. Und egal, was Sie noch benötigen: Zögern Sie nicht zu fragen!"

„Danke, Agent Kramer.", ergriff Vin Sparks das Wort. „Wir wissen das sehr zu schätzen."

„Nichts zu danken. Benötigen Sie eine Unterkunft für die Nacht?"

„Nicht nötig, Agent Kramer. Wir wohnen für die Dauer unseres Aufenthaltes in dem Haus eines Bekannten in Beverly Hills.", entgegnete Nia. Peter Cranes Adoptivvater Richard Metz besaß in den Hollywood Hills eine große Villa mit insgesamt zehn Schlafzimmern, die das Team nutzen durfte, wenn es in L.A. zu tun hatte. Nia würde ebenfalls dort nächtigen, damit sie nicht für die Dauer des Einsatzes jedes Mal zwischen Malibu und den Hills hin und her pendeln musste.

„Wir wollten auch nur kurz bei Ihnen vorstellig werden, und machen uns jetzt auf den Weg in unsere Unterkunft.", fuhr sie fort. „Dort warten wir auf das noch fehlende Mitglied unseres Teams, Frank Thiel, der aus Europa anreist. Sobald er eintrifft, werden wir zum Biltmore fahren, um uns dort mit dem Leiter der Security für Gouverneur Johnson zu treffen."

„In Ordnung. Hier haben Sie meine Visitenkarte. Ich bin für Sie vierundzwanzig Stunden erreichbar."

Das Team verabschiedete sich und fuhr mit Nias Hummer zu der

Villa in den Hollywood Hills.
Die Villa war ein wunderschönes Gebäude im spanischen Stil. Neben den unzähligen Schlaf- und Gästezimmern war auch die übrige Ausstattung der Villa sehr luxuriös und ließ keine Wünsche offen. Ein Fitnessraum, ein Swimming Pool auf der Terrasse und ein Basketballplatz luden zu sportlicher Betätigung ein. Anschließend konnte man sich im Jacuzzi oder der Sauna erholen. Zur Unterhaltung verfügte das Haus über ein Heimkino und ein „Spielzimmer" mit Billardtisch, Kicker, Darts und mehreren Videospielkonsolen. Richard Metz war ein schwerreicher Mann, und er wusste, wie man luxuriös und komfortabel lebte.
Als sie die Villa erreichten, suchte sich jeder sein Zimmer aus und anschließend vertrieben sie sich die Zeit bis Frank Thiels Eintreffen mit Faulenzen oder Schwimmen. Arif Arsan blieb alleine in seinem Zimmer, da er keine Lust auf Gesellschaft hatte. Er legte sich auf das große, weiche Doppelbett und versuchte zu schlafen. Doch der Schlaf wollte sich einfach nicht einstellen. Arif wälzte sich im Bett umher und bekam Schweißausbrüche. Da er nicht einschlafen konnte, stand er wieder auf, nahm die Tasche mit der Ausrüstung, die AoC Kramer ihnen gegeben hatte und breitete den Inhalt auf einem Tisch in der Ecke des Zimmers aus. In der Tasche befanden sich mehrere Handfeuerwaffen des Typs Glock 31, unzählige Magazine Munition, Blendgranaten, eine Cargohose mit vielen Taschen, Bein- und Schulterholster, eine schusssichere Weste und eine Infrarotbrille, mit der es sogar möglich war, durch Wände zu gucken. Arif nahm sich eine der Waffen und ein Magazin. Als er versuchte, das Magazin in die Waffe zu stecken, zitterten seine Hände so stark, dass es ihm nicht gelang. So sehr er es auch versuchte, er schaffte es einfach nicht. Wütend und verzweifelt wischte er die Gegenstände mit beiden Armen vom Tisch und schlug mit der Faust mehrfach auf die Tischplatte.
„Verdammt, wie soll ich diesen Einsatz nur durchstehen?", fluchte er innerlich.
Er brauchte seine Medizin. Arif griff sich seine Reisetasche und nestelte weiterhin zitternd am Reißverschluss der Tasche herum. Als er sie endlich geöffnet hatte, kramte er eine kleine Tüte Kokain hervor, schüttete eine großzügige Line auf den Tisch und

schnupfte die Droge in einem Zug durch die Nase. Erleichtert atmete er auf.
„Yeah. Das habe ich gebraucht…", sagte er grinsend zu sich selber.

Frank Thiel kam schließlich am Nachmittag an. Es war heiß in Los Angeles und schon als er aus dem Auto stieg, meckerte er über die Hitze. Grundsätzlich war Frank Thiel ein herzensguter und umgänglicher Mensch. Dennoch gehörte „Meckern" fast schon zu seinen Hobbys. Und bei gewissen Themen konnte er dann auch recht hitzig reagieren. So nutzte er als Kettenraucher jede sich bietende Gelegenheit, um über das Rauchverbot in Kneipen und Lokalen in Europa und den USA zu schimpfen. Die anderen machten sich gerne einen Spaß daraus, Frank dahingehend ein wenig anzustacheln.
Nia erwartete Frank am Eingang der Villa.
„Hallo Frank, schön dass du da bist. Wie war dein Flug?", sagte sie grinsend, weil sie wusste, was auf diese Frage als Antwort kam.
„Mein Flug?", polterte Frank los. „Wie soll der schon gewesen sein? Ich habe stundenlang im Flugzeug gehockt, ohne Rauchen zu dürfen. Dieses elende Rauchverbot…", entgegnete er und zündete sich erstmal demonstrativ eine Zigarette an.
„Ach, Frank. Für uns Nichtraucher ist es auf solchen Flügen einfach angenehmer, wenn man nicht vollgequalmt wird…"
Wenn Blicke hätten töten können, dann wäre Nia in diesem Moment tot umgefallen. Sie musste sich auf die Zunge beißen, um nicht loszulachen. Als Frank bemerkte, dass Nia ihn nur aufgezogen hatte, musste auch er grinsen.
„Mit mir könnt ihr es ja machen…"
Frank betrat die Villa und suchte sich im Obergeschoss ein Zimmer. Als er wieder herunterkam, saßen die anderen auf der riesigen gemütlichen Couch im Wohnzimmer und erwarteten ihn. Frank nahm Platz, nachdem er die Anwesenden begrüßt hatte. Nur Arif fehlte.
„Wo ist denn der Türke?", fragte er.
„Arif ist direkt auf sein Zimmer gegangen und seitdem haben wir ihn nicht mehr gesehen. Ihm geht es nicht gut. Er sieht irgend-

wie…krank aus.", erklärte Nia besorgt. „Hast du denn noch mal was von ihm gehört?"
„Nein, seitdem ich in Köln war, habe ich nichts von ihm gehört. Ich hatte auch ein paarmal versucht ihn anzurufen, aber er ging nicht ans Telefon. In einer ruhigen Minute werde ich mal mit ihm reden.", sagte Frank und die anderen nickten zustimmend.
„Doch zunächst zum Geschäft. Was liegt an?"
Lilly erklärte ihm, worum es ging.
„Aha, okay.", sagte er, als sie geendet hatte. „Wie ernst ist die Sache?"
„Das wissen wir nicht genau. Es kann sich tatsächlich um ein geplantes Attentat handeln oder auch nicht und es ist nur ein schlechter Scherz. Wir sollten aber auf jeden Fall die Sache äußerst ernst nehmen. Ich persönlich habe da ein ganz schlechtes Gefühl, ohne dass ich das jetzt an irgendetwas konkret festmachen könnte.", erklärte Lilly.
„Und erfahrungsgemäß sollte man auf deine schlechten Gefühle hören. Und wo ist Peter?", fragte Frank.
„Peter ist in einer Privatangelegenheit unterwegs. Deswegen ist Vin als Vertretung mit dabei.", antwortete Nia.
„Gut.", sagte Frank. „Dann lasst uns mal zum Biltmore aufbrechen, würde ich vorschlagen. Mit Arif werde ich dann heute Abend ein Gespräch führen, wenn wir zurück sind."

Das Millenium Biltmore Hotel in Los Angeles galt als eines der schönsten und traditionsreichsten Hotels der Stadt. Eröffnet wurde es 1923 und seit 1969 war es ein historisches Kulturdenkmal der Stadt L.A. Von außen wirkte das Hotel mit seiner roten Ziegelfassade zwar eher unscheinbar, zumal es von den riesigen Stahl/Glas Wolkenkratzer in Downtown L.A. umringt wurde, aber innen zeigte es sich von seiner ganzen Pracht. Die Wände aus Travertin wurden von aufwendig gearbeiteten Säulen geziert und überall erblickte man schöne Fresken, Wandmalereien und Schnitzereien. Die Böden waren mit feinstem Marmor oder dicken Teppichen belegt. Brunnen aus Marmor und prachtvolle Kristallkronleuchter verstärkten die luxuriöse Anmutung des

Biltmore. Als besonders imposant galten die Haupt-Galleria und der Crystal Ballroom. Immer wieder diente das Hotel auch als Schauplatz für Hollywood Filme, wie Independence Day, Beverly Hills Cop oder Iron Man.
In einem der Konferenzräume des Biltmore saß Chris Jordan an einem Konferenztisch und erwartete die Ankunft des ISOS Teams von Peter Crane. Chris war groß gewachsen und muskulös. Seine kurzen, schwarzen Haare waren zu einem Seitenscheitel geföhnt. Er trug einen Schnurrbart und hatte braune Augen. In jungen Jahren war er zur Army gegangen und war später bei den Delta Forces gelandet. Dort hatte er zusammen mit Peter Crane gedient. Bis heute verband die beiden eine tiefe Freundschaft, denn das harte Leben bei den Deltas schweißte zusammen. Obwohl sie beide schon lange nicht mehr bei den Deltas waren, würde er nicht zögern, sein Leben für seinen ehemaligen Kameraden zu opfern, falls das erforderlich wäre. Einmal ein Delta, immer ein Delta. Nach dem dortigen Ende seiner Karriere war er in die Privatwirtschaft gegangen und hatte mittlerweile für diverse Sicherheitsfirmen gearbeitet. Leute mit seiner Vorgeschichte waren für solche Jobs heißbegehrt und man wurde sehr gut bezahlt. Man bekam deutlich mehr Geld, als bei der CIA oder dem Secret Service. Seit einigen Jahren arbeitete er bei der Sicherheitsfirma NeoSec. Ein Mann namens Neo Marsten war der Besitzer dieser Firma. Als Chris damals bei dem Vorstellungsgespräch das erste Mal Marsten gegenüber saß, da war er sehr beeindruckt von diesem Mann. Neo Marsten war rein optisch der typische kalifornische Surfertyp. Blonde, leicht lockige, längere Haare. Groß gewachsen, braun gebrannt, und leuchtend weiße Zähnen. Doch darüber hinaus strahlte er eine unglaubliche Autorität und Zielstrebigkeit aus, die in Kontrast zu seinem Äußeren standen. Neo Marsten war gleichermaßen ein Playboy, was er im Nachtleben von L.A. in der High Society auslebte, und ein knallharter, unnachgiebiger Geschäftsmann.
Als Chris Jordan eine Woche später die Zusage bekam, musste er nicht lange überlegen, ob er annehmen sollte. Das Jobangebot war in finanzieller Hinsicht einfach hervorragend und sein Chef Neo Marsten eine Person, zu der er schon nach ihrem ersten

Zusammentreffen bewundernd aufblickte.
Mittlerweile hatte er sich in der Firma nach oben gearbeitet und war der Leiter bei solchen Aufträgen, wie dem heutigen. Der Personenschutz für Gouverneur Derek Johnson, der zu NeoSec's Stammkunden gehörte, war eigentlich Routine. Doch der Anruf von ISOS Direktor McDermott verhieß nichts Gutes. Drohungen aller Art gab es gegenüber Leuten wie Johnson immer wieder. Meistens waren das jedoch nur irgendwelche Spinner. Wenn aber ein Hinweis auf ein Attentat von ISOS kam, dann war das definitiv äußerst ernst zu nehmen. Sofort hatte Chris bei Marsten angerufen, um ihn davon zu unterrichten. Marsten sicherte zusätzliche Leute zu und stimmte ebenfalls Chris' Vorschlag zu, das ISOS Team in beratender Funktion hinzu zu ziehen.
Zwei weitere Leute befanden sich ebenfalls in dem Konferenzraum. Rechts von Chris saß dessen Kollege und Stellvertreter Eric Lee, ein Mann asiatischer Abstammung. Chris fiel erneut auf, wie sehr sich Eric in den letzten Monaten körperlich verändert hatte. Sein ganzer Körper war unglaublich muskulös geworden. So als hätte er Anabolika genommen. Allerdings waren seine Muskeln nicht nur massig, sondern gleichzeitig so perfekt modelliert, als hätte sie ein Bildhauer aus Stein gemeißelt. Das ganze sah irgendwie unnatürlich aus. Darüber hinaus bewegte er sich mittlerweile auch anders. Fast schon raubtierhaft und unfassbar schnell. Chris hatte ihn auf die Veränderungen angesprochen, woraufhin Eric nur meinte, er hätte eine neue Trainingsmethode entdeckt, die wahre Wunder bewirken würde.
Chris gegenüber saß Melody Mureaux, Neo Marstens neue Assistentin. Als Chris sie das erste Mal sah, hatte es ihm glatt den Atem verschlagen. Sie war über 1,80 m groß und schlank. Sie bewegte sich mit einer natürlichen Grazie und Anmut, wie er es noch bei keiner Frau zuvor gesehen hatte. Ihre leuchtend grünen Augen standen in Kontrast zu ihrer dunklen, bronzefarbenen Haut und ihre vollen, sinnlichen Lippen entblößten perfekte weiße Zähne, wenn sie lächelte. Ihre Haare trug sie halb lang, und an einer Seite kurz rasiert. Melody Mureaux war eine Frau, die jeden Mann um den Finger wickeln konnte. Und das nutzte sie auch immer wieder gekonnt aus. Chris war ziemlich sicher,

dass sie und Neo Marsten nicht nur zusammen arbeiteten. Allerdings war Chris zu diskret, um das anzusprechen. Das Privatleben seines Chefs ging ihn nun wirklich nichts an.
Melody sah Chris an. Ihr Blick war fast schon hypnotisch.
„Welche Mitglieder von ISOS sollen uns unterstützen?", fragte sie mit ihrer warmen, leicht kratzigen, und über die Maßen verführerischen Stimme.
Chris schluckte. Nur mit Melody zu reden machte ihn schon so nervös, wie einen Schuljungen bei seinem ersten Date. Sie trug einen schwarzen Blazer und darunter ein ausgeschnittenes Top, welches gerade so viel von ihrem Dekolletee zeigte, dass es nicht billig wirkte, aber genug entblößte, um die Blicke der Männer dorthin zu lenken. Chris musste sich ständig ermahnen, ihr nicht auf den Ausschnitt zu starren. Er zupfte an seiner tausend Dollar Krawatte.
„Ähm…", stammelte er. „Es ist das ISOS Team von meinem alten Freund Peter Crane." Bei der Erwähnung von Peters Namen entging Chris nicht, dass Melodys linke Augenbraue leicht zuckte. „Leider ist Peter jedoch verhindert. Zur Unterstützung reisen Vin Sparks, Lilly Jaxter, Arif Arsan, Frank Thiel und Nia Coor aus Washington DC an."
„Nia Coor!", sagte Melody bedeutungsvoll. „Das dürfte interessant werden…."

8

Ein Mann lag bewusstlos in einer Ecke eines Raumes auf einer Pritsche. Langsam, ganz langsam kam er wieder zu Bewusstsein. Bis jetzt hatte er vollkommen regungslos dort gelegen. Wie nach einer Art Reset, fuhr sein Körper langsam wieder seine Funktionen hoch. Seine Augenlider flatterten. Der Mann stöhnte mehrmals, denn sein Körper war geschunden und fühlte sich an, als hätte ihn eine Eisenbahn überfahren. Je näher er dem vollen Bewusstsein kam, desto mehr fragte er sich, ob er womöglich nur

träumte, denn Körper und Geist schienen irgendwie nicht so recht zusammenzugehören. Er wollte seinem Körper Befehle geben. Augen öffnen. Aufstehen. Bewegen. Doch sein Körper gehorchte nicht. Panik erfasste den Mann. Was war nur mit ihm los? Hatte er vielleicht einen schweren Unfall gehabt und war nun gelähmt? Er brachte seine gesamte Willensstärke auf, und es gelang ihm, seine Augen zu öffnen. Er wurde von grellem Neonlicht geblendet und in seinem Kopf explodierte regelrecht eine Atombombe und ein gewaltiger Schmerz durchzuckte sein Gehirn. Sofort schloss er die Augen wieder. Doch ein Gutes hatte der Schmerz: Sein Körper reagierte und er riss instinktiv die Arme hoch und legte sich zum Schutz vor dem Licht die Hände vor die Augen. Er war also doch nicht gelähmt, sondern nur noch ein wenig benommen. Der Mann beruhigte seinen Atem und blinzelte vorsichtig. Auch das tat im ersten Moment weh, aber nach einiger Zeit gewöhnten sich seine Augen an das Licht. Als er seine Augen dann schließlich ganz öffnete, blickte er auf eine Neonröhre, die direkt über ihm hing, und auf eine weiß gestrichene Decke. Er wollte aufstehen, doch als er seinen Oberkörper anhob, wurde ihm schwindelig. Er ließ sich zurück auf die Liege plumpsen, was wiederum einen heftigen Schmerz an seinem Kopf verursachte. Vorsichtig begann er, seinen Hinterkopf abzutasten. Er fühlte verkrustetes Blut und eine riesige Beule. Vielleicht hatte er sich eine Gehirnerschütterung zugezogen. Er konnte sich jedoch nicht erinnern, was passiert war. Eine Erkenntnis traf ihn wie ein markerschütternder Donnerschlag: Er wusste gar nichts mehr. So hell das Licht in diesem Raum war, so dunkel war es gleichzeitig in seinen Gedanken. Keine Bilder, keine Namen, keine Empfindungen, an die er sich erinnerte. Nur ein schwarzes, leeres Nichts. Er wollte etwas sagen, so als könne seine Stimme seine Erinnerungen zurückbringen. Doch sein Hals war so ausgetrocknet, dass er außer einem Krächzen nichts hervorbrachte. Vermutlich hatte er bereits seit Stunden nichts mehr getrunken.
Etappenweise machte er sich daran aufzustehen. Zuerst hob er seinen Oberkörper und stützte ihn mit den Ellenbogen ab. Ihm wurde leicht schwindelig. Er wartete, bis der Schwindel nachließ. Dann richtete er den Oberkörper ganz auf. Eine Welle von Übel-

keit überrollte ihn. Er atmete tief durch. Wie ein gebrechlicher, alter Mann wuchtete er seine Beine aus dem Bett, sodass er jetzt aufrecht auf der Bettkante saß. So langsam kam sein Kreislauf wieder in Schwung und er fühlte, wie er mit jedem Atemzug etwas mehr Leben in sich aufsog.
Erstmalig schaute er sich in dem Raum um, in dem er sich befand. Der Raum war viereckig und etwa vier mal vier Meter groß. Die Wände waren weiß, genau wie die Decke, und sogar der Boden. In der Mitte der gegenüberliegenden Wand befand sich eine ebenfalls weiße Tür mit einem vergitterten kleinen Fenster. Ansonsten war der Raum fensterlos. Das Bett, oder besser die Pritsche, auf der er saß, war schmal und zweckmäßig. Eine Bettdecke und ein Kissen gab es nicht. Nur eine dünne, harte Matratze. Der Raum wirkte kalt, klinisch und steril. Doch nicht wie ein Krankenzimmer. Ihm fiel auf, dass der Boden unter seinen Füßen weich und gepolstert war. Und bei genauerem Hinsehen bestanden auch die Wände nicht aus gestrichenem Putz, sondern waren mit einer Art Prallschutz verkleidet. Nein, das war ganz sicher kein Krankenzimmer, sondern eher eine Art Gummizelle.
Das verwirrte und schockierte ihn gleichermaßen. Zwar hatte er sein Gedächtnis verloren, dennoch war er vollkommen sicher, dass er vor seinem Gedächtnisverlust kein Patient in einer psychiatrischen Klinik gewesen war. Warum er davon so überzeugt war, konnte er nicht genau sagen. In dieser Zelle hier zu hocken, fühlte sich einfach absolut falsch an. Sein Geist rebellierte regelrecht dagegen.
„Wo bin ich, und warum bin ich hier?", fragte er sich in Gedanken.
Dann fiel ihm ein, dass er unglaublichen Durst hatte. Er schaute sich um, konnte aber nirgends etwas zu Trinken erblicken. Der Schwindel und die Kopfschmerzen hatten nachgelassen und so wagte er es, aufzustehen. Zunächst stand er etwas unsicher und schwankte leicht. Doch nach einigen Sekunden ließ das nach und er machte sich daran, die Zelle zu untersuchen.
Zunächst ging er zur Eingangstür und spähte durch das vergitterte Fenster. Doch vor der Tür war es so dunkel, dass er rein gar nichts erkennen konnte.

„Hallo?", krächzte er heraus, doch niemand antwortete.
„HALLO?" Keine Reaktion.
Er wandte sich um und schaute sich die Zelle an. Es gab außer vier Wänden und der Pritsche jedoch rein gar nichts zu sehen. Verzweiflung machte sich breit. Er saß ohne Gedächtnis und ohne Kontakt zur Außenwelt in einer Zelle. Er hatte nichts zu Essen und nichts zu Trinken, und in seiner Zelle gab es nicht mal ein Waschbecken oder ein WC. Dann entdeckte er in einer Raumecke über dem Bett eine kleine Kamera. Sie war auf ihn gerichtet. Er ging zwei Meter nach rechts und mit einem leisen, kaum wahrnehmbaren Surren folgte die Kamera seiner Bewegung. Man beobachtete ihn also, was zumindest schon mal bedeutete, dass er nicht alleine war. Allerdings beruhigte ihn das nicht sonderlich, sondern verstärkte das Gefühl, dass hier irgendetwas nicht stimmte. Da man ihn beobachtete, dürfte man wohl mitbekommen haben, dass er wach war. Er war sicher, dass bald jemand nach ihm schauen würde. Und so legte er sich wieder auf die Pritsche und wartete.

Er konnte nicht sagen, wie lange es gedauert hatte, denn er trug keine Uhr und sein Zeitgefühl hatte er mittlerweile vollkommen verloren. Doch nach einiger Zeit ging draußen Licht an und er hörte schwere Schritte auf seine Zelle zukommen. Nach den Schritten zu urteilen, mussten es zwei Leute sein, überlegte er. Dann erblickte er ein Gesicht im Fenster der Tür, die daraufhin geöffnet wurde. Zwei Männer traten ein. Anders als er in Anbetracht der Umstände erwartet hatte, waren sie jedoch nicht gekleidet wie Krankenpfleger in einer psychiatrischen Klinik.
„Der eine etwa 1,90 Meter groß, der andere nur unwesentlich kleiner. Beide etwa 120 Kilogramm schwer. Sehr muskulös und durchtrainiert. Militärischer Kurzhaarschnitt. Stramme Körperhaltung. Militärische Kleidung in sandfarbenem Camouflage, also Wüstentarnung. Waffenholster mit Beretta 92 Pistolen, verwendet bei der US Army unter der Bezeichnung M9. Kleidung tadellos gebügelt, Schuhe sauber geputzt. Soldaten. Vermutlich Ex-Soldaten, da keine Abzeichen zu sehen sind. Beide wären problemlos zu überwältigen. Aber besser abwarten und herausfinden, was hier los ist, bevor ich

mir über eine Flucht Gedanken mache. Also ruhig bleiben, abwarten, beobachten und Anweisungen Folge leisten."
Wie aus dem Nichts waren dem Mann diese Gedanken gekommen. Woher das alles kam, konnte er nicht sagen. Vielleicht war er selber mal Soldat gewesen? Er war mehr als überrascht über seine analytischen Fähigkeiten. Egal was hier mit ihm auch passieren möge, im Zweifelsfall sollte er sich scheinbar wohl einfach auf seine Instinkte verlassen.
Trotz seines trockenen Halses versuchte er zu sprechen, und diesmal klappte es besser:
„Wer sind Sie? Und wo bin ich?", fragte er mit kratziger Stimme. Anstatt zu antworten, reichte ihm einer der beiden Hünen eine Flasche Wasser. Der Mann riss ihm das Wasser regelecht aus der Hand, und öffnete zitternd den Verschluss. Es war eine Wohltat, wie das kühle Wasser seine trockene Kehle hinab rann und er trank begierig die ganze Flasche leer.
„Danke.", sagte er erleichtert.
„Würden Sie uns bitte folgen!", sagte der Riese, der ihm das Wasser gereicht hatte, mit tiefer dröhnender Stimme, die definitiv keinen Widerspruch duldete.
Gehorsam folgte der Mann. Als er aus der Zelle trat, wobei eine der Wachen vor ihm ging und die andere hinter ihm, schaute er sich um.
Er befand sich in einem langen Flur, der links von ihm endete. Rechts sah er noch neun weitere Zellentüren, wie die seiner Zelle. Wände und Decken des Flurs bestanden aus grob geschlagenem Felsgestein. Der Boden war notdürftig mit einfachem Estrich belegt. Entweder befand er sich in einem Berg, oder einem unterirdischen Stollen, schlussfolgerte der Mann. Möglicherweise war es ein altes Bergwerk. Hinweise darauf, in was für einer Einrichtung er sich befand, sah er jedoch keine.
Gemeinsam mit seinen Bewachern ging er den Flur hinunter. Im Vorbeigehen versuchte er, Blicke in die anderen Zellen zu erhaschen. Doch er sah keine anderen Gefangenen. Vielleicht waren die Zellen leer, oder die Bewohner schliefen oder hatten schlichtweg kein Interesse daran, was vor ihrer Zelle geschah. Schließlich erreichten sie eine schwere Stahltüre am Ende des Flures, welche

die Wache vor ihm mit einer Chipkarte öffnete. Als die Tür aufschwang, blickte der Mann erstaunt nach vorne. Gegenüber, hinter einer Panzerglasscheibe, sah er ein Labor. Mehrere Männer mit weißen Kitteln arbeiteten dort an ihren Computern oder überwachten eine Art chemischen Versuchsaufbau bestehend aus unzähligen Reagenzgläsern und Schläuchen. Die Rückwand des Labors bestand aus Felsgestein, in das eine Stahltür eingelassen war. Rechts und links grenzten noch weitere ähnliche Labore an. Insgesamt waren es rund dreißig solcher Laborräume, die sich allesamt hinter Panzerglas befanden, und die, wie alles andere hier, in den Fels hineingeschlagen waren. Er musste sich in einer Forschungseinrichtung befinden. In einer geheimen Forschungseinrichtung, denn nur so war zu erklären, dass er sich entweder unter der Erde oder in einem Berg befand. Niemand würde eine solche Einrichtung dort anlegen, wenn man nichts zu verbergen hätte.
Seine Bewacher wandten sich nach rechts und er folgte. Immer wieder schaute er im Vorbeigehen neugierig in die verschiedenen Labore, doch für ihn als Laien war es nicht möglich zu erahnen, woran dort gearbeitet wurde.
Am Ende des Flures gelangten sie wiederum zu einer Stahltür, die mit einer Chipkarte geöffnet wurde. In dem darauffolgenden Gang befanden sich keine Labore, sondern mehrere Türen. Ganz automatisch und ohne bewusstes Zutun merkte sich der Mann jedes noch so kleine Detail. Die Menge der Labore, die Menge der Türen in diesem Flur. Die Länge der zurückgelegten Strecke anhand der gegangenen Schritte. Einfach alles.
Sie betraten den Bereich und gingen den Flur hinab, bis die Wachen vor einer Tür stehen blieben.
Eine der Wachen klopfte und öffnete die Tür.
„Sir, er ist hier."
„Herein mit ihm.", sagte eine näselnde, etwas unheimliche Stimme.
Der Mann betrat den Raum. Die Wache ging hinaus und schloss die Tür. Vor sich sah er einen Mann mittleren Alters mit blonden kurzen Haaren, die pedantisch zu einem perfekten Seitenscheitel gekämmt waren. Er trug einen weißen Laborkittel und darunter

OP Kleidung. Hinter einer Hornbrille schauten ihn tote, blaue Augen an. Der Mann versprühte keinerlei Sympathie oder menschliche Wärme.
„Guten Tag. Mein Name ist Dr. Ernest Goddard. Ich bin der Leiter dieser Einrichtung."
Der Mann bekam eine Gänsehaut beim Anblick von Dr. Goddard und dessen Stimme. Er wusste, dass er einen Mann ohne Skrupel und Gewissen vor sich hatte. Seine inneren Alarmglocken schrillten.
„Guten Tag. Wo bin ich? Und noch viel wichtiger: Wer bin ich?"
„Über das "wo" kann ich Ihnen leider nichts Konkretes sagen, denn diese Einrichtung ist geheim. Nur so viel, als dass wir uns in der Wüste befinden. Und wer Sie sind, konnten wir bisweilen noch nicht feststellen. Ich hatte die Hoffnung, dass Sie uns das hätten sagen können, wenn Sie wieder aufwachen. Wir fanden Sie bewusstlos am Portal dieser Einrichtung. Sie hatten sich eine schwere Kopfverletzung zugezogen, was wohl Ihre Amnesie erklären dürfte. Möglicherweise sind Sie von Ihrem Pferd abgeworfen worden und mit dem Kopf auf einen Stein aufgeschlagen. Einen Ausweis oder Ähnliches hatten Sie nicht dabei."
Enttäuschung machte sich bei dem Mann breit. „Denken Sie, dass ich mein Gedächtnis zurück erlangen werde?"
„Ja, ich denke, davon kann man ausgehen. Die Frage ist nur wann. Es kann heute, morgen oder auch erst in ein paar Tagen oder gar Wochen so weit sein."
„Ok, wenigstens etwas. Warum haben Sie mich in diese Zelle gesperrt?", fragte der Mann verärgert.
„Das geschah nur zur Sicherheit. Wir wussten nicht, wer Sie sind und was Sie hier wollen. Um kein Risiko einzugehen, haben wir Sie vorübergehend im Zellentrakt untergebracht."
„Da frage ich mich, warum es in einer Forschungseinrichtung überhaupt einen Zellentrakt gibt? Aber lassen Sie mich raten: Das dürfen Sie mir auch nicht sagen…"
„Richtig!"
„Und da alles geheim ist, darf ich vermutlich auch nicht wissen, was genau Sie hier erforschen?"
„Korrekt. Auch darüber darf ich Ihnen nichts sagen.", antwortete

Goddard brüsk.

„Sie sagten, Sie seien Doktor. Worin genau haben Sie Ihren Doktor gemacht?"

„Netter Versuch.", entgegnete Dr. Goddard leicht überheblich. „Aber auch das werde ich Ihnen nicht verraten."

„Und was soll nun geschehen? Darf ich gehen oder wollen Sie mich hierbehalten?"

„Nun, es steht Ihnen natürlich frei zu gehen. Allerdings stellt sich dann die Frage, wo Sie hinwollen, wenn Sie sich aufgrund Ihrer Amnesie an nichts mehr erinnern können? Ich würde Ihnen raten, solange hier zu bleiben, bis Sie Ihr Gedächtnis wiedererlangt haben. Ich denke, das wäre am sinnvollsten. Sie müssen Ihre Zeit hier natürlich nicht in der Zelle verbringen. Wir stellen Ihnen ein Zimmer mit einem vernünftigen Bett, Dusche und Fernseher zur Verfügung, sodass Sie Ihren Aufenthalt hier relativ komfortabel verbringen können."

Der Vorschlag machte durchaus Sinn, überlegte der Mann. Und doch war er argwöhnisch. Dr. Goddard tat sehr verbindlich. Doch das war ohne jeden Zweifel gespielt. Dahinter steckte noch etwas Anderes. Es machte fast den Eindruck, als wollte Dr. Goddard unbedingt, dass er hier blieb.

Doch trotz seines Misstrauens willigte er ein. Schließlich hätte er tatsächlich nicht gewusst, wo er hin sollte, falls er die Einrichtung verließ. Doch er sollte die Augen offen halten und vorsichtig sein.

„Okay, einverstanden.", sagte er.

„Nun gut. Bei der Polizei ist es üblich, unbekannte Personen „John Doe" zu nennen. Erlauben Sie uns, Sie ebenfalls so zu nennen, solange wir nicht wissen, wer Sie wirklich sind?"

„Ja, sicher. Irgendwie müssen Sie mich ja nennen. Könnte ich dann bitte auf mein Zimmer? Das Gespräch hat mich doch sehr erschöpft!"

„Natürlich. Aber noch eine Warnung, Mr. Doe. Wir stellen Ihnen das Zimmer gerne zur Verfügung, aber hier wird nicht rumgeschnüffelt. Bleiben Sie auf Ihrem Zimmer. Alle anderen Bereiche, insbesondere der Labortrakt, sind für Sie absolut tabu. Sollten wir Sie beim Schnüffeln erwischen, dann landen Sie umgehend wieder in Ihrer Zelle. Haben wir uns da verstanden?"

Beim Blick in Dr. Goddards Gesicht war sich Doe sicher, dass er dann nicht in einer Zelle, sondern eher unter der Erde landen würde, wenn er sich hier nicht an die Regeln hielt.
„Die Warnung ist angekommen.", sagte er deswegen zu Goddard.
„Gut. Die Wachen werden Sie dann zu Ihrem Zimmer bringen. Sollten Sie irgendetwas benötigen, Zeitungen, Getränke oder etwas zu essen, dann wählen Sie auf dem Telefon in Ihrem Zimmer einfach die Kurzwahltaste 1. Außerdem schicke ich Ihnen regelmäßig einen Arzt vorbei, um nach Ihrem Wohlbefinden zu schauen. Einen schönen Tag noch, Mr. Doe."
Doe nickte, stand auf und verließ das Zimmer. Die Wachen brachten ihn zu seiner neuen Unterkunft.

Sobald Doe die Tür geschlossen hatte, nahm Dr. Goddard den Hörer vom Telefon auf seinem Schreibtisch und wählte eine Nummer. Es meldete sich eine dunkle, wohlklingend kultivierte Stimme.
„Ja?"
„Er ist aufgewacht."
„Und?"
„Er hat eine Amnesie und kann sich an nichts erinnern. Für den Moment stellt er keine Gefahr da."
„Gut. Haben Sie schon herausgefunden, wer er ist?"
„Nein, bis jetzt noch nicht. Die Überprüfung der Fingerabdrücke hat nichts ergeben."
„Suchen Sie weiter. Ist er als Proband geeignet?"
„Oh, ja. Das ist er definitiv. Er bringt sogar die bis jetzt besten körperlichen Eigenschaften mit. Er ist der ideale Kandidat."
„Hervorragend. Dann fangen Sie umgehend an."
„Verstanden."

9

Im Biltmore Hotel in Los Angeles betraten Nia Coor und das Team den Konferenzraum, in dem die NeoSec Einsatzzentrale für den Schutz von Gouverneur Derek Johnson untergebracht war. Sie wurden dort von Chris Jordan, dessen Stellvertreter Eric Lee und Melody Mureaux erwartet.
Nia bemerkte, wie Melody sie taxierte und von oben bis unten musterte. Als sie ihre Hand zu Begrüßung schüttelte, lächelte Melody leicht amüsiert. Sie überragte Nia um fast einen halben Kopf, und Nia musste zugeben, dass diese Frau überaus attraktiv war.
„Was ist so witzig?", fragte Nia.
„Nichts, Ms. Coor. Gar nichts. Ich freue mich nur, dass uns so fähige Leute wie Sie bei diesem Auftrag unterstützen. Ich habe schon sehr viel über Sie gehört, Ms. Coor..."
Nia glaubte ihr kein Wort, denn in Melodys Stimme schwang ein Hauch Sarkasmus und Arroganz mit. So, als wolle sie sich tatsächlich über Nia lustig machen. Außerdem hatte Nia den Eindruck, als wäre das, was Melody über sie wusste, nicht beruflicher Natur. Es musste irgendetwas Anderes dahinterstecken. Nia konnte sich jedoch nicht erinnern, jemals Melody Mureaux getroffen oder von ihr gehört zu haben. Sie beschloss abzuwarten und Arif Informationen über diese Frau einholen zu lassen.
„Es freut uns, Ihnen behilflich sein zu können.", entgegnete Nia verbindlich und professionell, ohne auf diese Stichelei einzugehen.
Wie Nia auffiel, verhielt sich Melody gegenüber Lilly ganz anders. Ein kurzer, fester Händedruck, ein Nicken, kein abfälliges Lächeln und kein Sarkasmus. Auch Melodys Begrüßung von Vin Sparks fiel sachlich aus.
Dann begrüßte Frank sie.
„Ms. Mureaux, es ist mir eine große Freude, Sie kennenzulernen. Bis zu diesem Moment verlief der Tag für mich sehr bescheiden, doch nun, wo ich Sie kennengelernt habe, ist er gerettet."
Nia verzog das Gesicht, als hätte sie in eine saure Zitrone gebis-

sen. Frank Thiel flirtete gerne und oft mit Frauen. Und so wie jetzt auch, neigte er dabei häufig dazu, sehr dick aufzutragen. Melody zeigte ein perfekt einstudiertes, hinreißendes und verführerisches Lächeln. Mit betont samtweicher Stimme antwortete sie:
„Auch mir ist es eine sehr große Freude, Sie kennenzulernen, Mr. Thiel. Sie sind Deutscher, wie ich hörte. Ich liebe Deutschland und würde gerne noch Mal dort Urlaub machen."
„Falls Sie einen Reiseführer brauchen, dann stelle ich mich gerne zur Verfügung…", sagte Thiel grinsend.
Nia drehte sich der Magen um.
Dann wandte sich Melody Arif zu und bedachte ihn mit dem gleichen Lächeln, wie zuvor Frank.
„Mr. Arsan. Endlich lerne ich Sie kennen. Ich habe schon so viel von Ihnen gehört. Man darf wohl mit Fug und Recht sagen, dass Sie einer der größten Hacker sind, den es gibt. Es ist mir eine Ehre."
Arifs Hand hielt sie deutlich länger, als sie es bei den anderen getan hatte.
„D-d-danke…", stammelte der Türke mit hochrotem Kopf.
„Eine dieser typischen Frauen, die darauf aus sind, Männer um den Finger zu wickeln, um daraus ihre Vorteile zu ziehen. Ich muss diese Frau im Auge behalten!", dachte Nia.
Melody wandte sich ab und setzte sich an den Konferenztisch.
Nia gab Arif mit dem Ellenbogen einen leichten Stoß in die Seite.
„Mach den Mund zu, Türke…", flüsterte sie belustigt, woraufhin Arif wiederum einen roten Kopf bekam.
Nachdem sich alle anderen ebenfalls gegenseitig vorgestellt und begrüßt hatten, nahmen sie am Konferenztisch Platz.
Chris Jordan ergriff das Wort:
„Vielen Dank, dass Sie den teilweise sehr weiten Weg auf sich genommen haben, um NeoSec bei diesem Auftrag zu unterstützen. Sehr bedauerlich, dass mein Freund Peter heute verhindert ist. Ich hatte mich sehr auf ein Wiedersehen mit ihm gefreut."
Chris trank einen Schluck Wasser und fuhr fort:
„Wir nehmen Ihren Hinweis auf ein mögliches Attentat sehr ernst und haben die Sicherheitsvorkehrungen verschärft. Vor

Ihnen auf dem Tisch finden Sie für jeden von Ihnen ein Tablet, auf dem unser Sicherheitskonzept in Form einer interaktiven Präsentation gespeichert ist, und zusätzlich die Personalakten aller Angestellten, die morgen im Hotel Dienst haben werden, plus unsere Auswertungen und Einschätzungen zu den Angestellten. Außerdem natürlich ebenfalls Informationen über alle NeoSec Mitarbeiter, die an diesem Auftrag teilnehmen werden. Ich würde vorschlagen, dass wir gemeinsam all diese Daten durchgehen, um etwaige Schwachstellen zu finden."

Die ISOS Agenten nickten zustimmend.

„Hinter mir auf der Leinwand werde ich Ihnen ergänzende Informationen, Fotos und 3-D Animationen zeigen."

Ein Page des Hotels betrat den Konferenzraum und brachte den Anwesenden auf einem Rollwagen Kaffee, Tee, Gebäck, mehrere kleine Flaschen Mineralwasser, Fruchtsäfte und Cola. Dann verließ er den Raum wieder.

„Okay, dann wollen wir mal loslegen. Und bitte nennen Sie mich einfach Chris."

Er begann seinen Vortrag und erklärte dem ISOS Team ausführlich und verständlich das Sicherheitskonzept, immer wieder untermalt von 3-D Animationen und den Bauplänen des Hotels auf der Leinwand. Das Team hörte konzentriert zu. Anschließend arbeiteten sie sich durch die Akten der NeoSec und Hotel Mitarbeiter. Das alles dauerte mehrere Stunden. Als sie schließlich spät in der Nacht fertig waren, beratschlagten sich die ISOS Agenten kurz und dann ergriff Vin Sparks das Wort. Sparks war bei ISOS Einsätzen für gewöhnlich der Einsatzleiter und so übernahm er diese Rolle auch jetzt.

„Vielen Dank, Chris, für Ihre sehr umfangreichen Ausführungen. Sie haben absolut hervorragende Arbeit geleistet. Die Sicherheitsvorkehrungen weisen unserer Meinung nach absolut keine Schwachstellen auf. Theoretisch dürfte niemand in der Lage sein, einen Anschlag auf den Gouverneur zu verüben. Und dennoch haben wir ein mulmiges Gefühl bei der Sache. Wir haben bei ISOS schon zu viel erlebt, als dass wir uns einer - möglicherweise - trügerischen Sicherheit hingeben."

„Tss. Sie haben ein Grummeln im Bauch und deswegen sollen

wir besonders vorsichtig sein?", entgegnete Melody mit triefendem Sarkasmus.
„Nein, Ms. Mureaux. Wir mahnen nur dazu, sich nicht zu sehr auf das wirklich sehr gute Sicherheitsnetz zu verlassen."
Melody wollte noch etwas erwidern, doch Chris unterbrach sie.
„Was schlagen Sie vor, Vin?"
„Es ist weniger ein Vorschlag, als viel mehr eine Bitte. Ich weiß, dass wir eigentlich nur in beratender Funktion hier sind. Doch lassen Sie uns morgen bitte aktiv mit vor Ort sein. Lassen Sie uns im Saal anwesend sein, wenn der Gouverneur seine Rede hält. Ich verspreche Ihnen, dass wir Ihnen und Ihren Männern nicht im Weg sein werden. Wir möchten einfach nur als aufmerksame Beobachter mit an vorderster Front sein."
„Ich hatte gehofft, dass Sie das sagen!", antwortete Chris ohne zu zögern. „Es wäre fast schon fahrlässig, Leute mit Ihrer Erfahrung nicht mit einzubeziehen."
Melody Mureaux und Eric Lee waren scheinbar anderer Ansicht, wie Nia an deren Gesichter ablesen konnte.
„Benötigen Sie Ausrüstung?"
„Danke, nicht nötig, Chris. Wir haben alles, was wir brauchen."
„Gut. Dann denke ich, ist es an der Zeit, für heute Feierabend zu machen. Wir erwarten Sie dann morgen wieder hier. Ich wünsche eine geruhsame Nacht."
Alle Anwesenden standen auf und verabschiedeten sich voneinander. Wieder fielen Nia die belustigten Blicke von Melody auf, doch sie ignorierte das, so gut sie konnte.
Müde und erschöpft machten sich die ISOS Agenten auf den Weg zu Richard Metz Villa.

Am Nachmittag des nächsten Tages, an dem der Gouverneur abends seine Rede halten sollte, waren Nia Coor und das Team unterwegs zurück zum Biltmore Hotel. Sie fuhren mit Nia am Steuer in ihrem Hummer. Neben ihr saß Vin Sparks und die Rückbank teilten sich Lilly, Frank und Arif. Sie alle trugen ISOS Einsatzkleidung. Schusssichere Westen, schwarze Cargohosen mit vielen Taschen, Kampfstiefel und zwei Beinholster mit Handfeuerwaffen. Dazu hatte jeder von ihnen eine Pumpgun mit Gummigeschossen und Tränengasgranaten bei sich. Zur Kommunikation verfügte jeder von ihnen über digitale Funkheadsets mit Mikrofon, die darüber hinaus auch per Bluetooth mit Smartphones verbunden werden konnten, um telefonieren zu können. Eigentlich gab es für die Security von Politikern einen Dress-Code, in Form von Anzug und Krawatte, und die Weisung möglichst unauffällig im Hintergrund zu bleiben. Das ISOS Team wollte jedoch mit der gewählten Einsatzkleidung genau das Gegenteil bewirken. Man wollte Präsenz zeigen, um mögliche Attentäter abzuschrecken.

Nia wandte sich an Arif:
„Sag mal, Arif, hast du Information über Melody Mureaux eingeholt?"
„Ja, habe ich. Außerdem haben sich unsere Profiler im Analysis Center mit ihr befasst. Miss Melody Mureaux. Eltern und Herkunft: Unbekannt. Es gibt keinerlei Informationen über sie aus ihrer Kindheit und Jugend. Vermutlich ist sie also unter anderem Namen aufgewachsen. Alter: Unbekannt. Schätzungsweise dreißig bis fünfunddreißig Jahre alt. Beruf: Unbekannt. Ms. Mureaux ist immer dort zu finden, wo die Reichen und Schönen sich aufhalten. Monaco, Nizza, St. Moritz, Miami, Los Angeles und so weiter. Sie selber ist jedoch nicht vermögend, zumindest so weit sich das herausfinden ließ. Sie angelt sich reiche und einflussreiche Männer und lässt sich von ihnen aushalten. Gerne auch spielt sie tagsüber die Assistentin und ist nachts die Bettgespielin dieser Männer. Unsere Profiler bezeichnen sie als extrem ausgeprägte Egomanin. Ihre gesamte Welt dreht sich nur um sie selber. Sie liebt den großen Auftritt und möchte immer im Mittelpunkt stehen. Sie ist unfähig, freundschaftliche Beziehungen zu anderen Frauen aufzubauen, genau so, wie sie vermutlich weitestgehend unfähig ist zu tieferen, emotionalen Bindungen zu Männern. Andere Menschen sind für sie nur Mittel zum Zweck. Vorstrafen hat Ms. Mureaux keine. Allerdings stand sie schon häufiger unter Verdacht, an Kunstrauben und Einbruchdiebstählen beteiligt gewesen zu sein. Nachweisen konnte man ihr jedoch nie etwas. Es ist allerdings doch sehr auffällig, dass häufig dort, wo Ms.

Mureaux auftaucht, teurer Schmuck oder teure Kunst gestohlen werden. Ich persönlich würde tippen, dass Ms. Mureaux einen ausgeprägten Hang zur Kleptomanie hat. Übrigens geht man im Moment davon aus, dass sie eine Beziehung zu Neo Marsten, dem Boss von NeoSec hat. Es würde auf jeden Fall in ihr Beuteschema passen."
„Ein nettes Früchtchen!", sagte Lilly.
„Eine so schöne Frau, und doch so hinterlistig. Ich glaube, mein Angebot als Reiseführer ziehe ich lieber zurück.", bemerkte Frank.
„Danke für die Infos, Arif. Das deckt sich mit meiner Einschätzung von Ms. Mureaux. Ich denke zwar nicht, dass sie an dem Attentat beteiligt ist, aber ich bin der Meinung, wir sollten sie trotzdem im Auge behalten.", schlug Nia vor.
„Dem stimme ich zu.", antwortete Vin Sparks. „Jemand, der so auf Geld fixiert ist, stellt auf jeden Fall ein gewisses Risiko dar."

Schließlich erreichten sie das Biltmore. In der Einsatzzentrale nahm das Team am NeoSec Briefing teil, welches von Chris Jordan geleitet wurde. Anschließend gingen alle teilnehmenden NeoSec Mitarbeiter auf ihre Posten. Die ersten Gäste würden bald eintreffen und in zwei Stunden sollte die Rede des Gouverneurs beginnen.
Die Rede würde in der Haupt-Galeria stattfinden, wobei der Gouverneur von dem dortigen Treppenpodest aus zu den Anwesenden sprechen würde. Aufgrund der Attentatswarnung, wollte man den Gouverneur jedoch nicht, wie ursprünglich angedacht, vor dem Hotel aus der Limousine steigen lassen, um ihm ein Bad in der Menge zu ermöglichen und ihn dann durch den Haupteingang die Galeria betreten zu lassen. Stattdessen würde man die Limousine in die gesicherte Tiefgarage fahren lassen, um ihn von dort aus quer durch das Hotel zur Haupt-Galeria zu bringen.

Gerade als Nia und das Team beginnen wollten, den Weg zu überprüfen, durch den man den Gouverneur von seiner Limousine aus leiten würde, verabschiedete sich Arif kurz, um auf die Toilette zu gehen. Ihnen allen war aufgefallen, wie blass er aussah und wie unkonzentriert er wirkte.

„Ich hoffe, das geht gut heute. Arif sieht mir nicht so aus, als wäre er eine große Hilfe…", bemerkte Vin Sparks. „Eigentlich sollten wir ihn nach Hause schicken."

„Ja, da hast du schon recht.", antwortete Nia. „Frank, wir stellen dir Arif zur Seite. Pass einfach etwas auf ihn auf, okay?"

„Sicher. Ich habe aber auch kein gutes Gefühl. Ich weiß nicht, ob ich mich im Ernstfall wirklich auf ihn verlassen kann!?"

„Na ja, ich sehe es so: Wenn wir ihn abziehen und ihm sagen, er solle nach Hause gehen, dann glaube ich, wird er so gekränkt sein, dass er verschwindet und wir ihn bis auf weiteres nicht mehr wiedersehen. Wenn wir ihn aber hier bei uns halten und diesen Auftrag mit ihm über die Bühne bringen, dann haben wir danach gemeinsam die Chance, ihn behutsam aus diesem Loch, in dem er scheinbar steckt, zu befreien.", erklärte Nia.

„Ich stimme Nia zu.", schaltete sich Lilly ein. „Wenn wir ihn jetzt wegschicken und alleine lassen, dann weiß ich nicht, ob wir Arif jemals wiedersehen werden."

„Ihr habt recht.", lenkte Frank ein und auch Vin stimmte zu.

„Okay, dann sind wir uns ja einig.", sagte Nia, kurz bevor Arif zurückkam.

Die Überprüfung der Flure und Gänge, durch die der Gouverneur gehen würde, ergab keinerlei Auffälligkeiten. Alle Seitentüren waren fest verschlossen und es befanden sich dort nur autorisierte Personen von NeoSec. Das Team brachte sich in Position. Während Nia, Lilly und Vin in der Galeria die ankommenden Gäste beobachteten, warteten Arif und Frank in der Tiefgarage gemeinsam mit einigen NeoSec Bodyguards auf die Ankunft des Gouverneurs.

Nach einiger Wartezeit kam über Funk die Durchsage, dass der Gouverneur nun auf dem Weg sei und in circa zwanzig Minuten eintreffen würde.

In der Galeria beobachteten die drei ISOS Agenten weiterhin die Gäste. Der Saal war mittlerweile gut gefüllt. An runden, festlich gedeckten Tischen saßen gut situierte Herren in teuren Anzügen und Damen in eleganten Abendkleidern, und tranken teuren

Champagner und aßen Kaviar Häppchen. Nebenbei füllten sie Schecks aus, um auf Bitte des Gouverneurs für Umweltschutzprojekte zu spenden. Nach der Rede war es geplant, dass sich der Gouverneur unter die Leute mischte, um für die Spenden zu danken.

Vin Sparks stand an einer der Marmorsäulen der Rundbögen in der Galeria und ließ seine Blicke über die Menge schweifen, als er einen Anruf auf seinem Bluetooth-Headset bekam.

„Sparks."

„Alexander Willard, hallo, Vin."

Dr. Alexander Willard, kurz Lex, war der Leiter des ISOS Analysis Centers.

„Hallo, Lex, was haben Sie für mich?"

„Sie hatten uns zur Überprüfung das Sicherheitskonzept und die Personalakten der Hotel- und NeoSec Mitarbeiter geschickt."

„Genau! Hat die Überprüfung etwas ergeben?"

„Ja, es gibt eine Unregelmäßigkeit. Wir hatten alle Daten in den ISOS Hauptrechner eingegeben, um nach Auffälligkeiten suchen zu lassen. Und es gab einen Treffer: Eric Lee!"

„Was? Was bedeutet das?"

„Nun, wie Sie wissen, ist NeoSec sehr darauf bedacht, die eigenen Mitarbeiter zu überprüfen. Als NeoSec Mitarbeiter ist man quasi ‚gläsern'. Das ist gut und auch richtig, denn schließlich geht es in diesem Job darum, Menschenleben zu schützen, und da muss man sich auf jeden Mitarbeiter verlassen können. NeoSec sammelt Informationen über die Familie, soziale Kontakte und Hobbys. Vor allem aber werden per GPS der Smartphones die Bewegungen der Mitarbeiter protokolliert. Und da kam bei Eric Lee eine Anomalie heraus. Seit mehreren Monaten fährt Eric Lee jedes Wochenende nach Kingman. Er fährt Samstags um acht Uhr morgens los, und kehrt Sonntagabends um acht Uhr zurück. Eric Lee hat in Kingman weder Freunde noch Verwandte. Er hat dort auch keine Freundin. Und Kingman zählt nicht gerade zu den Orten, an denen man jedes Wochenende seine Freizeit verbringt. Gerade dann nicht, wenn man in L.A. den Strand vor der Haustür hat."

„Hm. Ok. Das ist dennoch etwas dünn.", zweifelte Sparks.

„Richtig. Allerdings fährt er von Kingman aus in die Wüste. Dort verschwindet das GPS Signal bis zum nächsten Tag, an dem es dann unvermittelt wieder auftaucht. Vin, ich denke, Sie sollten zumindest sicherheitshalber zu Eric Lee gehen, und ihn darauf ansprechen."

„Das ist allerdings eigenartig. Es stellt sich außerdem die Frage, warum niemand bei NeoSec dieser Sache auf den Grund gegangen ist?"

„Eine berechtigte Frage. Denn gerade solche Dinge sollten bei NeoSec eingehend geprüft werden. Das ist allerdings nicht geschehen."

„Arif und Frank befinden sich näher als wir an der Kommandozentrale von NeoSec, wo sich Eric Lee aufhalten sollte. Ich werde die beiden dorthin schicken, aber mich auch selber auf den Weg machen, um ihn zu befragen. Vielen Dank, Lex."

„Nichts zu danken, und viel Glück."

Vin Sparks schaltete sein Headset auf einen Kanal, auf dem ihn nur Nia, Lilly, Arif und Frank hören konnten.

„Bei der Überprüfung der Daten im Analysis Center ist eine Unregelmäßigkeit bezüglich Eric Lee herausgekommen. Arif, Frank begebt euch zur Kommandozentrale und haltet Eric Lee dort fest. Nia, Lilly. Bleibt hier in der Galeria und beobachtet weiterhin die Gäste."

„Verstanden", meldeten sich Lilly, Nia, Arif und Frank nacheinander.

Vin machte sich auf den Weg zur Kommandozentrale.

Chris Jordan fiel auf, dass Eric Lee nicht mehr in der Zentrale anwesend war.

„Hat jemand Eric gesehen? Der Gouverneur trifft in fünfzehn Minuten ein und wir brauchen ihn hier."

„Ich glaube, er wollte nach nebenan ins Lager, um etwas zu holen.", antwortet einer der Anwesenden.

„Eigenartig. Ich werde mal rüber gehen und schauen, wo er bleibt.", sagte Chris mehr zu sich selber, als zu den Anwesenden.

Im Lager, einem weiteren, etwas kleineren Konferenzraum, standen unzählige Koffer und Transportkisten für das technische

Equipment und die Waffen der NeoSec Mitarbeiter.
Chris öffnete die Tür zum Lager. Einige Meter vor ihm saß Eric Lee auf einem Stuhl. Er hielt eine Spritze mit einer bernsteinfarbenen Flüssigkeit in der Hand, und um seinen entblößten linken Arm war eine Venenpresse gebunden. Überrascht schaute er Chris an.
„Chris…"
„Was zum Teufel machst du hier?"
„Ich…ich…ähm…bin Zuckerkrank und brauche mein Insulin."
„Seit wann das denn?", fragte Chris wenig überzeugt.
„Seit kurzem."
Chris wollte noch etwas erwidern, kam aber nicht mehr dazu. Eine Kugel aus einer schallgedämpften Waffe bohrte sich zwischen seine Augen und tötet ihn sofort. Schnell - zu schnell für Chris - hatte Eric eine Waffe gezogen und hatte ohne Bedauern seinen Freund und Vorgesetzten erschossen. Eric Lee hatte einen Auftrag. Eine Mission. Und diese Mission würde er erfüllen, auch wenn es solche Kollateralschäden bedeutete. In aller Ruhe schloss Eric die Eingangstür, ohne seinen toten Freund auch nur eines weiteren Blickes zu würdigen, und drückte sich anschließend die bernsteinfarbene Flüssigkeit in die Vene.

Arif und Frank erreichten die Kommandozentrale. Sie wollten gerade hineingehen, als Frank etwas auffiel.
„Sieh mal.", sagte er. „Blut, da auf dem Teppich." Frank zeigte zum Eingang des Lagers neben der Zentrale.
„Verdammt, du hast recht.", sagte Arif matt, so als wäre er geistig gar nicht richtig anwesend.
„Komm, das sollten wir uns anschauen.", sagte Frank und zog die mit Gummigeschossen geladene Waffe. Es gab die Weisung, im Konfliktfall die oder den Gegner mit diesen Geschossen außer Gefecht zu setzen. Auch Arif zog seine Waffe und sie gingen rechts und links neben der Eingangstür zum Lager in Stellung. Noch bevor sie etwas tun konnten, wurde die Tür von innen geöffnet.
Aus dem Raum trat Eric Lee. Seine Augen sahen unnatürlich aus. Nicht, wie die Augen eines Menschen, sondern eher, wie die

eines wilden Tieres. Er trug ein enges T-Shirt, unter dem sich Berge an Muskeln abzeichneten. Dicke Venen spannten sich an den Oberarmen über den Bizeps. Er überragte Arif um einen Kopf. Arif reagierte viel zu langsam. Noch ehe er schießen konnte, hatte Lee ihm die Waffe aus der Hand geschlagen. Lee packte Arif mit nur einer Hand am Hals und hob ihn mühelos hoch. Arif schaute in die furchtbaren Augen und die Kombination aus Drogenrausch und diesem Anblick lähmten ihn regelrecht. Statt um sein Leben zu kämpfen, war er wie paralysiert. Doch Frank reagierte und schoss Lee ein Gummigeschoss in den Rücken. Der erwartete Effekt blieb jedoch aus. Anstatt wegen der Wucht des Geschosses und den daraus resultierenden Schmerzen von Arif abzulassen, schien der Treffer bei Lee überhaupt keine Wirkung zu zeigen.

So, als wäre er nur eine Spielzeugpuppe, schmetterte Lee Arif gegen die Wand und wandte sich dann Frank zu. Durch die Drogen gedämpft nahm Arif den Schmerz kaum wahr und blieb auch bei Bewusstsein. Mühsam rappelte er sich hoch. Frank versuchte, seine Schussfeuerwaffe zu ziehen, war jedoch zu langsam. Eric Lee konnte sich trotz seiner schieren Körpermasse mit einer unglaublichen Geschwindigkeit bewegen, und ließ so Frank keine Chance. Er packte den Agenten ebenfalls mit einer Hand am Hals und würgte ihn. Mit morbider Faszination beobachtete Lee, wie Frank rot anlief und ihm die Augen aus den Höhlen quollen. Frank wehrte sich mit allen Kräften. Er schlug und trat Lee so fest er konnte, doch genau so gut hätte er einen Baum bearbeiten können, denn Lee zeigte keinerlei Reaktion auf die Tritte und Schläge. Frank bemerkte, wie seine Kräfte schwanden. Lange würde er nicht mehr durchhalten. Arif zog seine Schusswaffe und zielte auf Lee. Doch seine Hände zitterten so stark, dass er Franks Peiniger einfach nicht ins Visier bekam. Er drückte ab. Mehrfach. Doch alle Schüsse gingen weit daneben. Panik machte sich in ihm breit. Er wollte - nein, er musste - seinen Freund retten, doch es gelang ihm einfach nicht. Er schaffte es aus drei Meter Entfernung nicht einmal, Eric Lee zu treffen. Dann kam Vin Sparks um die Ecke gesprintet, der über Funk gehört hatte, dass die beiden in Schwierigkeiten waren. Vin zog die Waffe und schoss auf Lee. Er traf ihn in die Schulter des Armes, mit der Lee Frank würgte. Doch auch die Kugel brachte ihn nicht dazu, Frank loszulassen. Der Treffer zeigte nicht die geringste Wirkung. Vin legte an, zielte genauer und schoss Lee in den Kopf. Der Griff um Franks Hals lockerte sich und Lee fiel tot zu Boden. Frank sank keuchend und hustend an der Wand zu Boden. Vin eilte zu ihm, nahm aus einer der Taschen seiner Cargohose eine kleine Flasche Wasser und gab sie an Frank, der in kleinen Schlucken trank.

„Das war knapp.", sagte Vin.

„Danke, Vin.", krächzte Frank.

Arif stand etwas Abseits und sah elend aus. Beinahe hätte er den Tod seines Freundes verursacht. Als Frank wieder bei Kräften war, stürmte er auf Arif zu und packte ihn am Kragen:

„WAS IST LOS MIT DIR?", brüllte er. „ICH WÄRE BEINAHE DRAUF GEGANGEN!"

Frank ließ den Kragen los, schubste Arif wütend gegen die Wand und wandte sich dann ab. Arif ging in die Knie. Verzweiflung sprach aus ihm:

„Es tut mir leid, Frank. Ich schäme mich so. Bitte verzeih mir. Ich…ich habe Probleme und ohne eure Hilfe komme ich da nicht mehr raus. Bitte helft mir…"

Sofort beruhigte sich Frank wieder und ging zu seinem Kumpel, um ihm aufzuhelfen.

„Keine Sorge, Arif. Wir lassen dich nicht hängen. Gemeinsam werden wir dir da raushelfen!"

10

John Does Zimmer in der geheimen Forschungseinrichtung war durchaus annehmbar. Es verfügte über ein gemütliches Bett, eine kleine Sitzecke, Flatscreen mit Pay TV und in einem separaten Raum Dusche und WC. Ein Telefon oder einen Computer mit Internetanschluss gab es allerdings nicht, sodass er von der Außenwelt abgeschnitten war. Aber wen hätte er auch anrufen, oder wem eine E-Mail schreiben sollen? Nach wie vor konnte er sich an nichts erinnern.

Er bekam von seinen „Gastgebern" Frühstück, Mittag- und Abendessen und genug zu trinken. Der Mann, der ihm das Essen brachte, war freundlich, jedoch nicht sonderlich gesprächig. Es ließen sich ihm keine Informationen über die Forschungseinrichtung entlocken. Auch er trug Militär-Tarnkleidung ohne Abzeichen, wie die beiden Wachen, die ihn zu Dr. Goddard gebracht hatten.

Eigentlich hatte er gedacht, dass er hier nur Gast sei. Doch mittlerweile beschlich ihn das Gefühl, dass er wohl eher eine Art Gefangener war. Verlassen durfte John das Zimmer nicht. Die Eingangstür war immer verschlossen und vor der Tür standen rund um die Uhr zwei Wachen. Fragen danach, ob er nach draußen dürfe, um frische Luft zu schnappen, wurden verneint. So war er gezwungen, seine gesamte Zeit in seinem Zimmer zu verbringen.

John Doe erwachte aus einem tiefen Schlaf. Er schaute auf die Uhr auf dem Beistelltisch neben dem Bett. Es war sechs Uhr morgens. Obwohl er die ganze Nacht tief und fest geschlafen hatte, war er erschöpft und seine Augenlider waren schwer. Er konnte sich nicht so recht erinnern, was er gestern Abend gemacht hatte und wann er schlafen gegangen war. Er wusste noch, dass er zu Abend gegessen hatte. Es hatte Schinken-Käse Sandwiches, und als Nachspeise Pudding gegeben. Getrunken hatte er nur Mineralwasser. Doch danach war seine Erinnerung wie abgeschnitten. Ob er direkt nach dem Essen zu Bett gegangen war? Er wusste es nicht. Sein Gehirn lief wohl aufgrund seiner Verletzung am Hinterkopf und der Amnesie noch nicht richtig rund. Eigenartig war es trotzdem, dass er sich an den gestrigen Abend nicht mehr erinnern konnte.

Mühsam rappelte er sich hoch. Er trug ein Unterhemd und eine Shorts, die man ihm zur Verfügung gestellt hatte. Als er sich im Bad vor den Spiegel stellte, fielen ihm zunächst die rot unterlaufenen Augen auf, und die Tatsache, dass er totenbleich war. Seine blauen Augen blickten ihm matt entgegen, so als wäre jedes Le-

ben aus ihnen entwichen. Das Gesicht, welches er sah, war ihm bekannt und gleichzeitig auch wieder nicht. Klar, es war sein Gesicht, aber dennoch gehörte es einem Mann, den er nicht kannte. Er hatte dunkle, kurze Haare und einen Dreitagebart. Sein Gesicht mit den kräftigen Augenbrauen und den blauen Augen sah freundlich aus. Er war zwischen 1,80m und 1,85m groß und sein Körper war sportlich und trainiert. War er vielleicht Sportler? Oder einfach nur ein Fitnessfreak? Er zog das Unterhemd aus und betrachtete seinen Oberkörper. Dieser war von verschiedenen Narben gezeichnet. Manche länglich, zwei rund, so wie Einschusslöcher. Vielleicht war er Polizist oder, wegen der Narben noch wahrscheinlicher, Soldat gewesen.
Dann schaute er auf seine Arme und stutzte. Sie schienen sich verändert zu haben. Nicht viel, aber doch so, dass es auffällig war. Sie schienen wie aus heiterem Himmel mehr Muskelmasse zu haben. Der Bizeps sah größer und irgendwie definierter aus. An seinem rechten Arm spannte sich eine Sehne über den Muskel, die vorher definitiv nicht da gewesen war. Er schaute an sich hinab auf die Unterarme. Auch sie wirkten muskulöser und die Adern stachen deutlicher hervor. Seine Brust wirkte etwas voluminöser und am Bauch zeichneten sich die Bauchmuskeln etwas ab. Er konnte es sich nicht erklären, aber sein Körper sah anders aus, als er es gestern Abend getan hatte. So, als hätte er sich über Nacht verändert. So langsam zweifelte er an seinem Verstand. Er hatte kein Gedächtnis und nun veränderte sich sein Körper regelrecht vor seinen Augen. Wie in Trance trat er vom Spiegel weg, ging hinüber zum Bett und legte sich hin. Er rollte sich zusammen wie ein Embryo und hoffte, dass dieser Alptraum bald enden würde.

Er wusste nicht, wie lange er dort gelegen hatte, bis ein Doktor das Zimmer betrat. Es war Dr. Klein, der ihn bereits gestern untersucht hatte. Der Doktor war untersetzt, hatte eine Glatze und ein gutmütiges Gesicht. Beim Sprechen hatte er einen leichten polnischen Akzent. Er war sympathisch und freundlich und somit das genaue Gegenteil von Dr. Goddard.

„Guten Morgen, John. Wie geht es Ihnen heute?", fragte Dr. Klein.
John Doe drehte sich um und setzte sich auf die Bettkante.
„Guten Morgen, Doktor. Mir fehlt leider immer noch mein Gedächtnis.", antwortete John zerknirscht.
John Doe beobachtete den Doktor eingehend. Genau wie gestern machte er irgendwie einen gehetzten Eindruck. Sein Blick war unstet und seine Bewegungen hektisch. Irgendetwas schien ihm zu schaffen zu machen, und er versuchte, seine Beunruhigung so gut es ging zu überspielen.
„Das wird schon wieder, John. Keine Sorge."
„Doktor, ich habe da ein Problem…"
John berichtete ihm von den Veränderungen an seinem Körper. Der Doktor konnte ihm anschließend nicht in die Augen schauen und wurde noch hektischer, als er antwortete:
„Das…äh…Sie müssen sich täuschen. Wie soll so was denn Zustande kommen? Ich denke, Sie waren einfach noch nicht ganz wach.", versicherte er wenig glaubhaft.
„Ja, da haben Sie vermutlich recht, Doc.", doch John war ganz und gar nicht überzeugt.
Ihm wurde instinktiv bewusst, dass der Doktor eine Schwachstelle war. Aus den Wachen, mit denen er zu tun hatte, war nichts herauszukriegen. Aber wenn er es geschickt anstellte, dann könnte er womöglich dem Doktor Informationen darüber entlocken, wo er war und was das für eine Einrichtung war. Der Doktor hatte offensichtlich vor irgendetwas Angst. Vielleicht konnte er diese Angst zu seinem Vorteil nutzen.
John schaute auf seine Arme. In dem hellen Licht des Zimmers sah er, dass er nicht nur einen Einstich von der gestrigen Blutentnahme an seinem rechten Arm hatte, sondern auch einen an seinem linken Arm.
„Sagen Sie mal, Doktor. Warum habe ich an meinem linken Arm auch eine Einstichstelle?"
„WAS?", fragte der Doktor erschrocken.
„Na, sehen Sie, hier.", John hielt dem Doktor den Arm hin, doch dieser beachtete ihn gar nicht.

„Sie müssen sich irren.", entgegnete er hektisch. „Das…ist bestimmt nur ein Insektenstich oder so was…"
Dr. Klein ging nicht weiter darauf ein und stellte seine Arzttasche auf den Beistelltisch neben dem Bett, welcher er einen Stauchschlauch, eine Kanüle und mehrere Blutenröhrchen entnahm. John entging jedoch nicht, dass die Hände des Doktors leicht zitterten.
„Ich würde Ihnen zunächst gerne etwas Blut abnehmen."
„Schon wieder? Sie hatten mir bereits gestern Blut entnommen."
Schweißperlen bildeten sich auf Dr. Kleins Stirn. John stellte befriedigt fest, dass er Dr. Klein komplett aus der Fassung gebracht hatte.
„Ja…ja…das ist…äh…richtig. Wir…wir wollen nur auf Nummer sicher gehen", stammelte Dr.Klein.
„In Ordnung Doktor, kein Problem.", entgegnete John betont freundlich und verbindlich.
Als der Doktor fertig war, überprüfte er noch Johns Atmung, Blutdruck und Pupillenreaktion.
Es war an der Zeit, einen ersten Versuch zu starten. Als Dr. Klein sich zu John herabbeugte, flüsterte er:
„Werden wir hier beobachtet oder abgehört?"
Der Doktor schreckte zurück.
„WAS?"
„Ganz ruhig Doktor.", flüsterte John eindringlich. „Ich will nur wissen, ob man hier videoüberwacht oder abgehört wird? Einfach wegen meiner Privatsphäre, verstehen Sie?"
Etwas zögerlich antwortete Dr. Klein:
„Ähm…nein, keine Sorge. In diesen Zimmern wird man nicht überwacht."
Ein erster Schritt war gemacht.
„Gut. Warum nicht?"
„Ich darf über so was nicht sprechen.", antwortete der Doktor wenig überzeugend.
„Kommen Sie, Doktor. Ich frage Sie doch nicht nach streng geheimen Dingen…."
Der Doktor überlegte und kratzte sich dabei das Kinn.

„Ja, okay. Das stimmt. Ich denke, zumindest darüber kann ich mit Ihnen sprechen. Diese Zimmer sind eigentlich für Mitarbeiter der Einrichtung gedacht. Da Handys hier unten nicht funktionieren und es weder Telefon noch Internet gibt, ist die Geheimhaltung gewahrt und es besteht kein Grund für eine Überwachung."

Dr. Klein machte ein Gesicht, als würde er überlegen, ob er nicht doch vielleicht schon zu viel verraten hatte. John wiederum war zufrieden. Er hatte dem Doktor eine erste wichtige Information entlockt. Dieses Labor befand sich unter der Erde.

„Vielen Dank, Doktor. Jetzt weiß ich wenigstens, dass ich mich hier im Zimmer frei bewegen kann, ohne beobachtet zu werden…"

„In Ordnung, John. Wir werden bei Ihnen dann heute Nachmittag noch ein MRT machen. Nur zur Sicherheit."

„Röntgen? MRT? Hier wird also medizinische Forschung betrieben! Eine geheime, medizinische, unterirdische Forschungseinrichtung. Entweder ist das ein geheimes Projekt der Regierung oder hier geschieht etwas hochgradig Illegales. Wenn ich sehe, wie ängstlich der gute Doktor ist, dann würde ich auf Letzteres schließen…", schlussfolgerte John in Gedanken.

„Nur zu, Doktor. Sie wissen ja, wo Sie mich finden.", sagte er lächelnd. Dr. Klein erwiderte das Lächeln gekünstelt.

„Dann bis heute Nachmittag, John."

Nachdem der Doktor das Zimmer verlassen hatte, stand John auf. Er war immer noch verwundert und schockiert über die Veränderungen an seinem Körper. Egal, was der Doktor sagte, er wusste, dass er sich die Veränderungen nicht nur einbildete. John ging in den Liegestütz und machte einen nach dem anderen. 1-2-3-4-5…Nach dem fünfzigsten Liegestütz hörte er auf. Er war weder sonderlich außer Atem geraten noch hatte er angefangen zu schwitzen. Er hätte locker noch mal fünfzig machen können. *Das* war jedenfalls nicht normal. Fünfzig Liegestütz ohne außer Atem zu sein, schaffte wohl sicherlich niemand.

John stand auf. Wie von selbst, so als hätte er das schon tausende Male gemacht, stellte er sich in Kampfposition. Einen Arm und

ein Bein angewinkelt nach hinten, das andere Bein und den anderen Arm nach vorne gestreckt, die Hände zu Fäusten geballt. Er konzentrierte sich, schaltete alles um sich herum aus, und atmete tief und gleichmäßig ein und aus. Dann begann er mit Schlag- und Trittkombination. Mit unglaublich schnellen, kräftigen Schlägen und Tritten deckte er seine imaginären Gegner ein und vollführte eine perfekte Kampfsport-Vorführung. Als er fertig war, ging er wieder in die Ursprungsposition zurück. Diesmal war er ins Schwitzen geraten.
Dann setzte er sich auf das Bett. Das war einfach nur Wahnsinn. Er musste wohl Kampfsport betrieben haben. All die Bewegungen und Kombinationen waren ihm so unglaublich vertraut. Doch eines war anders. Er war absolut sicher, dass seine Tritte und Schläge niemals so dermaßen kraftvoll gewesen waren. Er hatte eine Energie in seinem Körper gespürt, wie er sie zuvor noch nie wahrgenommen hatte. Es fühlte sich an, als hätte man seinen Körper regelrecht getunt.
Auch wenn er sich das alles noch nicht erklären konnte, so würde ihm diese neugewonnene Leistungsfähigkeit möglicherweise dabei helfen, von hier zu verschwinden. Doch dazu brauchte er Dr. Klein. Von ihm musste er so viele Informationen wie möglich herausquetschen und er war sicher, dass ihm das auch gelingen würde.
So wenig ihn diese Übungen auch angestrengt hatten, so sehr hatten sie seinen Hunger angeregt. Sein Magen knurrte laut und er verspürte einen Drang zu essen, wie er ihn noch nie verspürt hatte. Egal, was man ihm zu essen vorsetzen würde, er würde alles in sich hineinschlingen. Als ihm kurze Zeit später das Frühstück gebracht wurde, machte er sich nicht erst die Mühe Besteck zu nehmen. Mit bloßen Händen stopfte er sich das Essen in den Mund und schlang es ohne groß zu kauen hinunter. Als er fertig war, wurde ihm bewusst, dass seine neugewonnen Leistungsfähigkeit scheinbar auch Nachteile mit sich brachte. Sein Körper schien wesentlich mehr zu verbrennen als vorher und mehr Nahrung zu benötigen. Denn satt war er noch lange nicht.
Er ging hinüber und klopfte an die Eingangstür. Eine der Wachen öffnete und John fragte, ob er möglicherweise ein zweites

Frühstück haben könne. Sein Wunsch wurde ihm gewährt und schon kurze Zeit später brachte man ihm ein zweites Tablett mit Frühstück. Diesmal aß er etwas gesitteter und als er fertig war, stellte er zufrieden fest, dass er auch halbwegs satt geworden war. Das viele Essen und die Ereignisse des Morgens hatten ihn müde gemacht und so legte er sich auf das Bett und schlief fast sofort ein. Als er wieder erwachte, reifte in ihm eine Erkenntnis: Irgendetwas war hier verdammt faul, und er musste schauen, dass er möglichst bald verschwand….

Am Nachmittag betraten die beiden Wachen Johns Zimmer, um ihn für die Untersuchungen zu Dr. Klein zu bringen. Die unterirdische Anlage schien verdammt groß zu sein, denn sie mussten ein gutes Stück zurücklegen, bis sie zur medizinischen Abteilung gelangten. Unterwegs trafen sie einige Leute. Meistens Wissenschaftler mit weißen Kitteln, die entweder mit einem kurzen Nicken grüßten oder die beiden Wachen und John vollkommen ignorierten, als seien sie gar nicht da. Sicherheitspersonal war jedoch kaum zu sehen, wie John zufrieden feststellte. Was sollte man in einer unterirdischen Anlage auch groß bewachen? Es gab vermutlich nur einen Zugang zu dieser Einrichtung, überlegte er. Wahrscheinlich über einen Aufzug. Jeder, der rein oder raus wollte, musste wohl oder übel diesen Weg nehmen und dadurch brauchte man nicht viel Wachpersonal.
Sie durchquerten mehrere Gänge. In einigen gab es außer Felsgestein nichts zu sehen. In anderen sah er wieder Labore, wie er sie an seinem ersten Tag hier bereits gesehen hatte. Sie passierten einen Wohnbereich, ähnlich jenem, in dem er untergebracht war. Doch ein Bereich weckte Johns Interesse. Es war ein kurzer Gang, in dem sich eine Tür befand, die deutlich massiver und besser gesichert aussah, als alle, die er bisher hier gesehen hatte. Auf einem weißen Schild mit roter Schrift stand geschrieben: „Lebensgefahr! Betreten für Unbefugte strengstens verboten!"
„Was zum Henker ist denn da untergebracht?", fragte er seine beiden Wächter, doch die beiden ignorierten seine Frage.
„Danke, Jungs. Ihr seid ja immer so gesprächig…."

John merkte sich alle Gänge, durch die sie gingen und zeichnete in seinem Kopf eine imaginäre Übersichtskarte. Dann fiel ihm auf, dass man sich beim Bau dieser Anlage an gewisse Sicherheitsvorschriften gehalten hatte. Über einer Tür, durch die sie gingen, hing ein beleuchtetes Notausgang-Schild mit einem Pfeil. Das würde ihm definitiv helfen, den Ausgang zu finden.

Als sie schließlich zur medizinischen Abteilung gelangten, erwartete Dr. Klein sie bereits.
„Hallo, John."
„Hallo, Doktor."
Die beiden Wachen warteten draußen vor dem Eingang und der Doktor brachte ihn in einen großen Raum, in dem sich das MRT Gerät befand. Durch eine große Glasscheibe getrennt befand sich ein Kontrollraum, in dem ein Assistent auf einem Stuhl saß. Der Assistent beachtete John jedoch nicht weiter. Wie alles in dieser Einrichtung, war auch der MRT Raum ins Felsgestein geschlagen worden.
„Doktor…", flüsterte John, doch Dr. Klein schüttelte fast unmerklich mit den Kopf.
„Später!", flüsterte er zurück.
Offensichtlich wurde man hier belauscht.
Die Untersuchung ergab keinerlei Auffälligkeiten und John machte sich bereit für den Rückweg.
„Wir sehen uns dann morgen.", sagte Dr. Klein zu ihm, als die Untersuchung abgeschlossen war. Anschließend wurde er zurück auf sein Zimmer gebracht.

Er legte sich auf sein Bett und grübelte. Dr. Klein war also bereit zu reden. Das war gut. Vielleicht konnte er dann endlich herausfinden, was hier vor sich ging. Und hoffentlich würde Dr. Klein ihm dabei helfen, von hier zu verschwinden.
Irgendetwas geschah hier mit John, und ihm schwante, dass das nichts Gutes war.

11

Im Biltmore Hotel in Los Angeles stand Vin Sparks gemeinsam mit AoC Francis Kramer in einem der diversen Konferenzräume zur Nachbesprechung des vereitelten Attentats. Es waren Vertreter der Polizei und die NeoSec Angestellten anwesend. Vin hatte Nia, Lilly, Frank und Arif zurück zur Villa geschickt. Arif war in keiner guten Verfassung und brauchte schnellstmöglich die Hilfe seiner Freunde. Deswegen wollte Vin ihnen diese Nachbesprechung ersparen und hatte Francis Kramer zur Unterstützung hinzugezogen. Man hatte in dem Konferenzraum mehrere Stuhlreihen aufgebaut, damit die Anwesenden Platz nehmen konnten. Kramer ergriff das Wort:
„Guten Abend zusammen. Mein Name ist Francis Kramer, Agent of Communication des Independent Special Operation Service. Wie Sie alle wissen, wurde ISOS aufgrund eines begründeten Attentatsverdachts auf Gouverneur Derek Johnson als zusätzliche Verstärkung hinzugezogen. ISOS war es gerade noch rechtzeitig gelungen, die Identität des Attentäters zu ermitteln. Noch bevor es jedoch möglich war, ihn festzunehmen, wurde der Attentäter, so wie es momentan aussieht, von Einsatzleiter Chris Jordan überrascht. Es tut mir leid, Ihnen mitteilen zu müssen, dass Chris Jordan von dem Attentäter getötet wurde. Mein herzliches Beileid an die NeoSec Mitarbeiter. Ich weiß, dass Chris ein guter Mann war."
Trauer machte sich breit unter den anwesenden NeoSec Mitarbeitern. Kramer wartete einige Augenblicke, um diese betrübliche Nachricht sacken zu lassen, bevor er fortfuhr:
„Heute um 19:17 Uhr wurde der Attentäter von Agent Vin Sparks Team gestellt und während einer Auseinandersetzung getötet. Es handelte sich um Chris Jordans Stellvertreter Eric Lee."
Bestürzt gestikulierten die NeoSec Mitarbeiter hektisch und lautstark durcheinander. Für sie alle war es unfassbar, dass einer aus ihren Reihen so etwas geplant haben sollte. Selbst die anwesenden Polizisten starrten Kramer nach dieser Enthüllung ungläubig an.

„Bitte, meine Damen und Herren. Beruhigen Sie sich wieder. Ich kann Ihre Reaktion voll und ganz verstehen. Auch wir waren schockiert über diese Fakten."
Langsam kehrte wieder Ruhe ein.
„Über die Hintergründe der Tat ist noch nichts bekannt. Genau so wenig darüber, ob Eric Lee ein Einzeltäter war, oder ob mehr dahinter steckt. Das müssen die Ermittlungen erst noch zeigen. Dieses geplante Attentat war der Grund, warum der Gouverneur heute nicht vor den Gästen gesprochen hat. Es war zu gefährlich, ihn heute hier auftreten zu lassen, da wir nicht wussten, ob es noch weitere potenzielle Attentäter gab. Deswegen haben wir den Gouverneur unter strengster Bewachung zurück nach Hause geschickt. Und das bringt mich zu einem ganz wichtigen Punkt. Weder die Presse noch die anwesenden Gäste wissen von diesem geplanten Attentat. Und das soll auch so bleiben. Wir wollen keine Schlagzeilen in der Presse und auch keine Panik unter den Gästen. Wenn Sie also jemand fragt, warum der Gouverneur nicht aufgetreten ist, dann sagen Sie, er sei unpässlich und könne deswegen nicht auftreten. Teilen Sie außerdem mit, dass der Abend in naher Zukunft nachgeholt würde. Bitte halten Sie sich strikt an diese Anweisung, damit die Ermittlungen ohne öffentlichen Druck durchgeführt werden können. Das ist auch im Sinne von Gouverneur Johnson."
Der Einsatzleiter der Polizei Captain Paul Mercer hob die Hand.
„Bitte!", erteilte ihm Kramer das Wort.
„Wer soll die Ermittlungen leiten?"
„Es ist der ausdrückliche Wunsch von Gouverneur Johnson und Präsident Stapleton, dass ISOS die Ermittlungen leitet."
Der Polizist quittierte diese Aussage mit einem Kopfschütteln. Kramer hatte mit dieser Reaktion gerechnet.
„Glauben Sie mir, diese Situation ist für uns genauso außergewöhnlich, wie für Sie. Wir haben nicht vor, uns hier als die großen Chefs aufzuführen. Unser einziges Ziel ist es, möglichst schnell die Hintergründe für dieses geplante Attentat herauszufinden und mögliche weitere Anschläge auf das Leben des Gouverneurs zu verhindern. Und das macht es nötig, dass wir alle an einem Strang ziehen. ISOS verfügt über sehr viele Ressourcen,

die bei den Ermittlungen helfen können. Wir werden mit Ihnen ohne „wenn" und „aber" Hand in Hand arbeiten, dass kann ich Ihnen versichern. Sie werden von uns uneingeschränkt alle Ermittlungsergebnisse umgehend erhalten. Können wir uns im Gegenzug auf Ihre uneingeschränkte und vorbehaltlose Kooperation verlassen?"
„Natürlich!", antwortete der Polizist schon etwas versöhnlicher.
„Gut. Vielen Dank. Unser erster Schritt wird sein, alle anwesenden NeoSec Mitarbeiter zu verhören. Niemand von NeoSec verlässt bitte dieses Gebäude, bis alle Befragungen beendet sind. Captain Mercer, wären Sie und Ihre Leute so freundlich, die Befragungen durchzuführen?"
Mercer nickte.
„Danke. Derweil werden ISOS Agenten das Haus von Eric Lee durchsuchen. Außerdem werden Forensiker den Tatort des Mordes an Chris Jordan untersuchen. Alle Ermittlungsergebnisse laufen in der ISOS Zentrale L.A. zusammen. Ich fungiere dabei als Koordinator der Ermittlungen. Meine Damen und Herren, es gibt viel zu tun. Also lassen Sie uns beginnen!"

Vin Sparks verabschiedete sich von Francis Kramer und machte sich auf den Weg zum Tatort, der mittlerweile abgesperrt war und den mehrere Forensiker in weißen Anzügen untersuchten. Als Vin unter dem Absperrband hindurch ging, hielt ihn einer der Forensiker an:
„Verzeihung, Sir, das ist ein Tatort. Zutritt verboten."
„Ich bin ISOS Senior Special Agent Vin Sparks. Wir sind mit der Leitung der Ermittlung betraut worden, und ich würde mir gerne die Leichen anschauen.", erwiderte Vin freundlich.
„Einen Moment, Sir, ich frage mal eben über Funk meinen Vorgesetzten."
Der Mann sprach in sein Funkgerät. Dann wandte er sich wieder an Vin:
„In Ordnung, Agent Sparks. Mein Vorgesetzter hat das bestätigt. Verzeihen Sie, dass ich Sie überprüfen musste."

„Sie brauchen sich nicht zu entschuldigen, denn dass Sie nachfragen zeigt, dass Sie Ihre Arbeit gut machen. Haben Sie zufällig ein Paar Gummihandschuhe für mich?"
Der Mann reichte Sparks ein Paar Handschuhe.
„Vielen Dank!"
Zunächst schaute Vin sich den Leichnam von Eric Lee an, der immer noch dort lag, wo er ihn erschossen hatte. Vin durchsuchte die Taschen des Toten, fand aber nichts Hilfreiches. Das einzig seltsame waren die unnatürlich aussehenden Oberarme von Eric Lee. Vin krempelte dessen T-Shirt etwas hoch. In den ganzen Jahren beim Militär und bei ISOS hatte er noch nie so massige und gleichzeitig so perfekt modellierte Oberarm Muskeln gesehen. Darüber hinaus konnte Vin es immer noch nicht fassen, dass weder das Gummigeschoss noch sein Schuss in die Schulter Lee hatten stoppen können. So schmerzresistent war eigentlich niemand. Vin bekam ein mulmiges Gefühl und fürchtete, dass hinter dieser Sache etwas Größeres steckte, als sich im Moment erkennen ließ.
Anschließend ging Vin in den Raum, in dem Chris Jordans Leiche lag. Er brauchte nur wenige Blicke, um erkennen zu können, was passiert war. Chris hatte Eric Lee überrascht und dieser hatte ihn ohne mit der Wimper zu zucken erschossen. Chris hatte keine Chance sich zu wehren, denn er hatte nicht mal seine Waffe ziehen können. Die Sinnlosigkeit dieses Mordes erfüllte Vin mit Zorn. Chris war ein guter Mann gewesen. Das hatte er direkt erkannt, als er ihn vor wenigen Stunden kennengelernt hatte. Ein ehemaliger Soldat, genau wie er selber. Und nur, weil er zur falschen Zeit am falschen Ort war und fälschlicherweise einem vermeintlichen Freund vertraut hatte, lag er jetzt tot dort auf dem Boden. Es war nicht der erste Tote, den Vin sah und es würde sicherlich nicht der letzte sein. Und dennoch würde er sich nie damit abfinden können, wenn gute Menschen starben.
Vin wandte den Blick von Chris Jordans Leiche ab und schaute sich um. Aus der Entfernung sah er irgendetwas unter einem Stuhl liegen. Es sah aus, wie ein kleines Glas. Er ging hinüber und schaute unter den Stuhl. Er entdeckte dort eine kleine Ampulle, in der sich noch einige Tropfen einer bernsteinfarben

schimmernden Flüssigkeit befanden. Ein Stück daneben lag eine Spritze. Vin rief einen der Forensiker.
„Könnten Sie das bitte eintüten und es schnellstmöglich zum Labor von ISOS L.A. schicken?"
„Natürlich, Sir."
„Vielen Dank!"
Zwar ließ sich zum jetzigen Zeitpunkt nicht sagen, ob die Spritze oder die Ampulle überhaupt etwas mit dieser Sache zu tun hatten, aber Vin hatte so eine Ahnung, dass es ihnen weiterhelfen würde.
Da er alles gesehen hatte, was es zu sehen gab, verließ er das Biltmore und fuhr zurück zur Villa.

Dort saßen Nia, Lilly und Frank gemeinsam mit Arif im Wohnzimmer. Arif erzählte den anderen davon, wie es ihn aus der Bahn geworfen hatte, dass er beinahe bei dem Einsatz vor einigen Monaten getötet worden war. Dass die körperlichen Schmerzen nicht nachließen und er abhängig von starken Schmerzmitteln wurde. Wie er in Las Vegas dem Glücksspiel verfiel und wie sein Dealer, der ihn mit Schmerzmitteln versorgt hatte, ihm Kokain zum Ausprobieren gab und wie diese Droge ihn immer mehr heruntergezogen hatte. Arif traute sich kaum, seinen Kollegen in die Augen zu schauen.
„Warum hast du nie mit uns gesprochen?", fragte Lilly einfühlsam.
„Zuerst habe ich gedacht, dass ich ja eigentlich kein Problem habe. Hier und da mal eine Schmerztablette. Was ist schon dabei, habe ich mir eingeredet. Und die Arbeit hat mich abgelenkt. Dann kam unser Urlaub und ich fiel in eine Art Loch. Ihr wart alle mit eurem Kram beschäftigt und ich war…alleine und hatte nichts zu tun. Das soll kein Vorwurf sein. Wirklich nicht. Ich wusste halt nichts mit mir anzufangen und nahm immer mehr Tabletten. Ich dachte aber auch weiterhin, dass ich kein Problem habe. Als ich dann nach vielen durchzechten Nächten in Las Vegas und vielen, vielen Tabletten merkte, dass ich eben doch ein Problem habe, da redete ich mir ein, ich würde das schon alleine bewältigen können. Und ich war einfach auch zu stolz, um euch

um Hilfe zu bitten. Das war natürlich dumm von mir. Dass ich heute nicht in der Lage war, Frank aus seiner misslichen Situation zu befreien, war ein furchtbarer Moment. Das Kokain gab mir das Gefühl, der Größte zu sein. Und dann war ich durch das Kokain im entscheidenden Moment nicht in der Lage, einen Freund zu retten…"
Betrübt starrte Arif auf die Tischplatte vor sich.
„Hey, Kumpel, es ist doch alles gut gegangen. Und nun werden wir schauen, dass wir dir dort raushelfen.", tröstete ihn Frank.
„Genau!", schaltete sich Nia ein.
„Ich denke, ich brauche professionelle Hilfe. Ich sollte in eine Entzugsklinik gehen."
„Okay, Arif. Das ist die richtige Einstellung. Ich werde mal ein paar Telefonate führen, um eine passende Einrichtung für dich zu finden", sagte Nia.
„Wie willst du denn eine passende Einrichtung für Arif finden?", wunderte sich Lilly.
„Von unseren Nachbarn in Malibu kennt irgendwie jeder irgendeinen Star oder ein Sternchen, die schon mal irgendwo in den Entzug mussten. Da sollte sich etwas Passendes finden lassen."
„Ich…ich kann mir solche Kliniken aber nicht leisten. Einen Großteil meiner Ersparnisse habe ich in Las Vegas verzockt.", entgegnete Arif kleinlaut.
„Keine Sorge, Arif. Selbstverständlich übernehmen wir die Kosten deiner Behandlung. Beziehungsweise Peter. Ihm tut es finanziell nicht weh und du weißt ja, dass er für einen Freund alles tun würde."
„Danke, Nia."
„Ich werde dir die beste Klinik in ganz L.A. suchen, verlass dich drauf.", sagte sie augenzwinkernd, als Vin Sparks zur Tür herein kam.
„Hallo, Leute. Habt ihr alles geklärt?"
„Ja, haben wir. Danke Vin, dass du dich währenddessen um die Angelegenheiten im Biltmore gekümmert hast.", antwortete Lilly.
„Nichts zu danken. ISOS ist übrigens mit der Leitung der Ermittlungen betraut worden. Ich denke, wir sollten uns auf den Weg machen, Eric Lees Haus zu durchsuchen. Vielleicht finden

wir dort erste Hinweise für den Grund des Attentats."
Alle Blicke richteten sich auf Arif. Das war das Dilemma an ihrem Job. Es gab immer Dinge zu tun und Probleme zu lösen, die nicht warten konnten, wodurch Persönliches meistens hinten anstehen musste.
„Fahrt nur. Ich bleibe lieber hier. In meinem momentanen Zustand bin ich keine Hilfe für euch. Ich komme schon zurecht.", versuchte Arif sie zu beruhigen. Er war Profi und wusste natürlich, dass solcherlei Dinge keinen Aufschub duldeten. Dennoch fürchtete er sich ein Stück weit vor dem Alleinsein und hoffte, dass er stark genug war, um gegen die Sucht anzukämpfen.
„Ok, Arif. Und wenn irgendetwas ist, dann ruf an!", sagte Lilly und drückte ihn zum Abschied.
„Mache ich!"

Als seine Freunde das Haus verlassen hatten, ging Arif hinauf in sein Zimmer und nahm aus seiner Tasche einen Beutel voll mit Kokain. Seine Hände zitterten und er begann zu schwitzen. Das Verlangen nach einer Line war gigantisch. Mit aufgerissenen Augen starrte er minutenlang auf den Beutel und focht einen inneren Kampf aus, den er zu verlieren drohte. Doch unter Aufbringung all seiner Willenskraft gelang es ihm, den Blick zu lösen, ins Bad zu gehen und das Kokain ins Klo zu schütten. Danach setzte er sich vor der Toilette auf den Boden und vergrub den Kopf in den Händen.
Der Drogenentzug würde ein harter Kampf für ihn werden. Einen ganz kleinen Teilerfolg hatte er soeben verbuchen können. Doch insgesamt war der Ausgang des Entzugs nach wie vor ungewiss. Ständig spukte der Suchtteufel in seinem Kopf herum und flüsterte ihm verführerische Dinge zu. Und Arif zweifelte daran, dass er jemals wieder ganz verschwinden würde.

12

Vor einem der angesagtesten Clubs von Los Angeles, dem „Wave" in West Hollywood, stand wie jeden Abend eine lange Schlange von Leuten. Das Wave zog die Stars und Sternchen von L.A. magisch an. Hier konnte gefeiert, getrunken, gekifft und, hinter geschlossenen Türen, gekokst werden, als gäbe es kein Morgen mehr. Reporter und Paparazzi hatten zum Wave keinen Zutritt. Wer doch meinte, heimlich Schnappschüsse der Promis machen zu können und dabei erwischt wurde, der wurde äußerst unsanft aus dem Club befördert, wobei das Fotogerät meist „zufällig" zu Bruch ging.
Trotz der Drogenexzesse wurde der Club von den Cops in Ruhe gelassen. Der Besitzer, dessen Name und Identität niemand kannte, hatte mit entsprechenden Schmiergeldern dafür gesorgt. Wer berühmt war, oder wer die Rausschmeißer kannte, der brauchte sich natürlich nicht vor dem Wave in die Schlange zu stellen. Aber die „normalen" Partygäste standen oft stundenlang vor der Tür und warteten auf Einlass, nur um einmal mit den Reichen, Schönen und Berühmten in einem Club feiern zu können. Und das war durchaus ein teurer Spaß. Selbst wer nur wenig trank, kam schnell an mehrere hundert Dollar für Eintritt und Getränke. Manch ein Partygänger sparte sogar extra für einen Abend im Wave.

Wie jeden Abend ging auch Rayna Sweets ins Wave, um dort die Nacht zum Tage zu machen. Sie war weder reich noch berühmt, kannte allerdings einen der Rausschmeißer, mit dem sie gelegentlich etwas hatte. Rayna Sweets war nicht ihr richtiger Name. Eigentlich hieß sie Martha Fisher und kam aus Kansas City. Wie so viele junge hübsche Frauen war auch Martha nach Los Angeles gekommen, um Schauspielerin oder Model zu werden. Weil sie der Meinung war, dass ihr eigener Name zu langweilig wirkte, nannte sie sich Rayna Sweets. Ihre großen braunen Rehaugen ließen sie unschuldiger wirken als sie tatsächlich war. Ihre sinnlichen vollen Lippen waren entgegen dem Trend naturbelassen und sahen auch so aus. Die schwarzen, langen und glänzenden Haaren und ihr etwas dunklerer Teint verpassten ihrem Aussehen eine leicht südländische Note. Sie war schlank, aber nicht so abgemagert, wie manches Model, und sie verstand es meisterhaft, mit ihren Reizen zu spielen und Männern den Kopf zu verdrehen. Heute trug sie ein eng anliegendes, glitzerndes Top mit weitem Ausschnitt, welches ihren schlanken Oberkörper und ihre Brüste perfekt in Szene setzte. Außerdem trug sie einen Rock, der gerade lang genug war, um nicht billig zu wirken, der aber wiederum so kurz war, dass man ihre langen, braun gebrannten, schlanken Beine fast in voller Pracht bewundern konnte.

Raynas Karriere in L.A. kam allerdings nicht in Schwung. Mit ihren 1,70 m war sie, obwohl sie äußerst attraktiv war, etwas zu klein für ein Laufsteg-Model. Und ihr schauspielerisches Talent war zu bescheiden, um als Schauspielerin entdeckt zu werden. Rayna hatte erfolglos versucht, Talent-Scouts und Produzenten mit sexuellen Gefälligkeiten von ihrem „Talent" als Schauspielerin zu überzeugen. Um ihre Ziele zu erreichen, war ihr jedes Mittel recht. Ein wenig Koks, etwas Meth oder Extasy und schon war selbst ein unattraktiver Geliebter zu ertragen. Um Geld zu verdienen, hatte sie auch schon in Pornos mitgespielt. Es war okay für sie, und machte ihr eigentlich sogar Spaß. Aber lieber wäre sie natürlich eine echte Schauspielern.

Und so ging Rayna Abend für Abend ins Wave, um entweder entdeckt zu werden oder einen reichen Kerl zu finden, den sie abschleppen konnte. Diesbezüglich hatte sie die Hoffnung, vielleicht den Mann kennenzulernen, der sie heiraten und ihr ein sorgenloses Leben verschaffen würde. Doch auch diese Bemühungen waren bisher erfolglos. Die meisten Typen ließen sich nur zu gerne auf einen One Night Stand mit ihr ein, denn schließlich sah sie verdammt gut aus. Manche trafen sich vielleicht auch noch zwei, drei Mal mit ihr, bis herauskam, dass sie verheiratet waren und nur eine willige Bettgespielin suchten. Im Wave war Rayna natürlich nicht die einzige attraktive, junge Frau auf der Suche nach einflussreichen oder vermögenden Männern, weswegen sie manchmal etwas nachhelfen musste, um das andere Geschlecht auf sich aufmerksam zu machen. Aus diesem Grund trug sie wie üblich keinen Slip unter ihrem Rock. Ein kleiner Beinüberschlag im richtigen Moment und schon riefen die Reichen und Berühmten sie in ihre VIP Ecken und spendierten ihr Champagner. Und falls ihr jeweiliger Gönner spendabel genug war, dann würde sie mit ihm die Nacht verbringen. Rayna stellte dabei keine allzu hohen Ansprüche an die Attraktivität. Hauptsache reich oder berühmt oder einflussreich oder am besten alles zusammen. Der Rest war ihr egal.

Ein Mann ließ sich von seinem Chauffeur in seiner Rolls Royce Limousine ebenfalls zum Wave fahren. Der Mann war reich. Sehr reich. Ein Multi-Milliardär. Ihm gehörten weltweit viele verschiedene Firmen. Bei manchen wusste niemand, dass sie ihm gehörten. Bei anderen war er so eitel, seinen Vornamen in den Firmennamen einzubauen.
Er war mittleren Alters und sah verdammt gut aus. Er hätte durchaus ein Model für einen kalifornischen Katalog für Surf-Bekleidung sein können mit seinen strahlend weißen Zähnen, den längeren blonden Haaren und der sonnengebräunten Haut. Darüber hinaus war er äußerst charismatisch und übte eine hohe Anziehungskraft auf Frauen aus. Bis jetzt war er noch auf keine Frau gestoßen, die seinem Charme widerstanden hätte.
Schon in jungen Jahren hatte er gelernt, diesen Charme zu seinem Vorteil zu nutzen. Wenn er sich in der Schule geprügelt hatte, dann gelang es ihm immer, die Lehrerin davon zu überzeugen, dass sein Gegner alles Schuld gewesen war. Er beherrschte es wie kein Zweiter, Menschen einzulullen, ihnen im nächsten Augenblick ein Messer in den Rücken zu rammen und dennoch am Ende dazustehen wie ein Unschuldslamm.
Im Laufe der Jahre hatte er es perfektioniert, andere Leute um den Finger zu wickeln und zu manipulieren. Schon auf der Uni war es ihm gelungen, Kommilitonen um sich zu scharen, die für ihn seine Arbeit erledigten. Das war der Hauptgrund dafür, dass er einen so guten Abschluss gemacht hatte. Seit dieser Zeit wusste er die Vorzüge williger Wasserträger zu schätzen. Etwas, dass er bis heute praktizierte. Auch jetzt hatte er wieder einen kleinen, aber einflussreichen Kreis aus Männern um sich geschart, die für

ihn die Arbeit machten. Doch anders als früher war er diesen Männern nie von Angesicht zu Angesicht gegenüber getreten. Das war sicherer für ihn. Angeworben hatte er diese Leute über Mittelsmänner und er hatte sie mit den einzigen beiden Dingen gelockt, die diese Art von Leuten interessierten: Geld und Macht. Und beides bot er ihnen im Überfluss.
Er selber hatte in seinem Leben gemordet und morden lassen. Er hatte andere verprügelt und gefoltert. Er hatte vergewaltigt und missbraucht. Einfach, weil es ihm Spaß machte. Er liebte es, an anderen Menschen Gewalt auszuüben und sie zu brechen. Es war für ihn die größtmögliche Befriedigung. Sicherlich war es ein riskantes Hobby. Aber auch hier hatte er Leute gefunden, die an diesen Dingen genauso viel Spaß hatten wie er selber, und die willig hinter ihm aufräumten. Und so saß er trotz all dieser Taten hier in seiner Limousine und genoss das süße Leben eines Milliardärs in Los Angeles. Er war der Wolf im Schafspelz, Yin und Yang, Jekyll und Hyde. Er stand in der Öffentlichkeit, sonnte sich in Ruhm und Ansehen und niemand hatte jemals die dunkle Seite in ihm erkannt, wenn er es nicht wollte. Die seltenen Augenblicke genoss er jedes Mal, wenn er sich anderen offenbarte. Diese ungläubigen Blicke. Die aufstehenden Münder und das angsterfüllte Kopfschütteln. Ängstliche Antilopen, die von dem Löwen gerissen wurden.
Der Mann war es gewohnt, dass alles so lief, wie er es sich vorstellte. Doch der heutige Tag war ganz und gar nicht nach seinem Geschmack verlaufen. Heute sollte ein großer Tag werden. Der Todestag eines Rivalen und der Tag einer ganz besonderen Generalprobe. Doch weder das eine noch das andere hatte funktioniert. Es waren Leute auf der Bildfläche erschienen, die er nicht mit einkalkuliert hatte und die ihm sein Vorhaben ordentlich vermiest hatten. Dennoch war er sicher, dass sein Plan trotz dieser Leute aufgehen würde. Doch es war anders gekommen. Nia Coor, Lilly Jaxter, Arif Arsan, Frank Thiel und Vin Sparks. Er hasste sie alle dafür, dass sie seinen Plan vereitelt hatten. Und dafür mussten sie sterben. Das war unvermeidlich. Ihm kam man nicht in die Quere und kam dann ungeschoren davon.

Sein Zorn wollte einfach nicht abebben. Er musste sich heute im Wave jemanden suchen, bei dem er etwas Dampf ablassen konnte.

Als sie das Wave erreichten, stieg der Mann direkt vor dem Haupteingang aus und überreichte dem Rausschmeißer per Handschlag fünfhundert Dollar Trinkgeld.
„Guten Abend, Stan!", begrüßte er den Rausschmeißer, während ihn die Leute in der Schlange vor der Tür angafften, als käme er von einem anderen Stern. Einige Mädchen heischten um seine Aufmerksamkeit, indem sie aufreizende Posen einnahmen. Doch er schenkte ihnen in diesem Moment keine Beachtung.
„Guten Abend, Sir. Schön, dass Sie heute Abend wieder hier sind.", antwortete Stan und öffnete dem Mann die Tür.
Im Wave war viel los. Laute Hip Hop Musik dröhnte aus den Lautsprechern und überall tanzten, soffen und kifften die Gäste um die Wette. An Stangen räkelten sich attraktive und knapp bekleidete Tänzerinnen und überall liefen nicht minder knapp bekleidete Bedienungen herum, um den Gästen jeden Wunsch von den Lippen abzulesen. Eine dieser Bedienungen brachte ihn zu seinem Stammplatz, einer gemütlichen Sitzecke mit bestem Blick auf die Tanzfläche, woraufhin er ihr ebenfalls fünfhundert Dollar Trinkgeld gab. Umgehend stellte die Bedienung mehrere Kühler mit sündhaft teuren Champagnerflaschen auf den Tisch. Eine einzige dieser Flachen kostete mehr, als der Durchschnittsarbeitnehmer im Monat verdiente. Um ihn herum versammelten sich mit und mit Leute, die so taten, als wären sie seine besten Freunde und nahmen auf einer Couch-Rundecke und den gemütlichen Sesseln Platz. Er verabscheute diese Speichellecker regelrecht. Ein Freund war keiner von ihnen. Er benutzte sie nur, um den Schein des Partylöwen zu wahren, der ihn umgab. Schließlich hatte er einen Ruf zu verlieren. Im Wave gab es nur wenige Stammgäste, mit denen er gerne zu tun hatte und selbst von denen, reichte nach seiner Ansicht kaum jemand an seinen Intellekt heran. Aber sein Leben bestand nun mal daraus, Rollen zu spielen. Würde er das nicht tun, dann hätte man ihn wohl wahrscheinlich schon längst zum Tode verurteilt.

Als die Stimmung im Wave immer ausgelassener wurde, war es an der Zeit für den Mann, nach Beute Ausschau zu halten. Ihm gegenüber an der Theke entdeckte er eine äußerst attraktive Brünette, die ihn interessiert musterte. Dann schlug sie die Beine übereinander und er sah, dass sie keinen Slip trug. Das war eindeutig. Er winkte sie zu sich hinüber.
„Hallo. Haben Sie Lust, hier bei uns zu sitzen?", fragte er die Frau.
„Klar. Ich bin Rayna."
„Hallo, Rayna, ich bin…"
„Ich weiß, wer du bist und es freut mich, dich endlich mal kennen zu lernen."
„Darf ich dir etwas anbieten, Rayna?"
„Ein Glas Champagner wäre schon mal ein Anfang…", sagte sie mit einem verführerischen Blick. Wieder eines dieser Dinger, die wie Wachs in seinen Händen war. Bereits nach wenigen Sekunden war sie ihm voll und ganz verfallen und hing an seinen Lippen, wenn er redete.

Die beiden verbrachten die nächsten Stunden im Wave und wie so oft ließ er seinen Charme spielen und tat so, als würde ihn all das, was Rayna ihm erzählte, tatsächlich interessieren. Als hätte er diese Geschichten mit austauschbaren Namen und austauschbaren Heimatorten nicht schon mehr als oft genug gehört. „Hi, ich bin Sandra aus Kansas und möchte Schauspielerin werden…Hi, ich bin Caroline aus Utah…", und so weiter. Er musste sich beherrschen, nicht zu gähnen. Er hoffte, dass sie das später wieder gut machen würde.

„Wow!", dachte sie. *„Das ist der Mann meiner Träume. Ich werde ihm eine unvergessliche Nacht bereiten!"*

„Sag mal, Rayna, hast du Lust mit zu mir nach Hause zu kommen, um dort noch etwas weiter zu feiern?", fragte er sie, obwohl er die Antwort schon kannte. „Dort wartet noch jede Menge kalter Champagner auf uns."
„Ich dachte schon, du fragst nie.", antwortete sie und zog ihn zu

sich heran, um ihm einen innigen, langen Kuss zu geben. Küssen konnte sie, das musste er ihr lassen, was seine Vorfreude auf das, was später geschehen würde, noch deutlich steigerte.

Der Morgen brach an in Los Angeles. In einer der größten und luxuriösesten Villen in den Hollywood Hills saß Rayna Sweets in einem Schlafzimmer in einem Sessel. Sie war noch immer nackt, wegen der Nacht zuvor, doch das bemerkte sie nicht. Sie saß dort, hielt ihre Knie mit den Armen umschlungen und wimmerte vor sich hin. Ein Auge von Rayna war komplett zugeschwollen. Ein Schneidezahn war ihr abgebrochen und lag irgendwo im Zimmer auf dem Boden. Auch ihre Lippe war dick angeschwollen und aufgeplatzt. An ihrem Kopf befand sich eine blutige Stelle, an der man ihr mit roher Gewalt einen dicken Büschel Haare ausgerissen hatte. Ihre Arme waren mit dunklen blauen Flecken übersät, genau wie ihre Beine. Ihre Vagina war wund und schmerzte. Doch am schlimmsten war ihr Rücken. Lange, blutige Striemen zogen sich quer darüber und teilweise hing die Haut blutig in Fetzen hinunter. Sie litt furchtbare Schmerzen und wagte es nicht, sich zu bewegen, weil die Schmerzen dann noch schlimmer wurden.
Als sie in der Villa mit ihrer Bekanntschaft angekommen war, hatte alles ganz normal angefangen. Sie hatten noch etwas getrunken, dann wild geknutscht und schließlich hatte sie ihn zunächst oral befriedigt. Doch als sie wieder hochkam und ihn küssen wollte, hatte er ihr eine so harte Ohrfeige verpasst, dass sie zunächst Sternchen sah. Sie war zu perplex, um in irgendeiner Art und Weise zu reagieren.
„Dann wollen wir jetzt mal richtig Spaß haben.", hatte er mit unheimlicher Stimme zu ihr gesagt. Er hatte sie geschnappt und sie rüde an den Haaren ins Schlafzimmer gezerrt. Und dann begannen seine perversen brutalen Spiele mit ihr. Wie aus dem nichts erschienen zwei Bodyguards, die sie festhielten, während ihr Gastgeber sich mehrmals an ihr verging, sie immer wieder verprügelte und so brutal Analverkehr mit ihr hatte, dass es sich jetzt anfühlte, als wäre etwas gerissen.

Das Schlimmste war jedoch das Auspeitschen gewesen. Die Bodyguards hatten sie auf den Bauch gedreht und ihre Arme und Beine mit Handschellen und Ketten ans Bettgestell gefesselt, sodass sie komplett bewegungsunfähig war. Dann wurde sie von allen dreien ausgepeitscht. Rayna hatte geweint, geschrien und gefleht, doch ihre Peiniger hörten nicht auf. Danach hatten sie die Fesseln wieder gelöst und sie einfach liegen lassen. Sie war nicht in der Lage gewesen aufzustehen und zu verschwinden. Die Schmerzen waren zu groß und sie befand sich in einem Schockzustand. Erst im Morgengrauen schaffte sie es aufzustehen, kam aber nur bis zu dem Sessel, wo sie wegen ihrer körperlichen und seelischen Qualen zusammenbrach und seitdem in der gleichen Position saß, vor und zurück wippte, und weinte.
Der Mann, den sie für den Mann ihrer Träume gehalten hatte, betrat das Zimmer.
„Nein, nein... Bitte nicht!" flehte sie. Es war nicht mehr als ein heiseres Flüstern.
„Keine Sorge. Ich werde dir nichts tun. Schau dich doch mal an. Denkst du, so wie du aussiehst würde ich dich noch mal anpacken?"
Er sagte das mit einem abfälligen Lachen.
„Und jetzt hör zu. Hier ist ein Scheck über einhunderttausend Dollar. Den kannst du haben. Nimm ihn und meine Bodyguards fahren dich nach Hause. Mit dem Geld kannst du dann ein neues Leben anfangen. Dass du niemandem von unserer gemeinsamen Nacht erzählst, sollte klar sein. Nimmst du das Geld nicht, dann war das dein letzter Tag auf Erden. Wie lautet also deine Entscheidung?"
„Geld.", flüsterte sie.
„Gute Entscheidung! Dann komm es dir holen.", sagte er und legte das Geld auf einen Tisch, der etwa fünf Meter von Rayna entfernt stand. Nackt, zerbrechlich und vor Schmerzen gekrümmt ging Rayna zu dem Tisch und nahm den Scheck. Der Mann beobachtete sie dabei belustigt und befriedigt. Dann schlich sie zurück zum Sessel.
„Autsch!", sagte er grinsend. „Dein Rücken sieht aber übel aus. Ich schätze, eine Karriere als Model wirst du wohl vergessen kön-

nen."

Zufrieden sah er, dass Raynas Körper anfing zu beben und sie laut anfing zu schluchzen.

„Gut, und jetzt zieh dich an und verschwinde von hier."

Mit Mühe und Not schaffte es Rayna, sich anzuziehen. Vor der Schlafzimmertür warteten die beiden brutalen Bodyguards bereits auf sie. Anstatt ihr zu helfen, ließen sie sie alleine bis zur Limousine humpeln.

Sie fuhren Rayna in die Stadt. Irgendwann hielten sie in einer abgelegenen Seitenstraße an.

„Das ist nicht mein Zuhause.", protestierte Rayna schwach.

Einer der beiden Bodyguards stieg aus, öffnete die Hintertür, zerrte Rayna heraus und stieß sie brutal zu Boden. Rayna hatte keine Kraft, um sich zu wehren. Er trat von hinten an sie heran und brach ihr, ohne mit der Wimper zu zucken, das Genick. Aus der Tasche seines Anzugs nahm er eine Ampulle gefüllt mit Sperma, schob Raynas Rock nach oben und verteilte das Sperma in und über ihrer Vagina. Er nahm ihr noch den Scheck ab, bevor er fröhlich pfeifend zum Fahrzeug ging und sie zurück zu ihrem Boss fuhren.

Dieser war mittlerweile in seinem Büro in Downtown L.A. angekommen und führte ein Telefonat über eine abhörsichere Leitung:

„Was gibt es über unseren Neuankömmling zu berichten?", fragte der Boss.

„Es war nicht so einfach, seine Identität herauszufinden. Der Kerl ist eine Art Phantom. Es war so, als würde er gar nicht existieren. Aber es ist uns schlussendlich doch gelungen, ihn zu identifizieren. Er ist ein hochrangiger ISOS Agent."

„Ein ISOS Agent? Das ist ja besser, als ich mir erhofft hatte."

„Ich habe Ihnen ein Dossier über diesen Mann auf Ihren Rechner geschickt."

Der Boss schaute in sein privates, gut gesichertes Postfach und las wissbegierig das Dossier.

„Birgt es nicht eine große Gefahr, ihn dort festzuhalten?", fragte sein Gesprächspartner. „Was wir über ihn herausgefunden haben, nachdem wir seinen Namen wussten, war respekteinflößend. Ich

denke, wir sollten ihn sofort aus dem Verkehr ziehen!"
„Nein, das werden wir nicht tun. Er ist der perfekte Kandidat für ‚Project Troy'. Er ist durch und durch ehrlich und loyal. Wenn Project Troy bei ihm gelingt, dann gelingt es bei jedem. Also fangen Sie an!"
„Wie Sie wünschen, Sir. Wir werden mit Project Troy heute Nacht bei unserem Gast beginnen!"

13

John Doe wartete in seinem Zimmer auf den allmorgendlichen Besuch von Dr. Klein.
John hatte wieder geschlafen wie ein Stein und doch war er, wie schon am Morgen zuvor, regelrecht ausgelaugt. Ihm fehlte ebenfalls erneut die Erinnerung, wann er ins Bett gegangen war. Ein Blick in den Spiegel hatte ihm gezeigt, dass sein Körper sich wieder etwas verändert hatte. Seine Muskeln waren noch voluminöser geworden. Nicht viel, aber doch so, dass es auffiel. Und obwohl er so müde war, waren seine Sinne irgendwie geschärft. Er nahm seine Umwelt klarer und deutlicher wahr. Und er war reaktionsschneller geworden, wie er heute Morgen beim Frühstück festgestellt hatte, als er versehentlich ein Glas Orangensaft vom Tisch gestoßen hatte, und er es rasend schnell auffing, bevor es am Boden zerschellte. Irgendetwas geschah mit ihm in der Nacht. Und ihn beschlich das Gefühl, dass er seine Nächte nicht in diesem Zimmer verbrachte, denn ein Erinnerungsfetzen wie aus einem Traum schwirrte in seinem Kopf umher: Er lag in einem weißen, grell erleuchteten Raum und um ihn herum standen mehrere Leute mit weißen Kitteln und starrten auf ihn herab wie auf ein Versuchskaninchen. Was aber, wenn das gar kein Traum, sondern wirklich passiert war? Darüber hinaus entdeckte er an seinen Unterarmen frische Einstichstellen. Auch das war ein klares Indiz dafür, dass hier nachts etwas mit ihm gemacht wurde. Er musste unbedingt hier raus!

Dr. Klein betrat das Zimmer.
„Guten Morgen, John!"
Wie jedes Mal, wenn er Dr. Klein sah, wirkte der Doktor verunsichert und eingeschüchtert.
„Guten Morgen, Doktor!"
Er würde nicht lange um den heißen Brei herumreden. Mit einem wissenden Blick schaute er Dr. Klein an.
„Was ist los, John?", fragte der Doktor, dem Johns stechende Blicke nicht entgingen.
„Sagen Sie es mir, Doktor!"
„Was meinen Sie?", fragte dieser verunsichert.
„Das wissen Sie ganz genau. Etwas geschieht hier nachts mit mir. Mein Körper verändert sich. Er wird muskulöser. Und Sie sehen so aus, als hätten Sie vor irgendetwas oder irgendjemandem große Angst."
„Sie irren sich.", versuchte der Doktor halbherzig zu beschwichtigen.
Mit übermenschlicher Geschwindigkeit sprang John Doe vom Bett auf, packte den Doktor am Hemdkragen und hob ihn mühelos hoch.
„Macht das den Eindruck, als würde ich mich irren?", zischte er den Doktor an, der ihn mit angsterfülltem Blick anstarrte. John ließ ihn los.
„Nein…Sie…Sie haben recht.", stimmte der Doktor zerknirscht zu. John hatte seinen Willen gebrochen und nun würde er endlich Informationen erhalten.
„Dann lassen Sie mal hören! Zunächst die Frage: Wo bin ich?"
„Sie befinden sich in einer geheimen Forschungseinrichtung in der Wüste. Die genaue Lage kenne ich leider auch nicht."
„Wie bin ich hierher gekommen?"
„Genau weiß ich das nicht. Mir wurde gesagt, man hätte Sie bewusstlos am Eingang gefunden. Scheinbar sind Sie nach hier geritten, denn am Eingang zu dieser Einrichtung war ein Pferd angebunden. Man hat es losgemacht und laufen lassen. Ihre Identität und wo Sie herkommen, ist uns unbekannt."
„Ok. Was wird hier erforscht?"

Der Doktor schien sich sichtlich unwohl zu fühlen. Schweißperlen standen auf seiner Stirn, seine Hände zitterten und aus seinen Augen sprach die blanke Angst. Doch trotzdem fuhr er fort.
„Es wird erforscht, wie man den menschlichen Körper leistungsstärker machen kann."
„Und an mir wird diesbezüglich experimentiert, richtig?"
Der Doktor zögerte.
„NUN SAGEN SIE SCHON!", herrschte John ihn an.
„Ja…das ist richtig. Sie sind von Ihren körperlichen Voraussetzungen her der ideale Proband."
„Und die Experimente hat man an mir durchgeführt während ich schlief?"
„Richtig. Ihrem Abendessen waren starke Betäubungsmittel beigefügt. Sobald Sie narkotisiert waren, hat man Sie abtransportiert und in die Labore gebracht."
„Das erklärt, warum ich mich nicht an die Abende hier erinnern kann. Was genau geschieht mit mir? Und bitte ohne Fachchinesisch für den Laien erklärt."
„Mithilfe eines Cocktails verschiedener Seren wird ihr Körper leistungsfähiger gemacht."
„Ist das gefährlich? Gibt es Nebenwirkungen?"
„Bei den ersten Testreihen gab es in der Tat Probleme und erhebliche Nebenwirkungen. Doch diese Probleme konnten wir lösen. Mittlerweile ist das Verfahren ausgereift."
„Das heißt, ich brauche mir keine Sorgen zu machen?"
„Das ist relativ. Im Moment steigen Ihre Leistungsfähigkeit und Ihre Muskeln überproportional an. Aber Ihre Organe sind noch nicht so weit, dass auch wirklich stemmen zu können. Bei Überanstrengungen könnten Sie an Organversagen oder einem Herzinfarkt sterben."
„Kann man etwas dagegen tun?"
„Nun ja, die gesamte Behandlung dauert mehrere Wochen. Und Ihre Organe werden durch diese Behandlung auch leistungsfähiger. Zur Überbrückung, bis der Körper den gesamten Prozess durchgemacht hat, verabreichen wir den Probanden über viele Monate hinweg verschiedene Präparate, welche dem Organversa-

gen entgegenwirken sollen. Der gesamte Prozess, den der Körper durchläuft, braucht einfach seine Zeit!"

„Zeit, die ich nicht habe. Können Sie mir dieses Präparat besorgen?"

„Nein, leider nicht. Die Ampullen sind sicher in einem Safe verstaut, dessen Kombination ich nicht kenne."

„Okay." John holte tief Luft. „Was mich wirklich beschäftigt, ist die Frage, warum Sie das tun, Dr. Klein? Sie sind doch ein sympathischer Mann." Zuckerbrot und Peitsche.

Dr. Klein traten Tränen in die Augen.

„Ich werde dazu gezwungen. Die Leute, die diese Einrichtung betreiben, haben meine Familie in ihrer Gewalt. Und wenn ich nicht tue, was sie sagen, dann werden sie meine Frau und meine Kinder töten."

„Was macht Sie diesbezüglich so sicher?"

Der Doktor wurde blass und weinte.

„Ich habe ein Video, auf dem sie meiner Frau den kleinen Finger abschneiden. Sie haben mir das Video zusammen mit dem Finger zugeschickt."

Diese Skrupellosigkeit machte John wütend. Gleichzeitig empfand er tiefes Mitleid mit ihm. Dr. Klein schien ein sehr netter Mann zu sein und es war unverzeihlich, ihm und seiner Familie so etwas anzutun.

„Beruhigen Sie sich, Doktor.", sagte John und legte ihm tröstend die Hand auf die Schulter.

Dr. Klein brauchte etwas, aber dann beruhigte er sich. Er holte ein Stofftaschentuch aus seiner Tasche und trocknete seine Augen.

„Warum ausgerechnet Sie?"

„Ich betreibe seit Jahren Genforschung an der Stanford Universität bezüglich des menschlichen Körpers, mit dem Ziel Erbkrankheiten irgendwann heilen zu können. Durch puren Zufall bin ich irgendwann auf einen Weg gestoßen, wie man den menschlichen Körper deutlich leistungsfähiger machen könnte. Das alles war jedoch eher theoretischer Natur, schließlich sind Gen-Experimente am Menschen verboten. Eines Tages kam ein Mann in mein Labor. Er stellte sich als Dr. Goddard vor. Er sagte, er

hätte von meinem Durchbruch gehört, was eigentlich nicht sein konnte, weil ich noch niemandem davon erzählt hatte. Er wollte mich zur Mitarbeit in der Firma bewegen, für die er arbeitete, da ich dort, laut seiner Aussage, ganz andere Möglichkeiten hätte. Vor allem finanziell. Doch ich lehnte ab. Ich mochte meine Arbeit in meinem Labor und wollte nicht in der Industrie arbeiten. Goddard war reichlich verschnupft über meine Absage und verließ kommentarlos mein Labor. Für mich war die Sache damit erledigt. Aber am nächsten Tag kam das Paket mit dem Finger meiner Frau…"
„Und weiter?"
„Dr. Goddard rief mich an. Er sagte, meine Familie würde sterben, wenn ich nicht das täte, was er sagte. Und gleiches gälte für den Fall, dass ich die Polizei verständigte. Also fügte ich mich wohl oder übel meinem Schicksal, denn ich konnte natürlich nicht zulassen, dass meiner Familie etwas geschah. Man holte mich ab und brachte mich - mit einem Sack über dem Kopf - hierher. Seitdem arbeite ich hier. Es müssen mittlerweile Monate sein. Hier unten gibt es keine Uhren und Kalender. Man verliert vollkommen sein Zeitgefühl. Deswegen kann ich nicht genau sagen, wie lange ich bereits in dieser Einrichtung bin."
„Haben Sie Ihre Familie in der Zeit noch mal sehen können?"
„Nein.", antwortete er betrübt. „Ich erhalte nur in regelmäßigen Abständen Videobotschaften von ihnen, die mir zeigen sollen, dass es ihnen gut geht."
Leider war das kein Beweis dafür, dass Dr. Kleins Familie tatsächlich noch lebte, wie Peter betrübt schlussfolgerte. Man hätte die Videos auch in einem Rutsch abdrehen und sich danach der Familie entledigen können. Doch das verschwieg Peter ihm lieber.
„Wissen Sie, wo Ihre Familie festgehalten wird?"
„Nicht direkt. Aber das Video, welches man mir geschickt hatte, wurde im Keller unseres Hauses gedreht, das konnte ich deutlich erkennen."
„Hm. Das macht je nachdem durchaus Sinn. Anstatt Ihre Familie von Ihrem Haus wegzubringen und dabei Gefahr zu laufen, entdeckt zu werden, oder beim Transport durch einen dummen Zufall von der Polizei angehalten zu werden, hält man Ihre Fami-

lie einfach im Haus fest. Wo wohnen Sie?"
Der Doktor nannte ihm die Adresse.
„Gut. Dass Ihre Familie in ihrem Haus festgehalten wird, kann ein Vorteil für die Befreiung sein. Die Entführer müssen sich unauffällig verhalten. Sie können Ihre Familie nicht schwer bewachen, denn das würde in einer Wohngegend natürlich verdächtig wirken und auffallen. Das macht die Sache einfacher.", machte John dem Doktor Mut. „Doch nun zu dieser Einrichtung. Haben Sie eine Ahnung, wer der Geld- und Auftraggeber für diese ganze Sache ist?"
„Nein, leider nicht. Ich weiß nicht, ob eine Firma, ein reicher Privatmann oder gar die Regierung diese Einrichtung unterhält."
Der Doktor zögerte kurz, bevor er fortfuhr.
„Alles, was ich weiß, ist, dass diese Leute äußerst skrupellos sind und auch vor Mord nicht zurückschrecken. Und wenn Dr. Goddard erfährt, dass ich mit Ihnen über all das rede, dann sind wir alle so gut wie tot, und meine Familie erst recht."
„Kein Sorge, Doktor. Von mir erfährt sicherlich niemand etwas."
Das beruhigte Dr. Klein ein wenig.
„Hören Sie, Doktor. Ich scheine über gewisse Fähigkeiten zu verfügen, die mir helfen könnten, von hier zu verschwinden. Auch wenn ich mich nicht direkt daran erinnern kann, so bin ich mir ziemlich sicher, dass ich ein Soldat bin oder war. Aber ich brauche Ihre Unterstützung, um fliehen zu können, Hilfe zu holen und Ihre Familie zu retten."
Ungläubig, aber neugierig starrte der Doktor John an.
„Erzählen Sie!"
„Ich benötige vor allen Dingen Informationen. Ich muss wissen, wo sich hier was befindet. Am besten wäre ein Übersichtsplan. Falls es so was nicht gibt, reicht es auch, wenn Sie es mir erklären."
„Hm. Einen Plan kann ich Ihnen wahrscheinlich nicht besorgen. Aber wie Sie hier rauskommen, kann ich Ihnen erklären."
„Gut. Wie viele Leute arbeiten hier? Gibt es noch mehr Leute, wie Sie, die nicht freiwillig hier sind? Wie viele Wachen gibt es?"
„Insgesamt gibt es fünfzig Mitarbeiter. Und ich bin der einzige, der zur Mitarbeit gezwungen wird. Ich habe hier ansonsten kei-

nen Leidensgenossen.", erklärte der Doktor betrübt. „Alle Mitarbeiter tun das, was sie tun, absolut freiwillig. Und glauben Sie mir, wenn ich Ihnen sage, dass Sie niemandem dieser Mitarbeiter trauen dürfen. Selbst die am harmlosesten aussehenden Männer und Frauen würden Sie ohne mit der Wimper zu zucken verraten oder gar töten, wenn es die Umstände erfordern würden. Deswegen gibt es hier auch nicht allzu viele Wachen. Insgesamt sind es zwanzig an der Zahl. Zehn für die Tag- und zehn für die Nachtschicht."
„Und an der Oberfläche?"
„Das weiß ich leider nicht. Ich war nicht mehr an der Oberfläche, seitdem man mich nach hier brachte."
„Warum doch so viele Wachen, wenn Sie der einzige sind, den man bewachen müsste?"
„Wegen der Experimenten. Es werden Versuche an Affen und auch an Menschen durchgeführt. Und speziell in der früheren Phase der Experimente, mit frühen Versionen der verschiedenen Wirkstoffe, kam es zu teils erheblichen Problemen. Die Probanden, egal ob Tier oder Mensch, wurden aggressiv und unberechenbar. Sie verloren den Verstand und verfielen brutaler Raserei. Sie griffen das Personal an und es wurden sogar Leute getötet. Deswegen die Wachen."
„Und die Zellen, nicht wahr?"
„Ja, das ist richtig. Der Zellentrakt, in den man Sie anfangs unterbrachte, ist leer. Es gibt aber einen Trakt, in dem frühe Probanden in Gummizellen untergebracht sind."
„Und wenn man diese Probanden freiließe?"
„Dann wäre das Chaos perfekt. Ich vermute auch, dass die Wachen gegen diese Meute relativ chancenlos wären."
„Gibt es eine Sicherheitszentrale?"
„Ja, die gibt es. Von dort wird die Anlage im Prinzip gesteuert."
„Kann man in der Sicherheitszentrale auch Türen ver- oder entriegeln? Zum Beispiel die Zellen?"
„Ja, das ist möglich."
„Gibt es dort Waffen?"
„So weit ich weiß, schon."
„Sehr gut."

„Wie kommt man hier raus? Gibt es einen zentralen Zugang, oder mehrere verschiedene?"
„Es gibt nur einen zentralen Ein- und Ausgang. Eine große Halle mit einem Lastenaufzug in der Nähe der Sicherheitszentrale."
„Kein Treppenhaus?"
„Nein."
„Welche Bereiche werden von Kameras überwacht?"
„Natürlich die Laborbereiche, wegen der Vorfälle mit den Testobjekten. Die Zellentrakte und die Eingangshalle. Die Wohnbereiche werden nicht überwacht."
„Warum hat man mich in einem solchen Zimmer in einem Bereich untergebracht, der nicht überwacht wird?"
„Man wollte Ihnen das Gefühl geben, dass Sie nur ein Gast sind, der solange bleiben ‚darf', bis er sein Gedächtnis wiedererlangt. So dachte man, dass man sicherstellen könnte, dass Sie nicht irgendwann anfangen würden zu meutern und versuchen würden zu fliehen. Deswegen ein ganz normales Zimmer ohne direkte elektronische Überwachung, anstatt einer Zelle."
„Okay. Sehen Sie eine Möglichkeit, von hier aus von den Kameras unbemerkt zur Sicherheitszentrale zu gelangen?"
„Ja, die gibt es. Dafür müssten Sie allerdings durch den Wohnbereich der Wachen, über den es einen direkten Zugang zur Zentrale gibt."
„Sehr gut Doktor, dass ist der Weg, den ich von Ihnen brauche."
„John, es gibt da noch etwas, das Sie wissen sollten."
„Was meinen Sie?"
„Zwei Tage, bevor man Sie nach hier brachte, wurde bereits ein anderer Mann vor dem Eingang gefunden. Ein älterer Mann. Wissen Sie, monatelang hat sich niemand Fremdes nach hier verirrt. Und dann zwei Männer innerhalb von zwei Tagen? Ich vermute, dass da ein Zusammenhang besteht. Vielleicht kennt dieser Mann Sie und kann Ihnen helfen, sich zu erinnern. Sein Name ist Harold Starve."
Hoffnung keimte in John Doe auf, auch wenn er den Namen nicht kannte beziehungsweise sich nicht an ihn erinnern konnte.
„Wo finde ich diesen Mann?"
„Er befindet sich nur zwei Zimmer entfernt auf diesem Flur. Ihm

geht es allerdings nicht sonderlich gut. Er hat sich mehrere Rippenbrüche und einen Bruch des Schlüsselbeins zugezogen. Er hat starke Schmerzen."

„Sie haben recht. Ich sollte unbedingt mit diesem Mann reden. Vielleicht hilft mir das tatsächlich, mich zu erinnern, wer ich bin."

„Wie sieht denn unser Fluchtplan aus?", fragte der Doktor hoffnungsvoll.

„Morgen früh, wenn Sie hier zur Visite sind, werde ich die beiden Wachen vor der Tür ausschalten und von einem der beiden die Uniform anziehen. Damit kann ich mich innerhalb der Anlage etwas freier bewegen. Ich werde dann zunächst kurz mit Harold Starve reden, bevor ich mich auf den Weg zur Sicherheitszentrale mache."

„Was ist mit mir?"

„Es tut mir leid, Ihnen das sagen zu müssen, Doktor, aber Sie müssen zunächst hierbleiben."

„Ich? WARUM?", fragte Klein sichtlich schockiert.

„Erstens habe ich bessere Chancen, wenn ich alleine versuche hier rauszukommen. Sie machen mir nicht den Eindruck, als könnten Sie mit Waffen umgehen und sich selber verteidigen. Sollte ich auf Widerstand stoßen, dann werde ich so schon genug zu tun haben und werde es mir nicht leisten können, auf Sie aufpassen zu müssen. Für Sie ist es deswegen sicherer, hier zu bleiben. Zweitens möchte ich, dass jemand bei Harold Starve bleibt, da er definitiv nicht transportfähig ist."

„O-Okay. Das sehe ich ein."

„Gut. Sobald ich die Sicherheitszentrale erreiche, werde ich mich bewaffnen und den Zellentrakt öffnen."

„WAS? Das können Sie nicht machen. Das wird katastrophale Folgen haben. Und was soll dann mit Harold und mir geschehen?"

„Ich weiß, dass sich das verrückt anhört. Aber es ist meine - unsere - einzige Chance. Schauen Sie, ich habe hier insgesamt siebzig Leute gegen mich. Davon zwanzig bewaffnete Wachen. In einer direkten Konfrontation werde ich da keine Chance haben. Ich muss für Ablenkung und Chaos sorgen, damit ich entkommen kann. Sobald ich diesen Wohnbereich verlassen habe, möchte ich, dass Sie sich verbarrikadieren. Die Eingangstür zum Flur ist aus massivem Stahl und stabil. Da kommt so schnell nichts durch. Schieben Sie zusätzlich noch Betten und Möbelstücke vor die Tür, um auf Nummer sicher zu gehen. Wenn Sie morgen früh nach hier kommen, dann packen Sie sich Ihre Arzttasche voll mit Lebensmitteln, sodass Sie ein paar Tage überstehen können. Fließend Wasser haben Sie hier in den Zimmern. Füllen Sie sich dennoch Wasser ab, z.B. in Vasen oder Ähnlichem, falls die Versorgung ausfällt. Sollte meine Flucht misslingen, dann sagen Sie einfach, ich hätte Sie auf überwältigt. Falls ich es hier raus schaffe, werde ich Hilfe holen und Sie und Harold rausholen. Das verspreche ich Ihnen."

„Ich glaube Ihnen, und Sie haben recht mit dem, was Sie sagen." Obwohl der Doktor zustimmte, schwang Angst und Verzweiflung aus seiner Stimme. „Bitte retten Sie vor allen Dingen meine Familie.", flehte er. „Es wäre mir egal, wenn ich hier unten sterben würde, solange ich weiß, dass meine Familie gerettet wird!"
John legte dem Doktor die Hand auf die Schulter und schaute ihn mit aller Entschlossenheit an:
„Nur Mut, Doktor. Ich werde Ihre Familie retten. Das verspreche ich Ihnen. Und ich werde dafür sorgen, dass Sie und Ihre Familie wieder vereint werden."
Wieder kamen dem Doktor die Tränen und ihm fehlten die Worte, sodass er nur zustimmend Nicken konnte.
„Und nun wird es Zeit, dass wir uns verabschieden. Denken Sie daran, was ich Ihnen gesagt habe. Wir sehen uns dann morgen früh."
Der Doktor verabschiedete sich dankbar und verließ das Zimmer. John legte sich auf das Bett und arbeitete gedanklich seinen Fluchtplan weiter aus. Es würde schwer werden, aber er zweifelte nicht daran, dass es ihm gelingen konnte zu fliehen.

14

Nia, Lilly, Frank und Vin waren in Nias Hummer auf dem Weg zu Eric Lees Haus. Wie immer saß Nia am Steuer, denn sie war die beste Fahrerin, wie sie bereits in verschiedenen halsbrecherischen Verfolgungsjagden unter Beweis gestellt hatte. Die Sonne war mittlerweile untergegangen. Frank Thiel schaute sich per Street View das Haus und die Gegend an, in der Eric Lee wohnte:
„Also irgendetwas machen wir verkehrt. Ich meine, der Typ kann sich als Mitarbeiter einer Sicherheitsfirma ein großes Haus mit großem Grundstück in Beverly Hills leisten? Da kann ich nur von träumen."
„In der Privatwirtschaft kann man in diesem Business schon ganz gut verdienen, so viel ist sicher. Ich wage aber zu bezweifeln, dass dabei ein Haus in Beverly Hills rausspringt. Wir sollten uns Eric Lees Einkommensverhältnisse sehr genau anschauen!", antwortete Vin.
„Was hältst du eigentlich von NeoSec, Vin?", fragte Nia.
„Viele dieser Sicherheitsunternehmen haben ordentlich Dreck am Stecken und sind in illegale Aktivitäten verstrickt. NeoSec wiederum genießt offiziell einen tadellosen Ruf. Andererseits tauchen immer wieder Gerüchte auf, laut denen NeoSec geheime Söldnertrupps unterhält, die weder vor Erpressungen noch vor Folterungen und Auftragsmorden zurückschrecken. Nur konnte man weder Neo Marsten noch NeoSec diesbezüglich jemals etwas nachweisen."
„Denkst du, Chris Jordan hat von diesen Aktivitäten gewusst, sofern die Gerüchte der Wahrheit entsprechen?", wollte Lilly wissen.
„Schwer zu sagen. Mir machte er nicht den Eindruck, als würde er sich für so etwas hergeben. Und genau das könnte der Grund für seinen Tod sein. Aber das ist zum jetzigen Zeitpunkt natürlich Spekulation. Mal sehen, was die Ermittlungen ergeben."

Eric Lees Haus war im mediterranen Stil gebaut. Es hatte abgerundete Fenster und war pastellfarben gestrichen. Von außen machte es den Eindruck, als hätte man auf den zwei Etagen jede Menge Wohnraum. Der Rasen vor der Auffahrt war sauber gestutzt und das gesamte Grundstück machte einen sehr gepflegten Eindruck.
Als das Team dort ankam, sahen sie einen Polizeiwagen in der Auffahrt stehen. Von den Insassen war niemand zu sehen. Im Haus war es dunkel und auch die Außenbeleuchtung war ausgeschaltet.
„Die Polizei hatte doch die Anweisung, auf uns zu warten, bevor sie das Grundstück oder das Haus betreten!", bemerkte Nia.
„So viel zum Thema ‚Zusammenarbeit'! Scheinbar fängt die Polizei schon jetzt an, ihr eigenes Süppchen zu kochen!", entgegnete Frank lakonisch.
Nia fuhr die Auffahrt hinauf und parkte den Hummer direkt hinter dem Streifenwagen. Die Agenten stiegen aus. Sie alle trugen noch ihre Einsatzkleidung, die sie im Biltmore getragen hatten.
Die Ruhe auf dem Anwesen war gespenstisch.
„Hier stimmt was nicht! Das Haus ist eindeutig zu dunkel und zu ruhig. Und wo sind die Polizisten?", sagte Vin leise.
Die Agenten zogen ihre Glock 31 Pistolen, montierten den „Glock Tactical Light" Aufsatz, eine Art Taschenlampe mit Xenon Licht, und stöpselten sich ihre Funkheadsets ins Ohr.
„Lasst uns reingehen.", sagte Vin.
Das Team ging rechts und links der Eingangstür mit gezogenen Waffen in Stellung. Die Tür stand einen Spalt breit auf und Vin stieß sie ganz auf.
„ISOS SENIOR SPECIAL AGENT VIN SPARKS! IST JEMAND IM HAUS?"
Stille.
Vin betrat die Diele und leuchtete mit seiner Glock umher. Niemand war zu sehen. Die Diele war etwa fünf Meter lang und drei Meter breit. Geradeaus befand sich das Treppenhaus, welches hinauf ins Obergeschoss und hinab in den Keller führte. Rechts und links befanden sich jeweils zwei Türen, die allesamt geschlos-

sen waren. Keine Spur von den Polizisten. Rechts von sich erblickte Vin einen Lichtschalter, welchen er betätigte. Außer dem Klacken des Schalters geschah nichts. Es blieb dunkel.
„Jemand hat die Sicherungen rausgedreht.", flüsterte Vin. „Frank, geh nach unten und überprüfe den Keller. Schau, ob sich dort der Sicherungskasten befindet."
„Verstanden!"
„Nia, Lilly, ihr durchsucht das Obergeschoss."
„Verstanden!", sagten beide fast gleichzeitig.
„Ich kümmere mich um das Erdgeschoss. Seid vorsichtig."

In dem Haus herrschte eine bedrohliche Atmosphäre. Vins Nackenhaare stellten sich auf und ihm schwante, dass hier heute Abend etwas Furchtbares geschehen war oder noch geschehen würde. Es war ruhig. Viel zu ruhig. Vin kannte solche Situationen, schließlich war es nicht sein erster Einsatz dieser Art. Und doch hatte er sich nie daran gewöhnen können. Sein Puls raste und sein Körper schüttete Unmengen von Adrenalin aus. Der coole Geheimagent, der immer die Ruhe bewahrte und souverän über allem stand, war wohl doch nur ein Hollywood-Klischee. Auf Vin traf dieses Klischee jedenfalls nicht zu. Nach außen hin schaffte er es immer, gegenüber den Kollegen die Ruhe zu bewahren und ein Fels in der Brandung zu sein. Doch im Inneren tobte in diesen Momenten immer ein Orkan. Er hatte gelernt, damit umzugehen. Er sagte sich: Wer Angst hat, ist aufmerksam, wer keine Angst hat, stirbt.
Während die anderen sich auf den Weg in die zugeteilten Bereiche machten, ging Vin neben der ersten Tür rechts von ihm in Deckung und stieß sie auf. Als keine Reaktion erfolgte, verließ er seine Deckung und leuchtete den Raum aus. Ein Gäste WC mit Dusche. Es war nichts Ungewöhnliches zu sehen. Erleichtert atmete Vin aus und ging weiter zur nächsten Tür, die er mit der gleichen Vorgehensweise öffnete. Hinter der Tür befand sich ein Gästezimmer, welches er durchsuchte. Er schaute in den Einbaukleiderschrank und unter das Bett, doch auch hier war nichts Auffälliges zu sehen. Anschließend ging er zur anderen Seite des Flurs und öffnete die Tür links neben dem Eingang. Dort befand

sich eine luxuriös ausgestattete große Küche. Vin hielt Ausschau nach Zeichen einer Auseinandersetzung, doch es war nichts dergleichen zu erkennen. Durch einen großen Durchgang gelangte man ins Wohnzimmer, welches einen Großteil der Fläche des Erdgeschosses in Anspruch nahm. Dort befand sich auch die vierte Tür des Flurs. In der Mitte des Wohnzimmers stand eine riesige weiße Leder-Wohnlandschaft. An einer Wand hing ein gigantischer Flachbild-Fernseher und in einer Ecke befand sich ein Kamin. Durch eine große Fensterfront mit Schiebetüren gelangte man in den Garten, welcher jedoch vollkommen im Dunkeln lag. Vin durchsuchte den gesamten Raum. Doch auch hier war nichts Ungewöhnliches zu sehen.
„Das Erdgeschoss ist gesichert.", teilte er den anderen mit.

Genauso vorsichtig wie Vin betrat Frank das Treppenhaus. Zunächst ging er an der Wand in Deckung und leuchtete den Treppenabgang hinab. Zu sehen war nichts und so stieg er die Treppen mit der Waffe im Anschlag hinunter. Bedingt durch seine Zeit als Krimineller, war Frank mit allen Wassern gewaschen. Er war bei solchen Einsätzen eiskalt und schaffte es eigentlich immer, alles um sich herum auszublenden und sich auf seine Aufgabe zu konzentrieren. Dennoch hatte auch er ein mieses Gefühl bei dieser Hausdurchsuchung. Durch jahrelange Erfahrung in seinem Beruf bekam man ein Gespür für sowas.
Er gelangte in einen großen Kellerraum voll mit Gerümpel, wie alten Möbeln und Müllsäcken mit alter Kleidung. Als er umher leuchtete, sah er in einer Ecke eine Werkbank, über der an der Wand unzählige Werkzeuge hingen. Frank ging tiefer in den Raum hinein und leuchtete auf der Suche nach dem Sicherungskasten die Wände ab. Plötzlich sah er außerhalb des Lichtkegels eine schnelle Bewegung. Erschrocken richtete er den Lichtstrahl dorthin, doch nichts war zu sehen. Dann vernahm er ein Rascheln rechts von sich. Wieder leuchtete er hektisch dorthin, und wieder war nichts zu sehen. Frank schlug das Herz bis zum Hals. Was war hier nur los? Aus den Augenwinkeln nahm er trotz der Dunkelheit den Hauch einer Bewegung wahr. In Panik drehte er sich um. Etwas Weißes sprang auf ihn zu und erst in allerletzter

Sekunde gelang es ihm, dieses Etwas abzuwehren.
„VERDAMMT! ICH WERDE ANGEGRIFFEN!", rief er und schlug panisch um sich, aus Angst nochmals angegriffen zu werden. Im Obergeschoss stürzte Vin los, um Frank zu helfen.
Als Frank merkte, dass kein weiterer Angriff erfolgte, beruhigte er sich wieder und leuchtete herum, um das zu finden, was auf in zugeflogen war. Sein Lichtstrahl fiel auf eine weiße Katze, die auf einem Karton saß und ihn aggressiv anfauchte.
„Oh Mann, Fehlalarm. Es war nur eine Katze…"
„Brauchst du Verstärkung?", hörte er Vin über seinen Kopfhörer fragen.
„Ha, ha. Das ist ja wieder ein gefundenes Fressen für euch!"
Frank gab eigentlich gerne den Clown. Wenn er jedoch, wie jetzt, in einen Fettnapf getreten war, dann konnte man ihn damit immer sehr gut aufziehen, was seine Freunde auch ausgiebig taten.
„Ich werde dann mal weiter nach dem Sicherungskasten sehen.", sagte er, um von seinem Fauxpas abzulenken.
Er entdeckte den Sicherungskasten an einer Wand in der Nähe des Treppenhauses. Als er dorthin ging, sah er vor sich auf dem Boden etwas Großes und Dunkles liegen. Er ging näher heran und leuchtete auf das, was da vor ihm lag.
„Die beiden Polizisten sind hier unten. Beide sind tot und beiden wurde das Genick gebrochen. Ihre Körper sind noch warm. Sie können noch nicht lange tot sein. Möglicherweise ist der Täter noch im Haus!", sagte er in sein Mikrophon.
Nachdem er die beiden Leichen untersucht und nichts Wichtiges gefunden hatte, ging Frank zum Sicherungskasten.
„Ich habe den Sicherungskasten gefunden. Er ist zerstört worden. Licht gibt es also keines. Der Keller ist gesichert."

Im Obergeschoss gelang es Nia und Lilly nur mit Mühe und Not nicht lauthals loszulachen nach der „Attacke" auf Frank.
Durch einen Flur getrennt befanden sich rechts und links jeweils drei Zimmer und eines am Kopf des Flurs.
Lilly nahm sich die rechte Seite vor. Es war schon unheimlich, ein solches Haus im Dunkeln durchsuchen zu müssen und Lilly fühlte sich dabei nicht wirklich wohl in ihrer Haut. Natürlich war

sie ausgebildete ISOS Agentin und gelegentlich war sie gerne bei Außeneinsätzen dabei. Doch eigentlich fühlte sie sich wohler als Analystin in der Welt der Mathematik. Die Situation, in der sie sich jetzt befand, mochte sie am allerwenigsten. Ein dunkles Haus, Totenstille und eine nicht wirklich greifbare Bedrohung in der Luft. Lilly versuchte, das alles auszublenden und öffnete die Tür des ersten Zimmers. Es war komplett leer und unmöbliert. Vermutlich war es als Kinderzimmer geplant. Eric Lee war allerdings ledig und kinderlos, wie sie seiner Personalakte entnommen hatte. Insofern war das Haus wohl einfach eine Nummer zu groß für ihn.

Das nächste Zimmer war ein gut ausgestatteter Fitnessraum. Anstatt mit Teppich, wie der Flur und das Zimmer zuvor, war dieser Raum auf dem Boden mit strapazierfähigem Linoleum ausgelegt. Als Lilly umher leuchtete, sah sie eine große Hantelbank, diverse Ständer mit unzähligen großen und kleinen Hanteln und einen Boxsack, der an schweren Ketten von der Decke hing. Lilly hatte sich auch immer einen Fitnessraum gewünscht, doch das Appartement, welches sie momentan bewohnte, war etwas zu klein, um so etwas zu verwirklichen. Das war aber soweit in Ordnung, schließlich war sie sowieso so gut wie nie zu Hause. Und in der ISOS Zentrale konnte sie jederzeit trainieren, was sie auch ausgiebig in Anspruch nahm, wenn sie in Washington DC war.

Gerade, als sie das nächste Zimmer inspizieren wollte, hörte sie über Funk Franks Warnung, dass die beiden Polizisten tot seien und sich der Täter möglicherweise noch im Haus befand.

„Na klasse…", dachte sie.

Als Lilly die Tür zum nächsten Raum öffnete, hielt sie vor Anspannung den Atem an, und wagte erst wieder Luft zu holen, als sie sicher sein konnte, dass in dem Zimmer keine offensichtliche Bedrohung vorhanden war. Es war ein Gästezimmer mit einem Einzelbett und einem kleinen Kleiderschrank. Doch nachdem sie vorsichtshalber auch unter dem Bett nachgeschaut hatte, vernahm sie von der anderen Seite des Flurs ein Poltern.

Nias Nerven waren gespannt wie Drahtseile. Der Katzenangriff auf Frank war nur eine kurze Ablenkung gewesen und jetzt war sie wieder voll bei der Sache. Durch ihre Arbeit mit Sprengstoffen und in Bombenräumungskommandos ließ sich Nia bei Einsätzen durch nichts und niemanden aus der Ruhe bringen. Privat sah das jedoch anders aus. Dort konnte sie sehr aufbrausend sein und hatte dazu auch noch ein großes Mundwerk. Das führte dazu, dass sie und Peter häufig verbale Auseinandersetzungen führten, die auf Außenstehende möglicherweise befremdlich wirkten, die bei ihnen beiden jedoch einfach mit dazugehörten. Und ihre Freunde und Bekannten fanden es äußerst amüsant, wenn es zwischen ihr und Peter wieder mal hoch herging.
Das erste Zimmer, das sie sich anschaute, war ein großes Schlafzimmer. Es war Eric Lees Schlafzimmer, wie sie anhand eines Fotos auf dem Nachttisch feststellte, das ihn mit einer älteren asiatischen Frau - vermutlich seiner Mutter - zeigte. In dem Raum herrschte eine pedantische Ordnung. Das Wasserdoppelbett war gemacht und es lagen keine Klamotten herum. Nia durchsuchte den großen Kleiderschrank, fand aber nichts als Klamotten, die perfekt nach Art der Kleidung und deren Farbe sortiert waren. Nia wunderte sich immer über solche extrem ordnungsliebenden Menschen, denn sie selber war in diesen Dingen eher chaotisch. Mal ganz davon abgesehen, dass sie besseres mit ihrer Zeit anzufangen wusste, als Klamotten zu sortieren.
Als sie das Zimmer verließ, hörte sie ebenfalls Franks Warnung. Umsichtig und leise ging sie ins nächste Zimmer. Es war das Badezimmer, welches rundherum mit Marmorfliesen verkleidet war. Es war groß und geräumig und verfügte sowohl über eine Dusche, als auch über eine große Badewanne. Auch hier lauerte niemand in einer dunklen Ecke. Nia verließ das Bad. Es blieben noch zwei Zimmer übrig. Das am Ende des Flurs war vermutlich eine Art Abstellkammer. Sie ging zuerst zu dem Zimmer neben dem Bad. Nias Zuversicht wuchs, dass der Täter das Haus schon verlassen hatte.
Leise stieß sie die Tür auf. Es war ein Arbeitszimmer. Sie betrat den Raum, als sie unvermittelt attackiert wurde. Jemand schlug ihr die Pistole aus der Hand, die daraufhin in die Raumecke flog.

Ihr Angreifer deckte sie mit Schlägen ein. Nia versuchte, sich zu schützen so gut es ging. Ihre Silhouette war vor dem Lichtkegel, den ihre Waffe auf die Wand warf, deutlich zu sehen, während sie ihren Angreifer, der sie aus der Dunkelheit heraus attackierte, kaum sehen konnte. Darüber hinaus kamen die Schläge so schnell und präzise, dass Nia kaum Zeit blieb, zu reagieren und sich zu wehren. Sie versuchte, ihr Gesicht zu schützen, doch zwei Schläge kamen durch und trafen sie schmerzhaft auf die Nase und die Lippe. Nia merkte, wie warmes Blut floss. Für den Bruchteil einer Sekunde ließen die Schläge nach, doch dann bekam Nia einen heftigen Tritt in den Unterleib, der sie rücklings gegen die Wand schleuderte und sie benommen machte. Nia stand kurz vor dem K.O. Sie sah leicht verschwommen und konnte das erste Mal einen Blick auf ihren Gegner werfen. Er war groß und komplett in schwarz gekleidet. Das Gesicht war unter einer Skimaske versteckt. Und er war verdammt schlank. Dann erkannte Nia erstaunt, anhand des Körperbaus, dass ihr Angreifer eine Frau war. Die Frau holte aus und versetzte Nia einen harten Schlag an die Schläfe, welcher sie bewusstlos zusammensacken ließ.

Lilly eilte in die Richtung, aus der sie das Poltern gehört hatte. Als sie näher kam, vernahm sie die Geräusche eines Kampfes. Dann plötzlich herrschte Stille. Mit der Waffe im Anschlag wollte Lilly den Raum betreten, als mit voller Wucht die Zimmertür zugeschlagen wurde und schmerzhaft ihr Handgelenk zwischen Tür und Rahmen einklemmte. Vor Schmerz ließ Lilly ihre Waffe fallen. Blitzschnell öffnete die Tür sich wieder und noch ehe Lilly reagieren konnte, bekam sie ebenfalls einen harten Tritt in den Unterleib verpasst, der ihr den Atem raubte. Lilly stolperte zurück in den Flur und schlug auf den Boden auf. Gerade, als sie sich wieder aufgerappelt hatte, hörte sie aus dem Zimmer das Geräusch von berstendem Glas. Lilly eilte hinein, doch ihr Angreifer war durch die zerstörte Fensterscheibe geflohen. Sie warf einen Blick aus dem Fenster, doch es war niemand zu sehen. Dann sah sie Nia auf dem Boden legen, stürzte zu ihr und hockte sich neben sie.

„NIA? Alles ok?"
„Die Schlampe hat mich ausgeknockt. Na warte, wenn ich die erwische…"

Einige hundert Meter von Eric Lees Haus entfernt zog sich die Einbrecherin verärgert die Skimaske vom Kopf. Dieser Auftrag war verdammt schief gelaufen. Zuerst hatte sie die beiden Polizisten ausschalten müssen. Bedauerliche, aber unvermeidliche Kollateralschäden. Und als sie gerade den Safe im Arbeitszimmer knacken wollte, war ISOS auf der Bildfläche erschienen. Es war eine glückliche Fügung des Schicksals gewesen, dass es ihr gelungen war, Nia Coor und Lilly Jaxter auszuschalten. Normalerweise hätte sie gegen die beiden gut ausgebildeten Agenten wohl keine Chance gehabt, doch das dunkle Haus und der Überraschungsmoment hatten ihr geholfen. Das Schlimmste war jedoch, dass sie ihren Auftrag nicht hatte ausführen können. Sie hatte gehofft, den Safe öffnen, den Inhalt stehlen und unbemerkt fliehen zu können, bevor die ISOS Agenten sie im Obergeschoss fanden. Doch nichts von dem war ihr gelungen. Nun würde das, was sich dort drin befand, in die Hände von ISOS fallen. Und das würde ihrem Auftraggeber überhaupt nicht gefallen.

15

John Doe fühlte sich, als hätte man ihn durch einen Fleischwolf gedreht. Seine Muskeln und Gelenke schmerzten wie nach einem stundenlangen Training, welches er jedoch nicht absolviert hatte. Auch die morgendliche heiß/kalte Dusche hatte ihn nicht so recht aufpäppeln können. Nun saß er vor seinem Frühstück und schaufelte Unmengen an Nahrung in sich herein. Frischkäse Bagel, Rührei, Speck, Vollkorntoast, Obst, Joghurt. Das Frühstück war überaus üppig und John verschlang es in einer Geschwindigkeit, als hätte er tagelang nichts gegessen. Es war der Zeitpunkt seines Ausbruchsversuchs gekommen. Doch obwohl das Essen

ihm etwas geholfen hatte, fühlte er sich nach wie vor rein körperlich nicht in der Lage, auszubrechen. Sein Muskelwachstum hatte sich sogar noch beschleunigt und das zehrte ihn regelrecht aus. Für gewöhnlich hatte er nach dem Frühstück etwas Zeit, bis Dr. Klein zur Visite kam, und so legte er sich auf das Bett, um noch etwas zu schlafen. Und tatsächlich fiel er sofort in einen tiefen Schlaf, den Dr. Klein nach viel zu kurzer Dauer schon wieder beendete. Behutsam rüttelte der Doktor an Johns Schulter, bis dieser langsam wieder zu sich kam.
„Guten Morgen, John!", sagte er erwartungsvoll.
„Guten Morgen, Doktor. Ich fühle mich gar nicht gut und frage mich, ob ich überhaupt in der Lage bin, auszubrechen."
Der Doktor stellte seine Arzttasche auf den Beistelltisch und holte eine riesige Spritze heraus.
„Es ist ganz normal, dass das beschleunigte Muskelwachstum Sie müde macht und auslaugt. Aber keine Sorge, diese Spritze wird Sie wieder auf Vordermann bringen."
„Was ist das? Ich hoffe, keine Drogen?"
„Nein, nein, natürlich nicht. Es ist ein Cocktail aus diversen pflanzlichen Muntermachern plus Eiweißen, Vitaminen und Mineralstoffen. Bei anderen Probanden hat das sehr gut geholfen, diese Erschöpfungszustände erheblich zu lindern. In kurzer Zeit werden Sie sich besser fühlen."
Bereitwillig hielt John dem Doktor seinen entblößten Arm hin. Ihm war alles recht, um wieder fit zu werden.
„Dann mal los!", sagte er.
Als der Doktor fertig war, redeten sie über die Flucht, während es John nach der Spritze von Minute zu Minute besser ging.
„Okay, Doktor. Zunächst müssen Sie mir bitte erklären, wie ich hier herauskomme."
Dr. Klein erklärte ihm, wie er zur Sicherheitszentrale kam und von dort aus zur Eingangshalle.
„Gut, danke. Das Ganze wird folgendermaßen ablaufen: Sie gehen gleich zur Zimmertür und holen die beiden Wachen herein. Sagen Sie ihnen, es gäbe ein Problem im Bad. Tun Sie bestürzt und panisch und lotsen Sie die beiden direkt in Richtung des Badezimmers. Ich verstecke mich derweil hinter der Zimmertür

und werde die beiden Wachen dann von hinten ausschalten. Die Wachen tragen, wie ich bemerkt habe, Handschellen bei sich. Damit werden wir sie fesseln und anschließend hier im Zimmer einschließen. Danach werde ich mir die Klamotten einer der beiden anziehen. Sie bringen mich dann bitte zu Harold Starve. Vielleicht kennt er mich ja tatsächlich und möglicherweise wird mir das helfen, mich zu erinnern. Sobald ich mich aufmache in Richtung Sicherheitszentrale, werden Sie sich mit Harold verbarrikadieren, und die Tür erst dann wieder öffnen, wenn Hilfe hier ist. Haben Sie, wie besprochen, Proviant in Ihrer Tasche?"
„Ja, habe ich. Es war nicht einfach und ich musste in der Nacht unbemerkt in die Küche schleichen. Doch nun habe ich genug Nahrung dabei, um ein paar Tage aushalten zu können."
„Gut. Haben Sie noch Fragen?"
„Mir ist nur das Herz in die Hose gerutscht, aber Fragen habe ich keine mehr."
„Kein Sorge, Doktor. Das wird schon. Sobald ich hier raus bin, werde ich schnellstmöglich versuchen, Ihrer Familie zu helfen. Das verspreche ich Ihnen. Und genau so werde ich dafür sorgen, dass Sie befreit werden."
„Danke, John!"
„Danken Sie mir dann, wenn Sie wieder Ihre Familie in den Armen halten können. Und nun wird es Zeit. Lassen Sie uns beginnen."
John stand auf und brachte sich neben der Tür in Stellung. Der Doktor öffnete die Tür und sprach die beiden Wachen an.
„Schnell, ich habe hier ein Problem…", sagte er mit hektischer, schriller Stimme und lotste die Männer in Richtung Bad. Für John war es an der Zeit, seine neuen Fähigkeiten auszuprobieren. Von hinten schlich er an einen der Männer heran, packte ihn mit einer Hand am Hemdkragen, mit der anderen an der Schulter, und schleuderte ihn gegen die Wand. Der Mann versuchte sich noch abzufangen, doch die Wucht war zu groß und er knallte heftig mit dem Kopf gegen das Felsgestein und brach zusammen. Die zweite Wache wendete sich John zu und wollte die Waffe ziehen, doch John verpasste dem Mann einen knallharten Schlag an die Schläfe, welcher ihn umgehend ins Land der Träume be-

förderte. Obwohl beide Wachen große und kräftige Männer waren, hatte es John kaum Mühe gekostet, sie auszuschalten.
„Wow. Daran könnte ich mich gewöhnen…", sagte er erstaunt.
„Denken Sie immer daran, John: Im Moment können Ihre Fähigkeiten Sie umbringen. Überanstrengen Sie sich nicht!"
„Ich versuche, auf mich aufzupassen.", sagte John, doch ihm war klar, dass es sehr schwer sein würde, denn schließlich hatte er keine Ahnung, wie weit er im Ernstfall gehen konnte, bis es ihn erwischte. „Eine Frage habe ich dazu noch, Doktor. Ist der Zustand reversibel? Kann ich geheilt werden? Ich möchte einfach kein unnatürliches Muskel- und Kraftpaket sein…"
Der Doktor überlegte kurz.
„Zum jetzigen Zeitpunkt wäre das möglich, ja. Aber je mehr Zeit vergeht, desto unwahrscheinlicher wird es, bis es irgendwann kein zurück mehr gibt. Ein weiteres Problem dürfte sein, dass die Behandlung bei Ihnen ja jetzt abgebrochen wird, und es besteht die Möglichkeit, dass Ihre Organe sich deswegen nicht an Ihre neue Leistungsfähigkeit anpassen können und sie immer Gefahr laufen werden, bei zu großer Anstrengung zu sterben."
„Wie viel Zeit bleibt mir, um…sagen wir Gegenmaßnahmen einzuleiten?"
„Das ist schwer zu sagen. Maximal drei bis fünf Tage würde ich schätzen."
Johns Gedanken rasten: *„Drei bis fünf Tage, um von hier zu fliehen, die Familie des Doktors zu finden und zu befreien und danach den Doktor zu retten, damit er mich heilen kann. Verdammt viel Arbeit in verdammt wenig Zeit."*
„Ok, dann lassen Sie uns keine Zeit verschwenden."
John schleifte die beiden Wachen ins Bad, zog einem Mann die Uniform aus und streifte diese über. Anschließend fesselte er ihnen mit den Handschellen die Hände auf den Rücken und steckte sich Waffen und Munition ein. In der Hose, die er trug, fand er die Keycard, mit der er die elektrischen Schlösser der Türen dieser Einrichtung öffnen konnte. Er betrachtete sich im Spiegel. Leider war die Uniform etwas zu groß. Wenn jemand genauer hinschaute, dann würde dieser jemand erkennen, dass er nicht zu den Wachen gehörte. Er konnte nur hoffen, dass er es

zur Sicherheitszentrale schaffte, ohne Leuten zu begegnen.
John trat aus dem Bad.
„Ich bin fertig. Lassen Sie uns zu Harold Starve gehen."
Sie betraten den Flur und gingen zur Eingangstür des angrenzenden Zimmers. Dr. Klein entriegelte sie mit seiner Keycard.
Harold Starve saß mit dem Rücken an die Wand gelehnt auf seinem Bett. Sein rechter Arm hing schlaff in einer Schlinge. Der sonst so energiegeladene Mann sah blass und erschöpft aus. Offensichtlich hatte er starke Schmerzen. Als John Doe den Raum betrat, hellte sich seine Miene jedoch hoffnungsvoll auf.
„PETER! Gott sei Dank!"
Der Mann ohne Gedächtnis, den man John Doe getauft hatte, schaute Harold Starve verständnislos an. Er hieß also Peter. Doch weder dieser Name noch der Mann auf dem Bett weckten in ihm Erinnerungen.
„Tut mir leid, aber ich kann mich leider nicht an Sie erinnern.", sagte Peter enttäuscht.
Auch Harolds freudige Erwartung wich Enttäuschung.
„Der Doktor hat mir erzählt, dass du unter Gedächtnisverlust leidest. Das tut mir wirklich leid."
„Ja, ich hatte gehofft, dass es mir hilft, jemanden zu treffen, den ich kenne, aber das hat wohl leider nicht funktioniert."
„Keine Sorge, Peter. Es wird Zeit brauchen, aber Sie werden Ihr Gedächtnis schon wiedererlangen.", schaltete sich Dr. Klein ein.
„Ich hoffe es. Leider bleibt uns für den Moment wenig Zeit. Harold Sie…ähm, du weißt, dass ich fliehen möchte, um Hilfe zu holen. Du musst mir helfen. Wer bin ich? Gibt es da draußen in der Nähe irgendjemanden, an den ich mich wenden kann und der uns hilft?"
„Dein Name ist Peter Crane. Leider weiß ich nicht genau, was du machst, denn über deine Arbeit darfst du laut deiner Aussage nicht reden. Was ich weiß ist, dass du früher Soldat bei der Delta Force warst. Ich vermute, dass du jetzt beim Geheimdienst arbeitest. Du bist mit einer Frau namens Nia Coor zusammen…"
„NIA!", entfuhr es Peter.
„Kannst du dich an Sie erinnern?", fragte Harold.
„Ja, ich denke schon.", antwortete Peter freudig erregt. „Ich sehe

ein Gesicht vor mir. Ein hübsches Gesicht einer Frau mit blauen Augen und blonden Haaren."

„Ja, das dürfte Nia sein.", sagte Harold erleichtert.

„Es fühlt sich gut an. Endlich lichtet sich das Dunkel in meinem Kopf etwas. Erzähle weiter, Harold.", forderte er ihn erwartungsvoll auf.

„Ich hörte, dass du mit Nia in L.A. warst und nach meinem Ausflug in die Wüste zu Besuch kommen wolltest. Es ist also gut möglich, dass Nia noch in L.A. ist."

„Ok, gut zu wissen."

„Außerdem warst du mal mit zwei Männern bei uns zu Besuch. Arif Arsan und Frank Thiel. Du hast gesagt, es wären Freunde. Ich vermute jedoch, dass du auch mit ihnen zusammenarbeitest."

„Diese Namen sagen mir jetzt nichts. Und weiter?"

„Wenn du Hilfe holen möchtest, dann musst du dich von hier aus in Richtung Süden halten, bis du nach Kingman gelangst. Das ist die am nächsten gelegene Ansiedlung. Am Rande der Stadt steht eine große Ranch. Die gehört mir. Dort wohnt meine Lebensgefährtin Joan Jaxter. Ihr kennt euch bereits seit vielen Jahren, denn Joan war mal mit deinem Adoptivvater Richard Metz zusammen. Sie schenkte ihm eine Tochter namens Lilly Jaxter. Ihr beiden bezeichnet euch immer als Geschwister, obwohl ihr das streng genommen nicht seid. Zumindest nicht biologisch. Lilly und du arbeitest zusammen."

„Joan und Lilly sagen mir ebenfalls nichts. Aber vielleicht kommt die Erinnerung wieder, wenn ich Joan treffe." Peter bemerkte, dass Harold bekümmert dreinschaute. „Was ist los, Harold? Du schaust so bedrückt."

„Es…es gibt da ein Problem."

„Was denn?", fragte Peter besorgt.

„Seitdem ich hier bin, wurde ich stundenlang verhört. Und das nicht auf die sanfte Tour. Man hat mir teilweise erheblich Schmerzen zugefügt."

„Das tut mir unendlich leid.", sagte Dr. Klein mit ehrlicher Anteilnahme und Peter nickte zustimmend.

„Sie wollten wissen, wo ich herkam und ob jemand wüsste, dass ich hier bin.", Harold seufzte und fuhr verzweifelt fort. „Genau

genommen wusste niemand, wo ich hinwollte, denn Joan hatte ich nur vage davon erzählt. Ich versuchte natürlich, sie zu beschützen und sie nicht im Verhör zu erwähnen. Aber irgendwann bin ich eingeknickt, weil ich die Schmerzen nicht mehr aushielt. Ich habe ihnen verraten, wo ich wohne und ich habe ihnen von Joan erzählt. Dieses Ekel Dr. Goddard sagte, dass man sich ‚um Joan kümmern' werde, und nun habe ich Angst, dass man ihr etwas antut. Du musst dich beeilen, Peter. Nicht, dass diese Schweine sich an meiner Joan vergreifen."
„Natürlich, Harold. Ich mache mich zuerst auf den Weg nach Kingman, wenn ich hier raus bin, um nach Joan zu schauen und Hilfe zu holen. Ihr wird schon nichts passiert sein.", versuchte Peter Harold zu beruhigen, doch überzeugt davon war er selber nicht. Er wandte sich an den Doktor. „Denken Sie an das, was wir besprochen haben, Dr. Klein. Ich hoffe, wir alle sehen uns möglichst bald gesund und munter wieder!"
„Viel Glück, Peter. Ich weiß, dass du uns hier herausholen wirst!", versuchte Harold ihm Mut zu machen.
Als Peter das Zimmer verlassen hatte, fragte Dr. Klein: „Denken Sie, er wird uns wirklich retten?"
„Ja, das denke ich. Peter hier zu haben, war das Beste, was uns passieren konnte! Und ich denke, bei den vielen Stunden, die wir hier gemeinsam verbringen müssen, sollten wir uns duzen."

16

In einer sehr abgelegenen Seitenstraße, in der Nähe von West Hollywood stand ein altes Art Déco Gebäude. Dieses Gebäude wurde schon lange nicht mehr genutzt, aber es stand unter Denkmalschutz, weswegen es nicht abgerissen werden durfte. Niemand wusste so recht, wer der Besitzer der Immobilie war, und dadurch, dass es sich in einer abgelegenen Gegend befand, war es mittlerweile auch in Vergessenheit geraten.

In den zwanziger und dreißiger Jahren des zwanzigsten Jahrhunderts befand sich dort ein Nachtclub namens Maxime. Zu dieser Zeit war der Club der angesagteste der Stadt. Illustre Persönlichkeiten wie die Gangster Mickey Cohen oder Bugsy Siegel waren im Maxime regelmäßig zu Gast und umgaben sich gerne mit Stars und Sternchen aus Hollywood und einflussreichen Leuten aus der Politik. Die Nächte im Maxime waren lang und exzessiv. Die beste Bigband der Stadt sorgte für musikalische Unterhaltung, während die vermögenden Gäste teuren Whiskey und erlesenste Weine konsumierten. Die Prohibition - das gesetzliche Verbot von Alkohol - zu dieser Zeit, fand in dem Nachtclub schlicht nicht statt. Dafür hatte der reiche Besitzer mit jeder Menge Schmiergeldern und Zuwendungen gesorgt. Nach dem zweiten Weltkrieg wurde der Besitzer wegen Drogenhandels und Erpressung überführt und verhaftet. Das Maxime musste schließen und wurde nie wieder eröffnet.
Heutzutage erinnerte von außen nichts mehr an den Glanz vergangener Tage. Zwar war das Gebäude dafür, dass es schon so lange ungenutzt war, erstaunlich gut in Schuss und wirkte fast schon gepflegt. Doch für jeden, der sich durch Zufall in diese Ecke verirrte, war anhand der mit Brettern vernagelten Fenster klar, dass es leer stand.
Wer jedoch einen Blick auf die Rückseite werfen würde, dem würde die schwere Stahltür mit ihrem dicken Schloss auffallen, die aussah, als wäre sie frisch aus der Fabrik. Nirgendwo war auch nur eine kleine Stelle Rost zu sehen. Der weiße Lack war nirgends verkratzt oder beschädigt, die Scharniere schimmerten von frischem Öl und das Schloss sah aus, als würde es jemand regelmäßig auf- und zuschließen.
Wem es sogar vergönnt war, einen Blick in das Innere zu werfen, der staunte nicht schlecht. Wer so privilegiert war, durch diese Tür zu treten, der hatte das Gefühl, eine Zeitreise gemacht zu haben. Alles war sauber und wirkte nagelneu. Die elegante Theke aus Mahagoniholz, die mit aufwendigen Schnitzereien verziert war, sah blitzblank sauber aus. Die Regale dahinter waren mit Schnapsflaschen prall gefüllt. Das Parkett der Tanzfläche war blank gebohnert. Der Bereich der Sitzplätze war mit einem flau-

schigen Teppichboden belegt, der an keiner einzigen Stelle verschlissen war. Auch die Gästetische aus teuren Edelhölzern und die schweren, weichgepolsterten Ledersessel machten den Eindruck, als wären sie gerade erst vom Möbelhaus angeliefert worden. Es lag ein Duft nach Zigarren und Bohnerwachs in der Luft und nirgends war ein Staubkörnchen zu sehen, wie man es bei einer seit Jahrzehnten leerstehenden Immobilie eigentlich annehmen würde. Man erwartete fast, dass jeden Moment die Gäste mit ihren schicken Anzügen und ihren feinen Abendkleidern durch die Eingangstür strömten.
Anders, als man es von außen vermuten würde, war dieses Gebäude ganz und gar nicht ungenutzt.

In dieser Nacht waren etwa fünfzig Gäste anwesend. Sie ließen sich von dem Barkeeper an der Theke Whiskey ausschenken und rauchten Zigarette oder Zigarre. Manche saßen an der Bar, andere in den komfortablen Cocktailsesseln. Es war eine Gesellschaft von mehr oder weniger bekannten Größen der Stadt, die allesamt dieses Selbstverständnis von Leuten ausstrahlten, die Einfluss und eine gewisse gesellschaftliche Stellung hatten.
Im Hintergrund lief leise Musik, die dem Ambiente des Clubs und dessen Geschichte entsprach. Dennoch herrschte eine eigenartige Atmosphäre. Die Stimmung war nicht entspannt oder gar ausgelassen, so als würden diese Leute freudig ihren Abend in einem Club verbringen. Stattdessen waren sie alle bedrückt und angespannt. Kaum jemand redete und falls doch, dann höchstens flüsternd. Es wurden keine Blicke getauscht und nicht gelächelt. Das Beisammensein dieser Leute hatte den Charakter einer Beerdigung.
In regelmäßigen Abständen kam ein Mann von eher geringer Körpergröße, mit breiten Schultern und dem Gesicht eines Schlägers aus einer Tür. Mit seinem teuren Anzug und den italienischen Lederschuhen versuchte dieser Mann so zu tun, als wäre er ein Mitglied der High Society. Als hätte er Stil und Geschmack. Doch dadurch, dass die Anzüge so schlecht saßen und er ein solch verschlagenes und von Narben gezeichnetes Gesicht hatte, misslang dieser Versuch mehr als deutlich. Doch keiner der

Leute im Club hätte sich getraut, ihm das zu sagen. Dafür hatten sie zu viel Angst vor ihm. Denn sie wussten nur zu gut, wozu dieser Mann fähig war.

Er führte jeweils einen der Anwesenden in ein Hinterzimmer, in dem in früheren Zeiten Bugsy Siegel und seine Gangster-Kollegen ihre Geschäfte abgewickelt hatten. Dabei sprach er nie ein Wort, sondern zeigte nur mit dem Finger auf den nächsten Mann und deutete ihm mit einer Geste, die keinen Widerspruch duldete, mitzukommen.

Meistens verließen die Männer, die er mitnahm das Hinterzimmer auch wieder. Doch manchmal auch nicht, was unter den Anwesenden stets eine gewisse Bestürzung auslöste. Selbst dann wurde allerdings nicht gesprochen, sondern nur peinlich berührt Löcher in die Luft gestarrt. Die Männer, die das Zimmer wieder verließen, waren für den Moment einfach nur erleichtert und suchten schnellstmöglich das Weite. Doch sie wussten, dass dies nur für den Moment galt und dass *sie* vielleicht beim nächsten Mal das Zimmer nicht mehr verlassen würden.

Wieder trat der Schläger aus der Tür und entließ denjenigen, den er zuvor mitgenommen hatte. Mit dem Finger zeigte er auf einen großen, muskulösen Mann, der nicht so recht zu den anderen Anwesenden passen wollte. Er trug nicht Anzug und Krawatte, sondern Jeans und T-Shirt. An seinem Gang und seiner Haltung konnte man ablesen, dass er früher einmal Soldat gewesen war. Der Soldat folgte ohne Widerworte, peinlich darauf bedacht, den Schläger nicht direkt anzuschauen.

Sie gelangten in ein großes Zimmer mit schummrigem Licht. An einem halbrunden Tisch saßen etwa zwanzig Männer. Sie verströmten eine Aura der Macht, die respekteinflößend war. Sie alle bekleideten hohe Ämter in Politik und Wirtschaft. Und sie waren reich. Verdammt reich.

Genau in der Mitte saß der Wortführer. Ein Mann in gesetztem Alter mit dem Gesicht eines Falken und weißem, dünnem Haar. Er war grundsätzlich der einzige, der sprach. Durch seine dröhnende tiefe Stimme zuckte man regelrecht zusammen, wenn er das Wort ergriff. Er war auch der einzige, den man wegen der Beleuchtung genau erkennen konnte. Er wurde von einer De-

ckenleuchte direkt angestrahlt, während alle anderen im Halbdunkeln saßen, was ihre Anwesenheit bedrohlich wirken ließ.
Wer den Raum betrat hatte den Eindruck, vor ein Tribunal zu treten. Und dieser Effekt war durchaus beabsichtigt.
Der Soldat stellte sich unterwürfig in die Mitte des Halbkreises. Er starrte auf den Boden vor sich, wie ein Kind, das man beim Klauen erwischt hatte. Dadurch, dass er so groß und muskulös war, wirkte diese Situation grotesk. Er, der furchteinflößende Soldat, der in seinem Leben schon oft kaltblütig getötet hatte, und eigentlich vor nichts und niemandem Angst hatte, stand dort vor diesen Männern und versuchte die Angst, die von ihm Besitz ergriffen hatte, zu unterbinden.
Der Schläger, der ihn hereingebracht hatte, verschwand lautlos in einer dunklen Ecke des Raumes.
Der Wortführer begann zu sprechen. Sein Gesichtsausdruck war gnadenlos und seine Augen loderten vor Zorn.
„Wir haben Sie mit nur einer einzigen Aufgabe betraut. Sie haben von uns alles an die Hand bekommen, was Sie benötigten, um diese Aufgabe zu erledigen. Also warum lebt Gouverneur Johnson noch?", fragte er schneidend.
Der Soldat schien vor Scham regelrecht in sich zusammenzusinken.
„I-i-ich weiß es nicht. Ihre umfassenden Informationen in der E-Mail waren äußerst hilfreich und der Plan, den ich mir zur Ausführung überlegt hatte, war perfekt."
„Perfekt? PERFEKT?", schnauzte der Wortführer ihn an. „Wenn er so perfekt gewesen wäre, dann wäre Johnson jetzt tot. Von unserem Soldaten Eric Lee getötet. Doch weder ist der Gouverneur tot noch konnten wir uns von Eric Lees Fähigkeiten überzeugen. Was wollen Sie uns also von perfekt erzählen?"
„Ver-verzeihen Sie…"
„NEIN VERDAMMT! Dieser Fehler ist unverzeihlich. Sie haben viel Geld von uns kassiert, um diesen Job zu erledigen. Doch nun ist der Gouverneur gewarnt und wir kommen nicht mehr an ihn heran. Man hat uns gesagt, Sie seien ein Profi und der perfekte Mann für diese Aufgabe. Sie sind jedoch nicht mehr als ein über-

bezahlter Dilettant!" Er spie ihm diese Worte regelrecht entgegen und seine Stimme schwoll zu einem Orkan an.
„I-i-ich gebe Ihnen Ihr Geld zurück. Und beim nächsten Mal mache ich es besser, versprochen!", stammelte der Soldat kleinlaut.
Die Stimme des Wortführers wurde zu einem leisen, bedrohlichen Zischen:
„Ja, Sie werden uns unser Geld zurückgeben. Und nein, ein nächstes Mal wird es für Sie nicht geben!"
Aus dem Halbdunkeln tauchte plötzlich unhörbar leise der Schläger auf und schnitt dem Soldaten ohne zu zögern von hinten die Kehle durch. Der Mann sank röchelnd zu Boden und versuchte vergeblich mit beiden Händen, die Blutung zu stoppen. Nach wenigen Augenblicken, in denen er auf dem Boden herumzappelte, war er tot. Der Schläger und die Anwesenden schauten sich den Todeskampf des Soldaten mit morbider Faszination an.
„Gut, das wäre erledigt.", sagte der Wortführer zufrieden.
Wie aus dem Nichts erschienen zwei Männer, schleiften die Leiche weg und reinigten den Boden. Als die beiden fertig waren, verschwanden sie wieder und der Wortführer richtete sein Wort an den Schläger:
„Haben Sie das Geld, das wir diesem Versager gezahlt haben, gefunden?"
„Natürlich. Er hatte es in seiner Wohnung versteckt."
„Es ist ein Schande, dass das Attentat wegen seiner Unfähigkeit gescheitert ist."
Der Schläger wusste, dass das Scheitern nicht an dem Soldaten gelegen hatte. Es waren einfach unglückliche Umstände gewesen, die zur Vereitelung geführt hatten. Doch das interessierte die Männer in diesem Raum nicht im Geringsten. Der Plan Gouverneur Johnson umzubringen, hatte nicht funktioniert, also musste irgendjemand dafür bezahlen. Das war das Risiko, wenn man sich mit diesen Leuten einließ. Anderseits verdiente man durch sie allerdings verdammt viel Geld, wenn man die gestellten Aufgaben zu ihrer Zufriedenheit erledigte.

„Das ist auf jeden Fall ärgerlich!", stimmte er zu. Dem Wortführer stimmte man am besten immer zu, wenn man keinen Ärger wollte.

„Was schlagen Sie bezüglich Johnson vor?", fragte der Wortführer in neutralem Ton.

„Wir haben gewisse Vorbereitungen getroffen. Ich will Sie nicht mit Einzelheiten langweilen, aber Sie brauchen sich keine Sorgen zu machen. Die Karriere von Gouverneur Johnson ist so gut wie beendet."

Der Wortführer und die Anwesenden nickten zufrieden. Sie nannten sich den „Inner Circle" und Gouverneur Johnson würde dafür bezahlen, dass er sich gegen sie entschieden hatte.

17

Gouverneur Derek Johnson befand sich in seinem Haus in Beverly Hills. Er war ein attraktiver und charismatischer Mann Mitte sechzig, den man auch leicht zehn Jahre jünger hätte schätzen können. Er hatte noch volles Haar, welches mittlerweile weiß war, und sein Körper war trotz seines Alters sehr durchtrainiert. Politisch galt Johnson als Hardliner, den nichts und niemand von seinen Überzeugungen abbringen konnte. Unter den Beobachtern der Politik war diese Unnachgiebigkeit der Grund dafür, warum Johnson niemals Präsident sein würde. Zwar war er bei der Wählerschaft sehr beliebt, aber dadurch, dass er immer mit ausgefahrenen Ellenbogen agiert hatte, fehlten ihm sowohl reiche private Unterstützer, die man benötigte, wenn man Präsident werden wollte, als auch politische Unterstützer in Washington DC. Und so würde es für Johnson wohl nie zu mehr, als für den Gouverneurs-Posten reichen. Für ihn war das jedoch in Ordnung, denn er mochte das Amt, welches er belegte, auch wenn er trotzdem immer davon geträumt hatte, einmal der mächtigste Mann des Landes zu werden.

Johnson war immer noch ganz aufgewühlt wegen des geplanten Attentats auf ihn. Er saß gekleidet mit Pyjama und Morgenmantel alleine im Esszimmer an einem großen Mahagonitisch. Seine Frau leistete ihm, wie so oft, keine Gesellschaft. In ihrer Ehe kriselte es und sie war nur noch bei öffentlichen Terminen, wenn ihre Anwesenheit erforderlich war, an seiner Seite. Ansonsten gingen sich die beiden weitestgehend aus dem Weg. Sie würden sich mit ziemlicher Sicherheit trennen, wenn seine Amtszeit beendet war.
Vor ihm stand ein Teller mit Pfannkuchen und Obst, doch er hatte keinen Appetit. Seine Termine für den Tag waren aus Sicherheitsgründen abgesagt worden und sein Sicherheitsdienst hatte ihm nahegelegt, das Haus heute nicht zu verlassen.
Er dachte an den Tag, der ihm vermutlich diesen ganzen Schlamassel eingebrockt hatte. Ein unbekannter Mann hatte ihn vor einigen Wochen in seinem Büro aufgesucht. Dieser Mann gab sich als Bernard Cedar aus. Er stellte sich als Sympathisant von Johnsons politischen Ansichten vor, und ließ durchblicken, dass er Johnson beim Wahlkampf für die zweite Amtszeit finanziell unterstützen wolle. Eine Überprüfung hatte ergeben, dass die Referenzen dieses Mannes tadellos waren und so hatte Johnson dem Treffen zugestimmt.
Als schließlich Bernard Cedar dem Gouverneur in dessen Büro gegenübersaß, hatte Johnson irgendwie ein mulmiges Gefühl. Cedar wirkte nicht, wie ein Mitglied der reichen Oberschicht, sondern eher, wie ein knallharter Straßenschläger. Er war klein, hatte dafür aber umso breitere Schultern. Seine Nase war schief und etwas platt gedrückt, von mehreren Brüchen und das breite Kinn und die ausgeprägten Wangenknochen ließen sein Gesicht, welches von mehreren Narben gezeichnet war, sehr kantig wirken. Seine Haare hatte er, wie die Gangster der dreißiger Jahre, mit Pomade sorgfältig zu einem Seitenscheitel gekämmt. Sein teurer Anzug saß schlecht, und an einer Stelle der rechten Hüfte war das Jackett seltsam ausgebeult, so als trüge Cedar dort eine Waffe bei sich. Die Augen des Mannes waren grau und kalt, als er Johnson eindringlich musterte und zu sprechen begann:

„Gouverneur Johnson, ich bin Mitglied einer sehr einflussreichen Gruppe von Leuten. Wir haben mittlerweile viele Sympathisanten und Unterstützer auf unserer Seite. Und nun wollen wir Sie mit an Bord holen. Wir haben da ein Anliegen, bei dem Sie uns behilflich sein könnten."

Johnson schwante nichts Gutes. Er hatte Gerüchte über einen sehr vermögenden und einflussreichen Mann hier in L.A. gehört. Ein Mann, der seine Ziele unnachgiebig und gnadenlos verfolgte. Leute, die ihm im Weg standen, wurden rücksichtslos beseitigt. Dieser Mann hatte eine Gruppe von Helfern um sich geschart, die ihm bei der Realisierung seiner Ziele halfen. Man nannte sie den „Inner Circle", den inneren Kreis, weil sie die Vertrauten dieses Mannes waren. Zum Inner Circle gehörten angeblich einflussreiche Politiker, vermögende Industrielle, Richter, hochrangige Mitglieder von Strafverfolgungsbehörden und skrupellose Kriminelle. All diese Leute hatten eines gemeinsam: Sie verdienten angeblich verdammt viel Geld im Inner Circle. Diese Organisation galt als die mächtigste Untergrundorganisation des Landes. Johnson hatte das immer für Humbug gehalten, doch nun wurde er eines Besseren belehrt.

„Was für ein Anliegen soll das sein?"

„Es geht sich um Ihre - nennen wir es ‚Unterstützung' - eines unserer Projekte."

„Was für ein Projekt?" Johnson wurde langsam ungeduldig.

„Es geht um Gen Forschung. Die Details will ich Ihnen ersparen. Nur so viel, als dass es sich um revolutionäre Forschung am Menschen handelt und wir hätten gerne Ihre Unterstützung in Form von öffentlichen Geldern."

„Forschung AM Menschen? Das kann nicht ihr Ernst sein!", zischte Johnson erbost.

„Doch, das ist unser Ernst. Glauben Sie mir, es wird sich für Sie auszahlen. Und keine Sorge, die Öffentlichkeit wird davon natürlich nichts erfahren, schließlich sind Experimente am Menschen nicht erlaubt. Verkaufen Sie es einfach als zusätzliche finanzielle Förderung der AIDS Forschung. Wir kriegen unser Geld und Sie stehen als Gutmensch da, der sich für die AIDS-Forschung einsetzt, was Ihnen sicherlich zusätzliche Wählerstimmen einbringt.

Eine Win-Win-Situation. Wir werden Sie natürlich auch finanziell dafür entlohnen. Und sollten Sie sich dazu entscheiden, uns zu helfen und auch zukünftig zu unterstützen, dann könnten wir Sie sogar ins Oval Office bringen. Das war doch immer Ihr Traum, nicht wahr?"
Johnson platzte der Kragen:
„RAUS AUS MEINEM BÜRO!", brüllte Johnson mit hochrotem Kopf. Niemals würde er seine Überzeugungen für Geld, Wählerstimmen oder das Oval Office über Bord werfen. Und schon gar nicht für diese Verbrecher.
„Beruhigen Sie sich, Gouverneur!", sagte Cedar mit einem bedrohlichen Unterton in der Stimme. „Glauben Sie mir, Sie sollten dieses Angebot annehmen. Sonst wird es Ihnen irgendwann sehr, sehr leidtun."
„Drohen Sie mir etwa?", brachte Johnson hervor, der kurz vor einem Tobsuchtsanfall stand.
„Nein, Gouverneur, natürlich nicht. Das ist nur ein gut gemeinter Ratschlag."
„Schieben Sie sich Ihren Ratschlag sonst wohin."
„Wie Sie meinen.", entgegnete Cedar, stand auf und legte eine Visitenkarte auf den Schreibtisch. „Sie sollten noch mal in Ruhe darüber nachdenken. Und stellen Sie sich folgende Frage: Was ist Ihnen wichtiger? Ihre politische und moralische Überzeugung oder Ihre Zukunft? Wenn Sie sich für die Zukunft entscheiden, dann rufen Sie mich an."
„RAUS!", herrschte Johnson ihn an und Cedar verließ daraufhin ohne weiteres Wort den Raum.
Natürlich hatte Johnson ihn nicht angerufen und auch nichts mehr von Bernard Cedar oder dem Inner Circle gehört. Doch der Anschlag gestern war ein deutliches Zeichen. Entweder er gab nach oder man würde ihn aus dem Weg räumen. Doch Derek Johnson war niemand, der klein beigab. Er würde kämpfen bis zum Schluss.
Gedankenverloren saß er noch immer am Esstisch, als er draußen Polizeisirenen näher kommen hörte.
„Was ist denn jetzt wieder los?", fragte er sich. Er stand auf und

ging zur Haustür, um zu schauen, was der Grund für das Anrücken der Polizei war.

In der Villa von Richard Metz hatten die ISOS Agenten das große Esszimmer zu einem Arbeitszimmer umfunktioniert. Auf dem Esstisch waren mehrere Laptops aufgebaut, mit denen sie Zugriff auf die Ermittlungsergebnisse der Polizei und ISOS L.A. hatten. Lilly, Frank und Vin führten eine Nachbesprechung des gestrigen Tages durch.
Da Nia für Arif eine Einrichtung gefunden hatte, in der er sich wegen seiner Drogensucht behandeln lassen würde, waren die beiden nicht anwesend. Dass diese Einrichtung direkt am Strand von Malibu lag, gerne auch von berühmten Schauspielern und Schauspielrinnen frequentiert wurde und wirklich sündhaft teuer war, hatte sie Arif jedoch verschwiegen. Gerade die Kosten der Behandlung, die Peter und sie übernehmen würden, hätten Arif ein schlechtes Gewissen gemacht, und das wollte sie nicht. Er sollte sich voll und ganz auf seine Behandlung konzentrieren können.

„Warum waren gestern Abend die Cops schon im Haus, als wir dort ankamen?", fragte Lilly an Vin gewandt.
„Captain Mercer vom LAPD hatte die beiden Polizisten dorthin geschickt, um das Haus zu sichern. Er hatte ihnen aufgetragen, auch innen nach dem Rechten zu schauen, bevor wir anrücken. Er hat es eigentlich nur gut gemeint. Nun hat er zwei tote Officer, die Frau und Kinder haben. Mercer ist am Boden zerstört."
„Das tut mir sehr leid für die Familien der beiden Polizisten.", sagte Lilly betrübt.
„Um so mehr müssen wir schauen, dass wir diesen Fall auflösen!", sagte Vin bestimmt. Nach einer kurzen Pause fuhr er fort: „Bei der Durchsuchung von Eric Lees Haus haben wir in dessen Safe mehrere Ampullen gefüllt mit einer unbekannten Flüssigkeit gefunden. Die Ampullen werden gerade bei ISOS L.A. analysiert. Ich habe auch eine dieser Ampullen neben einer Spritze am Tat-

ort von Chris Jordans Mord gefunden.", berichtete Vin. „Ich vermute, dass Eric Lee sich dieses Zeug gespritzt hat."
„Gut möglich. Vielleicht sind es Drogen oder Anabolika oder so was. Ich frage mich nur, ob dieses Mittel der Auslöser für Eric Lees geplante Tat war?", grübelte Frank.
„Die Analyse dauert mittlerweile recht lange. Es scheint zumindest nichts Handelsübliches zu sein.", antwortete Lilly. „Ich habe Eric Lees Leben mittlerweile bis in den kleinsten Winkel durchleuchtet. Es findet sich nicht ein Hinweis auf ein mögliches Motiv für das Attentat. Er war ein wahrer Mustermann. Ein hochdekorierter Marine und nach seiner Soldatenlaufbahn ein zuverlässiger und loyaler Mitarbeiter in verschiedenen Sicherheitsfirmen. Das einzig Seltsame ist die Tatsache, dass er bei NeoSec zwar gut verdiente, aber nicht genug, um sich eine Villa in Beverly Hills leisten zu können. Wie sich dann herausstellte, gehört die Villa auch nicht ihm, sondern einer Firma namens „CSC", die „Californian Service Company". Eine Briefkastenfirma, über die ich bis jetzt noch nichts Näheres herausfinden konnte."
„Kurios.", entgegnete Frank. „Vielleicht ist diese Firma der Ansatzpunkt, um mehr über die Hintergründe des Attentats herauszufinden."
Er bemerkte, dass Vin ihm gar nicht zugehört hatte und wie entgeistert auf einen großen Fernseher an der Wand schaute, der eingeschaltet war und die Nachrichten zeigte. Der Ton war auf lautlos gestellt. Frank schaute ebenfalls auf den Fernseher und erschrak. Er sah einen Nachrichtensprecher, unter dem eine Laufschrift eine schockierende Neuigkeit mitteilte. Frank griff die Fernbedienung und stellte den Ton an:
„…was genau passiert ist. Sicher ist jedoch, dass Gouverneur Derek Johnson wegen Mordverdachts heute morgen in seinem Haus in Los Angeles verhaftet wurde."
Die drei Agenten schauten sich mit weit aufgerissenen Augen an. Frank brach das Schweigen:
„Verfluchte Scheiße. Der Mordanschlag wurde vereitelt und schon am nächsten Tag wird der Gouverneur wegen Mordverdachts festgenommen? Das kann kein Zufall sein. Selbst wenn er sich als unschuldig herausstellt, wird der Imageschaden irrepara-

bel sein. Derek Johnsons Karriere als Gouverneur dürfte Geschichte sein. Und ich frage mich, wer so viel Einfluss hat, sowas initiieren zu können…"

Nia war noch immer stinksauer wegen des Einsatzes am gestrigen Abend, bei dem die Angreiferin sie außer Gefecht gesetzt hatte. Sie schwor sich, die Polizistenmörderin zu finden und unschädlich zu machen, bevor noch mehr Leute ihr Leben ließen. Leider hatte sie keinen wirklichen Anhaltspunkt, wer die Person gewesen sein könnte. Nur der Geruch des Parfums der Angreiferin kam ihr bekannt vor, sie konnte ihn jedoch nicht zuordnen und auch der Name des Parfums wollte ihr nicht einfallen. Doch das würde sie nicht davon abhalten, die Person ausfindig zu machen.
Sie befand sich gerade auf dem Rückweg von der Entzugsklinik, in der sie Arif abgeliefert hatte, als sie die schockierenden Neuigkeiten über den Gouverneur im Radio hörte. Auch ihr war sofort klar, dass das kein Zufall sein konnte. Die Nachrichtensprecher im Radio hatten, genau wie ihre Kollegen im Fernsehen, noch keine genauen Hintergründe über die Vorwürfe. Nia brütete immer noch über die Geschehnisse rund um den Gouverneur, als sie in die Einfahrt der Villa einbog und vor sich einen ihr wohl bekannten Wagen erblickte. Einen Ford Super Duty Pickup, dessen Seite zahlreiche Einschusslöcher aufwies. Sieh sah Joan Jaxter in Richtung Haustür gehen. Nia brauste heran, machte eine Vollbremsung vor dem Eingang und sprang aus dem Auto.
„Joan, was machst du denn hier?", fragte Nia überrascht.
Als Joan sich umdrehte, bemerkte Nia, wie blass und verängstigt sie aussah. Nia kannte Joan nur als starke, unabhängige Frau, doch nun war sie das genaue Gegenteil. Unsicheren Schrittes ging sie auf Nia zu, fiel ihr um den Hals und fing laut schluchzend an zu weinen. Als sie sich wieder etwas im Griff hatte, löste sie sich von Nia.
„Nia! Ich hatte gehofft, dich hier in Richards Villa zu finden, nachdem ich dich in Malibu nicht angetroffen hatte.", brachte sie zwischen mehreren Schluchzern hervor.
„Was ist denn los, Joan? So aufgelöst habe ich dich noch nie gesehen. Und warum hast du Einschusslöcher am Auto?", fragte

Nia, und begann sich Sorgen um Peter zu machen.
Joan sammelte sich und fing an zu berichten:
„Wie du bestimmt weißt, ist Harold von einem seiner Ausflüge nicht zurückgekehrt. Peter hat sich auf die Suche nach ihm gemacht, doch auch er ist nicht zurückgekehrt…"
„WAS?", fragte Nia mit zitternder Stimme und einem Kloß im Hals.
„Ja…es tut mir leid. Ich wusste nicht, wen sonst außer Peter ich um Hilfe hätte bitten können.", sagte Joan kleinlaut und wieder den Tränen nahe. „Und nun sind sie beide fort."
Eine dumpfe Angst um Peter machte sich in Nia breit, doch sie schaffte es, ihre Gefühle auf Seite zu schieben. Mit beruhigender Stimme sagte sie:
„Schon gut, Joan. Du kannst nichts dafür. Wer hätte besser nach Harold suchen können, als Peter? Was ist dann passiert?"
Joan atmete tief durch.
„Nach zwei Tagen war Peter immer noch nicht zurück. Eigentlich wusste ich, dass da etwas nicht stimmen konnte, doch ich redete mir ein, dass beide bestimmt bald unversehrt vor der Tür stehen würden. Meine Nächte verbrachte ich im Wohnzimmer auf der Couch, damit ich mitbekommen würde, wenn sie zurückkämen. An Schlaf war natürlich nicht zu denken. Meistens wälzte ich mich nur hin und her. Letzte Nacht hörte ich dann draußen plötzlich sich nähernde Schritte. Ich dachte schon, es seien Peter und Harold. Doch dann bemerkte ich, dass sich mehr als zwei Personen näherten. Ich stand auf und lugte vorsichtig aus dem Fenster. Was ich sah, ließ mir das Blut in den Adern gefrieren. Ich erblickte mehrere Männer in Tarnanzügen, die bewaffnet mit Sturmgewehren auf das Haus zu schlichen. Da das Licht überall ausgeschaltet war, dachten sie wohl, ich würde schlafen. Ich wusste zwar nicht, was diese Männer wollten, doch ich hatte riesige Angst um mein Leben. Mir wurde bewusst, dass ich fliehen musste. Also schlich ich möglichst leise zur Hintertür. Als ich hinausschaute, konnte ich dort keine weiteren Männer entdecken. Ich öffnete die Tür und hastete durch die stockfinstere Nacht zu der Scheune, in der unsere Autos stehen. Zum Glück lassen wir die Schlüssel immer stecken, wenn wir die Fahrzeuge

dort abstellen. Behutsam öffnete ich die Tür meines Fords, stieg ein und ließ den Motor an. Die Scheunentore waren noch geschlossen. Ich hatte mir nicht die Mühe gemacht, sie zu öffnen. Mit Vollgas durchbrach ich sie und raste an den Männern vorbei in Richtung Straße. Sie reagierten schnell, legten an und eröffneten das Feuer. Zum Glück trafen sie weder den Tank noch die Reifen, sodass ich, Gott sei Dank, entkommen konnte. Sofort habe ich mich auf den Weg nach L.A. zu dir gemacht. Ich…ich wusste nicht, wo ich sonst hinsollte."

Sorgen und Angst nagten an Nia.

„Das war gut so. Hier bist du in Sicherheit. Hast du die Polizei angerufen?"

„Nein. Die Sache war irgendwie so verrückt, dass ich befürchtete, dass die Polizei mir diesen Überfall von mehreren schwer bewaffneten Männern sowieso nicht glauben würde!"

„Ja, da kann ich dich verstehen. Dann komm erst mal rein."

Als sie das Haus betraten, saßen Lilly, Frank und Vin immer noch im Esszimmer an ihren Rechnern.

„Mom?", rief Lilly erstaunt aus. „Was machst du denn hier?"

Joan berichtet den dreien, was geschehen war.

18

In einem Konferenzraum in der ISOS Zentrale saßen Direktor John McDermott, Vize Direktor Alan Moore, der Leiter des Operation Centers Steve Hudson, dessen Stellvertreter Tom Brooke, der Leiter des Analysis Centers Dr. Alexander Willard und der junge Analyst Nicholas Richmond, der als eines der größten aufstrebenden Talente im Analysis Center galt. Nicholas war sehr aufgeregt, denn es war das erste Mal, dass er bei einer Besprechung der ISOS Führungskräfte anwesend sein durfte. Auch wenn er es nicht ausgesprochen hatte, so machte es dennoch auf Nicholas den Eindruck, als hätte Alexander Willard ihn zu seiner rechten Hand erkoren. Nicholas erfüllte das mit Stolz,

denn für einen einfachen Farmer-Jungen war es wie die Erfüllung eines Kindheitstraums, beim Geheimdienst tätig zu sein und in Diensten eines so großartigen Mannes, wie Dr. Willard zu stehen, den er insgeheim als sein großes Vorbild ansah. Willards scharfer Verstand, seine analytischen Fähigkeiten und wie er umsichtig und gelassen das Analysis Center leitete, machte großen Eindruck auf Nicholas. Sein Vater war das genaue Gegenteil gewesen. Ein saufender Choleriker, der seine mangelnde Intelligenz durch Gewalt gegenüber seinem Sohn kompensierte. Auch hatte er Nicholas immer die Schuld daran gegeben, dass seine Frau, Nicholas' Mutter, ihn verlassen hatte. Der Gedanke, dass es an ihm und seiner Sauferei gelegen hatte, war ihm nie gekommen. Mit sechzehn Jahren, nach besonders schlimmen Prügeln, hatte Nicholas die Farm verlassen und war nie wieder zurückgekehrt. Er wusste nicht, wie es seinem Vater ging und ob er überhaupt noch lebte, aber das interessierte ihn auch nicht. Er war seinen Weg gegangen. Es waren harte, entbehrungsreiche Jahre an der Armutsgrenze gewesen, doch er hatte es geschafft zu studieren und das Studium der Mathematik sogar abzuschließen. Und nun war er hier und lauschte aufmerksam den Ausführungen der Anwesenden.
Direktor McDermott ergriff das Wort.
„Alexander, was ist dort in Kalifornien los?"
„Um 08:43 Uhr Ortszeit wurde in Los Angeles die Leiche einer jungen Frau namens Martha Fischer gefunden. Eine erfolglose Schauspielerin und erfolgloses Model, die sich selber Rayna Sweets nannte. Die Frau war übel zugerichtet."
ISOS war mit den großen Ermittlungsbehörden weltweit vernetzt und hatte deswegen bereits detaillierte Informationen über dieses Verbrechen.
Auf einem großen Flachbildschirm an der Wand wurden Bilder der Leiche angezeigt, die das volle Ausmaß der Misshandlungen aufzeigten. Die Anwesenden schüttelten fassungslos den Kopf. Nicholas sog scharf die Luft ein. Auf dieses Maß an Brutalität war er nicht gefasst gewesen.
„Wie kann man so etwas einer jungen Frau nur antun?", fragte Hudson, der selber eine Tochter hatte.

„Ja, furchtbar so was.", stimmte Willard zu. „Leider werden solche jungen Frauen auf der Suche nach Erfolg oft die Opfer von Vergewaltigungen. Sie schmeißen sich schmierigen Produzenten und Künstler-Agenten an den Hals und diese meinen dann, sie könnten mit den Starlets machen, was sie wollen. Auch Martha ist vergewaltigt worden. Es wurden Sperma-Spuren an ihr gefunden. DNA Schnelltests haben ergeben, dass das Sperma von Gouverneur Derek Johnson stammt, weswegen ein Haftbefehl ausgestellt wurde. In diesen Minuten wird der Gouverneur festgenommen."
Fassungslos schauten sich die Anwesenden an.
„Unmöglich!", sagte McDermott. „Ich kenne Derek seit vielen Jahren. Zu so etwas wäre er nicht fähig."
„Ja, Direktor, das deckt sich mit unsrem Profil über den Gouverneur.", entgegnete Willard.
In der ISOS Zentraldatenbank befanden sich psychologische Profile und detaillierte Informationen über Politiker und wichtige Persönlichkeiten weltweit. So auch über Derek Johnson.
„Unsere Profiler sind sicher, dass Derek Johnson eine solche Tat niemals begehen würde. Man sollte bedenken, dass wir hier nicht über einen Mord im Affekt reden, sondern über stundenlange Misshandlungen und Vergewaltigung. Für einen gerechtigkeitsliebenden und gesetzestreuen Mann wie Johnson einfach undenkbar. Aus diesem Grund ist für uns klar, dass man Johnson etwas anhängen möchte. Doch unabhängig davon, wird ihm nichts anderes übrig bleiben, als zurückzutreten. Er kann nicht im Amt bleiben, wenn er unter Mordverdacht steht."
„Gibt es Hinweise darauf, wer das initiiert haben könnte?"
„Nicht direkt, Sir. Aber vieles deutet auf den Inner Circle hin. Das ist genau ihre Vorgehensweise. Wer nicht kooperiert, wird aus dem Weg geschafft. Sei es durch Mord oder durch Diskreditierung. Vorfälle dieser Art gegenüber Politikern oder einflussreichen Industriellen häufen sich in den letzten Monaten."
„Der Inner Circle…schon wieder. Man stößt immer wieder auf diesen Zusammenschluss. Wie weit sind unsere Ermittlungen dahingehend?", fragte der Direktor.

„Nicholas hier ist einer der Analysten, der mit den Ermittlungen gegen den Inner Circle betraut ist. Ich überlasse ihm das Wort.", sagte Willard und nickte Nicholas zu.
Erwartungsvoll schaute der Direktor ihn an. Nicholas räusperte sich.
„Nun, Sir. Wir wissen leider nicht allzu viel. Wo immer man nachfragt und in welche Richtung man auch ermittelt, man trifft grundsätzlich auf eine Mauer des Schweigens. Leute, die etwas über den Inner Circle aussagen könnten, sind entweder tot oder trauen sich nicht, etwas zu sagen. Alles, was wir zu wissen glauben, basiert also letztlich auf Vermutungen und Rätselraten."
Als Dr. Willard Nicholas eröffnet hatte, dass er vor der ISOS Führungsriege sprechen sollte, hatte er sich bei dem Gedanken daran zunächst unwohl und unsicher gefühlt. Doch mit jedem Wort wurde Nicholas sicherer:
„Es gilt als sicher, dass der Inner Circle von einer einzigen Person geleitet wird. Über die Identität dieser Person wissen wir nichts. Unsere Analysen deuten darauf hin, dass es sich um einen Mann handelt, einfach aus dem Grund, weil die Art von Personen, die der Unbekannte um sich schart, mit ziemlicher Sicherheit nur einen Mann, als ihren Anführer akzeptieren würden. Von wo aus der Inner Circle operiert, wissen wir nicht genau, allerdings gibt es einige vage Hinweise darauf, dass der Inner Circle und deren Anführer möglicherweise in Los Angeles ansässig sind. Viel mehr wissen wir leider auch nicht."
„Wie schätzen Sie die Bedrohung durch den Inner Circle ein?", fragte der Direktor Nicholas.
McDermott fragte ihn nach seiner Einschätzung? Damit hatte er nicht gerechnet. Er überlegte kurz, dann antwortete er:
„Ich schätze die Bedrohung als äußerst ernst ein, Sir. Es deutet vieles darauf hin, dass der Inner Circle dabei ist, sogar die Regierung der Vereinigten Staaten zu unterwandern. In den letzten Monaten sind viele Politiker hier in Washington DC zurückgetreten, hatten schwere Unfälle, verschwanden einfach, oder wurden, wie jetzt Gouverneur Johnson, in Skandale verwickelt. Diese Häufung solcher Vorfälle ist mehr als ungewöhnlich. Es gibt nur einfach zu wenig Greifbares, um von unserer Seite aus zielgerich-

tet dagegen vorgehen zu können.", erklärte Nicholas leicht betrübt.

Der Direktor wollte gerade antworten, als sein Handy klingelte. Er nahm das Telefonat an und lauschte. Mit jeder Sekunde, die das Gespräch dauerte, versteinerte sich das Gesicht des Direktors zusehends. Als er auflegte, schluckte er und fing an zu sprechen: „Das war Nia Coor. Peter Crane ist spurlos verschwunden.", erklärte er matt den anderen.

„Crane? Ich hoffe, ihm ist nichts Schlimmes passiert.", sagte Hudson, der ein freundschaftliches Verhältnis zu Peter Crane pflegte, seitdem dieser ihn und seine Familie vor rücksichtslosen Erpressern gerettet hatte.

„Das hoffe ich auch, Mr. Hudson.", entgegnete der Direktor. „Also, meine Herren. Es wird Zeit für uns, aktiv zu werden. Dr. Willard, stellen sie ein Team Ihrer fähigsten Analysten zusammen und setzen Sie sie auf den Inner Circle und dessen ominösen Anführer an. Wir müssen wissen, welche Leute dieser Vereinigung angehören. Schicken Sie alle verfügbaren und zukünftigen Information nach L.A. zu Vin Sparks. Ich werde ihn zusätzlich mit den Ermittlungen vor Ort bezüglich des Inner Circles betrauen. Mr. Hudson, Mr. Brooke. Alarmieren Sie alle ISOS Niederlassungen weltweit. Sie sollen ebenfalls Analysten auf den Inner Circle ansetzen und gleichzeitig Einsatzteams auf Standby setzen, damit wir im Notfall schnell reagieren und eingreifen können. Das Team rund um Nia Coor braucht Verstärkung, da Peter Crane verschwunden und Arif Arsan nicht einsatzfähig ist. Schicken Sie sofort Tolino und Woodcock als Verstärkung nach Los Angeles. Die beiden haben schon öfters mit dem Team gearbeitet und sollten nahtlos einspringen können. Ich schätze, Nia Coor wird sich nicht davon abbringen lassen, nach Crane zu suchen. Deswegen sollen Tolino und Woodcock Nia Coor bei der Suche helfen, während Vin Sparks, Lilly Jaxter und Frank Thiel weiter die Geschehnisse rund um den Gouverneur und den Inner Circle untersuchen sollen. Vize Direktor Moore, Sie reisen bitte ebenfalls nach Los Angeles als mein direkter Ansprechpartner vor Ort." Der Direktor seufzte. „Dann los. Wir haben viel Arbeit und mich beschleicht das Gefühl, dass wir wenig Zeit haben!"

Die anderen machten sich an die Arbeit, doch der Direktor blieb noch einen Moment sitzen.

"Crane verschollen, der Gouverneur von Kalifornien um sein Amt gebracht und ein mächtiger, unbekannter Gegner... Ich habe ein ganz übles Gefühl bei dieser Angelegenheit..."

Tiefe Sorgenfalten zeichneten sich im Gesicht des Direktors ab.

19

Peter Crane verließ das Krankenzimmer und ließ Dr. Klein und Harold zurück. Er hoffte inständig, dass es den beiden gelang, sich so zu verbarrikadieren, dass sie dort in Sicherheit waren, bis Peter zurück war. Er hätte die beiden liebend gern schon jetzt mitgenommen, aber mit dem verletzten Harold und dem in solchen Situationen vollkommen unerfahrenen Dr. Klein, wären seine Chance rapide gesunken dort herauszukommen, geschweige denn die beiden unverletzt bis an die Oberfläche zu lotsen. Dennoch hatte Peter ein schlechtes Gewissen, sie hier für den Moment zurücklassen zu müssen.

Mit der Schlüsselkarte öffnete Peter den Ausgang aus dem Wohnbereich, in dem er untergebracht war. Eine direkte Konfrontation wollte er wenn möglich vermeiden, zumal die Waffe, die er dem Wachmann abgenommen hatte, über keinen Schalldämpfer verfügte und ein Schuss wegen dem Felsgestein sehr laut widerhallen würde. Dennoch würde er nicht zögern, zu schießen, wenn es keine andere Möglichkeit gab. Peter hatte in den vergangenen Tagen ständig über das, was mit ihm und anderen hier gemacht wurde, nachgedacht und er war mehr als zornig darüber. Dr. Klein wurde erpresst hier zu arbeiten und es wurden skrupellose Experimente an Menschen und Tieren durchgeführt. Und jeder der hier arbeitete, egal ob Wissenschaftler oder Sicherheitskraft, wusste davon. Deswegen würde Peter keine Gnade walten lassen. Es spielte keine Rolle, was sich ihm auf seiner Flucht in den Weg stellen würde. Er würde es beiseite räumen, und das nötigenfalls mit Gewalt. Und wenn er zurückkehrte, dann würde er sie alle zur Rechenschaft ziehen.

Peters Sinne waren durch die „Behandlung" geschärft und er fühlte sich kraftstrotzend und vital. Das war auf der einen Seite ein gutes Gefühl, doch auf der anderen Seite schlummerte etwas tief unter der Oberfläche. Etwas Rohes und Animalisches. Und Peter hatte Angst, dass dieses Etwas irgendwann erwachte, an die Oberfläche trat und nicht mehr zu bremsen war. Er wollte kein von animalischen Trieben gesteuerter Mutant sein. Diese Furcht lähmte Peter geradezu und er ermahnte sich selber zu Ruhe und Konzentration. Es war nicht die Zeit für Angst und quälende Zweifel, denn er hatte eine Aufgabe zu erledigen. Er schob seine Ängste beiseite und fokussierte sich voll und ganz auf das, was vor ihm lag.

Vorsichtig schaute Peter den Flur hinauf und hinunter. Niemand war zu sehen. Dr. Klein hatte ihm erzählt, dass zu dieser Zeit alle Laborarbeiter und Wissenschaftler in den Laboren tätig waren und die Wachen sich für gewöhnlich, größtenteils in ihren Wohnbereichen aufhielten. Aus diesem Grund war die Wahrscheinlichkeit gering, dass Peter irgendjemandem der Wissenschaftler über den Weg lief, zumal er nicht direkt durch den Laborbereich musste. Dennoch war natürlich äußerste Vorsicht geboten. Ein Problem würde jedoch der Wohnbereich der Wachen werden. Dort musste er auf ein wenig Glück hoffen, um diesen unerkannt passieren zu können.

Peter betrat den Flur und ging den Weg, den Dr. Klein ihm beschrieben hatte. Es herrschte eine klaustrophobische Atmosphäre in dieser Einrichtung, hervorgerufen durch enge, in den Fels geschlagene Gänge und Tonnen von Felsgestein über ihm. Dazu in den einzelnen Abschnitten, die er durchquerte, eine gespenstische Stille, die jeden seiner Schritte unnatürlich laut erscheinen ließ.

Dadurch, dass Peter kameraüberwachte Bereiche meiden wollte, war er gezwungen, eine Art zickzack Kurs zu gehen, der zwar länger war und die Gefahr mit sich brachte, auf Leute zu treffen, aber im Vergleich zu den Überwachungskameras das kleinere Übel war.

Als Peter vorsichtig um eine Ecke lugte, sah er zwei Wachen in etwa zehn Meter Entfernung auf sich zukommen. Er schaute sich nach einer Möglichkeit um, sich zu verstecken, doch in dem Bereich, wo er sich befand, gab es keine angrenzenden Zimmer oder ähnliches. Ihm blieb keine andere Wahl, als die beiden auszuschalten, falls sie erkannten, dass er nicht zu den Wachen gehörte. Da ein Schuss möglicherweise auch andere Wachen alarmieren würde, entschied er sich gegen die Schusswaffe. Peter kauerte sich hinter die Ecke und erwartete die Wachen. Als sie um die Ecke bogen sprang er auf einen Mann zu, und verpasste ihm einen mächtigen Faustschlag ins Gesicht, der Knochen brechen ließ. Wie ein nasser Sack fiel der Mann zu Boden und rührte sich nicht mehr. Die zweite Wache versuchte ihre Waffe zu ziehen, doch Peter packte den Arm und verdrehte ihn so schmerzhaft, dass er auskugelte und den Mann aufschreien ließ. Peter verpasste ihm eine krachende Linke, welche den Mann ebenfalls ins Land der Träume schickte. Obwohl Peter den beiden Männern jeweils nur einen Schlag verpasst hatte, würden sie Nahrung in der nächsten Zeit nur mit einem Strohhalm zu sich nehmen können. Am liebsten hätte er die beiden Bewusstlosen irgendwo versteckt, damit niemand sie entdecken konnte und Alarm schlug. Doch hier gab es dazu keine Möglichkeit, und um die beiden durch die Gänge zu schleifen, bis er ein geeignetes Versteck fand, fehlte ihm einfach die Zeit. Deswegen ließ er sie an Ort und Stelle liegen und setzte seinen Weg fort.
Wie ein Geist huschte er flugs durch die Gänge und gelangte ohne weiteren Zwischenfall zum Wohnbereich der Wachen. Mit der Schlüsselkarte öffnete er die Zugangstür und sah vor sich einen langen Flur mit jeweils zehn Türen rechts und links. Das mussten die privaten Zimmer der Wachen sein. Auf dem Flur waren keine Leute zu sehen. So, als würde er dazu gehören betrat Peter den Bereich und machte sich zügigen Schrittes auf den Weg zur Tür am Ende des Flurs, wo er zur Sicherheitszentrale gelangen würde.
Plötzlich trat eine Stück vor Peter, eine der Wachen aus seinem Zimmer.
„Morgen!", grüßte der Mann. Dann sah er sich Peter genauer an

und runzelte die Stirn. „Sag mal, bist du neu hier?"
„Ja, ich bin neu hier. Heute Morgen angekommen.", entgegnete Peter möglichst überzeugend. Allerdings nicht überzeugend genug, denn der Wachmann legte die Hand auf sein Beinholster, bereit die Waffe zu ziehen. Ohne zu zögern zog Peter seine, legte an und schoss dem Mann präzise in den Kopf, noch bevor dieser seinerseits reagieren konnte. Blut und Gehirnmasse spritze auf das Felsgestein und mit leblosem Blick fiel der Mann zu Boden.
„WAS ZUR HÖLLE…", hörte Peter aus einem Nebenzimmer. Der Schuss hatte die anderen Wachen alarmiert. Das Problem für Peter war, dass es in diesem Flur keine Deckung gab. Und sich in einem der Zimmer zu verschanzen, war keine Option. Das hätte er nicht lange überlebt. Sie würden dann einfach eine Granate zu ihm hineinwerfen und schon wäre seine Flucht beendet, noch bevor sie richtig begonnen hatte. Seine einzige Chance war, offensiv vorzugehen.

Peter sprintete zu dem Zimmer, aus dem er den Ausruf gehört hatte. Gerade, als er den Raum erreichte, trat eine Wache mit gezogener Waffe aus der Tür. Verdutzt schaute er Peter an, der nicht lange zögerte und aus dem Laufen heraus, dem Mann einen wuchtigen Tritt verpasste. Dieser flog nach hinten und krachte heftig gegen den Türrahmen, wobei ihm die Waffe aus der Hand fiel. Noch ehe der Mann sich wieder berappeln konnte, war Peter hinter ihm und brach ihm das Genick. Peter hielt die Leiche noch in den Armen, als neben ihm eine Kugel ins Felsgestein einschlug. Zwei weitere Wachen waren auf den Flur getreten und schossen auf ihn. Wie ein Schutzschild hielt Peter mit einem Arm die Leiche vor sich, die daraufhin von mehreren Kugeln getroffen wurde, während er mit der anderen Hand seine Waffe zog und auf seine Gegner feuerte. Die beiden waren leichte Ziele und Peter ein exzellenter Schütze. Einen der beiden traf er tödlich mitten in die Brust. Den zweiten in den Hals. Röchelnd brach der Mann mit durchlöcherter Kehle zusammen.

Peter ließ sein menschliches Schutzschild zu Boden gleiten, als er über den Steinboden etwas Metallisches auf sich zu kullern hörte. Mit vor Schreck weit aufgerissenen Augen erkannte er, dass es eine Granate war. Geistesgegenwärtig trat er die Granate zurück in die Richtung, aus der sie gekommen war und wollte gerade in einem der Zimmer in Deckung gehen, als sie mit einem ohrenbetäubenden Knall explodierte. Peter wurde von der Druckwelle erfasst und gegen die Wand geschleudert. Mit klingelnden Ohren blieb er einen Moment lang benommen liegen. Staub rieselte von der Decke und Peter hustete. Ernsthaft verletzt war er glücklicherweise nicht. Er hob den Kopf und sah insgesamt vier Wachen mit gezogenen Waffen aus den Zimmern treten. Seine Waffe hatte er bei der Explosion verloren. Hektisch schaute er sich um. Da war sie. Etwa fünf Meter entfernt. Die Wachmänner eröffneten das Feuer. Peter sprang auf und hechtete zu seiner Pistole. Er bekam sie zu fassen, schlitterte noch etwas über den Boden, während um ihn herum Kugeln einschlugen, und feuerte zurück. Eine Kugel traf ihn in seinen linken Arm und brannte wie Feuer. Doch er ließ sich davon nicht ablenken, und erledigte seine Gegner mit präzisen Schüssen. Auf dem Boden liegend hielt er die Waffe in Erwartung weiterer Gegner im Anschlag, doch nun herrschte Ruhe.

Peter atmete tief durch und stand auf. Sein getroffener Arm schmerzte. Er schaute sich die Wunde an und stellte erleichtert fest, dass es nur ein Streifschuss war.

Unvermittelt sprang die Zugangstür der Sicherheitszentrale auf und zwei weitere Wachen legten auf ihn an. Peter war überrascht, reagierte aber dennoch schnell. Seine neugewonnenen Fähigkeiten halfen ihm dabei, sich schneller zu bewegen, als die beiden vor ihm präzise auf ihn zielen konnten. Er machte einen Hechtsprung nach vorne, rollte sich ab und schoss die beiden mit tödlicher Präzision nieder. Peter verweilte schussbereit in dieser Position, aber es kamen keine Gegner mehr nach.

Er rechnete nach. Vier der Wachen gehörten vermutlich der Tagwache an. Die beiden, die er vorhin auf dem Weg nach hier ausgeschaltet hatte und die beiden, die aus der Sicherheitszentrale gekommen waren. Er ging davon aus, dass sich alle zehn Wachen der Nachtwache hier im Wohnbereich aufhielten, und sich ausruhten oder schliefen. Und laut dieser Überlegung mussten sich irgendwo noch zwei weitere Wachen befinden. Deswegen machte er sich daran, die Zimmer eines nach dem anderen zu durchsuchen, um weitere böse Überraschungen auszuschließen. Vor jedem Raum ging er neben der Tür mit gezückter Waffe in Deckung, schaute kurz um die Ecke, und wenn keine Reaktion erfolgte, und er niemanden in dem Raum erblickte, trat er ein. In einem Zimmer fand er die Überreste eines Mannes, den die Granate erwischt hatte. Somit hatte er mittlerweile dreizehn von zwanzig Wachen erledigt. Blieb noch eine Nachtwache übrig. Im letzten Raum auf der linken Seite wurde Peter fündig. Mit der gleichen Vorgehensweise wie zuvor, warf er einen raschen Blick in den Raum und sah, dass das Bett umgekippt war. Dahinter kauerte vermutlich der letzte Mann und wartete nur darauf, dass Peter den Raum betrat, um ihn dann zu erledigen. Doch den Gefallen würde Peter ihm nicht tun. Er schlich von dem Raum weg und machte sich daran, eine der Leichen zu untersuchen. Der Mann trug seine Einsatzkleidung und Peter fand, was er suchte. Eine Granate. Zwar war Peter nicht ganz klar, was man hier unten eigentlich mit Granaten wollte, doch für sein Vorhaben kam ihm das sehr gelegen. Er ging wieder neben dem Eingang zum Zimmer in Position, zog den Splint der Granate und warf sie hinter das aufgestellte Bett. Peter hielt sich die Ohren zu und wartete auf die Detonation, welche nur wenige Augenblicke auf sich warten ließ, und die Wände zum Erzittern brachte. Als sich der Staub etwas gelegt hatte, betrat er den Raum. Hinter dem Bett fand er einen blutigen und verkohlten Torso. Angewidert drehte er sich weg. Die Nachtwachen hatte er somit allesamt ausgeschaltet.

Er verließ den Raum und betrat die Sicherheitszentrale. Sie war etwa acht mal acht Meter groß. An einer der Wände sah Peter einen Übersichtsplan der Anlage, den er sich genauestens einprägte. Darüber hinaus hingen dort unzählige Monitore, auf denen Live-Bilder aus den kameraüberwachten Bereichen angezeigt wurden. Auf Konsolen waren Tastenfelder zum Entriegeln von Türen angebracht und mehre PC-Tastaturen standen dort. Links von ihm befand sich ein Regal mit vielen verschiedenen großkalibrigen Waffen. Als Peter einen genaueren Blick auf die Monitore warf, wurde ihm klar, warum man hier unter Umständen großkalibrige Waffen und Granaten brauchte. Auf einem Bildschirm wurden neben- und untereinander Aufnahmen aus den Zellen gezeigt, in denen die früheren Probanden untergebracht waren. Etwa zwanzig dieser Versuchsobjekte waren dort eingesperrt. Es glich einem Horrorkabinett. Er sah Menschenaffen, die normalerweise schon sehr muskulös waren, mit unnatürlichen Muskelbergen. Mit Schaum vor dem Mund rammte einer von ihnen unentwegt aggressiv die Wände mit seiner Schulter. Er sah Kreaturen, die früher einmal Menschen und nun so muskulös waren, dass sie kaum noch wie Menschen aussahen. Einige wenige waren regelrecht degeneriert. Doch eines hatten sie alle gemeinsam. Man sah ihnen an, wie unglaublich aggressiv sie waren. Peter konnte kaum fassen, was er dort vor sich sah. Wie konnten Menschen so etwas nur anderen Menschen und anderen Lebewesen antun?

Er schaute auf die Konsole vor sich und drückte auf die Knöpfe zum Entriegeln der Zellen.

Peter vermutete, dass es irgendwie eine Notfallentriegelung für die Türen der gesamten Anlage geben musste, zum Beispiel für die Laborbereiche, damit die Mitarbeiter bei Notfällen nicht eingeschlossen waren. Und tatsächlich fand er diesen Schalter. Als Peter auf den Knopf drückte, öffneten sich alle Türen der gesamten Anlage aber gleichzeitig ertönte überall eine Alarmsirene. Peter hoffte, dass es Harold und Dr. Klein gelungen war, den Zugang zu dem Bereich, in dem sie sich versteckten, zu verbarrikadieren.

Die Mutanten wussten zunächst nicht so recht, wie ihnen geschah, als sich die Türen öffneten. Doch nach und nach verließen sie ihre Zellen. Manche fingen schon auf dem Gang an, sich gegenseitig zu attackieren. Andere traten die Flucht nach vorne an, als sie erkannten, dass der Weg frei war. Schon bald würden die ersten von ihnen die Labore erreichen. Die Mitarbeiter dort ließen sich nicht wirklich von der Sirene aus der Ruhe bringen. Möglicherweise hatte es solche Alarme schon öfter gegeben, ohne dass ein tatsächlicher Notfall vorlag. Die verbliebenen Wachen machten sich ohne große Eile auf den Weg zum Zellentrakt, um dort nach dem Rechten zu sehen. Ein Mann bog gerade um eine Ecke, als vor ihm ein riesiger Gorilla auftauchte. Gegenüber

mächtigen Tier wirkte der Mann wie eine zierliche Spielzeugpuppe. Mit vor Schreck weit aufgerissenen Augen und unfähig sich zu bewegen, starrte er den Gorilla an. Dieser fackelte nicht lange, packte mit seiner riesigen Pranke den Kopf des Mannes und zertrümmert den Schädel wie eine reife Melone, indem er ihn mit brachialer Gewalt gegen die Felswand hämmerte. Der Gorilla warf daraufhin den leblosen Körper zu Boden und malträtierte ihn so lange mit wilden Faustschlägen, bis nichts weiter als ein blutiger Klumpen übrig blieb. Dann verlor er sein Interesse und setzte seinen zerstörerischen Weg fort. Peter erkannte auf dem Monitor, dass zwei weitere Wachen sich auf das Tier zubewegten, während in den Laboren das Chaos losbrach, als die ersten aggressiven Mutanten anfingen, dort ihr mörderisches Werk zu beginnen. Als Peter sah, was dort geschah, bereute er es sofort, dass er diese Monster aus ihren Zellen gelassen hatte. Natürlich war es schlimm, was hier in diesem Labor an rücksichtslosen Experimenten durchgeführt wurde. Aber als er sah, was nun mit den Mitarbeitern dieser Einrichtung geschah, und wie qualvoll sie teilweise zu Tode kamen, wurde ihm bewusst, dass er zu weit gegangen war. Doch er konnte ihnen nicht mehr helfen. Dafür war es zu spät. Wie eine biblische Urgewalt brachen die Mutanten über den Laborbereich hinein.
Schuldbewusst wandte er den Kopf ab und machte sich bereit, die Anlage zu verlassen. Sein Fluchtweg war frei, aber er musste sich beeilen, um nicht ebenfalls den Mutanten in die Hände zu fallen. Er hastete zu dem Waffenregal, griff sich eine Schrotflinte und reichlich Munition und verließ den Sicherheitsraum. So schnell er konnte, sprintete er den angrenzenden Gang entlang in Richtung Haupthalle, wo sich der Aufzug befand. Rechts von ihm lagen durch Glasscheiben getrennt, einige einzelne Laborräume. Plötzlich zerbarst vor ihm eine der Scheiben und eines der geflohenen Wesen landete ein Stück weit vor ihm. Peter stoppte abrupt und legte das Schrotgewehr an. Was er sah, ließ ihn vor Schreck erstarren. Vorhin auf dem Monitor hatten die Wesen schon furchteinflößend ausgesehen, doch jetzt in Natura waren sie noch viel furchteinflößender. Vor sich sah er ein Wesen, welches vermutlich mal ein Mensch gewesen war. Berge von Mus-

keln überzogen den gesamten Körper. Der Rücken war gekrümmt, sodass das Geschöpf sich nur noch auf allen Vieren fortbewegen konnte. Das Gesicht war seltsam aufgedunsen und in den Augen sah er nichts Menschliches mehr, sondern nur animalische Mordlust. Peter fackelte nicht lange und feuerte eine Ladung Schrot ab. Doch genau so gut hätte er auf ein totes Stück Fleisch schießen können. Unbeeindruckt von dem Schuss setzte der Mutant zum Sprung an und machte einen riesigen Satz auf Peter zu. Reflexartig tauchte er unter dem Mutant weg und schoss von hinten erneut auf ihn. Diesmal zeigte der Schuss Wirkung. Der Mutant jaulte auf, drehte sich um und wollte schon wieder angreifen. Doch wieder schoss Peter. Und wieder, und wieder, bis der Mutant röchelnd zusammenbrach. Peter ging hinüber, hielt den Lauf des Gewehrs an dessen Kopf und drückte ab. Er hatte es geschafft, dieses Viech zu erledigen. Eines war jedoch klar. Bei der Rettung von Harold und Dr. Klein würde eine enorme Schusskraft nötig sein, um die anderen Wesen erledigen zu können. Peter wandte sich ab und raste so schnell er konnte in Richtung der Aufzüge.

Als er die Haupthalle erreichte, waren dort weder Menschen, noch Mutanten zu sehen. Er rannte zum Aufzug und betrat die Kabine, welche rundherum nur aus einfachen Metallgittern bestand. Peter drückte den Fahrknopf. Fast in Zeitlupe schloss sich die Tür und gähnend langsam setzte sich der Aufzug in Bewegung. Er wusste nicht, wie weit er schon in Richtung Oberfläche gelangt war, als der Aufzug stehen blieb und das Licht ausging. Stromausfall. Vermutlich war bei dem Chaos die Stromversorgung beschädigt worden. Peter tastete an der Aufzugdecke herum und fand ein Klappe, die er öffnen konnte. Schummriges Licht fiel von oben hinein. Er musste nahe der Oberfläche sein. Peter kletterte auf das Dach der Kabine, packte eines der dicken Stahlseile, an denen der Aufzug hing und begann, nach oben zu klettern. Schweiß rann ihm aus allen Poren, weil es in dem Schacht heiß und stickig war. Nach einer gefühlten Ewigkeit erreichte er endlich die Oberfläche. Er kletterte bis dort, wo die Seile befestigt waren, drückte sich ab und landete an der Kante, an der normalerweise der Aufzug ebenerdig hielt. Er befand sich in einer gro-

ßen Höhle. Hier war die Stromversorgung noch intakt oder es gab ein Notstromaggregat, denn der Bereich wurde von großen Strahlern auf Stativen ausgeleuchtet. Vor sich, etwa fünfundzwanzig Meter entfernt, hatte man ein elektrisches Rolltor angebracht. Das musste der Ausgang sein. Um ihn herum standen mehrere Hummer Geländewagen in der Militärversion. Wachen konnte er auf Anhieb keine sehen. Allerdings stand etwas Abseits ein Holzverschlag mit einer Tür. Gut möglich, dass das eine Art Aufenthaltsraum für Wachleute war. Aus diesem Grund schlich Peter leise und geduckt zwischen den Autos zum Rolltor. Rechts daneben war eine Schalttafel zum Öffnen angebracht. Peter drückte einen grünen Knopf und hoffte inständig, dass sich das Tor leise öffnen würde. Doch das tat es nicht. Es setzte sich mit einem lauten Quietschen in Bewegung. Und tatsächlich kamen aus dem Holzverschlag zwei bewaffnete Wachen, die durch den Lärm aufgeschreckt waren. Von dem, was unter ihnen gerade geschah, hatten sie scheinbar nichts mitbekommen. Als sie Peter erblickten, eröffneten sie ohne Fragen zu stellen aus ihren Schnellfeuergewehren das Feuer, trafen Peter auf die Entfernung jedoch nicht.
Die Wachleute hatten wegen den gefangen gehaltenen Mutanten den ausdrucklichen Befehl, auf alles zu schießen, was unangemeldet aus dem Aufzug oder dem Aufzugschacht kam. Und das taten sie nun, obwohl Peter eine Uniform trug.
Gebückt sprintete Peter zu einem Hummer direkt in seiner Nähe, öffnete die Tür, welche glücklicherweise nicht abgeschlossen war und kletterte ins Innere. Einen Schlüssel konnte er nicht finden, sodass er gezwungen war, den Wagen kurzzuschließen. Mit einem lauten Brummen erwachte der mächtige Dieselmotor zum Leben. Dutzende Kugeln schlugen in das Blech ein. Die Seitenscheibe zerbarst und überschüttete Peter mit Glasscherben. Zum Glück bekam er keine Splitter in seine Augen. Das Tor hatte sich mittlerweile weit genug geöffnet und Peter gab Vollgas. Der Hummer setzte sich in Bewegung, doch das Fahrzeug war kein Sportwagen. Träge rollte der Hummer an.
„Komm schon du Scheißkarre!", fluchte er, während das Blech

von Kugeln regelrecht durchsiebt wurde. Dann endlich kam der Dieselmotor auf Drehzahl und die Beschleunigung zog an.

Als Peter das Tor passierte, sah er links von sich Tageslicht, woraufhin er das Lenkrad herumriss und in Richtung des Lichts fuhr. Nach einhundert Metern gelangte er endlich ins Freie und schlug die Richtung ein, die Harold ihm genannt hatte, um nach Kingman zu gelangen. Er hatte es geschafft zu entkommen. Doch etwas machte ihm Sorgen. Sein Herz hämmerte wie wild in seiner Brust und heftige Schmerzen breiteten sich dort aus. Seine Atmung beschleunigte sich unnatürlich und er drohte, zu hyperventilieren. Er erinnerte sich an Dr. Kleins mahnende Worte, laut denen er mit seinen Kräften haushalten müsse. Die Flucht hatte ihn scheinbar überanstrengt, und nun hoffte er, dass sein Körper diese Anstrengung wegstecken würde. Es wäre doch eine zu große Ironie des Schicksals, dass ihm die Flucht aus diesem Höllenloch gelang, nur um anschließend einem Herzversagen zu erliegen. Verzweifelt versuchte er, seine Atmung zu beruhigen und bei Bewusstsein zu bleiben.

20

Melody Mureaux saß gemeinsam mit Neo Marsten in dessen Stretch-Limousine. Sie waren auf dem Weg zu einem Geschäftstermin. Da Melody Neo gegenüber saß, beobachtete sie ihn eingehend, was ihm nicht aufzufallen schien. Er saß dort unbeteiligt und mit einem düsteren Gesicht in Gedanken verloren. Wie Melody wusste, war das normal für Neo. Unter Menschen war er unterhaltsam, eloquent und charmant. Im Prinzip „Everybody's Darling". Doch sobald sie alleine waren, zog er sich vollkommen in seine - nach seinem Gesichtsausdruck zu urteilen - düstere Gedankenwelt zurück. Sie hatte erkannt, dass all das, was Neo Marsten in der Öffentlichkeit von sich zeigte, nur Fassade war. Er war nicht der kalifornische Sunnyboy. Das war nur eine Rolle, die er spielte.

Melody konnte in Männern lesen, wie in einem offenen Buch. Das war der Grund dafür, warum sie in der Lage war, jeden Mann so zu manipulieren, dass er ihr gab, was immer sie wollte. Deswegen hatte sie es immer geschafft, reiche Männer um den Finger zu wickeln und sich von ihnen eine Zeit lang aushalten zu lassen. Das Schönste war, dass diese Männer noch nicht mal bemerkten, wie ihnen geschah. Manche von ihnen liefen ihr teilweise heute noch hinterher. Doch bei Neo Marsten war das anders. In ihm konnte sie nicht lesen, wie in einem offenen Buch. Und er ging auch nicht auf ihre Avancen ein. Männer schmolzen in ihren Händen für gewöhnlich, wie Butter in der Sonne. Er allerdings nicht. Er hatte sie als Assistentin eingestellt. Als repräsentative Assistentin. Das war alles. Er bezahlte sie gut und ansonsten lief zwischen ihnen gar nichts. Keine verstohlenen Blicke, keine sexuellen Spannungen. Nur ein ganz normales Beschäftigungsverhältnis. Natürlich tuschelten Außenstehende darüber und eigentlich war für alle klar, dass zwischen Neo und Melody etwas laufen musste. Warum sonst hätte Neo sie wohl eingestellt? Und Neo machte sich nicht die Mühe, das zu dementieren. Es gehörte zu seiner Rolle. Genau so, wie das Flirten und Abschleppen von Starlets im Wave. Melody war von Natur aus neugierig und hatte dementsprechend auch ein Interesse daran, was ihr Chef in seiner Freizeit so trieb, weswegen sie ihn häufiger verfolgte. Bei diesen Observierungen hatte sie gesehen, wie er junge Frauen abschleppte. Ihr war das egal. Wenn er auf blutjunge Flittchen stand, dann war das in Ordnung für Melody. Sie war dieser Sache dann auch nicht weiter nachgegangen und hatte ihn mit seinen Eroberungen ziehen lassen, ohne ihn weiter zu verfolgen. Andere beim Sex zu beobachten war nun wirklich nicht ihr Ding.
Melody hatte noch nicht herausfinden können, was genau in Marsten vorging, was ihn antrieb und welche Pläne er verfolgte. Manchmal allerdings, in gewissen Momenten, da ließ er unbeabsichtigt den Vorhang für eine Millisekunde fallen. Und dann hatte Melody das Gefühl, in einen tiefen, schwarzen Abgrund zu blicken. Neo Marsten war gefährlich. Das erkannte sie in diesen kurzen Augenblicken. So sehr er nach außen hin auch den Sunnyboy markierte, so sehr schien gleichzeitig seine Seele zerrissen

zu sein. In gewisser Weise hatte Melody sogar Angst vor ihm. Sie war überzeugt davon, dass er keine Skrupel hatte, Menschen zu töten. Belege dafür hatte sie nicht. Es war nur so ein Bauchgefühl. Und auf ihr Bauchgefühl konnte sie für gewöhnlich verlassen. Sie stellte sich vor, wie er sein falsches gespieltes Lächeln zeigte und seinem Gegenüber lächelnd die Kehle durchschnitt. Bei diesem Gedanken erschauerte sie und bekam eine Gänsehaut. Am liebsten hätte sie gekündigt und möglichst viel Abstand zwischen sich und Neo Marsten gebracht. Doch was niemand wusste, war die Tatsache, dass Melody Mureaux eine Diebin war. Sie hatte sich nicht nur von reichen Männern aushalten lassen, sondern sie auch bestohlen, ohne dass diese jemals Melody verdächtigt hatten. Melody war nur das hübsche Kätzchen für diese Männer, aber bestimmt keine Diebin. Und diesen Umstand hatte sie gnadenlos ausgenutzt. Teurer Schmuck, Kunst oder auch Firmengeheimnisse, die sie an andere Firmen verkaufte, standen auf ihrer „Einkaufsliste". Und genau deswegen war sie jetzt bei Neo Marsten. Ihr waren Dinge zu Ohren gekommen. Gerüchte. Nicht mehr als ein leises Flüstern. Es gab ein Unternehmen namens NewTec Pharmaceutical. Dieses Unternehmen war eine ziemlich große Nummer bei der Entwicklung neuer Medikamente und auch in der Gen-Forschung. Das war offiziell bekannt. Doch was in der Öffentlichkeit niemand wusste war, dass die Firma NewTec Neo Marsten gehörte. Ein Informant hatte das Melody zugeflüstert. Und er hatte gesagt, dass NewTec ein unglaublicher Durchbruch bei der Gen-Forschung bezüglich des menschlichen Körpers gelungen war. Eine Formel, die wirklich bahnbrechend war. Ihr Informant war leider getötet worden kurz nachdem er Melody davon erzählt hatte. Dieser Vorfall verlieh dem Gerücht Gewicht. Irgendetwas musste daran sein und irgendjemand wollte diese Sache unbedingt geheim halten. Melody würde herausfinden, ob an diesen Gerüchten etwas dran war. Falls es diese Formel gab, dann war sie Milliarden wert. Und von diesen Milliarden wollte Melody ein gehöriges Stück abhaben. Dass Neo nicht auf ihre übliche Taktik der Verführung eingegangen war, ärgerte sie zwar und war ein Rückschlag, aber kein unüberwindbares Hindernis für Melody. Sie würde einfach Geduld haben und die Augen offenhalten müssen. Dann würde sie das Geheimnis um Neo Marsten und die Formel schon lüften.

Als Melody kürzlich von Chris Jordan erfuhr, dass sich das ISOS Team seines Kumpels Peter Crane am Schutz von Gouverneur Johnson beteiligen würde, war sie sehr aufgeregt gewesen. Doch dann bekam sie mit, dass Peter selber gar nicht dabei sei, worüber sie sehr enttäuscht war. Melody hatte Peter vor einigen Jahren an der Côte d'Azur kennengelernt. Sie hatte natürlich schnell herausgefunden, dass Peter Geld hatte, jedoch nicht, was er beruflich machte. Doch Peter war anders, als die anderen. Er war nicht einer dieser Poser, wie man sie an der Côte zuhauf fand. Leute, die sich über ihr Geld definierten und sich toll fanden, wenn sie tausend Euro Flaschen Champagner tranken. Leute mit viel heißer Luft um nichts.

Peter war reich, doch das ließ er nicht raushängen. Und Melody fand, dass er unter den treuen Anhängern des Jetsets fast schon wie ein Fremdkörper wirkte. Die anderen schlürften Champagner während er ein Bier bevorzugte. Wo andere sich Kaviar und Austern gönnten - Hauptsache teuer -, begnügte sich Peter mit einem Club-Sandwich. Und wo es bei den anderen einen regelrechten Kampf darum gab, wer das beste, tollste, auffälligste und schnellste Auto hatte, fuhr Peter ein vergleichsweise preiswertes BMW Cabriolet.

Und weil er anders war, hatte Melody sich sofort zu ihm hingezogen gefühlt. Die beiden hatten zufälligerweise im selben Hotel gewohnt und waren sich abends an der Hotelbar über den Weg gelaufen. Er saß dort leger gekleidet mit Shorts und Polohemd und trank ein kühles Bier. Als Melody den Raum betrat, war er ihr ins Auge gefallen. Sie fand ihn sofort überaus attraktiv. Melody war es gewöhnt, dass Männer sich regelrecht den Hals verdrehten, wenn sie einen Raum betrat. Doch Peter tat das nicht. Das brachte in ihr ihren Eroberungstrieb zum Erwachen. Sie setzte sich zu ihm und sprach ihn an. Im Laufe des Abends geschah dann etwas, was sie so von sich überhaupt nicht kannte. Sie entwickelte eine ehrliche Zuneigung zu diesem Mann. All die reichen Männer, die sie sonst so kennenlernte, hatten ihr über-

haupt nichts bedeutet. Sie hatte sie ohne schlechtes Gewissen um etwas von ihrem Geld erleichtert und danach einfach fallen lassen. Bei Peter kam ihr dieser Gedanke nicht mal ansatzweise. Sie beide verbrachten einfach nur einen schönen Abend an der Bar und lachten und tranken gemeinsam. Zum ersten Mal in ihrem Leben fühlte sie sich richtig lebendig. Und am Ende des Abends trennten sie sich und jeder ging auf sein Zimmer. Andere hätten versucht, mit Melody im Bett zu landen. Peter jedoch war ganz Gentleman. Er brachte sie zu ihrem Zimmer, wünschte ihr eine gute Nacht und hauchte ihr nur einen Kuss auf die Wange, bevor er sich auf den Weg zu seinem Zimmer machte.
Am nächsten Morgen klingelte ihr Telefon. Peter war dran und fragte, ob sie mit ihm frühstücken wolle, was sie bereitwillig und freudig bejahte.
Sie verbrachten in den kommenden Tagen viel Zeit gemeinsam, und mit und mit entwickelte sich zwischen ihnen eine Beziehung. Dann kam der Tag des Abschieds. Peter musste geschäftlich verreisen und der Abschied fiel Melody schwerer, als sie es sich eingestehen wollte. Nachdem er weg war, fühlte sie sich deprimiert. Sie war übellaunig und hätte sich am liebsten den ganzen Tag in ihrem Zimmer verkrochen. Doch nach einigen Tagen kam sie morgens nach dem Frühstück in ihr Zimmer kam und fand dort einen Brief von Peter vor. Im Umschlag war ein Flugticket nach Miami und eine kurze Notiz:
„Hallo Melody. Hast du Lust, ein paar Tage mit mir in Miami zu verbringen?"
Natürlich hatte sie Lust und schon am Nachmittag saß sie im Flugzeug nach Miami. Es war nicht das erste Mal, dass ihr jemand einen Flug bezahlte. Nur nahm sie das bei anderen aus Kalkül an, bei Peter tat sie es jedoch aus Zuneigung zu ihm.
Und so setzte sich ihre Beziehung in dieser Art und Weise über mehrere Monate hinweg fort. Er ging auf Geschäftsreise und wenn er seine Geschäfte erledigt hatte, kam Melody nach.
Peter erwies sich als äußerst großzügig ihr gegenüber. Sie fühlte sich deswegen ehrlich geschmeichelt und zum ersten Mal nutzte sie einen Mann nicht aus, sondern nahm diese kleinen Aufmerksamkeiten von Peter als Kompliment an. Und sie mochte seine

Gesellschaft. Er war witzig, charmant und ein guter Zuhörer. Manchmal allerdings bemerkte sie an ihm eine tiefe Traurigkeit, doch sie fragte nie, was ihn bedrückte. Nicht, weil es sie nicht interessiert hätte, sondern einfach, weil sie selber in ihrem Leben viel Tragisches und Trauriges erlebt hatte, und sie anderen deswegen weder Trost spenden konnte noch wollte. Nach wie vor wusste Melody nicht, was Peter beruflich machte. Er sprach nie darüber und es interessierte sie auch nicht wirklich.

Irgendwann kam der Punkt in ihrer Beziehung, an dem Melody sich entscheiden musste. Wollte sie ihr altes Leben als Betrügerin und Diebin aufgeben, um ihre Beziehung mit Peter langfristig weiterzuführen? Oder sollte sie ihn verlassen? Letztlich kam Melody nicht gegen sich selber an. Sie wollte es nicht zulassen, dass ein Mann sie verletzen konnte. Zwar traute sie Peter, doch grundsätzlich war auch er nur ein Mann und Melody wusste nur zu gut, wozu Männer fähig waren. Darüber hinaus konnte sie sich nicht damit abfinden, ihr altes Leben hinter sich zu lassen. Sie genoss es viel zu sehr, auf Beutezug zu gehen. Auch wenn es ihr schwer fiel, so verließ sie Peter letzten Endes. Die Diebin in ihr hatte gesiegt.

Als sie mit ihm Schluss machte, war er sichtlich überrascht, denn damit hatte er nicht gerechnet. Er akzeptierte ihre Entscheidung und ließ sie ziehen. Melody ging in ihr altes Leben zurück, doch vergessen konnte sie Peter nie. Er war der einzige Mann, zu dem sie je eine ehrliche Zuneigung empfunden hatte. Ob es sogar Liebe war, konnte sie nicht sagen. Manchmal fragte sie sich, ob sie überhaupt fähig war, wahre Liebe zu empfinden.

Monate später erfuhr sie durch Zufall, was Peter beruflich machte. Einer ihrer Liebhaber, der in zwielichtige Geschäfte verstrickt war, hatte eine Auseinandersetzung mit einer Organisation namens ISOS. Und in diesem Zusammenhang fiel der Name Peter Crane, der ihrem Liebhaber wohl erheblich zusetzte. Melody war zunächst mehr als überrascht, denn damit, dass Peter ein Geheimagent war, hätte sie nie gerechnet. Doch es erklärte natürlich Peters häufige lange Reisen. Im Endeffekt fühlte sie sich dadurch bestätigt darin, mit ihm Schluss gemacht zu haben. Diebin und

Geheimagent waren kaum eine gute berufliche Basis für eine Beziehung.
Melody hatte Peter nie mehr wiedergesehen, doch sie ahnte, dass er ihr möglicherweise schon bald über den Weg laufen würde.

Das Klingeln von Neo Marstens Telefon riss Melody aus ihren Gedanken. Sie schaute Neo an, welcher das Telefonat annahm. Schweigend lauschte er, während sich seine Miene zusehends noch mehr verdunkelte, bis er vor Zorn mit den Zähnen knirschte. Als das Telefonat beendet war, sah Neo aus, wie ein Vulkan vor dem Ausbruch. Wohlweislich verkniff sich Melody, ihn anzusprechen. Sie hatte bis jetzt nur einmal erlebt, dass etwas oder besser jemand, diese Reaktion bei einer anderen Person hervorrief. Und das war, als Peter Crane ihrem damaligen Geliebten zusetzte, und sie fragte sich, ob vielleicht auch jetzt Peter dahinter steckte? Doch diese Möglichkeit erschien ihr dann doch zu weit hergeholt.

21

In der geheimen Forschungseinrichtung wollten die Wachen mit einem Auto hinter dem flüchtenden Peter Crane her. Gerade als sie in eines der Fahrzeuge einstiegen, wurde die Höhle plötzlich von einem heftigen Erdbeben erschüttert. Staub rieselte von der Decke und Risse zeigten sich im Felsgestein. Nach einigen Sekunden war das Getöse wieder vorbei. Vor Schreck unfähig sich zu rühren, schauten sich die beiden Männer ängstlich an.
„Was zum Geier war das?", fragte der eine mit schriller Stimme.
„Keine Ahnung.", sagte der andere und zuckte die Schultern.
„Vielleicht ein Erdbeben. Hoffentlich stürzt die Höhle nicht ein. Selbst hier oben haben wir noch Tonnen von Felsgestein über uns."
Mit weit aufgerissenen Augen musterten die beiden das Gewölbe über ihnen.

„Es sieht nicht danach aus. Und jetzt ist auch wieder alles ruhig. Ich denke, wir sind sicher."

Beide atmeten tief durch.

„Sieh mal! Der Aufzugschacht ist dunkel.", bemerkte einer der Wachmänner.

„Hm. Vielleicht ein Stromausfall!?"

„Ja, vielleicht. Oder es steckt etwas viel Schlimmeres dahinter. Bei den ganzen Mutanten da unten weiß man ja nie. Wir sollten uns das auf jeden Fall mal anschauen. Vielleicht wird unsere Hilfe benötigt."

„Und was ist mit dem Flüchtling?"

„Scheiß auf den Flüchtling. Lass uns lieber nach unseren Kameraden sehen."

„Und wie willst du runter kommen?"

„Wir seilen uns durch den Aufzugschacht ab. Die Aufzugkabine hat oben und und im Boden jeweils eine Wartungsluke. So können wir uns bis ganz nach unten abseilen. Seile und Sicherheitsgeschirre für den Notfall sind in der Hütte."

„Gut. Dann lass uns das machen. Aber wohl ist mir nicht bei der Sache…"

Peter Crane raste so schnell es ihm möglich war durch die Wüste in Richtung Kingman. Er musste das Fahrzeug vorsichtig und umsichtig lenken, um nicht durch tiefe Schlaglöcher und Bodenwellen zu fahren und unter Umständen die Kontrolle zu verlieren oder gar einen Achsenbruch zu riskieren. Dementsprechend fuhr er so schnell, wie er es gerade noch für ratsam hielt. Dennoch glich seine Fahrt durch die Wüste einem Ritt auf einer Rasierklinge.

Den Canyon, in dem das Labor lag, hatte er mittlerweile hinter sich gelassen. Er war eigentlich davon ausgegangen, dass die Wachen ihn verfolgen würden. Doch im Rückspiegel war nach wie vor nichts zu sehen. Über den Grund dafür konnte er nur spekulieren. Letztlich konnte es ihm nur recht sein, denn für den Moment war ihm die Flucht geglückt. Allerdings wollte sich darüber keine rechte Freude einstellen. Er hatte einfach noch zu viel zu erledigen. Er musste zu Joan Jaxter. Dann Kontakt zu Nia Coor

aufnehmen und Dr. Kleins Frau retten. Und den Doktor und Harold aus dem Labor befreien. Nicht zuletzt hoffte er natürlich inständig, dass er sein Gedächtnis bald wiedererlangte.
Irgendwie plagte ihn das dumpfe Gefühl, dass die Flucht möglicherweise noch eine der einfacheren Aufgaben an diesem Tag gewesen sein könnte.
Obwohl Peter sich selber ständig ermahnte, sich auf die Fahrt zu konzentrieren, schweiften seine Gedanken immer wieder zu den Geschehnissen im Labor ab. Es war furchtbar gewesen mit anzusehen, wie die Kreaturen auf die Mitarbeiter des Labors losgingen. Diese rohe Gewalt und Aggression. Und genau das schlummerte durch die Experimente, die man an ihm selber durchgeführt hatte, nun auch in seinen Genen. Dieser Gedanke war beängstigend. Zwar schien die Aggressivität bei ihm deutlich abgeschwächt zu sein, doch er hatte Angst, dass sie in stressigen Situationen die Oberhand gewinnen könnte. Dann würde er unberechenbar sein und das durfte unter keinen Umständen passieren. Nicht auszudenken, wenn er in einer blinden Raserei über Unschuldige herfallen würde. Er musste mit allen Mitteln versuchen, die Kontrolle über sich zu behalten. Und das würde schwer genug werden, denn schon jetzt regte sich in ihm ein fast unbändiger Zorn auf die Leute, die das alles zu verantworten hatten. Peter schwor sich, dass er nicht eher ruhen würde, bis er die Verantwortlichen gefunden hatte. Jeden Mitwisser, jeden Geldgeber und den oder die Auftraggeber würde er ausfindig machen und zur Rechenschaft ziehen. Eines war schon jetzt klar: Hinter dem Labor und den Experimenten steckten Leute mit verdammt viel Macht und Geld. Und solche Leute waren gefährliche Gegner. Mit einem grimmigen Gesichtsausdruck konzentrierte er sich wieder voll und ganz auf seine Fahrt durch die Wüste.

Nach kurzer Fahrzeit erblickte Peter vor sich eine verlassene Stadt. Zwar wusste er nicht mehr, dass er bereits dort gewesen war, aber eine tiefe Beklommenheit ergriff wie aus dem Nichts von ihm Besitz. Ihn beschlich das Gefühl, dass an diesem Ort etwas Furchtbares geschehen, und er selber Zeuge davon gewesen war. An irgendwelche Details erinnerte er sich zwar nicht, doch

er erachtete dieses dumpfe Gefühl der Beklommenheit als kleinen Fortschritt auf dem Weg hinaus aus der Amnesie. Peter hätte gerne angehalten, um sich in der Geisterstadt umzuschauen. Doch für einen Stopp war im Moment keine Zeit. Laut Harolds Aussage bestand die Möglichkeit, dass Joan Jaxter in Lebensgefahr schwebte und das hatte absoluten Vorrang.
Peter hatte den Ortseingang erreicht. Er seufzte und passierte die Geisterstadt ohne die Geschwindigkeit zu verringern.

Einige Zeit später entdeckte er am Horizont die Umrisse einer Kleinstadt. Das musste Kingman sein. Harolds und Joans Farm konnte also nicht mehr weit sein. Peter hatte beschlossen, etwas Abseits der Ranch den Wagen zu parken und den restlichen Weg zu Fuß zurückzulegen, um mögliche Eindringlinge nicht durch den Motorenlärm und das sich nähernde Fahrzeug zu warnen. Als er einen kleinen Hügel umrundet, erblickte er die Ranch in etwa zwei Kilometer Entfernung. Peter parkte den Hummer etwas Abseits in einer Mulde, sodass er von Weitem nicht zu sehen war. Er griff sich das Schrotgewehr, welches er aus der Sicherheitszentrale mitgenommen hatte und stieg aus. Die Landschaft rundherum war hügelig. Das würde ihm helfen, ungesehen bis zur Grundstücksgrenze vorzudringen. Peter ging zu einem größeren Hügel direkt vor ihm, robbte ihn hinauf und warf von der Kuppe aus einen genaueren Blick auf die Ranch. Das gesamte Grundstück war umgeben von einem weißen Zaun. Bis dort würde er problemlos unbemerkt vordringen können. Haus und Scheune waren rundherum von Wiesen umgeben, die keinerlei Deckung boten. Peter musste vom Zaun aus zu der großen Scheune gelangen und von dort weiter zum Haupthaus. Doch ohne Deckung war er auf diesem Weg für etwaige Gegner leicht zu entdecken und ein leichtes Ziel. Nachts wäre das kein Problem gewesen, aber es war mitten am Tag und bis zum Einbruch der Nacht zu warten, war keine Option. Zwar konnte Peter auf dem Gelände keine Fahrzeuge sehen, was jedoch nicht bedeutete, dass im Haus oder in der Scheune niemand auf der Lauer lag.
Ein weiteres Problem war seine Bewaffnung. Die Handfeuerwaffe war in Ordnung, aber das Schrotgewehr war nur hilfreich auf

kurze Distanz. Bei einer größeren Entfernung war es jedoch unbrauchbar. Bei einem Feuergefecht mit mehreren gut ausgerüsteten Gegnern würde er mit seiner Bewaffnung jedenfalls nicht allzu lange durchhalten können.
Er musste alles in allem einfach auf etwas Glück hoffen.

Die Sonne brannte heiß an diesem Tag. Am liebsten hätte er die langärmelige Tarnkleidung, welche er der Wache abgenommen hat, abgelegt. Doch sie würde ihm im Gelände zumindest etwas Tarnung verschaffen, weswegen er das Oberteil anbehielt und sich auf den Weg zur Ranch machte.
Er trabte im Zick Zack Kurs zwischen den Hügelketten hindurch und gelangte bis zum Zaun, hinter dem er in Deckung ging. Gegner hatte er keine gesehen und so hoffte er umgekehrt, dass auch ihn niemand gesehen hatte. Er wünschte sich, ein Fernglas zu haben, um das Haus eingehender beobachten zu können. Doch im Auto hatte keines gelegen. Und mit bloßem Auge waren von seiner Position aus trügerische Bewegungen hinter den Fenstern nicht auszumachen. Rund um die Scheune war jedenfalls alles ruhig, weswegen Peter über den Zaun sprang und in geduckter Haltung dorthin lief. Das Stück, welches er zurücklegen musste, kam ihm unendlich lang vor. Nach wie vor herrschte Totenstille auf der Ranch und Peter gelangte unbehelligt zur Scheune. Die Flügel des Tores waren geborsten und die Trümmerteile vor der Scheune verteilt. Es sah so aus, als wäre jemand eilig mit einem Fahrzeug geflohen und hätte sich nicht die Mühe gemacht, das Tor zu öffnen. Gut möglich, dass es Joan war, überlegte Peter. Aber sicher sein konnte er sich dessen nicht.
Mit angelegtem Schrotgewehr huschte er durch das Scheunentor. Seine Augen brauchten einen Moment, um sich an die Lichtverhältnisse zu gewöhnen. Dann schaute er sich um. Es war niemand zu sehen. In der Mitte der Scheune stand ein silberner Ford Explorer, ein wunderschönes, restauriertes Cadillac Eldorado Cabrio in silber mit roten Ledersitzen und rotem Verdeck und ein rotes Lincoln Continental Club Coupé mit V12 Motor aus dem Jahre 1948. Außerdem ein Porsche Cabriolet, dass ihm irgendwie bekannt vorkam, ohne dass er sagen konnte woher. Et-

was Abseits stand eine Hebebühne, die Harold wohl nutzte, um an seinen Oldtimern zu schrauben. Über einer großen Werkbank hingen unzählige Werkzeuge an der Wand.
Die anhaltende Stille machte Peter misstrauisch. Es war einfach zu ruhig. Dann fiel ihm auf, was ihn irritierte. Er hatte neben der Scheune einen großen Pferdestall gesehen. Ein großer Haufen Pferdemist direkt daneben deutete daraufhin, dass in dem Stall tatsächlich auch Pferde gehalten wurden. Doch es waren keine Tiere zu hören. Kein Schnauben, kein Wiehern, kein Huf scharren. Nichts. Peter hatte ein mulmiges Gefühl in der Magengegend. Er ging hinüber und öffnete die Hintertür der Scheune. Vorsichtig schaute er um die Ecke des Türrahmens. Draußen war niemand zu sehen. Er hörte immer noch keine Pferde. Bis zum Pferdestall waren es nur fünf Meter. Peter schlich hinüber und öffnete das Tor des Pferdestalls, welches sich glücklicherweise lautlos öffnen ließ. Als Peter den Raum betrat, schlug ihm ein Geruch entgegen, der ihm, trotz Gedächtnisverlusts, wohlbekannt war. Der metallische Geruch von Blut lag in der Luft und Fliegen summten zuhauf umher. Auf das Grauen, was er dann in den Pferdeboxen sah, war er jedoch nicht vorbereitet. Jemand hatte ausnahmslos alle Pferde erschossen. Das alleine war schon schlimm genug. Doch man hatte die armen Tiere scheinbar absichtlich leiden lassen. Die Pferde wiesen jeweils mehrere Einschüsse an sehr schmerzhaften Stellen auf. Zum Beispiel am Knie. Und anstatt ihnen dann wenigstens noch einen gnadenvollen Tod durch einen Kopfschuss zu gewähren, hatte man sie einfach liegen und sie langsam und qualvoll sterben lassen.
„*Wie krank und sadistisch können Menschen sein?*", fragte sich Peter.
Angewidert von dieser Perversion wandte er sich ab.
Es gab nun zwei Möglichkeiten. Entweder Joan hatte das gleiche Schicksal erlitten. Oder aber sie konnte fliehen und man hatte ihr, für den Fall ihrer Rückkehr, hiermit eine deutliche Nachricht hinterlassen. Beides bedeutete jedoch keine Entwarnung für Peter. Die Leute, welche die Farm überfallen hatten, konnten immer noch hier sein.

Peter wollte nur noch aus dem Stall raus weg von dem Grauen. Als er wieder hinaus ins Freie stolperte und gierig die frische Luft einatmete, hörte er Glas splittern. Dann brach das Chaos über ihn herein. Aus mehreren Schnellfeuergewehren wurde aus den Fenstern des Haupthauses das Feuer auf ihn eröffnet. Die Kugeln verfehlten ihn nur äußerst knapp. Mit Mühe und Not schaffte es Peter hinüber zur Scheune, in der die Autos standen. Auf dem Weg dorthin versuchte er gar nicht erst, das Feuer zu erwidern. Wie er sah, feuerten sechs Männer auf ihn. Der Versuch, diese von seiner Position aus zu erschießen, wäre reiner Selbstmord. Seine Gegner verfügten über die deutlich höhere Feuerkraft und hatten vermutlich auch mehr Munition als er. Seine einzige Option war die Flucht.

Peter sprintete zu dem Porsche. Er stieg ein und warf das Schrotgewehr auf den Rücksitz. Der Schlüssel steckte und heulend erwachte der Motor zum Leben. Mit Vollgas raste er aus dem Scheunentor. Etliche Kugeln trafen das Blech des Fahrzeugs. Dann fiel ihm auf, dass er genau das falsche Fahrzeug gewählt hatte. Wenn er in Richtung Kingman fuhr, dann war er zu lange dem Gewehrfeuer ausgesetzt. Zurück in die Richtung, aus der er gekommen war, um wieder den Hummer zu nehmen, konnte er auch nicht, denn es bestand immer noch die Möglichkeit, dass die Wachen aus der Forschungseinrichtung die Verfolgung aufgenommen hatten. Es blieb ihm nur der von ihm aus kürzeste Weg, welcher ihn durch eine Schneise zwischen zwei Hügelketten mehrere Kilometer hinein in die Wüste führen würde. Und für genau diese Strecke war ein Sportwagen eine denkbar schlechte Wahl. Er hätte für seine Flucht besser den Ford Explorer gewählt. Nun hoffte er, dass er nicht irgendwo mit dem Auto steckenblieb. Endlich war er außer Reichweite des Gewehrfeuers und fuhr so schnell es möglich war durch die Schneise, in der rechts und links neben dem Porsche nur jeweils ein halber Meter Platz war. Das Fahrwerk des Autos ächzte und knarzte. Mehrmals schlugen Peter durch die harte Federung bei Bodenwellen die Zähne aufeinander. Nach einer gefühlten Ewigkeit und nachdem er mehrere Kilometer in dem engen Weg zurückgelegt hatte, erreichte er endlich freies Gelände. Er wollte das Fahrzeug in Richtung

Kingman lenken, um dort die Polizei zu verständigen, als der Motor des Porsche den Hitzetod starb. Peter schaute auf die Temperaturanzeige und fluchte. Sie lag weit im roten Bereich. Der Wagen rollte stotternd aus, woraufhin Peter wütend auf das Lenkrad einschlug. Es gelang ihm kaum, seinen Zorn zu bändigen und sich zu beruhigen. Dicke Schweißperlen liefen seine Stirn hinab. Sein Herzschlag beschleunigte sich rasend und wieder stand er kurz davor zu hyperventilieren. Er ließ von dem Lenkrad ab und versuchte auszusteigen, um an die frische Luft zu kommen und sich zu beruhigen. Doch seine Beine versagten ihm den Dienst, woraufhin er zusammenbrach und röchelnd wie ein Asthmatiker nach Luft gierte. Dieser zweite Anfall war wesentlich schlimmer als der erste und Peter hatte Angst in der unbarmherzigen Wüste zu verenden, wie ein krankes Tier. Doch nach einigen Minuten normalisierten sich sein Herzschlag und seine Atmung glücklicherweise wieder. Mühsam rappelte er sich auf. Ihm war klar, dass er unbedingt seine Flucht fortsetzen musste, auch wenn er am liebsten liegengeblieben wäre. Das war er Dr. Klein und Harold schuldig. Zunächst schaute er sich den Porsche genauer an. Etliche Kugeln hatten ihn durchsiebt und dabei offensichtlich das Kühlsystem des Motors beschädigt. Peter öffnete die Motorhaube, hatte aber wenig Hoffnung den Schaden beheben zu können. Und tatsächlich war der Behälter des Kühlwassers von Kugeln getroffen worden und leer gelaufen. Er hätte das eventuell flicken können, aber ohne Wasser half das wenig und im Fahrzeug fand er keine Flaschen Wasser. Zur Not hätte er zwar das Wischwasser als Kühlerwasser missbrauchen können, aber auch der Behälter war durchsiebt. Es half nichts. Den Wagen musste er gezwungenermaßen stehen lassen und sich zu Fuß auf den Weg durch die Wüste machen.
Peter hatte nichts zu trinken, die Sonne brannte heiß, seine Gegner würden ihn mit Sicherheit verfolgen und bis Kingman war es ein verdammt langer Fußmarsch. Seufzend zog er sein Hemd aus und wickelte es sich zum Schutz vor der Sonne wie ein Turban um den Kopf. Dann griff er sich von der Rückbank das Gewehr und begann den vor ihm liegenden langen und anstrengenden

Marsch. Angst machte ihm jedoch nicht die Wüste - die würde er schon meistern - sondern sein gesundheitlicher Zustand.

22

Am Strand von Malibu lag die Ocean View Clinic, eine Entzugsklinik für Drogen- und Alkoholsüchtige. Zur Straßenseite hin wurde sie von einer hohen Mauer mit einem massiven Tor umgeben, die vor neugierigen Blicken, aber vor allem vor Paparazzi und deren Kameras schützten. Die Patienten der Klinik waren oftmals weltberühmt und legten viel Wert auf Diskretion und Abgeschiedenheit. Denn schließlich wollten sie nicht über ihre Drogensucht und den Entzug in der Yellow Press lesen. Dennoch lagen vor dem Tor sehr häufig Fotografen auf der Lauer, wenn sie einen Tipp bekommen hatten, und hofften, einen Schnappschuss irgendeines Stars machen zu können. Denn Fotos von drogensüchtigen Stars brachten viel Geld.
Das Gebäude selber war eine herrschaftliche Villa, die in den dreißiger Jahren des zwanzigsten Jahrhunderts von einem Filmmogul erbaut worden war. In den unzähligen Zimmern war insgesamt Platz für zwanzig Patienten. Dazu gab es noch einige Zimmer, in denen ehemalige Patienten schlafen konnten, denn einige Ehemalige fungierten als „Pate" und halfen neuen Patienten in den ersten sehr schweren Tagen und Nächten ihres Entzugs. Insgesamt bot die Klinik allen nur erdenklichen Luxus. Mehrere Pools, eine riesige Sonnenterrasse mit Blick auf den Pazifik, einen Wellnessbereich, eine kleine Sporthalle, ein Fitnessstudio und eine Küche, wo ein Sternekoch für die Patienten außergewöhnliche Köstlichkeiten zubereitete. Und über eine Treppe, die die Klippen hinabführte, gelangte man an den Strand. Hier war man jedoch nicht vor fremden Blicken geschützt, weswegen die Stars den Strand meistens mieden.
Während des Aufenthalts in der Klinik war jegliche Art von Kommunikation nach außen verboten. Im Gebäude gab es, außer

im Büro des Leiters, weder Telefon noch Internet. Mitgebrachte Handys, Smartphones, Tablets und Notebooks wurden bei der Anmeldung der Patienten eingesammelt und weggeschlossen. Man bekam seine Geräte erst dann wieder zurück, wenn man die Therapie beendete, sei es weil man clean war, oder weil man den Entzug nicht schaffte und vorzeitig aufgab.

Die Ocean View Clinic galt als die beste und exklusivste Entzugsklinik von Los Angeles. Die Behandlungskosten waren exorbitant hoch und man bekam dort nur einen Platz, wenn man entweder sehr berühmt war oder Beziehungen hatte.

Arif Arsan war weder berühmt, noch hatte er Beziehungen. Rein finanziell konnte er sich den Aufenthalt in der Klinik auch gar nicht leisten. Und doch war er Patient dort. Nia Coor hatte ihm den Therapieplatz besorgt und Peter Crane würde die Kosten übernehmen. Arif war unwohl bei dem Gedanken, seinem Freund so auf der Tasche zu liegen. Als er mit Nia das große Tor passiert hatte und vor sich die riesige Villa sah, da war ihm sofort klar gewesen, dass seine Behandlung dort sehr teuer sein würde. Er hatte Nia gebeten, umzudrehen und ihm eine günstigere Einrichtung zu suchen. Doch Nia ließ sich auf keine Diskussion ein. Sie ignorierte Arifs Einwände und fuhr in aller Seelenruhe zum Haupteingang. Dort stoppte sie das Fahrzeug, stieg aus, zerrte den Türken regelrecht aus dem Auto, drückte ihn zum Abschied freundschaftlich und noch ehe Arif weiter protestieren konnte, war sie auch schon wieder verschwunden. Arif war zu verdutzt, um überhaupt reagieren zu können.

Nachdem Nia außer Sicht war, betrat er mit einem Kloß im Hals dann schließlich das Gebäude. Er kam sich ein wenig so vor, wie ein Lamm, das man zur Schlachtbank führte und er fragte sich, was ihn wohl erwarten würde.

Das Foyer war äußerst prunkvoll. Der Boden war mit feinstem Marmor belegt und von der Decke hing ein ausladender Kristallkronleuchter. Rechts und links führte jeweils eine geschwungene Holztreppe hinauf ins erste Obergeschoss, deren Geländer mit aufwendigen Schnitzereien verziert waren. In der Mitte des Raumes stand ein marmorner Springbrunnen und an der Rückwand, zwischen den beiden Treppen, befand sich die Anmeldung. Arif kam sich vor, wie in einem Film Noir und fühlte sich in die dreißiger und vierziger Jahre des letzten Jahrhunderts zurückversetzt. Doch diese Gedanken wurden von dem plötzlichen Verlangen nach Drogen verdrängt. Arif hatte seit dem Vorfall im Biltmore keine Drogen mehr konsumiert. Er fühlte sich unruhig und missmutig. Schweiß rann ihm den Rücken hinab, obwohl es in dem Gebäude kühl und angenehm temperiert war. Außerdem spürte er eine Gereiztheit, die er in der heftigen Form von sich gar nicht kannte. Der Entzug würde definitiv kein Zuckerschlecken werden.

An der Anmeldung wurde Arif von einer jungen attraktiven Dame Anfang dreißig empfangen. Sie war schlank und etwa 1,60m groß. Ihre dunklen Haare und ihr Teint wiesen darauf hin, dass sie hispanische Wurzeln hatte. Ihr Lächeln sprühte vor Lebensfreude und ließ Arif seine Entzugserscheinungen kurzzeitig vergessen. Sie trug weiße Sneakers, weiße knielange Shorts und ein lachsfarbenes Poloshirt, auf dem oberhalb der Brust ihr Name aufgenäht war. Es schien die Arbeitskleidung des Personals zu sein. Leger und irgendwie passend für Kalifornien.

„Guten Morgen, Mr. Arsan.", begrüßte sie Arif mit warmer, angenehmer Stimme. „Mein Name ist Salma Diaz und ich bin ihre Patin für die Zeit Ihres Aufenthalts. Es freut mich, Sie in unserer Einrichtung begrüßen zu dürfen."

Wieder zeigte sie Arif ihr hinreißendes Lächeln. Es hätte ihn definitiv schlechter treffen können, überlegte er. Er hatte eher mit einem zwei Meter großen und strengem Pfleger gerechnet, als mit einer so netten Person wie Salma. Arif wurde so nervös, dass er kaum ein Wort herausbrachte. Mit dem misslungenen Versuch, sein bestes Lächeln zu zeigen, stammelte er.

„Ja…ähm…H-hallo. Ich…ich b-bin Arif…Arsan. A-aber das wissen Sie ja bereits…"

Am liebsten hätte er sich wegen seiner Unsicherheit ein paar Mal mit einer Pfanne oder Ähnlichem vor den Kopf gehauen. Doch Salma schmunzelte.

„Nur keine Sorge, Mr. Arsan. Ich beiße nicht.", woraufhin Arif ein deutlich besseres Lächeln gelang. „Dann kommen Sie mal mit. Ich zeige Ihnen Ihr Zimmer. Dort werden wir gemeinsam

Ihr Gepäck auspacken. Sie werden sicherlich Verständnis dafür haben, dass ich dabei Anwesend bin, um zu überprüfen, dass Sie keine Drogen mit sich führen."

„Natürlich.", entgegnete Arif, der nichts gegen jede Minute Gesellschaft von Salma hatte. Seinetwegen hätte sie den ganzen Tag in seinem Gepäck rum wühlen können, solange sie in seiner Nähe war.

„Anschließend werden wir einen Fragebogen ausfüllen und sie den anderen Gästen in Ihrer erste Gruppensitzung vorstellen. Haben Sie noch Fragen?"

Arif hatte eigentlich noch jede Menge Fragen. Zum Beispiel die Frage nach ihrer Telefonnummer oder nach einem Treffen auf einen Kaffee, aber er verkniff sich das lieber und schüttelte stattdessen den Kopf.

„Gut, dann lassen Sie uns gehen."

Salma ging vor und Arif fiel sofort ihr grazilter Gang auf und ein leichter Duft ihre Parfums stieg ihm in die Nase. Blicke auf gewisse Körperteile vermied Arif für den Fall, dass Salma sich unvermittelt umdrehen sollte, und so schaute er verkniffen zur Seite. Das hatte jedoch zur Folge, dass er nicht bemerkte, dass Salma plötzlich stehen blieb, woraufhin Arif gegen sie lief. Mit einem Kopf, der die Farbe einer Tomate angenommen hatte, stotterte er:

„OH….V-v-verzeihung. D-das war keine Absicht…"

„Schon gut, Mr. Arsan, das kann passieren.", sagte sie und verzauberte ihn erneut mit ihrem Lächeln.

„Nennen Sie mich Arif.", sagte er und war überaus stolz auf seinen Mut.

„Gerne, Arif. Aber nur, wenn Sie mich Salma nennen.", entgegnete sie zwinkernd.

Das Zimmer, welches Arif zugeteilt wurde, war in etwa fünfunddreißig Quadratmeter groß. Das Kingsize-Bett sah gemütlich aus, der dunkle Teppichboden war flauschig und insgesamt strahlte das Zimmer Behaglichkeit aus. Aus dem Fenster hatte man einen schönen Ausblick auf die Pazifikküste. Im Nebenzimmer befand sich ein kleines Bad mit Dusche. Die Armaturen dort versprüh-

ten den Charme der dreißiger Jahre, wodurch das Bad trotz der eher geringen Größe irgendwie nobel und gediegen wirkte.
Arif warf seine Tasche auf das Bett und begann sie mit Salma auszupacken. Die Pflegerin durchsuchte dabei systematisch Arifs Klamotten und alle Behältnisse nach versteckten Drogen. Doch Arif hatte nichts dabei, was auch nur im Entferntesten einen Rausch hätte verursachen können. Als letztes kassierte sie dann noch Arifs Smartphone ein. Obwohl er einerseits ein gewisses Verständnis für die Notwendigkeit der Durchsuchung und das Handy-Verbot hatte, so brodelte andererseits in ihm ein Vulkan und er musste aufpassen, nicht aus der Haut zu fahren. Er schaffte es jedoch, sich immer wieder zu beruhigen und sich klar zu machen, dass seine Aggressivität in seinem Entzug begründet lag. Außerdem fand er Salma so sympathisch, dass er es sich nicht hätte verzeihen können, wenn er sie angefahren hätte, weil sie ihrer Pflicht nachkam. Und so ließ er sie ohne böses Wort gewähren.
Nachdem Arifs Klamotten verstaut waren und die Formalitäten für seinen Aufenthalt, inklusive Darlegung der Hausregeln seitens Salma, erledigt waren, stand die erste Gruppentherapie-Sitzung auf dem Plan. Diese fand im ehemaligen Wohnzimmer der Villa statt. Wobei „Zimmer" das falsche Wort war. Der Raum war so groß, dass man mühelos eine ganze Wohnung darin unterbringen konnte. Rundherum verzierten aufwendige Säulen die Wände. Die hohe Decke war mit Stuckelementen umsäumt. Wie überall in den Wohnbereichen des Hauses, war auch das Wohnzimmer mit weichem Teppichboden ausgelegt. Der Raum wirkte hell, freundlich und einladend. In einem großen Halbkreis standen mehrere Sessel und Zweisitzer. Die anderen Patienten waren schon da. Arif entdeckte ein Model, eine junge Schauspielerin und einen abgehalftert aussehenden älteren Schauspieler um die fünfzig, welche er allesamt schon mal im Fernsehen oder auf Titelbildern irgendwelcher Zeitungen gesehen hatte. An ihre Namen konnte er sich jedoch nicht erinnern. Außerdem erkannte er unter den Patienten einen ehemaligen Footballspieler. Die anderen anwesenden Patienten waren ihm gänzlich unbekannt, man sah ihnen allerdings an, dass sie Mitglieder der High Society

von L.A. waren. Sie verströmten diesen leichten Hauch von Arroganz und Überheblichkeit, der diesen Leuten so häufig anhaftete. Mit Arif nahmen insgesamt neun Süchtige an dieser Sitzung teil. Er wusste nicht, ob das alle waren oder ob momentan noch andere Patienten im Haus wohnten.
Salma trat vor die Anwesenden, die auf den Sitzgelegenheiten Platz genommen hatten, und ergriff das Wort.
„Hallo, Leute. Wir haben einen Neuankömmling in unserer Mitte. Das ist Arif und er wird sich euch jetzt vorstellen." Salma trat zur Seite, während die Patienten klatschten, um Arif Mut zu machen. Arif trat an Salmas Stelle, schluckte und begann zu reden:
„Hallo. Mein Name ist Arif Arsan und ich bin drogensüchtig…"

Arifs erste Nacht war wie die Hölle. Er wälzte sich in einer Art Dämmerzustand schwitzend und zitternd hin und her. Das Bettlaken war schon ganz nass vor Schweiß. Er litt unter Angstzuständen und Albträumen. In manchen sah er vor seinem geistigen Auge, wie er bei seinem letzten großen Einsatz niedergeschossen wurde. In anderen Träumen, und diese waren viel schlimmer, sah er wie seine Freunde ums Leben kamen. In diesen Träumen versuchte er jedes Mal, sie alle zu retten, doch es gelang ihm nicht. Und immer, wenn die toten Körper seiner Freunde von Schüssen durchsiebt zusammensackten, schreckte er schreiend mit wild schlagendem Herzen hoch. Dann kam Salma herüber, tupfte ihm mit einem kalten Waschlappen die Stirn und redete mit sanfter beruhigender Stimme.
„Ruhig, Arif. Alles wird gut. Sie haben nur schlecht geträumt."
Wenn er dann ihr hübsches Gesicht und ihre gütigen braunen Augen vor sich sah, und dazu ihre Stimme hörte, dann beruhigte er sich sofort wieder und ein wohliges Gefühl breitete sich in ihm aus.
Als Arif im Morgengrauen schon wieder aufschreckte, kam Salma dieses mal nicht zu ihm. Er schaute hinüber zu dem Sessel, in dem sie die Nacht lesend verbracht hatte, und er sah, dass sie eingenickt war. Sie sah so friedlich aus. Am liebsten hätte er ihr noch stundenlang beim Schlafen zugeschaut. Doch er stand auf,

nahm aus dem Kleiderschrank eine Wolldecke und deckte Salma sanft zu. Sie seufzte wohlig und kuschelte sich in die Decke. Verträumt schaute Arif sie an und vergaß dabei fast seine Entzugserscheinungen.

23

In Richard Metz' Villa saß Nia Coor zusammengesunken auf dem Boden in einer Ecke ihres Zimmers. Nun war der Moment, vor dem sie sich solange gefürchtet hatte also gekommen. Sie hatte einen wichtigen Einsatz - und die Vorkommnisse in L.A. waren ohne Zweifel wichtig - während Peter verschollen und ihm möglicherweise etwas Schlimmes zugestoßen war. Nia und Peter war natürlich klar gewesen, dass so etwas passieren konnte. Und Nia hatte immer versucht, sich mental darauf vorzubereiten. Sie hatte sich eingeredet, dass sie professionell genug war, um damit umgehen zu können. Wie sich nun allerdings schmerzhaft zeigte, konnte man sich auf so etwas nicht vorbereiten. Nia hatte Angst. Angst um ihren Peter, und eine lähmende Verzweiflung erfasste sie. Was sollte sie nur machen, falls Peter tot war? Wie würde sie ohne ihn weiterleben können? Als Peter sich damals von ihr trennte, weil er sich die Schuld dafür gab, dass sie so schlimm verletzt worden war, da hatte sie das komplett aus der Bahn geworfen. Doch in der hintersten Ecke ihres Verstandes hatte immer noch ein kleines Fünkchen Hoffnung geglüht, dass sie vielleicht doch wieder zusammenkamen. Außerdem war sie sich ziemlich sicher gewesen, dass Peter sie noch immer liebte. Doch für den Fall, dass Peter sich jetzt nicht nur verirrt hatte, sondern tatsächlich tot war, gab es keine Hoffnung mehr. Sie würde ihn dann nie mehr wiedersehen. Und das würde ihr das Herz brechen.
Nia war sich im Klaren darüber, dass ihr Verhalten letztlich unprofessionell war. Von ISOS Agenten erwartete man, dass sie „funktionierten" und diese Art von zwischenmenschlichen Ge-

fühlen hinten anstellten. Nia hätte eigentlich unten beim Team sein müssen, um ihren Beitrag zur Beendigung des Einsatzes zu leisten. Aber sie konnte sich nicht aufraffen.

Sie fasste den Entschluss, dass sie sich auf die Suche nach Peter machen müsste. Sie würde zwar dadurch das Team im Stich lassen, aber es ging hier schließlich um Peter, und dafür hatten sie sicherlich Verständnis, da sie alle nicht nur Kollegen, sondern auch Freunde waren.

Normalerweise hätte Nia in einer solchen Situation ihre beste Freundin Marie angerufen. Doch seit einigen Monaten hatte Marie sich verändert. Sie meldete sich nicht mehr und Nia hatte keine Ahnung, warum. Nia vermutete, dass es mit Maries neuem Freund zusammenhing. Es war traurig, dass ihre Freundschaft so endete, denn Nia und Marie kannten sich schon von Kindesbeinen an.

Plötzlich klopfte es an der Tür. Nia hatte keine Ahnung, wie lange sie nun schon dort saß.

„Ja…?", sagte sie schwach.

Lilly betrat den Raum. Auch ihr hatte das Verschwinden von Peter und Harold zu schaffen gemacht, denn sie sah blass und traurig aus. Sie schaffte es jedoch besser als Nia, ihre Sorgen zu überspielen und ihre Arbeit zu erledigen. Allerdings hatte sie die emotionale Achterbahnfahrt zwischen Nia und Peter damals mitbekommen und sie wusste, wie emotional Nia sein konnte, weswegen sie vollstes Verständnis dafür hatte, dass sie wegen Peters Verschwinden etwas Zeit für sich benötigte. Sie ging hinüber zu ihrer Freundin, hockte sich vor sie und nahm Nias Hände in ihre.

„Hey, alles klar?", fragte sie sanft.

„Es geht schon so…", seufzte Nia.

„Ich habe eine gute Nachricht für dich!"

Nia wurde hellhörig.

„Jede Minute sollten Tolino und Woodcock am Flughafen von L.A. eintreffen. Der Direktor schickt die beiden. Sie sollen dir helfen, Peter zu suchen."

„Was? Wirklich?" Ihre Miene hellte sich etwas auf. „Der Direktor hat dem zugestimmt?", fragte sie skeptisch.

„Ja, hat er.", sagte Lilly lächelnd. „Er macht sich natürlich selber auch Sorgen um Peter und ihm war wohl klar, dass du dich sowieso früher oder später auf eigene Faust auf die Suche machen würdest."

„Der Gedanke war mir tatsächlich gekommen…", antwortete Nia verschmitzt. „Aber unser Einsatz? Der Gouverneur, Eric Lee und all das. Schafft ihr das alleine?"

„Vin, Frank und ich schaffen das schon. Außerdem ist Vizedirektor Moore ebenfalls auf dem Weg nach Los Angeles. Darüber hinaus steht uns uneingeschränkt die gesamte ISOS L.A. Division zur Verfügung. Also mach dir keine Sorgen um uns. Wir kommen klar. Schau du, dass du unseren Peter findest!"

Nias Lebensgeister waren wieder zum Leben erweckt. Sie wäre am liebsten aus dem Zimmer gestürmt und hätte sich direkt auf die Suche gemacht. Dann fiel ihr Joan ein.

„Wie geht es deiner Mutter?"

„Sie war ziemlich erschöpft. Nachdem sie alles berichtet hatte, ist sie unten auf der Couch eingeschlafen. Sie war unzählige Stunden auf den Beinen und trotz ihrer Sorge um Harold und Peter hat der Schlaf sie dann doch übermannt."

„Etwas Schlaf wird ihr bestimmt gut tun. Und wer weiß, vielleicht finden wir Peter und Harold schneller, als wir denken."

Nia stand auf. „Dann lass uns runter gehen."

Gemeinsam verließen Nia und Lilly das Zimmer.

In dem zur Einsatzzentrale umfunktionierten Esszimmer wurden die beiden von Vin und Frank erwartet. Ihre Einsatzkleidung hatten die beiden Männer mittlerweile abgelegt. Stattdessen trugen sie Anzug und Krawatte. Bei Befragungen von Zeugen machte sich ein förmlicheres Outfit besser, als eine einschüchternde Kampfmontur. Frank standen Anzüge hervorragend und er fühlte sich wohl darin, aber Vin Sparks war einfach nicht der typische Anzugträger. Dauernd nestelte er an der Krawatte herum und das Jacket spannte sich über seine muskulöse und voluminöse Brust. Zudem kannten die anderen Vin eigentlich nur in Kampfmontur oder Tarnkleidung. Ihn in einem Anzug zu sehen, war durchaus eine Überraschung.

Ohne Umschweife ergriff Vin das Wort:
„Nia, sobald Tolino und Woodcock hier sind, machst du dich auf den Weg nach Kingman. Von dort aus startet ihr eure Suche nach Peter und Harold. ISOS L.A. stellt euch dafür einen nagelneuen, von TARC entwickelten Helikopter zur Verfügung. Codename Griffin. Entwickelt auf Basis eines Lasten-Helikopters, wird euch im Heli alles zur Verfügung stehen, was ihr für eure Suche benötigt. Eine voll ausgestattete Kommandozentrale mit Zugriff auf Spionagesatelliten, eine Waffenkammer und mehrere Hummingbird-Drohnen, die euch sicherlich gute Dienste leisten können. Der Griffin befindet sich bereits im Anflug und wird hier auf dem Grundstück landen, um dich aufzulesen. Du solltest also schonmal deine Einsatzkleidung überziehen. Der Pilot heißt Tom Bradshaw, ein guter Freund von mir aus der Army Zeit. Anschließend werdet ihr Tolino und Woodcock am Flughafen abholen und nach Kingman starten. Hast du noch Fragen?"
Nia schüttelte den Kopf und machte sich anschließend bereit für die Suche.
„Lilly, du hast einen ganz besonderen Auftrag. Du wirst bitte Neo Marsten zu den Vorfällen im Biltmore Hotel befragen. Aber sei vorsichtig. Der Mann ist nach außen hin zwar ein Sunnyboy, aber man kommt ohne ausgefahrene Ellenbogen nicht so weit, wie er. Ich habe die Befürchtung, dass dieser Mann ein Wolf im Schafspelz ist. Lass dich also nicht von seiner charmanten Art blenden. Du wirst äußerst geschickt vorgehen müssen, wenn du irgendetwas aus ihm herauskriegen möchtest."
„Verstanden. Ich werde ihm gehörig auf den Zahn fühlen. Wo finde ich ihn?"
„Seine Sekretärin sagt, er sei den ganzen Tag in seinem Firmengebäude Downtown. Du kannst einen von Richards Wagen nehmen, um dorthin zu fahren."
„Liebend gern…", sagte Lilly grinsend, die genau wusste, dass Richard Metz einen beachtlichen Fuhrpark in seiner Garage hatte, und dass sie alle von ihm die Erlaubnis hatten, jeden Wagen nutzen zu dürfen.

„Nun zu dir, Frank. Du wirst mit Lilly fahren und getrennt von Neo dessen Assistentin Melody Mureaux befragen!"
„Halleluja, ich liebe meinen Job.", freute sich Frank, der sich nur zu gut daran erinnerte, wie attraktiv Melody war.
„Freue dich nicht zu früh. Melody Mureaux ist ein harter Brocken. Weltweit haben schon viele Polizeibehörden versucht, sie wegen illegaler Machenschaften und Diebstähle zu überführen, doch sie haben sich an ihr die Zähne ausgebissen. Diese Frau ist mit allen Wassern gewaschen. Es ist seltsam, dass sie im Biltmore Hotel, kurz vor der Ankunft des Gouverneurs, plötzlich verschwand. Da stellt sich die Frage: Warum?"
„Keine Sorge, ich werde meinen betörenden Charme spielen lassen!", scherzte Frank, was die anderen mit lautem Stöhnen quittierten.
„Ich für meinen Teil werde den Gouverneur befragen.", fuhr Vin fort. „Vielleicht bekomme ich von ihm irgendeinen Hinweis darauf, wer es auf ihn abgesehen hat."
Vin schaute die anderen nacheinander an.
„Also Leute, auf geht's!", sagte er.

Nia wartete auf der Rückseite des Anwesens auf die Ankunft des Helikopters. Dort war eine große Wiese, auf welcher der Heli problemlos würde landen können. Sie hatte ihre Einsatzkleidung angelegt. Passend zur Wüste eine Cargohose mit sandfarbenem Camouflage-Muster, die viele Taschen hatte. Einen Hüfthalfter, in der sie rechts und links Glock Handfeuerwaffen mit sich führte. Dazu ein T-Shirt und eine schusssichere Weste, ebenfalls mit Tarnmuster. Zusätzlich würde sie, falls nötig, noch weitere Feuerwaffen aus der Waffenkammer des Griffin mitnehmen. Zwar handelte es sich zunächst „nur" um eine Rettungsaktion, und nicht um einen Kampfeinsatz, aber Nia hatte in ihrer Laufbahn als Agentin gelernt, dass man besser stets auf alles vorbereitet sein sollte. Lieber zehn Mal umsonst die Kampfmontur mit Bewaffnung tragen, als ein Mal unbewaffnet unter Beschuss zu geraten und sich nicht wehren zu können.
Die Angst und Verzweiflung, die von Nia Besitz ergriffen hatten, waren wilder Entschlossenheit gewichen. Jetzt, wo der Direktor

ihr offiziell grünes Licht gegeben hatte, würde sie alles daran setzen, Peter zu finden. Und mittlerweile, nachdem sie in dieses emotionale Loch gefallen war, begann sie wieder, daran zu glauben, dass Peter noch lebte. Sie wusste nicht, was sie dazu gebracht hatte, daran zu zweifeln, denn sie hätte es besser wissen müssen. Peter handelte stets umsichtig und besonnen. Und er war ein akribischer Planer, der nichts dem Zufall überließ. Nia und er hatten gemeinsam viele gefährliche Situationen überstanden und so einige gefährliche Leute hatten bereits erfolglos versucht, Peter auszuschalten. Nia war sich vollkommen sicher, dass deswegen die eher harmlose Suche nach Harold nicht zu Peters Ableben führen würde.

In der Ferne sah Nia den Griffin näher kommen. Die Größe war beeindruckend für einen Helikopter. Die Kabine hatte eher die Ausmaße eines Privatjets, als die eines Hubschraubers. An den Seiten des Rumpfes befanden sich rechts und links zwei massive Arme, an denen die Rotoren ihre Arbeiten verrichteten. Diese arbeiteten in Anbetracht ihrer Größe erstaunlich leise. Nicht nur die Rotoren, sondern auch die Motoren waren eine Konstruktion der TARC Ingenieure. Neben der Fähigkeit leise zu fliegen, verfügte der Griffin auch über eine sehr große Reichweite, denn die Triebwerke waren sehr effizient. Wie ein urzeitlicher Flugsaurier näherte sich der Griffin und landete auf der Wiese.

Aus der Pilotenkanzel stieg ein langer, schlaksiger Mann mit einem Pilotenoverall. Er trug Schnurrbart und hatte eine Igelfrisur. Eine Fliegersonnenbrille durfte natürlich nicht fehlen, wie Nia schmunzelnd zur Kenntnis nahm. Er kam hinüber und schüttelte Nia die Hand.

„Agent Coor, mein Name ist Tom Bradshaw. Sie hatten ein Taxi bestellt?", fragte er.

„Ja, das hatte ich wohl. Freut mich Sie kennenzulernen. Und nennen Sie mich Nia!"

Gemeinsam gingen sie hinüber zum Griffin und Nia stieg ein.

„Willkommen an Bord unserer neuesten Errungenschaft, einem wahren Meisterwerk der TARC Ingenieure, dem Griffin GC1 Helikopter.", sagte Bradshaw grinsend und verbeugte sich wie ein Butler.

„Vielen Dank.", sagte Nia lachend.
Bradshaw bestieg die Kanzel anschließend und startete den Griffin.

In der Garage der Villa hatten sich Lilly und Frank für ihre Fahrt zum Firmengebäude von Neo Marsten einen silbernen Maserati Quattroporte S Q4 ausgesucht. Eine schöne und schnittige Limousine mit V6 Turbo-Motor und 410 PS. Zwar standen in der riesigen Garage unter anderem auch ein Ferrari 458 Speciale A, ein Mercedes SLS AMG oder ein Porsche 911 Turbo S Cabriolet, aber Lilly und Frank wollten es nicht übertreiben. Es sah einfach seriöser aus, wenn sie mit einer Limousine vorfuhren, anstatt mit einem Supersportwagen.
Frank ging hinüber zum Schlüsselschrank, der genau genommen ein in die Wand eingelassener Safe mit Zahlenschloss war, tippte den Code ein und entnahm den Maserati Schlüssel. Er entriegelte das Fahrzeug mit der Fernbedienung, ging hinüber und wollte sich hinters Lenkrad setzen.
„Was gibt das denn?", fragte Lilly im Stil einer strengen Lehrerin.
„Wie, was gibt das denn? Ich fahre!", polterte Frank.
„Das glaubst du auch nur.", entgegnete Lilly bestimmt.
„Fahren ist Männersache.", sagte Frank im Brustton der Überzeugung.
„Nur in deinen Träumen, mein lieber Frank, nur in deinen Träumen. Ich fahre.", entgegnete sie mit einer Stimme, die keinen Widerspruch duldete und sie streckte die Hand aus, um den Schlüssel entgegenzunehmen.
Zähneknirschend gab Frank ihr den Schlüssel, da er wusste, dass Lilly sich nicht davon abbringen lassen würde.
„Willkommen im einundzwanzigsten Jahrhundert.", sagte sie grinsend, setzte sich auf den Fahrersitz und erweckte den Maserati zum Leben.

24

Seit mittlerweile sechzig Jahren führte Joe Stetson eine Tankstelle an einem Teilstück der ehemaligen Route 66. Joe war neunzig Jahre alt. Er hatte weißes, noch volles Haar und war groß gewachsen und kräftig. Zwar trug er ein paar Kilos zu viel auf den Rippen, aber ansonsten war er immer noch sehr fit für sein Alter. In den goldenen Zeiten der 66 hatte das Geschäft gebrummt. Joes Tankstelle war damals die einzige im Umkreis von 100 Meilen gewesen. Er hatte die Tankstelle betrieben und seine Frau Kathy direkt daneben ein kleines Diner. Es waren wundervolle Zeiten gewesen und Joe dachte mit Wehmut daran zurück. Heute war von dem Glanz vergangener Tage nicht mehr viel übrig. Das Diner stand leer und die Tankstelle verfiel langsam. Auch Joes Haus, welches hinter der Tankstelle stand, befand sich in keinem guten Zustand. Und da dieses Stück der 66 etwas abgelegen war und sich heutzutage nur noch selten Leute nach hier verirrten, liefen auch die Geschäfte nicht gut. Es reichte gerade, um sich Essen kaufen zu können, aber große Sprünge waren für Joe einfach nicht drin.
Joes strahlend blaue Augen sahen traurig aus. Vergangenes Jahr war seine Frau Kathy gestorben und seitdem war sein Leben einfach nicht mehr dasselbe. Kathy war eine gütige Person gewesen, und sie hatte alle Menschen, denen sie in ihrem Leben begegnet war, nett und zuvorkommend behandelt. Und dennoch hatte sie in ihrem letzten Lebensjahr unglaublich leiden müssen. Der Krebs hatte in ihrem Körper gewütet und ihr unerträgliche Schmerzen bereitet. Seitdem hatte Joe seinen Glauben an Gott verloren. Wie hatte er seine Kathy nur so leiden lassen können? Das fragte er sich immer wieder verbittert.
Seine Tochter, die in San Francisco wohnte, hatte ihm schon öfter angeboten, zu ihr zu ziehen. Doch Joe konnte sich einfach nicht vorstellen, sein Zuhause zu verlassen. Diesen Ort, den er siebzig Jahre lang mit seiner Kathy bewohnt hatte. Hier hatten sie gelacht und geweint, sich geneckt und geliebt. Und hier hatte sie

ihre Tochter zur Welt gebracht. Für nichts in der Welt würde er diesen Ort aufgeben.

Joe wollte gerade die Hintertür der Tankstelle abschließen, um Feierabend zu machen, als sich von hinten eine Hand auf seine Schulter legte. Erschrocken fuhr er herum und schaute in das Gesicht eines Mannes, der nicht gerade in guter Verfassung war. Die Haut des Mannes war von zu viel Sonne knallrot und seine Lippen aufgeplatzt. Er trug Militärkleidung, die durchgeschwitzt und dreckig war.

„Helfen Sie mir!", röchelte der Mann.

„Meine Güte, was ist Ihnen denn passiert? Kommen Sie rein."

Joe schloss hastig die Tür der Tankstelle wieder auf und geleitete den Mann zu einem alten abgewetzten Schreibtischstuhl in einem winzig kleinen Büro. Auf einem Schreibtisch mit leicht durchgebogener Tischplatte, die an den Rändern abgewetzt war, stapelten sich Briefe, die schon so alt waren, dass das Papier langsam vergilbte. In einem Regal standen Modellautos von Fahrzeugen aus der Mitte des zwanzigsten Jahrhunderts, auf denen sich dicker Staub gesammelt hatte. Auf einem kleinen Beistelltisch lagen Autozeitungen, die ebenfalls weit davon entfernt waren, aktuell zu sein. Genau wie ein Kalender mit getunten Autos, der an der Wand hing. Man fühlte sich in diesem Raum in eine Zeit von vor dreißig oder vierzig Jahren zurückversetzt.

Der Mann nahm erschöpft und dankbar auf dem Stuhl Platz. Joe eilte in den Verkaufsraum und holte aus einem alten Kühlschrank eine kalte Flasche Wasser.

„Hier, trinken Sie."

Der Mann nahm die Flasche entgegen und trank gierig.

„Danke!", sagte er, als der erste Durst gestillt war.

„Wer sind Sie und was verschlägt Sie nach hier?", fragte Joe mit einem neugierigen Ausdruck im Gesicht.

„Mein Name ist Peter Crane. Ich war mit meinem Geländewagen auf einer Tour durch die Wüste und hatte eine Panne."

„So, so.", sagte Joe und schaute auf die Schusswunde an Peters Arm.

„Na gut. Ich merke schon, dass ich Ihnen nichts vormachen kann.", gestand Peter ein. „Was ich Ihnen jetzt sage, mag un-

glaublich klingen, doch ich versichere Ihnen, dass es zu einhundert Prozent der Wahrheit entspricht." Joe schaute Peter erwartungsvoll an. „Ich hatte einen Unfall und habe mein Gedächtnis verloren. Doch damit nicht genug. Ich bin darüber hinaus in einer geheimen Einrichtung in der Wüste gefangen gehalten worden. Zwar gelang es mir, zu fliehen, aber auf der Flucht ist mein Fahrzeug beschädigt worden, weswegen ich gezwungen war, ohne einen Schluck Wasser stundenlang durch die Wüste zu marschieren. Die genauen Details erspare ich Ihnen lieber. Dann bin ich, Gott sei Dank, auf Ihre Tankstelle gestoßen."
Joe musterte Peter eingehend.
„Wissen Sie, Peter, in all den Jahren, in denen ich diese Tankstelle führe, ist das nun wirklich die verrückteste Geschichte, die ich jemals gehört habe! Aber wissen Sie, wenn man so viele Jahre ein Geschäft betreibt und mit Kunden zu tun hat, dann bekommt man ein Gespür für Menschen. Und Sie, Peter Crane, sind ein ehrlicher Mensch. Das sehe ich Ihnen an. Und deswegen glaube ich Ihnen."
Peter atmete erleichtert durch.
„Danke, Joe. Ich freue mich, das zu hören."
„Ich bin ein alter Mann und besitze nicht viel. Aber vielleicht kann ich Ihnen dennoch helfen!?"
„Ich habe viele Dinge zu erledigen und dafür verdammt wenig Zeit. Ich muss unbedingt nach Los Angeles."
„Nach Los Angeles? Sie haben Glück, Peter. Ich fahre einmal im Monat meine Tochter in San Francisco besuchen. Dort bleibe ich dann zwei oder drei Tage und fahre dann wieder zurück. Und wie der Zufall es will, ist morgen der Tag, an dem ich nach San Francisco aufbrechen wollte. Ich könnte für Sie einen kleinen Umweg über L.A. machen."
Peter überlegte kurz. Er hatte kein Geld und er kannte weder Nias noch sonst eine Telefonnummer, unter der er jemanden anrufen konnte, um von hier fort zu kommen. Joe war seine beste, und letztlich einzige Option. Und da Joe ein wirklich sympathischer Mensch war, hatte Peter keinerlei Vorbehalte zuzustimmen.

„Das wäre wirklich großartig von Ihnen. Ich weiß allerdings nicht, wie ich das wieder gut machen soll."
„Ach, keine Sorge Peter. Sie brauchen das nicht wieder gut zu machen. Ich bin ein alter Mann und die Strecke ist lang. Ich freue mich einfach über ein wenig Gesellschaft, und jemanden, der auch mal das Steuer übernehmen kann. Ein Vorschlag. Wir gehen hinüber zum Haus. Dort können Sie duschen und bekommen von mir frische Klamotten. Meine Sachen sollten Ihnen ungefähr passen. Anschließend essen wir eine Kleinigkeit, ruhen uns noch ein wenig aus und dann können wir meinetwegen starten. Wir wären dann etwa in den frühen Morgenstunden in Los Angeles. Ist das in Ordnung für Sie?"
„Auf jeden Fall. So ausgehungert, durstig und dreckig, wie ich bin, habe ich gegen Ihren Vorschlag nichts einzuwenden."
„Gut, dann kommen Sie mal mit."
„Ich denke, da wir beide auf der Fahrt einige Stunden zusammen verbringen werden, können Sie mich auch duzen."
„Einverstanden. Das gilt aber auch für dich!"
Die beiden gingen das kurze Stück sandbedeckten Asphalt hinüber zu Joes Haus. Es war ein kleines, uriges Einfamilienhaus über zwei Etagen, welches aus Holz gebaut war. Zwar war das Holz durch die Trockenheit der Wüste noch in Ordnung, aber dennoch hatte der Zahn der Zeit sichtbar daran genagt, wodurch das Haus im wahrsten Sinne des Wortes alt aussah. Neben dem Haus stand ein Ford F100 Pickup aus dem Jahre 1956. Der ehemals glänzende rote Lack war mittlerweile stumpf geworden und die Chromteile nach Jahrzehnten durch den Wüstensand verkratzt und unansehnlich. Die Weißwandreifen waren allerdings relativ neu und insgesamt schien das Fahrzeug fahrtüchtig zu sein. Peter fürchtete, dass das der Wagen war, mit dem sie nach L.A. fahren würden. Er verkniff es sich jedoch nachzufragen.
„Hier auf der Veranda haben meine Frau Kathy und ich abends nach Feierabend immer noch gemütlich selbstgemachte Limonade getrunken und uns erzählt, was wir am Tag so erlebt hatten. Sie in ihrem Diner und ich in meiner Tankstelle. Kathy und ich sind zusammen zur Schule gegangen. Weißt du, sie war das Mädchen, das ich als allererstes geküsst habe, sie war meine erste und

einzige Freundin und meine einzige große Liebe. Siebzig Jahre lang haben wir hier unser Leben verbracht. Vorher gehörte das alles meinen Eltern, aber sie waren früh bei einem Autounfall gestorben. Und so standen Kathy und ich mit gerade mal zwanzig Jahren alleine da, und mussten uns um alles kümmern, denn auch Kathys Eltern waren früh gestorben. Es war eine schwierige Zeit und wir mussten viel Lehrgeld bezahlen. Aber wir haben es gemeistert und waren glücklich mit dem, was wir taten. Und letztes Jahr ist sie dann von mir gegangen", seufzte Joe und Peter bemerkte, wie eine Träne Joes Wange hinablief. Joe tat Peter unendlich leid. Es musste unglaublich schwer sein, seine Ehefrau nach so vielen Jahren zu verlieren und fortan hier draußen alleine zu sein.
„Das tut mir so leid, Joe."
„Danke, Peter. Verzeih mein sentimentales Geschwafel, aber ich habe selten Gesellschaft hier."
„Das macht nichts, Joe. Ich höre mir gerne Geschichten an."
Joe öffnete die Tür des Hauses und Peter trat ein. Er fühlte sich wie in einem Mausoleum. In der kleinen Diele standen fein säuberlich aufgereiht einige Damenschuhe. An der Garderobe hingen ein Damenmantel und einige Damenhüte. Vor einem Wandspiegel stand ein kleiner Beistelltisch, auf dem eine Bürste lag, an der lange Frauenhaare hingen. Joe hatte es nicht übers Herz gebracht, die Sachen seiner Frau wegzuräumen und man hatte das Gefühl, als würde sie jeden Moment aus einer der Türen treten, sich die Haare bürsten und sich anziehen, um das Haus zu verlassen. Das steigerte Peters Mitgefühl für Joe noch mehr. Und das alles setzte sich im gesamten Haus fort. Überall sah man Dinge, die Kathy gehört hatten.
„Die Dusche ist oben am Ende des Flurs. Geh ruhig schonmal hinauf. Ich lege dir dann frische Klamotten vor die Tür."
„Danke, Joe."
Peter ging hinauf ins Obergeschoss. Man merkte, dass eine Frau im Haushalt fehlte und dass Joe sich nicht um die Hausarbeit kümmerte, denn insgesamt wirkte alles so, als wäre es schon länger nicht mehr geputzt worden. So tanzten auf den Holzdielen die Staubflocken, als Peter zum Badezimmer ging. Auf dem Flur

befanden sich noch zwei weitere Zimmer, deren Türen jedoch geschlossen waren. Eines war mit Sicherheit das Schlafzimmer und das andere vermutlich das Kinderzimmer, überlegte Peter. Als er das kleine Badezimmer betrat, schaltete er zunächst das Licht ein, da es dort nur ein sehr kleines Fenster gab, durch das wenig Licht fiel und draußen bereits die Sonne unterging. Wie ihm auffiel, waren auch im Bad noch Kathys Sachen vorhanden. Auf dem Waschbecken standen zwei Zahnbürsten in einem Becher und oben auf dem Allibert lag ein Lockenwickler. Sowohl an der Dusche, als auch am Waschbecken hingen jeweils zwei Handtücher.

Peter entledigte sich seiner Klamotten und griff sich aus einem Regal ein frisches Handtuch. Er hörte, wie Joe neue Kleidung vor die Tür legte. Den Regler der Dusche stellte er auf kalt und ließ das Wasser laufen. Es war ein harter Tag gewesen und das kalte Wasser würde seinen Lebensgeister neu erwecken. Zunächst war das kalte Wasser ein Schock, denn sein Körper war noch ganz heiß von der Wüstensonne. Doch nach ein paar Augenblicken hatte er sich daran gewöhnt. Die Wunde an seinem Arm brannte durch das Wasser. Behutsam spülte er sie aus und stellte beruhigt fest, dass sie sich nicht zu entzünden schien. Nach der Dusche fühlte sich Peter frisch und erholt. Er ging hinüber zum Waschbecken, öffnete den Allibert und fand dort glücklicherweise Desinfektionsmittel und Verbandszeug. Er desinfizierte die Wunde vorsichtig und verband sie anschließend. Dann ging er zur Tür und nahm die frischen Klamotten. Doch dann hielt er inne. Von unten drangen Stimmen die Treppe hinauf. Hatte Joe etwa unerwartet Besuch bekommen? Oder war es etwas Unerfreuliches? Hastig zog Peter sich die Klamotten über, die ihm glücklicherweise perfekt passten. Er schlich zur Treppe und lauschte.

„…Sind Sie sicher?", hörte er eine fremde Stimme fragen.
„Ja, ganz sicher. Ich habe hier nichts Außergewöhnliches gesehen.", antwortete Joe.
„Ich habe gehört, dass oben bei Ihnen Wasser lief. Haben sie Besuch?", fragte die fremde raue Stimme mit bedrohlichem Unterton."

„Mein Sohn ist hier. Er wollte seinen alten Herrn nochmal besuchen."

Das war Peters Stichwort. Unbekümmert und laut trampelte er die Treppe hinunter.

„Hey, Dad. Was ist denn los, haben wir Besuch?", fragte Peter und schaute den Fremden argwöhnisch an. Es war ein gefährlich aussehender Mann mit Glatze und und einem brutalen Gesichtsausdruck. Er trug zivile Kleidung. Ein graues Jackett, T-Shirt und Jeans. Unter dem Jackett zeichnete sich eine Waffe deutlich ab. Der Mann musterte ihn feindselig. Peter vermutete, dass das einer der Männer war, die ihm auf Joans Farm aufgelauert hatten. Offenbar hatten sie ihn verfolgt und waren seinen Spuren bis hierher gefolgt. Er hatte gehofft, dass sie sich diese Mühe nicht gemacht hätten. Doch er hatte sich getäuscht und dadurch Joe in Gefahr gebracht. Und Peter vermutete, dass dieser Mann bestimmt nicht alleine hier war.

„Alles in Ordnung, Junge. Dieser Herr ist auf der Suche nach einem entflohenen Häftling.", erklärte Joe.

„Aha. Hier ist jedenfalls kein entflohener Häftling.", sagte Peter im Brustton der Überzeugung. „Sie können sich ja sicherlich ausweisen?", fragte Peter bestimmt.

„Sicher."

Der Mann zog aus seiner Gesäßtasche einen Ausweis des U.S. Marshals Service. Peter erkannte sofort, dass das eine Fälschung war.

„Kommen Sie doch rein, Marshal…wie war doch gleich ihr Name?"

„Cooper!"

„Marshal Cooper. Sie sind sicherlich schon den ganzen Tag unterwegs. Wie wäre es mit einem Kaffee? Vielleicht fällt uns ja doch noch etwas ein, was Ihnen helfen könnte!", sagte Peter betont verbindlich.

„Gerne.", knurrte Cooper. Er schob sich an Peter vorbei und folgte Joe in Richtung Küche. Offensichtlich hatte er die Geschichte von Vater und Sohn geschluckt und wähnte sich in Sicherheit. Doch damit lag er falsch. Peter packte mit stählernem Griff Coopers Handgelenk und verdrehte den Arm schmerzhaft auf den Rücken. Gleichzeit legte er den anderen Arm um Coopers Hals.

„Keinen Mucks, sonst bin ich gezwungen, Sie ins Jenseits zu befördern!", zischte Peter.

Cooper nickte.

„Wie viele Männer sind noch hier."

Keine Antwort, woraufhin Peter den Arm noch weiter verdrehte und gleichzeitig den Druck auf Coopers Kehle erhöhte. Joe stand nur da, und schaute ungläubig und verängstigt zu.

„Wie viele?", fragte Peter eindringlicher.

„Sechs…", stieß Cooper mühsam hervor.

„Wo sind sie?" Peter lockert den Griff um Cooper Hals etwas.

„Von hier aus hinter der Tankstelle an der Straße, damit man sie nicht sieht."

„Gut."

Mit der Unnachgiebigkeit einer Schraubzwinge drückte Peter Cooper die Luft ab. Der versuchte alles, um sich zu befreien. Er trat nach hinten aus, versuchte Peter mit seinem freien Arm zu packen, doch es half nichts. Peter gab nicht nach und hielt Cooper so lange umklammert, bis dieser ohnmächtig zusammensackte. Das alles war nicht vollkommen leise vonstatten gegangen, aber Peter war sicher, dass man an der Tankstelle nichts davon gehört hatte. Dann ließ er Cooper zu Boden gleiten. Joe stand immer noch wie versteinert da.

„Joe, hast du etwas, womit ich diesen Typ fesseln kann? Joe?"

„Äh, ja, ja sicher. Was…warum…Wer sind diese Leute?"

„Die sind hinter mir her Joe. Und sie sind brutaler Abschaum. Du kannst dir sicher sein, dass sie versucht hätten uns umzubringen, egal wie hilfsbereit wir gewesen wären."

„O-ok. Ich hole dir etwas Kabelbinder und ein Küchentuch als Knebel. Ist das ok?"

„Ja, bestens."

Joe eilte in die Küche und war innerhalb von Sekunden wieder da. Peter schleifte den Körper in die Küche, fesselte die Hände auf dem Rücken mit Kabelbinder und ebenso die Beine. Er knickte die Beine ein und Verband die Binder an Armen und Beinen miteinander. Das würde es unmöglich machen, dass

Cooper sich befreite. Anschließend steckte er ihm noch das Küchentuch in den Mund.

„Hör zu, Joe. Geh hinauf in eines der Zimmer. Verbarrikadiere die Tür und mach erst wieder auf, wenn du meine Stimme hörst und ich dir sage, dass die Luft rein ist. Hast du eine Waffe?"

„Ja, ich habe ein altes Jagdgewehr."

„Gut, dann nimm das mit. Sollte jemand versuchen, in das Zimmer zu kommen, dann puste ihm die Birne weg."

„Und was ist mit dir?"

„Ich werde mir die Typen draußen vorknöpfen."

„Ohne Waffen?"

„Nein, ich nehme mir die Pistole von Cooper und ich habe draußen noch mein Schrotgewehr versteckt. Ich wollte dich vorhin nicht erschrecken und hatte es unter deinem Truck deponiert. Und nun geh. Wir haben nicht viel Zeit."

Während Joe die Treppe hinaufging, nahm Peter sich Coopers Waffe und verließ das Haus.

25

Frank Thiel und Lilly Jaxter betraten die Lobby des modernen Hochhauses in Downtown L.A., in dem sich Neo Marstens Firmenzentrale befand. Das gesamte Gebäude gehörte Neo Marsten, wie Nachforschungen ergeben hatten. Es war nicht einfach gewesen, an diese Information zu gelangen, denn das Hochhaus war über mehrere Scheinfirmen gekauft und wieder verkauft worden, was bei den Recherchen immer wieder in Sackgassen geführt hatte. Schlussendlich hatte ihr Verbindungsagent in L.A., AoC Kramer, den entscheidenden Tipp von einem Informanten, und Mitarbeiter der Finanzbehörde erhalten. Dort wurde schon seit längerem gegen Neo Marsten wegen seiner undurchsichtigen Geschäfte ermittelt. Bislang allerdings ohne Erfolg. Der Informant bestätigte allerdings, dass dieses Gebäude Neo Marsten gehörte. All das hatte Frank und Lilly argwöhnisch gemacht. Neo

Marsten schien ein Mann voller Geheimnisse zu sein. Die Frage war, was er zu verbergen hatte?

Die Lobby war modern eingerichtet, aber auch irgendwie nichtssagend. In Anbetracht von Neo Marstens Image waren Frank und Lilly davon ausgegangen, dass in diesem Gebäude alles prunkvoll und teuer eingerichtet war. Doch genau das Gegenteil war der Fall. Die Einrichtung war zwar auch nicht billig, aber sehr dezent und zweckmäßig gehalten. Hinter einem eher kleinen Tresen saß eine attraktive brünette Empfangsdame und schaute Frank und Lilly erwartungsvoll an.
„Guten Morgen. Agents Thiel und Jaxter. Wir haben einen Termin bei NeoSec mit Mr. Marsten und Ms. Mureaux.", erklärte Frank.
„Schönen guten Morgen.", sagte die Dame freundlich. „Ich melde Sie an. Fahren Sie doch bitte mit dem Aufzug in den zwanzigsten Stock. Man wird Sie dort erwarten."
„Vielen Dank.", antworteten Frank und Lilly gleichzeitig.
Am Aufzug hing ein Schild, auf dem zu lesen war, welche Firmen in welchem Stockwerk des Gebäudes untergebracht waren. Die Firmennamen waren ebenfalls allesamt nichtssagend und Frank wurde das Gefühl nicht los, dass einige dieser Unternehmen auch nur Scheinfirmen waren. Mit seinem Smartphone machte er ein Foto des Schildes und nahm sich vor, jede der aufgeführten Firmen genauestens unter die Lupe zu nehmen.
Im Aufzug drückte Lilly den Knopf der Etage, in der sich NeoSec befand und gemeinsam fuhren sie hinauf. Oben angekommen wurden sie von Melody Mureaux in Empfang genommen.
„Ms. Jaxter, Mr. Thiel. Es ist mir eine Freude, Sie hier begrüßen zu dürfen!", wobei sie Frank mit einem verführerischen Lächeln bedachte, was Lilly mit einem leicht angewiderten Gesichtsausdruck quittierte. Schon bei ihrem ersten Treffen hatte Lilly Melody als extrem unsympathisch empfunden. Sie konnte es nicht leiden, wenn Frauen nur darauf aus waren, Männer um den Finger zu wickeln, um ihre Vorteile daraus zu ziehen.
Frank jedoch fühlte sich scheinbar sehr geschmeichelt und zeigte Melody sein bestes Frauen-Aufreißer-Lächeln.

„Ms. Mureaux, ich bin äußerst entzückt, Sie wiederzusehen.", entgegnete Frank.

„Typisch Frank!, dachte Lilly amüsiert und begrüsste ihrerseits Melody nur mit einem knappen Nicken.

„Ms. Jaxter, folgen Sie bitte dem Flur hinter mir, bis zu der Tür ganz am Ende. Mr. Marsten erwartet Sie dort bereits. Mr Thiel…"

„Frank, bitte.", unterbrach er sie.

„Frank, bitte folgen Sie mir. Wir beide werden uns in einem der Konferenzräume unterhalten."

„Zu gerne!"

Während Lilly sich auf den Weg zu Neo Marsten machte, folgte Frank Melody. Sie führte ihn in einen verglasten Konferenzraum, bat ihn Platz zu nehmen und schloss die Tür. Anschließend setzte sie sich ihm gegenüber.

„Möchten sie einen Kaffee oder Ähnliches?", fragte sie freundlich.

„Danke, ich brauche nichts.", antwortete Frank.

„Was kann ich denn für Sie tun, Frank?"

Frank staunte wieder darüber, wie unglaublich attraktiv Melody war. Ihr Aussehen, ihre Art sich zu bewegen, ihre Blicke und ihre Stimme waren so dermaßen verführerisch, dass Frank erstmal schlucken musste, bevor er anfangen konnte zu reden.

„Nun…ähm…Melody, ich habe da ein paar Fragen zu den Vorkommnissen im Biltmore Hotel."

„Nur zu, Frank."

„Warum genau waren Sie dort? Weshalb hat Neo Marsten Sie dorthin geschickt?"

„Gouverneur Johnson ist ein wichtiger Kunde von NeoSec und aufgrund der Attentatswarnung, hat Mr. Marsten es für sinnvoll erachtet, mich dorthin zu schicken, um zu schauen, ob das Sicherheitskonzept entsprechend den Vorschriften umgesetzt worden war. Ich hatte, wenn man so will, eine beobachtende Funktion."

„Wie war ihr Verhältnis zu Chris Jordan und dem mutmaßlichen Attentäter Eric Lee?"

„Chris mochte ich sehr. Wir sind uns hier öfters über den Weg gelaufen und er war immer freundlich und zuvorkommend.

Meistens haben wir uns dann kurz unterhalten. Eric Lee war im Gegensatz zu Chris deutlich verschlossener. Mehr als ein ‚Hallo' und ‚Auf Wiedersehen' habe ich von ihm nie gehört. So war er halt eben."

„Wie standen Chris Jordan und Eric Lee zueinander?"

„Soweit ich weiß, waren sie befreundet. Sie sind hier und da nach Feierabend gemeinsam ein Bier trinken gegangen."

„Ist Ihnen in letzter Zeit irgendetwas Seltsames an Eric Lee aufgefallen? Hatte er sich verändert? War er gereizt oder abgelenkt?"

„Hm.", Melody überlegte. „Nein, mir ist nichts an ihm aufgefallen. Wobei Eric Lee, wie bereits erwähnt, sowieso nicht allzu gesprächig war."

„Hat er sich im Biltmore Hotel irgendwie anders verhalten als sonst?" „Nein, er hat sich so verhalten wie immer. Er hat professionell und akribisch seine Arbeit erledigt. So, wie man es von ihm kennt."

„Sie hatten also nicht den Eindruck, dass er möglicherweise ein Attentat planen könnte?"

„Nein, definitiv nicht."

„Was wissen Sie über Eric Lees regelmäßige Ausflüge nach Kingman, und warum ist das bei NeoSec nicht eingehender überprüft worden?"

„Über diese Ausflüge weiß ich nichts und die Sicherheitsüberprüfung der Mitarbeiter ist nicht meine Aufgabe. Dafür gibt es eine eigene Abteilung."

„Wir brauchen Zugang zu dieser Abteilung, und zu dem Mitarbeiter, der für die Überprüfung von Eric Lee zuständig war."

„Dazu kann Sie nur Neo Marsten autorisieren. Ich werde dafür sorgen, dass Sie dort Zugang erhalten."

„Gab es an dem Tag im Biltmore Streit zwischen dem ermordeten Chris Jordan und Eric Lee?"

„Nein, die beiden sind so miteinander umgegangen wie immer. Streit oder Ähnliches hat es nicht gegeben. Zumindest nicht, soweit ich es mitbekommen habe."

„Sie sagten, Mr. Marsten hätte Sie ins Biltmore geschickt, um den Personenschutz von Gouverneur Johnson zu beaufsichtigen."

„Das ist richtig."

„Wie kommt es dann, dass Sie nach dem Tod von Chris Jordan und dem vereitelten Attentat nicht mehr auffindbar waren? Hätten Sie nicht eigentlich vor Ort bleiben müssen?"
„Ich hatte das Gebäude bereits vor diesen Vorkommnissen verlassen. Durch meine Überprüfung hatte ich den Eindruck, dass die Sicherheitsmaßnahmen wasserdicht waren und meine Anwesenheit nicht mehr erforderlich war, weswegen ich hierher zurückkehrte."
Alle Aussagen hatte Melody ruhig und mit fester Stimme vorgebracht und hatte Frank dabei die ganze Zeit in die Augen geschaut. Es machte nicht den Eindruck, als würde Sie lügen. Und doch tat sie es. Zwar war Melody den Kameras im Hotel geschickt ausgewichen, sie war jedoch beim Verlassen des Gebäudes von der Kamera eines Geldautomaten gefilmt worden. Und das war laut Zeitstempel nach dem vereitelten Attentat gewesen, und nicht vorher. Frank hatte bisher bewusst den Eindruck vermittelt, als würde er Melody aus der Hand fressen, doch nun veränderte sich sein Gesichtsausdruck und seine Züge versteinerten sich. Melody fiel diese Veränderung sofort auf.
„Was ist los, Frank?"
„Sie lügen, Melody!", sagte er mit bedrohlicher Stimme.
Statt direkt darauf einzugehen, tippte sich Melody mit dem Zeigefinger ans Ohr. Frank verstand. Sie wurden abgehört.
„Frank ‚ich versichere Ihnen, dass ich die Wahrheit sage. Ich habe doch gar keinen Grund Sie anzulügen."
Frank musterte Sie eingehend.
„Nun gut, Melody. Ich glaube Ihnen. Falls Ihnen doch noch etwas einfällt, rufen Sie mich bitte an. Ich lasse Ihnen meine Visitenkarte hier."
Frank hatte immer verschiedene Visitenkarten dabei. Das half, wenn man Undercover irgendwelche Rollen spielen musste, um die Identität zu untermauern. Angefangen von FBI Visitenkarten, bis hin zu einem Staubsauger-Vertreter, hatte er immer ein großes Repertoire an Karten bei sich, was ihm oftmals schon Türen geöffnet hatte, die ihm sonst verschlossen geblieben wären. Melody reichte er nun eine, auf der Schlicht „Frank Thiel - Ermittler" und seine Telefonnummer geschrieben stand.

„Das werde ich, Frank. Außerdem werde ich dafür sorgen, dass Sie schnellstmöglich Zugang zur Personalabteilung erhalten, wo unsere Mitarbeiter laufend überprüft werden."

„Das wäre sehr freundlich, denn die Zeit drängt."

„Ich geleite Sie dann noch ins Foyer. Dort können Sie auf Ms. Jaxter warten, sofern Sie noch nicht fertig ist."

„Danke, Melody."

Von der verführerischen Art, die sie zuvor an den Tag gelegt hatte, war nichts mehr übrig. Stattdessen konnte Frank Angst in ihrem Blick erkennen. Frank war sicher, dass er noch heute im Laufe des Tages einen Anruf von Melody Mureaux bekommen würde.

Gemeinsam verließen sie den Konferenzraum und gingen hinüber ins Foyer, wo Frank in einem gemütlich Besuchersessel Platz nahm. Melody verabschiedete sich knapp und verschwand in einem der Büros.

Frank war schon sehr gespannt, was Lilly von ihrem Verhör mit Neo Marsten zu berichten hatte.

Lilly war etwas nervös, als sie auf die Tür von Neo Marsten zuging, ohne genau sagen zu können, warum. Sie hatte natürlich einiges über Neo Marsten, den Playboy und Partylöwen gehört. Aber sie wusste nicht, was sie davon halten sollte. Wie so vieles in Hollywood, machte ihr „Marsten der Playboy" eher den Eindruck einer Illusion. Etwas, dass ganz bewusst nach außen hin so dargestellt wurde. Ohne jeden Zweifel war er äußerst attraktiv. Vielleicht war sie deswegen so nervös. Lilly tat sich schwer gegenüber Männern und Neo schien ein ganz besonderer Mann zu sein. Zudem waren Lillys Stärken Zahlen und Computer und weniger Menschen. Aber sie war natürlich dennoch im Zuge ihrer Agentenausbildung in Verhörtechniken unterrichtet worden und sie verstand ihr Handwerk diesbezüglich.

Leicht zaghaft klopfte sie an.

„Herein!", hörte sie eine angenehme Stimme sagen.

Lilly öffnete die Tür und wurde von Neo Marsten empfangen.

„Ms. Jaxter!" Er machte dabei ein ausladende Geste, so als würden sie sich schon Jahre kennen. „Es freut mich außerordentlich,

Sie hier bei NeoSec begrüßen zu dürfen. Bitte, nehmen Sie Platz.", sagte er freundlich und bot Lilly einen gemütlichen Sessel gegenüber seines Schreibtisches an. „Kann ich Ihnen etwas anbieten? Kaffee, Tee oder Mineralwasser?"
„Nein, danke. Ich brauche nichts."
Wie Lilly feststellte, war Neo Marsten in der Realität noch attraktiver als auf Fotos. In seinem hellgrauen Anzug sah er unverschämt gut und elegant aus. Die etwas längeren lockigen blonden Haare ließen ihn sehr lässig erscheinen und er strahlte etwas Kumpelhaftes aus. Bei seinem gewinnenden Lächeln mussten die meisten Frauen regelrecht dahinschmelzen, überlegte sie.
Er verhielt sich jedoch vollkommen anders, als sie erwartet hatte. Sie war davon ausgegangen, dass Marsten ein Typ war, der direkt von Beginn an schamlos mit ihr geflirtet hätte. Doch er war einfach nur freundlich und zuvorkommend. Entweder war er ein Mann, der viele Gesichter hatte und seinem Gegenüber nur das zeigte, was er zeigen wollte, oder er wurde in der Öffentlichkeit anders dargestellt, als er tatsächlich war. So beeindruckt Lilly auch von Marsten war, sosehr mahnte sie sich gleichzeitig dazu, auf der Hut zu sein. Denn möglicherweise war Marsten einfach nur darauf aus, sie einzulullen.
„Dann lassen Sie uns beginnen, Ms. Jaxter."
Lilly räusperte sich und kam ohne Umschweife direkt zur Sache.
„Wo waren Sie zu der Zeit des vereitelten Attentats?"
„Hier in meinem Büro."
„Wäre Ihre Anwesenheit als Chef nicht unter Umständen sinnvoll gewesen, in Anbetracht des geplanten Attentats?"
„Meine Angestellten sind die besten der Welt. Sie wissen, was in solchen Situationen zu tun ist. Ich hätte da nur gestört."
Marsten redete ruhig und unaufgeregt. Zwar taxierte er Lilly die ganze Zeit, doch seine Blicke waren nicht unangenehm oder aufdringlich, sondern eher neugierig.
„Was können Sie mir über Eric Lee sagen?"
„Eric war ein verdammt guter Mitarbeiter. Er war fleißig und integer. Ich bin vollkommen schockiert über seine Tat."
Diese Aussage wirkte glaubhaft. Marsten dosierte seine Bestürzung in genau dem richtigen Maße. Dennoch war Lilly skeptisch.

Das alles wirkte zu einstudiert, wie bei einem Schauspieler. Sie glaubte, dass Marsten mehr über Eric Lee und das Attentat wusste, als er zugab.

„Ist Ihnen eine Veränderung bei Eric Lee aufgefallen?"

„Nein, er hat sich verhalten wie immer!"

„Hm. Ich finde das etwas eigenartig. So ein Attentat führt man nicht aus heiterem Himmel aus. Hier bei Ihnen stehen die Mitarbeiter unter strenger Beobachtung und niemandem soll aufgefallen sein, dass bei Eric Lee etwas nicht stimmt? Das kann ich kaum glauben."

„Und dennoch ist es so.", erwiderte er freundlich, doch Lilly ließ nicht locker.

„Und was ist mit seinen regelmäßigen Fahrten nach Kingman, die vor ein paar Monaten unvermittelt anfingen, obwohl Eric Lee dort weder Freunde, noch eine Freundin oder Verwandte hatte? Ist das auch niemandem aufgefallen?"

Da war es gewesen. Ein kurzes, kaum wahrnehmbares Zucken von Marstens Augenlied. Jemand anderem wäre das vielleicht gar nicht aufgefallen, doch Lilly war sehr gut darin geschult worden, auf solch verräterische Zeichen zu achten. Sie hatte einen wunden Punkt gefunden.

„Also wenn es unserer Abteilung nicht aufgefallen ist, dann war es auch nicht ungewöhnlich, so viel kann ich Ihnen versichern!"

Nach wie vor war er nicht aus der Ruhe zu bringen. Es war sein Büro, quasi ein Heimspiel. Und er fühlte sich überlegen. Deswegen würde sie ihn jetzt wahrscheinlich nicht dazu bringen können, die Wahrheit zu sagen. Aus diesem Grund wollte sie das zunächst auf sich beruhen lassen.

„Besteht die Möglichkeit, mit jemandem aus der Abteilung zu sprechen, der für die Überprüfung Ihrer Mitarbeiter zuständig ist?"

„Natürlich. Einen Moment, ich telefoniere mal gerade."

Marsten griff sich den Telefonhörer und drückte eine Kurzwahltaste.

„Oscar? Hier ist Neo. Könnten Sie bitte mal nachschauen, wer für die Sicherheitsüberprüfungen von Eric Lee zuständig war?…Ok, ich warte."

Während Marsten wartete, schaute Lilly sich im Büro um. Der Raum war sehr behaglich. Der Ledersessel, in dem sie saß, war weich und gemütlich. Die Wände waren in dezenten, warmen Farben gestrichen. Auf dem Boden lag ein flauschiger beigefarbener Teppichboden. Doch eines fehlte Lilly: Etwas Persönliches. Leute, die in ihrem Leben etwas erreicht hatten, neigten dazu, das zur Schau zustellen. Da hingen dann Urkunden, Doktortitel oder Auszeichnungen an den Wänden. Bei Leuten, die in der Öffentlichkeit standen, sah man häufig Fotos, auf denen sie mit irgendwelchen Prominenten abgebildet waren. Doch nichts von dem war hier zu sehen. An den Wänden hingen lediglich einige abstrakte Kunstwerke, die sehr gut zu der farblichen Gestaltung des Raums passten, aber keine Fotos oder Ähnliches. Lilly kannte sich mit Kunst nicht gut genug aus, um sagen zu können, von wem die Bilder waren und ob sie echt waren. Auch auf Marstens Schreibtisch standen keine Fotos oder Andenken an irgendetwas. Nur ein Computer, ein Telefon, ein Notizblock und ein paar Stifte. Sonst nichts.

Das Büro war regelrecht steril, fast so, wie aus einem Katalog für Büromöbel. Auch das war ein deutliches Indiz dafür, dass Marsten nicht gerne Persönliches preisgab.

Lilly hatte das untrügliche Gefühl, dass Neo Marsten der Schlüssel zu all den Ereignissen der letzten Tage war.

Dann meldete sich Marstens Gesprächspartner wieder:

„Aha…Hm…ok, danke!"

Er legte auf.

„Tut mir leid, Ms. Jaxter, aber der Sachbearbeiter, der für Eric Lee zuständig war, ist leider heute nicht zur Arbeit erschienen!"

„Wie passend…", entgegnete Lilly mit triefendem Sarkasmus.

„Hören Sie, Ms Jaxter. Ich weiß nicht, was da los ist, aber ich versichere Ihnen, dass ich alles tun werde, um Sie bei Ihren Ermittlungen zu unterstützen."

„Das will ich auch hoffen!", entgegnete sie entschieden. „Wie lauten Name und Adresse des Mannes, der heute nicht erschienen ist? Ich werde ihm mal einen Besuch abstatten."

„Sein Name ist George Benton. Einen Moment, bitte."

Marsten tippte etwas auf der Tastatur seines Computers, schrieb danach die Adresse auf einen Zettel und reichte ihn Lilly.
„Vielen Dank, Mr. Marsten. Das war zunächst alles. Sie sollten allerdings für weitere Befragungen in der Stadt bleiben."
„Ich hätte da einen Vorschlag, Ms. Jaxter!"
„Und der wäre?"
„Geben Sie mir etwas Zeit und dann werden Sie von mir lückenlos alle Informationen von NeoSec zum Auftrag im Biltmore Hotel bekommen."
„Das wäre ein Anfang.", sagte Lilly leicht überrascht.
„Das hätte aber eine Bedingung."
„So etwas hatte ich befürchtet."
„Gehen Sie mit mir Essen. Heute bin ich leider komplett ausgebucht, aber morgen Mittag würde ich Sie gerne zum Essen einladen. Dann werden Sie alles von mir erfahren, was Sie wissen wollen!"
„Mr. Marsten, Sie sind Teil der Ermittlung bezüglich des Attentats auf Gouverneur Johnson. Da werde ich sicherlich nicht mit Ihnen Essen gehen."
Lilly wollte es ihm nicht zu leicht machen.
„Ich bin zwar befragt worden, aber ich bin doch wohl nicht verdächtig, oder? Sonst würde ich jetzt nicht hier, sondern in einem Verhörzimmer in Handschellen sitzen. Also sollten Sie doch mit mir Essen gehen können. Ich verspreche Ihnen, es wird keine Geheimnisse geben. Ich werde Ihnen bei dieser Gelegenheit offen und ehrlich auf alle Fragen antworten."
Natürlich würde er das nicht tun, wusste Lilly. Aber das wäre eine gute Gelegenheit, ihn besser kennenzulernen und eingehender analysieren zu können.
„Keine Geheimnisse?"
„Keine Geheimnisse!"
„Gut, dann stimme ich zu."
„Hervorragend. Ich werde Sie morgen Mittag um 13:00 Uhr abholen, wenn das für Sie in Ordnung ist?", sagte er sichtlich erfreut.
„Nicht nötig. Ich werde selber fahren. Wo treffen wir uns?"
„Ich würde vorschlagen, wir essen in der Polo Lounge im Beverly

Hills Hotel."
„Einverstanden. Ich werde um 13:00 Uhr dort sein. Dann werde ich Sie jetzt verlassen, Mr. Marsten."
Sie stand auf und Marsten geleitete sie noch zur Tür.
„Dann bis morgen, Ms. Jaxter.", sagte er und reichte Lilly zum Abschied die Hand.

Frank und Lilly verließen gemeinsam das Gebäude. Erst als sie draußen waren, berichteten sie sich gegenseitig.
„Und? Wie ist der sagenumwobene Neo Marsten so?", fragte Frank neugierig.
„Er ist ganz anders, als er in der Öffentlichkeit dargestellt wird. Freundlich, kultiviert und zuvorkommend. Aber auch undurchschaubar. Ich glaube, er ist der Schlüssel zu allem. Das Verhör hat bezüglich Eric Lee nichts Neues ergeben. Aber der Sachbearbeiter, der für die Sicherheitsüberprüfung von Lee zuständig war, ist heute nicht zur Arbeit erschienen. Ich habe sein Adresse. Ich denke, wir sollten da mal hinfahren."
„Einverstanden."
„Wie war dein Verhör mit Melody?"
„Tja, Ms. Mureaux scheint vor irgendetwas Angst zu haben."
„Was? Melody Mureaux und Angst? Ich schätze sie nicht so ein, dass sie eine Person ist, die man einfach so einschüchtert und die vor irgendetwas Angst hat. Entweder spielt sie dir was vor, oder es geschehen wirklich furchtbare Dinge bei NeoSec."
„Genau das waren auch meine Gedanken. Sie hat meine Telefonnummer. Ich wette, dass sie sich heute noch meldet."
„Gut möglich. Übrigens gehe ich morgen Mittag mit Neo Marsten essen. Ich werde ihm bei dieser Gelegenheit weiter auf den Zahn fühlen."
Frank pfiff anerkennend. „Alle Achtung. Da hast du ihn aber um den Finger gewickelt und wirst direkt mal in die High Society eingeführt."
„Ja, auch ich kann Männer becircen.", sagte Lilly und imitierte dabei perfekt Melody Mureaux in ihrer Art zu reden und sich zu bewegen, was Frank herzhaft zum Lachen brachte.

Was Lilly und Frank nicht bemerkten, war, dass sie beobachtet wurden. Gegenüber von Marstens Firmengebäude saß ein alter Mann und schlürfte genüsslich einen Kaffee. Er trug einen Anglerhut, eine beigefarbene Weste und eine große Sonnenbrille. Wenn man ihn sah, hatte man den Eindruck, dass er nur dort saß, eine Pause machte und den Kaffee genoss. Doch hinter seiner Brille ließ er Lilly und Frank nicht aus den Augen und musterte die beiden ganz genau. Als die Agenten in den Maserati stiegen und davonfuhren, ging der alte Mann ebenfalls zu seinem 68er Buick Le Sabre, der nur ein paar Meter weiter stand, und verfolgte sie.

In seinem Büro saß Neo Marsten in einem Sessel und verschränkte die Hände hinter dem Kopf. Sofort, als er die ersten Worte mit ihr gewechselt hatte, war ihm aufgefallen, wie überaus intelligent Lilly Jaxter war. Es war eine Wohltat mit jemandem zu reden, der seinem Intellekt in nichts nachstand. Sie hatte ihn allerdings durchschaut, so viel war sicher. Sie hatte gemerkt, dass er nur eine perfekt einstudierte Rolle spielte. Doch das war ihm egal. Lilly Jaxter war eine Herausforderung. Ein Spiel mit dem Feuer, welches er gerne annehmen würde.

26

Das Beverly Hills Police Department war ein eindrucksvolles Gebäude im spanischen Stil, dessen Blickfang ein zehn Stockwerke hoher, mit Stuck kunstvoll verzierter Turm war, der den Bau erscheinen ließ, wie eine Kirche. Bekannt wurde das Gebäude insbesondere durch die achtziger Jahre „Beverly Hills Cop" Filme mit Eddie Murphy in der Hauptrolle.

Man hatte den festgenommenen Gouverneur Johnson zum Verhör ins Beverly Hills Police Department gebracht, welches ganz in der Nähe von dessen Zuhause lag. Auf Vins Anweisung hin, sollte niemand den Gouverneur verhören, bis er selber vor Ort war. Vin betrat das Gebäude und meldete sich am Empfangstresen an.

„Senior Special Agent Vin Sparks. Ich bin hier, um Gouverneur Johnson zu verhören.", sagte er zu einem jungen Officer in Uniform, der den Eindruck machte, als hätte er gerade erst die Akademie hinter sich gebracht.

„Würden Sie bitte dieses Formular ausfüllen? Und dürfte ich bitte Ihren Ausweis sehen?"

Vin zückte seinen offiziellen ISOS Dienstausweis.

„ISOS?" Der junge Polizist hob die Augenbrauen. „Seit wann interessiert sich ISOS für Mordfälle?"

„Ich sage es mal so: Unsere Anwesenheit wurde von höchster Stelle erwünscht.", antwortet Vin mit einem Augenzwinkern und füllte das Formular aus. Als er fertig war, erklärte der Officer ihm, wo er den Gouverneur finden würde und Vin machte sich auf den Weg.

Vor dem Verhörraum wurde Vin von Captain Paul Mercer erwartet. Der Captain hatte ein gutmütiges Gesicht. Er war eher klein gewachsen, trug einen buschigen Schnurrbart und seine roten Haare waren säuberlich zu einem Seitenscheitel gekämmt. Die Jahre am Schreibtisch hatten dafür gesorgt, dass Mercer ein paar Kilos zu viel auf den Rippen hatte, allerdings war er dennoch ein Stück davon entfernt, dick zu sein. Anders als es sein gutmütiges, gemütliches Äußeres vermuten ließ, war Mercer in früheren Zeiten ein hervorragender Ermittler gewesen und er war nun als Captain ein knallharter Vorgesetzter.

Dunkle Ränder zeichneten sich unter seinen Augen ab. Er schien nicht viel Schlaf abbekommen zu haben.

Vin schüttelte Mercer die Hand.

„Guten Morgen, Captain Mercer. Ich möchte nochmals mein tiefstes Beileid über den Verlust Ihrer beiden Polizisten zum Ausdruck bringen. Ich versichere Ihnen, dass wir alles tun werden, um Ihnen bei der Aufklärung dieser Angelegenheit zu helfen."

„Danke, Agent Sparks. Das weiß ich wirklich zu schätzen. Es war ein schwerer Schlag für uns. Hoffentlich können wir die Schuldi-

gen bald ihrer gerechten Strafe zuführen." Er machte eine kurze Pause, bevor er fortfuhr. „Sie wollen zum Gouverneur?"
„Ja, das ist richtig. Allerdings nicht, wegen eines offiziellen Verhöres. Ich möchte einfach nur mit ihm reden. Ohne Protokoll, ohne Kameras. Ein informelles Gespräch. Das offizielle Verhör möchte ich der Polizei überlassen, wenn Sie gestatten!?"
„Ja, natürlich. Was versprechen Sie sich davon?"
„Ich denke, bei einem informellen Gespräch redet der Gouverneur unter Umständen über Dinge, die er sonst möglicherweise verschweigen würde. Und da die Zeit drängt und wir Ergebnisse brauchen, könnte das der richtige Weg sein."
Mercer dachte kurz über das Gesagte nach. „Da stimme ich Ihnen zu. Allerdings ist sein Anwalt bereits bei ihm. Ihn müssen Sie davon überzeugen, mit dem Gouverneur alleine reden zu dürfen. Und das könnte schwierig werden. Er ist einer dieser aalglatten Anwälte, die mit allen Wassern gewaschen sind.", erklärte Mercer mit säuerlichem Gesicht.
„Das kriege ich schon hin.", versicherte Vin und betrat den Verhörraum.
„Guten Morgen. Ich bin ISOS Senior Special Agent Vin Sparks!" Vin gab dem Gouverneur die Hand. Sein Händedruck war fest, doch das Gesicht des Gouverneurs war von tiefen Sorgenfalten gezeichnet. Anders als bei seinen öffentlichen Auftritten, bei denen er stets tadellos gekleidet und frisiert war, trug er jetzt nur legere Freizeitkleidung, die er sich noch anstatt des Morgenmantels überwerfen durfte, bevor man ihn abgeführt hatte. Die Haare standen ihm wirr vom Kopf. Ingesamt machte er einen elenden Eindruck. Er sah gar nicht mehr so aus, wie der harte, selbstbewusste und geradlinige Politiker.
Der Händedruck des Anwalts war ebenfalls kräftig. Der Mann sah mehr aus, wie ein echter Naturbursche. Er hatte in etwa das Alter des Gouverneurs und trug sein graues Haar etwas länger. Sein Gesicht, welches Wetter gegerbt aussah, zierte ein buschiger Vollbart. Die aufmerksamen braunen Augen zeugten von hoher Intelligenz. Sein teurer schwarzer Designeranzug, die manikürten Hände und ein Siegelring aus echtem Gold wiesen ihn jedoch, im

Gegensatz zu seinem Aussehen, als Mitglied der oberen Zehntausend aus.

„Mein Name ist Winston Patrick Pommeroy III. und ich bin Mr. Johnsons Anwalt." Seine Stimme war wohlklingend und kultiviert. „Ich habe meinen Klienten dazu angewiesen, bis auf Weiteres jegliche Aussage zu den Vorwürfen zu verweigern."

„Hören Sie, Mr. Pommeroy, wäre es möglich, dass wir beide uns kurz draußen unterhalten? Dann erkläre ich Ihnen mein Anliegen."

„Natürlich."

Die beiden ließen den Gouverneur zurück und verließen den Raum. Vor der Tür wartete Captain Mercer und Vin bat ihn, sich kurz alleine mit dem Anwalt unterhalten zu können, woraufhin Mercer sich einen Kaffee holen ging.

„Mr. Pommeroy, zunächst möchte ich Ihnen versichern, dass ich einhundertprozentig davon überzeugt bin, dass Ihr Mandant unschuldig ist. Wie Sie wissen, ist ISOS mit der Leitung der Ermittlungen betraut worden. Ich habe jedoch nicht vor, Ihren Mandanten offiziell zu verhören. Ich möchte nur ein Gespräch unter vier Augen mit ihm. Keine Kameras, keine Tonbänder, kein Anwalt. Nur der Gouverneur und ich."

„Tut mir leid, aber dem kann ich nicht zustimmen!", entgegnete der Anwalt bestimmt.

„Wenn wir diese Vorwürfe entkräften wollen und aufklären wollen, wer dahintersteckt, dann geht das nur mit Informationen. Ich brauche dringend Informationen von Gouverneur Johnson. Wenn Sie mir das verweigern, dann blockieren Sie meine Ermittlungen. Und das kostet Zeit. Zeit, die der Gouverneur nicht hat. Denn je mehr Zeit wir den Gegnern des Gouverneurs lassen, desto schwieriger wird es, Sie zu überführen. Also bitte lassen Sie mich mit Ihrem Mandanten reden. Ich will ihm helfen. Alles, was ich mit ihm in diesem Zimmer bespreche, bleibt auch in diesem Zimmer, das versichere ich Ihnen."

Der Anwalt überlegte und musterte Vin eingehend.

„In Ordnung, Agent Sparks. Sie dürfen mit meinem Mandanten unter vier Augen reden."

Vin seufzte erleichtert.

„Vielen Dank!"
Vin betrat wieder das Verhörzimmer und setzte sich gegenüber von Johnson auf einen Stuhl.
„Gouverneur Johnson, ich habe von Ihrem Anwalt die Erlaubnis, ein Gespräch unter vier Augen mit Ihnen zu führen. Das ist kein Verhör und alles, was Sie sagen, bleibt unter uns. Es ist wichtig, dass Sie mir alle Fragen offen und ehrlich beantworten, damit ich Sie schnellstmöglich entlasten kann."
Johnson nickte.
„Sie nennen mich Gouverneur. Rein formal bin ich das wohl noch. Praktisch bin ich jedoch am Ende. Egal ob unschuldig oder nicht. Den Posten als Gouverneur werde ich so oder so verlieren.", sagte er traurig. „Meine Karriere ist ruiniert und mir wird bis an mein Lebensende der Makel anhaften, unter Mordverdacht gestanden zu haben. Wofür sollte ich dann noch kämpfen?"
Betrübt schaute Johnson Vin an.
„Für Ihr Leben, Gouverneur. Ich bedauere zutiefst, dass Ihre politische Karriere ein solches Ende nimmt. Doch Sie sollten sich keinesfalls hängen lassen. Kämpfen Sie so, wie Sie immer gekämpft haben. Lassen Sie uns Ihre Unschuld beweisen und die Schuldigen überführen."
„Tss…Die Schuldigen überführen? Sie haben ja keine Ahnung…", sagte der Gouverneur trotzig.
„Was meinen Sie?"
„Sie wissen nicht, womit Sie es zu tun haben!"
„Dann erklären Sie es mir.", forderte Vin ihn auf.
Johnson versank kurz in Gedanken. Dann begann er zu reden.
„Es gibt da…eine Person. Nur eine Handvoll Leute kennen die Identität dieser Person. Diese Leute nennen sich den „Inner Circle". Sie sind die Vertrauten dieser Person. Sie verdienen verdammt viel Geld durch diese Person. Und sie sind dieser Person gegenüber uneingeschränkt loyal. Ich selber kenne diese Person nicht. Ich weiß nicht mal, ob es ein Mann oder eine Frau ist. Gemeinsam mit dem Inner Circle hat dieser Jemand jedenfalls die mächtigste Untergrundorganisation des Landes erschaffen. Sie haben ihre Leute überall. In der Politik, der Wirtschaft, bei der CIA, dem FBI und der Polizei. Dabei schrecken Sie weder vor

Erpressung, noch vor Mord zurück. Mich wollten Sie auch haben. Aber ich habe abgelehnt. Und nun sitze ich hier und werde des Mordes verdächtigt!"

„Was genau ist passiert? Wie ist man an Sie herangetreten?"

Der Gouverneur erzählte von dem Besuch von Bernard Cedar.

„Und Sie sind davon überzeugt, dass das geplante Attentat und die Mordbeschuldigung auf den Inner Circle und deren ominösen Anführer zurückzuführen sind?"

„Absolut. Kaum erteile ich dieser Vereinigung eine Absage, schon stecke ich in diesem Schlamassel…"

„Da haben Sie vermutlich recht. Sie sagten, der Mann heißt Bernard Cedar und er hat Sie in Ihrem Büro besucht. Gibt es Aufnahmen der Sicherheitskameras von ihm?"

„Das habe ich überprüft. Der Mann schien zu wissen, wo sich die Kameras befanden und hat immer den Kopf zur Seite gedreht, wenn er sie passierte. Doch eine Kamera kannte er wohl nicht. In meinem Büro befand sich eine versteckte Kamera, die ich zur Protokollierung nutze. Im Prinzip als Gedächtnisstütze. Wissen Sie, wenn Sie am Tag teilweise 14 Stunden in Ihrem Büro verbringen und eine Besprechung nach der anderen haben, dann ist es schwierig, sich am Ende des Tages an Details jedes Gesprächs zu erinnern. Deswegen filme ich alle Unterredungen. Zwar würde dafür größtenteils auch ein Audio-Mitschnitt reichen, aber manchmal ist es hilfreich, im Nachhinein die Reaktionen der Leute auf gewisse Dinge zu analysieren. Zum Beispiel bei schwierigen, langwierigen Verhandlungen. Und ich verfüge tatsächlich über Aufnahmen von Bernard Cedar."

„Sehr gut. Das würde uns wirklich helfen. Wo finde ich diese Aufnahmen?"

„Sie werden auf meinem Computer im Büro gespeichert."

„Gibt es auch Backups?"

„Ja, in der Tat. Auf meinem Rechner zu Hause finden Sie die Mitschnitte ebenfalls."

„Einen Moment, Gouverneur, ich telefoniere kurz, damit meine Leute Ihren Rechner abholen können."

„Machen Sie das."

Vin wählte Lillys Nummer.

„Hier ist Vin. Fahrt sofort zum Büro des Gouverneurs und konfisziert dort seinen Computer. Sollte irgendjemand aus irgendeinem Grund sich schon des Rechners bemächtigt haben, dann müsst Ihr bei ihm zu Hause seinen Privatrechner holen! Auf den Rechnern befindet sich eine Videoaufnahme aus Gouverneur Johnsons Büro, auf der ein Mann namens Bernard Cedar zu sehen ist. Bringt den Rechner zu ISOS L.A. und lasst herausfinden, wer dieser Kerl ist. Und beeilt euch, bitte!"

„Verstanden!", entgegnete Lilly knapp und beendete das Gespräch.

Vin wandte sich wieder an den Gouverneur.

„Kommen wir nun zu den Anschuldigungen. Sie werden beschuldigt, heute in den frühen Morgenstunden eine Frau namens Martha Fischer, die sich selber Rayna Sweets nannte, brutal missbraucht und ermordet zu haben. Ihr Sperma wurde auf der Leiche gefunden. Ich glaube Ihnen zwar, dass Sie unschuldig sind und hereingelegt wurden, nur bringt uns ‚glauben' nicht weiter. Haben Sie ein Alibi für den Zeitpunkt des Mordes, also zwischen 05:00 und 07:00 Uhr heute Morgen?"

Der Gouverneur schwieg und starrte unsicher und verlegen auf die Tischplatte.

„Gouverneur, bitte. Ich versichere Ihnen nochmals, dass ich dieses Gespräch absolut vertraulich behandele!"

Johnson blickte auf.

„Waren Sie im Krieg, Mr. Sparks?"

„Ja, das war ich. Im Irak-Krieg ‚Desert Storm', Anfang der neunziger Jahre, habe ich an vorderster Front gekämpft."

„Ich habe in Vietnam gekämpft. Furchtbar! Das, was man im Krieg zu sehen bekommt, vergisst man sein Leben lang nicht mehr."

„Das ist richtig.", stimmte Vin zu. „Ich habe noch heute Albträume davon, Kameraden sterben zu sehen und in den Trümmern verstümmelte Zivilisten zu finden."

„Ok, Agent Sparks. Ich vertraue Ihnen. Was ich Ihnen jetzt erzähle, erzähle ich von Soldat zu Soldat und ich bitte Sie um absolute Verschwiegenheit. Nur Sie werden das bis auf Weiters zu hören bekommen. Im offiziellen Verhör werde ich darüber

schweigen. Einverstanden?"
„Einverstanden.", nickte Vin.
„Wissen Sie, Agent Sparks, ich stamme aus einer sehr reichen und sehr konservativen Familie. Ich war der einzige Sohn meiner Eltern und schon von Kindesbeinen an wurde ich dahingehend getrimmt, die Familiengeschäfte später zu übernehmen. Die Geschäfte und Macht waren die einzigen Dinge, die meinen Vater interessierten." Er machte eine kurze Pause, bevor er fortfuhr: „Bei mir in der Klasse war ein Mädchen, das ebenfalls aus sehr reichem Hause kam. Sie war nett. Aber ich war nicht verliebt in sie. Wir waren einfach nur Freunde. Als wir volljährig waren, bandelten unsere Väter geschäftlich an. Sie wollten ihre Geschäfte fusionieren. Und als Zeichen dessen sollten Penelope - so hieß sie - und ich heiraten. Meine Frau Penelope und ich sind also im wahrsten Sinne zwangsverheiratet worden. Das hört sich schlimmer an, als es war. Wir haben uns immer gut verstanden und sind respektvoll miteinander umgegangen. Geliebt haben wir uns jedoch nie. Eher ‚geschätzt' könnte man sagen. Sie war der Stützpfeiler meiner Karriere und das ist sie bis heute. Dennoch haben wir uns komplett auseinandergelebt und reden kaum noch miteinander. Nach dem Ende meiner Amtszeit, die nun schneller gekommen ist, als ich dachte, werden wir uns wohl wahrscheinlich scheiden lassen. Ich hatte nie eine Affäre mit einer anderen Frau, denn im Laufe der Jahre erkannte ich, dass ich andere Neigungen habe…"
Es dauerte einen Augenblick, bis Vin ein Licht aufging.
„Ganz recht, Agent Sparks, ich bin homosexuell."
Vin verzog äußerlich keine Miene, doch innerlich war er verblüfft.
„Ich, der aus einer erzkonservativen Familie kommt und in seinen politischen Reden die traditionellen amerikanischen Werte predigt, bevorzuge männliche Sexualpartner. Im Nachhinein betrachtet, hat das wohl schon immer in mir geschlummert, denn schon als Teenager hatte ich wenig Interesse an Frauen. Nun stellen Sie sich zurecht die Frage, was das mit dem Mord an Martha Fischer zu tun hat. Es ist so, dass ich bereits seit einigen Jahren eine Affäre mit einem anderen Mann habe, was wohl ver-

mutlich der Grund dafür ist, dass sich meine Frau und ich auseinandergelebt haben, denn ich verbringe jede freie Minute mit meinem Partner, und das habe ich auch zu der Zeit getan, als Martha Fischer umgebracht wurde. Ich habe diese Nacht bei ihm verbracht. Nachhause gekommen bin ich erst morgens. Meine Frau hat davon nichts gemerkt, denn wir schlafen in getrennten Schlafzimmern. Ich habe mir dann, um den Schein meiner Frau gegenüber zu wahren, meinen Pyjama und meinen Bademantel angezogen und habe wie immer an unserem Esstisch gefrühstückt, wo ich noch saß als die Polizei anrückte."
Vin ging auf das Geständnis nicht weiter ein und fragte: „Wie heißt dieser Mann?"
„Zachary Anderson."
„Ich hoffe, Sie haben Verständnis dafür, dass ich Mr. Anderson befragen muss?"
„Natürlich, Agent Sparks. Am besten, Sie notieren sich seine Adresse. Sagen Sie ihm, dass Sie auf meinen Wunsch hin mit ihm reden sollen. Dann wird er Sie einlassen."
Vin zückte sein Smartphone und speicherte die Adresse.
„Vielen Dank für Ihre Offenheit, Gouverneur Johnson. Ich werde Ihr Geheimnis für mich behalten. Und doch stellt sich mir eine Frage: Warum möchten Sie das auch weiterhin geheim halten? Ich meine, dass ist ein Alibi, welches Sie entlastet."
„Ja, da ist schon richtig. Jedoch ist das nicht der richtige Zeitpunkt. Gebe ich das in einem offiziellen Verhör preis, dann wird es an die Öffentlichkeit gelangen. Und das möchte ich noch nicht. Ich möchte das alles hinter mich bringen, mein Amt abgeben, mich dann von meiner Frau trennen und erst dann werde ich mich outen. Ich hoffe, Sie haben dafür Verständnis."
„Unter diesen Gesichtspunkten, ja. Dann nochmals herzlichen Dank, Gouverneur Johnson. Ich verspreche Ihnen, dass ISOS die Schuldigen überführen wird!"
„Vielen Dank, Agent Sparks!", antwortete Johnson schon deutlich zuversichtlicher, als zu Beginn des Gesprächs.

Vin verließ das Verhörzimmer und sagte Johnsons Anwalt, dass er fertig sei. Anschließend wandte er sich an Captain Mercer. Der

Captain wollte wissen, was der Gouverneur gesagt hatte. Vin antwortete kurz und knapp, dass er nichts hatte in Erfahrung bringen können und das der Gouverneur jetzt verhört werden könne. Die beiden unterhielten sich noch eine Weile und tauschten die letzten Ermittlungsergebnisse bezüglich des Attentats und des Mordes an Rayna Sweets aus. Doch von Seiten der Polizei gab es noch keine entscheidenden Ergebnisse, welche die Ermittlungen wirklich weiterbrachten. Dann verabschiedete er sich von Mercer und verließ das Beverly Hills Police Department, um Johnson Geliebten zu befragen.

Ein paar Kilometer vom Beverly Hills Police Department entfernt saß ISOS Vize Direktor Alan Moore dem Mörder von Martha Fischer gegenüber.
„Ich denke, Sie wissen, wer ich bin, nicht wahr?"
„In der Tat. Sie sind ISOS Vize Direktor Alan Moore. Ich weiß nur nicht, was Sie von mir wollen?"
Moore zeigte sein Haifischgrinsen, und sagte:
„Mir ist zu Ohren gekommen, dass Sie möglicherweise der Anführer einer Gruppe sehr mächtiger Leute sind!"
„Ich habe keine Ahnung, wovon Sie reden!", entgegnete der Mörder unbeteiligt.
„Nein, natürlich nicht…", antwortete Moore mit einem wissenden Gesichtsausdruck. „Hören Sie, ich möchte Ihnen meine Dienste anbieten. Der zweitmächtigste Mann von ISOS in Ihren Diensten. Wäre das nicht verlockend?"
„Ich weiß immer noch nicht, wovon Sie reden…", wobei der Mörder demonstrativ auf seine Uhr schaute.
„Also, es ist doch so: Ich möchte mein Gehalt aufbessern, Sie haben Probleme mit ISOS. Ich biete Ihnen an, diese Probleme zu lösen und sie nehmen mich in ihre Organisation auf."
„Ich habe keine Probleme mit ISOS."
„Oh doch, die haben Sie. Und ich weiß, dass Sie das wissen. Und als Zeichen, dass Sie mir vertrauen können, werde ich Ihnen einen der Agenten auf einem Silbertablett liefern, der Ihnen auf den Fersen ist. ISOS Special Agent Frank Thiel wird sterben. Sind Sie mit meiner Arbeit zufrieden und nehmen mich in den

Inner Circle auf, dann liefere ich Ihnen auch noch Nia Coor, Lilly Jaxter, Vin Sparks, und als Tüpfelchen auf dem ‚i' sogar noch Peter Crane dazu. Was sagen Sie dazu?"
Der Mörder taxierte Moore, sagte aber kein Wort.
„Manchmal sagt ein Schweigen mehr, als tausend Worte. Dann sind wir uns wohl einig. Sie sollten morgen früh die Nachrichten einschalten. Ich verabschiede mich dann."
Moore verließ ohne ein weiteres Wort den Mörder. Erst als Moore weg war, grinste der Mörder diabolisch. Jemanden von ISOS auf der Gehaltsliste zu haben, wäre ein großer Schritt für die Organisation. Er war schon sehr gespannt, ob Moore tatsächlich Frank Thiel töten würde. Sollte das der Fall sein, dann wäre er genau der richtige Mann für den Inner Circle.

27

Nia Coor war gemeinsam mit Ray Tolino und James Woodcock unterwegs nach Kingman zu Joan Jaxters Farm. Tolino war ein Computerspezialist italienischer Abstammung. Er war 1,80 m groß und hatte schwarze kurze Haare, braune Augen, einen olivfarbenen Teint und stark ausgeprägte Wangenknochen. Sein Gesicht sah stets unrasiert aus, da er so starken Bartwuchs hatte, dass auch schon kurz nach einer Rasur innerhalb kürzester Zeit wieder ein Dreitagebart zu sehen war. Tolino war sehr attraktiv und charmant, was ihm einen Ruf als Frauenheld eingebracht hatte. Eigentlich war er jedoch bereits seit Jahren mit einer Mitarbeiterin der ISOS Verwaltung fest liiert.
Der Abhörspezialist James Woodcock stammte aus England und war rein optisch das genaue Gegenteil von Tolino, denn er hatte rote Haare, sehr helle Haut, mit einem Anflug von Sommersprossen, ein schmales Gesicht und grüne Augen. Er überragte Tolino um einen halben Kopf. Der Italiener wirkte drahtig und muskulös, Woodcock hingegen sehr schlaksig. Sie beide verband eine jahrelange Freundschaft, die nur dann ins Wanken geriet, wenn

sie über Fußball diskutierten. Dann brachten sie sich gegenseitig durch Sticheleien so zur Weißglut, dass Anwesende oftmals gezwungen waren, dazwischen zu gehen. Hatten sich die Gemüter nach einigen Minuten wieder abgekühlt, dann waren sie jedoch wieder die besten Freunde. Meistens wurden Tolino und Woodcock gemeinsam eingesetzt. Sie verstanden sich blind und waren sehr universell einsetzbar, denn sie waren nicht nur in ihren Spezialgebieten äußerst fähig, sondern auch als Agenten im Feldeinsatz. Nia kannte die zwei schon lange und gemeinsam hatten sie schon einige Einsätze bestritten. Im Zuge der Intrige gegen ISOS vor einigen Monaten, waren Tolino und Woodcock gefangen genommen worden, und man hatte sie über Tage hinweg verhört und gefoltert. Sie schienen sich recht gut davon erholt zu haben und machten auf Nia den Eindruck, als wären sie wieder voll einsatzfähig.

Die drei Agenten befanden sich in der Kommandozentrale des Griffin Helikopters. Rechts und links hingen unzählige Monitore, die Radar- und Kamerabilder der Umgebung oder Desktops von Computern anzeigten. Es gab insgesamt sechs Arbeitsplätze für ISOS Operator, an denen auf Konsolen Tastaturen, Computermäuse und Funkgeräte standen. Nia, Tolino und Woodcock saßen auf drehbaren Schalensitzen. Die Farm war nur noch wenige Minuten entfernt.

„Wie sieht der Plan aus, Nia?", fragte Tolino.

„Ich habe Bradshaw gebeten, die Farm nicht direkt anzufliegen, sondern so weit wegzubleiben, dass man uns nicht hören kann. Wir werden zuerst eine Fernaufklärung durchführen.", erklärt Nia. „Wir schicken die Hummingbird Drohnen los und werden sowohl die Farm, als auch die Umgebung scannen lassen. Bei den Gebäuden werden wir Deep-Scans machen, um zu schauen, ob sich noch Leute dort befinden. Außerdem müssen wir die Drohnen nach Reifenspuren suchen lassen. Möglicherweise war Peter nach Joans Flucht noch einmal hier. Sollte die Farm sauber sein, und die Aufklärung nichts ergeben, dann schauen wir uns selber dort um."

„Ok, Chefin, dann werden wir die Drohnen mal bereit machen.", sagte Tolino und ging mit Woodcock zum Lagerplatz der Hummingbirds im rückwärtigen Teil des Helikopters.
Über Nias Funkheadset meldete sich Tom Bradshaw aus der Pilotenkanzel.
„Nia, wir sind jetzt recht nah an der Farm. Ich werde hinter einem Hügel landen, sodass man uns von dort aus nicht sehen kann."
„In Ordnung, Tom."
Sanft setzte der Helikopter auf dem Boden auf und die Rotoren verstummten. Tolino ging an seinen Arbeitsplatz und tippte etwas auf der Tastatur, woraufhin sich am Rumpf des Griffin an beiden Seiten jeweils vier Luken öffneten, aus denen die Hummingbird Drohnen starteten. Diese Drohnen wurden kurz „Humms" genannt. Sie waren rund und hatten einen Durchmesser von nur dreißig Zentimetern. Mit ihren kleinen Rotoren konnten sie sich schnell und vor allem vollkommen leise fortbewegen. Dazu machte sie eine spezielle Tarnfarbe auf die Entfernung nahezu unsichtbar. Mithilfe diverser Kameras, Sensoren und Lasern erstellten die Humms fotorealistische 3-D Modelle der Umgebung. Jedes noch so kleine Detail wurde von ihnen erfasst. Und durch sogenannte „Deep Scans" konnte man sogar in das Innere von Gebäuden schauen, sofern diese nicht aus dickem Stahlbeton bestanden.
Die Humms starteten die Aufzeichnung und auf den Monitoren in der Kommandozentrale begannen sich die 3-D Grafiken der Umgebung aufzubauen. Tolino ließ die Drohnen von allen Seiten sternförmig auf die Farm zufliegen, damit sie auch von dem Gelände um die Farm herum Aufnahmen bekamen.
„Es befinden sich keine Lebewesen auf der Farm!", bemerkte Tolino nachdem die Humms die Aufklärung beendet hatten.
Es dauerte einen kurzen Augenblick, bis Nia etwas auffiel:
„Du sagtest keine Lebewesen?", stutze sie.
„Nein, es befindet sich dort nichts Lebendiges."
„Und was ist mit den Pferden?"
Tolino zoomte die Aufnahmen des Stalls heran. Ihm war zuvor dort nichts aufgefallen, weil es kein Wärmebild eines Lebewesens

gegebenen hatte. Bei genauerer Betrachtung erkannte er aber bestürzt anhand des Deep Scans, dass dort tatsächlich Körper auf dem Boden lagen.

„Oh, Gott. Die Pferde sind da, aber sie sind alle tot. Was für kranke Schweine machen denn sowas?", sagte Tolino angewidert und verständnislos.

Woodcock hatte es regelrecht die Sprache verschlagen. Er schüttelte nur ungläubig den Kopf.

„So was machen Sadisten, die eine unmissverständliche Botschaft hinterlassen wollen.", entgegnete Nia düster. „Wir können die Farm so nicht zurücklassen. Wir müssen das in Ordnung bringen, bevor Joan wieder nach hier zurückkehren kann. Woodcock, rufe doch bitte AoC Kramer an. Er soll bitte ein Team Cleaner nach hier schicken. Oder wohl besser zwei Teams mit großen Transportern."

„Ja, das wäre wohl das Beste.", antwortete Woodcock mit seinem unverkennbaren englischen Akzent, und zückte sein Handy.

ISOS verfügte über Teams, die für ganz spezielle Aufgaben gedacht waren. Und dazu gehörten unter anderem die „Cleaner Teams". Sie waren im wahrsten Sinne des Wortes da, um sauber zu machen. Hatte es beispielsweise in einem Haus eine Schießerei gegeben, von der niemand etwas erfahren sollte, dann rückte ein Cleaner Team an und brachte alles wieder so in Ordnung, als wäre nie etwas geschehen. Sie ließen Einschusslöcher verschwinden, entfernten Blutflecken und reparierten Möbelstücke. Hatten die Cleaner ihre Arbeit verrichtet, dann fanden nicht mal mehr die besten Forensiker irgendwelche Hinweise. Und auch in der Scheune würde später nichts mehr darauf hinweisen, das dort solche Gräueltaten verübt worden waren. Einzig die Pferde würden Joan und Harold natürlich neu kaufen müssen. Nia würde es jedoch so darstellen, als wären die Pferde entlaufen, um den beiden die grausige Wahrheit zu ersparen.

Woodcock beendete das Gespräch.

„Die Cleaner Teams fahren sofort los und sind in ein paar Stunden hier."

„Gut.", sagte Nia. „Tolino, wie sieht es mit Reifenspuren aus?"

„Eine Spur führt von der Farm weg in Richtung Kingman. Das Reifenprofil deutet darauf hin, dass es sich dabei um Joans Fahrzeug handelt. Viel interessanter sind aber mehrere Spuren, die durch einen Canyon in Richtung Wüste führen. Das könnte eine Verfolgungsjagd gewesen sein, denn grundsätzlich macht es wenig Sinn, von hier aus diese Richtung einzuschlagen, da man dort nur hunderte Kilometer Wüste vor sich hat. Man könnte zwar hinter dem Canyon abbiegen, um nach Kingman zu fahren, aber das wäre ein riesiger Umweg."

Das machte Nia hellhörig.

„Es ist zwar nur eine Ahnung, aber ich glaube, dass wir Peter finden werden, wenn wir dieser Spur folgen."

Tolino und Woodcock nickten zustimmend. Sie wussten, dass Nia sehr oft richtig lag, wenn sie eine „Ahnung" hatte.

„Dann sind wir uns einig. Die Cleaner kümmern sich um die Farm und wir folgen den Spuren. Tolino, schicke die Humms als Vorhut zur Aufklärung los, damit wir unterwegs keine böse Überraschung erleben." Nia hatte ihr Funkheadset auf Intercom gestellt, damit Tom im Cockpit mithören konnte. „Tom, haben Sie alles mitbekommen?"

„Habe ich."

„Dann los, lasst uns Peter finden!", sagte sie im Brustton der Überzeugung.

Die Rotoren des Griffin erwachten zum Leben und Tom startete den Helikopter, um den Spuren im Wüstensand zu folgen.

Nachdem Peter Crane das Haus von Joe Stetson verlassen hatte, ging er hinüber zu dessen Truck und holte sein Schrotgewehr darunter hervor. Zwar war es gut, diese Waffe zu haben, aber er wollte eigentlich eine wilde Schießerei mit den sechs Komplizen des falschen Marshalls vermeiden. Eine Tankstelle und Schusswaffen waren eine schlechte Mischung. Zudem war die Tankstelle Joe sehr wichtig, denn sie war gespickt mit Erinnerungen an seine Frau Kathy. Schon alleine deswegen wollte Peter es nicht zulassen, dass sie wegen einem Schusswechsel in die Luft flog. Mittlerweile war es dunkel, was es Peter erleichtern würde, sich an die Männer heran zu pirschen. Die Nacht in der Wüste war still. Es waren keine Tiere oder dergleichen zu hören, sondern nur das leise Säuseln des Windes. Doch plötzlich nahm Peter in einiger Entfernung ein Geräusch wahr. Er horchte in die Nacht. Zuerst dachte er, er höre einen Helikopter. Aber das Geräusch hörte sich doch etwas anders an. Es war eher eine Art Summen, dass sich langsam näherte. Die Aufgabe, die vor ihm lag, war jedoch wichtiger, als die Ursache des Summens zu finden, weswegen er sich abwandte und an der Seite der Tankstelle entlang in Richtung Straße schlich. Dort schaute er vorsichtig um die Ecke. Tatsächlich standen dort im fahlen Licht einer alten Leuchte sechs Männer herum und unterhielten sich. Fünf waren von normaler Statur, doch einer, der etwas Abseits stand, war unnatürlich muskulös. Peter vermutete, dass an diesem Mann ebenfalls die Gen-Experimente durchgeführt worden waren. Und das vollständig, so wie der Mann aussah. Der Gedanke daran, selber so auszusehen, verursachte Peter ein mulmiges Gefühl im Magen. Hoffentlich war Dr. Klein in der Lage, seine Verwandlung aufzuhalten. Peter zog den Kopf wieder ein und lehnte sich an die Hauswand. Händeringend überlegte er, wie er die Schergen außer Gefecht setzen konnte ohne dass die Tankstelle Schaden nahm und er selber dabei unverletzt blieb. Einfach mit gezogener Waffe auf sie zu marschieren, fiel schon mal flach, denn ohne Deckung und nur bewaffnet mit Einzelschusswaffen hatte er kein Chance. Anschleichen konnte er sich ebenfalls nicht. Es gab einfach keine Möglichkeit, um unbemerkt an die Männer heranzukommen. Blieb nur die List. Er musste sie ablenken. Die Gruppe auseinander bringen, damit er sie einzeln oder höchstens zu zweit gegen sich hatte und einen nach dem anderen ausschalteten konnte. Wie aus dem Nichts erschien ein Objekt in Peters Blickfeld. Zuerst dachte er, sich getäuscht zu haben, doch da war tatsächlich etwas. In gerade mal drei Metern Entfernung schwebte vor ihm auf Augenhöhe etwas in der Luft. Es hob sich kaum vom Nachthimmel ab, was es nahezu unsichtbar machte. Peter dachte zunächst, er würde sich das einbilden, doch dieses Objekt war definitiv da. Langsam und vollkommen lautlos schwebte es auf ihn zu, bis es nur noch eine Armlänge von ihm entfernt war. Jetzt konnte er es besser erkennen. Es war ein kleines, rundes Objekt,

welches von kleinen Rotoren in der Luft gehalten wurde. Obwohl Peter sich nicht direkt daran erinnern konnte, so etwas schon einmal gesehen zu haben, so gab ihm dieses Objekt doch ein Gefühl der Sicherheit. Er fühlte sich nicht mehr alleine. Dieses kleine Ding machte ihm irgendwie Mut. Er atmete tief durch, bevor er hinter der Ecke hervortrat und mit dem Schrotgewehr im Anschlag auf die Männer zuging.
„Keine Bewegung!", sagte er bestimmt. Die Männer schauten ihn zuerst überrascht und dann amüsiert an. „VERSCHWINDET VON HIER!"
Einer der Männer, vermutlich der Anführer kam grinsend auf ihn zu.
Der genmanipulierte Muskelprotz stand in einiger Entfernung nur regungslos da und beobachtete die Situation mit dem Ausdruck eines Raubtieres im Gesicht, welches kurz davor stand, die Beute zu reißen.
„Schauen Sie sich doch um.", sagte der Anführer, der aussah, wie ein Preisboxer auf dem Jahrmarkt mit näselnder Stimme. „Wir sind sechs gegen einen. Sie sind vollkommen chancenlos. Selbst wenn Sie es schaffen, einen oder zwei von uns zu erledigen, werden Sie die anderen ins Jenseits befördern. Warum legen Sie also nicht die Waffe nieder und ergeben sich?"
Schlagartig wurde das summende Geräusch, welches Peter vorhin vernommen hatte lauter und hinter einer Hügelkette in Peters Rücken tauchte ein riesiger Helikopter auf. Scheinwerfer am Rumpf leuchteten das Gelände taghell aus. Aus einem Lautsprecher ertönte eine Männerstimme:
„LASSEN SIE SOFORT DIE WAFFEN FALLEN ODER WIR ERÖFFNEN DAS FEUER!"
Wie von Geisterhand tauchten automatisch rechts und links am Rumpf des Helikopters Geschütze auf, welche die Männer vor Peter ins Visier nahmen. Der Muskelprotz reagierte als erster. Er drehte sich um und versuchte mit rasender Geschwindigkeit in die Dunkelheit zu fliehen. Doch gegen die Geschütze des Helikopters hatte er kein Chance. Ein einzelner Schuss ertönte. Der Mann wurde in den Rücken getroffen und nach vorne geschleu-

dert. Regungslos blieb er mit einem klaffenden Einschussloch zwischen den Schulterblättern im Wüstensand liegen.
Daraufhin warfen die restlichen Männer und deren Anführer ihre Waffen weg und hoben die Arme, um sich zu ergeben. Der Helikopter setzte auf dem Boden auf. Peter konnte die Umrisse einer Person erkennen, die ausstieg. Doch die Leuchten am Heli waren zu hell und blendeten Peter, sodass er nicht sehen konnte, wer die Person war. Dann trat sie in den Lichtkegel. Es geschah wie in Zeitlupe. Peter riss die Augen auf. Ihm blieb die Luft weg und er fiel auf die Knie. Bilder, Erinnerungen und Emotionen rollten über ihn hinweg, wie eine gigantische Flutwelle. Nur ein einzelnes Wort entrang sich flüsternd seinen Lippen:
„Nia…"
Er rappelte sich hoch, lief stolpernd auf sie zu und fiel in ihre Arme.
„Nia, Liebling. Endlich!" Er küsste ihre Stirn, ihren Hals, ihren Mund und vor Erleichterung stiegen ihm die Tränen in die Augen.
Nia war etwas perplex. Sie war überglücklich, dass sie Peter gefunden hatte. Doch sie wusste natürlich nicht, was Peter geschehen war und dass er sein Gedächtnis verloren hatte, welches er nun endlich wiedererlangt hatte.
Sie drückte ihn tröstend an sich und flüsterte ihm beruhigend zu.
„Alles ist gut, mein Schatz, alles ist gut."
Eng umschlungen blieben sie stehen, so als hätte die Welt um sie herum aufgehört zu existieren.

28

Lilly und Frank hatten keine Probleme damit, den Computer aus Gouverneur Johnsons Büro zu holen, auf dem das Video von Bernard Cedar gespeichert war. Als sie sich auf dem Weg dorthin befanden, hatte Johnsons Anwalt die Agenten bei der Sekretärin bereits angemeldet. Sie ließ sich nur kurz den Ausweis der beiden zeigen und brachte sie dann in das Büro. Der Rechner stand unangetastet auf dem Schreibtisch des Gouverneurs. Sie lieferten das Gerät bei ISOS L.A. ab, wo sich Techniker direkt daran machten, das Video zu kopieren und die Identität von Cedar herauszufinden. Gleichzeitig suchten sie auch nach Viren oder Spionagesoftware, die möglicherweise Hinweise lieferten, wer genau dem Gouverneur schaden wollte.

Nun waren Lilly und Frank unterwegs zu George Benton, dem Mitarbeiter von NeoSec, der nicht zur Arbeit erschienen war. Lilly saß am Steuer, während Frank sich auf seinem Smartphone ein Akte über Benton anschaute, die ihm das Analysis Center L.A. zugesandt hatte. Man hatte George Bentons Leben durchleuchtet.

„Und? Was ist Benton für ein Typ?", fragte Lilly neugierig.

„Man könnte ihn wohl eine graue Maus nennen. Ein wirklich unscheinbarer Kerl. Hornbrille, kurze graue Haare und ein Allerweltsgesicht. Jemand, an dem man vorbeigeht, ohne ihn wirklich zu bemerken. Seine Frau Lauren und er haben sich kürzlich getrennt. Es zeichnet sich ein echter Scheidungskrieg ab. Sie kämpft erbittert um das alleinige Sorgerecht für die Kinder und das Haus. Über die Gründe der Scheidung ist nichts bekannt."

„Und wie ist er auf der Arbeit?"

„Dort ist er so, wie es sein Äußeres vermuten lässt. Unscheinbar und zurückhaltend. Freunde innerhalb der Firma hat er nicht wirklich. Er kommt morgens pünktlich, erledigt seine Arbeit penibel und gewissenhaft, redet wenig mit anderen und geht abends pünktlich Nachhause. Es gibt nichts wirklich Negatives über ihn zu berichten. Finanziell gibt es bei ihm kein Besonderheiten. Vor der Trennung brachte er das Geld nach Hause und seine Frau kümmerte sich um die Kinder. Er verdient gut, aber nicht übermäßig. Auf dem Haus liegt eine Hypothek, die er pünktlich jeden Monat bedient. Und das war es. Das Leben des George Benton bietet überhaupt nichts Ungewöhnliches."

„Hat er sich in irgendeiner Weise in den letzten Monaten verändert?"

„Ja, das hat er tatsächlich. Sein Vorgesetzter sagt, dass Benton seit einigen Monaten unkonzentriert wirkte. Er war nicht mehr wirklich bei der Sache. Er schien irgendwie verängstigt zu sein. Und weißt du, wann das ungefähr anfing?"

„Lass mich raten: Als Eric Lee begann, regelmäßig nach Kingman zu fahren?", schlussfolgerte Lilly.

„Ganz genau. Seltsam, nicht wahr?"

„Allerdings. Wusste sein Vorgesetzter von Eric Lees Fahrten?"

„Er sagt, nein. Schwer zu sagen, ob das die Wahrheit ist. Jedenfalls scheinen wir auf der richtigen Spur zu sein. Vielleicht schaffen wir es, George Benton zum Reden zu bringen. Jemand wie er dürfte verängstigt reagieren, wenn aus heiterem Himmel zwei ISOS Agenten vor ihm stehen. Mit etwas Druck und der ein oder anderen unterschwelligen Drohung, könnte es gut sein, dass er plappert wie ein Wasserfall."

„Und das wäre wichtig. Niemand dürfte Eric Lee besser kennen, als die Person, die ihn regelmäßig überprüfen musste."

George Benton wohnte zwar in Beverly Hills, doch sein Haus war keine Villa, sondern ein normales Einfamilienhaus. Die Wände waren weiß getüncht, das Dach war mit roten Ziegeln belegt und die Fenster waren grün lackiert. Der Rasen vor dem Haus war makellos gestutzt und die kurze Auffahrt endete an einer Garage, in der ein einzelnes Auto Platz fand.

Als Lilly und Frank das Haus erreichten, sahen sie, dass davor am Straßenrand eine schwarze Limousine parkte, in die gerade zwei Männer einstiegen. Die beiden Unbekannten sahen mit ihren brutalen, grimmigen Gesichtern aus, wie zwei Straßenschläger.

„Die da vorne machen den Eindruck, wie zwei schlechte Schauspieler in einem noch schlechteren Gangsterfilm!", bemerkte Lilly. Die beiden Männer schloßen die Autotüren und fuhren ohne große Eile davon.

„Wohl wahr. Was die wohl von Benton wollten? Ich mache mal lieber ein Foto des Fahrzeugs und des Nummernschilds.", entgegnete Frank, der sein Smartphone zückte und mehrere Fotos schoss. „Mist, die Insassen sind nicht zu erkennen. Aber wenigstens das Nummernschild habe ich drauf. Ich sende die Fotos direkt zur Überprüfung an ISOS L.A."

„Ja, mach das. Meinst du, ich soll drehen und hinterher fahren?"
„Nein, ich denke, wir sollten zuerst nach George Benton sehen."
Lilly raste die Einfahrt zum Haus hinauf. Sie und Frank stiegen aus und gingen eiligen Schrittes zur Haustür. Frank klingelte mehrmals, aber im Inneren regte sich nichts.
„Lass uns gemeinsam um das Haus herumgehen. Vielleicht ist irgendwo ein Fenster oder die Terrassentür auf."
„Ja, ok. Ich habe ein ganz mieses Gefühl.", sagte sie unheilvoll.
Die beiden Agenten zückten ihre Waffen und gingen seitlich um das Haus herum. Nichts rührte sich. Sie schauten durch die geschlossenen Fenster, an denen sie vorbei kamen, doch sie sahen im Inneren nichts Ungewöhnliches. Schließlich erreichten sie die Terrasse. Durch die verglaste Rückfront konnte man ins Wohnzimmer schauen. George Benton war nicht zu sehen. Frank begutachtete das Schloss der Terrassentür.
„Nicht mal ein Sicherheitsschloss. Das ist ein Kinderspiel." Er zückte einen Bund Dietriche, den er immer dabei hatte. Innerhalb weniger Sekunden hatte er das Schloss geknackt und die Tür schwang auf. „Dann mal herein in die gute Stube!"
Dadurch, dass der geplante Anschlag auf Gouverneur Johnson als Akt des Terrors eingestuft war, griff der sogenannte Patriot Akt, der den Ermittlungsbehörden in diesen Fällen besondere Rechte einräumte. Deswegen konnten die Agenten sich Zutritt verschaffen, ohne rechtliche Konsequenzen fürchten zu müssen, denn schließlich gab es zwischen dem Attentäter Lee und George Benton eine direkte berufliche Verbindung.
Mit gezückten Waffen betraten Lilly und Frank das Wohnzimmer.
„Mr. Benton? Sind Sie zu Hause?"
Keine Antwort.
Das Zimmer war genau so, wie man es nach George Bentons Persönlichkeitsbeschreibung erwarten konnte. Pedantisch ordentlich und sauber. Die Einrichtung war nüchtern, praktisch und schlicht. Designermöbel gab es genauso wenig zu sehen, wie optische Highlights an den Wänden in Form von Bildern oder Gemälden. Ein Zwei- und ein Dreisitzer und der Couchtisch standen genau in der Mitte des Raumes im perfekten rechten

Winkel zueinander, so als hätte jemand die Positionen mit dem Zollstock millimetergenau ausgemessen.

Gemeinsam schauten sie sich flüchtig im Erdgeschoss um, wo es jedoch kein Anzeichen für eine gewaltsame Auseinandersetzung gab. Anschließend gingen sie die Treppe hinauf ins Obergeschoss. Die Tür zum Badezimmer direkt neben dem Treppenpodest war nur angelehnt. Frank stieß die Tür auf und zielte mit der Waffe in den Innenraum. Was er sah, schockierte ihn. Auf der Toilette saß George Benton schlaff zusammengesunken. Hinter ihm auf den Kacheln liefen langsam Blut und Gehirnmasse hinab. Neben ihm auf dem Boden lag eine Waffe. Er hatte sich die Pistole in den Mund gesteckt und abgedrückt.

„Verdammt!", fluchte Frank. Er hat sich die Birne weggepustet!"
Lilly schluckte. Auf diesen Anblick war sie nicht gefasst gewesen. Sie atmete ein paar Mal tief durch. Dann warf sie einen genaueren Blick auf die Leiche.

„Ich weiß nicht. So wie das aussieht, ist es erst vor wenigen Minuten passiert. Und wir haben diese beiden seltsamen Typen vor dem Haus gesehen. Ich glaube nicht, dass das Selbstmord war. Ich denke eher, dass jemand versucht, Zeugen zu beseitigen und es wie einen Selbstmord aussehen lassen möchte."

„Könnte sein.", sagte Frank. „Eric Lee plant ein Attentat auf Gouverneur Johnson und am Tag nach dem vereitelten Attentat und Lees Tod bringt sich rein zufällig der Mann um, der für Lees Sicherheitsüberprüfungen zuständig war. Ein etwas sehr großer Zufall"

„Lass uns hier alles durchsuchen. Vielleicht finden wir irgendwelche Hinweise.", schlug Lilly vor.

„Ok, ich schaue mir hier alles an und durchsuche das restliche Obergeschoss und du nimmst dir das Untergeschoss genauer vor." Frank wollte Lilly die grausige Arbeit an der Leiche ersparen und Lilly nahm den Vorschlag dankend an.

Als erstes ging sie in die Küche, welche direkt neben dem Treppenabgang lag. Auch die Kücheneinrichtung war schlicht gehalten und von einer Qualität, wie man sie bei preiswerten Möbeldiscountern findet. Auf der Arbeitsfläche der Küchenzeile sah Lilly jedoch etwas, dass nicht so recht ins Bild passte. Einen ein-

gestöpselten Wasserkocher und eine halbgetrunkene Tasse Tee, die sogar noch leicht warm war. Lilly roch an der Tasse. Es war Kamillentee. So, wie sich die Situation im Haus bisher dargestellt hatte, war George Benton nicht der Typ, der den Wasserkocher oder eine halbe Tasse Tee stehen ließ. Mal ganz davon abgesehen, dass sich wohl niemand eine Tasse Tee machte, diese halb leer trank und sich dann eine Kugel in den Kopf jagte. Vor Lillys geistigem Auge zeichnete sich ab, was vorgefallen war:
George Benoten war heute zu Hause geblieben. Vielleicht weil ihm nicht gut war, worauf der Kamillentee hindeutete, oder wegen der Sache mit Eric Lee. Vielleicht war es auch eine Kombination aus beidem, warum er nicht zur Arbeit erschienen war. Er machte sich in der Küche eine schöne Tasse Tee. Als er gerade ein paar Schlucke getrunken hatte, klingelte es an der Tür. Es waren die beiden Schlägertypen. Unter einem Vorwand brachten sie ihn dazu, sie hereinzulassen.
Die Frage war nur, was danach geschehen war, denn einen Kampf hatte es offensichtlich nicht gegeben.

Im Badezimmer zog Frank sich ein paar Gummihandschuhe an und begann, die Leiche näher zu untersuchen. Vom Prinzip her passte alles zusammen. Die Waffe war ohne Zweifel in Bentons Mund abgefeuert worden, denn durch den Rückstoß der Waffe, waren die Schneidezähne oben und unten abgebrochen. Der Schusswinkel verlief so, als hätte er die Waffe selber gehalten, wie er anhand der Ein- und Austrittswunde erkennen konnte. Das Blut an der Wand war noch nicht getrocknet, was bedeutete, dass der Schuss noch nicht allzu lange her war. Die Waffe war Benton nach dem Schuss aus der Hand gefallen. Als Frank sie näher betrachtete, konnte er Speichel aus Bentons Mund auf der Oberfläche erkennen. Dann fiel ihm am Hals des Toten ein kleiner roter Punkt auf. Frank nutzte sein Smartphone als Lupe und schaute sich den Punkt genauer an. Es war ein winzig kleiner Einstich. Genaueres würde erst eine umfassende Blutuntersuchung zeigen, aber es bestand durchaus die Möglichkeit, dass George Benton betäubt worden war und sich gar nicht selber umgebracht hatte. Sofort kamen Frank die zwei Männer in den Sinn, die sie drau-

ßen vor dem Haus gesehen hatten. Für ihn verdichtete sich der Verdacht, dass die beiden möglicherweise etwas mit dem vermeintlichen Selbstmord zu hatten.
Ansonsten fand er nichts Auffälliges mehr. Er verließ das Bad und traf auf dem Flur auf Lilly.
„Und?", fragte er erwartungsvoll. „Hast du etwas Interessantes gefunden?"
„Nicht direkt. Eher ein Indiz und eine Vermutung meinerseits, dass das kein Selbstmord war. In der Küche steht eine halbe lauwarme Tasse Tee. Benton ist nicht der Typ, der Unordnung hinterlässt und sich dann umbringt. Und da die Tasse noch warm war, und wir diese schrägen Typen vor dem Haus gesehen haben, vermute ich, dass sein Tod nur so aussehen soll, wie ein Selbstmord."
„Und ich habe am Hals an seiner Schlagader eine winzige Einstichstelle gefunden. Auch ein Indiz, dass Benton sich nicht selber umgebracht hat, sondern betäubt wurde und man es dann so aussehen ließ, als ob. Wir sollten den Vorfall der Polizei melden, damit die Spurensicherung und die Gerichtsmedizin sich das genauer ansieht."
Franks Smartphone vibrierte in seiner Hosentasche. Er nahm es heraus und schaute auf das Display.
„Verflucht!", entfuhr es Frank zornig.
„Was ist?", fragte Lilly.
„Das ist ein Bild aus der Videoaufnahme von Gouverneur Johnsons Büro. Es zeigt Bernard Cedar."
Frank zeigte Lilly das Foto.
„Oh, nein. Das ist einer der beiden Männer, die wir vor dem Haus gesehen haben.", sagte sie bestürzt. „Er ist mit ziemlicher Sicherheit für den Tod von Benton verantwortlich. Und wir haben ihn fahren lassen…"
„Das stimmt zwar, aber seinen Tod hätten wir trotzdem nicht verhindern können. Jetzt wissen wir aber wenigstens, wen wir kriegen müssen, wenn wir Antworten haben wollen."
Lilly stimmte zu. „Dann lass uns die Polizei rufen, damit der Tod von Benton untersucht wird. Denkst du, wir sollten Bernard Cedar zur Fahndung ausschreiben?"

„Besser nicht. Das würde unsere Gegner nur aufschrecken. Und so skrupellos, wie sie bisher agiert haben, dürfte Cedar dann ganz schnell das Zeitliche segnen. Ich denke, wir sollten ihn bei ISOS intern suchen lassen, ohne das an die große Glocke zu hängen."
„Ja, da hast du recht."
„Ok, dann setze ich mich mit der Polizei in Verbindung."
„Und ich rufe Vin an. Wir sollten uns mit ihm treffen und das weitere Vorgehen besprechen."

29

Vin saß in einem Audi A8, der ebenfalls Richard Metz gehörte, vor dem Beverly Hills Police Department und schaute sich auf seinem Smartphone die Akte von Bernard Cedar an. Die Nachforschungen hatten sich als schwierig herausgestellt, denn Bernard Cedar war nicht nicht der richtige Name des Mannes. Doch die Spezialisten von ISOS hatten schließlich herausgefunden, wer er wirklich war. Sein richtiger Name lautete Karl Striklan. Aufgewachsen war er in Brooklyn, New York. Er hatte einen drei Jahre jüngeren Bruder namens James. Die beiden waren unzertrennlich und ähnelten sich rein äußerlich auch sehr. Ihr Vater war Alkoholiker und genau wie die Mutter arbeitslos gewesen. Die Jungs hatten sehr unter ihrem gewalttätigen Vater gelitten. Speziell Karl hatte häufig Prügel bezogen, nicht zuletzt auch deswegen, weil er immer versucht hatte, seinen kleinen Bruder zu schützen und die Schuld für Sachen auf sich nahm, die James „verbrochen" hatte. Ihre Mutter hatte sie nicht schützen können. Einerseits bezog sie selber oft genug Prügel und landete ein ums andere Mal im Krankenhaus, andererseits war sie dennoch ihrem Mann hörig. Im Alter von vierzehn Jahren tötete Karl Striklan seine Eltern im Schlaf, nachdem er zuvor wieder von seinem Vater schwer misshandelt worden war. Brandmale von Zigaretten auf Karls Rücken zeugten noch immer von diesem Tag. James hatte den Doppelmord mit angesehen. Aufgrund der Misshandlungen wurde die Tat von der Justiz als Notwehr angesehen und James und Karl sollten in ein Waisenhaus. Nach nur einem Tag flohen sie jedoch aus dem Waisenhaus und lebten fortan auf den Straßen von Brooklyn. Das Leben auf der Straße war hart und sie hielten sich mit Diebstahl, Hehlereien und anderen illegalen Tätigkeiten über Wasser. Schon bald machten sie sich einen Namen in der Unterwelt von Brooklyn und fingen an, Jobs für diverse kleine und große Gangster zu erledigen. So trieben sie beispielsweise mit brutaler Gewalt Schutzgeld ein. Ihr Vorstrafenregister wurde immer länger und mit zweiundzwanzig musste Karl das erste Mal ins Gefängnis. Dort musste irgendetwas geschehen sein, denn nach der Haftstrafe verschwanden Karl und James Striklan spurlos von der Bildfläche. Es dauerte einige Zeit, bis Karl und James als Bernard und Dominik Cedar wieder auftauchten. Man vermutete, dass der Inner Circle die beiden angeworben hatte und sie für die Mitglieder die Drecksarbeit erledigten. Sie agierten nicht mehr nur in New York, sondern in den gesamten Vereinigten Staaten, wo immer ihre Dienste benötigt wurden. Allerdings konnte man Bernard und Dominik nie wegen irgendwelcher Verbrechen belangen. Zeugen verschwanden, Akten lösten sich in Luft auf und Beweismittel wurden sogar aus der Asservatenkammern der Polizeibehörden entwendet. Sie hatten scheinbar sehr einflussreiche Freunde. Eine Adresse von Bernard Cedar hatte man nicht herausgefunden. Er war nirgends gemeldet.

Vins Smartphone klingelte. Es war Lilly, die ihm von George Bentons Tod berichtete, und dass sie und Frank Bernard Cedar vor dem Haus gesehen hatten.
„Wir müssen Cedar unbedingt finden. Er könnte uns wichtige Informationen über den Inner Circle und dessen Mitglieder liefern. Das ist eine einmalige Chance.", sagte Vin als sie fertig war.
„Vielleicht kriegen wir ihn über sein Handy, über E-Mails oder Kreditkarten. Möglicherweise hilft uns eine Stimmanalyse, um mit Hilfe des ISOS Zentralrechners Telefonate, die er führt, herauszufiltern."

Der ISOS Hauptrechner analysierte und überwachte den weltweiten Telefon- und E-Mail-Verkehr. Er war eine mächtige Waffe im Kampf gegen Terrorismus. Mithilfe einer Stimmanalyse war der Rechner tatsächlich in der Lage, die Person, der die Stimme gehörte, anhand von Telefongesprächen ausfindig zu machen.
„Kennst du einen fähigen Mitarbeiter des Analysis Centers, den wir damit beauftragen können, ohne dass es an die große Glocke gehangen wird?", fragte Vin. „Wir müssen da äußerst diskret vorgehen, weil wir nicht wissen, wie weit der Einfluss des Inner Circle reicht."
Lilly überlegte kurz. „Hm…Es gibt da einen jungen und sehr fähigen Mitarbeiter namens Nicholas Richmond. Ich denke, ihm könnten wir die Sache anvertrauen. Er hat auf jeden Fall das Zeug dazu und ist hochmotiviert."
„Okay, dann setze ihn darauf an Bernard Cedar ausfindig zu machen."
Vin dachte kurz nach. Ihm war bewusst, dass er durch sein Auftreten und seine körperliche Präsenz andere Leute oft einschüchterte. Das war bei Verhören natürlich oftmals sehr hilfreich. Bei Zachary Anderson, dem Geliebten von Gouverneur Johnson, war jedoch eher Fingerspitzengefühl gefragt. Eine weibliche Person wäre in diesem Zusammenhang sicherlich die geeignetere Wahl für eine Befragung.
„Ich sende dir jetzt eine Adresse auf dein Smartphone. Komm mit Frank bitte dorthin, sobald die Polizei bei Benton eintrifft."
„Worum geht's?", fragte Lilly.
„Das möchte ich lieber nicht am Telefon besprechen."
„Gut, dann bis gleich.", sagte Lilly und legte auf.
Doch schon klingelte sein Smartphone erneut. Eine unbekannte Nummer. Er nahm ab und horchte regungslos.
„Verstanden.", sagte er kurz und knapp und legte auf. Die Instruktionen waren klar und deutlich gewesen. Vin war jedoch dazu angehalten worden, Stillschweigen über den Inhalt des Telefonats zu wahren. Das hieß, er durfte dem Team nichts davon erzählen. Und das würde sie hart treffen.

Ohne weiter über das Telefonat nachzudenken, startete Vin das Fahrzeug und fuhr die kurze Strecke zu Zachary Andersons Haus, welches ebenfalls in Beverly Hills lag.
Als er dort ankam, waren Lilly und Frank noch nicht da. Er hielt am Bordstein ein paar Meter entfernt, sodass man ihn vom Haus aus nicht sehen konnte, und wartete. Er wusste nicht viel über Zachary Anderson, denn die Zeit für Nachforschungen über ihn war sehr knapp gewesen. Für viel mehr als Name, Alter und seinen Arbeitsplatz hatte es nicht gereicht. Lilly würde das Gespräch mit ihm also intuitiv angehen und auf Andersons Verhalten und Reaktionen eingehen müssen. Die ISOS Agenten waren zwar darin geschult, jedoch war ein fundiertes Hintergrundwissen über die Person, mit der man sprach, natürlich sehr hilfreich.
Anderson schien jedenfalls recht gut zu verdienen. Sein Haus war groß. Ein eingeschossiger Flachbau mit großen Glasflächen, die leicht abgedunkelt und verspiegelt waren, sodass man nicht ins Innere blicken konnte. Die gepflasterte Einfahrt bildete einen Halbbogen, der an beiden Seiten von sorgfältig gepflegten Blumenbeeten gesäumt war. Das gesamte Gebäude, und auch das Grundstück waren so makellos, dass sie direkt aus einem Hochglanz-Immobilien-Katalog zu stammen schienen und jedes noch so kleine Detail wirkte teuer und edel.
Als Lilly und Frank ankamen, parkten sie hinter Vin. Die beiden stiegen aus und Vin ging zu ihnen hinüber.
„Hallo, Leute!", sagte er.
„Hallo, Vin.", antwortete Lilly. „Was liegt an?"
Vin klärte die beiden auf. Sie waren überrascht über das Geheimnis des Gouverneurs.
„Sachen gibt's. Erstaunlich, dass er das so lange geheim halten konnte.", sagte Frank verwundert.
„Lilly, ich glaube es wäre sinnvoll, wenn zunächst du alleine mit Anderson redest. Ich denke, du als Frau findest möglicherweise leichter Zugang zu ihm.", erklärte Vin.
„Gut möglich.", entgegnete sie. „Es ist auf jeden Fall einen Versuch wert. Dann werde ich mal hinübergehen."
Während Lilly die Auffahrt hinaufging, begutachtete sie das Haus. Es war durchaus imposant, keine Frage. Und doch fehlte es

irgendwie an Charme. Es wirkte so kühl und irgendwie war alles zu perfekt. Lilly würde jedes noch so alte Bruchsteinhaus einem solchen Glas/Beton-Klotz vorziehen.

Von der anderen Seite bog ein alter, zerbeulter, roter Honda Civic in die Einfahrt ein und fuhr bis zur Haustür. Eine kleine stämmige Frau lateinamerikanischer Herkunft stieg aus. Sie war mittleren Alters und hatte ihre lockigen Haare zu einem Zopf geflochten. Sie trug eine gestreifte Bluse, mit dem Logo einer Firma, die Putzhilfen vermittelte. Eiligen Schrittes stapfte sie zum Eingang des Hauses, als sie Lilly bemerkte.

„Kann ich Ihnen helfen, Miss?" fragte sie freundlich, mit starkem spanischen Akzent.

„Ja, das hoffe ich. Mein Name ist Lilly Jaxter. Mr. Anderson und ich haben einen gemeinsamen Freund, über den ich gerne mit ihm reden würde." Lilly setzte ihr bestes Lächeln auf. Sie hatte sich entschieden, nicht zu erwähnen, dass sie eine Agentin war und Anderson befragen wollte. So traute ihr die Putzhilfe möglicherweise eher über den Weg. Falls die Dame eine illegale Einwanderin war, was hier in L.A. in solchen Firmen häufiger vorkam, dann würde sie sofort misstrauisch werden und abblocken, wenn Lilly zu erkennen gab, dass sie in offiziellem Auftrag hier war. Das konnte ihr unter Umständen den direkten Weg zu Anderson verbauen. Durch ihren Nadelstreifen Blazer mit der dazu passenden Hose, sah Lilly geschäftsmäßig und seriös aus, was ihr eventuell ebenfalls helfen konnte. Natürlich trug sie aber unter dem Blazer, unsichtbar für die Frau, einen Schulterhalfter in dem ihre Pistole steckte.

„Mein Name ist Lucia Ortiz. Ich arbeite für Mr. Anderson. Kommen Sie doch mit hinein. Ich werde sie dann bei Mr. Anderson anmelden."

„Vielen Dank, Ms. Ortiz."

Lucia ging zur Tür, schloss sie auf und bat Lilly herein.

„Bitte warten Sie hier, ich werde Mr. Anderson holen.", sagte sie und verschwand im hinteren Teil des Hauses.

Lilly schaute sich um. Auch dieser etwa dreißig Quadratmeter große Raum wirkte kühl. Die Wände waren weiß und mit einer hochglanzpolierten Spachtelung überzogen, die aussah, wie

Marmor. Auf dem Boden lagen hochglänzende schwarze Fliesen. Insgesamt fünf Türen, welche ebenfalls hochglänzend weiß beschichtet waren, führten in angrenzende Räumlichkeiten. Ansonsten war der Raum karg eingerichtet. Es hingen keine Bilder an den Wänden und es standen auch keine Pflanzen in den Ecken. Nur ein überdimensionierter Spiegel mit poliertem Edelstahlrahmen hing Lilly gegenüber an der Wand. Rechts und links daneben waren einige Kleiderhaken befestigt, an denen Jacken und Mäntel von teuren Designern hingen.
Plötzlich hörte Lilly Ms. Ortiz schreien. Sie zog ihre Waffe und eilte durch die Tür, aus deren Richtung der Schrei gekommen war. Lilly gelangte in einen Flur, an dessen Ende eine weitere Tür offen stand. Als sie dort ankam, sah sie Ms. Ortiz mit vor dem Gesicht verschränkten Händen in einer Art Arbeitszimmer stehen.
„Mr. Anderson…", brachte sie zwischen zwei Schluchzern heraus. Hinter dem Schreibtisch saß ein attraktiver Mann Ende fünfzig regungslos mit geschlossenen Augen in einem Schreibtischstuhl. Sein Gesicht war kreideweiß und sah irgendwie blutleer aus. Lilly trat näher heran und erkannte den Grund dafür. Am linken Arm des Mannes war die Schlagader in Längsrichtung aufgeschlitzt, und auf dem Boden sah sie eine große Blutlache. Aus ihrer Tasche kramte Lilly ein paar Gummihandschuhe hervor und tastet am Hals des Mannes nach dessen Puls, den sie jedoch nicht fand. Zachary Anderson war tot.
Nach dem, was Frank bei George Benton entdeckt hatte, ging sie näher an die Leiche heran und untersuchte den Hals genauer. Auch an Andersons Halsschlagader fand sie einen winzig kleinen Einstich, was wiederum darauf hinwies, das auch er möglicherweise keinen Selbstmord begangen hatte.
Lilly hatte genug gesehen. Sanft umfasste sie Ms. Ortiz an der Schulter und schob sie behutsam aus dem Zimmer.
„Kommen Sie, lassen Sie uns in die Küche gehen.", sagte Lilly einfühlsam.
In der Küche durchsuchte Lilly die Schränke, bis sie ein Glas fand, und füllte es am Wasserhahn mit Wasser.

„Hier, trinken Sie, Ms. Ortiz." Sie war immer noch ganz aufgelöst und Tränen kullerten ihr die Wangen hinab.
„Er war so ein netter Mensch…", sagte sie, als sie das Glas entgegennahm.
„Das glaube ich.", antwortete Lilly. „Ms. Ortiz, könnten Sie bitte kurz hier warten? Vor dem Haus warten zwei Kollegen von mir, die ich gern hereinholen würde, wenn Ihnen das recht ist?"
Ms. Ortiz nickte apathisch, woraufhin Lilly nach draußen zu Frank und Vin hastete.
„Leute, Anderson ist tot.", platzte es atemlos aus ihr heraus.
Schockiert starrten die beiden Männer Lilly an.
„Was…was ist passiert?", fragte Vin.
„Auf den ersten Blick: Selbstmord. Die Schlagader am Handgelenk ist aufgeschlitzt. Auf den zweiten Blick habe ich bei ihm am Hals, genau wie bei Benton, eine Einstichstelle gefunden."
Vin schien das sichtlich zu treffen, denn er wurde ganz blass.
„Was ist los Vin?", fragte Lilly besorgt.
Vin antwortete mit abwesendem Blick: „Der Gouverneur war äußerst diskret, was diese Sache angeht. Er hat mit niemandem jemals darüber gesprochen. Aber…er hat es mir im Polizeirevier erzählt. Falls es sich bestätigt, dass es Mord war, dann ist es gut möglich, dass Andersons Name und Adresse für den Mörder direkt aus dem Revier kamen und man unser Gespräch belauscht hat."
„Das wäre ungeheuerlich.", empörte sich Frank.
„Ja, und es würde zeigen, wie groß der Einfluss unserer Gegner ist.", merkte Lilly an.
Vin hatte sich wieder etwas gefasst: „Ich melde den Mord der Polizei. Die Leiche muss schnellstmöglich obduziert werden."
„Und ich gehe solange, bis die Polizei hier ist wieder hinein zur Haushälterin Ms. Ortiz. Die Arme hat den Leichnam aufgefunden und ist verständlicherweise ziemlich fertig."

Es dauerte nicht lange, bis die Polizei da war. Lilly übergab Ms. Ortiz in die Obhut einer jungen freundlichen Polizistin, die die Aussage der Dame aufnahm. Gemeinsam mit Vin und Frank überwachte Lilly noch, dass der Leichnam ordnungsgemäß abtransportiert wurde und dann machten sich die drei Agenten auf den Rückweg zu Richard Metz' Villa.

Es war mittlerweile dunkel geworden. Frank und Lilly fuhren im Maserati vor, natürlich mit Lilly am Steuer, Vin folgte im Audi. Sie rollten schweigend durch den Feierabendverkehr von L.A., bis Frank das Wort ergriff:

„Was für ein scheiß Tag. Zwei Tote. Für was, frage ich mich? Was heute wohl noch so alles passiert…"

Wie auf Kommando meldeten Franks und Lillys Smartphones gleichzeitig den Eingang einer Kurznachricht. Frank las und grinste dann.

„Na, Gott sei Dank.", stieß er aus. „Nia hat Pete gefunden. Er lebt und ist wohlauf!"

Lilly atmete erleichtert durch.

„Wenigstens etwas Positives.", sagte Lilly lächelnd.

Für den Moment waren nach dieser guten Nachricht die Morde vergessen und die Laune der Agenten hatte sich etwas gebessert. Auch Vin wurde von der Kurznachricht aus seinen düsteren Gedanke gerissen. Und auch er jubelte, dass Peter gefunden worden war.

Frank Thiel hatte sich gerade erschöpft auf sein Bett in der Villa fallen lassen, als sein Handy klingelte. Es war schon spät, und er wunderte sich, wer da wohl anrief.

„Thiel!", sagte er barsch.

„Melody Mureaux!", hauchte sie verführerisch als Antwort.

Frank hatte nach diesem Tag keine Lust auf Spielchen.

„Was wollen Sie?", fragte er ungeduldig.

Melody schaltete schnell, und aus dem verführerischen Vamp wurde plötzlich die hilflose, verletzliche Frau.

„Ich…ich brauche Ihre Hilfe, Frank.", sagte sie theatralisch mit bebender Stimme. „Hier läuft eine riesige Sache. Gouverneur Johnson, das geplante Attentat, NeoSec, NewTec Pharmaceutical und so viele Tote. Das alles hängt zusammen und ich glaube, mein Chef Neo Marsten ist darin verwickelt. Ich habe Angst. Angst um mein Leben!"

„Was genau meinen Sie? Wie hängt das alles zusammen? Und warum haben Sie Angst um ihr Leben?"

Franks professionelle Neugier war geweckt.

„Nicht am Telefon, Frank. Wir müssen uns treffen."

„Wann und wo?"

„Mein Chef ist morgen ab 11:30 Uhr außer Haus und ich habe frei. Unter anderem geht er mittags mit Ms. Jaxter essen. Dann können wir uns unbemerkt treffen. 12:30 Uhr im Echo Park?"

„Einverstanden."

„Gut. Und Frank?"

„Ja?"

„Vielen Dank!", sagte sie, und es hörte sich ehrlich an. Dann beendete sie das Gespräch.

Franks Gedanken rasten. Er hatte nicht vor, sich von Melody Mureaux um den Finger wickeln zu lassen. Sie war mit allen Wassern gewaschen und tat alles mit Kalkül. Die Nummer der hilflosen Frau kaufte er ihr jedenfalls nicht ab. Es war klar, dass sie irgendetwas vorhatte und ihn mit ziemlicher Sicherheit für ihre Zwecke missbrauchen wollte. Andererseits bot sich hier eventuell die Möglichkeit, einige Zusammenhänge aufzudecken. Melody verfügte sicherlich über wertvolle Informationen. Die Frage war, wie hoch der Preis für diese Informationen war?

So oder so war er aber zunächst gezwungen, mitzuspielen, wenn er Auskünfte wollte. Aber er musste auf der Hut sein, wenn er diesen Tanz mit Melody Mureaux wagte.

30

Peter Crane berichtete Nia, Tolino und Woodcock in der Kommandozentrale des Griffin Helikopters, was ihm widerfahren war. Während Peters Schilderungen hielt Nia seine Hand regelrecht umklammert. Peter beendete seinen Bericht mit den Experimenten, die man an ihm durchgeführt hatte. Bestürzt schauten die anderen ihn an. Es herrschte betretenes Schweigen und Nia

kämpfte um ihre Fassung. Doch plötzlich fing Tolino an zu grinsen: „Dann bist du ja jetzt ein echtes Kampfschwein, Chef!"
Es dauerte einen Augenblick, dann prustete Peter los und die anderen stimmten ein. Peter tat es unglaublich gut, einfach nochmal ungezwungen zu lachen.
„So sieht's aus!", entgegnete er und wischte sich eine Lachträne aus dem Gesicht.
Tolino hatte ein fröhliches Gemüt und schaffte es immer wieder, solche Situationen aufzulockern, was ein Grund dafür war, warum er bei ISOS so überaus beliebt war.
Als sie sich alle wieder beruhigt hatten, sagte Nia:
„Man muss dich sofort nach Washington auf die Krankenstation der ISOS Zentrale bringen, damit die TARC Wissenschaftler sich um dich kümmern können und ein Gegenmittel finden!"
„Die Lösung für mein Problem ist wesentlich näher, als du denkst!"
„Dr. Klein?", schlussfolgerte sie.
„Ganz genau. Wir müssen uns sofort auf den Weg machen, um Dr. Klein und Harold aus dem Labor herauszuholen. Erstens habe ich das den beiden versprochen und zweitens weiß Dr. Klein, wie man diesen Effekt wieder umkehren kann, sodass mein Körper wieder normal wird."
„Na dann los.", sagte sie.
„Nicht so hastig. Ich muss mich noch kurz um ein paar Dinge kümmern." Peter wandte sich an Woodcock. „Könntest bitte Vin in L.A. anrufen und mir das Gespräch hier auf den den Kopfhörer legen?"
„Klar, Chef.", antwortete der Engländer.
Neben Peter auf der Konsole lag ein Kopfhörer, den er überstreifte.
„Pete, freut mich von dir zu hören.", sagte Vin überschwänglich.
„Hi, Vin." Peter kam direkt zur Sache. „Ich werde dir später berichten, was hier bei uns los ist, aber zunächst musst du etwas extrem Dringendes erledigen!"
„Schieß los"

„Haben wir im Moment Teams in San Francisco oder der näheren Umgebung?"
Vin wusste für gewöhnlich gut über solche Dinge Bescheid.
„Soweit ich weiß, sind dort im Moment zwei Dreierteams mit einer Observierung beschäftigt."
„Mit voller Ausrüstung?"
„Sollte so sein.", entgegnete Vin knapp.
„Gut. Wir müssen die Teams für ein paar Stunden von der Observierung abziehen. Es geht um eine Geiselnahme."
„Details?"
„In der Nähe des Campus der Stanford University werden eine Frau namens Henrietta Klein, und ihre beiden Töchter Melina und Jennifer, zwölf und fünfzehn Jahre alt, von Terroristen festgehalten. Über die Anzahl der Männer kann ich nichts sagen. Wir müssen die Familie umgehend da rausholen. Es gibt Anzeichen dafür, dass die Frau verstümmelt wurde…"
„Wird erledigt. Ich melde mich, sobald die Teams die Familie befreit haben."
„Danke, Vin."
„Eine Sache noch, Pete…"
„Was denn?"
Vin berichtete von dem Telefonat. Peter nahm die Informationen zur Kenntnis, ging jedoch nicht näher darauf ein.
„Wir hören uns später.", sagte er stattdessen und legte auf.
„Was hat er am Ende des Gesprächs erzählt?, wollte Nia wissen.
„Nichts Besonderes. Er hat mich nur auf den neusten Stand gebracht."
Nia nickte zwar und fragte auch nicht weiter nach, doch sie war sicher, dass Vin ihm etwas sehr Wichtiges mitgeteilt hatte. Nia wusste jedoch, dass Peter es ihr schon sagen würde, wenn die Zeit reif war. Deswegen ließ sie es zunächst auf sich beruhen.
„Tolino, haben wir Satellitenaufnahmen von der Region hier?", fragte Peter.
„Ja, Chef. Als wir auf die Suche nach dir gegangen sind, haben ich Aufnahmen der Gegend heruntergeladen."
„Ok, dann rufe sie auf und lege sie bitte auf den großen Schirm.

Zunächst bitte Aufnahmen unserer aktuellen Position."
Tolino tippte etwas auf der Tastatur.
„Schon erledigt."
Auf einem großen Bildschirm an der Wand am Kopf der Kommandozentrale erschien eine Satellitenaufnahme, auf der ein blauer Punkt blinkte, der ihre Position anzeige.
„Gut. Suche bitte nordöstlich von hier eine Aufnahme einer verlassenen Siedlung."
Tolino scrollte mit der Maus, bis er schließlich fand, was Peter suchte.
„Gefunden. Was ist mit der Siedlung?"
Peter schaute sich die Aufnahme an.
„Das große Gebäude dort ist der Saloon mit Pension. Siehst du dieses viereckige Etwas auf der Rückseite?"
„Ja."
„Vergrößere das so weit es geht."
Als Tolino den Bereich vergrößerte, wurde deutlich sichtbar, was sich dort befand.
„Was zur Hölle…", fluchte Nia bestürzt.
„Ein Massengrab. Irgendjemand hat eine Gruppe mexikanischer Bauarbeiter skrupellos erschossen und einfach in dieser Grube liegen lassen.", erklärte Peter.
„Unfassbar!", sagte Tolino und starrte genauso wie Nia und Woodcock ungläubig auf den Bildschirm, bis Peter fortfuhr.
„Woodcock, rufe doch bitte ISOS L.A. an und schildere ihnen diesen grausigen Fund. Sie sollen mehrere Teams schicken, um die Leichen zu bergen und nach forensischen Hinweisen suchen. Falls nötig, sollen sie die Polizei und das FBI als Verstärkung hinzuziehen."
„Verstanden.", entgegnete Woodcock.
„Außerdem brauchen wir Bergungsteams und Wissenschaftler zur Sicherung und Untersuchung des geheimen Labors."
„Wird erledigt."
„Nia, könntest du mit Tolino die Ausrüstung für die Bergung von Harold und Dr. Klein bereit machen? Wir brauchen schusssichere Westen. Das stabilste, was wir haben, und dazu die Kampfanzüge mit Polymer-Panzerung. Wir sind zwar darin nicht

so beweglich, aber die Anzüge sind so stabil, dass wir wenigstens geschützt sind vor Angriffen der Viecher dort unten. Außerdem brauchen wir großkalibrige Schusswaffen. Für kurze Distanzen Schrotgewehre, für weitere Distanzen Sturmgewehre mit mannstoppenden Hohlspitzgeschossen."
Diese Geschosse verformen sich beim Aufprall, wodurch sich ihr Durchmesser vergrößert und sie besonders schwere Verletzungen hervorrufen.
„Außerdem brauchen wir Kletterausrüstung, um den Aufzugschacht hinunterzukommen."
„Wird erledigt!"
„Ich werde draußen mit der Polizei reden und verabschiede mich von Joe."
Peter verließ den Helikopter. Draußen standen mehrere Polizeifahrzeuge. Die Polizisten hatten den sechs Männern Handschellen angelegt und sie in die Fahrzeuge verfrachtet. Peter ging hinüber zum Sheriff, einem Mann namens Greg Halston. Der Sheriff war einen halben Kopf kleiner als Peter und trug seine Uniform sichtlich voller Stolz. Er hatte die Arme hinter dem Rücken verschränkt und die Brust herausgedrückt, sodass sein Sheriff Stern besonders gut zur Geltung kam. Auf dem Kopf trug er einen Hut und sein Schnauzbart hüpfte auf und ab, weil er so energisch auf einem Kaugummi herum kaute. Das beigefarbene Hemd und die braune Hose waren tadellos gebügelt und seine Schuhe blankpoliert. Fast schon verächtlich schaute er Peter an. Es war die typische Abneigung der ländlichen Polizei gegenüber anderen Institutionen, sei es das FBI, oder wie in diesem Fall, ISOS.
„Sheriff, mein Name ist Peter Crane."
Er nickte nur als Antwort und kaute noch energischer auf dem Kaugummi.
„Wohin bringen Sie die Männer?"
„Sie kommen nach Kingman in Gewahrsam.", antwortete Halston mit einer gedehnten und langsamen Sprechweise.
„Und die Leiche?"
„Die kommt in die Leichenhalle, bis der Coroner kommt und sie untersucht."

„Sheriff, wir ermitteln in einer Sache äußerster Dringlichkeit. Es ist wichtig, dass die Gefangenen nach Los Angeles zu ISOS L.A. zum Verhör gebracht werden. Unsere Verhörspezialisten werden diese Leute sehr schnell zum Reden bringen. Und auch die Leiche muss nach L.A. Wir müssen den Toten dort obduzieren, da wir über nötige Hilfsmittel verfügen, die Ihr Coroner nicht hat."
„Tut mir leid, Mr…ähm…Crap…"
Crap bedeutete so viel wie „Scheiße". Eine offensichtliche Beleidigung.
„Crane. Mein Name ist Crane."
„Nun, Mr. Crane, das kann ich leider nicht genehmigen. Das hier ist mein Bezirk und für den Moment sind wir zuständig für die Gefangenen und die Leiche. Sie sind leider gezwungen, den offiziellen Weg zu gehen, wenn sie die Gefangenen und die Leiche nach L.A. überführen wollen."
Der offizielle Weg würde viele Stunden unnötige Zeit kosten und war dementsprechend inakzeptabel für Peter.
„Hören Sie, Sheriff. Ich weiß, dass das hier Ihr Bezirk ist. Und ich sehe Ihnen an, dass Sie ein guter Mann sind, der seinen Job gewissen- und ehrenhaft erledigt. Ich könnte jetzt hier einen riesigen Aufstand machen und mich auf den Patriot Act berufen. Dann wären Sie gezwungen, mir zu helfen. Doch das möchte ich nicht. Ich möchte Hand in Hand mit Ihnen arbeiten. Ich werde offen und ehrlich zu Ihnen sein. Wir sind einer großen Sache auf der Spur. Es geht um illegale Gen Experimente am Menschen. Die Gefangenen könnten etwas darüber wissen und der Tote könnte sogar Teil dieser Experimente sein. Wir müssen diese Leute in L.A. befragen und die Leiche dort obduzieren. Bitte, Sheriff Halston, kommen Sie mir in dieser Sache entgegen. Dann schulde ich Ihnen was!"
Der Sheriff überlegte kurz.
„Na gut, na gut.", sagte er generös. „Ich werde Ihren Wünschen nachkommen. Ich werde sofort den Transport nach L.A veranlassen."
„Danke, Sheriff. Und nun entschuldigen Sie mich."
„Und denken Sie daran, dass sie mir etwas schuldig sind."
„Natürlich!"

Peter wandte sich ab und ging hinüber zu Joe Stetsons Haus.

In der Küche saß ein Police Officer Joe gegenüber und nahm dessen Aussage auf. Joe sah blass und müde aus. Doch seine Augen blickten aufmerksam, als Peter hereinkam.
„Officer, könnten Sie uns kurz alleine lassen?", fragte Peter den jungen Polizisten.
„Natürlich, Sir.", sagte er, verabschiedete sich mit einem knappen Nicken und Peter nahm am Tisch Platz.
„Joe, es tut mit so unendlich leid. Es war nicht meine Absicht, deine Ruhe zu stören und dich und dein Hab und Gut in Gefahr zu bringen. Bitte verzeihe mir."
„Ach, papperlapapp. Ich fühle mich lebendiger, als ich mich seit langer Zeit gefühlt habe. Etwas Action und Abwechslung hat mir gut getan. Du brauchst dich also nicht zu entschuldigen, Peter. Und es ist doch alles gut gegangen!"
Peter seufzte erleichtert.
„Danke, Joe."
Die beiden Männer standen auf und umarmten sich freundschaftlich, so als würden sie sich schon Jahre, und nicht erst ein paar Stunden kennen.
„Das werde ich dir nicht vergessen, Joe. Wenn ich die Aufgaben, die vor mir liegen gelöst habe, dann werde ich mich erkenntlich zeigen. Das verspreche ich. Doch nun muss ich gehen."
„Viel Glück, Peter Crane.", sagte Joe zum Abschied.

Auf dem Weg zurück zum Helikopter hatte Peter ein mulmiges Gefühl im Magen. Die Befreiung von Harold und Dr. Klein würde verdammt gefährlich werden. Und es war durchaus fraglich, ob sie alle das heil überstehen würden.

31

Ein junges Paar schlenderte durch ein Wohngebiet in der Nähe der Stanford University. Es war ein lauer Frühlingsabend, der wie gemacht war, für einen schönen Spaziergang.
In dieser Gegend wohnten eindeutig die Besserverdienenden. Die Häuser waren groß, die Gärten und Vorgärten ebenfalls, und alles war sauber und gepflegt. Eine amerikanische Vorzeige-Nachbarschaft.
Das Paar ging eng umschlungen den Bordstein entlang. Die beiden waren scheinbar frisch verliebt, denn sie lachten und kicherten viel und küssten sich alle paar Meter. Der Mann war 1,85 m groß, hatte volles, leicht lockiges Haar, welches er sorgfältig nach hinten gegelt hatte. Er war etwa Mitte dreißig, sah sehr attraktiv aus und hatte etwas Südländisches an sich. Er trug italienische Lederslipper, eine leichte Bundfaltenhose, ein Poloshirt und über seinen Schultern hing ein Strickpullover. Auf seiner Nase trug er eine Designer-Brille.
Seine Partnerin war nicht minder attraktiv. Sie war fast so groß wie er, hatte lange brünette Haare und eine schlanke Figur. Ihre grünen Augen und ihre vollen Lippen hatten auf Männer fast ein hypnotische Wirkung. Sie trug ein gelbes Sommerkleid, das ihre perfekte Figur betonte.
In einer Auffahrt stieg gerade ein Mann aus seinem Fahrzeug. Er war mittelgroß, stämmig und sehr adrett gekleidet. Sein lichter werdendes Haar hatte er zu einem Seitenscheitel gekämmt, um den kahlen Kranz auf seinem Kopf zu überdecken.
„Schönen guten Abend!", grüßte das Paar freundlich.
„Guten Abend!", grüßte der Mann freundlich zurück. „Verzeihung, aber sind Sie neu hier in der Gegend? Ich bin mir sicher, Sie hier noch nie gesehen zu haben.", bemerkte er neugierig, wobei er die Frau leicht lüstern anschaute.
„Oh ja, das ist richtig. Wir überlegen, hierher zu ziehen und wollten uns etwas die Nachbarschaft anschauen. Eine wundervolle Gegend. Wir sind die Andersons. Ich bin Jonathan und das ist meine Frau Kate."

„Freut mich, Sie kennenzulernen. Mein Name ist William Hooker. Welches Haus wollen Sie denn kaufen?"
„Es ist direkt hier um die Ecke…", erklärte Kate.
„Ach, das ehemalige Haus von den Todds?"
„Ja, genau."
„Ein sehr schönes Haus.", sagte Mr. Hooker. „Es würde mich sehr freuen, Sie als neue Nachbarn begrüßen zu dürfen!" Mit seinen Blicken zog er Kate regelrecht aus. Sie ignorierte das jedoch.
„Sagen Sie, Mr Hooker…"
„Ja?" Er hing förmlich an ihren Lippen.
„Ein Bekannter von uns wohnt hier in der Gegend. Wir haben allerdings lange nichts mehr von ihm gehört und würden ihn gerne besuchen, um zu schauen, ob bei ihm alles in Ordnung ist."
„Wie heißt denn Ihr Bekannter?"
„Julius Klein."
„Julius!", sagte Mr. Hooker überrascht. „Tut mir leid, aber der wohnt hier nicht mehr. Das war eine komische Sache. Er und seine Familie sind von einem Tag auf den anderen von hier fortgezogen. Sie haben niemandem Bescheid gesagt und keiner weiß, wo sie hingezogen sind. Es hat auch niemand die Abreise mitbekommen. Er hat telefonisch seinen Job gekündigt, die Kinder wurden schriftlich von der Schule abgemeldet und dann waren sie fort. Sehr seltsam. Und bereits einen Tag später zog ein Ehepaar in das Haus ein. Komische Leute. Irgendwie düster. An Grill- oder Straßenfesten nehmen sie grundsätzlich nicht teil und sie reden mit niemandem. Es würde mich nicht wundern, wenn diese Leute Dreck am Stecken haben. Da waren die Kleins wesentlich angenehmere Nachbarn."
„Oh, das ist aber schade, dass Julius fort ist. Auch uns hat er nichts davon gesagt.", berichtete Kate. „In welchem Haus hat er denn gewohnt?"
„Die Straße runter und dann ganz am Ende das Eckhaus. Ein tolles Haus und ein wunderschönes Grundstück, dass die neuen Besitzer gänzlich verkommen lassen. Eine Schande ist das.", echauffierte sich Mr. Hooker.

Kate ging nicht weiter darauf ein. „Dann wünschen wir noch einen schönen Abend. Ich denke, wir werden das Haus der Todds kaufen. Die Gegend hier ist einfach zu schön."
„Das wäre wunderbar.", antwortete Mr. Hooker und musterte Kate zum Abschied nochmals von oben bis unten.
„Was für ein notgeiler Fiesling.", sagte Jonathan, als sie ein paar Meter weitergegangen waren.
„Allerdings. Den wollte ich nicht als Nachbarn haben! Es würde mich nicht wundern, wenn er Spanner wäre und die Frauen aus der Nachbarschaft mit dem Fernglas beobachtet…" Sie schüttelte sich vor Ekel, bevor sie fortfuhr. „Dann wollen wir uns mal das Haus von Dr. Klein anschauen…"
Jonathan nahm Kate in den Arm und sie schlenderten die Straße hinab, bis zum Haus der Kleins.
„Das müsste es sein.", sagte Jonathan.
„Es sieht tatsächlich so verkommen aus, wie Hooker es beschrieben hat."
Grundsätzlich war das Haus der Kleins sehr schön. Die ziegelrote Klinkerfassade und die weißen Holzsprossenfenster mit ihren Holzfensterläden ließen das Gebäude solide und anheimelnd erscheinen. Jedoch war der Rasen vor dem Haus, im Gegensatz zu den Nachbarhäusern, scheinbar seit Monaten nicht mehr gemäht worden. Auf der gepflasterten Auffahrt wucherte das Unkraut und insgesamt machte das Haus einen ungepflegten und heruntergekommenen Eindruck.
Über dem Haus schwebte ein kleines Objekt. Es war in der Dunkelheit praktisch nicht zu sehen, aber Jonathan und Kate wussten, dass es dort war.
„Dann lass uns mal schauen, ob jemand zu Hause ist!", sagte Kate.
Sie gingen einen gepflasterten Weg hinauf zur Haustür und Jonathan drückte auf die Klingel. Es dauerte einen Augenblick, dann öffnete ein Mann die Tür, welcher definitiv nicht der typische Bewohner einer solchen Wohngegend war. Er war stämmig, um die 1,70 m groß und trug einen billigen Trainingsanzug, dessen Jacke halb geöffnet war. Darunter trug er ein ranziges weißes Feinripp-Unterhemd aus dem seine Brusthaare heraus-

quollen, und um seinen Hals baumelte eine goldene Kette. Sein schwarzes Haar sah fettig und ungepflegt aus und sein Gesicht wirkte verschlagen. Er öffnete die Tür nur halb und versperrte mit seinem Körper den Blick nach innen.

„Was wollen Sie?", blaffte er die beiden aggressiv an. Jonathan meinte, einen ganz leichten russischen Akzent herauszuhören.

„Hallo, wir sind die Anderson.", antwortete Kate freundlich lächelnd. „Wir sind auf der Suche nach den Kleins. Sie sind alte Bekannte von uns, und wir dachten, sie würden hier wohnen."

„Die sind weg. Sonst noch was?"

„Sie wissen nicht zufällig, wo sie hingezogen sind?", fragte Kate, als in dem Moment Jonathans Smartphone einen Signalton von sich gab.

„Entschuldigen Sie, das ist eine E-Mail. Könnte wichtig sein." Er nahm das Smartphone aus der Tasche und schaute auf das Display. Es zeigte den Grundriss eines Hauses, aufgenommen mit einer Infrarotkamera. Fünf Personen befanden sich in dem Haus. Jonathan schaute weiter auf das Display und ging unbedarft einen Schritt auf die Haustür zu.

„Hm. Seltsam.", sagte er zu dem Mann an der Tür. „Können Sie mal gerade schauen?"

Ohne darüber nachzudenken, ging der Mann nach vorne und bückte sich leicht, um auf das Display zu schauen. In dem Moment schlug Jonathan ihm ansatzlos mit aller Kraft die Faust auf den Adamsapfel. Die Augen des Mannes weiteten sich vor Schreck. Er versuchte aufzuschreien, doch durch den zertrümmerten Adamsapfel entfuhr ihm nicht mehr als ein Röcheln. Jonathan holte aus und verpasste ihm einen knallharten Haken an die Schläfe, wodurch der Mann ohnmächtig zusammensackte, dabei allerdings gegen die Hautür polterte.

„Alexej? Alles in Ordnung?", hörten sie eine weiblich Stimme von innen. Jonathan deutete Kate per Handzeichen, dass sich im Erdgeschoss nur noch eine weitere Person befand, wie er anhand der Aufnahmen gesehen hatte. Kate zog aus einem Beinhalfter, den das Sommerkleid verdeckt hatte, eine Handfeuerwaffe, betrat die Diele des Hauses und brachte sich neben der Tür in Stellung, aus deren Richtung die Frauenstimme ertönt war. Als die Frau im

Türrahmen erschien, hielt Kate ihr den Lauf der Waffe an den Kopf. Im Gegensatz zu Kate war sie keine Schönheit. Ihre Augen standen zu nah zusammen und hatten eine graue, verwaschene Farbe. Sie sah nicht sonderlich intelligent aus und war klein und gedrungen. Ihre dünnen Haare hingen strähnig herab. Genau wie der Mann, trug sie einen billigen Trainingsanzug.
„Keine Bewegung!", zischte Kate. „Wo sind Henrietta, Melina und Jennifer Klein?"
Die Frau war schockiert. Sie war offensichtlich nicht für solche Situationen ausgebildet.
„U-unten im Keller.", antwortet sie ängstlich. Kate holte aus und schlug die Frau mit dem Griff ihrer Waffe nieder. Jonathan schleifte den bewusstlosen Mann hinein, schloss die Eingangstür und fesselte die beiden Bewusstlosen mit Kabelbindern, die er in der Hosentasche mit sich führte. Dann nahm er ein Funkheadset mit Mikrophon aus der Tasche und stöpselte es sich ins Ohr.
„Die Zielobjekte sind ausgeschaltet. Wir suchen jetzt die Kleins.", sagte er ins Mikrophon.
„Verstanden!", hört er aus dem Kopfhörer.
In der Diele befand sich ein Treppenabgang hinab in den Keller. Obwohl das Haus vermeintlich gesichert war, gingen die beiden mit gezogenen Waffen die Kellertreppe hinab. Jonathan stieß die Tür auf. Vor ihnen war es stockdüster. Er tastete um die Ecke. Zuerst fühlte er einen Haken, an dem ein großer Schlüssel hing. Dann fand er den Lichtschalter. Zwei Neonröhren erhellten mit ihrem kalten Licht einen fast viereckigen Raum. Grundsätzlich war der Raum scheinbar nur als Abstellraum und Vorratskeller genutzt worden. Rechts befanden sich Holzregale mit allerlei Konservendosen und Einmachgläsern und eine große Kühltruhe. Links standen stabile Metallregale, auf denen beschriftete mittelgroße Umzugskartons fein säuberlich verstaut waren. „Fotos", „Finanzunterlagen", „Korrespondenz" konnte Jonathan beispielsweise lesen. Doch am anderen Ende des Raumes sahen Jonathan und Kate etwas, das ihnen das Blut in den Adern gefrieren ließ. Jemand hatte dort zwei Gefängniszellen mithilfe von massiven Metallgittern errichtet. Hinter den Gittern kauerte in der linken Zelle eine Frau mittleren Alters, die in einem desolaten

Zustand war und apathisch vor sich hinvegetierte. Sie nahm die beiden gar nicht wahr. Sie war extrem abgemagert und schmutzig, so als hätte sie seit Ewigkeiten nicht mehr geduscht. Möglicherweise war sie einst eine durchaus attraktive Frau gewesen, doch die Pein ihrer Gefangenschaft hatte davon nichts mehr übrig gelassen. Erst jetzt fiel Jonathan der Geruch auf. Es roch nach Schweiß und Exkrementen, woraufhin ihm leicht übel wurde. Ein Eimer stand in der Ecke der Zelle. Scheinbar musste Mrs. Klein darauf ihre Notdurft verrichten.
In der anderen Zelle saßen zwei Mädchen, die in einem genau so schlechten Zustand waren, wie die Frau. Die beiden Kinder saßen mit geschlossenen Augen eng umschlungen in einer Ecke der Zelle und regten sich nicht.
„Vielleicht passt dieser Schlüssel auf die Zellentür.", sagte Jonathan zu Kate.
Er nahm den Schlüssel vom Haken, ging hinüber zu Henrietta Kleins Zelle und steckte den Schlüssel ins Schloss. Er passte und Jonathan entriegelte die Tür. Dann gab er den Schlüssel weiter an Kate.
Langsam, um die Frau nicht zu verschrecken, betrat er die Zelle. „Mrs. Klein? Mein Name ist John Striker. Ich bin Agent einer Organisation namens ISOS und ich bin hier, um sie zu befreien."
Auf einen Vorschlag von Vin Sparks hin, hatten sich die beiden ISOS Teams in San Francisco dagegen entschieden, das Haus der Kleins zu stürmen. Stattdessen sollten die Agents John Striker und Kate Wallace ein verliebtes Paar spielen, um die Nachbarschaft und das Haus der Kleins unauffällig auskundschaften zu können. Eine Hummingbird Drohne hatte John die Aufnahmen auf das Smartphone geliefert, die ihm gezeigt hatten, wie viele Leute sich im Haus befanden. Da neben den Kleins nur zwei weitere Personen anwesend waren, hatte er kurzerhand spontan entschieden, die beiden Wachen zu überlisten und unschädlich zu machen, um der Familie schnellstmöglich helfen zu können. Mrs. Klein reagierte nicht auf John. Er hockte sich vor sie. „Mrs. Klein? Henrietta! Darf ich Sie Henrietta nennen? Sie sind frei. Dieser Alptraum hat ein Ende. Kommen Sie, ich helfe Ihnen auf!"

Es dauerte ein paar Sekunden, dann endlich richtete sich ihr Blick auf ihn.
„Frei?", krächzte sie ungläubig.
„Ja, frei.", sagte er sanftmütig lächelnd. „Kommen Sie."
Zaghaft griff sie seine Hand. John sah, dass an dieser Hand der kleine Finger fehlte. Ein schmutziger Verband verdeckte die Stelle. Er wurde von kalter Wut gepackt. Wie konnte man nur so skrupellos sein, und so etwas einer unschuldigen Frau und einer unschuldigen Familie antun? Er wusste, dass Vin Sparks, Peter Crane und dessen Team auf diese Sache angesetzt waren. Sie waren die besten und würden die Verantwortlichen schon zur Rechenschaft ziehen, hoffte er grimmig.
Er half Henrietta hoch. Unsicher und mit zittrigen Knien stand sie da. Er legte ihr den Arm um die Hüften, um sie zu stützen und geleitete sie aus der Zelle.
Kate kümmerte sich derweil um die Kinder. Jennifer hielt ihre jüngere Schwester Melina im Arm. Die beiden Mädchen waren rein körperlich, im Gegensatz zu ihrer Mutter auf den ersten Blick nicht misshandelt worden. Doch sie waren so abgemagert, dass ihre Kleidung schlaff an ihnen hinab hing. Sie würden sicherlich seelische Narben von ihrer Zeit in Gefangenschaft davontragen. Kate war beim Gedanken daran, was die Kinder durchleiden mussten, den Tränen nahe. Sie hoffte inständig, dass sie nicht mit angesehen hatten, wie man ihrer Mutter den Finger amputiert hatte.
„Hallo, mein Name ist Kate. Du musst Jennifer und du musst Melina sein." Die beiden nickten schwach und schauten Kate mit großen braunen Augen und stumpfem Blick an. „Kommt, ich bringe euch zu eurer Mutter."
Wie ferngesteuert standen die Mädchen auf und ließen sich von Kate aus der Zelle bringen. Draußen wartete ihre Mutter, und obwohl sie so geschwächt war, stürzte sie auf ihre Kinder zu und umarmte sie. Vor Rührung bebend und mit einem tiefen Schluchzen drückte sie die beiden an sich. Erst jetzt realisierten die Kinder, dass sie frei waren und drückten ihre Mutter ebenfalls, wobei sie alle bitterlich anfingen zu weinen.

Zutiefst gerührt schauten sich das Kate und John an. Eigentlich waren sie Agenten, die mit allen Wassern gewaschen waren, und die so leicht nichts aus der Bahn werfen konnte. Doch das, was hier geschah, war wirklich herzzerreissend und ging auch den beiden abgebrühten Agenten nahe. John aktivierte sein Funkheadset.
„Die Kleins sind sicher!", meldete er mit übergroßer Erleichterung.

32

Der Griffin Helikopter setzte in der Schlucht vor dem Eingang des geheimen Forschungslabors auf. Peter sprach via Intercom mit dem Piloten.
„Tom, Sie warten bitte hier im Helikopter. Halten Sie unter allen Umständen alles auf, was möglicherweise aus der Höhle kommt und keiner von uns ist. Nötigenfalls eröffnen Sie das Feuer."
Die drehbaren Geschütze des Griffin und deren Zielsysteme waren auch nutzbar, wenn sich der Helikopter nicht in der Luft befand.
„Verstanden, Chef!"
„Gehen Sie davon aus, dass der Funkkontakt verloren geht, sobald wir uns in den Schacht abseilen. Sie hören also erst wieder von uns, wenn wir wieder oben sind."
„In Ordnung. Ich habe gerade über Funk Bescheid bekommen. Aus L.A. sind mehrere Bergungsteams unterwegs nach hier und aus Washington haben sich TARC Wissenschaftler auf den Weg gemacht."
„Gut. Leider haben wir keine Zeit zu warten. Wir müssen Dr. Klein und Harold sofort da rausholen. Wir sehen uns später, Tom."
„Ich drücke euch die Daumen, dass alles glatt geht.", sagte Tom betont optimistisch.
„Danke, Tom."

Peter wandte sich an Tolino.

„Hat der Scan der Umgebung irgendetwas ergeben?"

„Nein. Außer ein paar kleineren Wüstenbewohnern ist hier draußen nichts unterwegs"

„Gut. Hört zu Leute. Die Wesen, mit denen wir es in der Einrichtung zu tun bekommen, sind schnell, übermenschlich stark und äußerst aggressiv. Bevor wir Harold und Dr. Klein aus ihrem Versteck holen, werden wir auf Ungezieferjagd gehen und jedes einzelne dieser Wesen erledigen, damit wir die beiden gefahrlos und ohne böse Überraschungen von dort fortschaffen können. Entgegen sonstiger Vorgehensweisen bleiben wir alle dort unten zusammen, da wir durch die dicken Felswände keinen Funkkontakt haben dürften und uns sonst noch womöglich selber über den Haufen schießen. Seht ihr eines dieser Wesen, dann zögert nicht zu schießen, denn sie werden auch nicht zögern uns zu töten. Sollte es Überlebende des Personals geben, dann seid auch ihnen gegenüber vorsichtig. Laut Dr. Klein stecken die alle unter einer Decke. Jeder Überlebende wird nach Waffen durchsucht und anschließend mit Kabelbindern gefesselt. Keinen dieser Leute nehmen wir mit. Das überlassen wir unseren Bergungsteams. Unsere Aufgabe ist das Ausrotten der Viecher und die Rettung von Dr. Klein und Harold. Alles andere interessiert uns nicht. Ich habe mir in der Sicherheitszentrale den Grundriss der Einrichtung eingeprägt. Wir bewegen uns zunächst in Richtung des Reaktors, der die Anlage mit Strom versorgt. Vielleicht gelingt es uns, den Strom wieder einzuschalten, was unsere Arbeit deutlich erleichtern würde. Die einzelnen Bereiche, also die Labore, Wohnbereiche, Zellentrakte und Versorgungsbereiche lassen sich mit Hilfe von Sicherheitsschleusen hermetisch abriegeln. Sobald wir einen Bereich gesäubert haben, werden wir ihn verriegeln. So stellen wir sicher, dass wir wirklich alle Viecher erledigen und gesäuberte Bereiche auch sauber bleiben."

Mit erhobenen Daumen signalisierten die drei, dass sie verstanden hatten. Peter streckte seine Hand aus und die anderen legten ihre Hand auf seinen Handrücken. Ein Ritual, dass sie immer vor solchen Einsätzen abhielten.

„Lasst uns schnell und mit aller Härte vorgehen, denn unsere Gegner werden das gleiche tun.", schwor Peter sie ein. „Und nun lasst uns diesen Viechern in den Arsch treten!"
„Worauf du dich verlassen kannst!", antwortete Nia.
Dann verließen die vier Agenten den Helikopter und bewegten sich nebeneinander mit ihren Sturmgewehren im Anschlag auf die Höhle zu. Durch die gepanzerten Kampfanzüge sahen ihre Bewegungen etwas ungelenk aus, aber gegen die zu erwartenden Gegner konnten die Anzüge unter Umständen Leben retten. Die Nacht war genauso stockfinster, wie es die unterirdische Anlage ohne Strom sein würde. An ihren Gewehren hatten sie deshalb unterhalb des Laufs LED-Strahler montiert, genauso, wie an ihren leichten, aber sehr stabilen Kevlar-Helmen.
Sie trugen spezielle Brillen, welche aussahen, wie Skibrillen, die es ermöglichten, Lebewesen trotz der Dunkelheit aufgrund ihrer Wärmesignatur zu erkennen. Man konnte mit diesen Brillen sogar durch Wände sehen, allerdings würde das bei den dicken Felswänden im Labor nicht funktionieren. Ihre Umgebung sahen sie durch die Brillen in kalten Blau- und Grüntönen. Lebewesen würden jedoch rot aufleuchten und waren deshalb hier draußen schon von weitem zu sehen. Sie alle trugen auf ihren Rücken große Armeerucksäcke, in denen sich die Ausrüstung für das Abseilen in den Aufzugschacht befand.
Die Geschehnisse der letzten Tage, und auch diese Situation jetzt, wirkten auf Peter so unwirklich. Das geheime Labor, die Gen Experimente und die mutierten Wesen, auf die sie jetzt treffen würden. Fast wie in einem Hollywood Film oder wie ein Albtraum, aus dem man sich wünschte aufzuwachen. Doch all das war bittere Realität.
Sie erreichten den Eingang der Höhle. Es gab auch hier keine Spur von irgendwelchen Gegnern. Zügig gingen sie den Tunnel entlang, bis sie das Tor zu der Halle erreichten, wo sich der Aufzugschacht befand. Als Peter geflohen war, hatte in der Halle noch Licht gebrannt. Doch nun war es auch hier düster. Die Wachen, die auf Peter bei seiner Flucht geschossen hatten, waren nirgends zu sehen und auch sonst regte sich nichts. Die Luft war stickig. Durch den Stromausfall musste auch die Be- und Entlüf-

tung ausgefallen sein. Schweißperlen bildeten sich auf Peters Stirn.

„Folgt mir. Dort hinten ist das Wachhaus. Vielleicht können wir dort den Strom für diesen Bereich hier wieder einschalten.", flüsterte er.

Tatsächlich fanden sie dort einen Sicherungskasten. Tolino probierte alle Sicherungen durch, doch nichts tat sich.

„Verdammt!", fluchte Peter. „Etwas Licht wäre nicht verkehrt gewesen. Dann lasst und hinüber zum Schacht gehen."

Als sie am Schacht ankamen, und in den dunklen Schlund hinab leuchteten, sahen sie, dass sich die Aufzugkabine immer noch dort befand, wo sie bei Peters Flucht steckengeblieben war. Ohne viele Worte begannen sie mit der Arbeit. Aus seinem Rucksack holte Peter eine Art Harpune, die mit einem Pfeil geladen war, an dessen Ende ein dickes und stabiles Stahldrahtseil befestigt war. Peter schoss damit auf die gegenüberliegende Felswand des Schachts. Als die Pfeilspitze in das Felsgestein eindrang, lösten sich vom Schaft vier Ausleger, an dessen Ende sich Dübel befanden, die sich automatisch elektrisch in das Gestein bohrten und so den Pfeil mitsamt des Seils bombenfest verankerten. Hinter Peter hatte Tolino ein Dreibein aufgebaut, welches er mithilfe eines Luftdrucknaglers auf dem Boden befestigt hatte. An der Stelle, wo die drei Streben des Dreibeins zusammenliefen, befand sich ein Spanner. Peter legte das lose Ende des Drahtseils ein und Tolino begann, das Seil zu spannen, bis es so stramm war, dass es problemlos dreihundert Kilogramm tragen konnte. Genau das Gleiche hatten Nia und Woodcock direkt daneben ebenfalls gemacht, sodass nun zwei Stahlseile im Abstand von einem halben Meter über den Schacht gespannt waren. Diese würden sie später benutzen, um den verletzten Harold mithilfe einer batteriebetriebenen Winde an die Oberfläche zu befördern, denn klettern konnte er mit seiner Schulterverletzung nicht. Allerdings mussten sie zunächst die Winde auf einem Dreibein am Boden der Aufzugkabine anbringen, damit sie Harold von der Forschungseinrichtung hinauf in die Kabine ziehen konnten. Für eine zweite Winde war in ihren Rucksäcken leider kein Platz mehr gewesen.

Peter ging zum Rand des Schachts, packte eines der gespannten Seile, hakte dann die Beine ein und hangelte hinüber zu dem Stahlseil, an dem die Aufzugkabine hing. Das griff er, zog sich hinüber und begann hinabzuklettern, bis auf das Dach der Aufzugkabine. Nia, Tolino und Woodcock folgten ihm auf diesem Wege.
In der Kabine montierten sie die Winde. Peter zog sich ein Bergsteigergeschirr an und hakte sich am Ende des Seils ein, welches in die Winde eingespannt war. Dann kletterte er durch die Luke am Boden und ließ sich von der surrenden Winde sanft den Schacht hinab gleiten. Unten angekommen löste er das Geschirr, welches dann wieder hochgezogen wurde, und ging vor der Aufzugtür mit angelegtem Gewehr in Stellung. Er erschrak. Rechts neben ihm, gerade außerhalb der Lichtkegel seiner Lampen, sah er aus den Augenwinkeln etwas auf dem Boden liegen. Einen länglichen Gegenstand. Er leuchtete mit der Lampe am Gewehr auf das Objekt. Geschockt trat er einen Schritt zurück.
„Fuck!", fluchte er.
Es war ein abgetrennter menschlicher Arm.
Dann leuchtete er vor sich den Boden der Halle ab und entdeckte noch mehr Körper und Körperteile. Ein weiterer Arm, regelrecht abgerissen. Ein vollkommen zertrümmerter Torso. Ein Mann lag nur wenige Meter weiter. Peter konnte nur anhand des Körpers erahnen, dass es ein Mann war, denn der Kopf war nur noch eine blutige Masse, aus der Knochensplitter herausragten. Der Boden war übersät von Blutlachen und -spritzern.
Vor Peters geistigem Auge zeichnete sich ab, was geschehen war. Die Mitarbeiter der Einrichtung waren panisch vor den Mutanten in Richtung Aufzug geflohen, doch der steckte fest, weil der Strom ausgefallen war. Vermutlich hatte ein Notstromaggregat noch eine gewisse Zeit für Licht gesorgt. Da der Aufzug nicht kam, hatten die Leute hier in der Falle gesessen und waren den Mutanten schutzlos ausgeliefert, die dann gnadenlos gewütet hatten. Ein unvorstellbares Gemetzel hatte stattgefunden.
Peter wagte es kaum, sich zu bewegen. Angestrengt horchte er, doch nichts regte sich. Es herrschte eine Stille, als wäre dieser Bereich eine große, unheimliche Leichenhalle. Wo immer die

Mutanten auch jetzt steckten, hier waren sie jedenfalls nicht. Mit Hilfe der Infrarotbrille entdeckte er einige Meter entfernt einen auf dem Boden liegenden Überlebenden, der sich nicht rührte. Er flüsterte in das Mikrophon seines Funkheadsets:
„Leute, hier unten sieht es übel aus. Jede Menge Tote. Kein schöner Anblick. Ein Überlebender. Ansonsten ist es ruhig. Ihr könnt euch abseilen!"
Es dauerte nicht lange, dann erschien Nia neben ihm. Auch sie war geschockt und mochte kaum glauben, was sie vor sich sah.
„Dass es so schlimm ist, hätte ich nicht gedacht…Hoffentlich sind Harold und Dr. Klein wohlauf!"
„Ja, das hoffe ich auch."
Auch Tolino und Woodcock hatten nicht mit einem so schlimmen Anblick gerechnet, als sie unten ankamen. Doch sie fingen sich schnell wieder.
„Da lebt ja tatsächlich noch jemand!", sagte Tolino verwundert, als er seine Infrarotbrille anzog, die er für den Abstieg abgelegt hatte. Er und Woodcock gingen auf den Überlebenden zu und Peter und Nia folgten.
„Das ist aber ein kräftiges Kerlchen.", bemerkte Tolino und beugte sich über den Mann. „Sir?", fragte er.
„Tolino, nicht!", wollte Peter ihn warnen, doch es war zu spät. Die Hand des Überlebenden schnellte nach vorne und packte Tolinos Hals mit unbändiger Kraft, und zwar so schnell, dass er keine Chance hatte zu reagieren. Tolino starrte in eine Fratze, die ihre Menschlichkeit komplett verloren hatte. Der Mann fletschte die Zähne, als wolle er den Agenten bei lebendigem Leib verspeisen. Speichel rann an seinen Mundwinkeln hinab und er gab das unheimliche Knurren eines Raubtieres von sich. Glücklicherweise gelang es Woodcock, den Mann mit einer Salve seines Sturmgewehrs rechtzeitig zu töten, bevor dieser Tolinos Hals zerquetschen konnte. Peter und Nia stürzten zu dem Italiener.
„Alles in Ordnung?", fragte Nia besorgt.
„Verfluchte Scheiße, das war knapp.", krächzte er. „Noch einen Wimpernschlag und er hätte meinen Hals pulverisiert! Danke, Woodcock!"

„Stets zu Diensten!", sagte der Engländer zwinkernd, mit großer Erleichterung, dass seinem Kumpel nichts Schlimmeres passiert war.

„War das einer von ihnen?", fragte Nia Peter.

„Ja, definitiv, wenn man sich den Körperbau anschaut und bedenkt, wie unglaublich schnell er Tolino gepackt hat. Scheinbar ein Proband späterer Testreihen, bei denen das Verfahren schon ausgereifter war. Schließlich war der Kerl nicht einfach wild und aggressiv, sondern hat sich eher clever verhalten, indem er sich tot gestellt hat. Wir müssen also verdammt vorsichtig sein und wirklich mit allem rechnen! Tolino, bist du bereit weiterzugehen oder brauchst du noch etwas?"

„Wir können weiter, Chef. Jetzt habe ich erst recht Lust, diesen Mutanten in den Allerwertesten zu treten."

„Gut. Tolino, wir beide gehen vor und Nia und Woodcock sichern nach hinten ab."

„Von wegen, mein Lieber!", beschwerte sich Nia. „Ich werde mit dir vorangehen und Tolino und Woodcock sichern nach hinten ab." Sie konnte es nicht ausstehen, wenn Peter versuchte, sie aus der Schusslinie zu halten, denn genau das hatte er vorgehabt, indem er Nia nach hinten absichern ließ. Das war weitaus weniger gefährlich, als vorne zu gehen.

Woodcock grinste: „Tja, Pete, wenn die Chefin gesprochen hat, dann ist es besser, klein beizugeben!"

„Ja, ja!", entgegnete Peter zähneknirschend mit säuerlichem Gesicht. „Natürlich werden Nia und ich vorgehen, und ihr beiden sichert ab.

„Geht doch!", sagte Nia zufrieden. „Dann mal los!"

Die Agenten drangen weiter in die Anlage ein. Dort herrschte eine klaustrophobische Atmosphäre. Das massive Felsgestein und die Dunkelheit, die nur von den Lampen an den Gewehren und Helmen notdürftig erhellt wurde, erdrückten sie regelrecht. Es war so still, dass sie nur ihre eigenen knirschenden Schritte auf geborstenem Glas und ihr Atmen hören konnten. Niemand traute sich, ein Wort zu sprechen.

Der Gang, welcher von der Halle in die Anlage führte, endete an einer Durchgangsschleuse in den nächsten Bereich. Rechts und links der Schleuse befand sich jeweils eine Tür, durch die man in abgetrennte Laborbereiche gelangte. Die Glasscheiben der Labore waren größtenteils zerstört und der Mutant, den Peter bei seiner Flucht erschossen hatte, lag immer noch an der gleichen Stelle. Sie gingen zunächst in das linke Labor. Peter und Nia traten nacheinander mit erhobenem Gewehr und leicht geduckter Haltung durch die Tür. Ihre Finger hatten sie am Abzug, dazu bereit, bei der kleinsten Bewegung das Feuer zu eröffnen. Tolino und Woodcock folgten und hielten den beiden die Flanken frei. In den Laborräumen bot sich ein Bild des Chaos. Der Boden war übersät mit zerstörten Reagenzgläsern, Papieren und allem möglichen anderen Kram. Sie fanden mehrere Tote, die genauso schlimm zugerichtet waren, wie die in der Eingangshalle. Sie durchkämmten jeden Winkel, doch Überlebende gab es hier ebenso wenig, wie Mutanten. Dann gingen sie hinüber in das nächste Labor. Wieder traten Nia und Peter zuerst ein und wieder folgten Woodcock und Tolino. Als sie einige Meter in den Raum hineingegangen waren, hörten sie hinter sich etwas Schweres landen. Tolino und Woodcock leuchteten in die Richtung, aus der das Geräusch gekommen war, und blickten in die wutverzerrte Grimasse eines zwei Meter großen Menschenaffen, der mühelos in der Lage war, jeden einzelnen von ihnen mit nur einem einzigen Hieb seiner riesigen Pranken zu töten. Die Bestie schrie und entblößte eine Reihe messerscharfer Schneidezähne. Tolino und Woodcock fackelten nicht lange und eröffneten gemeinsam mit Nia und Peter das Feuer. Sie hatten die Gewehre auf Einzelschuss gestellt. Die ersten Treffer rissen zwar klaffende Wunden in den Brustkorb des Affen, doch wirklich beeindruckt, schien er davon zunächst nicht zu sein. Er ging sogar noch in die Hocke, um zum Sprung anzusetzen und über die Agenten herzufallen, doch Nia zielte ganz genau und schoss ihm eine Kugel mitten durch das Auge in den Kopf, woraufhin der Koloss taumelte und dann leblos vornüber kippte.
„Einer weniger!", sagte Tolino erleichtert. „Seht mal, er hat da oben auf der Traverse gesessen und regelrecht auf uns gewartet."

Anders, als die niedrigen Flure der Einrichtung, war dieses Labor eine große Höhle, mit sehr hoher Decke. Über der Eingangstür in etwa zehn Meter Höhe verlief ein stabiles Metallgerüst, an dem mehrere Lampen befestigt, und Stromleitungen verlegt waren. Die Traverse war tatsächlich stabil genug, um den Gorilla zu tragen.

„Gut reagiert, Leute!", lobte Peter. „Jetzt nur nicht nachlässig werden. Weiter geht's."

Sie blieben von weiteren bösen Überraschungen verschont und gingen zurück in den Gang, wo sie dann durch die Sicherheitsschleuse in den nächsten Bereich gelangten, in dem sich unter anderem die Sicherheitszentrale und die Wohnungen des Wachpersonals befanden.

„Wenn wir durch die Sicherheitszentrale gehen, dann führt uns das zu Harold und Dr. Klein. Geradeaus befindet sich ein sehr großer Laborkomplex, an den sich der Reaktor anschließt. Wir werden zunächst den Komplex entseuchen und uns dann den Reaktor anschauen.", erklärte Peter.

Am Ende des Korridors befand sich eine offen stehende schwere Stahltüre. Als die Agenten mit ihren Lampen in den Bereich dahinter leuchteten, schauten sie sich verdutzt an.

„Was zum Geier ist das denn?", entfuhr es Tolino.

Massen von Felsgestein türmten sich dort auf.

„Hm." Peter überlegte. „Vielleicht ist der Reaktor in die Luft geflogen!? Das wäre eine Erklärung. Jedenfalls ist das der einzige Zugang zu diesem Bereich. Und wenn der verschüttet ist, dann kommt da nichts und niemand mehr raus. Das erspart uns viel Arbeit, denn der einzige Teil der Einrichtung, den wir noch überprüfen müssen, ist der, in dem sich die Sicherheitszentrale, der Wohnbereich der Wachen und das Versteck von Dr. Klein und Harold befinden."

„Was ist, wenn es ein Kernreaktor war?", fragte Nia besorgt.

„Wird dann hier nicht alles verstrahlt?"

„Falls es ein Kernreaktor war, dann ist er jetzt unter Tonnen von Felsgestein begraben. Uns wird hier nichts passieren."

Peter hörte die anderen erleichtert aufatmen.

„Dann also zurück zur Sicherheitszentrale und die beiden befreien.", sagte er.
Als sie die Sicherheitszentrale passiert hatten und in den Wohnbereich der Wachen gelangten, blieben sie stehen. Dreißig Meter vor ihnen sahen sie durch ihre Infrarotbrillen vier Wesen. Die Körper sahen irgendwie menschlich aus, andererseits aber auch wieder nicht. Die Kopfform war eindeutig menschlich, doch die Körper waren seltsam deformiert. Bei ihnen allen war der Rücken so gekrümmt, dass es ihnen vermutlich kaum noch möglich war, aufrecht zu gehen. Die Beine waren angewinkelt und deutlich dicker, als bei normalen Menschen. Die Wesen sahen eher aus, wie Raubtiere.
„Leise. Sie haben uns noch nicht bemerkt.", sagte Peter.
Durch die Infrarotbrillen und wegen der Dunkelheit konnten sie zunächst nicht genau erkennen, was die Wesen dort taten. Doch dann kam Tolino ein Gedanke. „Ich…ich glaube sie fressen."
Tatsächlich stopften sich die Wesen immer wieder etwas ins Maul. In Peter reifte eine grausige Erkenntnis. „Ich glaube, sie verspeisen die Leichen der Wachen, die ich hier erschossen hatte.", sagte er mit unheilvoller Stimme.
Nia war angewidert. „Sie waren einmal Menschen und nun sind sie mordlüsterne Kannibalen. Wie kann man solche Experimente nur an der eigenen Spezies durchführen? Lasst uns diese Viecher erledigen und sie von ihrem traurigen Dasein befreien!", beschwor sie die anderen grimmig.
„Wir bleiben bei präzisen Einzelschüssen anstatt Schnellfeuer, um Munition zu sparen. Zielt auf die Köpfe. Körpertreffer scheinen sie ziemlich gut wegzustecken.", wies Peter sie leise sprechend an.
Sie legten an und nahmen die Köpfe der Wesen ins Visier. Nia und Woodcock trafen, doch Peter und Tolino hatten das Pech, dass ihre Ziele sich gerade in dem Moment bewegten, als sie abdrückten. Peters Schuss streifte das Wesen an der Schulter und Tolinos Schuss ging um wenige Zentimeter vorbei. Die Ziele von Nia und Woodcock brachen jedoch tot zusammen. Die beiden Überlebenden blickten auf und schauten in die Richtung der vier Agenten. Natürlich waren sie mit ihren Strahlern an den Gewehren leicht auszumachen, doch Peter hatte den Eindruck, dass die

Wesen im Allgemeinen weniger Probleme in der Dunkelheit hatten. Möglicherweise verfügten sie über weitaus geschärftere Sinne, als ihre Artgenossen. Darauf wies auch hin, dass der Gorilla sich im stockdunkeln auf der Traverse versteckt hatte, um die Agenten anzugreifen.

Mit übermenschlicher Geschwindigkeit sprangen die beiden Mutanten auf und rasten auf die Agenten zu. Sie hatten kaum Zeit zu schießen, da waren die Angreifer auch schon bei ihnen. Wie Raubtiere setzten sie zum Sprung an und machten einen kraftvollen Satz auf sie zu. Durch ihre Infrarotbrillen, sah das eher aus, wie ein Videospiel, doch es war tödlicher Ernst. Peter sah das Wesen auf sich zu fliegen. Er packte sein Gewehr am Lauf, holte aus und schlug dem Wesen gut getimt, wie mit einer Keule krachend den Kolben ins Gesicht. Trotz des wuchtigen Schlages landete das Wesen auf Peter, riss ihn um und begann vor Schmerz und Zorn rasend auf ihn einzuschlagen. Peter hielt sich die Arme vor das Gesicht, um sich zu schützen, doch ihm wurde schon nach dem ersten Treffer bewusst, dass das Wesen nur wenige Schläge brauchen würde, um ihm alle Knochen zu brechen. Nia packte das Wesen am Haarschopf, zog ihre Handfeuer Waffe und schoss ihm in den Kopf. Eine Mischung aus Blut, Knochen und Gehirnmasse ergoss sich auf Peters Gesicht. Von Ekel getrieben wuchtete er panisch atmend, mit seinen Armen und Beinen den leblosen Körper von sich herunter.

Woodcock wurde von dem zweiten Wesen niedergerissen. Er hatte keine Chance zu reagieren und kassierte am Boden liegend einen fürchterlichen Hieb an den Kopf. Tolino beförderte das Wesen mit einem wuchtigen Tritt in die Rippen von Woodcock herunter, wobei Knochen brachen und es vor Schmerz animalisch aufheulte. In Rage schoss Tolino so oft auf den Mutanten, bis das Magazin leer war. Woodcock blieb regungslos liegen. Tolino ließ sein Gewehr fallen, kniete sich neben ihn und rüttelte mehrfach an seiner Schulter.

„Komm' schon", flehte er, aus Sorge, dass Woodcock gar tot war.

„Uhhhh....ohhhh....", stöhnte der Engländer. „Das wird mächtige Kopfschmerzen geben."

„Deinen englischen Dickschädel bekommt nicht mal ein Mutant klein.", sagte Tolino erleichtert und half seinem Kumpel auf.
„Das war knapp.", sagte Peter, der sich zwischenzeitlich mit einem Tuch notdürftig das Blut aus dem Gesicht gewischt hatte. „Danke, Nia. Hättest du nicht so schnell reagiert, dann hätte mich das Ding erledigt."
„Du kannst dich später Zuhause bei mir ausgiebig bedanken.", antwortete sie frivol zwinkernd.
„Ich hoffe, das war es jetzt mit den bösen Überraschungen.", sagte Woodcock, der noch etwas wackelig auf den Beinen war. „Lasst uns weitermachen und unsere Arbeit erledigen. Ich will hier endlich raus!"
Plötzlich bekam Peter einen hochroten Kopf, ging in die Knie und packte sich mit schmerzverzehrtem Blick an die Brust.
Nia hastete zu ihm. „Peter, was ist denn los?"
„Mein Herz!", presste er zwischen zusammengebissenen Zähnen hervor. Er atmete ein paar Mal tief ein und aus. „Geht schon wieder.", sagte er nach einigen Augenblicken. „Das war alles etwas viel in den letzten Stunden und meine gesteigerte Leistungsfähigkeit kann dann zu solchen Problemen führen."
Tolino und Woodcock halfen ihm auf.
„Ist in Ordnung, Leute. Es geht wieder besser. Lasst uns weitergehen."
Nia schaute ihn sorgenvoll an. „Sicher?"
„Ja, kommt, lasst uns gehen. Ich werde es schon schaffen!", sagte er optimistisch, doch sicher war er sich nicht. Nochmal so ein Angriff und er würde vielleicht nicht mehr aufstehen. Doch das wollte er den anderen, und speziell Nia, nicht sagen.
Er ging voraus, damit die anderen die Schmerzen nicht von seinem Gesicht ablesen konnten. Beim Verlassen des Bereichs schaute er sich kurz die Leichen der Wachen an. Sie waren übersät von Bisswunden. Die Mutanten hatten scheinbar mit bloßen Zähnen das Fleisch herausgerissen. Angeekelt drehte er sich weg. Es war beängstigend, was die Gen Experimente aus Menschen gemacht hatten. Wieder beschlich ihn die Angst, dass er genau so werden könnte, wenn es Dr. Klein nicht gelang, den Prozess umzukehren.

Sie erreichten das Versteck von Dr. Klein und Harold ohne weitere Zwischenfälle. Auf dem Weg dorthin hatten sie weder weitere Mutanten noch irgendwelche Überlebenden gefunden. Mit dem Kolben seines Gewehrs klopfte Peter mehrmals an die Stahltür.
„HAROLD? DR. KLEIN? HIER IST PETER!", rief er.
Auf der Tür sah er Beulen und Kratzer. Scheinbar hatten die Mutanten versucht einzudringen.
„Peter?", hörten sie gedämpft nach einigen Sekunden.
„JA, ICH BIN HIER!"
Sie hörten Rumpeln und Schleifgeräusche. Dann öffnete sich die Tür.
„Peter, Gott sei Dank!"
Dr. Klein stürzte ihm entgegen und drückte ihn wie einen guten Freund an sich.
„Es war furchtbar!", sprudelte es aus ihm heraus. „Die Mutanten haben versucht, zu uns vorzudringen. Ich hatte Sorge, dass die Tür nicht halten würde. Aber es ist gut gegangen. Und dann gab es scheinbar eine riesige Explosion und wir fürchteten schon, dass die gesamte Anlage einstürzen würde. Sehen Sie, da kommt Harold."
Auch Harold kam auf Peter zu. Eine Umarmung fiel jedoch aufgrund seiner Verletzung flach.
„Peter! Schön dich zu sehen. Ich wusste, dass wir uns auf dich verlassen können. Hallo, Nia. Und wer sind diese beiden Herren?"
„Das sind Ray Tolino und James Woodcock. Zwei…ähm…Kollegen.", erklärte Peter.
Harold und Dr. Klein begrüssten die beiden.
„Was macht das Gedächtnis?", fragte der Doktor ehrlich besorgt.
„Es ist alles wieder da. Ich denke, man kann sagen, dass Nia es zurückgebracht hat."
„Das freut mich!", sagte der Doktor und klopfte ihm dabei freundschaftlich auf die Schulter.
„Dr Klein…", setzte Peter an.
„Nenne mich Julius."

„Julius, Harold, lasst uns von hier verschwinden. Wir haben das, was von der Anlage übrig ist, gesichert, sodass wir gefahrlos abziehen können."

Und tatsächlich gelangten sie ohne weitere Vorkommnisse zurück zum Aufzug. Es war etwas mühselig, Harold den Schacht hinauf zu bekommen, doch schließlich erreichten sie die Oberfläche und verließen die Anlage. Harold und Julius atmeten draußen erstmal tief durch.

„Endlich nochmal frische Luft!", erklärte Julius. „Ich bin das nach der Zeit in der Einrichtung ja gar nicht mehr gewöhnt."

Vom Helikopter kam Tom auf sie zu. Er hielt einen Kopfhörer mit Mikrophon in der Hand.

„Wer von Ihnen ist Dr. Julius Klein?"

„Das bin ich.", antwortete Julius unsicher, weil er nicht wusste, was los war.

„Für Sie.", sagte Tom und reichte ihm den Kopfhörer. Er setzte ihn auf und lauschte. Seine Kinnlade fiel herunter und er begann vor Freude zu weinen.

„Henrietta…Endlich.", entfuhr es ihm erleichtert. „Wie geht es dir? Wie geht es den Kindern?"

Sorgenfalten zeigten sich auf seiner Stirn.

„Mach dir keine Sorgen, das kriegen wir schon hin."

Die anderen inklusive Harold gingen zum Helikopter zurück und ließen Julius mit seiner Familie reden.

Zurück im Griffin rief Peter Vin in Richard Metz' Villa in L.A. an und Harold sprach mit Joan. Alle waren erleichtert, dass diese Sache doch noch glimpflich geendet hatte.

Dann kam Julius zurück.

„Wie geht es deiner Familie?", fragte Peter besorgt.

„Den Umständen entsprechend. Ich denke, es wird noch ein langer Weg, bis wir nach diesen traumatischen Ereignissen wieder ein normales Leben führen werden."

„Ihr werdet das schaffen!", versicherte ihm Peter. „Sollen wir dich zu deiner Familie bringen?"

„Nein!", sagte Julius bestimmt, woraufhin ihn die anderen verdutzt anschauten.

„Nein?", fragte Peter verwundert.

„Du hast meiner Familie das Leben gerettet, Peter. Und Harold und mir ebenfalls. Dafür möchte ich mich revanchieren. Ich muss auf dem schnellsten Wege in ein Labor, damit ich dich von dem Fluch dieser Experimente befreien kann!"
„Das eilt nicht. Kümmere dich zuerst mal um deine Familie.", antwortete Peter.
„Doch, es eilt, Peter!", entgegnete Julius ernst. „Wir müssen dich unbedingt behandeln, bevor es zu spät ist. Jede Minute zählt. Also hast du die Möglichkeit, mich in ein Labor zu bringen?"
„Ich denke, wir haben da möglicherweise genau das richtige für dich. Du wirst dort die Möglichkeit erhalten, mit den besten Wissenschaftlern der Welt zusammenzuarbeiten.", erklärte Peter.
„Gut. Aber eine Bitte habe ich. Wäre es möglich, dass ihr meine Familie nach L.A. bringt, damit wir uns endlich wiedersehen? Ich würde mich wesentlich wohler fühlen, wenn sie endlich wieder in meiner Nähe sind."
„Selbstverständlich. Ich werde das veranlassen."
Tom startete den Helikopter und sie flogen zurück nach Los Angeles.

33

In der Villa von Richard Metz herrschte früh morgens bereits viel Betrieb.
Man hatte Harold mit nach Los Angeles gebracht, weil man ihn und Joan erst nach Kingman zurücklassen wollte, wenn diese Sache vorüber war. Die beiden saßen in der Küche an einem großen runden Tisch nebeneinander. Geschlafen hatten sie in der Nacht beide nicht. Von Joans sonst so rosigem Teint war nichts mehr zu sehen. Stattdessen sah sie müde, blass und abgekämpft aus. Jedoch konnte man ihr die Erleichterung über Harolds und Peters Rückkehr mehr als deutlich vom Gesicht ablesen. Harold waren die Strapazen der letzten Tage ebenfalls deutlich anzusehen. Man hatte den Eindruck, als wäre er während seiner Gefan-

genschaft regelrecht um Jahre gealtert, denn sein Gesicht war von tiefen Falten durchzogen. Seine Blicke waren stumpf und ohne richtiges Leben. Joan zerriss es das Herz, ihn so zu sehen. Sie hielt Harolds Hand, als er berichtete, was ihm widerfahren war. Seine Hände zitterten, während er erzählte. Joan konnte kaum glauben, was sie da hörte und was ihr Harold in den letzten Tagen mitgemacht hatte.

Als er fertig war, erzählte sie ihm, was auf der Farm während seiner Abwesenheit geschehen war. Als Harold das hörte, bekam er ein schlechtes Gewissen, und entschuldigte sich mehrfach dafür, dass er dem Druck nachgegeben und verraten hatte, wo sie wohnten.

„Mach dir keine Vorwürfe!", beruhigte sie ihn. „Es ist doch alles gut gegangen. Und irgendwann redet jeder, wenn man ihm genug zusetzt." Sie gab ihm einen Kuss auf die Wange. „Jetzt lass uns nur hoffen, dass dieser Albtraum möglichst schnell vorüber ist."

Harold versuchte, Zuversicht auszustrahlen, doch es gelang ihm nicht. Es würde vermutlich noch so einige Zeit dauern, bis er wieder der Alte sein würde, vermutete Joan. Nach einer kurzen Pause fragte sie: „Sag mal, was machen Peter, Nia und Lilly eigentlich genau? Ich meine, sie haben dich immerhin aus einer Einrichtung voller Gefahren befreit. Und ich habe gesehen, wie Nia in einer Art Kampfmontur von einem Helikopter abgeholt wurde."

„Ganz ehrlich: Ich denke, es ist besser, wenn wir das nicht wissen.", antwortete Harold düster. Er hatte gesehen, wie Peter, Nia, Tolino und Woodcock zusammengearbeitet hatten. Ihm war klar geworden, dass sie absolute Profis waren und dass sie in ihrem Job vermutlich tagtäglich mit gefährlichen Dingen konfrontiert wurden. Und je weniger er und Joan darüber wussten, desto besser.

Joan überlegte kurz. Dann kam sie zu dem Schluss, dass er vermutlich recht hatte. Ihre Tochter Lilly, und Peter, den sie liebte wie einen Sohn, schienen beruflich Dinge zu tun, bei denen Joan vermutlich ein ums andere Mal vor Sorge vergehen würde, wenn sie darüber Bescheid wüsste. Und ihr wurde klar, dass auch das

ein Grund war, warum Lilly nie wirklich über ihren Beruf sprach. Sie wollte nicht, dass Joan sich ständig Sorgen machte. Joan würde das akzeptieren müssen. Und das tat sie nun.
Sie stand auf, setzte sich auf Harolds Schoß und drückte ihn an sich, woraufhin er erleichtert seufzte, weil er endlich wieder bei ihr war.

Nia saß in ihrem Zimmer auf der Bettkante. Neben ihr lag Peter und schlief tief und fest. Normalerweise war das nicht seine Art. Er war immer derjenige im Team, der am wenigsten Schlaf benötigte. Doch sein gesteigerter Stoffwechsel infolge der Experimente laugte ihn körperlich aus. Sie machte sich ernsthafte Sorgen um ihn. Ihr war aufgefallen, dass der Schwächeanfall, den er in der Einrichtung gehabt hatte, schlimmer gewesen war, als er ihr und den anderen gegenüber zugeben wollte. Wie es für Peter typisch war, hatte er versucht, das zu überspielen. Doch Nia kannte ihn lange genug, um das zu durchschauen. Und in der jetzigen Situation würde Peter nicht zurückstecken und sich schonen. Nein, er würde im Gegenteil sogar verbissen versuchen, das alles aufzuklären, um die Schuldigen ihrer gerechten Strafe zu zuführen. Und dabei würde es nicht um ihn selber gehen. Die Experimente, die man an ihm durchgeführt hatte, waren ihm egal. Es ging um Julius Klein, den man zur Mitarbeit gezwungen hatte, um dessen Familie, die man deswegen mehrere Monate lang gefangen hielt und dessen Frau man sogar verstümmelt hatte. Es ging um Harold, den man gefoltert hatte. Um Joan, die man hatte töten wollen. Und um die skrupellosen Machenschaften und Experimente, die man in dem Labor durchgeführt hatte.
Eine Hoffnung hatte Nia jedoch. Zwar sei laut Julius eine längerfristige Behandlung nötig, um Peter vollständig zu heilen, doch er sagte, er wäre in der Lage, kurzfristig ein Mittel herzustellen, das Peters Stoffwechsel wieder auf ein Normalmaß zurückfuhr, wodurch seine Organe weit weniger belastet würden. Dadurch wäre er dann zunächst mal nicht mehr in akuter Lebensgefahr.
Sie hatten als allererstes den Doktor zu ISOS L.A. gebracht, wo er zunächst seine Familie wiedergesehen hatte. Die Wiedervereinigung war herzzerreißend gewesen und Nia musste sich die ein

oder andere Träne verdrücken. Auch deswegen, weil Julius' Frau und Kinder in keinem guten Zustand waren. Doch bei ISOS würde man sich gut um sie kümmern, das war sicher. Julius hatte seiner Frau erzählt, was geschehen war und das er versuchen müsse, Peter zu retten. Ohne zu murren stimmte sie ihm zu und animierte ihn, alles Nötige dafür zu tun, den Mann zu retten, der sie alle gerettet hatte. Sie würden später noch genug Zeit füreinander haben, hatte sie ihm mit einem ehrlichen Lächeln versichert. Sie war eine starke Frau und Nia rechnete ihr diese Selbstlosigkeit hoch an. Julius hatte seine Frau und seine Kinder fest an sich gedrückt und sie dann schweren Herzens in die Obhut einiger ISOS Seelsorger gegeben, die sich um sie kümmern würden. Für gewöhnlich waren diese Seelsorger dafür da, sich um traumatisierte Agenten nach schweren Einsätzen zu kümmern. Sie waren gut in dem, was sie taten und würden der traumatisierten Familie sicherlich helfen können.
Man hatte Julius ein Labor bei ISOS L.A. hergerichtet mit allem, was er benötigte. Dieses Labor war vernetzt mit den Laboren der ISOS Zentrale in Washington, wo die besten TARC Wissenschaftler gemeinsam mit ihm an einer Lösung für Peter arbeiteten. Das beruhigte Nia ein wenig, denn sie wusste, dass die Besten der Besten alles taten, um Peter zu retten.
Während des Fluges nach L.A. hatte Nia Peter auch von Arifs Problemen erzählt. Peter war schockiert über diese unerwartete Enthüllung. Als sie ihm eröffnete, dass er die Behandlungskosten tragen würde, nickte er nur zustimmend. Für ihn war es selbstverständlich, das zu tun. Für seine Freunde würde er sein letztes Hemd geben. Doch er machte sich schwere Vorwürfe, und redete sich ein, seinen Freund Arif im Stich gelassen zu haben und nicht für ihn da gewesen zu sein. Nach gutem Zureden gelang es Nia jedoch, ihn davon zu überzeugen, dass er nicht Schuld an Arifs Problemen sei und sie vermutlich auch nicht hätte verhindern können.
Nia legte sich seufzend neben Peter und schmiegte sich an ihn. Sie hoffte inständig, dass Dr. Klein sich möglichst bald mit positiven Neuigkeiten meldete.

Im Esszimmer saßen Vin, Lilly, Frank, Tolino und Woodcock zusammen und besprachen die Ereignisse der letzten Stunden. Tom, der Pilot, war unterwegs zu ISOS L.A., um dort den Griffin Helikopter aufzutanken. Er würde auf Standby bleiben, sodass der Hubschrauber den Agenten jederzeit zur Verfügung stand.
„So, Leute, es gibt erste Ergebnisse.", ergriff Vin das Wort. „Zunächst etwas, das wir im Prinzip schon wussten. Die Untersuchung des Tatorts und der Leichen hat ergeben, dass Eric Lee Chris Jordan erschossen hat. Ohne jetzt im einzelnen darauf einzugehen, haben Indizien und Beweise das zweifelsfrei ergeben."
Vin machte eine kurze Pause, bevor er weiterredete. „Die Ampulle, die am Tatort gefunden wurde, enthielt das gleiche Mittel, wie die Ampullen in Lees Haus. Es handelt sich um das von Dr. Klein entwickelte Mittel, welches man auch Peter während seiner Gefangenschaft verabreicht hat. Eine Art Wachstumspräparat, das den menschlichen Körper um ein Vielfaches leistungsfähiger macht. Da bei Peter die Behandlung abgebrochen wurde, ist er zwar grundsätzlich leistungsfähiger als vorher, seine Organe machen das aber zum jetzigen Zeitpunkt nicht mit. Bei Überanstrengung schwebt er in akuter Lebensgefahr. Wir sollten also versuchen, ihn zu schonen!"
Lilly meldete sich zu Wort: „Das wird er nicht mit sich machen lassen.", sagte sie sorgenvoll. Der Gedanke daran, Peter sterben sehen zu müssen, machte ihr und den anderen schwer zu schaffen.
„Nein, vermutlich nicht.", stimmte Vin zu. „Aber wir müssen es versuchen. Dr. Klein arbeitet an einem Gegenmittel. Es besteht also Hoffnung." Das schien die Anwesenden etwas zu beruhigen, weswegen Vin fortfuhr: „Es sieht also so aus, dass das versuchte Attentat auf den Gouverneur, das Mittel, welches wir bei Eric Lee fanden, und das unterirdische Labor, in dem Peter zu Gast war, direkt miteinander in Verbindung stehen. Und vermutlich hängt dort ebenfalls der Inner Circle mit drin."
„Was ist mit dem Massengrab in der Geisterstadt? Gibt es dort schon Ergebnisse?", fragte Woodcock.
„Es sieht so aus, als hätte man dort eine Gruppe von Bauarbeitern regelrecht hingerichtet. Durch die Nähe zum Labor, geht man

zum jetzigen Zeitpunkt davon aus, dass die Bauarbeiter am Bau, beziehungsweise Ausbau des Labors beteiligt waren. Und nachdem das Labor fertig war, hat man sie zum Schweigen gebracht."
„Aber hat diese Arbeiter denn niemand vermisst?", wollte Tolino wissen.
„Falls es illegale mexikanische Gastarbeiter waren - und danach sieht es aus - dann vermisst sie hier in den USA niemand.", erklärte Vin bekümmert.
„Heißt im Klartext, dass auch an dem Tod der Arbeiter vermutlich der Inner Circle, und der oder die Betreiber des Labors beteiligt waren!", fasste Lilly zusammen.
„Genau!", stimmte Vin zu. „Für uns bedeutet das zwei Dinge: Erstens müssen wir herausfinden, wer das Labor in der Wüste betrieben hat. Die Ermittlungs- und Bergungsarbeiten haben dort unten bereits begonnen, sodass wir hoffentlich recht bald erste Ergebnisse bekommen werden. Zweitens müssen wir dringend Bernard Cedar finden, um eventuell Zugang zum Inner Circle zu bekommen."
Plötzlich klingelte Lillys Smartphone.
„Ja, Jaxter.", meldete sie sich. Dann lauschte sie einige Zeit. „Aha, ok." Sie überlegte kurz „Ich werde dort sein." Dann legte sie auf.
„Ein älterer Mann war dran.", erklärt sie. „Einen Namen nannte er nicht. Er sagte, er hätte Informationen für mich und dass er mich unbedingt treffen müsse. Ich bin in einer Stunde im Farmer's Market mit ihm verabredet."
„Ok.", sagte Vin. „Du solltest hingehen. Im Farmer's Market ist immer viel los und er selber hat diesen öffentlichen Ort gewählt. Das klingt vertrauenswürdig. Dennoch solltest du Frank mitnehmen und keinesfalls unbewaffnet dort auftauchen."
„In Ordnung. Dann machen wir uns direkt auf den Weg. Ich bin lieber früher da, um mir die Lage vor Ort etwas genauer anzuschauen."
„Gut. Und meldet euch, sobald ihr dort fertig seid.", bat Vin.
Lilly und Frank verabschiedeten sich und fuhren ohne Umwege zum Farmer's Market. Gerade als die beiden das Haus verlassen hatten, ging ein Videoanruf ein. Es war Nicholas Richmond, der

Analyst, der mit der Suche nach Bernard Cedar beauftragt war. Vin legte das Telefonat auf den großen Flatscreen an der Wand.
„Nicholas, was macht die Suche nach Bernard Cedar?", fragte Vin erstaunt in Anbetracht dessen, wie jung Nicholas noch war.
„Äh, ja. Ich habe mit einem Gesichtserkennungsprogramm die Verkehrskameras von L.A. überwacht, wobei ich Gebiete, wie beispielsweise South Central außen vor gelassen habe, da das kein Ort ist, wo jemand wie Bernard Cedar sich aufhalten würde. Tatsächlich habe ich einige Aufnahmen von ihm gefunden. Allesamt wurden in der Gegend von Santa Monica gemacht. Zwar konnte ich das Suchgebiet deutlich eingrenzen, aber dennoch hätte es wohl Tage gedauert, ihn dort ausfindig zu machen."
Vin trommelte ungeduldig mit den Fingern auf der Tischplatte. Als ehemaliger Soldat mochte er es lieber kurz und knapp, wohingegen Nicholas für seinen Geschmack zu ausschweifend berichtete. Doch er ließ ihn gewähren, denn Nicholas schien seinen Job sehr gut zu machen und Vin wollte ihn nicht aus dem Konzept bringen. Tolino bemerkte jedoch Vins Ungeduld und grinste. Er stupste Woodcock mit dem Ellenbogen an und deutete mit dem Kopf in Vins Richtung, woraufhin auch Woodcock grinste. Die beiden wussten nur zu gut, wie ungeduldig Vin in diesen Dingen sein konnten. Nicholas bemerkte das Grinsen der beiden.
„Ähm, alles ok?", fragte er unsicher.
„Ja, sicher. Fahren Sie fort.", ermunterte ihn Woodcock. Vin bedachte die beiden mit einem Blick, der förmlich Blitze sprühte.
„Also…", fuhr Nicholas fort, „Mir ist es dann schlussendlich auch gelungen, Bernard Cedars Smartphone ausfindig zu machen. Das war gar nicht so einfach, denn das Smartphone nutzt bei Telefonaten eine aufwendige Verschlüsselung. Ich musste einen speziellen Algorithmus…"
„Nicholas!", unterbrach ihn Vin.
„Ja?"
„Bitte nur die wesentlichen Fakten!", versuchte Vin ihn betont freundlich zu ermahnen, was nur teilweise gelang.
„Oh,…Sir. Verzeihung. Ich schweife gelegentlich etwas ab. Ja, also ich habe Bernard Cedar lokalisiert. Er scheint in einem Luxus-Apartment in Santa Monica mit Blick auf das Meer zu woh-

nen. Die Adresse habe ich ihnen soeben auf ihr Smartphone geschickt."

„Großartig, Nicholas!", lobte Vin. „Tolino, Woodcock, wir begeben uns umgehend dorthin!"

„Moment, Sir. Das war noch nicht alles. Ich habe, wie bereits erwähnt, Cedars Smartphone gehackt. Er hat sich wohl aufgrund der Verschlüsselung vermeintlich sicher gefühlt. Auf dem Telefon befanden sich einige brisante Dinge. Unter anderem Fotos und Videos, die ihn in den Knast bringen können. Und die E-Mail, deren Verschlüsselung Lilly geknackt hat, in der es um das Attentat ging, wurde von diesem Telefon aus verschickt."

„Fantastisch, Nicholas. Sie haben großartige Arbeit geleistet. Ich werde Sie dem Direktor gegenüber lobend erwähnen, verlassen Sie sich darauf."

„Danke, Sir. Vielen, vielen Dank.", antwortete Nicholas sichtlich stolz.

„Wir werden jetzt Cedar schnappen.", sagte Vin grimmig. „Wir melden uns dann, Nicholas."

Vin beendete das Gespräch und wandte sich an Tolino und Woodcock. Die beiden hatten ebenfalls in der Nacht auf dem Weg nach Los Angeles nicht geschlafen, wirkten aber dennoch fit und ausgeruht. Sie trugen immer noch ihre Kampfmonturen.

„Hört zu. Wir werden uns Cedar still und unauffällig schnappen. Wir brauchen kein Sondereinsatzkommando oder Ähnliches. Das würde zu viel Staub aufwirbeln und möglicherweise den Inner Circle aufschrecken. Wir werden dort in Zivilkleidung hinfahren. Am besten gekleidet wie Touristen. Es ist gefährlich, aber wie lassen unsere Waffen hier. Cedar ist ein Mann, der bewaffnete Männer zehn Meilen gegen den Wind riecht. Deswegen werden wir darauf verzichten. Wenn nötig werden wir Cedar so lange abwechselnd verfolgen, bis sich eine Gelegenheit ergibt, ihn still und leise zu überwältigen und festzunehmen. Wir müssen Geduld haben und behutsam vorgehen.", instruierte Vin die beiden.

„Verstanden!", antworteten sie gleichzeitig. Auch wenn Tolino und Woodcock gerne herum flachsten und sich über alles Mögliche lustig machten, so waren sie doch absolute Vollprofis, auf die Vin und jeder andere sich blind verlassen konnte.

„Wir gehen uns dann mal schnell umziehen.", sagte Tolino. „Wir haben glücklicherweise auch zivile Klamotten mitgebracht."
Die beiden standen auf und gingen hinauf ins Obergeschoss. Vin folgte kurze Zeit später, um Nia und Peter zu berichten. Zuerst wollte Peter mit dabei sein, wenn es auf die Jagd nach Bernar Cedar ging. Doch Vin und Nia gelang es glücklicherweise, ihn zu überzeugen, dass es besser sei, hier auf den Anruf von Dr. Klein zu warten, damit Peter schnellstmöglich in Behandlung ging. Zähneknirschend stimmte er letztendlich zu. Vin verabschiedete sich von den beiden. Auf dem Flur traf er Tolino und Woodcock und gemeinsam machten sie sich auf den Weg nach Santa Monica.

34

Der Farmers Market in Los Angeles wurde im Jahre 1934 eröffnet und war ein historisches Wahrzeichen der Stadt und eine beliebte Touristen Attraktion. Zu Beginn parkten dort ein Dutzend Farmer ihre Trucks auf einem Feld und verkauften ihre frischen Produkte. Heutzutage waren dort über 100 Restaurants, Lebensmittel- und Souvenirgeschäfte ansässig. Im Gegensatz zu vielen anderen Farmers Markets des Landes, die nur an bestimmten Tagen stattfanden, war der in Los Angeles an sieben Tagen die Woche geöffnet. Farmer aus der Region und Restaurants der Stadt verkauften dort ihr Essen. Die Auswahl war riesig, denn es gab nicht nur traditionelle amerikanische, sondern auch asiatische und lateinamerikanische Speisen, welche die diversen Immigranten landestypisch zubereiteten. Dementsprechend war der Markt ein beliebter Anlaufpunkt für Leute auf der Suche nach besonderen Essensspezialitäten.

Als Lilly und Frank eine halbe Stunde vor dem vereinbarten Zeitpunkt dort ankamen, beobachteten sie das Geschehen eine zeitlang ganz genau. Doch es war nichts Außergewöhnliches zu

sehen. Wie immer schlenderten Touristen und Einheimische an den Ständen vorbei, unterhielten sich mit den Betreibern und probierten und kauften Spezialitäten. Überall lag ein Duft nach Essen in der Luft, der einem das Wasser im Mund zusammenlaufen ließ. Die Cafés und Restaurants waren schon jetzt am Morgen gut besucht mit Leuten, die dort ihr Frühstück zu sich nahmen. In dem Café, in dem Lilly mit dem Informanten verabredet war, suchte sie sich einen freien Tisch und nahm Platz. Frank setzte sich einige Tische weiter, um sie und ihre Verabredung im Auge behalten zu können und ihr zu helfen, falls nötig. Sie hatte noch etwas Zeit bis zu dem Treffen, und da sich ihr Magen knurrend zu Wort meldete, weil sie noch nichts gegessen hatte, bestellte sie sich ein Kännchen Kaffee und einen Frischkäse-Bagel. Der Bagel war köstlich und sie schlang ihn förmlich hinunter. Als sie gerade fertig gegessen hatte, trat ein alter Mann an ihren Tisch.
„Guten Morgen, Ms. Jaxter. Darf ich mich setzen?", sagte der Mann mit der kratzigen Stimme eines langjährigen Rauchers.
„Ich vermute, dass sie meine Verabredung sind?", fragte Lilly und musterte den Mann eingehend. Er trug einen Anglerhut, eine beigefarbene Stoffhose, ein rot-weiß kariertes Hemd und eine ebenfalls beigefarbene Weste. Er sah aus, wie der typische Rentner und Lilly war sicher, ihn schon einmal gesehen zu haben. Dann fiel ihr ein, wo. Er hatte gegenüber von Neo Marstens Zentrale auf einer Bank gesessen, als Lilly und Frank das Gebäude verlassen hatten. Lilly hatte ihm keine Beachtung geschenkt, da er vollkommen harmlos gewirkt hatte.
„In der Tat, Ms. Jaxter. Mein Name ist Walter Rollins. Aber sie dürfen mich Walt nennen. Ich bin Detective des L.A. Police Department im Ruhestand."
„Nehmen Sie Platz.", sagte Lilly freundlich.
Seine Augen blickten wachsam, aber zugleich auch irgendwie traurig. Das Gesicht des Mannes war von tiefen Falten durchzogen. Er sah blass aus und hatte Ränder unter den Augen. Außerdem wirkte er verbraucht und auch irgendwie gehetzt. Ständig schaute er sich um. Ihm entging Lillys prüfender Blick nicht.

„Falls Sie sich wundern sollten, dass ich nicht gerade aussehe, wie das blühende Leben. Ich leide an Lungenkrebs. Leider unheilbar. Als langjähriger Kettenraucher braucht mich das wohl nicht zu wundern.", eröffnete er ihr mit entwaffnender Ehrlichkeit und einem schiefen, leicht wehmütigen Grinsen.
„Das tut mir leid.", entgegnete Lilly aufrichtig.
„Danke, Ms. Jaxter. Doch ich bin nicht hier, um mit Ihnen über meine Krankheit zu reden. Zunächst holen Sie doch bitte Frank Thiel an den Tisch. Ich weiß, dass Sie auf Nummer sicher gehen wollten und sich deswegen Verstärkung mitgebracht haben. Aber keine Sorge. Ihnen droht keine Gefahr. Und das, was ich Ihnen zu sagen habe, ist äußerst wichtig für Ihre Ermittlungen."
Lilly deutete Frank, hinüber zu kommen.
„Frank, das ist Walter Rollins, ehemaliger Detective des L.A.P.D."
Frank begrüßte den Mann und setzte sich.
„Woher kennen Sie uns und unsere Namen?", wollte Lilly wissen.
„Nun, ich habe immer noch beste Beziehungen zum L.A.P.D. Und dass ISOS Agenten von höchster Stelle mit den Ermittlungen beauftragt wurden, hat ziemlich hohe Wellen geschlagen und die Namen der Agenten gingen herum wie ein Lauffeuer."
Das klang plausibel, fand Lilly.
„Dann legen Sie mal los, Mr. Rollins. Wir sind schon sehr gespannt.", sagte sie und schaute ihn erwartungsvoll an.
„Gut. Verzeihen Sie, wenn ich etwas aushole, aber ich möchte Ihnen die ganze Geschichte erzählen."
„Nur zu, wir haben Zeit.", ermunterte Lilly ihn.
Rollins holte tief Luft und begann dann zu erzählen, während er abwesend in die Ferne blickte:
„Wissen Sie, ich habe jahrzehntelang für die Mordkommission des L.A.P.D. gearbeitet. Ich habe meinen Beruf geliebt, auch wenn er einen häufig in die schwarzen Abgründe der menschlichen Seele blicken ließ. Doch ich war und bin der Meinung, dass jeder aufgeklärte Fall die Welt ein Stückchen besser macht. Machmal flattert einem allerdings ein Fall auf den Schreibtisch, der einen nicht mehr los lässt. Und das war auch bei mir so. Das alles ist zwanzig Jahre her. Es ging um eine Mordserie an jungen

Frauen. Vielleicht hat mich das alles so berührt, weil ich selber Vater eines Mädchens bin, und ich mir vorstellte, was ich wohl tun würde, wenn ihr so etwas zustieße. Denn es war grauenhaft. Etliche junge, äußerst hübsche Mädchen wurden entführt, gefoltert, vergewaltigt und anschließend wie Abfall in der Gosse abgeladen."

Frank und Lilly schauten sich wissend an.

„Ich sehe, Sie wissen, wovon ich rede.", bemerkte Rollins. „Glauben Sie mir, die Ähnlichkeit zwischen dem Mord, der Gouverneur Johnson angelastet wird und den damaligen Morden ist frappierend."

„Wieso ist das bis jetzt niemandem aufgefallen?", fragte Frank.

„Dazu komme ich noch. Bitte lassen Sie mich einfach fortfahren." Frank nickte zustimmend und Rollins erzählte weiter: „Da wir es offensichtlich mit einem Serienmörder zu tun hatten, wurde eine Taskforce unter meiner Leitung gegründet. Und glauben Sie mir, wir alle rissen uns den Arsch auf, um diesen Fall zu lösen. Gleichzeitig geschahen in L.A. jedoch auch einige andere Dinge, bei denen ich jedoch zunächst keinen Zusammenhang zu den getöteten Mädchen sah. Ein junger Kerl, vielleicht Anfang zwanzig, kam in die Stadt. Niemand wusste, woher er kam und niemand kannte seinen Namen. Er sah verdammt gut aus, und das wusste er auch. Er strahlte eine gewisse Arroganz und Überheblichkeit aus. Nachdem dieser Bursche in der Stadt aufgetaucht war, geriet die Unterwelt in Aufruhr. Gangsterbosse verschwanden spurlos oder wurden regelrecht hingerichtet. Und man mag es kaum glauben, aber Angst machte sich breit. Die schlimmsten und gefährlichsten Männer von L.A. hatten tatsächlich Angst. Vieles deutete darauf hin, dass dieser junge Bursche, ein Nobody, der eigentlich noch grün hinter den Ohren war, dahintersteckte. Allerdings konnte man das nie beweisen. Nach Monaten des Mordens hatte er es aber tatsächlich geschafft, die Unterwelt von L.A. unter seine Kontrolle zu bringen. Jeder dachte, okay, halt ein neuer Gangsterboss. Das war schließlich nichts Neues. Bosse kamen und gingen. Doch dieser Mann war anders. Niemand sprach laut über ihn, es wurde höchstens hinter vorgehaltener Hand getuschelt, denn Leute, die laut über ihn sprachen - Infor-

manten der Polizei beispielsweise -, waren kurze Zeit später tot. Und wer dachte, dass dieser Mann sich damit zufrieden geben würde, die Unterwelt zu kontrollieren, der sah sich getäuscht. Denn bald verschwanden Politiker, Richter, Staatsanwälte und Polizisten spurlos. Sie hatten tragische Unfälle, oder sie wurden in Skandale verwickelt. Das alles führte dazu, dass er, der mit Abstand mächtigste Mann wurde, den es je in Los Angeles gab. Es geschah natürlich nicht innerhalb kürzester Zeit, sondern zog sich über mehrere Jahre hinweg."
„Warum ist nie jemand gegen ihn vorgegangen?", wollte Frank wissen.
„Zum einen fehlten einfach die Beweise. All das, was ich Ihnen über diesen Mann erzähle, beruht auf ausgiebiger Recherche, zusammengetragen aus Indizien und Erzählungen, aber eben nicht auf handfesten Beweisen. Zum anderen war es Angst. Niemand hätte sich getraut, sich mit diesem Mann anzulegen. Dafür war er viel zu mächtig geworden. Nicht zu vergessen, dass seine Identität verborgen blieb. Nach wie vor kannte niemand seinen Namen. Jetzt fragen Sie sich mit Sicherheit, was das mit den getöteten Mädchen zu tun hatte. Tja, ein Kollege von mir leitete die Ermittlungen, die sich mit den Morden an den Gangsterbossen befassten. Eine Tages ging ich in sein Büro. Er brütete gerade über Fallakten der Morde. Dort sah ich Bilder der toten Gangster und erschrak. Manche waren auf eine ähnliche Art und Weise zugerichtet worden, wie die verschwundenen Mädchen. Sie waren zwar nicht vergewaltigt worden, aber sie waren genau so gefoltert und anschließend achtlos in Seitengassen abgeladen worden."
„Und sie denken, dass hinter beiden Mordserien dieser ominöse Mann steckte?"
„Ganz recht. Die Ähnlichkeiten der Morde war zu auffällig, als dass es Zufall hätte sein können. Und das Beste war, dass mein Kollege kurz davor war, den Fall zu lösen. Er sagte, er hätte einen Beweis, der den Unbekannten zu Fall bringen würde."
„Aber das ist nicht geschehen, nicht wahr?", schlussfolgerte Lilly.
„Nein!", sagte Rollins betrübt. „Einen Tag, nachdem ich in seinem Büro die Fallakten gesehen hatte, starb mein Kollege. Er

wurde an einem Strick erhängt in seiner Wohnung aufgefunden. Selbstmord. Angeblich. Doch mein Kollege war niemand, der Selbstmord begangen hätte." Rollins blickte traurig drein. Dann erzählte er weiter: „Das war allerdings nicht alles. Die Fälle der Morde an den Gangsterbossen wurde noch am gleichen Tag von allerhöchster Stelle geschlossen."
Lilly und Frank sahen sich verblüfft an. Die Geschichte hörte sich so unglaublich an, dass man sie eigentlich als erfunden ansehen musste. Doch Rollins erzählte so glaubhaft und fundiert, dass die beiden keinen Grund sahen, das Erzählte anzuzweifeln.
„Kaum zu glauben.", sagte Frank. „Welche allerhöchste Stelle hat die Fälle damals geschlossen?"
„Der Leiter des L.A.P.D. Er lebt allerdings nicht mehr. Die Obduktion seiner Leiche hatte ergeben, dass er eines natürlichen Todes starb. Ich persönlich zweifle daran. Ich denke, es handelte sich eher um die Beseitigung eines potenziellen Zeugen. Aber auch das kann ich nicht beweisen. Jedenfalls war es so, dass nach dem Schließen der Fälle der ermordeten Gangsterbosse bei meinen Ermittlungen plötzlich sehr schnell sehr viele Dinge auf einmal geschahen. Uns wurden Beweise zugespielt, die einen Mann schwer belasteten, die Morde an den Mädchen begangen zu haben. Alles passte perfekt zusammen und die Beweise waren wasserdicht, also nahmen wir den Mann fest. In den Verhören stritt er die Tat bis zuletzt ab. Er kam in Untersuchungshaft und dort - welch Überraschung - nahm er sich das Leben."
„Wie passend.", bemerkte Lilly sarkastisch.
„Ganz recht. Der Fall galt als gelöst und wurde geschlossen. Die Akten und Beweise kamen in die Asservatenkammer. Wie der Zufall es will, brach einige Wochen später dort ein Feuer aus, bei dem alle Beweise bezüglich der toten Gangsterbosse und der toten Mädchen ausnahmslos vernichtet wurden. Die Brandermittler stellten fest, dass der Nachtwächter mit einer brennenden Zigarette eingeschlafen war und dadurch der Brand ausgelöst wurde. Der Nachtwächter starb bei dem Unfall."
„Eine brennende Zigarette hat die Asservatenkammer der Polizei niedergebrannt?", fragte Frank ungläubig.

„So sagt man. Ich kannte Joe den Nachtwächter übrigens. Er war Sportler und lebte äußerst gesund. Rauchen war für ihn absolut tabu.", erklärte Rollins mit einem schiefen, wissenden Grinsen.
„Also Mord und Brandstiftung? Und natürlich keine Beweise.", fragte Lilly.
„Wenn es Beweise gab, dann ließen die Brandermittler sie verschwinden. Tja, jedenfalls ließ mir das alles fortan keine Ruhe. Es hatte so viele Tote gegeben, so viele... nennen wir sie ‚Zufälle', und ich wollte wissen, was dahinter steckte, und vor allem wollte ich natürlich den wahren Mörder der Mädchen finden. Zu Beginn war es eine fixe Idee. Ich hielt einfach die Ohren offen, ob in der Stadt Mädchen nach dem gleichen Muster umgebracht wurden. Und tatsächlich wurden sie das, doch die Ermittlungen verliefen grundsätzlich im Sande. Es wurde schlampig ermittelt, Beweise verschwanden und Ermittlungsakten wurden geschönt. Das alles war ungeheuerlich. Eine Schande für das gesamte L.A.P.D. Doch niemand kümmerte sich darum. Also fing ich an, in meiner Freizeit nachzuforschen. Ich wusste aus den damaligen Ermittlungen der Taskforce, die ich geleitet hatte, dass die Mädchen in der Nacht ihrer Ermordung in Schickimicki-Clubs gewesen waren. Ich begann, diese Clubs Nacht für Nacht zu beobachten. Es war mühselig, langweilig und ermüdend. Doch eines Abends geschah etwas. Ich sah einen Mann. Gutaussehend. Reich. Leicht arrogant. Ein bekanntes Mitglied des Jetset von L.A. Ich sah den Mann mit einer jungen Frau den Club verlassen. Zunächst dachte ich mir nichts dabei. Doch am nächsten Tag hörte ich im Revier, dass eine junge Frau getötet worden sei. Als ich ein Foto von ihr sah, da wusste ich, dass ich ihn gefunden hatte. Den Mann, der all die jungen Damen ermordet hatte. Und den Mann, der die Macht in der Unterwelt von L.A. an sich gerissen, und der Richter, Polizisten und Politiker in der Tasche hatte. Ich konnte es kaum fassen, dass ich ihn endlich ausfindig gemacht hatte."
Lilly und Frank hörten gebannt zu.
„Ich fing an, ihn zu verfolgen. Schon bald kannte ich all seine Gewohnheiten und seine Tagesabläufe. Und sie werden es kaum glauben, aber ich habe sogar Beweise für seine Schuld. Ich habe

Fotos, wie er mit einer jungen Frau einen Club verlässt, wie er sie mit in sein Haus nimmt und wie sie wenige Stunden später tot von seinen Bodyguards in ein Auto geladen wird - wobei er zufrieden zuschaut - und wie sie dann in einer Seitengasse in die Gosse geworfen wird."

„Und wer ist nun dieser Kerl?", wollte Lilly gespannt wissen.

Rollins schaute sie mit düsterer Gewissheit an. „Oh, Sie kennen ihn. Sie haben sogar schon mit ihm gesprochen. Es ist Neo Marsten."

Lilly und Frank klappten die Kinnladen herunter.

„Marsten…", grummelte Frank.

„Ja, Neo Marsten ist der Mörder."

Nachdem Lilly diese Neuigkeit verdaut hatte, fragte sie: „Sind Sie ganz sicher?"

„Ohne jeden Zweifel."

Lilly suchte in Rollins Gesicht nach Anzeichen dafür, dass er log, doch sie fand keine.

„Warum haben Sie ihn denn nie ausgeliefert?", wollte sie wissen.

Rollins wirkte plötzlich sehr traurig.

„Vor dem Fall der toten Mädchen war ich ein sehr glücklicher Mann. Ich hatte eine tolle Ehefrau und war stolzer Vater eines Mädchens. Doch all die Geschehnisse hatten mich nicht mehr ruhen lassen. Ich wurde obsessiv, dachte nur noch daran, den Mörder zu finden und vernachlässigte meine Familie sträflich. Wir lebten uns auseinander, bis sich schließlich meine Frau von mir trennte. Meine Tochter wuchs ohne mich auf. Und ich? Ich bemerkte die Entfremdung nicht einmal, und lebte weiterhin nur für die Aufklärung der Morde. Sie sehen also, dass die Ermittlungen mich schon verdammt viel gekostet haben. Doch das Schlimmste ist, dass ich zwar alles aufgeklärt habe, ich aber diese Beweise nicht an die Polizei weitergeben kann, weil sonst nicht nur ich, sondern auch meine Familie in Gefahr wäre."

„Woher wollen Sie das so genau wissen?", fragte Frank.

„Weil Neo Marsten es mir gesagt hat!"

Wiederum konnten Frank und Lilly kaum glauben, was sie da hörten.

„Ja, ich habe Neo Marsten damit konfrontiert. Ich saß ihm in seinem Büro gegenüber und sagte, dass ich wüsste und es beweisen könne, dass er ein kranker Serienkiller ist. Dann geschah etwas Furchteinflößendes. Er ließ seine Maske fallen, und zeigte mir sein wahres Ich. Sein Gesicht, dass sonst perfekt den Surfer- und Frauentyp widerspiegelte, bekam einen diabolischen Ausdruck. Es war so, als säße plötzlich ein vollkommen anderer Mensch vor mir. Mordlüstern, wild und unmenschlich. Ich kann mich nicht erinnern, jemals in meinem Leben solche Angst verspürt zu haben. Ich dachte, er springt jeden Moment über den Tisch und reißt mir die Kehle raus. Doch das tat er nicht. Aber er warnte mich. Seine Stimme, die sonst ein sehr warmes Timbre hatte, hörte sich verändert an. Sie war kalt, schneidend und bedrohlich. Er sagte, dass ihm bewusst sei, dass die Beweise im Falle meines Todes, der Polizei zugespielt würden. Sollte ich jedoch auf die Idee kommen, die Beweise jetzt der Polizei zu geben, dann würde er sich meine Frau und meine Tochter vorknöpfen. Er würde mit ihnen das machen, was er mit den anderen Frauen gemacht hatte. Und er würde mich dabei zuschauen lassen. Ich war so verängstigt und schockiert, dass ich aufsprang und überhastet das Büro verließ. Seitdem habe ich nicht mehr mit Neo Marsten gesprochen. Jedoch lässt er mich seit diesem Tag beschatten und sendet mir regelmäßig Bilder meiner Frau und meiner Tochter, um mir zu zeigen, dass er mich und sie genauestens beobachtet - jederzeit bereit zuzuschlagen."
Rollins sah elend aus, als er das erzählte. Aber danach auch irgendwie erleichtert darüber, dass er diese Geschichte endlich jemandem erzählt hatte.
„Das alles tut mir sehr leid, Mr. Rollins.", sagte Lilly mit ehrlicher Anteilnahme. „Doch warum sind Sie zu uns gekomen, um uns das zu erzählen, wenn wir die Beweise nicht verwenden können, ohne Ihre Familie in Gefahr zu bringen?"
„Ich möchte, dass Sie Neo Marsten töten.", antwortete er unverblümt mit eisernem Blick.
„Was?", sagten Frank und Lilly gleichzeitig.
„Na ja, Sie arbeiten für ISOS, der besten und mächtigsten Geheimdienstorganisation der Welt.", erklärte Rollins. „Die Polizei

kann mir nicht helfen. Aber Sie können es. Ich habe nicht mehr lange zu leben. Und ich möchte in der Gewissheit sterben, dass Neo Marsten seiner gerechten Strafe zugeführt wird, und vor allem, dass meine Familie in Sicherheit ist. Wenigstens das möchte ich für meine Frau und meine Tochter, nachdem ich sie jahrelang im Stich gelassen habe. Also bitte, Ms. Jaxter und Mr. Thiel, helfen Sie mir. Bringen Sie dieses Monster von Neo Marsten endgültig zur Strecke und sorgen Sie dafür, dass meine Familie in Frieden und Sicherheit leben kann, wenn ich nicht mehr da bin."
Lilly überlegte kurz.
„Mr. Rollins, ich kann Ihnen diesbezüglich keine Versprechen machen. Überlassen Sie uns die Beweise. Wir werden sie dann eingehend prüfen, und wenn all das, was Sie uns hier erzählt haben, tatsächlich der Wahrheit entspricht, dann werden wir uns Neo Marsten annehmen, das versichere ich Ihnen."
„Gut!", sagte Rollins für den Moment zufrieden. „Ich werde Ihnen die Beweise zukommen lassen. Es wird Zeit, dass ich von hier verschwinde. Zwar konnte ich meine Verfolger für den Moment abhängen, aber sie brauchen für Gewöhnlich nicht lange, um mich aufzuspüren und ich sitze schon viel zulange hier. Sie hören im Laufe des Tages von mir!"
Er schüttelte den beiden die Hand und verschwand hastig.
„Eine unglaubliche Geschichte!", sagte Frank zu Lilly.
„Allerdings. Und wenn sie sich als wahr herausstellt, dann steht uns ein harter Kampf bevor. Neo Marsten wird sich nicht so einfach aus dem Verkehr ziehen lassen. Was denkst du, wie wir fortfahren sollen?"
„Ich denke, wir sollten weitermachen, wie geplant. Du triffst dich heute mit Neo Marsten, und ich mich mit Melody Mureaux. Mal sehen, was sich daraus ergibt."
„Einverstanden!"

35

Bernard Cedar saß in einem Restaurant in Santa Monica und machte sich mit Heißhunger über ein reichhaltiges Frühstück mit Rührei, Speck, Würstchen und Toast her. Es war zwar schon spät am Vormittag, sodass er eigentlich fast schon Mittag essen konnte, doch er hatte lange geschlafen und Lust auf ein gutes Frühstück.

Das Restaurant befand sich im Dachgeschoss eines Hotels. Von der Terrasse aus, auf der Cedar speiste, hatte man einen wunderschönen Blick auf den Pazifik und unterhalb der Steilküste auf den Strand von Santa Monica. In der Ferne sah man den Santa Monica Pier und den dort ansässigen Vergnügungspark mit seinem markanten Riesenrad und der Achterbahn, die sich über den Pier schlängelte.

Es war ein schöner Vormittag. Am Himmel war kein Wölkchen zu sehen und die Temperaturen waren mild und angenehm.

Als Cedar fertig gespeist hatte, lehnte er sich zufrieden in den gemütlichen Sessel zurück und verschränkte die Hände vor seinem Bauch. Damals auf den Straßen von Brooklyn hatte es Zeiten gegebenen, in denen er sich so ein Frühstück nicht leisten konnte. Er und sein Bruder hatten oftmals von der Hand in den Mund gelebt. Sie hatten abends vor Supermärkten und Lebensmittelläden herumgelungert, um Lebensmittel zu ergattern, die nicht mehr ganz frisch waren und weggeworfen wurden, die jedoch immer noch frisch genug waren, um sie zu verspeisen, ohne sich den Magen zu verderben.

Für einen Jungen, der nichts gelernt hatte und von der Straße kam, hatte er allerdings einen kometenhaften Aufstieg hingelegt. Sicher, der Job, den er jetzt hatte, war nicht ohne. Er musste viel Drecksarbeit für den Inner Circle erledigen. Doch er verdiente verdammt viel Geld damit. Deswegen konnte er sich heutzutage alles leisten, was er wollte. Und das tat er. Designer Anzüge, Autos und Mädchen. Er lebte das Leben, von dem er als Jugendlicher immer geträumt hatte. Allerdings aß er gerne und viel, weswegen sein Körper erheblich an Fülle zugelegt hatte. Noch hielt es sich im Rahmen, aber er würde wohl bald die Reißleine ziehen müssen, um nicht vollkommen aus dem Leim zu geraten.

Der Inner Circle hatte Cedar aufgetragen, unterzutauchen. Das war seltsam, denn es war noch nie vorgekommen. Seine Auftraggeber hatten nervös gewirkt, als sie ihn in ihre Runde berufen hatten, um ihm das mitzuteilen. Er hatte das Gefühl, dass irgendetwas Großes im Gange war, und sie alle deswegen wohl unter erheblichem Druck standen. Sie hatten ihm einen großzügigen Scheck in die Hand gedrückt, den er nur zu gerne annahm, und sie hatten ihn gewarnt, vorsichtig zu sein und die Augen offen zu halten, ohne das jedoch näher auszuführen. Doch was sollte schon groß passieren? Sein Smartphone war bombensicher verschlüsselt. Darüber würde man ihn nicht finden können. Und die Immobilien, die ihm unter anderem hier in Santa Monica gehörten, liefen nicht auf seinen Namen, weswegen man ihn auch darüber nicht aufspüren konnte. Und da er sich in Sicherheit wähnte, hatte er beschlossen genau das zu tun, was der Inner Circle ihm aufgetragen hatte: Untertauchen und die Füße still halten. Er würde einfach Urlaub machen und das süße Leben in L.A. genießen. Ein Luxus, den er sich sowieso viel zu selten gönnte. In seinem Job gab es nun mal für gewöhnlich keinen Urlaub. Man erwartete von ihm, dass er zu jeder Tages- und Nachtzeit erreichbar und einsatzbereit war. Und diese Erwartungen hatte er immer erfüllt.

Cedar überlegte, was er mit dem Tag anfangen würde. Dann kam ihm ein Gedanke. Er zückte sein Smartphone und wählte die Nummer von Wendy, einer Edelprostituierten, die fast aussah, wie ein Model. Lange Beine, ein wohlgeformter Körper und ein schönes Gesicht. Wendy ließ sich ihre Zeit allerdings fürstlich entlohnen. Doch das war ihm egal, denn sie war eine Nutte, die einem wirklich jeden Wunsch erfüllte und gegen einen gewissen Obolus sogar auf ein Kondom verzichtete. Bei dem Gedanken an Wendy verspürte er bereits eine aufkeimende Erektion. Als sie das Gespräch annahm, sagte sie ihm, sie hätte heute keine Zeit. Er verdoppelte daraufhin ihre Tagesgage, was sie dann doch dankend annahm. Sie verabredeten sich in einer Stunde in seinem Appartement. Cedar beendete das Gespräch und wählte anschließend die Nummer seines Dealers, bei dem er Kokain bestellte. Er und Wendy koksten gerne, wenn sie sich miteinander vergnügten. An seiner Arbeit hatte ihn das Kokain noch nie gehindert. Er hatte im Gegenteil das Gefühl, dass er mit Kokain noch besser war.

Als der Kellner mit der Rechnung kam, gab Cedar wie immer kein Trinkgeld. Ihm selber hatte man auch nie etwas geschenkt, also warum sollte er umgekehrt jemandem etwas schenken? Cedar stand auf und verließ gemächlich das Restaurant.

Vin, Tolino und Woodcock waren zunächst zu Bernard Cedars Appartement in Santa Monica gefahren. Es war eine moderne und schicke Appartement-Anlage mit Blick auf den Ozean und riesigem Pool im Innenhof. In einem Gebäude etwas Abseits waren sogar ein Fitnessstudio und ein Spa untergebracht. Vin vermutete, dass ein Appartement hier sündhaft teuer war. Cedar schien also gut zu verdienen.

Als sie dort ankamen, hatten sie den Audi A8 so geparkt, dass er nicht direkt von Cedars Wohnung aus ins Auge fiel. Dann hatten sie gewartet, bis keine Passanten und Anwohner zu sehen waren, um eine Hummingbird Drohne zu starten, welche problemlos im Kofferraum des Audi Platz gefunden hatte. Die Beschichtung mit einem speziellen Tarn-Lack sorgte dafür, dass sie selbst am helllichten Tag aus der Entfernung kaum auszumachen war. Mithilfe der Drohne, die Tolino vom Auto aus mit einer mobilen Steuereinheit mit Joystick lenkte, hatten sie gesehen, dass Cedar noch im Bett lag und schlief. Also machten sie es sich im Auto bequem und warteten geduldig. Glücklicherweise verfügte der Audi über ein Schiebedach mit Solarzellen, welche die Klimaanlage auch dann mit Strom versorgten, wenn der Motor nicht lief. Dadurch war es in dem Auto angenhm temperiert, was die Wartezeit zumindest etwas erträglicher machte. Der Wagen hatte rundherum dunkel getönte Scheiben, sodass man von außen nicht sehen konnte, ob jemand im Wagen saß, was bei Observierungen natürlich sehr nützlich war.

Nach etwa zwei Stunden war Cedar endlich aufgestanden, hatte sich geduscht und angezogen, und war dann zu dem Restaurant gegangen, um dort zu essen.
Die Agenten waren ihm gefolgt und warteten nun vor dem Restaurant darauf, dass er wieder herauskam.
Tolino grübelte, wie sie Cedar wohl am unauffälligsten festnehmen konnten. Dann kam ihm eine Idee.
„Sagt mal, ihr beiden, sollen wir uns Cedar nicht direkt schnappen, wenn er wieder rauskommt?"
„Wie sollen wir das unauffällig bewerkstelligen bei den ganzen Passanten hier?", fragte Vin.
Tatsächlich wurde der Palisades Park auf der gegenüberliegenden Seite des Restaurants von Sportlern, Spaziergängern und Touristen stark frequentiert. Auch auf dem Gehweg vor dem Restaurant schlenderten viele Menschen entlang.
„Na ja, wir haben doch die Betäubungspistolen mitgebracht.", erklärte Tolino. „Ich schnappe mir eine, bringe mich unauffällig in Stellung und betäube Cedar mit einem Pfeil, wenn er unser Auto passiert. Ihr springt raus, entfernt natürlich den Pfeil unbemerkt und tut so, als würdet ihr ihn untersuchen. Wenn ein Passant fragt, was los sei, dann sagt ihr, Woodcock wäre Arzt und der Mann hätte einen Kreislaufkollaps. Ihr legt Cedar auf die Rücksitzbank und sagt, ihr würdet ihn ins nächste Krankenhaus bringen. Mich lest ihr dann hinter den nächsten Ecke auf und fertig."
Vin kratze sich grüblerisch das Kinn.
„Hm.", sagte er. „Es gibt zwar viele Unwägbarkeiten bei diesem Plan, aber er könnte funktionieren. Und bevor wir den ganzen Tag mit der Observierung verplempern, sollten wir es so versuchen. Was meinst du, Woodcock?"
„Ich stimme zu. Wir sollten es so machen."
„Gut.", sagte Tolino. „Dann gehe ich mir dahinten an dem Zeitungsstand mal eine Zeitung kaufen, um darin die Betäubungspistole verstecken zu können."
Er stieg aus und ging hinüber zu dem Stand. Tolino war leger gekleidet mit Badeshorts, Zehensteg-Sandalen, T-Shirt und Sonnenbrille. Er hatte sich für dieses Outfit entscheiden, weil man

damit in Santa Monica überhaupt nicht auffiel. Zum Beschatten von Cedar ideal.

Als er zurück war, sagte er:

„Ich werde auf der gegenüberliegenden Straßenseite auf Cedar warten. Etwas Abseits, damit er mich nicht sieht. Dann schleiche ich von hinten an ihn heran, um ihn zu betäuben. Ich werde dann sofort wieder die Seite wechseln und euch hinter der nächsten Straßenecke erwarten."

„In Ordnung.", sagte Vin.

Tolino ging zum Kofferraum und entnahm einem großen Aluminium Koffer eine Betäubungswaffe, die er dann in die Zeitung einwickelte. Anschließen wechselte er die Straßenseite und nahm auf einer Bank im Schatten Platz. Unbemerkt schob er die Waffe unter sein Bein und tat so, als würde er die Zeitung lesen. Er hielt allerdings stattdessen die ganze Zeit den Eingang des Restaurants im Auge, was man wegen seiner verspiegelten Sonnenbrille jedoch nicht sehen konnte.

Es dauerte eine halbe Stunde, bis Cedar das Restaurant verließ. Er blieb kurz stehen und reckte sich genüsslich. Offensichtlich war das Mahl zu seiner vollen Zufriedenheit gewesen. Dann wandte er sich nach links und bewegte sich in Richtung des Audi, in dem Vin und Woodcock saßen, die er jedoch wegen der getönten Scheiben nicht ausmachen konnte.

Tolino legte die Zeitung beiseite, schob unauffällig die Waffe darunter und nahm Zeitung und Waffe wieder in die Hand. Dann setzte er sich in Bewegung und näherte sich Cedar zügig von hinten. Als er nah genug war, nahm er die Waffe in die Hand und legte den Finger um den Abzug, während er mit der anderen Hand die Zeitung auf der Waffe hielt, sodass sie für Passaten nicht zu sehen war. Gerade in diesem Moment erblickte Cedar auf der gegenüberliegenden Seite zwei leicht bekleidete, attraktive Blondinen. Er drehte den Kopf zur Seite, um die beiden Frauen zu bewundern und erhaschte den sich nähernden Tolino aus den Augenwinkel. Er fuhr herum und starrte Tolino an.

„Was zum…", setzte er an, als Tolino abdrückte und ihn ins Reich der Träume schickte.

„Das war knapp!", grummelte er und wechselte noch während Cedar zu Boden ging, und Vin und Woodcock ausstiegen, wieder die Straßenseite, um zu dem vereinbarten Treffpunkt zu gehen. Woodcock kniete sich neben Cedar und entfernte den kleinen Pfeil aus dessen Brust. Dann tat er so, als würde er ihn untersuchen. Aus dem Restaurant, das Cedar besucht hatte, kam ein Paar mittleren Alters. Als sie Cedar am Boden sahen, eilten sie dorthin.
„Was ist passiert? Können wir helfen?", fragten sie freundlich und hilfsbereit.
„Keine Ahnung", antwortete Vin mit einem Schulterzucken. „Der Mann ist einfach zusammengebrochen. Aber keine Sorge, mein Bekannter hier ist Arzt.", erklärte er und deutete auf Woodcock.
„Sieht aus, als hätte er einen Kreislaufkollaps.", schaltete dieser sich ein.
„Soll ich einen Krankenwagen rufen?", fragte der Mann und zückte bereits sein Handy.
„Nicht nötig.", antwortete Woodcock. „Hier steht mein Wagen. Ich werde ihn damit zum nächsten Krankenhaus fahren. Bis ein Krankenwagen hier wäre, haben wir ihn schon längst abgeliefert."
„In Ordnung.", sagte der Mann. „Dann helfe ich Ihnen dabei, ihn auf die Rücksitzbank zu legen."
Gemeinsam mit Vin wuchteten sie den schätzungsweise einhundert Kilo schweren Cedar in den Fond des Audi. Vin und Woodcock bedankten sich bei dem Mann und schauten dann, dass sie fort kamen. Wie vereinbart lasen sie Tolino auf und brachten Cedar zu ISOS L.A., wo sie ihn verhören wollten. Ihnen war klar, dass die eigentliche Arbeit noch vor ihnen lag. Es würde vermutlich nicht so einfach werden, Bernard Cedar dazu zu bringen, ihnen die Mitglieder des Inner Circle zu liefern. Doch Vin hatte schon eine Idee, wie sie ihn möglicherweise „überreden" konnten.

36

In Downtwon L.A. beobachtete Melody Mureaux, wie Neo Marsten um 11:30 Uhr sein Büro abschloss und das Gebäude verließ. Melody hatte gesehen, dass Marsten noch kurz vorher an seinem Rechner gearbeitet hatte. Und an den wollte sie ran. Sie wusste, dass der Computer immer eingeschaltet war. Jedoch sprang nach fünf Minuten Inaktivität der Bildschirmschoner an, und dieser war mit einem Passwort geschützt, das jeden Tag gewechselt wurde. Ihr blieb also nicht viel Zeit an den Computer zu gelangen, bevor der Bildschirmschoner aktiviert wurde. Zwar hatte Marsten abgeschlossen, doch eine verschlossene Tür konnte Melody Mureaux nicht aufhalten, egal wie gut das Schloss war. Wie eine Katze schlich sie sich in ihrer hautengen schwarzen Lederhose und dem schwarzen, engen Top, zu der Tür und knackte das Schloss mit einem Dietrich innerhalb weniger Sekunden. Die Wahrscheinlichkeit entdeckt zu werden, war für Melody äußerst gering, denn erstens arbeiteten auf dieser Etage nur eine Handvoll Leute und zweitens war Mittagszeit, was bedeutete, dass fast alle Angestellten in der Kantine waren, da das Essen dort sehr günstig und absolut hervorragend war. Darüber hinaus kannte sie die Positionen aller Sicherheitskameras, was es ihr ermöglichte, diesen auszuweichen, sodass sie auf keiner Aufnahme zu sehen sein würde. In Marstens Büro gab es ihres Wissens nach keine Kameras. Sie huschte hinüber zum Schreibtisch und schaute auf den Monitor. Tatsächlich war der Bildschirmschoner noch nicht angesprungen. Sie bewegte die Maus, damit der Timer zurückgesetzt wurde und stöpselte dann einen Speicher-Stick in den Computer. Der Stick hatte genug Kapazität, um den Inhalt des gesamten Rechners zu speichern, und genau das würde sie tun. Sie hatte jetzt keine Zeit, um alles nach Hinweisen der geheimnisvollen Formel zu durchsuchen. Das Kopieren ging einfach schneller.
Während der Kopiervorgang lief, fielen Melody auf dem Desktop einige Videodateien auf. Neugierig klickte sie auf eine der Dateien. Es öffnete sich ein Fenster und das Video wurde abgespielt.

Es war eine Aufnahme aus einem Labor. Überall waren Computer und allerlei technische Geräte aufgebaut. In der Mitte des Raumes stand ein Stuhl, der so aussah, wie der Behandlungsstuhl in einer Zahnarztpraxis. Ein Mann war an den Stuhl gefesselt. Über Kanülen wurde eine bernsteinfarbene Flüssigkeit in seine Venen gepumpt. Der Mann war offensichtlich narkotisiert und bekam nicht mit, was um ihn herum geschah. Einige Wissenschaftler befanden sich ebenfalls dort und arbeiteten intensiv an den Computern und Geräten. Als Melody erkannte, wer dort an den Stuhl gefesselt war, fuhr sie zusammen und ihr Gesicht verlor sämtliche Farbe. Es war Peter Crane, den sie dort vor sich sah. Konnte es sein, dass an Peter die Geheimformel getestet worden war, fragte sie sich? Falls ja, dann sicherlich nicht freiwillig. Sie kannte Peter gut genug, um zu wissen, dass er niemals an solchen Experimenten teilnehmen würde.
Neugierig schaute sie sich auch die anderen Videos an, die weitere Behandlungen an Peter zeigten. Doch das letzte Video war wirklich interessant und erschreckend. Es war ein Zusammenschnitt verschiedener Aufnahmen. Sie zeigten, wie in dem Labor das Chaos ausbrach und die Wissenschaftler von irgendwelchen aggressiven, missgebildeten Wesen abgeschlachtet wurden. Obwohl es in dem Büro warm war, bekam Melody eine Gänsehaut, als sie das sah, und ihr wurde speiübel. Die letzte Aufnahme beruhigte sie dann wieder etwas. Sie zeigte, wie Wachen auf Peter schossen, ihn jedoch verfehlten, und wie ihm die Flucht mit einem Geländewagen gelang. Erleichtert atmete Melody auf. Peter war also diesem Schrecken entkommen. Nach all den Jahren hegte sie immer noch Sympathien für Peter und sie würde ihm niemals etwas Schlechtes wünschen.
Wie es jedoch in Melodys Natur lag, machte sie sich nun jedoch Gedanken darüber, wie sie diese Aufnahmen zu ihrem Vorteil nutzen konnte. Sie waren auf jeden Fall eine gute Rückversicherung, für den Fall, dass Marsten ihr auf die Schliche kam. Und falls sie die Formel fand, dann würden ihr die Aufnahmen, und sicherlich auch der Inhalt des Computers helfen, Marsten an die Strafverfolgungsbehörden, oder gar an ISOS auszuliefern, und ihn aus dem Verkehr zu ziehen. Dadurch konnte sie sicherstellen,

mit der Formel verschwinden zu können und sich zukünftig keine Sorgen um Marsten machen zu müssen. Zufrieden grinste sie. Ein guter Plan. Das, was Peter widerfahren war, hatte sie bereits wieder vergessen.
Ein Piepsen signalisierte ihr, dass der Kopiervorgang abgeschlossen war. Das alles hatte nur wenige Minuten in Anspruch genommen. Melody schloss das Videofenster und klickte sich in die Systemeinstellungen des PCs. Sie wusste, dass dort alle Zugriffe auf den Computer chronologisch gespeichert wurden.
Einer ihrer Ex-Freunde, ein Computer-Experte, der zur Zeit der New Economy sehr schnell sehr reich geworden war, hatte ihr alles beigebracht, was es über Computer und Betriebssysteme zu wissen gab. Als die Aktienblase damals geplatzt war, und er alles verlor, hatte sie ihn verlassen. Was wollte eine Frau wie sie auch mit einem abgebrannten Nerd, der den ganzen Tag damit beschäftigt war, sich selber zu bemitleiden?
Sie löschte die Log-Datei, die ihren Zugriff protokollierte und als sie fertig war, verließ sie das Büro mit einem Lächeln auf dem Gesicht. Der Tag war bisher großartig verlaufen. Und nun würde sie sich mit Frank Thiel treffen. Ihr Ziel war es, Thiel als einen Verbündeten zu gewinnen. Denn ihn, und im weiteren Sinne Peter Crane und ISOS im Rücken zu haben, würde für sie einen gewissen Schutz vor Neo Marsten bedeuten. Und wenn sie Thiel ein paar Informationsbrocken über Marsten und NewTec hinwarf, dann wäre das definitiv zu ihrem Vorteil. ISOS würde sich auf Marsten einschießen, Marsten wäre vollauf damit beschäftigt zu versuchen, sich aus der Sache rauszuwinden, und sie wäre die lachende Dritte, die die Formel in aller Ruhe stehlen kann. Die Frage war, ob ihr das bei Thiel gelang. Sie mochte ihn in gewisser Weise, auch wenn er oftmals doch recht ungehobelt sein konnte, was wohl seiner Vergangenheit als Krimineller geschuldet war.
Nur war er so unglaublich undurchsichtig. Sie war sehr gut darin, Männer zu durchschauen, aber bei Thiel gelang ihr das nicht so recht. Das Pokerface, mit dem er sie immer wieder taxierte war undurchdringlich. Sie schaffte es nicht, darin zu lesen. Und immer wieder beschlich sie das dumpfe Gefühl, dass er nur mit ihr spielte. Sie würde heute einfach abwarten müssen, wie er sich

verhielt, um dann flexibel darauf zu reagieren. So hatte sie bisher noch jede Nuss geknackt.
Auf der Straße stieg sie auf ein schwarzes, schnelles Motorrad, zog einen ebenfalls schwarzen Helm an, und brauste los in Richtung Echo Park, der nur ein paar Minuten entfernt lag.

Frank Thiel wartete bereits am vereinbarten Treffpunkt auf Melody. Wie immer, war er früher als vereinbart gekommen, um die Umgebung in Augenschein zu nehmen und nach möglichen unliebsamen Überraschungen Ausschau zu halten. Doch bisher hatte er nichts Ungewöhnliches ausmachen können. Gedankenverloren grübelte er über das, was Walter Rollins ihnen vorhin über Neo Marsten erzählt hatte. Manchmal waren die Geschichten, die am unglaublichsten klangen, tatsächlich wahr. Und die Geschichte rund um den Mann ohne Identität, der sich momentan Neo Marsten nannte, war tatsächlich unglaublich. Dennoch konnte sie durchaus zutreffen. Frank hatte, bevor er Agent bei ISOS wurde, sein Geld mit Diebstahl, Hehlerei und Schmuggel verdient. Und auch in den Kreisen, in denen er verkehrt hatte, gab es Typen, die im Hintergrund als große Unbekannte die Fäden gezogen hatten. Von daher war das eigentlich nichts Ungewöhnliches. Nur war die Dimension im Fall Neo Marsten eine ganz andere. Die Verbrecherwelt einer ganzen Stadt unter Kontrolle zu bringen, plus ein mittlerweile landesweites Korruptionsnetzwerk innerhalb von Strafverfolgungsbehörden und der Politik aufzubauen? Das war schon verdammt beachtlich, musste Frank anerkennen. Doch mithilfe der Beweise von Rollins - sofern diese denn existierten - würden sie Marsten schon zur Strecke bringen. Und nun war er gespannt, was Melody Mureaux ihm zu berichten hatte. Frank hatte sich ausgiebig Gedanken über dieses Treffen gemacht. Klar war, dass Melody nichts tun würde, ohne einen Vorteil daraus zu ziehen. Und er war sicher, dass sie ihm heute ein paar wichtige Informationen zukommen lassen würde, um ihn in irgendeine Richtung zu lenken. Denn ihr war sicherlich bewusst, dass er Lügen schnell erkennen würde. Deswegen würde sie, zumindest teilweise, die Wahrheit sagen. Natürlich würde sie dabei absolut perfekt eine Rolle spielen. Es würde interessant sein zu sehen, welche Rolle das war. Die toughe Geschäftsfrau? Oder die verängstigte Hilfesuchende? Frank würde sich überraschen lassen.

In der Ferne sah er Melody auf sich zukommen. Wie immer bewegte sie sich anmutig, doch sie ging mit hängenden Schultern leicht vorn übergebeugt.

„Ok, also wird es die Frau, welche die Last der Welt auf ihren Schultern trägt…", dachte er leicht belustigt, ließ sich aber nichts anmerken, als sie näher kam.

„Melody! Schön sie zu sehen."

„Lasset die Spiele beginnen!", dachte er, als er die Begrüßung ausgesprochen hatte.

„Frank!", seufzte sie schicksalsschwer.

„Schon wieder dieses Pokerface.", dachte sie.

Sie setzte sich neben ihn auf die Bank, rutschte nah an ihn heran und schaute ihn mit unschuldigen Augen und verängstigtem Gesicht an.

„Dann legen Sie mal los, Melody!", forderte er sie ohne Umschweife auf, und schaute sie erwartungsvoll an.

Frank ging nicht auf Melodys Schauspielerei ein, und so begann sie sachlich und unaufgeregt zu erzählen.

„Ich arbeite mittlerweile schon so einige Zeit für Neo Marsten. Zunächst war alles in Ordnung, doch je länger ich da war, desto deutlicher erkannte ich, dass er einigen Deck am Stecken hat, was man anhand seines Auftretens nicht vermuten würde."

Frank beobachte sie ganz genau, während sie erzählte, damit ihm kein Detail ihrer Mimik entging. Er hielt nach kleinen Hinweisen Ausschau, dass sie ihn belog. Doch bisher schien sie die Wahrheit zu sagen.

„Marsten ist ein sehr geschäftiger Mann.", fuhr sie fort. „Er besitzt diverse Firmen. Bei manchen, wie beispielsweise bei NeoSec, weiß man, dass sie ihm gehören, bei anderen jedoch nicht. So gehört ihm auch eine Firma namens NewTec Pharmaceutical, was in der Öffentlichkeit nicht bekannt ist. Betrachtet man seinen Vornamen ‚Neo', dann wird das jedoch deutlich. Marsten hat einen Hang dazu, seinen Vornamen in die Firmennamen einzubauen. ‚Neo' ist altgriechisch und bedeutet ‚Neu', englisch

‚New'. Ich vermute, er hält dieses Wortspiel für ziemlich clever. Wenn Sie also wissen möchten, welche großen Firmen Marsten gehören, dann brauchen sie nur nach Firmennamen zu suchen, in denen das Wort ‚Neu' in irgendeiner Sprache vorkommt. Mit einem Großrechner, wie ihn ISOS ohne Zweifel hat, ließe sich das recht einfach herausfinden."
Weiterhin schaute er sie regungslos an und wartete darauf, dass sie weitererzählte.
„Doch bleiben wir bei NewTec. Diese Firma ist sehr aktiv, was das Thema Genforschung angeht. Und vor einigen Monaten hatte man dort einen gewaltigen Durchbruch. Man hat eine Formel entwickelt, mit deren Hilfe man den menschlichen Körper über die Maßen leistungsfähiger machen kann."
Frank fragte sich, ob Melody wusste, dass NewTec Dr. Klein die Formel gestohlen hatte, und man ihn und seine Frau monatelang gefangen gehalten hatte. Er vermutete, dass sie es nicht wusste. Die Forschungseinrichtung war so geheim gewesen, dass nur sehr wenige Leute davon gewusst haben dürften. Und er glaubte nicht, dass Melody zu diesem erlauchten Kreis gehörte.
Melody hatte von Frank irgendeine Reaktion auf diese Enthüllung erwartet. Doch diese blieb aus und so berichtete sie weiter:
„Einer der ersten Probanden, an dem das Mittel erfolgreich getestet wurde, war Eric Lee."
Jetzt sprach Frank:
„Wussten Sie von dem geplanten Attentat?"
„Nicht direkt.", antwortete sie.
Da war es gewesen. Ein kleines Zucken im Augenwinkel und ein kurzes Abwenden des Blickes. In diesem Zusammenhang log Melody. Sie hatte mit ziemlicher Sicherheit gewusst, dass ein Attentat geplant war.
„Marsten hatte mir nur aufgetragen, Lee im Auge zu behalten. Das war alles."
„Eines frage ich mich.", sagte Frank. „Dieser Vorfall hätte NeoSec ruiniert. Warum hat man es dann trotzdem so ausführen wollen?"
„Sie haben recht. Für NeoSec hätte dieser Vorfall das Ende bedeutet. Ein Mitarbeiter, der die Person tötet, die er beschützen

soll, macht sich in der Presse nicht gut. Aber es war einfach die perfekte Gelegenheit. Man war nah an Gouverneur Johnson dran, kannte logischerweise alle Sicherheitsmaßnahmen und würde mit Johnsons Tod einen einflussreichen Gegner der Genforschung aus dem Weg räumen. Ein listiger Plan. Der Ruin von NeoSec wäre dann vollkommen egal gewesen, denn die Formel ist Milliarden wert und ein erfolgreiches Attentat von einem Söldner, der das Mittel nahm, hätte in den entsprechenden Kreisen den Wert nochmals deutlich gesteigert. Da wäre die Pleite von NeoSec nur ein Tropfen auf dem heißen Stein gewesen."
Melody machte eine kurze Pause, und sagte dann:
„Doch da ist noch etwas.", eröffnete sie sichtlich bekümmert. „Mein Ex-Freund war in der Gewalt von Neo Marsten. An ihm hat man auch die Experimente durchgeführt. Sie kennen ihn übrigens sehr gut. Es ist Peter Crane."
Frank hustete und mit großen Augen schaute er Melody überrascht an.
„Sie und Pete?"
„Ja, ganz recht.", antwortete sie zufrieden darüber, dass sie Frank aus der Fassung gebracht hatte. „Wir waren vor einigen Jahren zusammen. Es war eine sehr schöne Zeit.", erklärte sie leicht wehmütig. „Als ich dann auf Neo Marstens Computer Videos der Behandlung an Peter gesehen habe, da war ich zutiefst schockiert."
Tränen sammelten sich in ihren Augenwinkeln. Möglicherweise waren es sogar echte Tränen.
Mit einem Schlag wurde Frank die Tragweite der Ereignisse der letzten Tage bewusst. So langsam fügte sich alles zusammen. Es war eine riesige Sache, an der sie dran waren. Und Neo Marsten war ohne Zweifel ein verdammt mächtiger und gefährlicher Gegner. Der Gedanke daran, was Marsten mit Peter gemacht hatte, erfüllte Frank mit Zorn. Dafür würde Neo Marsten büßen, schwor er sich. Darüber hinaus hatte Frank das dumpfe Gefühl, dass er und das Team in allergrößter Gefahr schwebten. Marsten würde nicht zögern, sie alle aus dem Weg zu räumen, wenn sie ihm zu sehr auf die Pelle rückten. Frank würde die anderen unbedingt warnen müssen.

„Hören Sie, Melody. Ich glaube Ihnen, was Sie mir erzählt haben. Und ich kann mir denken, warum Sie hier sind und was Sie vorhaben. Aber tun Sie mir und sich einen Gefallen und verschwinden Sie aus Los Angeles. Bringen Sie sich in Sicherheit. Hier dürfte es bald ziemlich ungemütlich werden und ein Krieg mit Neo Marsten wird viele Opfer fordern." Er schaute sie sorgenvoll an. „Was auch immer Sie vorhaben. Jeden noch so kleinen Fehler werden Sie unweigerlich mit Ihrem Leben bezahlen.", warnte er sie eindringlich.
Sie schaute ihn überrascht an, denn damit, dass Frank sich Sorgen um ihr Leben machte, hatte sie nicht gerechnet.
„Ich weiß Ihre Sorge zu schätzen, Frank. Aber ich werde nicht gehen. Das….das kann ich einfach nicht. Das entspricht nicht meiner Natur."
„Wie Sie meinen.", entgegnete Frank. „Dann passen Sie gut auf sich auf, Melody Mureaux. Und schauen Sie, dass Sie nicht in die Schusslinie geraten."
Sie legte ihre Hand auf Franks Wange und gab ihm einen Kuss auf die andere.
„Machen Sie es gut, Frank. Und ziehen Sie Neo Marsten endgültig aus dem Verkehr."
Sie stand auf und verließ Frank, ohne sich nochmal umzuschauen. Frank ordnete seine Gedanken und zückte dann sein Mobiltelefon, um die anderen zu warnen. Gerade, als er das Telefon an sein Ohr hielt, sah er in einiger Entfernung ein verräterisches Glitzern. Doch bevor er reagieren konnte, war es schon zu spät. Franks Hinterkopf explodierte in einem Schwall aus Blut und Gehirnmasse. Leblos kippte Frank Thiel zur Seite.
Melody hatte den Schuss gehört und drehte sich um. Sie sah, wie Frank tot zusammensackte. Ein Schrei der Verzweiflung entrang sich ihrer Kehle und sie war nicht fähig, sich zu bewegen. Als die Schockstarre endlich nachließ, drehte sie sich um und rannte um ihr Leben. Vollkommen außer Atem erreichte sie ihr Motorrad, sprang auf und fuhr mit halsbrecherischer Geschwindigkeit zurück nach Downtown. Erst als sie sich in Sicherheit wähnte, hielt sie am Straßenrand an, setzte sich auf eine Bank und vergrub ihr Gesicht in ihren Händen. So eiskalt Melody für gewöhnlich auch

war, so sehr hatte sie doch der unerwartete Tod von Frank Thiel getroffen.

37

In der Ocean View Clinic in Malibu kämpfte Arif Arsan nach wie vor gegen seine Drogensucht. Die letzten Tage waren verdammt hart für ihn gewesen. Nachts wälzte er sich schlaflos hin und her und kalter Schweiß durchnässte die Sachen, die er zum Schlafen trug. Seine Hände zitterten zeitweise so stark, dass es ihm kaum möglich war, mit einem Kugelschreiber etwas zu notieren. Einen Großteil des Tages war er ziemlich übel gelaunt. Und er hatte Angstzustände. Angst, dass er den Entzug nicht schaffte, Angst, dass er seinen Beruf als Ex-Junkie nicht mehr ausüben konnte, Angst, seine Freunde zu verlieren. Das alles führte dazu, dass er kurz davor stand, in Depressionen zu verfallen.
Arif hatte sich für den kalten Entzug entschieden. Er hätte die Sucht auch mit Medikamenten bekämpfen können, aber eine Drogensucht mit Drogen zu bekämpfen, schien ihm nicht der richtige Weg. Er wollte jede einzelne Sekunde seines Entzuges mit voller Wucht erleben, damit ihn das zukünftig für immer davon abhielt, nochmals in eine solche Suchtfalle zu geraten. Es war hart und es war schwer, aber da war schließlich noch Salma, die ihm als Patin zugeteilt worden war. Sie schaffte es immer wieder, ihn aus diesen Löchern herauszuholen. Sie kümmerte sich aufopferungsvoll um ihn und war immer für ihn da. Wenn sie ihm ihr bezauberndes Lächeln schenkte, dann vergaß er für einen kurzen Augenblick die Pein des Entzuges. Ihre leichte Stupsnase fand er unheimlich süß. Und ihre wundervoll sanfte Stimme beruhigte ihn ein ums andere Mal. Arif war sicher, dass er den Entzug ohne Salma niemals schaffen würde. Und das würde er ihr niemals vergessen. Wenn all das endlich hinter ihm lag, dann würde er sich erkenntlich zeigen. Er wusste noch nicht genau wie, aber er würde sich etwas einfallen lassen. Vor allem wollte er ger-

ne den Kontakt zu ihr aufrecht erhalten. Denn er war mittlerweile ziemlich in sie verschossen, wie er sich eingestehen musste. Vielleicht gab es eine Chance für sie beide, wenn er den Entzug hinter sich hatte, und sie nicht mehr seine Patin war. Er würde sich das jedenfalls mehr als alles andere wünschen.
Mittlerweile hatte Arif auch die anderen Patienten etwas besser kennengelernt. Da war zum Beispiel der Rock-Musiker Johnny Striker, der momentan ziemlich angesagt war. Johnny trug meistens eine abgewetzte schwarze Lederhose und ein Muskel-Shirt. Er war mittelgroß, schlank, und sein Körper war sehr durchtrainiert. Schulterlange Haare und ein Vollbart umrahmten seine hypnotischen grünen Augen. Ein Stirnband hielt für gewöhnlich seine Mähne etwas im Zaum. Er war Mitte zwanzig und einerseits ein Teenie-Idol, andererseits für ältere Leute und Kritiker ein exzellenter Musiker, der in seinem musikalischen Schaffen gerne mit Jim Morrison verglichen wurde.
Wie Arif belustigt beobachtete, hatte Johnny seinen Einzug in die Klinik regelrecht zelebriert. Einen Tag vor seiner Ankunft war zur Presse durchgesickert, dass der Rockstar Johnny Striker in den Drogenentzug gehen musste. Noch am selben Tag hatten sich draußen gegenüber der Einfahrt der Klinik dutzende Paparazzi in Stellung gebracht, um seine Ankunft für die Klatschpresse festzuhalten. Und Johnny hatte ihnen gegeben, was sie wollten. Sein Fahrer hatte ihn draußen vor dem Tor abgesetzt und Johnny war mit gesenkten Haupt, wie ein Opferlamm, das man zur Schlachtbank führt, durch den Eingang auf das Gelände zu geschlurft. Und alle Zeitungen hatten die Bilder seiner Ankunft mit reißerischen Überschriften am nächsten Tag gebracht.
Das Bemerkenswerte an dieser Geschichte war jedoch, dass Johnny überhaupt nicht drogensüchtig war. Er trank zwar hier und da mal ein, zwei Bier oder einen guten Whiskey, aber nur aus Genuss und nicht, um sich zu berauschen. Er lebte im Gegenteil sogar sehr gesund und trieb viel Sport. Johnny hatte Arif erzählt, dass das Plattenlabel und sein Management sich diese Scharade ausgedacht hatten, um Johnny das Image von „Drugs & Rock'n Roll" aufzuzwingen. Arif hatte ihn daraufhin gefragt, warum er sich auf so etwas einließ. Die Antwort war einfach: Naivität.

Johnny war jung und unerfahren gewesen, als er entdeckt und von dem Label unter Vertrag genommen wurde. Er hatte nicht groß darüber nachgedacht, und nur das Geld gesehen, was man ihm zahlen wollte. Also unterschrieb er den Vertrag, wodurch er sich vollkommen dem Label und dem gestellten Management unterworfen hatte. Der Deal ging über zehn Jahre und fünf Alben. Er musste tun, was sie sagten, sonst hätten sie ihn nicht nur finanziell ruiniert, sondern auch alle Rechte an seinen Songs behalten. Johnny wäre dann ein Musiker gewesen, dem man es nicht erlaubte, seine eigenen Songs vor Publikum zu singen. Deswegen fügte er sich in sein Schicksal und spielte solche Possen widerwillig mit. In gewisser Weise tat er Arif leid. Klar, Johnny hatte viel Geld und vermeintlich alles, was man sich wünschen konnte. Doch so, wie er Johnny kennengelernt hatte, war er einfach nur ein überaus talentierter junger Mann, der die Musik liebte, und der leider an Menschen geraten war, die sein Talent schamlos ausnutzten.

Johnny machte das Beste aus seinem erzwungene Aufenthalt in der Klink. Er half mit, wo er nur konnte und hatte für jeden ein offenes Ohr. Arif schien er ganz besonders sympathisch zu finden, denn er lud ihn als VIP Gast bei einem seiner nächsten Konzerte in den Backstage-Bereich ein, worauf Arif überaus stolz war.

Dann war da noch Scarlett. Nach Arifs Einschätzung musste Scarlett einst verdammt hübsch gewesen sein. Doch davon war nun nichts mehr übrig. Sie hatte sich selber mit Drogen zugrunde gerichtet. Ihr Körper war ausgemergelt und knochig. Ihre blonden langen Haare hingen strähnig herab, die Wangen ihres schönen Gesichts waren eingefallen und ihre ehemals rosige Haut sah fahl aus. Aus ihren Augen war das Leben gewichen und sie blickte hoffnungslos und trübsinnig umher. Genau wie die ermordete Rayna Sweets war Scarlett nach L.A. gekommen, um als Schauspielerin oder Model den Durchbruch zu schaffen. Doch sie war nur ausgenutzt und zum Narren gehalten worden. So viele vermeintlich einflussreiche Männer hatten ihr das blaue vom Himmel versprochen und sie fallen lassen wie eine heiße Kartoffel, sobald sie Sex mit ihr hatten und das Interesse an ihr verloren.

Die Drogen wurden Scarletts einziger Trost und sie nahm alles, was ihr in die Quere kam. Alkohol, Kokain, Heroin oder Meth. Und nun war sie ein menschliches Wrack, das zum wiederholten Male versuchte, clean zu werden. Ihre vermögenden Eltern, die seit jeher versucht hatten, alle Probleme mit Geld zu lösen, hatten ihr den Aufenthalt in der Klinik bezahlt. Wenn Arif Scarlett anschaute, dann konnte er an ihrem Gesicht ablesen, dass sie den Entzug nicht schaffen würde. Vermutlich würde man sie irgendwann in irgendeinem Zimmer tot nach einer Überdosis auffinden, was Arif sehr traurig stimmte. Doch so traurig es auch war, so hart und unumstößlich war die Tatsache, dass manchen Leuten einfach nicht zu helfen war. Die beste Entzugsklinik half nicht, wenn man nicht selber bereit war, und die Kraft hatte clean zu werden.
Solche oder so ähnliche Geschichten, wie die von Scarlett, hörte Arif in den Gruppensitzung von den anderen Patienten. Manche hatten den Durchbruch in L.A. geschafft und kamen mit dem Ruhm und dem daraus resultierenden Druck nicht zurecht. Andere waren genau wie Scarlett mit ihren Vorhaben gescheitert. Doch eines hatte sie alle (außer Johnny) gemeinsam: Die wenigsten würden dauerhaft clean bleiben. Und auch Arif konnte nicht kategorisch ausschließen, dass er nicht irgendwann einmal rückfällig würde. Er würde jeden Tag aufs Neue darum kämpfen müssen, das war ihm vollkommen klar. Einmal süchtig immer süchtig, so lautete die bittere Wahrheit.
Arif hatte das Mittagessen beendet. Wie immer hatte er sich alleine an einen Tisch etwas Abseits gesetzt, denn beim Essen hatte er gerne seine Ruhe. Es hatte für ihn Rinderfilet und Tagliatelle mit einer Pilz Sauce gegeben. Und als Nachspeise eine Mousse au Chocolat mit dicken Schokostücken. Es gab jeden Tag eine Karte, aus der man aus vielen verschiedenen erstklassigen Menüs wählen konnte. Zwar waren die Speisen hervorragend, jedoch die Portionen für Arifs Geschmack viel zu klein. Arif aß gerne und viel. Und da er jeden Tag viel Sport trieb, konnte er sich das auch erlauben. Am liebsten hatte er Spezialitäten aus seiner Heimat Türkei. Iskender Kebap, Kuru Köfte, Patatesli Pide, Biber Dolması oder das allseits beliebte Lahmacun, eine türkische Pizza aus

dünnem Fladenbrot, Hackfleisch und Gemüse. Türkisches Essen war jedoch in den USA nur schwer zu kriegen. Er mochte allerdings auch sehr gerne amerikanisches Essen, speziell Burger. Er ging gerne mit Crane einen saftigen Burger in einem guten Diner essen, wenn sie in Amerika waren. In Washington, wo die ISOS Zentrale ansässig war, kannten die beiden mittlerweile jedes gute Diner. Peter jammerte zwar grundsätzlich, dass er nach einem solchen Essen wieder Extraschichten im Fitness-Studio absolvieren müsse, schaufelte dann aber doch immer riesige Portionen in sich hinein, worüber sich Arif häufig lustig machte.

Heute hatte Arif das Essen regelrecht heruntergeschlungen. Er war ungeduldig und aufgeregt, denn nach dem Mittagessen war er mit Salma zu einem Strandspaziergang verabredet. Während des Essens hatten seine Hände gezittert, was dieses Mal nicht am Entzug lag, sondern daran, dass er so nervös war. Sein Bauch fühlte sich an, als wäre dort ein ganzer Bienenschwarm unterwegs. Er fragte sich, ob Salma ahnte, was er für sie empfand. Falls es so war, dann ließ sie sich jedenfalls nichts anmerken.

Als er fertig war, verließ er hastig den Speisesaal und eilte nach draußen an den Pool, wo er sich mit Salma treffen wollte. Sie erwartete ihn dort bereits lächelnd. Wie immer verschlug es ihm den Atem, wenn er sie sah. Denn selbst in der schlichten Kleidung der Klinik sah Salma atemberaubend aus.

„Arif! Ich hoffe, das Essen hat geschmeckt?", fragte sie freundlich.

„Ganz hervorragend!", antwortete Arif. Seine Stimme hatte hölzern geklungen, und er hätte gerne eine etwas witzigere Antwort gegeben, doch wie so oft, wenn er Salma gegenüber stand, war sein Kopf wie blockiert, was ihn jedes Mal aufs Neue sehr ärgerte. Er wünschte sich in diesen Situationen immer, dass er ein Charmebolzen wie Frank wäre, der immer einen lockeren Spruch auf den Lippen hatte.

„Dann wollen wir mal.", sagte Salma fröhlich. Sie hakte sich bei Arif ein und gemeinsam stiegen sie die Treppe hinab bis zum Strand. Barfuß schlenderten die beiden am Wasser entlang und unterhielten sich über alle möglichen Dinge. Lediglich der Entzug kam nicht zur Sprache, was Arif sehr begrüßte. Es tat gut, sich einfach nur normal mit ihr zu unterhalten und er fühlte sich regelrecht unbeschwert, so als wäre der Entzug und alles, was dazugehörte, nur ein dunkler Traum.

Ein einzelner Mann kam ihnen entgegen. Ein unbeteiligter Beobachter hätte an dieser Situation nichts Ungewöhnliches festgestellt. Doch aus irgendeinem unerfindlichen Grund schrillten Arifs innere Alarmglocken. Der Mann war groß gewachsen, fast anderthalb Köpfe größer als Arif, und sehr durchtrainiert. Er trug eine Badehose und ein Hawaiihemd. So weit war das in Malibu nichts Besonderes. Vielleicht war es das leicht brutal aussehende Gesicht des Mannes, was Arif beunruhigte, oder der hinterlistige Ausdruck in dessen Augen. Salma fiel das alles nicht auf und sie erzählte weiter eine witzige Anekdote aus ihrer Jugend. Da sie immer noch bei Arif eingehakt war, merkte sie, wie sich sein Arm anspannte.

„Was ist los?", fragte sie. Der Mann war noch zehn Meter entfernt.

„Nichts. Gar nichts.", sagte und hoffte er. „Erzähl ruhig weiter.", forderte er sie auf.

Der Mann nickte ihnen zum Gruß zu. Unbeteiligt passierte er Arif und Salma, doch dann sah Arif aus den Augenwinkeln, wie der Mann sich hinten an den Bund seiner Hose fasste. Arif stieß Salma zur Seite, um sie aus der Gefahrenzone zu befördern, was sie mit einem leicht überraschten Aufschrei quittierte. Sie verlor das Gleichgewicht und fiel zu Boden. Arif fuhr herum und konnte gerade noch den herabsausenden Arm, in dessen Hand sich ein langes scharfes Messer befand, abwehren. Mit angewinkeltem Arm hielt er dagegen, währen der Mann versuchte, das Messer hinab in Arifs Brustkorb zu drücken. Immer noch am Boden und mit vor Schreck weit aufgerissenen Augen schob sich Salma von dem Zweikampf weg.

„Mr. Arsan.", sagte der Mann leicht belustigt. „Für einen Junkie haben sie gut reagiert. Doch leider wird Ihnen das nichts nutzen."

Arif musste eingestehen, dass der Mann vermutlich recht hatte. Er war groß, äußerst massig und muskulös, und deswegen rein körperlich dem Türken überlegen. Zumal Arif durch die Drogensucht und der daraus resultierenden Vernachlässigung seines Trainings noch nicht wieder in Topform war. Er fühlte, wie ihn

so langsam die Kraft verließ. Lange würde er das Messer nicht mehr von sich fern halten können. Anstatt weiter gegen zu drücken, gab Arif für den Mann vollkommen unerwartet nach, und tauchte unter dem Messer ab. Der Angreifer verlor das Gleichgewicht und stolperte nach vorne, da plötzlich kein Widerstand mehr da war. Arif wirbelte herum und sprang mit beiden Beinen voran dem Mann in den Rücken. Dieser ächzte vor Schmerz und fiel vorne über, wobei er beinahe auf Salma landete. Verzweifelt schob sie sich von dem Attentäter weg, denn der hielt immer noch das Messer in der Hand. Noch bevor er sich wieder aufrichten konnte, sprang Arif auf den Rücken des Mannes, packte dessen Kopf und brach ihm mit einem lauten Knacken das Genick. Entsetzt und weinend schaute Salma Arif an.
„Was hast du getan?", fragte sie ihn ungläubig.
Arif ging zu ihr, kniete sich vor sie und sah sie eindringlich an.
„Hör mir zu, Salma. Ich habe keine Zeit, dir alles genau zu erklären. Nur so viel: Ich arbeite für die Geheimdienstorganisation ISOS. Ich und das Team, dem ich angehöre, sind hier in L.A. wegen eines Komplotts gegen Gouverneur Johnson. Ich bin in den Entzug gegangen, weil ich aufgrund der Drogen meinem Team nicht mehr helfen konnte und beinahe den Tod eines Freundes verschuldet hätte. Die Mitglieder des Teams sind meine Freunde und dieser Anschlag auf mich bedeutet mit ziemlicher Sicherheit, dass auch sie in Lebensgefahr schweben. Ich muss weg und sie warnen. Ich werde dir sobald ich kann alles genauer erklären. In Ordnung?"
Salma nickte konsterniert. Sie stand unter Schock.
„Hast du ein Auto, das du mir leihen kannst?"
Sie nickte erneut und griff geistesabwesend in ihre Tasche und gab Arif den Schlüssel.
„Danke, das werde ich dir nicht vergessen. Komm, ich bringe dich noch nach oben in die Klinik, bevor ich mich auf den Weg zu meinen Kollegen mache."
Arif hatte überlegt, ob er sich nicht sein Handy herausgeben lassen sollte, um seine Freunde zu warnen. Doch das war in einem Schließfach in dem Büro der Klinikleitung deponiert. Und um daran zu kommen, hätte er erklären müssen, warum er das Han-

dy brauchte. Und dann hätte er sicherlich auch noch irgendwelche Formulare ausfüllen müssen, bevor man ihm das Gerät aushändigte. Das alles hätte wahrscheinlich mehr Zeit gekostet, als direkt mit dem Auto zur Villa zu fahren.

Arif half Salma hoch und bemerkte, wie sie zitterte. Er legte einen Arm um sie und führte sie so schnell es ging zur Klinik. Dort übergab er sie in die Obhut einer der Psychologen, der sich sofort, ohne groß Fragen zu stellen, um sie kümmerte.

Am Empfang bat Arif die Dame hinter dem Empfangstresen, die Polizei wegen der Leiche zu rufen. Noch bevor sie Fragen stellen konnte, eilte er bereits zum Parkplatz, drückte auf die Funkfernbedienung des Autoschlüssels, woraufhin sich mit einem Blinken und einem Alarmton die Schlösser eines VW Beetle Cabrio öffneten. Er schwang sich hinter das Steuer und raste los zu Richard Metz' Villa und seinen Freunden.

38

Neo Marsten befand sich auf dem Weg zu seiner Verabredung mit Lilly Jaxter. Es waren turbulente Tage gewesen. Zu turbulent für seinen Geschmack. Er hasste es, wenn Dinge nicht so liefen, wie er es erwartete. Es waren Probleme aufgetreten, die er so nicht vorausgesehen hatte. Und diese Probleme hatten eine Eigendynamik entwickelt, die nur sehr schwer wieder einzudämmen war. Doch nun waren Dinge im Gange, die seine Probleme lösen würden. Er, Neo Marsten, hatte zu einem mächtigen Schlag ausgeholt, der seine Gegner zermalmen würde. So, wie es auch in der Vergangenheit schon häufig gewesen war. Man kam nicht so weit wie er, wenn man zimperlich war. Das hatte er schon früh gelernt. Und es war wichtig, nie selber die Drecksarbeit zu machen, wenn man nicht erwischt werden wollte. Schon damals in der Schule war er so verfahren. Seinerzeit hatte er viel Geld durch dealen verdient. Doch er hatte immer nur die Fäden im Hintergrund gezogen und war nie selbst in Erscheinung getreten, wes-

wegen man ihn auch nie erwischt hatte. Wer Mitglied in seiner Gang war und alles zufriedenstellend erledigte, der verdiente ebenfalls gutes Geld bei ihm. Wer das nicht tat, oder die anderen sogar verpetzte, der bekam Prügel oder gar Schlimmeres. Neo erinnerte sich an einen Vorfall auf der High School. Der Quarterback des Football Teams, ein arrogantes Arschloch namens Jerry, wollte auch etwas vom Kuchen abhaben und drohte offen damit, alles auffliegen zu lassen, wenn man ihn nicht in die Gang aufnahm. Das war natürlich vollkommen inakzeptabel. Eines Abends hatte Jerry einen tragischen Unfall. Er wurde von einem viel zu schnell fahrenden Auto angefahren. Football gespielt hatte Jerry danach niemals wieder, denn fortan saß er querschnittsgelähmt im Rollstuhl. Das Auto und der Unfallfahrer wurden nie gefunden. Noch heute musste Neo zufrieden grinsen, bei der Erinnerung daran, wie er dafür gesorgt hatte, dass Jerry schwieg. Daran, dass Neo diese ganze Sache eingefädelt hatte, hatte sowieso niemand gedacht. Schließlich war er schon damals der Charme sprühende Sunnyboy und Frauenschwarm gewesen, der über jeden Zweifel erhaben war. Daran hatte sich bis heute nichts geändert. Der Vorfall mit Jerry war so eine Art Initialzündung gewesen. Danach gab es kein Halten mehr für Neo. Mit unnachgiebiger Härte und Brutalität hatte er sich ganz nach oben gekämpft. Und dort hatte er vor zu bleiben. Zugegeben, seine derzeitigen Gegner waren hartnäckig. Sie waren ihm verdammt nah gekommen. Doch damit war heute Schluss, so viel war sicher.
Nun freute er sich auf sein Treffen mit Lilly Jaxter. Er bereute es schon fast, dass er die Bekanntschaft zu ihr niemals würde vertiefen können. Dann bekam er einen Anruf. Die ersten Informationen, die Marsten mitgeteilt bekam, ließen ihn zufrieden lächeln, doch nachdem der Anrufer weiter erzählte, versteiften sich seine Gesichtszüge und seine Augen loderten vor Zorn.

Lilly war nicht sicher, was sie von dem Treffen mit Neo Marsten halten sollte. Falls sich die Geschichte von Walter Rollins bewahrheitete, dann war sie im Begriff, sich mit einem der mächtigsten und gefährlichsten Männer weltweit zu treffen. Und das verursachte ihr durchaus ein mulmiges Gefühl. In diesem Zusammenhang wäre es ihr lieber gewesen, wenn sie eine Begleitung dabei gehabt hätte. Nur zur Sicherheit. Andererseits traf sie sich mit ihm mitten in Beverly Hills in einem Restaurant. Eine unmittelbare Gefahr dürfte ihr dort nicht drohen. Das änderte jedoch nichts daran, dass sie alle in Lebensgefahr schwebten, wenn Marsten der Mann war, den Rollins beschrieben hatte. Denn in diesem Fall dürfte er wissen, dass ISOS ihm auf den Fersen war. Und der Mann, den Rollins sein halbes Leben lang gejagt hatte, ging bekanntlich nicht gerade zimperlich mit seinen Gegnern um. Deswegen hatte Lilly überlegt, ob sie nicht Verstärkung von ISOS L.A. anfordern sollte. Einige Agenten, die sich unauffällig in und um das Restaurant platzierten. Sie hatte diesen Gedanke jedoch wieder verworfen. Marsten war zu clever, um das nicht zu bemerken. Wenn sie etwas aus ihm herausbekommen wollte, dann ging das nur, wenn sie alleine waren.

Lilly erreichte das Beverly Hills Hotel. Anders, als moderne Hotelbauten, bei denen Stahl und Glas dominierten, versprühte das Hotel den Charme der dreißiger und vierziger Jahre des zwanzigsten Jahrhunderts. Das Haupthaus, welches nur über wenige Etagen verfügte, war wie so viele Gebäude in Los Angeles, nach mediterranem Vorbild gebaut und in Pastelltönen gehalten. Ein roter Teppich führte die ankommenden Gäste durch einen Säulengang mit grün-weiß gestreifter Decke in die Hotellobby. Lilly musste unweigerlich daran denken, wie viele große Hollywoodstars hier schon angefahren und diesen Weg gegangen waren. Sie stellte sich vor, wie Größen wie Marlene Dietrich dort elegant entlang schlenderten. Das Hotel und die dazugehörige Appartement-Anlage waren eingebettet in eine idyllische, weitläufige Parkanlage. Hier konnte man wunderbar ausspannen, dachte Lilly, und nahm sich vor, irgendwann einmal ihren Urlaub in diesem Hotel zu verbringen.
Ein Angestellter des Hotel-Parkservices nahm Lillys Autoschlüssel entgegen, was sie mit einem Trinkgeld belohnte. Die Polo Lounge, wo sich Neo Marsten mit ihr treffen wollte, war in den gleichen Farbtönen gehalten, wie das Hotel und wirkte elegant und

gemütlich. Sie meldete sich beim obligatorischen Platzanweiser an, welcher sie hinaus in den wunderschönen Garten der Polo Lounge geleitete, wo Marsten sie bereits erwartete. Als er sie erblickte, stand er auf, zog ihren Stuhl zurück und ließ sie Platz nehmen. Ein wahrer Gentleman. Doch als er sich ihr gegenüber setzte, bemerkte Lilly eine beunruhigende Veränderung bei ihm. Sein sonst so charmantes Lächeln, welches auch sie in seinen Bann geschlagen hatte, als sie ihn kennenlernte, glich nun der Fratze eines Raubtieres und sein Blick war kalt. Lilly hatte das untrügliche Gefühl, dass sie nun in das Gesicht des wahren Neo Marsten schaute.

„Ms. Jaxter, schön Sie zu sehen!", sagte er mit Arroganz und Überheblichkeit, die seine Worte wie Hohn klingen ließen. Doch Lilly ließ sich von so etwas nicht beeindrucken. Wenn er sie einschüchtern wollte, dann musste er schon größere Geschütze auffahren.

„Mr. Marsten.", sagte sie kurz und knapp. Eines war Lilly klar. Das hier würde kein gemütliches Mittagessen werden. Marsten würde nicht lange um den heißen Brei herumreden. Wie zur Bestätigung schaute Marsten sie fast schon hasserfüllt an und begann zu sprechen:

„Wie ich höre, haben Sie einen alten Freund von mir getroffen?"
Lilly schaute ihn mit festem Blick an, als sie antwortete:
„Wovon reden Sie?", fragte sie unschuldig.
„Von Ihrem Treffen mit Walter Rollins.", zischte Marsten mit schneidender Stimme.
Lilly zuckte innerlich vor Schreck zusammen, ließ sich äußerlich jedoch nichts anmerken.
„Ach, das meinen Sie. Ja, richtig ich habe mich mit Walter getroffen. Wie so oft, wenn ich in L.A. bin. Walter ist ein Freund von mir. Wir treffen uns häufiger. Die Geschichten über seine alten Fälle sind immer überaus interessant."
„Ersparen Sie mir Ihre Spielchen. Was hat Rollins Ihnen erzählt?", fragte er in einem Befehlston, der keinen Widerspruch duldete.

„Nichts, was Sie interessieren würde, Mr. Marsten. Und ich verbitte mir diesen Ton mir gegenüber."
In diesem Moment vibrierte Lillys Smartphone.
„Verzeihen Sie.", sagte sie und nahm das Telefon aus ihrer Hosentasche. Sie hatte eine SMS von Vin bekommen:
„Es ist etwas Furchtbares passiert. Komm sofort zu ISOS L.A.!"
Entgeistert starrte Lilly auf das Display.
„Ist etwas passiert, Ms. Jaxter?", fragte Marsten mit einem diabolischen Grinsen, so als wüsste er ganz genau, was man ihr soeben mitgeteilt hatte.
Lilly sprang auf.
„Ich muss gehen.", sagte sie und hastete aus dem Restaurant, ohne Marsten eines weiteren Blickes zu würdigen. Dieser lehnte sich zufrieden zurück und grinste weiterhin.
„Bye, bye, Ms. Jaxter!", sagte er mit tödlicher Gewissheit.

Als Lilly auf ihr Auto wartete, versuchte sie, Vin zu erreichen, doch dieser ging nicht an sein Telefon. Plötzlich spürte Lilly, dass jemand von hinten an sie herantrat, woraufhin ihr unsanft ein Pistolenlauf in den Rücken gedrückt wurde.
„Was…", wollte sie ansetzen.
„Psst. Ganz ruhig, Ms. Jaxter. Wenn Sie schreien, dann erschieße ich Sie direkt hier an Ort und Stelle, und jeden Unschuldigen, der hier herumläuft, gleich mit." Die Stimme des Mannes war dunkel und rau. Sein Gesicht konnte Lilly nicht sehen. Er stank nach billigem Parfum und Zigarettenqualm. „Wir gehen jetzt hinüber zu den Appartements. Wir haben da etwas für Sie vorbereitet!"
Lilly wollte gar nicht wissen, was dort für sie vorbereitet war. Doch für den Moment gehorchte sie und setzte sich in Bewegung. Wenn sie das Appartement erreichten, dann war es zu spät für sie, weswegen sie fieberhaft überlegte, wie sie sich aus dieser Situation retten konnte. Sie versuchte extra langsam zu gehen, um Zeit zu schinden, doch der Mann drückte sie von hinten vorwärts, sodass sie keine Chance hatte, langsam zu gehen. Nach einigen Metern dirigierte der Mann sie nach rechts. Vor sich sah Lilly die Appartement Anlage. Der Weg dorthin war rechts und

links mit hohen Büschen umsäumt und man musste fünf Stufen hinaufgehen. Bei der letzten Stufe stolperte Lilly und fiel unsanft zu Boden. Der Mann trat neben sie und riss sie brutal am Kragen ihres Blazers wieder auf die Beine. Sie hatte damit gerechnet und zog während er sie hochriss unbemerkt aus einer Scheide an ihrem Fußknöchel ein Messer, welches sie immer bei sich trug, und rammte es dem Mann blitzschnell zwischen die Rippen. Vor Schreck riss der Mann die Augen weit auf. Lilly zog das Messer wieder heraus und in einer fließenden Bewegung rammte sie ihm das Messer in die Kehle. Röchelnd sackte der Mann auf die Knie und fiel tot vornüber.

Lilly atmete mehrmals tief durch, um sich zu beruhigen. Dann kniete sie sich neben den Mann und drehte ihn auf den Rücken. Zum ersten Mal konnte sie ihn sich näher anschauen. Er sah aus, wie der typische Geschäftsmann mit teurem Anzug und Krawatte. Sein Gesicht war nichtssagend. Er sah vollkommen unauffällig aus, und vermutlich war Lilly im Restaurant oder der Lobby sogar an ihm vorbeigelaufen, ohne ihn zu bemerken. Sie zog das Messer aus seiner Kehle und reinigte es an seinem Jacket, bevor sie es wieder in die Scheide steckte. Alles, was sie tat, geschah voll automatisch ohne groß darüber nachzudenken. Sie schleifte die Leiche ächzend an den Wegesrand und deponierte sie unterhalb eines Busches, damit sie nicht direkt ins Auge fiel, wenn Leute vorbeikamen. Lilly schaute sich um. Niemand schien den Vorfall bemerkt zu haben. Sie strich sich ihren Blazer glatt und und zückte ihr Smartphone. Sie gab einen Notfallcode ein, der Peter, Nia, Vin, Tolino und Woodcock alarmierte und mitteilte, dass Gefahr im Verzug und ihre Leben möglicherweise gefährdet waren. Jedes ISOS Smartphone verfügte über die Funktion, mithilfe von Codes Alarm auszulösen. Diese Möglichkeit hatte ihnen schon oft gute Dienste geleistet. Nur um Arif machte sie sich Sorgen, denn er durfte in der Klinik kein Smartphone bei sich führen.

Dann wählte Lilly die Nummer der Polizei und meldete mit verstellter Stimme einen Mord im Beverly Hills Hotel. Noch bevor die Mitarbeiterin der Notruf-Hotline näher nachfragen konnte, legte Lilly auf.

Anschließend hastete sie zurück ins Restaurant, um Neo Marsten zur Rede zu stellen, doch der war schon weg. Ein Kellner erzählte ihr, dass Mr. Marsten vor einigen Minuten das Lokal verlassen hatte, ohne überhaupt gegessen zu haben.
Da Lilly wusste, dass das Team sich in der Zentrale von ISOS L.A. aufhielt, machte sie sich auf den Weg dorthin. Als sie gerade los fuhr, klingelte ihr Handy. Es war Nia.
„Lilly, was ist los bei dir?", fragte Nia besorgt.
„Man hat versucht, mich zu töten und ich vermute, dass man es auch auf euch abgesehen hat.", erklärte Lilly knapp und professionell. „Seid ihr noch bei ISOS L.A.?"
„Ja, wir sind alle hier.", bestätigte Nia.
„Gut, dann bleibt dort und bewegt euch nicht vor die Tür. Ich bin in ein paar Minuten da. Was ist eigentlich so Schreckliches passiert?", fragte Lilly besorgt.
„Nicht am Telefon."
„Ok, bis gleich.", sagte Lilly und legte auf. Dann gab sie dem Maserati die Sporen und raste nach Downtown L.A. Im Radio hörte sie eine beunruhigende Meldung über einen Heckenschützen, der im Echo Park einen Mann erschossen haben sollte. Lilly bekam es mit der Angst zu tun, denn sie wusste ja von Franks und Melodys Treffen im Echo Park. Sie betete, dass nicht Frank das Opfer war.

39

Bernard Cedar saß in einem Verhörzimmer in der Zentrale von ISOS L.A. Der Raum war kahl und zweckmäßig. Wände und Boden waren in anthrazit-grau gehalten. Eine einzelne Glühbirne spendete ein kaltes Licht. In der Mitte stand nur ein Tisch mit zwei Stühlen und hinter einem verspiegelten Fenster konnte man das Verhör beobachten, ohne gesehen zu werden. An einen der Stühle war Cedar mit Handschellen gefesselt. Man ließ ihn zappeln. Noch nichtmal etwas zu trinken hatte man ihm angeboten.

Er zollte den Leute, die ihn einkassiert hatten, höchsten Respekt. Sie waren schnell und effizient vorgegangen. Jedoch ärgerte er sich über sich selber. Er war unaufmerksam gewesen und hatte zu sehr über das süße Leben seines Urlaubs nachgedacht. Und nun saß er hier. Wirklich beweisen würde man ihm wahrscheinlich nichts können. Dafür war er immer zu vorsichtig gewesen. Nur war andererseits für ihn auch keine Hilfe zu erwarten. Der Inner Circle würde ihn nun fallenlassen, wie eine heiße Kartoffel, das hatten sie ihm, für den Fall, dass er festgenommen wurde, von Anfang an deutlich gemacht. Zwar würde ihm natürlich sein Bruder helfen, doch ließ man ihn nicht telefonieren. Er war also vollkommen auf sich alleine gestellt.

Vor einigen Minuten hatte ein Kerl, der aussah, wie irgendein Assistent, einen Rollwagen hereingeschoben, auf dem allerlei chirurgische Werkzeuge und Spritzen lagen. Cedar wusste natürlich, wozu solche Gerätschaften auch benutzt wurden, und der Gedanke daran verursachte ihm ein mulmiges Gefühl in der Magengegend. Er dachte an den Mann, der ihn hier an den Stuhl gefesselt hatte. Dieser Mann war zu allem fähig, das hatte Cedar in dessen Augen gesehen. Wie hatte er doch gleich geheißen? Sparks oder so ähnlich.

Doch einen Trumpf hatte Cedar: Er kannte sie alle. Jedes einzelne Mitglied des Inner Circle war ihm bekannt. Und er kannte auch den Anführer. Den Mann, der eigentlich immer im Hintergrund blieb. Natürlich hatte dieser Mann das Cedar nicht offen gesagt. Diesen Fehler würde er nicht begehen. Aber Cedar hatte es einfach gespürt, als er ihm bei einer Gelegenheit gegenüber gesessen hatte. Die Aura der Macht, die er ausgestrahlt hatte, war unverkennbar gewesen. Cedar hatte ein feines Gespür für so etwas. Auf den Straßen von Brooklyn hatte er sehr schnell gelernt zu unterscheiden, wer wirklich etwas zu sagen hatte und wer nur ein nutzloser Möchtegern war.

Diesen Trumpf würde Cedar im Notfall ausspielen, wenn es darum ging, seine Haut zu retten. Doch zunächst würde er versuchen, den Verrat so lange wie möglich zu verhindern. Der Arm des Inner Circle war lang und wenn Cedar plauderte, dann war er

Freiwild und man würde ihn wenn nötig rund um den Globus jagen.
Eine Frau betrat das Verhörzimmer. Sie war blond, attraktiv und genau Cedars Typ.
„Mr. Cedar, mein Name ist Nia Coor."
Als Peter den Anruf von Dr. Klein erhielt, dass er soweit sei, die Behandlung an ihm durchzuführen, hatte Nia ihn natürlich zu ISOS L.A. begleitet. Peter hatte etliche Spritzen und eine Infusion bekommen und nun brauchte er noch etwas Ruhe, bevor er wieder voll einsatzfähig war. Vin war zu Nia gekommen und hatte sie gebeten, mit dem Verhör von Bernard Cedar zu beginnen. Zuckerbrot und Peitsche lautete die Devise. Nur war Nia nicht das Zuckerbrot, sondern die Peitsche.
Sie betrat den Raum betont lasziv, was Cedar wohlwollend mit einem lüsternen Blick zur Kenntnis nahm. Nia war kein Topmodel, denn dafür war sie zu klein. Zwar war sie schlank, hatte aber im Gegensatz zu den eher knochigen Models, weibliche Rundungen zu bieten. Und gerade das wirkte auf Männer überaus attraktiv. Zudem entsprach sie genau Cedars Typ.
Cedar blieb stumm.
„Mr. Cedar, oder darf ich Sie Bernard nennen?" Cedar nickte.
„Nun, Bernard, ich denke, Sie wissen ganz genau, was wir von Ihnen wollen, nicht wahr?"
Cedar schüttelte den Kopf.
„Nein, ich habe echt keine Ahnung.", antwortete er im Brustton der Überzeugung.
„Das, mein lieber Bernard, ist wirklich bedauerlich." Nia sagte das mit unheimlicher Stimme und einem psychopathisch angehauchten Gesichtsausdruck, der Cedar das Blut in den Adern gefrieren ließ.
Nia stand auf und ging hinüber zu dem Rollwagen. Genüsslich nahm sie einige der Instrumente nacheinander in die Hand, betrachtete sie, überlegte und wog sie in der Hand, während Cedar nervös und ängstlich auf seinem Stuhl hin und her rutschte. Sie entschied sich für eine Art Fleischerbeil und ging damit langsam und mit einem diabolischen Grinsen auf Cedar zu.

„Bernard, Bernard, es hätte so schön einfach mit uns beiden laufen können. Sie geben mir ein paar Namen, und schon wären sie ein freier Mann gewesen, der heute Abend mit mir am Strand ein paar Cocktails geschlürft hätte. Nur ein paar Namen, Bernard. Aber gut, wenn Sie die harte Tour bevorzugen, dann habe ich da überhaupt nichts gegen. Ich stehe genau so auf Cocktails, wie auf das, was ich jetzt gleich mit Ihnen machen werde."
Als sie das sagte, schwang sie gleichzeitig das Beil hin und her. Panisch schaute Cedar sie an. Er hatte überhaupt nicht damit gerechnet, dass Nia ihn auf diese Weise verhören würde.
„WAS SOLL DAS?", kreischte er. „Ich habe Rechte. Ich bin amerikanischer Staatsbürger. Sie dürfen mich nicht foltern."
„Ach, Bernard. Es ist doch so: Niemand weiß, dass sie festgenommen wurden, und niemand weiß, dass Sie hier sind. Wo kein Kläger, da kein Richter, Bernard. Sie sind uns ausgeliefert. Mag sein, dass ihr Bruder Sie suchen wird. Aber finden wird er Sie nicht, da können Sie sicher sein. Mal ganz davon abgesehen, dass Ihr Bruder bei uns auch ganz oben auf unserer Fahndungsliste steht. Vielleicht kriegen wir ihn zum Reden, falls Sie weiterhin schweigen wollen…"
„Halten Sie meinen Bruder raus aus dieser Sache!", spie er ihr zornig entgegen.
Nia überhörte die Drohung, trat seitlich an Cedars Stuhl heran und atmete erregt durch.
„Der Stahl fühlt sich so gut in meiner Hand an.", hauchte sie ihm ins Ohr, woraufhin er versuchte, von ihr wegzurücken, was vergebens war, da der Stuhl auf dem Boden verschraubt war.
„LASSEN SIE MICH IN RUHE!", schrie er sie an.
Nia machte einen Schmollmund. „So ängstlich, Bernard?", sagte sie mit einer perfekten Imitation einer leicht dummen High-School-Queen. „Schauen Sie, dieses Beil durchtrennt mühelos Sehnen, Knorpel und Knochen. Damit lassen sich viele schöne Dinge anstellen."
Blitzschnell packte Nia Cedars Handgelenk und schlitze mit dem Beil dessen Arm auf. Nicht tief, aber doch genug, dass Blut floss. Cedar schrie vor Schreck auf und schaute Nia mit weit aufgeris-

sen Augen angsterfüllt an. Dann flog die Tür des Verhörzimmers auf und Vin Sparks betrat den Raum.

„Es reicht, Nia. Du solltest ihn verhören, nicht foltern. Und jetzt raus hier!", befahl Vin im knallharten Ton eines Soldaten. Nia schaute ihn enttäuscht an und ließ das Beil achtlos auf den Boden fallen, jedoch so, dass Cedar es weiterhin im Auge hatte.

„Schade…", seufzte sie und verließ den Raum. Sie ging nach nebenan, wo Tolino, Woodcock und Vin sie hinter dem verspiegelten Glas beobachtet hatten.

„Oscarreife Leistung, Nia!"

„Absolut genial. Du hast sogar uns Angst gemacht.", zollten Tolino und Woodcock ihr Respekt.

„Danke, Jungs."

Im Verhörraum setzte sich Vin auf den Stuhl Cedar gegenüber. Auch er hatte sich bei Nias Auftritt köstlich amüsiert, während Cedar immer noch außer sich war.

„Was für eine verfluchte Scheiße. Wie können Sie nur dieses verrückte Miststück auf mich losgehen lassen?", fluchte er lautstark.

„Verzeihen Sie, Mr. Cedar. Ms. Coor schießt gelegentlich etwas über das Ziel hinaus.", erklärte Vin betont bekümmert.

„ETWAS ÜBER DAS ZIEL HINAUS? Die Schlampe wollte mir die Hand abhacken."

„Beruhigen Sie sich. Es ist alles gut gegangen und Ihnen ist nichts geschehen. Also können wir beide uns jetzt ganz in Ruhe unterhalten."

„Einen Teufel werden wir tun. Ich verrate Ihnen kein Sterbenswörtchen."

Vin schaute ihn einige Sekunden bedauernd an.

„Das ist sehr schade, Mr. Cedar. Wissen Sie, wenn Sie bereit wären zu reden, dann wären Sie für mich von ganz großem Wert und ich würde wirklich alles tun, um Sie zu beschützen. Da Sie es jedoch vorziehen, nicht zu reden, sind Sie für mich vollkommen wertlos, weswegen ich Sie weder vor Ms. Coor noch vor dem Inner Circle beschützen werde. Aber das ist ok. Sie müssen das ja schließlich selber wissen. Wenn Sie Ihre körperliche Unversehrtheit, und vor allem Ihr Leben so leichtsinnig aufs Spiel setzen wollen, dann bitte. Ich werde Sie nicht davon abhalten."

Vin stand auf und ging zur Tür.

„Halt, warten Sie!", bat Cedar der Verzweiflung nahe. „Ich werde kooperieren.", willigte er zähneknirschend ein. „Was bieten Sie mir im Gegenzug an?"

Nun war die Zeit des Verhandelns gekommen. Vin nahm wieder Platz und faltete bedächtig die Hände auf dem Tisch.

„Wir bieten Ihnen zunächst einmal volle Immunität. Egal, was Sie bisher verbrochen haben, Sie werden diesbezüglich nicht strafrechtlich verfolgt. Dann bekommen Sie eine neue Identität mit allem, was dazugehört. Und Sie erhalten natürlich eine neue Unterkunft an einem geheimen Ort, wovon niemals jemand erfahren wird. Sie werden dort absolut sicher sein. Und all das bieten wir auch Ihrem Bruder an."

Cedar nickte zufrieden.

„Gut. Das klingt fair. Also lassen Sie uns reden."

Und das tat Cedar. Er verriet ausnahmslos alles, was er über den Inner Circle und dessen Mitglieder wusste. Darüber hinaus redete er ausgiebig über seine Taten für den Circle. Dabei kam auch Gouverneur Johnson zur Sprache. Der Inner Circle hatte herausgefunden, dass der Gouverneur homosexuell war. Man hatte überlegt, wie man sich diese Sache zu nutze machen konnte, um ihn aus dem Weg zu räumen. Am einfachsten wäre natürlich ein kleiner Hinweis gegenüber der Klatschpresse gewesen. Das hätte zunächst zu einem öffentlichen Spießrutenlauf für Johnson geführt. Allerdings galt der Staat Kalifornien als recht liberal in diesen Dingen, weswegen durchaus die Gefahr bestand, dass Johnson sogar gestärkt aus dieser Sache hervorging. Also hatte man diese Idee verworfen. Als dann das Attentat auf Johnson vereitelt worden war, musste eine andere Lösung her. Vom Anführer des Circle war der Befehl gekommen, dem Gouverneur einen Mord anzuhängen. Der Anführer hatte dem Circle diesbezüglich genaueste Instruktionen zukommen lassen. Es war dann Cedars Aufgabe gewesen, in das Haus von Johnsons Geliebten einzubrechen und das Sperma des Gouverneurs zu besorgen. Cedar hatte Glück gehabt und im Badezimmer ein einzelnes

gebrauchtes Kondom gefunden. Man ging davon aus, dass Johnson die dominante Person in der Beziehung war und dass das Kondom deswegen von ihm sein musste. Dadurch hatte man dann genug in der Hand, um Johnson den Mord an Rayna Sweets andichten zu können.
Cedar gestand ebenfalls die Morde an Johnsons Geliebtem Zachary Anderson und an George Benton, dem Mann, der für die Sicherheitsüberprüfung von Eric Lee zuständig gewesen war. Anderson hatte man getötet, um Johnson weiter zuzusetzen und Benton, um einen potenziellen Zeugen zu beseitigen.
Über die Ausmaße dieser Angelegenheit und über die Skrupellosigkeit mit der vorgegangen wurde, konnte Vin nur staunen. Der Inner Circle war wirklich zu allem fähig.
Als das Verhör beendet war, brachte man Cedar in die Tiefgarage von ISOS L.A., wo man ihn in einen Transporter setzte, der ihn zu einem Flughafen bringen sollte. Man ließ ihn mit seinem Bruder telefonieren, den man anschließend auflas. In dem Transporter saß man hinten gemütlich, jedoch konnte man nicht hinausschauen, sodass die Gebrüder Cedar nicht sehen konnten, wo es hinging. Dann hörten Sie über Lautsprecher den Fahrer.
„Wir bringen Sie jetzt aus der Stadt raus, damit wir Sie von einem kleinen Flugplatz aus unbemerkt aus den USA herausschaffen können. Die Fahrt wird ein paar Stunden dauern. Also lehnen Sie sich zurück und entspannen Sie sich. Im Kühlschrank sind einige kühle Getränke für Sie."
Die Brüder schauten sich zufrieden an. Sie waren auf dem Weg in ein neues Leben, und wie immer würden sie auch dort ihren Weg gehen.
Nach etwa drei Stunden erreichten sie ihr Ziel. Die Fahrt war etwas holprig gewesen. Fast so, als wären sie durch die Wüste gefahren. Der Fahrer öffnete die Hecktür des Transporters und die Brüder stiegen aus. Sie befand sich in einer Art Tiefgarage. Zwei Sicherheitskräfte traten auf sie zu.
„Wo sind wir?", fragte Bernard. Als Antwort wurden er und sein Bruder mit Elektroschockern niedergestreckt und gefesselt.
„Willkommen in Ihrem neuen Leben.", sagte eine der Wachen süffisant.

„WAS SOLL DAS?"
„WO SIND WIR?", schrien die beiden empört.
„Das werden Sie noch früh genug erfahren."
„DAS IST GEGEN DIE ABMACHUNG!", kreischte Bernard am Boden liegend.
Doch genau genommen war es das nicht. Vin hatte alle Versprechen gehalten. Nur auf eine andere Art und Weise, als Bernard es sich vorgestellt hatte. Sie befanden sich im geheimen ISOS Gefängnis mitten in der Wüste. Kaum jemand wusste von der Existenz dieser Einrichtung. Hier saßen Schwerverbrecher und Terroristen ein, die wertvolle Informationen liefern sollten, oder geliefert hatten.
Die Gebrüder Cedar würden tatsächlich nie wegen ihrer kriminellen Taten belangt werden, denn eine Gerichtsverhandlung würde es nie geben, sie bekamen eine neue Unterkunft: Zwei schicke Gefängniszellen. Und eine neue Identität: Die Häftlinge Nummer 431 und 432. Und absolut sicher vor dem Inner Circle waren sie hier ebenfalls. Vin hatte ihnen also genau das gegeben, was abgemacht war. Allerdings würden die Brüder diesen Ort niemals wieder verlassen. Bei so vielen Menschen, wie die beiden misshandelt oder getötet hatten, war es undenkbar, ihnen ein neues, schönes Leben in der Karibik zu verschaffen. Sie sollten für ihre Taten büßen. Dafür hatte Vin gesorgt.

40

Arif Arsan bog in die Straße ein, in der sich die Villa von Richard Metz befand. Anstatt direkt vorzufahren, parkte er in einiger Entfernung am Straßenrand und beobachtete die Umgebung. Am Bordstein gegenüber der Einfahrt parkte eine Ford Taurus Limousine mit dunkel getönten Scheiben. Aus den halb geöffneten Fenstern an Fahrer- und Beifahrerseite stieg Zigarettenqualm auf, woraus Arif schloss, dass mindestens zwei Leute in dem Fahrzeug saßen. Nach dem Überfall auf ihn am Strand war er

sicher, dass das kein Zufall war. Arif überlegte, wie er herausfinden konnte, wie viele Leute sich in dem Fahrzeug befanden und wie er diese unschädlich machen konnte. Eine Waffe hatte er nicht, denn das Messer des Angreifers am Strand, hatte er als Beweisstück liegen lassen, und im Auto war nichts Brauchbares zu finden. Dann hatte er eine Idee. Er fuhr mit dem Beetle von hinten an den Taurus heran und mit niedriger Geschwindigkeit auf. Salma würde ihm wahrscheinlich deswegen eine ordentliche Standpauke halten, denn er hörte den Kunststoff der Stoßstange brechen, aber die Taktik hatte Erfolg. Zwei Männer stiegen aus dem Taurus aus und kamen wild lamentierend auf den Bettle zu. Die beiden rochen förmlich nach Söldner und sahen aus, wie eineiige Zwillinge. Kahl rasierte Schädel, ausdruckslose Augen, Tarnhose und eng anliegendes, beigefarbenes T-Shirt. Die beiden waren offensichtlich weder Touristen, noch Anwohner dieser Gegend. Waffen trugen sie auf den ersten Blick keine bei sich, was jedoch nicht hieß, dass nicht welche im Auto lagen.
Arif stieg aus und torkelte auf die beiden zu.
„Na toll. Ein Besoffener.", äußerte der Größere der beiden abfällig.
Die beiden bauten sich bedrohlich vor Arif auf. Doch sie waren unaufmerksam, weil sie dachten, dass von einem Betrunkenen keine Gefahr ausging. Da sahen sie sich allerdings getäuscht. Noch ehe sie überhaupt reagieren konnten, hatte Arif dem einen schmerzhaft in den Unterleib getreten, und dem anderen die Faust auf den Kehlkopf gerammt. Beide brachen mit schmerzverzerrtem Gesicht zusammen. Arif packte nacheinander ihre Köpfe, und schickte sie mit einem wuchtigen Faustschlag an die Schläfe ins Reich der Träume. Dann durchsuchte er ihre Taschen, fand aber nichts Besonderes. Er ging hinüber zu dem Taurus und entriegelte den Kofferraum, wo er die beiden Bewusstlosen anschließend deponierte. Auf dem Rücksitz des Autos lagen mehrere große Sporttaschen. Arif staunte über den Inhalt. Sturmgewehre, Granaten und sogar ein Raketenwerfer. Scheinbar hatten die beiden vorgehabt, die Villa mitsamt der Bewohner in Grund und Boden zu schießen. Arif schnappte sich die Taschen und warf sie auf die Rücksitzbank des Beetle. Dann schaute er sich um. Nie-

mand schien etwas von dem Vorfall mitbekommen zu haben. Zufrieden stieg er ein und fuhr die Einfahrt hinauf zur Villa, wo er an der Eingangstür klingelte. Joan Jaxter öffnete die Tür.
„Arif. Was machst du denn hier?", fragte sie sichtlich überrascht.
„Keine Zeit für Erklärungen. Wo sind die anderen?", fragte er drängend.
„Bei…wie sagten sie doch gleich…ISOS L.A, hieß es, glaube ich. Nur Harold und ich sind hier."
„Gut.", entgegnete er erleichtert. „Kommt, wir müssen sofort weg von hier. Wir alle sind in Gefahr. Ich habe gerade unten vor dem Tor zwei Söldner unschädlich gemacht, die den Auftrag hatten, die Villa anzugreifen."
Joan reagierte prompt und holte eilends Harold, der ohne Fragen zu stellen, anstandslos mitkam. Die Vorfälle der letzten Tage hatten Joan und Harold gelehrt, in solchen Dingen ohne Umschweife zu reagieren. Und speziell Harold wusste, dass es ratsam war, auf das zu hören, was die Kollegen (und Freunde) von Peter sagten.
Arif geleitete sie zu dem Beetle. Joan kletterte auf die Rücksitzbank und Harold stieg vorne ein. Mit quietschenden Vorderreifen raste Arif los.

Lilly Jaxter passierte die Sicherheitskontrolle an der Tiefgarage von ISOS L.A. und parkte den Maserati in der Nähe des Aufzugs. Sie fuhr hinauf ins Erdgeschoss, wo AoC Kramer bereits auf sie wartete.
„Ms. Jaxter, schön, Sie wohlauf zu sehen. Bitte hier entlang. Ich bringe Sie zu Ihren Kollegen."
„Danke, Agent Kramer.", antwortete Lilly, die froh war, in Sicherheit zu sein.
Kramer brachte sie zur Tür eines Konferenzraums.
„Hier herein, Ms. Jaxter. Ich habe leider noch anderes zu tun und kann der Besprechung nicht beiwohnen."
Lilly trat ein. An einem langen Konferenztisch saßen Peter, Nia, Arif, Tolino, Woodcock und Vin. Ihnen allen konnte man die Strapazen der letzten Tage an den Gesichtern ablesen. Sie wirkten müde und abgekämpft. Nur die Augen jedes einzelnen glühten

vor Tatendrang. Erleichtert schauten sie Lilly an, die sich erschöpft in einen der gemütlichen Ledersessel plumpsen ließ.
„Lilly, Gott sei Dank.", ergriff Vin das Wort. „Ich hoffe, bei dir ist alles in Ordnung? Tut mir leid, dass ich dir das zumuten musste."
Peter bedachte ihn daraufhin mit einem bösen Blick.
„Bei mir ist alles in Ordnung. Arif, was machst du denn hier?"
„Ich hatte netten Besuch in der Klinik und habe danach beschlossen, einen Ausflug zu machen.", antwortete er augenzwinkernd.
„Und wie geht's dir?", fragte Lilly besorgt.
„Ein ständiges auf und ab. Im Moment geht es mir aber recht gut."
„Und wie geht's dir, Peter?", fragte sie weiter.
„Bis auf weiteres bin ich einsatzbereit. Wenn der Einsatz vorüber ist, muss ich allerdings bei Dr. Klein intensiv in Behandlung gehen. Er meinte, dass ich glücklicherweise wieder vollkommen der Alte werde.", erklärte er.
„Das freut mich.", sagte Lilly. Dann atmete sie tief durch. „Was zum Teufel ist eigentlich los?", fragte sie erregt. „Ich habe im Radio von dem Attentat im Echo Park gehört. Ich hoffe, es hatte nichts mit Frank zu tun. Was sollte die SMS es wäre etwas Schlimmes passiert? Warum versucht man mich umzubringen? Und warum tut es dir leid, Vin?"
Ihre Stimme überschlug sich fast. Plötzlich flog hinter ihr die Tür auf und Frank Thiel betrat den Raum. Wie immer meckerte er: „Dieser verfluchte Kleber. Selbst mit Wasser und Seife bekommt man den nicht weg. Und dann will man sich im Aufenthaltsraum gemütlich eine rauchen, und was ist?" Er imitierte die hohe Stimme der Empfangsdame, als er weitersprach. „Oh, Sir, hier herrscht absolutes Rauchverbot.", woraufhin er genervt den Kopf schüttelte.
Lilly sprang auf und umarmte ihn.
„Frank, ich dachte schon, dir sei etwas zugestoßen. Die SMS und die Nachrichten im Radio haben mich das Schlimmste befürchten lassen.", erklärte sie erleichtert.

„Bei mir ist alles ok. Den Rest lässt du dir besser von Vin erzählen."

Lilly setzte sich wieder und Frank nahm ebenfalls Platz.

„Dann leg' mal los, Vin.", forderte Lilly ihn auf, obwohl sie sicher war, dass ihr das, was sie nun zu hören bekam, nicht unbedingt gefallen würde.

„Also, Lilly. Alles fing damit an, dass Vize Direktor Moore davon überzeugt war, dass hinter den Vorkommnissen der letzten Zeit Neo Marsten steckte, und dass dieser darüber hinaus der Anführer des Inner Circle sei. Es waren allerdings nur Vermutungen, denn Beweise hatte er keine. Aber du kennst Moore. Seinen Intuitionen kann man für gewöhnlich blind vertrauen."

Lilly nickte, denn das stimmte tatsächlich. Wenn Moore „so ein Gefühl hatte", dann hörte man besser ganz genau zu.

„Also entwickelte er einen raffinierten Plan.", fuhr Vin fort. „Moore gab Marsten gegenüber vor, dass er für den Inner Circle arbeiten wolle. Wegen des Geldes, und so weiter. Nur ließ Marsten sich natürlich nicht so einfach aus der Reserve locken. Dafür war und ist er zu clever. Moore war also klar, dass er seine Absichten untermauern musste. Und da kam Frank ins Spiel. Moore versprach Marsten, dass er ein Mitglied des ISOS Teams, welches gegen ihn ermittelte, aus dem Weg schaffen würde. Marsten stimmte zwar dem Angebot nicht offen zu, er nahm es aber stillschweigend hin. Moore erklärte daraufhin Frank den Plan, und dieser war natürlich einverstanden. Das Treffen mit Melody im Echo Park war die ideale Gelegenheit für ein solches fingiertes Attentat. Also organisierte Moore einen vermeintlichen Attentäter und ließ Frank von einem FX Team den Hinterkopf mit Blutplasma, künstlicher Haut und einer Druckkapsel präparieren. Die Kapsel sorgte dafür, dass Franks künstlicher Hinterkopf auf Knopfdruck regelrecht explodierte, sodass es so aussah, als hätte man ihm mit einer großkalibrigen Waffen in den Kopf geschossen. Die Jungs haben so gute Arbeit geleistet, dass der künstliche Hinterkopf Melody Mureaux nicht mal aufgefallen war, obwohl sie direkt neben Frank saß."

ISOS unterhielt mehrere sogenannte „FX Teams". Wann immer es darum ging, etwas vorzugaukeln, wurden diese Teams gerufen.

Ein Tatort sollte Beweise liefern, dass eine bestimmte Person schuldig war, zum Beispiel durch fingierte Fingerabdrücke und DNA Spuren? Für die FX Teams kein Problem. Fingierte Attentate auf Personen, wie in Franks Fall geschehen? Auch das erledigten die FX Teams absolut realistisch. Wenn man so wollte, waren die Mitarbeiter dieser Teams Illusionisten im Stile eines David Copperfield.

„Warum hast du mir das nicht vorher gesagt?", fragte Lilly Vin leicht verschnupft.

„Es war wichtig, dass deine Reaktion, wenn du Marsten gegenübersitzt und die SMS erhältst, absolut authentisch war. Marsten ist raffiniert und gerissen. Wir konnten einfach nicht riskieren, dass er dich in dem Moment durchschaut."

Lilly dachte kurz über das Gesagte nach. Einerseits war sie immer noch sauer, andererseits musste sie sich allerdings eingestehen, dass Vin mit dieser Vorgehensweise recht hatte.

„Ja, ok, das sehe ich ein. Aber was war mit den Mordversuchen an Arif und mir? Wie passt das zusammen?"

Vin zuckte die Schultern: „Das wissen wir noch nicht. Moore trifft sich gerade mit Marsten. Danach sollten wir mehr wissen. Wir vermuten aber, dass Marsten der Mord an Frank nicht ausreiche und er stattdessen versuchen wollte, uns alle auf einmal zu erledigen. Dazu passt, dass sowohl vor der Villa, als auch hier vor der Zentrale bewaffnete Männer platziert waren, deren Aufgabe es war, uns auszuschalten. Wir konnten sie aber unschädlich machen und verhören. Ihre Ziele haben sie uns verraten, ihren Auftraggeber haben sie allerdings nie selber getroffen. Sie fahren jetzt ins ‚Desert Inn' ein." Desert Inn war der Codename des geheimen ISOS Gefängnisses in der Wüste. „Genauso, wie Bernard Cedar und dessen Bruder. Bernard hat uns übrigens die Namen der Mitglieder des Inner Circle genannt."

Lilly staunte: „Oh, das hätte ich so schnell nicht erwartet."

„Na ja, wir waren sehr überzeugend.", sagte Vin und zwinkerte Nia zu.

„Da wäre ich aber gerne dabei gewesen.", sagte Lilly bedauernd. „Und was unternehmen wir nun?"

„Was den Inner Circle angeht, so laufen in dieser Sekunde bei

ISOS L.A. die Vorbereitungen, um diese Organisation mit einem Schlag auszulöschen.", erklärte Vin. „ISOS hat dabei vom Präsidenten uneingeschränkte Handlungsfreiheit eingeräumt bekommen und man wird noch heute zuschlagen. Wir hier lassen jedoch währenddessen die Mitglieder des Inner Circle in Ruhe, um sie nicht aufzuschrecken. Es handelt sich um einflussreiche und sehr vermögende Männer. Beim geringsten Anzeichen, dass ihre Mitgliedschaft im Inner Circle aufgedeckt werden könnte, würden sie mit ziemlicher Sicherheit sofort das Weite suchen. Und dann würde es sehr schwer werden, sie ausfindig zu machen. Untätig werden wir in der Zwischenzeit aber auch nicht sein. Peter, es ist dein Team. Fahre du doch bitte fort. Und willkommen zurück in unserer Mitte."

„Danke, Vin. Auch wenn wir den Inner Circle in Ruhe lassen, so gilt dies nicht für Neo Marsten. Auf ihn werden wir den Druck erhöhen. Vize Direktor Moore hat bereits damit begonnen. Nia und ich werden jetzt gleich ebenfalls Neo Marsten aufsuchen. Es geht nicht darum, ihn mit irgendwelchen Vorwürfen zu konfrontieren, sondern eher, um psychologische Kriegsführung. Wir werden ihn hetzen, ihm keine ruhige Minute lassen. Das ist etwas, was er nicht kennt. Er wird dadurch nur mit sich beschäftigt sein, und sich nicht um den Inner Circle kümmern."

„Heißt, wir erhöhen den Druck, um ihn abzulenken?", fragte Arif.

„Ganz genau.", antwortete Peter. „Marsten denkt als erstes immer nur an sich. Er ist ein hochgradiger Egoist. Die Mitglieder des Circle wiederum verlassen sich darauf, dass sie unter dem Schutz ihres Anführers stehen. Doch diesen Schutz werden sie dieses Mal nicht bekommen, da ihr Anführer damit beschäftigt sein wird, seine eigene Haut zu retten. Und so wird der Inner Circle ins offene Messer laufen."

„Guter Plan!", stimmte Frank zu, und die anderen Anwesenden ebenfalls.

„Eines ist klar.", fuhr Peter fort. „Wir werden Neo Marsten so oder so aus dem Verkehr ziehen. Und deswegen werden wir uns die Beweise von Walter Rollins holen. Rollins hat sein ganzes Leben damit verbracht, diese Beweise zusammen zu tragen. Wir werden für ihn diese Sache zu Ende bringen, damit er und seine Familie in Sicherheit sind. Rollins Beweise werden dazu dienen, zu untermauern, was Neo Marsten für ein Monster ist." Peter ließ das kurz sacken, bevor er weiterredete. „Frank, Lilly, Vin, Tolino und Woodcock. Ihr werdet euch dieser Sache annehmen und die Beweise holen. Geht bitte davon aus, dass ihr von Marstens Leuten unter Beobachtung steht. Er wird sich denken können, dass wir die Beweise an uns bringen wollen. Also seid vorsichtig, geht mit Bedacht vor und nehmt genügend Feuerkraft mit. Und Frank, sorge du dafür, dass man dich nicht erkennt, denn unsere Gegner gehen davon aus, dass du tot bist. Nia und ich beschäftigen derweil Neo Marsten."

„Verstanden, Chef.", stimmten sie zu.

„Arif, bist du in der Lage, das Team zu unterstützen?"

Arif sah blass aus und hatte dunkle Ränder unter den Augen. Auf seiner Stirn glitzerten Schweißperlen.

„Aktiv im bewaffneten Einsatz nicht. Dafür sind die Entzugserscheinungen zu stark und meine Hánden zu zittrig. Allerdings könnte ich als Operator fungieren und Augen und Ohren des Teams sein."

„Gut, dann bereite alles vor, was du dafür brauchst. Schön, dich dabei zu haben." Peter atmete tief durch. „Leute, von jetzt an befinden wir uns auf einem Feldzug gegen einen überaus mächtigen Gegner. Es wird kein Zuckerschlecken, das alles zu einem guten Ende zu bringen. Also seid bei allem, was ihr tut, vorsichtig und werdet nicht leichtsinnig. Wir sind in einer guten Position, um Marsten und dem Inner Circle das Handwerk zu legen. Aber Gegner, die man in eine Ecke drängt sind am gefährlichsten. Vergesst das nicht!", schwor er sie ein.

Grimmig und mit entschlossenen Gesichtern nickten sie Peter zu und machten sich an die Arbeit.

Als er mit Nia alleine war, bemerkte sie seinen düsteren Gesichtsausdruck.

„Was ist los?", fragte sie.

„Ich weiß es nicht, aber ich habe die Befürchtung, dass Marsten im letzten Augenblick noch ein Kaninchen aus dem Hut zaubert. Eine letzte Abscheulichkeit, mit der keiner von uns rechnet."

„Hoffentlich täuschst du dich."
„Ja, das hoffe ich auch."

41

In zwei gepanzerten matt-schwarzen Dodge Durango rasten Lilly, Frank und Arif in dem einen, und Vin, Tolino und Woodcock in dem anderen Fahrzeug, zu einer Selfstorage Anlage in der Nähe des Hafens von L.A.
Selfstorage war für Leute gedacht, die daheim zu wenig Platz hatten und einen zusätzlichen Lagerplatz für ihre Sachen brauchten. In diesen Anlagen konnte man sich gesicherte Lagerräume mieten, in denen die Gegenstände darüber hinaus auch meist versichert waren.
Der Port of Los Angeles befand sich rund dreißig Kilometer von Downtown entfernt, sodass die Fahrt dorthin nicht lange dauerte. Die Agenten trugen allesamt volle Kampfmontur mit gepanzerten Anzügen, Kevlar-Helmen und einem ganzen Arsenal an Waffen. Jeder hatte zwei Handfeuerwaffen, mehrere Blend- und Splittergranaten und ein Sturmgehweg bei sich. Im Kofferraum verstaut waren zusätzlich noch ein Raketenwerfer und eine Batterie Swarm Raketen. Bei dem Swarms handelte es sich um insgesamt 24 kleine Raketen in einer viereckigen Startvorrichtung, die mithilfe eines Zielcomputers mehrere Ziele gleichzeitig angreifen konnten. Wenn diese Raketen starteten, dann sah das aus, wie ein ganzer Schwarm, deswegen der Name „Swarm". Sie waren nur rund dreißig Zentimeter lang, verfügten aber über Sprengköpfe mit großer Sprengkraft, die selbst gepanzerten Kampfhubschraubern schwere Beschädigungen zufügen konnten.
Das Team hatte darüber nachgedacht, ob es nicht besser sei, in Zivil dorthin zu fahren, um nicht zu viel Aufsehen zu erregen. Doch im Endeffekt hatten sie sich dagegen entschieden, da die Wahrscheinlichkeit groß war, dass Neo Marsten sie die Beweise nicht so ohne weiteres holen lassen würde. Zwar bemerkten sie

während der Fahrt keine Verfolger, dennoch fühlten sie sich irgendwie beobachtet.
„Ich traue dem Braten nicht!", sagte Lilly am Steuer. Durch ihr Kehlkopfmikrophon und die Kopfhörer, die sie alle trugen, konnten auch Vin, Tolino und Woodcock im anderen Fahrzeug hören, was sie sagte. „Marsten weiß, dass wir uns mit Walter Rollins getroffen haben. Und er wird sich denken können, dass wir über ihn und die Beweise gesprochen haben."
„Was ist eigentlich mit Rollins?", fragte Arif.
„Seit wir mit ihm gesprochen haben, werden er und seine Familie rund um die Uhr von Agenten beschützt. Bisher hat sich niemand an sie ran getraut. Für den heutigen Tag wurde die Anzahl an Agenten sogar verdoppelt. Sie sind also sicher.", erklärte Frank.
„Gut.", sagte Arif. „Übrigens halte ich es für wahrscheinlich, dass Marstens Schlag aus der Luft erfolgt. Hier in L.A. sind so viele Helikopter unterwegs, dass er uns problemlos und ohne aufzufallen ein paar Helis auf den Hals hetzen kann. Und bei den Mitteln, die ihm zur Verfügung stehen, würde es mich nicht wundern, wenn wir im Visier eines Satelliten sind, sodass er sich gar nicht die Mühe machen muss, uns mit Autos zu verfolgen."
„Der Gedanke war mir auch gekommen.", hörte er Vin über den Kopfhörer sagen. „Marsten ist uns, was solche Dinge angeht, ebenbürtig. Drohnen, Helikopter und schwerbewaffnete und bestens ausgebildete Söldner. Wir müssen mit all diesen Dingen rechnen."

Sie parkten die Fahrzeuge auf dem Parkplatz der Anlage. Im Hintergrund sah man die Lastkräne des Hafens von L.A. und einige riesige Tanker.
Das Gebäude war ein großer, zweckmäßiger Betonkasten mit einem Flachdach und ohne Fenster. Man hatte sich nicht die Mühe gemacht, die Fassade zu streichen, sodass sie Betongrau war und trostlos wirkte. Umgeben war das Areal von einem drei Meter hohen Maschendrahtzaun, an dem sich oben vorbei Stacheldraht schlängelte. Das alles wirkte eher wie eine Bunkeranlage, und nicht wie ein Selfstorage Gebäude. Auf dem Gelände

patrouillierten mehrere Wachen in Uniformen, die denen der Polizei ähnelten. In Holstern trugen sie Handfeuerwaffen und an ihren Gürteln hingen Schlagstöcke. Auch am Eingangstor, über dem in großen Lettern der Name „Prick Selfstorage" prangte, standen zwei bewaffnete Wachen.

„Das ist ja ein Hochsicherheitstrakt.", bemerkte Tolino.

„Allerdings.", antwortete Vin. „Scheinbar werden hier Sachen gelagert, die eine besondere Bewachung benötigen."

Als die schwer bewaffneten Agenten in ihren Kampfanzügen ausstiegen, und auf die Wachen am Tor zugingen, zogen diese vor lauter Schreck ihre Waffen, zielten allerdings nicht auf die Neuankömmlinge. Mit einem Kampfkommando hatten die Wachen es nun wirklich noch nie zu tun gehabt. Mit ihren Handfeuerwaffen hätten sie allerdings sowieso nichts ausrichten können. Die Anzüge der Agenten waren so gepanzert, dass kleinkalibrige Waffen keinen großen Schaden anrichteten.

„Sofort stehen bleiben.", sagte einer der Wachen mit leichter Unsicherheit in seiner Stimme. Beide Wachen waren noch recht jung und wirkten grün hinter den Ohren. Vin hatte nicht den Eindruck, als hätten sie jemals eine Kampfausbildung genossen. Dafür wirkten sie zu ungelenk im Umgang mit den Waffen.

„Was wollen Sie hier?"

„Ich bin Senior Special Agent Vin Sparks vom Independent Special Operation Service. In diesem Lagerhaus befinden sich wichtige Beweise für Ermittlungen, die wir durchführen, und wir sind ermächtigt, diese zu holen."

Vin zog seine Handschuhe aus und kramte aus seiner Hosentasche seinen offiziellen Dienstausweis und einen Durchsuchungsbefehl, den AoC Kramer ihnen noch auf die Schnelle besorgt hatte. Er reichte sie dem jungen Mann, der daraufhin, genau wie sein Kollege, seine Pistole wegsteckte und aufmerksam den Ausweis und den Durchsuchungsbefehl begutachtete.

„Scheint in Ordnung zu sein. Aber warum die Kampfmonturen?"

„Wir müssen leider damit rechnen, dass man uns angreift, um die Beweise zu vernichten."

Die Wache schluckte. Vin hatte Mitleid mit dem Jungen. Man konnte ihm die Angst im Gesicht ablesen.

„Hören Sie, wir stellen es Ihnen frei, hier zu bleiben, oder sich in Sicherheit zu bringen. Sie können sich gerne von hier entfernen, bis wir die Beweise geholt haben, falls Ihnen das zu heikel ist."
Die beiden schauten sich an. Sie hatten diesen Job angenommen, weil man nicht viel zu tun hatte, gut bezahlt wurde und sogar eine Waffe bekam. Aber ihr Leben riskieren wollten sie dafür nicht.
„Ok, wir verschwinden. Ein Stück die Straße runter befindet sich ein Café, wo wir auf Sie warten werden. Es wäre sehr nett, wenn Sie uns Bescheid geben könnten, wenn Sie fertig sind."
„Natürlich.", versicherte Vin. „Und nehmen Sie Ihre Kollegen dahinten gleich mit."
Die Wache sprach in ihr Funkgerät und erklärte den anderen, was vor sich ging, woraufhin sie alle fast schon fluchtartig das Gelände verließen.
„Die Sicherheitsvorkehrungen sind wohl eher Schein als Sein.", sagte Tolino grinsend.

Arif ging zurück zu einem der Fahrzeuge und setzte sich auf die Rücksitzbank. Das Auto war so gepanzert, dass es sogar einen Angriff mit einem Raketenwerfer aushielt. Die Scheiben waren schwarz getönt, sodass man ihn von außen nicht sehen konnte, was es ihm ermöglichte, unbemerkt als Operator zu fungieren, selbst falls sie angegriffen würden. Er kramte aus einer Sporttasche sein Notebook hervor und startete es. Auf dem Screen vor sich sah er mehrere Live-Videostreams von Verkehrskameras der Zufahrtsstraßen der Gegend, in der sie sich befanden. Und via Satellit bekam er einen Videostream des Areals aus der Vogelperspektive. Seine Kameraden sah er darauf als kleine rote Punkte leuchten.
„Der Operator meldet sich zum Dienst. Die Umgebung ist sauber. Keine Autos, die uns verfolgen und der Luftraum ist auch bisher frei."
„Verstanden.", hörte er Vin sagen.
Tolino und Woodcock gingen rechts und links vor der Eingangstür des Gebäudes in Stellung. Obwohl keine offensichtliche Gefahr drohte, hatten die beiden ein mulmiges Gefühl. Sie waren

sicher, dass ihre Gegner nicht lange auf sich warten lassen würden.
Vin, Lilly und Frank betraten das Gebäude. Sie hielten dabei ihre Gewehre im Anschlag. Zwar sollte ihnen dort drinnen eigentlich keine Gefahr drohen, doch man wusste ja nie. Oder, wie die ISOS Ausbilder immer gesagt hatten: „Vorsicht ist besser als Nachsicht, und wer zuerst schießt, lebt meistens länger."
Das Lagerhaus verfügte über zwei Etagen. Auf jeder dieser Etagen gab es mehrere Gänge, in denen sich die Lagerräume befanden, die mit schweren Stahltüren gesichert waren. Neonröhren an den Decken spendeten ein kaltes Licht. Von innen war das Gebäude genauso zweckmäßig und trostlos, wie von außen. Es herrschte eine gespenstische Stille. Walter Rollins hatte ihnen einen Schlüssel für einen der Lagerräume gegeben und die Nummer des Raumes genannt. Vin schaute auf einen Übersichtsplan, der direkt neben dem Eingang hing.
„Da vorne rechts und dann den vierten Gang links. Es ist der fünfte Lagerraum auf der rechten Seite."
Aufmerksam und leise gingen die drei zu dem Lagerraum. Nirgends war eine Menschenseele zu sehen. Vin nahm den Schlüssel aus der Tasche, steckte ihn in das Schloss und entriegelte die Tür. An der Innenwand tastete er nach einem Lichtschalter, den er dann betätigte. Es dauerte ein paar Sekunden, bis die Neonröhre zum Leben erwachte. In der Mitte des Raumes stand ein mittelgroßer Umzugskarton, den ein Mann alleine problemlos tragen konnte. Vorsichtig ging Vin hinüber und spähte in das Innere. Der Karton war randvoll mit Akten und Fotos. Vin nahm sich den obersten prall gefüllten Aktenordner. Er enthielt alles, was Rollins zu den Mädchenmorden zusammengetragen hatte. Auch die Fotos, die zeigten, als Neo Marsten dabei zuschaute, wie seine Bodyguards eine Frauenleiche in den Kofferraum luden. Vin verpackte die Akte wieder und nahm den Karton an sich.
„Wir haben das Paket gefunden.", teilte er den anderen mit.

Auf dem Videostream des Satelliten entdeckte Arif zur gleichen Zeit zwei Kampfhubschrauber, die sich vom Hafen her näherten.

Er erschrak als er sah, dass diese zwei Raketen auf das Lagerhaus abschossen.

„SOFORT RAUS DA!", brüllte er. „ZWEI RAKETEN SIND AUF DAS GEBÄUDE ABGESCHOSSEN WORDEN! VON ZWEI KAMPFHUBSCHRAUBERN AUS RICHTUNG HAFEN!"

Es dauerte nur wenige Sekunden, bis er das Dröhnen der Detonation hörte. Arif ließ sich jedoch nicht ablenken. Er sprang aus dem Auto und nahm das Notebook mit. Dieses stellte er in den Kofferraum und markierte die Hubschrauber als Ziele. Hektisch entnahm er dem Kofferraum anschließend eine große Metallkiste, in der sich die Batterie Swarm-Raketen befand. Er stellte die Kiste einige Meter entfernt vom Fahrzeug auf den Boden, öffnete den Deckel und gab über ein Tastenfeld den Code ein, der die Raketen scharf machte. Dann hastete er wieder zum Notebook, auf dem er sah, wie sich aus den Helikoptern ein Dutzend Männer abseilten. Er blickte auf. Mittlerweile konnte er die Helikopter auch mit bloßem Auge sehen. Auf der Tastatur gab er den Startbefehl für die Swarm Raketen. Jeder der beiden Kampfhubschrauber würde zwölf Treffer abbekommen. Er hoffte, dass das reichte, um sie außer Gefecht zu setzen. Mit einem Heulen starteten die Raketen und zogen beim Anflug auf die Helis einen Schweif hinter sich her. Dann hörte und sah er die Detonationen. Die Hubschrauber wurden schwer getroffen und schwankten erheblich in der Luft, blieben aber oben. Die Beschädigungen schienen aber dennoch schwerwiegend zu sein, denn die Piloten drehten ab und traten den Rückzug an. Plötzlich fiel bei einem Helikopter der Hauptrotor aus und er torkelte zu Boden, wo er schließlich mit einem infernalischen Kreischen zerschellte. Dem anderen gelang die Flucht.

Leider hatten sich die Söldner jedoch bereits abgeseilt und marschierten auf das Gebäude zu.

Arif fiel auf, dass er seit dem Einschlag der beiden Raketen in das Gebäude nichts mehr von Vin, Frank und Lilly gehört hatte.

„Helikopter sind unschädlich gemacht. Zwölf bewaffnete Männer nähern sich dem Gebäude."

„Verstanden!", hörte er von Tolino und Woodcock.

„Vin? Lilly? Frank?", fragte er sorgenvoll, doch er bekam keine Antwort.

Gerade als Vin den Karton an sich genommen hatte, hörten sie Arifs Warnung über Funk. Er, Lilly und Frank schauten sich erschrocken an. Den Bruchteil einer Sekunde später rannten sie los, als wäre der Leibhaftige hinter ihnen her. Sie kamen gerade bis zu der Ecke, an der sie das erste Mal abbiegen mussten, als das Gebäude von zwei direkt aufeinanderfolgenden, mächtigen Schlägen in seinen Grundfesten erschüttert wurde. Sie alle verloren durch die Explosionen das Gleichgewicht und fielen schmerzhaft zu Boden. Frank wurde von einem dicken Brocken Putz, der von der Decke fiel, an der Schulter getroffen. Vin klammert den Karton fest, damit die Akten nicht herausfielen und verloren gingen. Eine riesige Staubwolke hüllte die drei ein und machte das Atmen fast unmöglich. Sie hatten Glück gehabt, dass die Raketen genau am anderen Ende des Gebäudes eingeschlagen waren und nur diesen Teil in Schutt und Asche gelegt hatten. Doch außer Gefahr waren sie noch nicht. Überall hörten sie das Ächzen der Metallkonstruktion, die das gesamte Gebäude trug. Es bestand die Gefahr, dass die Konstruktion durch die Einschläge ihre Tragfähigkeit verloren hatte und nun drohten einzustürzen und sie alle lebendig zu begraben. Sie wollten die anderen zur Hilfe anfunken, doch ihre Funkgeräte waren ausgefallen.
„Lilly, Frank?", krächzte er
„Ja?", hörte er die beiden.
„Wir müssen hier raus. Das Gebäude droht einzustürzen. Und es riecht verbrannt. Scheint so, als würde es brennen."
Vin rappelte sich hoch und stolperte dorthin, wo er die Stimmen von Frank und Lilly vernommen hatte. Die undurchdringliche Staubwolke machte es unmöglich, sich zu orientieren.
„Wir müssen uns an der Wand entlang tasten und hoffen, den Ausgang zu finden."
Das Atmen fiel ihnen immer schwerer und sie drohten ohnmächtig zu werden. Der Staub setzte sich in ihre Augen, die dadurch

juckten und anschwollen. Vin bezweifelte, dass sie es ohne Hilfe schaffen würden.

Auch Tolino und Woodcock wurden von den Detonationen ordentlich durchgeschüttelt, doch der Eingangsbereich, vor dem sie standen, blieb unversehrt. Als sie den Schock der Explosionen verdaut hatten, ging Tolino zur Ecke des Gebäudes, um nach den sich nähernden Söldner Ausschau zu halten. Woodcock folgte ihm. Zwar waren ihre Gegner noch gut einhundert Meter entfernt, sie eröffneten jedoch sofort das Feuer, als sie Tolinos Kopf sahen. Treffer in die Fassade ließen Stücke Beton herumfliegen.
„Arif, wir brauchen deine Hilfe. Die verfügen über eine enorme Feuerkraft und werden uns locker auseinandernehmen."
Arif schaute in den Kofferraum des Durango, wo der Raketenwerfer lag. Die Raketen verfügten über eine Laser-Zielerfassung.
„Sehr gut.", sagte er zufrieden.
Mithilfe des Notebooks markierte er die Söldner als Ziele. Sie gingen glücklicherweise in enger Formation, sodass die Rakete vermutlich reichen würde, um sie alle zu erwischen. Arif wollte auf der Tastatur des Computers den Code eingeben, um den Raketenwerfer zu entriegeln. Doch plötzlich fingen seine Hände stark an zu zittern, weswegen er ihn einmal falsch eingab.
„FUCK, FUCK, FUCK!", fluchte er lauthals.
Zweiter Versuch. Wieder vertippt.
„KOMM SCHON!"
Letzter Versuch. Mit Mühe, Not und Willenskraft gelang es ihm schließlich, den Code korrekt einzugeben. Bei einem dritten Fehlversuch wäre der Werfer unwiderruflich gesperrt worden.
„Na bitte!", atmete er durch.
Arif entnahm den Raketenwerfer, kniete sich hin, legte an und schoss die Rakete in einem fünfundvierzig Grad Winkel in die Luft. Dann wurde die Zielerfassung aktiv und sie nahm Kurs auf die Söldner. Diese sahen das Unglück auf sich zu kommen und versuchten, wegzulaufen. Doch es war vergebens. Die Rakete schlug in unmittelbarer Nähe ein. Die Explosion wirbelte die Körper der Söldner durch die Gegend, als wären sie Spielzeugfiguren.

Tolino spähte um die Ecke und sah, das scheinbar niemand überlebt hatte.

„Kleiner Türke, große Waffe.", sagte er grinsend. „Gute Arbeit, Arif!"

Dann hörten er und Woodcock Metall kreischen.

„Oh, oh!", sagte Woodcock. „Arif, wir brauchen dich hier. Die erneute Detonation hat dem Gebäude nicht gut getan. Es steht kurz davor einzustürzen. Wir müssen Vin, Lilly und Frank daraus holen."

„Verstanden!", antwortete Arif, schaute aber nochmal auf das Notebook, um zu überprüfen, ob die GPS Tracker der drei noch aktiv waren. Wie er erleichtert feststellte, war das der Fall. „Sie befinden sich, wenn ihr reingeht rechts und dann etwa zwanzig Meter den Gang entlang."

„Verstanden", hörte er Tolino sagen.

Arif rannte zum Eingang, so schnell ihn seine Beine trugen. Tolino und Woodcock hatten das Gebäude bereits betreten. Als Arif sie einholte, tasteten sie sich gemeinsam zu den anderen vor. Zwar hatte sich der Staub mittlerweile etwas gelegt, aber er erschwerte immer noch das Atmen und die Sicht. Das ganze Gebäude ächzte und schien regelrecht zu wanken.

„Da, ich glaube, da liegen sie.", sagte Tolino, der vorangegangen war. Und tatsächlich lagen dort die regungslosen Körper von Vin, Frank und Lilly. Sie rannten zu den dreien. Vin hielt den Karton immer noch umklammert. Tolino warf sich Vin über die Schulter und nahm dann den Karton unter den Arm. Woodcock übernahm Frank, und Arif Lilly. Schnaufend und stöhnend transportierten sie die drei zum Ausgang, während das Gebäude immer bedrohlichere Geräusche von sich gab. Als sie nach draußen kamen, hatten sie gerade zehn Meter zurückgelegt, als der Bau mit einem infernalischen Kreischen, wie ein Kartenhaus in sich zusammenstürzte und sie alle erneut mit einer Staubwolke einnebelte. Behutsam legten sie die Ohnmächtigen ab und fielen erschöpft und hustend auf die Knie.

„Das war knapp.", krächzte Arif schwer atmend, der durch den ganzen Staub aussah, wie ein Schneemann.

„Lilly, Frank und Vin leben. Sie hatten Gott sei Dank nur das Bewusstsein verloren.", sagte Tolino, der den Puls der drei überprüft hatte.

Als Arif wieder etwas bei Kräften war, sprang er auf und holte ein paar Flaschen Wasser aus dem Auto. Als er zurück war, kamen die drei so langsam wieder hustend zu sich. Vin war als erster wieder voll bei Bewusstsein und schaute in die schmutzigen Gesichter von Arif, Tolino und Woodcock.

„Da ich eure hässlichen Fratzen hier vor mir sehe, kann ich wohl kaum im Himmel sein.", sagte er, woraufhin sie alle erleichtert anfingen zu lachen und sich nicht mehr einkriegten.

42

Eine der größten Villen in den Hollywood Hills gehörte Neo Marsten. Sie war nach normalen Maßstäben sündhaft teuer gewesen, doch für ihn stellte der Wert nicht mehr, als ein Taschengeld dar. Doch wie so vieles, was Marsten besaß, war die Villa imposant und luxuriös, doch gleichzeitig kalt und ohne Charakter. Ein riesiger Glaskasten mit unzähligen Zimmern und allem nur erdenklichen Komfort. Ein künstliches Gebilde ohne Ecken und Kanten, genau wie die Rolle des Neo Marsten, die der Anführer des Inner Circle und der Mörder so vieler junger Mädchen perfekt spielte.

Der Mann, der sich Marsten nannte, liebte es in seinem Luxus zu schwelgen. Er besaß Häuser auf der ganzen Welt, Boote und Flugzeuge. Nichts war zu luxuriös, nichts zu kostspielig. Und er sonnte sich in Ruhm und Ansehen, genoss es, wie die Leute um ihn herum scharwenzelten. Er bewunderte sich selber dafür, was er erreicht hatte. Seine Firmen brachten ihm Milliarden ein. Die Stadt L.A. gehörte ihm. Die Verbrecherwelt dort regierte er mit eiserner Hand. Politiker waren ihm hörig. Und bei den Strafverfolgungsbehörden standen viele einflussreiche Leute auf seiner Gehaltsliste. Es war in der Tat seine Stadt.

Doch das reichte ihm noch lange nicht. Er hatte vor zu expandieren. Zufrieden sein würde er erst an dem Tag, an welchem im Weißen Haus eine Marionette von ihm saß. Jemand, der seinen Befehlen gehorchte. Der Präsident alleine reichte jedoch nicht. Wenn er die USA mithilfe von Gesetzen nach seinen Vorstellungen formen wollte, dann musste er natürlich auch das Repräsentantenhaus kontrollieren. Und daran arbeitete er so hart, wie er noch nie in seinem Leben an etwas gearbeitet hatte. Bei der Verwirklichung seiner Pläne war er allerdings jetzt das erste Mal auf erheblichen Widerstand gestoßen: ISOS. Natürlich hatte er damit gerechnet, sich irgendwann mit ISOS auseinandersetzen zu müssen. Aber dass es so früh sein würde, damit hatte er nicht gerechnet. Und ebenso wenig damit, dass er es direkt auch noch mit den fähigsten Leuten von ISOS zu tun bekam. Eine Verkettung unglücklicher Zufälle hatte dazu geführt. Das war nicht weiter schlimm, denn schließlich gab es kein Problem, bei dem er nicht in der Lage wäre, es zu lösen. Aber diese Komplikationen waren überaus lästig.

Marsten wartete auf Benachrichtigungen. Er wartete darauf, dass man ihm meldete, dass die Mitglieder des ISOS Teams, welches ihm auf die Pelle gerückt war, tot waren. Und er wartete darauf, dass man ihm mitteilte, dass die Beweise von Walter Rollins vernichtet waren. Doch diese Benachrichtigungen kamen nicht, woraufhin Marsten immer ungeduldiger und gereizter wurde.

Er saß in seinem Büro in der Villa. Genauso, wie der Rest des Hauses, war sein Büro groß und eindrucksvoll, aber auch kalt und steril. Ein großer Glaskubus in einer imposanten Halle, durch deren Glasdach man den blauen Himmel sehen konnte. Marsten saß vornüber gelehnt an einem wuchtigen Schreibtisch aus schwarzem, hochglanzpoliertem Marmor und starrte zornig auf den Monitor seines Computers. Der Sicherheitschef von NeoSec hatte ihm ein Video geschickt. Und Marsten war über die Maßen verärgert über das, was er dort vor sich sah. Er drückte auf einen Knopf, der in den Schreibtisch eingelassen war. Nur Sekunden später betrat sein persönlicher Assistent und Bodyguard Rupert sein Büro. Eine zwei Meter große Kampfmaschine mit massigem Schädel, riesigem Stiernacken und imposantem

Brustkorb. Sein Gesicht zierten mehrere Narben und ließen ihn furchteinflößend wirken. Seine Augen loderten, wie die eines wilden Stiers.
„Was kann ich für Sie tun?", fragte er.
„Bringen Sie mir sofort Melody Mureaux. Sie liegt am Pool. Und seien Sie nicht zu zimperlich."
„Bin ich das jemals?", fragte der Bodyguard und verschwand, um Melody zu holen.

Nach einigen Minuten war Rupert mit Melody zurück, wobei er mit seiner Pranke ihren Arm fest umklammert hielt. Melody trug ein Bikini Oberteil und hatte sich ein Tuch um die Hüften gebunden. Ihre Haut glänzte von Sonnenmilch. Sie sah absolut verführerisch aus. Bisher hatte Neo das nicht interessiert. Sie hatte sich als fähige Assistentin erwiesen, weswegen er auf eine sexuelle Annäherung verzichtet hatte. Zumal seine diesbezüglichen Vorlieben nicht gut für Melodys Gesundheit gewesen wären.
„Was soll das?", fauchte sie Neo an und riss sich aus der eisernen Umklammerung des Bodyguards.
„Melody, Liebes.", sagte Marsten mit einem wölfischen Ausdruck auf dem Gesicht, der Melody erschauern ließ. „Komm doch mal herüber und schau dir das hier an."
Diese Aufforderung hatte den Charme eines Schlachters, der kurz davor stand, dem Vieh den Garaus zu machen.
Melody ging hinüber und schaute auf den Monitor. Was sie sah erschreckte sie zutiefst, und sie empfand nackte Angst um ihr Leben. Sie saß in der Falle. Vor sich sah sie eine Videoaufnahme, die sie dabei zeigte, wie sie in Marstens Büro an dessen Computer herumspionierte. Sie konnte es kaum glauben, denn sie hatte sich vorher peinlich genau mit den Sicherheitsmaßnahmen und der Videoüberwachung im NeoSec Gebäude vertraut gemacht. Doch diese Kamera gehörte nicht zum Sicherheitssystem, so viel war sicher. Bei dem Aufnahmewinkel musste sich die Kamera in dem Regal befunden haben, das hinter dem Schreibtisch von Marsten stand. Wo genau, konnte sie nicht sagen. Fest stand, dass sie einen schwerwiegenden Fehler begangen hatte, den sie nun mit

ihrem Leben bezahlen würde, wenn sie es nicht schaffte, sich da wieder herauszuwinden.

„Tja, Melody, diese Kamera befindet sich dort, um mich gegen Leute wie dich abzusichern. Schade drum. Wir waren ein gutes Team und hätten gemeinsam viel erreichen können. Ich würde sagen, wir zwei werden uns jetzt mal etwas amüsieren."

Zum ersten mal seitdem sie für Marsten arbeitete, schaute sie in dessen wahres Gesicht. Melodys Nackenhaare stellten sich bei diesem Anblick auf. Von dem netten Sunnyboy mit dem bezaubernden Lächeln war nichts mehr übrig. Alle Menschlichkeit war aus seinen Zügen gewichen. In seinen Augen brannte ein unmenschliches und unheimliches Verlangen. Wie ein Raubtier, das von seinen Trieben gesteuert wurde, saß Marsten dort, und war bereit, die Beute zu reißen. Kampflos aufgeben würde Melody jedoch nicht. Blitzschnell holte sie aus, um Marsten einen kräftigen Schlag zu versetzen, doch der hatte das geahnt. Noch ehe ihre Faust ihn traf, hatte er ihr Handgelenk umklammert und verdrehte im Aufstehen ihren Arm schmerzhaft auf den Rücken. Er trat ganz nah an sie heran und flüsterte heiser und unheimlich in ihr Ohr:

„Oh, Melody, mach ruhig weiter. Je mehr sich die Frauen wehren, desto mehr macht mich das an."

Dann biss er so feste in ihr Ohrläppchen, dass Blut floss und Melody vor Schmerz und Schreck aufschrie.

„Du krankes Schwein."

Verzweifelt versuchte sie sich loszureißen, doch er hielt sie weiter unnachgiebig fest. An ihrem Gesäß spürte sie seine aufsteigende Erektion.

Wie aus dem Nichts erschien plötzlich Marstens Butler in der Tür und räusperte sich.

„Ja, was ist denn, Gerard?", herrschte Marsten ihn an. Der Butler beachtete Melody nicht weiter. Er kannte die Vorlieben seines Arbeitgebers. Diese hieß er zwar nicht gut, schwieg aber darüber, denn schließlich verdiente er bei Mr. Marsten mehr, als irgendwo sonst auf der Welt. Sein Schweigen wurde fürstlich entlohnt.

„Mr. Moore ist an der Tür und möchte Sie sehen."

Neo seufzte, während in Melody gleichzeitig Hoffnung aufkeimte. Diese Unterbrechung würde sie nutzen können, um sich einen Fluchtplan auszudenken.

„Nun gut. Bringen Sie ihn her." Dann flüsterte er wieder in Melodys Ohr: „Aufgeschoben ist nicht aufgehoben, Melody." Er stieß sie weg und wandte sich an seinen Bodyguard. „Rupert, bringe sie ins Wohnzimmer und pass auf, dass sie nicht abhaut. Sollte sie versuchen zu fliehen, dann brichst du ihr den Arm. Gibt sie dann noch immer keine Ruhe, dann brichst du ihr solange die Knochen, bis sie Ruhe gibt."

Ehe Melody sich überhaupt rühren konnte, war Rupert bereits bei ihr und umklammerte von hinten ihre Arme, um sie ins Wohnzimmer zu bringen. Melody wehrte sich verzweifelt, und trat immer wieder nach hinten aus. Doch weder traf sie Rupert, noch zeigte sich dieser von ihren Versuchen in irgendeiner Art und Weise beeindruckt. Wie eine Schaufensterpuppe schob er sie hinaus und brachte sie ins Wohnzimmer.

Kurze Zeit später erschien der Butler mit ISOS Vize Direktor Moore.

„Danke, Gerard, Sie können jetzt gehen, und schließen Sie bitte die Tür. Mr. Moore, nehmen Sie Platz.", sagte Marsten freundlich. Er war wieder in die Rolle des Geschäftsmannes Neo Marsten geschlüpft.

Moore war sichtlich erbost:

„Was fällt Ihnen ein, Marsten? Wie sind Sie auf die hirnrissige Idee gekommen, Anschläge auf die Mitglieder des ISOS Teams von Peter Crane zu verüben?"

„Mäßigen Sie Ihren Ton!" Marstens Augen funkelten vor Zorn. „Ich habe eine Chance gesehen, dieses Team auf einen Schlag zu vernichten und habe Sie genutzt!"

Das erste Mal hatte Marsten den Fehler gemacht, offen über diese Angelegenheit zu sprechen, wie Moore zufrieden feststellte. Moore lachte verächtlich. „Sie haben sie genutzt? Arif Arsan hat den Anschlag genauso unversehrt überlebt, wie Lilly Jaxter und die anderen. Ein Teil Ihrer Auftragskiller sitzt nun bei ISOS L.A. und wird verhört. Und glauben Sie mir, unsere Verhörspezialisten haben noch jeden zum Reden gebracht."

Marsten schaute Moore entgeistert an. Diese Nachricht hatte die erhoffte Wirkung auf Marsten. Durch die Vereitelung der Attentate war es dem Team gelungen, Marsten einen schweren Schlag zu versetzen. Etwas, das er offensichtlich nicht gewohnt war.
„Ja, da staunen Sie nicht schlecht!", fuhr Moore fort. „Sie haben es hier mit den Besten der Besten zu tun. Dachten Sie ernsthaft, Sie hätten diese Leute so ohne weiteres ausschalten können? Das Attentat auf Frank Thiel war von meiner Seite aus wohlgeplant. Sein Tod hätte das Team schwer getroffen und fingierte Hinweise auf den Mörder von Thiel hätten sie von Ihnen abgelenkt. Doch nun haben Sie die ganze Aufmerksamkeit des Teams und von ISOS auf sich gezogen. Und glauben Sie mir, Peter Crane ist ein Bluthund. Er wird Sie dafür, dass Sie versucht haben seine Freunde zu töten, gnadenlos bis ans Ende der Welt jagen."
Marsten war sichtlich konsterniert. Er hatte einen schweren Fehler begangen. Vielleicht der schwerste Fehler seines Lebens. Er hätte sich an die Abmachung mit Moore halten sollen. Das hätte vieles einfacher gemacht.
Aber all das war dennoch kein Grund zur Sorge, versuchte er sich einzureden. Schließlich war er Neo Marsten. Er hatte exzellente Beziehungen und unbegrenzte finanzielle Mittel. Wenn ISOS einen Krieg wollte, dann würden sie einen Krieg bekommen. Allmählich erlangte er seine Fassung wieder.
„Ein kleiner Rückschlag, Mr. Moore, weiter nichts. Ich hatte es schon mit schlimmeren Leuten zu tun, als mit Peter Crane und seinem Team."
Noch ehe Moore antworten konnte, erschien wieder der Butler in der Tür.
„Verzeihen Sie, Sir."
„Was ist denn nun schon wieder?", fragte Marsten ungehalten.
„Ein Mr. Crane und eine Ms. Coor sind an der Tür und wollen Sie sprechen."
Marsten überlegte kurz. Crane und Coor. Interessant. Ihr Besuch wäre eine Möglichkeit, sie direkt aus dem Weg zu schaffen. Allerdings freute er sich für den Moment nur auf eine nette Zeit mit Melody Mureaux. Er würde mit Crane reden, denn er brannte darauf, den Mann kennenzulernen, der es geschafft hatte, aus

dem geheimen Labor zu fliehen. Aber er würde ihn und Coor danach gehen lassen. Zuerst würde er sich um Melody kümmern. Peter Crane und dessen Team hatten noch etwas Zeit.
„Lassen Sie die beiden rein und bringen Sie sie ins Wohnzimmer. Durchsuchen Sie sie aber vorher nach Waffen. Das dürfte eine illustre Runde werden.", sagte er amüsiert.
„Wie Sie wünschen, Sir."
Der Butler verschwand wieder.
„Hören Sie auf, mit Crane zu spielen, Marsten. Das wird Ihnen das Genick brechen!", warnte Moore ihn eindringlich.
„Ach Papperlapapp.", antwortete Marsten. „Sie warten hier, Moore, bis ich wieder zurück bin. Wir beide haben noch einiges zu besprechen."
„Wenn die Umstände es erfordern, dann werde ich hier sicherlich nicht tatenlos sitzenbleiben, du Irrer!", dachte Moore insgeheim.

Peter und Nia standen vor der Haustür von Neo Marsten und warteten auf die Rückkehr des Butlers.
„Das Haus ist riesig, aber irgendwie mangelt es an Charme und Gemütlichkeit.", bemerkte Nia. „Alles ist perfekt, aber für mich persönlich viel zu perfekt."
„Da hast du recht. Ich würde mich hier auch nicht wohlfühlen.", stimmte Peter ihr zu.
Der Butler öffnete die Tür.
„Bitte treten Sie ein. Ich geleite Sie ins Wohnzimmer."
Die Empfangshalle war halbrund und etwa zehn Meter hoch. Über den gesamten Halbkreis erstreckten sich zwei Galerien im ersten und zweiten Stock, von wo aus dutzende Türen in angrenzende Zimmer führten. Mit einem gläsernen Aufzug gelangte man in die oberen Etagen. Das Dach war ebenfalls verglast, sodass der gesamte Bereich sonnendurchflutet war. Auf dem Boden war schwarzer Marmor verlegt.
Nachdem der Butler sie nach Waffen durchsucht hatte, führte er sie in einen breiten Gang zu ihrer Linken, der nach wenigen Metern in das Wohnzimmer mündete, welches die Ausmaße eines halben Fußballplatzes hatte. Auch hier dominierten Glas und Marmor.

„Wie gemütlich…", bemerkte Peter sarkastisch, denn das Wohnzimmer wirkte klinisch steril, aber überhaupt nicht gemütlich.
„Wie bitte?", fragte der Butler.
„Ach, nichts."
Dann sah Peter auf einer halbrunden Couch, auf der locker zwanzig Mann Platz fanden, Melody Mureaux neben einem wahren Riesen von Mann sitzen. Sie sprang auf und rauschte auf Peter zu.
„Pete!", sagte sie. „Was bin ich froh, dich zu sehen."
Sie drückte Peter und gab ihm einen dicken Schmatzer auf die Wange, flüsterte ihm dabei allerdings unbemerkt von dem Bodyguard zwei Worte ins Ohr: „HILF MIR."
„Mel!", sagte Peter, leicht errötet.
„Mel? Pete? Ihr kennt euch?", fragte Nia überrascht.
„Ach, er hat es Ihnen nicht erzählt? Pete und ich waren vor einigen Jahren mal zusammen."
„Er muss wohl vergessen haben, das zu erwähnen.", antwortete Nia, deren Augen Blitze Richtung Peter sprühten. Peter lächelte zerknirscht, denn er wusste, dass ihm ein ziemliches Donnerwetter blühte, wenn er mit Nia wieder alleine war. Er hatte es für sinnvoll erachtet, Nia nichts von Melody zu erzählen. Warum, konnte er sich gerade selber nicht erklären.
Melody trat Nia gegenüber und drückte sie fest an sich, so als wäre sie eine langjährige Freundin.
„Nia, es freut mich, Sie zu sehen. Das wir beide eine Beziehung zu demselben Mann hatten, verbindet uns irgendwie, finden Sie nicht?"
„Nein, das finde ich nicht!", antwortete Nia zornig. Melody deutete diesen Zorn jedoch falsch. Sie dachte, Nia wäre eifersüchtig, was sie amüsierte. Doch eifersüchtig war Nia nicht. Nur gekränkt darüber, dass Peter ihr nicht davon erzählt hatte. Zornig war Nia, weil ihr bei der Umarmung Melodys Parfum in die Nase gestiegen war. Und dieses Parfum hatte sie schon einmal gerochen. In Eric Lees Haus, an der unbekannten Frau, die die beiden Polizisten getötet hatte, und der es gelungen war, Nia k.o. zu schlagen. Nia war überzeugt, dass sie in Eric Lees Haus mit Melody Mureaux gekämpft hatte. Größe und Statur passten jedenfalls. Und

da sie äußerst leicht bekleidet war in ihrem Bikini-Oberteil, sah Nia, wie durchtrainiert Melody war. Für Nia bestand kein Zweifel mehr.

Doch bevor sie etwas sagen konnte, betrat Neo Marsten den Raum.

„Ms. Coor, Mr. Crane, welch eine Freude Sie endlich kennenzulernen!"

Ganz der freundliche Gastgeber, dachte Nia. Erstaunlich, wie gut er seine Rollen spielen konnte.

„Mr. Marsten.", antwortete Peter. „Ich habe das Gefühl, dass Sie mich schon deutlich länger und besser kennen, als ich Sie."

Das war natürlich eine Anspielung darauf, dass Peter in Neo Marstens Labor gefangen gewesen war, doch Marsten umschiffte das gekonnt.

„Wie kann man einen Mann mit Ihren Fähigkeiten nicht kennen, Mr. Crane?", fragte er spitzbübisch, bevor er sich an Nia wandte. „Ms. Coor, welch Glanz in meinem bescheidenen Domizil. Fotos, die ich von Ihnen gesehen habe, werden Ihnen nicht im entferntesten gerecht."

„Vielen Dank, Mr. Marsten. Sie sind zu freundlich!", sagte Nia, die das Spiel einfach mitspielte, lächelnd.

„Setzen Sie sich, wo es Ihnen beliebt. Platz ist ja nun reichlich vorhanden.", forderte er sie auf. „Setz du dich doch zu mir, Melody, Darling."

„Nur zu gerne.", antwortete Melody betont freundlich. Doch Peter, der sie gut kannte, entging die Anspannung in ihrer Stimme nicht. Peter wurde bewusst, dass Marsten hier ein großes Schauspiel mit ihm, Nia und Melody veranstaltete. Doch wie sahen ihre Optionen aus? Zwischen Melody und Marsten gab es Spannungen, das war klar. Und Melodys Hilferuf deutete darauf hin, dass ihr Leben in Gefahr war. Sollten er und Nia zu aggressiv Marsten gegenüber vorgehen, dann bestand durchaus die Möglichkeit, dass seine bisherige Freundlichkeit ins Gegenteil umschlug, und dann nicht nur Melody, sondern auch er und Nia in allerhöchster Gefahr waren. Und Vizedirektor Moore, von dem Peter wusste, dass er sich ebenfalls im Haus befand, noch gleich mit dazu. Damit wäre niemandem geholfen. Also beschloss Peter

entgegen seines ursprüngliche Plans, dass Gespräch defensiv anzugehen, um schnellstmöglich wieder verschwinden zu können und Marsten in Sicherheit zu wiegen. Nia und er verstanden sich blind. Sie würde sofort verstehen, worauf er hinauswollte, sobald er die defensive Taktik anschlug.
„Was kann ich denn nun für Sie tun, Mr. Crane?"
„Eigentlich wollte ich mich nur persönlich bei Ihnen für Ihre Kooperation bei unseren Befragungen und Ermittlungen bedanken, Mr. Marsten. Sie haben uns da sehr geholfen."
Marsten mochte den Mist, den Peter Crane absonderte, kaum glauben. Er hatte damit gerechnet, dass Crane versuchen würde, ihm ordentlich Feuer unter dem Hintern zu machen. Doch nun bedankte er sich für seine Kooperation? Marsten fragte sich, was da wohl hinter steckte, und war aus reiner Neugierde gewillt, dieses Spiel mitzuspielen.
„Das ist doch selbstverständlich, Mr. Crane. Wie laufen denn Ihre Ermittlungen?"
„Wir kommen voran!", antwortete Peter mit einem Pokerface. „Wäre es möglich, dass wir nochmals die Kollegen von Eric Lee befragen? Es gibt da noch ein paar offene Fragen."
Das war natürlich nur ein Vorwand von Peter. Ihm war klar, dass Marsten vermutlich kein Wort von dem glaubte, was er hier erzählte.
„Natürlich, Mr. Crane. Aber das hätten Sie doch auch telefonisch mit mir klären können!"
„Sicherlich. Doch ich wollte die Gelegenheit nutzen, um Sie persönlich kennenzulernen. Schließlich sind Sie eine bekannte und einflussreiche Persönlichkeit."
„Man tut, was man kann, Mr. Crane.", entgegnete Marsten zwinkernd.
Nia verzog während dieser Posse keine Miene.
„Wir werden Sie dann auch jetzt schon wieder verlassen, Mr. Marsten."
Marsten hätte ihn am liebsten angeschrien, was dieser Blödsinn eigentlich sollte. Doch er freute sich zu sehr auf das, was er gleich mit Melody machen würde, und war deswegen für den Moment einfach nur froh, wenn Crane verschwand. Crane war sowieso ein

toter Mann, also konnte er ruhig noch eine kurze Galgenfrist bekommen. Zuerst Melody, dann würde er sich Crane vorknöpfen. Vorher musste er aber noch Moore rauswerfen. Manchmal würde er Moore wegen dessen Überheblichkeit und dem süffisanten Haifisch-Grinsen am liebsten die Kehle aufschlitzen. Doch dieser Mann könnte sich als äußerst nützlich erweisen, weswegen er ihn und seine Art zähneknirschend tolerierte.
„Zu schade, Mr. Crane und Ms. Coor. Ich habe Ihre Anwesenheit sehr genossen.", antwortete Marsten mit triefender Freundlichkeit. „Mein Butler wird Sie dann hinaus begleiten. Peter ging hinüber zu Melody und schüttelte ihre Hand.
„Mach's gut, Mel." Ihr Gesicht war wie versteinert, aber in ihren Augen konnte Peter Angst lesen. Und Verzweiflung, weil Peter sie scheinbar im Stich ließ. Auch Nia verabschiedete sich von Melody und Marsten, bevor sie vom Butler zur Haustür gebracht wurden.
Als sie beide im Auto saßen, platzte es dann aus Nia heraus: „Was zum Teufel war das denn? Du wolltest Marsten unter Druck setzen und dann veranstaltest du so einen Schwachsinn?", fragte sie zornig.
„Beruhige dich. Melody ist in Gefahr. Ich fürchte, Marsten wird mit ihr das machen, was er mit den anderen Frauen gemacht hat.", erklärte er mit ruhiger Stimme.
„UND? Deine tolle Melody war die Person, die ihn Eric Lees Haus eingebrochen war, die zwei Polizisten ermordete und mich niederschlug. Also verzeih, dass sich mein Mitgefühl für Melody in Grenzen hält."
„Das wusste ich nicht.", entgegnete Peter sichtlich bestürzt. „Aber dennoch dürfen wir das nicht zulassen. Melody wird Ihre Strafe für diese Taten bekommen. Doch nicht auf diese Art und Weise."
„Du hast ja recht!", stimmte Nia nach kurzer Bedenkzeit zu. „Wir dürfen das Marsten nicht zugestehen. Aber denke nicht, dass ich mit dir schon fertig bin, Freundchen. Dass du mir nicht erzählt hast, dass Melody deine Ex ist, lasse ich dir nicht so schnell durchgehen."

Peter schluckte. Er würde sich auf ein Donnerwetter einstellen müssen. Aber eines, das er wohl definitiv verdient hatte.
„Also, was hast du jetzt vor? Sollen wir die anderen alarmieren?"
Nun war Nia wieder ganz der Profi.
„Bis die anderen hier sind, könnte es bereits zu spät sein. Wir werden das selber regeln müssen. Trotzdem werden wir sie aber anrufen und nach hier holen. Ich denke, im Haus dürfte es einiges zu entdecken geben, wobei sie uns dann helfen können. Ich wollte vorhin so schnell wie möglich wieder weg, damit Marsten sich kurzzeitig in Sicherheit wiegt. Wir beide fahren jetzt von hier weg, bis wir außer Sichtweite sind. Zum Glück haben wir unsere Ausrüstung im Kofferraum. Wir werden uns bewaffnen und dann die Villa still und leise infiltrieren, um Melody zu retten."
„In Ordnung. Und was ist mit Moore?"
„Der wird mit Sicherheit jetzt gleich auch die Villa verlassen. Wir werden ihn abfangen. Zwar ist er bekanntlich kein Field-Agent, aber er kann uns den Rücken freihalten."
„Dann los. Ich kann es kaum erwarten, Marsten in den Arsch zu treten und Mureaux festzunehmen.", sagte sie grimmig.

43

Der Bürgermeister von Los Angeles wurde in seiner Dienstlimousine zurück zu seinem Büro in der City Hall gefahren. Er betrachtete sein Gesicht im Spiegel und zeigte sein perfekt einstudiertes Gewinnerlächeln. Dieses Lächeln, sein attraktives Äußeres, das entfernt an den jungen Dirk Benedict erinnerte, und sein charmantes Auftreten hatten ihn dorthin gebracht, wo er jetzt war. Zufrieden seufzte er. Das Leben war wundervoll. Er hatte einen tollen Job, die Menschen lagen ihm regelrecht zu Füßen und er verdiente verdammt viel Geld. Allerdings wanderte dieses Geld größtenteils nicht offiziell in seine Taschen. In der Öffentlichkeit tat er so, als wäre er ein bodenständiger und sparsamer Mensch, der ein Mann des Volkes war. In Wahrheit jedoch, sack-

te er einen riesigen Haufen Schmiergelder ein. Im Gegenzug beschleunigte er auf Wunsch das Ausstellen von Genehmigungen, sorgte dafür, dass finanzielle öffentliche Förderungen gewährt wurden oder kümmerte sich darum, dass in gewissen Angelegenheiten schon mal ein Auge zugedrückt wurde. Zum Beispiel bei Bauprojekten, die vielleicht nicht ganz den Vorschriften entsprachen. Und all das ließ er sich ordentlich bezahlen.
Er hatte jedoch auch eine große Schwäche: Seine Sexsucht. Er war süchtig nach Sex mit jungen Mädchen. Je jünger, desto besser. Davon durfte die Öffentlichkeit natürlich erst recht nichts wissen. Leider gingen damit aber auch Probleme einher. Erst im letzten Jahr hatte er eine sechzehnjährige Praktikantin geschwängert. Nur mit viel Geld war es ihm gelungen, diese delikate Angelegenheit aus der Welt zu schaffen. Seine Sucht war also unter dem Strich ein teurer Spaß. Er legte Wert auf einvernehmlichen Sex und war darauf bedacht, dass diese jungen, hübschen Mädchen ihn wollten und sich ihm hingaben. Erstaunlich, wie hilfreich sein Amt dabei war, Teenager zu verführen. All diese jungen, idealistischen Dinger, die die Welt verbessern wollten und bei ihm im Bett gelandet waren. Seine Frau war auch eines dieser jungen Dinger gewesen. Mittlerweile war sie nicht mehr ganz so jung und knackig und für ihn auch nicht mehr so attraktiv. Im Endeffekt stand er auf jüngere Ausgaben seiner eigenen Frau. Sie wusste von seiner Vorliebe, und das Beste daran war, dass sie ihm sogar dabei half, die jungen Mädchen zu verführen. Sie stand darauf, ihn beim Sex mit den Mädchen zu sehen. Andererseits genoss sie es in vollen Zügen, Politikergattin zu sein. Sie beide waren einfach das perfekte Team.
Sein Fahrer parkte das Fahrzeug in der Tiefgarage der City Hall, einem Art Déco Gebäude, welches Anfang des zwanzigsten Jahrhunderts errichtet worden war. Mit seinen siebenundzwanzig Stockwerken galt es bis 1964 als das höchste Gebäude Kaliforniens.
Der Bürgermeister stieg in den Aufzug und fuhr hinauf zu seinem Büro. Als er dort ankam, erschrak er. In seinem Bürosessel hinter seinem Schreibtisch saß ein ihm unbekannter Mann. Er hatte kurze, schwarze Haare, braune Augen und einen Dreitagebart. Er

trug ein schwarzes T-Shirt und der Bürgermeister sah an dessen Armen, dass der Mann sehr dünn, fast schon dürr, war. Herausfordernd schaute er den Bürgermeister an.
„Wer sind Sie? Was machen Sie in meinem Büro?", fragte er aufgeregt.
„Mein Name ist Patrick O'Donnell. Meines Zeichens ISOS Special Agent."
Der Bürgermeister schluckte. Eine dunkle Vorahnung ergriff von ihm Besitz.
„Und was wollen Sie von mir?", fragte er.
„Ich möchte Ihnen ein Angebot unterbreiten!", sagte O'Donnell und verschränkte die Hände vor sich auf der Tischplatte.
„Ein Angebot? Und was soll das für ein Angebot sein?" Langsam kehrte seine gewohnte Selbstsicherheit zurück.
O'Donnell fixierte den Bürgermeister mit einem stahlharten, unnachgiebigen Blick.
„Treten Sie umgehend von Ihrem Amt zurück, spenden Sie alle Bezüge, die Ihnen nach Ihrer Zeit als Bürgermeister zustehen, sei es jetzt oder im Alter, gemeinnützigen Organisationen und belegen Sie niemals wieder ein öffentliches Amt!"
Der Bürgermeister schaute O'Donnell ungläubig an. Dann fing er lauthals an zu lachen. Nachdem er sich wieder einbekommen hatte, fragte er mit arroganter, vor Zorn bebender Stimme:
„Haben Sie eigentlich eine Ahnung, mit wem Sie es hier zu tun haben, Sie Würstchen?"
„Natürlich habe ich das, aber gut, dass Sie fragen.", antwortete der Agent mit stoischer Ruhe. „Sie sind Malcolm Alexander Cohen, Bürgermeister von Los Angeles. Sie haben eine Vorliebe für Sex mit blutjungen Mädchen. Eines dieser Mädchen hat sich sogar umgebracht, was Sie aber natürlich nicht wissen, da Sie diese jungen Mädchen fallen lassen wie eine heiße Kartoffel, wenn Sie Sex mit Ihnen hatten. Nicht ohne Sie allerdings für ihr Schweigen großzügig zu entlohnen."
Dem Bürgermeister kippte die Kinnlade herunter und seine Hände begannen zu zittern.
„Darüber hinaus sind Sie die Marionette einer verbrecherischen Organisation, die sich selber ‚Inner Circle' nennt. Der Mittels-

mann dieser Organisation, ein Mann namens Bernard Cedar, hat Ihnen im Laufe der Zeit sehr große Geldbeträge als Bestechungsgelder gezahlt, damit Sie das tun, was der Circle verlangt. Sie sehen also, Mr. Cohen, ich weiß sogar sehr genau, wer sie sind."
Alle Farbe war aus Cohens Gesicht gewichen. Kraftlos ließ er sich in eine der Besuchersessel plumpsen. Sein ganzes Leben war gerade zusammengefallen wie ein Kartenhaus.
„Woher wissen Sie…"
„Das tut nichts zur Sache. Was denken sie also über das Angebot?"
Das Problem bei solchen Männern wie Cohen war, dass sie sich oftmals für unantastbar hielten, und sogar bei einer vernichtenden Niederlage verzweifelt versuchten, sich an ihrem Posten festzuklammern. Anstatt klein beizugeben, kam von Cohen, wie nicht anders zu erwarten, eine Trotzreaktion:
„Was ich denke? Ich denke, Sie sollten ganz schnell von hier verschwinden. Ich habe mächtige Freunde, und wenn Sie mich nicht in Ruhe lassen, dann werde ich Sie zerquetschen, wie eine Made. Und jetzt raus aus meinem Sessel und raus aus meinem Büro."
O'Donnell bewegte sich keinen Millimeter und schaute den Bürgermeister bedauernd an.
„Wie Sie meinen. Ihnen sollte allerdings bewusst sein, dass wir Bernard Cedar festgenommen haben und er nötigenfalls als Zeuge gegen Sie aussagen wird. Darüber hinaus haben wir mittlerweile mehrere Mädchen ausfindig gemacht, die sich ebenfalls bereiterklärt haben, über die sexuelle Beziehung zu Ihnen auszusagen. Wir streben zusammen mit den Mädchen eine Klage gegen sie wegen sexueller Nötigung an. Was ist Ihnen also lieber? Still und leise zu meinen Bedingungen abzutreten und eine reine Weste zu behalten oder eine öffentliche Schlammschlacht, die Sie und Ihren Ruf ruinieren wird und Sie in letzter Konsequenz in den Knast bringen wird? Sie haben die Wahl. Aber es sollte Ihnen klar sein, dass alles zu spät ist, wenn ich dieses Büro ohne Ihre Zusage verlasse."
Cohen überlegte. Man konnte ihm den inneren Konflikt regelrecht ansehen. „O-Ok.", sagte er kleinlaut.

„Bitte? Ich habe Sie nicht verstanden." O'Donnell genoss es zu sehen, wie Cohen sich wand wie ein Wurm.
„Ich mache, was Sie verlangen."
„Gut.", sagte O'Donnell zufrieden. „Ich habe da schonmal etwas vorbereitet." Er nahm eine Aktentasche vom Boden und legte zwei Dokumente auf den Tisch. „Zum einen wäre hier ihr Rücktrittsgesuch und zum anderen alle Informationen der Organisation, an die sie spenden werden. Es ist eine Hilfsorganisation für sexuell missbrauchte Teenager. Passend, nicht wahr? Und hier habe ich noch einen Scheck. Dieser wird vorab eine Million Dollar von Ihrem Konto auf den Cayman Islands an diese Organisation transferieren."
Wieder war Cohen baff.
„Davon wissen Sie auch?", fragte er verzweifelt.
„Natürlich. Wir kennen alle Ihre Verfehlungen."
„Eine Million? Das sind meine Ersparnisse. Wovon soll ich denn leben?
„Das ist mir doch egal. Vielleicht versuchen Sie es mal mit ehrlicher Arbeit…Und jetzt unterschreiben Sie, bevor ich ungemütlich werde."
Mit zitternder Hand unterschrieb Cohen alles, was O'Donnell ihm vorlegte.
Was Cohen nicht wusste, war, dass O'Donnell ihm nur eine kurze Gnadenfrist gewährte. Man würde warten, bis die Hilfsorganisation den Scheck ausgezahlt bekam. Cohen hatte noch weitere Schwarzgeldkonten, auf denen allerdings deutlich weniger Geld eingezahlt war. Die würden die ISOS Hacker ebenfalls komplett leer räumen und spenden, sodass Cohen praktisch mittellos war. In ein paar Tagen würde man dann schließlich der Presse Beweise über Cohens Verfehlungen zukommen lassen, um ihn öffentlich bloßzustellen. Jemanden wie Malcolm Alexander Cohen durfte man nicht ungeschoren davonkommen lassen. Und ein besonderer Tiefschlag war es, wenn man solche Leute in Sicherheit wiegte, nur, um sie dann doch der hungrigen Meute vorzuwerfen. O'Donnell freute sich darauf, wenn Cohen seine gerechte Strafe bekam. Männer wie er hatten einfach keine Gnade verdient.

In Los Angeles und Umgebung bekamen an diesem und an den darauffolgenden Tagen viele einflussreiche und mächtige Männer und Frauen Besuch von ISOS Agenten. Sie alle hatten sich entweder vom Inner Circle bestechen lassen oder waren gar Mitglieder.
Manche stimmten den Bedingungen zu, andere jedoch nicht. Bei denjenigen, die nicht zustimmten, wurden die Beweise an die Presse und die Polizei weitergeleitet. Plus ein paar „Bonus-Beweise", die von den ISOS FX Teams fingiert wurden. Drogen- und Menschenhandel und Erpressung: Man war sehr kreativ bei der Art der Verfehlungen. Hauptsache die Leute wanderten möglichst lange ins Gefängnis.
Die Organisation namens Inner Circle war somit Geschichte und man hatte Neo Marsten weitestgehend isoliert.

44

Vor der Zufahrt zu Neo Marstens Villa verlief eine Allee. Peter parkte den Wagen hinter einem großen Baum, mit dickem Stamm, sodass man von der Straße aus nicht sofort sehen würde, wie Nia und Peter sich am Kofferraum bewaffneten. Die Villen rundherum standen allesamt auf leichten Anhöhen, und waren durch Mauern, Hecken und Bäumen vor neugierigen Blicken geschützt, was umgekehrt aber auch bedeutete, dass niemand Nia und Peter beobachten konnte.
Den Rest des Teams hatten sie bereits verständigt. Es würde allerdings etwas dauern, bis sie von Downtown aus an Marstens Villa ankamen.
Die beiden stiegen aus und warteten darauf, dass Moore um die Ecke bog, den Peter dann heran winkte.
„Peter, Nia!", sagte er überrascht, die beiden dort zu sehen. „Wie ist es bei Marsten gelaufen?"
„Leider nicht so gut, Alan.", antwortete Peter. Er und Moore

waren sich nicht wirklich grün und hingen oft aneinander, weil sie grundsätzlich unterschiedliche Ansichten vertraten. Doch trotz dieser Konflikte funktionierten die beiden im Endeffekt immer miteinander, und jeder wusste, dass er sich im Notfall blind auf den anderen verlassen konnte.

„Marstens Assistentin Melody Mureaux ist in Lebensgefahr. Ich weiß nicht, was passiert ist, aber wir müssen sie daraus holen."

„Hm. Ich weiß nicht. Das ist etwas dünn. Sie wollen sie daraus holen, ohne konkret zu wissen, ob sie wirklich in Gefahr ist?", zweifelte Moore, der wie immer einen teuren Designer Anzug trug.

„Peter hat recht.", schaltete Nia sich ein. „Da stimmte vorhin irgendetwas ganz und gar nicht."

„Vertrauen Sie mir, Alan. Ich kenne Melody. Sie hat vor irgendetwas riesengroße Angst und war regelrecht verzweifelt, als wir gegangen sind.", versuchte Peter Moore zu überzeugen.

„Ok, Sie haben mich überredet. Wie sieht ihr Plan aus?"

Auf seinem Smartphone rief Peter eine Satellitenaufnahme der Umgebung auf und schaute sich die gemeinsam mit Moore und Nia an.

„Rund um das Anwesen befindet sich ein Gürtel aus Büschen und Bäumen. Den werden Nia und ich als Deckung nutzen. Nia kommt von Süden, ich von Westen. Mit Scharfschützengewehren werden wir die Wachen auf dem Gelände und auf den Dächern ausschalten. Wie ich vorhin gesehen habe, befindet sich an der Ecke eine Feuerleiter aufs Dach." Peter vergrößerte die Aufnahme um das zu verdeutlichen. „Wir werden über das Dach in das Obergeschoss eindringen und uns von dort aus still und leise ins Untergeschoss vorkämpfen."

„Warum über das Dach?", wollte Moore wissen.

„Im Untergeschoss ist die Gefahr zu groß, beim Einstieg entdeckt zu werden. Dort laufen Wachen und Bedienstete herum. Im Obergeschoss dürfte deutlich weniger los sein."

„Ok, macht Sinn.", stimmte Moore zu.

„Sie, Alan, werden sich zur Auffahrt begeben. Von dort aus haben Sie einen perfekten Blick über das ganze Gelände. Sie werden

dann mit unseren ‚Aim Markern' die Wachen markieren, sodass Nia und ich sie auf unseren ‚Motion Trackern' sehen können."
Mit den Aim Markern war es möglich, mehrere Personen zu markieren, deren Wege man dann mit dem Motion Tracker, einer Art App, welche die TARC Ingenieure für die ISOS Smartphones und Tablets entwickelt hatten, verfolgen konnte. Allerdings war die Reichweite begrenzt. Verließen die Ziele einen Radius von zwei Kilometern um den Motion Tracker herum, dann waren sie nicht mehr ortbar. Die Markierungen der Aim Marker waren nicht stark genug, um über noch größere Distanzen zu senden.
„Gibt es keine Kameras?", wollte Moore wissen.
„Komischerweise nicht. Ich vermute, dass Marsten bei der Villa auf Kameras verzichtete, da er sich hier wohl an jungen Mädchen vergeht und sie anschließend umbringt. Das ist sein privates Refugium. Hier kann er so sein, wie er wirklich ist. Kameras, die das alles aufzeichnen könnten, wären da sicherlich nicht in seinem Sinne."
„So wird es wohl sein. Dann lassen Sie uns mal loslegen. Aber wenn ich mir in einem dieser Büsche den Anzug ruiniere, dann bekomme ich von Ihnen einen neuen.", warnte Moore grinsend.
„Wenn wir da heil wieder rauskommen, dann bekommen Sie von mir zehn neue Anzüge!", entgegnete Peter.
Er und Nia rüsteten sich aus. Sie legten schusssichere Westen und Beinholster an. Sie bewaffneten sich mit schallgedämpften Handfeuerwaffen und einem ebenfalls schallgedämpften Scharfschützengewehr. Außerdem zogen sie eine Infrarotbrille an, die ihnen im Innenbereich dadurch helfen würde, dass man Gegner sogar durch Wände hindurch sehen konnte. War der Infrarotmodus deaktiviert, dann leistete sie im Außenbereich gute Dienste als Sonnenbrille.
Peter holte auch für Moore eine Waffe und eine Weste aus dem Kofferraum.
„Hören Sie, Alan. Bleiben Sie auf Ihrer Position und beobachten Sie das Gelände, bis Nia und ich drinnen sind. Gehen Sie danach zur Einfahrt auf das Grundstück. Lassen Sie niemanden rein. Zeigen Sie Ihren Dienstausweis oder bedrohen Sie Ankömmlinge

nötigenfalls mit der Waffe. Und lassen Sie sie nicht telefonieren. Sie müssen Nia und mir damit unbedingt den Rücken frei halten und uns vor bösen Überraschungen schützen. Unsere Gegner sind uns im Innenbereich etwa 10:1 überlegen. Und die meisten davon sind bewaffnet. Wenn aus irgendeinem Grund Alarm ausgelöst wird, dann wird man uns ganz schnell überwältigen oder gar töten."
„Verstanden.", antwortete Moore knapp. Eigentlich war Moore im Rang höher als Peter und somit weisungsbefugt. Doch bei dieser Art von Einsätzen vertraute er Peters Plänen voll und ganz und pochte nicht auf seinen Rang.
„Dann wollen wir mal loslegen. Alan, Sie gehen voraus und beginnen schonmal damit, das Gelände auszukundschaften. Nia und ich werden etwas länger brauchen, bis wir unsere Positionen erreicht haben."
Moore nickte und machte sich auf den Weg.
„Dann pass auf dich auf, und achte darauf, dass dich niemand bemerkt.", sagte Peter zu Nia.
„Keine Sorge. Während du noch deine Gegner ausschaltest, winke ich dir schon von der Feuerleiter zu.", antwortete sie lächelnd und gab ihm einen Kuss auf die Wange.
„Warten wir's ab.", entgegnete Peter zwinkernd.
Eigentlich war Nias Spezialgebiet Sprengstoff. Doch sie war auch ein sehr guter Schütze, sodass Peter sich keine Sorgen um sie machen musste. Sie würde ihre Aufgabe ohne Zweifel schnell und präzise erledigen.

Genau wie Nia suchte sich Peter einen ausladenden Busch unter dem er sich in Position brachte. An dem Scharfschützengewehr klappte er ein Stativ aus und stellte es auf den Boden. In einen Halter steckte er sein Smartphone, auf dem der Motion Tracker lief und ihm zeigte, wo auf dem Gelände sich Wachen befanden. Er wartete, bis Moore seine Arbeit erledigt hatte und keine neuen roten Punkte mehr auf dem Display aufleuchteten.
„Alle Ziele markiert.", hörte er Moore in seinem Kopfhörer.
Er machte sich bereit für seine tödliche Aufgabe. Eigentlich war Peter eher darauf aus, solche Sachen mit möglichst wenigen To-

desopfern zu erledigen. Doch zum einen hätte das eine deutlich zeitintensivere Planung erfordert, und Zeit hatten sie keine. Zum anderen war es einfach so, dass man davon ausgehen musste, dass alle Personen, die sich auf dem Grundstück befanden, mitbekamen was Marsten hier so trieb. Sie hatten es also nicht mit Unschuldigen zu tun, sondern mit Leuten, die diese Schweinereien hinnahmen. Vermutlich trösteten sie sich mit dicken Gehaltsschecks. Aus diesem Grund hatte Peter auch kein schlechtes Gewissen, sie alle auszuschalten.
„Bin in Position und bereit.", hörte er Nia sagen.
„Verstanden. Ebenfalls in Position und bereit. Feuer nach eigenem Ermessen."
Peter beruhigte seine Atmung. Noch während er seinen Puls herunterfuhr, sah er eine der Wachen auf dem Gelände zusammenbrechen. Nia hatte bereits begonnen.
Es war wichtig, die Wachen an Stellen zu erschließen, wo sie vom Haus aus nicht zu sehen waren. Beispielsweise an Treppen oder Büschen. Genau das hatte Nia getan. Die Wache hatte gerade eine Reihe perfekt gestutzter Buchsbäume passiert, als Nia ihm das Licht ausgeblasen hatte. Dort würde die Leiche so schnell niemand entdecken.
Peter nahm sich zunächst die Wachen auf dem Dach vor. Er achtete dabei peinlich genau darauf, dass er die einzelnen Männer dann erschoss, wenn die anderen gerade in eine andere Richtung schauten. Während jedem Schuss, hielt er den Atem an, atmete danach ruhig aus, nahm das nächste Ziel ins Visier und hielt wieder den Atem an. Insgesamt dauerte es nur wenige Sekunden, bis er alle Wachen auf dem Dach neutralisiert hatte.
Für einen Beobachter wäre es ein bizarres Schauspiel gewesen, was sich dort abspielte. Auf dem Grundstück herrschte absolute Ruhe. Nacheinander fielen die Patrouillen auf dem Gelände von einer Sekunde auf die andere tot um, so als hätte man ihnen einfach das Licht ausgeknipst, obwohl keine Schüsse zu hören waren.
Wieder hörte Peter Nia.
„Erledigt. Rücke vor."
„Verstanden!"

Peter blieb noch an seiner Position, um Nia nötigenfalls Deckung zu geben, falls unerwartet jemand an den Fenstern des Hauses auftauchte. Einige Meter vor dem Haus befand sich eine etwa ein Meter hohe Mauer, in deren Mitte einige Stufen zur Haustür führten. Nia lief geduckt in Richtung dieser Mauer, wobei sie immer wieder Büsche als Deckung nutzte. Als sie die Mauer erreichte, schlich sie in geduckter Haltung an dieser entlang, bis sie zu der Treppe kam. Vorsichtig spähte sie um die Ecke. Niemand war zu sehen. Sie huschte an der Treppe vorbei und dann weiter an der Mauer entlang, die sie schlussendlich zu der Ecke führte, an der sich die Feuerleiter befand. Dort wartete sie auf Peter, der sich nun ebenfalls in Bewegung setzte und dabei genau so geduckt lief und Büsche als Deckung nutzte, wie Nia es getan hatte.
„Gute Arbeit!", lobte er, als er bei ihr ankam.
„Du warst auch nicht schlecht!", sagte sie zwinkernd.
Peter klettert die Leiter hinauf auf das Flachdach. Nia folgte ihm unmittelbar.
Das Dach war bedeckt mit grobem Kies. Rundherum waren Wege mit schweren Steinplatten ausgelegt, auf denen die Wachen patrouilliert hatten. Die Leichen beachteten Peter und Nia nicht weiter. Vor sich sahen sie eine Reihe von Fenstern und eine Tür, die ins Innere führte.
„Lass uns schauen, ob die Tür auf ist. Falls nicht, hat sicherlich eine der Wachen einen Schlüssel."
Die Tür war unverschlossen und Nia und Peter betraten das Haus mit gezückten Waffen. Sie beide schalteten ihre Infrarotbrillen an. Es waren keine anderen Personen auf dieser Etage zu sehen. Da die Reichweite der Brillen jedoch begrenzt und die Villa riesig war, würden sie gezwungen sein, das gesamte Dachgeschoss abzusuchen, um keine bösen Überraschungen zu erleben. Die meisten Zimmer waren leer, in einigen standen aber auch Umzugskartons. Insgesamt wurde diese Etage nur als Lagermöglichkeit genutzt.
Eine Treppe führte eine Etage tiefer. Mithilfe der Brillen sahen sie, dass unter ihnen zwei Wachen patrouillierten. Als die Wachen die Treppe passiert hatten, schlichen Peter und Nia hinunter. Sie befanden sich nun im Rücken der beiden Männer. Mit

ihren Waffen nahmen sie die Köpfe der beiden ins Visier und drückten fast gleichzeitig ab. Die schallgedämpften Schüsse waren kaum zu hören. Leblos brachen die Wachen zusammen. Gemeinsam verstauten Nia und Peter die Leichen in einem der Zimmer. Dann machten sie sich daran, die Etage zu durchsuchen. Sie fanden unzählige Schlafzimmer, die jedoch in verschiedene Bereiche unterteilt waren. Die Wachmannschaften hatten ihren eigenen Schlafbereich, wie sie an den Uniformen in den Schränken feststellten. Dann gab es noch Zimmer für die Bediensteten und Gästezimmer, die allesamt unbenutzt schienen. Wie in einem Hotel verfügte jedes Zimmer über ein kleines Bad. Neo Marstens Schlafzimmer war von den anderen Bereichen durch einen Flur mit schweren Türen getrennt. Sein Schlafzimmer hatte die Ausmaße einer kleinen Wohnung und sein luxuriöses Badezimmer war ebenfalls riesig.

Nia und Peter trafen noch zweimal auf Wachen, die sie ebenfalls leise und präzise erledigten. In drei Zimmern waren Dienstmädchen gerade damit beschäftigt, die Betten zu machen.

„Wir müssen auch die Dienstmädchen aus dem Verkehr ziehen.", flüsterte Peter. „Wir werden sie aber nicht erschießen, sondern nur außer Gefecht setzen. Ich gehe nicht davon aus, dass sie über die Vorgänge hier Bescheid wissen. Deswegen werden wir sie nicht töten. Andererseits können wir kreischende Zimmermädchen nicht gebrauchen."

„Da hast du recht.", stimmte Nia zu.

Während sie vor den Zimmern, in denen die Mädchen arbeiteten, wartete und den Flur im Auge behielt, schlich Peter sich Zimmer für Zimmer an eine nach der anderen unbemerkt von hinten heran. Dann nahm er sie in den Schwitzkasten, hielt dabei mit der freien Hand Mund und Nase zu und wartete, bis sie durch den Sauerstoffmangel ohnmächtig wurden. Anschließend fesselte und knebelte er sie.

„Erledigt.", sagte er zu Nia. „Lass uns runter gehen. Die nächste Etage ist das Erdgeschoss. Dort ist am meisten los. Sind dir die Alarmknöpfe auf den Fluren und in den Zimmern aufgefallen?" Nia nickte. „Egal, was passiert, niemand darf dazu kommen, einen dieser Knöpfe zu drücken."

Mit ausgestrecktem Daumen signalisierte Nia, dass sie verstanden hatte.
Sie schlichen die Treppe hinab und gelangten in die Eingangshalle. Mit ihren Brillen schauten sie sich um. Es waren mehrere Personen um sie herum zu sehen. Vier davon kamen in Zweierpaaren aus unterschiedlichen Richtungen auf die Eingangshalle zu.
„Verdammt!", fluchte Peter leise. „Anhand Ihrer Statur würde ich vermuten, dass das Wachen sind. Und sie werden zeitgleich die Halle betreten."
„Das wird eng.", antwortete Nia flüsternd. „Ich gehe dort hinter dem Pfeiler in Deckung und nehme die auf der rechten Seite."
„Ok, dann nehme ich die linke Seite."
Sie beide gingen hinter den Pfeilern in die Knie, um besser anlegen zu können.
Es dauerte nur wenige Sekunden, da betraten die Wachen die Halle. Die Männer hatten Nia und Peter noch nicht entdeckt. Schnell und zielgenau gaben er und Nia insgesamt vier Schüsse ab, woraufhin die Wachen zu Boden sanken.
„Vier weniger.", schnaufte Peter erleichtert. Dann sah er, wie ein Mann, der nahe der Wand zusammengebrochen war, plötzlich seinen Arm ausstreckte, um auf den dort befindlichen Alarmknopf zu drücken. Vielleicht hatte ihn Peters Kugel nur gestreift. Oder sie war am Schädelknochen abgeprallt, was bei einem ungünstigen Auftrittswinkel durchaus passieren konnte. Jedenfalls war der Mann nicht tot.
„Nein, nein, nein.", fluchte Peter woraufhin auch Nia herumfuhr und vor Schreck die Augen aufriss. Peter versuchte, auf den Arm zu schießen, doch es war bereits zu spät. Mit einer schrillen Sirene ging der Alarm los. Mithilfe der Brillen sahen sie, wie sofort etwa ein Dutzend Wachen auf den Eingangsbereich aus verschieden Richtungen zustürmten.
„Nichts wie raus hier!", sagte Peter und hastete zur Haustür und stutze dann. „Das gibt's doch nicht. Die beschissene Haustür ist sogar von innen mit einem Zahlenschloss verriegelt. Wir sitzen in der Falle.", sagte er resigniert. Doch Nia gab sich kämpferisch.

„Wir werden kämpfen bis zum Schluss.", sagte sie, drückte Peter fest an sich und gab ihm einen Kuss. „Ich liebe dich!", sagte sie.
„Ich liebe dich auch.", erwiderte er.
Sie gingen wieder hinter den Pfeiler in Deckung. Die ersten Wachen würden in wenigen Sekunden die Halle erreichen.
Doch dann hörten sie hinter sich plötzlich den unverkennbaren Klang eines Griffin Helikopters und jemand sagte etwas über ihre Kopfhörer.
„Ähm, könntet ihr auf Seite gehen? Ich müsste mal eben die Tür aufbrechen."
Peter und Nia drehten sich um und sahen, wie der Griffin Helikopter in etwa zwanzig Meter Entfernung in der Luft schwebte und wie die Bordgeschütze die Türanlage ins Visier nahmen. Am Steuer saß Tom der Pilot. An den Seiten seilten sich mehrere Personen in schweren Kampfanzügen ab. Nia und Peter konnten die Gesichter nicht erkennen, vermuteten aber, dass es Vin, Lilly, Frank, Arif, Tolino und Woodcock waren.
Erleichtert lachten die beiden auf und gingen rechts und links des Eingangs hinter der massiven Außenwand in Deckung.
„Ihr Schlitzohren kommt genau richtig.", rief Peter erleichtert.
Gerade als die ersten Wachen mit gezogenen Waffen in die Halle stürmten, eröffnete Tom das Feuer. Obwohl die doppelflügelige Eingangstür aus massivem, dickem Eichenholz gefertigt war, zerfetzten die Geschütze sie, als bestände sie nur aus dünnem Sperrholz. Dann nahm das automatische Zielsystem des Griffin die Wachen ins Visier. Einer nach dem anderen wurde mit superpräzisen Einzelschüssen niedergeschossen.
Danach herrschte Ruhe.
„Ok, wir gehen rein!", sagte Peter und sprang auf. Nia eilte hinterher.
„Warte, wir sind jetzt da.", hörte er Vin über Funk.
„Keine Zeit. Sichert ihr das Gebäude. Wir schnappen uns Marsten!"
„Verstanden!"
„Nia, irgendwo hier muss es einen Raum geben, in dem Marsten die Mädchen misshandelt und getötet hat. Ich glaube, dass wir Marsten und Melody möglicherweise dort finden werden. Das

Zimmer sollten wir suchen."

Nia nickte. „In Ordnung. Aber lass uns zuerst noch im Wohnzimmer nachsehen."

Gemeinsam machten sie sich auf den Weg. Auf Gegner trafen sie nicht mehr. Nur im Wohnzimmer zeigten die Brillen eine Person an, die verängstigt hinter der Couch hockte.

„Kommen Sie mit erhobenen Händen raus!", befahl Peter, als sie den Raum betraten.

Es war der Butler. „Halt, nicht schießen. Ich ergebe mich."

Der Mann stand auf und Peter sah, dass er am ganzen Leib vor Angst zitterte.

„Wo ist Marsten?", fragte Peter harsch, während er und Nia ihn weiterhin mit den Waffen im Visier hielten.

„I-ich weiß es nicht."

„Wo ist der Raum, in dem er die Mädchen misshandelt?"

„Welcher Raum?", fragte der Butler wenig glaubhaft.

„Sie wissen genau, welchen Raum ich meine. Oder soll ich Ihnen als Erinnerungsmotivation eine Kugel ins Bein jagen?"

Der Butler riss die Augen vor Schreck weit auf. „Nein, nein, ich weiß welchen Raum sie meinen. Den Flur hinunter und dann links…Kann ich jetzt gehen?", fragte er unschuldig.

„Gehen?", fragte Nia empört. „Haben Sie nur einem einzigen dieser Mädchen geholfen? Oder die Polizei verständigt?"

„Nein, ich…"

„Aus welchem Grund sollten wir Sie also gehen lassen? Sie werden ein paar Jahre in den Knast wandern. Ein verweichlichter Butler, der Vergewaltigungen und Misshandlungen an jungen Frauen zugelassen hat, dürfte in den Duschräumen dort vermutlich viele Freunde finden."

Sämtliche Farbe wich aus dem Gesicht des Butlers und sein Körper sackte vor Resignation zusammen, als hätte jemand die Luft herausgelassen. Nia ging zu ihm hinüber, drehte in grob um und verdrehte ihm schmerzhaft die Arme auf den Rücken, die sie dann mit Kabelbindern fesselte. Er ließ das anstandslos mit sich geschehen.

„Setzen Sie sich auf die Couch und warten Sie, bis man Sie abführt.", zischte sie ihn an. „Und wehe, Sie versuchen zu fliehen.

Dann werde ich Sie jagen. Und glauben Sie mir, DAS wollen Sie nicht."

Gehorsam setzte sich der Butler und traute sich nicht, den beiden in die Augen zu schauen, wie Nia zufrieden zur Kenntnis nahm. Dann ging sie mit Peter zusammen in den Raum, der Neo Marsten als Folterkammer gedient hatte. Die Tür war angelehnt und sie gingen rechts und links des Türrahmens in Deckung.

„Scheint leer zu sein.", bemerkte Nia, die ihre Infrarotbrille wieder aktiviert hatte, woraufhin Peter die Tür aufstieß und sie beide den Raum betraten.

Tatsächlich befand sich niemand in dem Raum, und Peter stellte mit einer gewissen Erleichterung fest, dass auch keine Leiche zu sehen war.

Allerdings machte der Raum den Eindruck, als hätte ein Kampf stattgefunden. Die Nachttischlampe war vom Beistelltisch gefallen, die Bettlaken waren zerwühlt und von einigen Blutstropfen beschmutzt. Am Bettgestell hing ein Paar Handschellen, an den sich ebenfalls Blut befand. Auf dem Boden erkannte Peter das Tuch, welches Melody um ihre Hüften getragen hatte.

„Die Vöglein scheinen ausgeflogen zu sein.", sagte Nia.

Peter drückte die Sprechtaste des Mikrophons seines Headsets: „Leute, Marsten und Mureaux sind nicht hier. Hat jemand von euch sie gefunden?"

„Die beiden nicht, Chef, aber hier ist ein Kerl, der aussieht, wie ein Bodyguard. Anzug, Stiernacken und Headset.", antwortete Tolino.

„Wo seid ihr?"

„Im Keller."

„Schon unterwegs.", sagte Peter und hastete mit Nia ins Untergeschoss.

Als sie dort ankamen, sahen sie Tolino und Woodcock in einem gefliesten Gang stehen, an dessen Ende eine schwere mannshohe Tresortür offen stand. Vor ihnen hockte der Bodyguard und hatte die Arme hinter dem Kopf verschränkt. Der Mann war groß, massig und schaute die drei mit hasserfülltem zornig Blick an.

„Gute Arbeit, Tolino und Woodcock!", lobte Peter. „Wo ist Marsten?", fragte er den Bodyguard.
„Leck mich!", war die knappe Antwort, bei welcher der Bodyguard Peter herausfordernd anschaute.
Peter musterte den Mann kurz und versetzte ihm dann ansatzlos mit der Faust einen heftigen Schlag. Damit hatte der Bodyguard nicht gerechnet. Von der Wucht des Schlages kippte er hinten über und spie seine Vorderzähne aus. Sofort war Peter über ihm und drückte seinen Fuß auf dessen Hals.
„Spuck's aus oder ich zerquetsche dir deinen Hals und du wirst elendig ersticken. WO IST ER?"
Angsterfüllt blickte der Bodyguard zu Peter auf. Eigentlich hatte er sich immer für einen Mann gehalten, der vor nichts und niemandem Angst hatte.
„Weg!", presste er mühsam hervor, da Peter den Druck auf den Hals immer weiter erhöhte. Peter lockerte den Fuß leicht.
„Was heißt, weg?"
„Er ist abgehauen." Plötzlich wurde der Mann gesprächig. „Im Wohnzimmer, hinter einer Holzvertäfelung versteckt, gibt es ein Fluchttreppenhaus. Auch in seinem Schlafzimmer gibt es einen Zugang. Es führt zu einem Tunnel, der von hier wegführt. Sie werden ihn niemals finden."
„Wir werden sehen!", prophezeite Peter. „Wo ist die Frau?"
„Die Schlampe ist geflohen. Irgendwie hat sie die Handschellen aufbekommen und mir bei ihrer Flucht einen heftigen Tritt in die Weichteile verpasst. Als ich mich endlich wieder halbwegs bewegen konnte, bin ich hinter ihr her. Sie ist hier runter und hat etwas aus dem Safe geklaut. Keine Ahnung, woher sie den Code hatte. Leider habe ich sie nicht gekriegt, sonst hätte ich mich für den Tritt revanchiert."
„Ihr beiden bleibt bei dem Arschloch.", sagte Peter zu Tolino und Woodcock. „Sollte er versuchen zu fliehen, überlasse ich es eurer Entscheidung, was ihr mit ihm macht. Rücksicht braucht ihr keine zu nehmen."
„In Ordnung, Chef."
„Komm, Nia, wir gehen zurück ins Wohnzimmer."

Als die beiden dort ankamen, hatten sich auch Vin und der Rest des Teams dort eigefunden.
„Das Haus ist sauber. Außer dem Butler, dem Bodyguard und den Hausmädchen hat niemand überlebt.", berichtet Vin.
„In Ordnung.", antwortet Peter. „Angeblich befindet sich hinter der Vertäfelung da vorne ein Fluchttreppenhaus, durch das Marsten geflohen ist."
Peter ging hinüber und tastete die Vertäfelung ab. Tatsächlich ließ sich ein kleines Viereck hineindrücken, woraufhin eine Tür aufschwang."
„Na, sieh mal einer an.", sagte er. „Kommt, Leute. Vielleicht erwischen wir Marsten noch."
Das Treppenhaus roch modrig und wurde von Neonröhren fahl beleuchtet.
Hintereinander hasteten sie die Treppe hinab und eilten einen langen Tunnel entlang, an dessen Ende sie auf eine schwere Stahltür stießen. Sie war nicht verschlossen und Peter öffnete sie. Das herein flutende Sonnenlicht blendete ihn zunächst. Dann sah er vor sich einen Pfad, der durch das Dickicht den Hügel hinunterführte. Peter konnte nicht erkennen, wo der Weg endete. Von Marsten war keine Spur zu sehen.
„Er ist weg!", sagte Peter resigniert, als sie alle ins Freie getreten waren.
„Hier sind Motorradspuren.", bemerkte Arif. „Falls er tatsächlich mit einem Motorrad geflohen ist, dann werden wir ihn vermutlich nicht mehr kriegen."
Peter funkte Tom im Griffin Helikopter an.
„Tom, Marsten ist durch einen Tunnel abgehauen und nun mit einem Motorrad auf einem Waldweg unterwegs. Schauen Sie doch mal, ob sie aus der Luft eine Spur von ihm finden."
„Wird erledigt."
Doch die Suche blieb ergebnislos. Neo Marsten war und blieb spurlos verschwunden. Genau wie Melody Mureaux.

45

Melody saß in einem Greyhound Bus und verließ Los Angeles. Zwar befand sich die Formel in ihrem Besitz aber dennoch schaute sie mit Wehmut zurück. Sie hatte nicht damit gerechnet, dass ihr Wiedersehen mit Peter sie so aus der Bahn geworfen hätte. Ab und zu fragte sie sich, wie ihr Leben wohl verlaufen wäre, wenn sie sich damals für ihn entschieden hätte. In diesen seltenen Momenten mochte sie sich selber nicht sonderlich. Sie hätte ein wunderbares Leben mit einem wunderbaren Mann haben können. Doch sie hatte sich für ein Leben als Diebin und Betrügerin entschieden. So recht erklären konnte sie sich das eigentlich nicht. Es war manchmal, als stünde sie unter einem Zwang. So, als könnte sie nicht anders. Immer wenn sie sich selber sagte, dass es an der Zeit sei, sich zur Ruhe zu setzen und das süße Leben zu genießen, kam der nächste reiche Trottel um die Ecke und bettelte regelrecht darum, von ihr ausgenommen zu werden. Und diesem „Betteln" gab sie immer wieder nach. Nun saß sie in diesem Bus. Einsam. Ein vollkommen neues Gefühl für sie. Sie hatte sich immer um sich selber gekümmert und sie war sich selber immer genug gewesen. Doch dieses Mal war es anders. Es gab für sie keine Zuflucht. Keinen Ort, an den sie sich zurückziehen konnte. Sie hatte diese Formel, die sie unendlich reich machen würde und für diese Formel würde man sie jagen. Erbarmungsloser und unnachgiebiger, als es jemals der Fall gewesen war. Peter würde sie jagen. Und natürlich Nia. Melody hatte das Erkennen in Nias Augen gesehen, als sie sich umarmten. Vermutlich hatte ihr Parfum sie verraten. Und Nia würde die Frau ohne Gnade hetzen, die zwei Polizisten umgebracht und sie selber bewusstlos geschlagen hatte, das war Melody vollkommen klar. Doch nicht nur ISOS wäre hinter ihr her, sondern auch Neo Marsten. Sie war nicht sicher, was das größere Übel für sie war. Die mächtigste Geheimdienstorganisation der Welt oder der reiche Psychopath? Sie kam zu dem Schluss, dass beides gleichermaßen beängstigend war.
Sie seufzte und dachte zurück an ihre Flucht:

Melody hatte Glück gehabt.
Als Peter und Nia das Haus von Marsten verließen, war Melody klar geworden, dass es nun mit ihr vorbei war. Sie hatte sich verzockt und würde dafür mit ihrem Leben bezahlen. Sobald der Butler Marsten signalisiert hatte, dass Peter fort war, stürzte er sich auf Melody und verpasste ihr einen heftigen Schlag mit der flachen Hand an den Kopf, nach dem sie Sternchen sah. Dann schleifte er sie an ihren Haaren ins Schlafzimmer, beziehungsweise sein Spielzimmer, wie er es nannte. Sie hatte sich mit Leibeskräften gewehrt, doch er und der Bodyguard waren zu stark. Sie schafften es, Melody mit einer Hand an das Bettgestell zu fesseln. Sie keifte, schrie und zerrte, aber es nutzte nichts. Sie saß in der Falle. Marsten ging zu einem großen Kleiderschrank und entnahm diesem mehrere Koffer. Einen nach dem anderen öffnete er genüsslich und mit aller Zeit der Welt. In ihnen befanden sich diverse Peitschen, riesige Vibratoren und Werkzeuge, die aussahen, wie Spreizer.
„Sie her, Melody!", sagte er mit unheimlicher Stimme und einem kranken, lüsternen Ausdruck in den Auge. „Das sind meine Spielzeuge. Mit denen werde ich dir erhebliche Schmerzen bereiten, und das wird ein großer Spaß für mich sein. Ich denke, zuerst werde ich dich mal etwas auspeitschen, um dir Manieren beizubringen. Schade, dass ich dabei deine wundervoll makellose Haut ruinieren werde…"
Sie sah, wie sich eine Erektion in seiner Hose regte, als er einem der Koffer eine Peitsche aus dickem Leder entnahm. Angewidert und voller Angst drehte sie sich weg, wandte sich hin und her, doch es nutze nichts. Mit einem lauten Knallen schoss die Peitsche auf ihren Bauch nieder und hinterließ einen blutigen Striemen, wie Marsten zufrieden zur Kenntnis nahm. Ihr Bauch brannte wie Feuer, doch sie gab ihm nicht die Genugtuung zu betteln, schreien oder weinen.
Er machte nicht sofort weiter, sondern ließ es langsam angehen. Er hockte sich auf sie, während der Bodyguard ihre Füße festhielt und packte grob ihr Gesicht. Ihr linker Arm allerdings, war immer noch frei. Sie hatte gesehen, wie Marsten den Schlüssel für die Handschellen in die rechte Seitentasche seines Jackets, wel-

ches er immer noch trug, gesteckt hatte. Anstatt sich mit ihrem freien Arm gegen Marsten zu wehren, fischte sie flink und geschickt den Schlüssel aus der Tasche, ohne dass Marsten oder der Bodyguard es mitbekamen. Doch plötzlich packte Marsten den Arm und Melody befürchtete, er habe den Diebstahl doch bemerkt. Stattdessen drückte er ihn herunter und fixierte ihn mit seinem Knie, sodass Melody nun komplett bewegungsunfähig war.

„Na, meine Schöne. Gefällt es dir genauso wie mir?", fragte Marsten und spuckte Melody ins Gesicht, wodurch sie sich gedemütigt und angeekelt fühlte.

Dann ging der Alarm los und Marsten ließ erschrocken von Melody ab.

„Sieh nach, was das los ist und komme dann wieder nach hier!", blaffte er den Bodyguard an. „Aufgeschoben ist nicht aufgehoben.", sagte er mit einem diabolischen Grinsen zu Melody.

Außer Atem kam der Bodyguard zurück.

„Crane und Coor sind bewaffnet in das Haus eingedrungen!"

„CRANE UND COOR?", fragte Marsten ungläubig. „VERDAMMT! Hör zu, ich muss sofort von hier verschwinden. Ich darf Crane nicht in die Hände fallen. Kümmere dich um die Schlampe und dann verschwindest du ebenfalls. Ich melde mich bei dir."

„Klar, Boss."

Marsten rannte aus dem Zimmer und der Bodyguard drehte sich langsam zu Melody um.

„Dann…", doch weiter kam er nicht. Melody hatte sich blitzschnell befreit, war aufgesprungen und trat ihm mit Anlauf in den Unterleib. Der Schmerz explodierte in seinen Lenden und ihm wurde schwarz vor Augen, woraufhin er zusammenbrach und sich krümmte wie ein Embryo.

Melody verlor keine Zeit. Sie vermutete, dass Marsten die Formel hier in diesem Haus aufbewahrte und sie wusste, dass sich im Keller ein großer Tresorraum befand. Darüber hinaus war sie ziemlich sicher, den Code für die Safetür auf Marstens Rechner gefunden zu haben. Sie stieß auf eine Textdatei, die über Cloudsync auf allen Computern und Smartphones von Marsten verfügbar war. Dort war nur ein Name und eine lange Nummer notiert. Zuerst dachte Melody, es wäre eine Freundin von Marsten, denn der Name lautete „Rose Foda". Und die Nummer hielt sie für eine Telefonnummer. Die Nummer war allerdings verdammt lang. Melody hatte noch nie so eine lange Telefonnummer gesehen. Doch dann hatte sie einen Geistesblitz. Vertauschte man die Buchstaben von „Rose Foda", dann wurde daraus „Safe Door". Es deutete also alles daraufhin, dass dies der Sicherheitscode für den Safe war. Vermutlich wurde der Code automatisch regelmäßig geändert und verschlüsselt auf Marstens Geräte geschickt, die wiederum mit Passwörtern oder Biometriedaten wie Fingerabdrücken geschützt waren. Doch nun hatte *sie* trotz aller Sicherheitsmaßnahmen den Passcode.

Melody trug nur den Bikini, denn ihr Tuch hatte sie verloren. Sie wusste, dass sie auf dem Weg zum Tresor an der Küche vorbeikam und dass sich dahinter die Waschküche befand. Sie machte dort Halt, fand in der Waschküche eine frisch gewaschene Uniform der Dienstmädchen und zog diese an. Eine Frau, die in dieser feinen Gegend im Bikini herumlief, erregte Aufsehen, aber eine Putzfrau war das Normalste der Welt. Das würde ihre Flucht erleichtern.

Gerade, als sie den letzten Knopf zumachte, hörte sie Schüsse wie Donnerschläge aus der Richtung des Eingangsbereichs. Peter hatte wohl Verstärkung bekommen. Sie musste sich beeilen.

Als wäre der Teufel hinter ihr her, rannte sie hinab zum Safe und tippte eilig den Code ein. Eine Sekunde lang geschah gar nichts, und sie dachte schon, der Code wäre falsch. Doch dann flackerte eine kleine grüne Leuchte auf und die Safetür öffnete sich lautlos. Im Raum dahinter stand in der Mitte ein Metalltisch, auf dem ein Notebook lag. Ansonsten war der Raum leer. Das Notebook war dick gepanzert und vermutlich sogar kugelsicher. Es war geschlossen und mit einem Schloss geschützt.

Melody starrte mit offenem Mund den Computer an. Ein Notebook? Nur für die Formel. Es beschlich sie das Gefühl, dass sich auf dem Rechner womöglich nicht nur die Formel befand, sondern auch einige von Marstens dunklen Geheimnissen. Falls das stimmte, waren die Informationen auf der Festplatte nicht nur verdammt viel Geld wert, sondern bedeuteten für sie auch, dass sie Neo Marsten in der Hand hatte. Das war natürlich ein Spiel mit dem Feuer, denn er würde Jagd auf sie machen, aber es konnte andererseits möglicherweise auch ihr Leben retten. Zunächst musste sie jedoch an ihre Flucht denken. Mit dem Computer würde sie sich später befassen. Sie schnappte sich das Gerät und verschwand aus dem Tresor.

Zum vorderen Bereich des Hauses konnte sie nicht, denn dort würde sie Peter in die Arme laufen. Sie musste hinten hinaus, durch den dicht bewachsenen Garten und sich von dort aus zur Straße durchschlagen. Da hoffte sie, dass sie per Anhalter mitgenommen wurde. Geld hatte sie keines bei sich, also musste sie es auf diesem Wege versuchen. Da ihr die Dienstmädchen Uniform aber eine Nummer zu klein war und an ihrem Körper kurz und sexy aussah, würde es mit Sicherheit kein Problem sein, von irgendeinem Typen mitgenommen zu werden. Vielleicht fand sie aber auch ein Fahrzeug, das sie klauen konnte.

Sie vermutete, dass Peter zuerst Marsten suchen würde. Das würde ihr Zeit verschaffen. Dennoch war es bei ihrer Flucht verdammt knapp zugegangen. Beinahe hätte sie einer dieser ISOS Typen erwischt, als sie die Kellertreppe hinauf kam. Glücklicherweise schaute er gerade in eine andere Richtung, sodass sie ungesehen verschwinden konnte.

Sie schlich durch den Garten und ging einen großen Bogen zurück zur Straße. Dort standen mittlerweile viele Gaffer herum, die von dem Krawall rund um Marstens Haus angelockt worden waren. Erstaunlich, wie sensationsgeil Menschen sein konnten, obwohl dort oben geschossen wurde, was durchaus für die Gaffer gefährlich werden konnte. Ihr war das aber nur recht, denn niemand würde sie beachten, so abgelenkt, wie die Leute waren. Am Straßenrand standen einige Fahrzeuge geparkt. Sie hoffte, dass jemand vergessen hatte abzuschließen. Verstohlen ging sie an einigen Fahrzeugen vorbei und probierte unauffällig, ob sie verriegelt waren. Keiner der Gaffer beachtete sie. Beim vierten Fahrzeug hatte sie Glück. Die Tür war auf und der Schlüssel steckte. Niemand bemerkte, wie sie das Fahrzeug entwendete.

Endlich war sie dem Albtraum entkommen. Sie hatte schon vor Tagen zur Sicherheit ein Motelzimmer gemietet, für den Fall, dass sie untertauchen musste. Motels waren zwar nicht das, was sie sich unter einer vernünftigen Unterkunft vorstellte, aber dort würde man sie zunächst sicher nicht suchen. Sie parkte den Wagen einige Kilometer entfernt von dem Motel und ging den Rest zu Fuß.
Als sie auf ihrem Zimmer ankam, ließ sie sich erschöpft auf das Bett fallen. Die letzten Stunden waren physisch und psychisch ein Martyrium gewesen. Ihr Gesicht schmerzte von Marstens Schlag und ihr Bauch brannte von dem Peitschenhieb. Sie war sicher, dass dort eine Narbe zurück bleiben würde. Jedoch war leider keine Zeit, sich auszuruhen.
Zunächst wollte sie sich den Computer vornehmen. Sie nahm eine Sporttasche aus dem Schrank, die sie dort deponiert hatte und in der sich einige nützliche Dinge befanden. Unter anderem ein Dietrich, mit dem sie das Schloss des Notebooks knackte. Dann fuhr sie den Rechner hoch und stellte erleichtert fest, dass er nicht passwortgeschützt war. Bei einem Rechner, der in einem Tresor stand, hatte man das wohl nicht für nötig gehalten. Als sie die Dateien durchforstete, musste sie unweigerlich grinsen. Sie hatte genau das gefunden, was sie sich erhofft hatte. Zum einen die Formel und zum anderen viele Informationen und Aufzeichnungen über Neo Marsten. Seine Firmen, seine Konten, eine Liste der Leute, die auf seiner Gehaltsliste standen und vieles mehr. Das war ihre Lebensversicherung. Sie nahm ihren USB Stick aus ihrer Tasche und machte ein Backup. Dann schraubte sie das Notebook auf und entnahm die Haupt- und die Backup-Festplatte, welche sie in ihrer Tasche verstaute. Nun waren die Daten dreifach gesichert. Das auseinander geschraubte, und ohne Festplatten nutzlose Notebook ließ sie liegen.
Dann kramte sie aus der Tasche einen Kulturbeutel und einige Klamotten hervor und ging ins Bad. Sie rasierte sich ihren Schädel kahl und zog lässige, aber unförmige Kleidung an, die ihre Figur verschleierte. Auf den Kopf zog sie eine Schiebermütze und ihr halbes Gesicht verdeckte sie mit einer großen Sonnenbrille. Auch änderte sie ihre Art zu gehen. Anstatt sich wie sonst sexy

und elegant fortzubewegen, schlurfte sie nun umher und ging leicht vornüber gebeugt, wodurch sie kleiner wirkte. Nun sah sie ganz und gar nicht mehr wie Melody Mureaux aus, und es war kaum auszumachen, ob sie Mann oder Frau war. Als sie fertig war, schnappte sie sich ihre Tasche und verließ das Zimmer. Sie hatte etwa hunderttausend Dollar bei sich, die für einige Zeit reichen würden.

Und nun saß sie in dem Bus und ihr fielen vor Erschöpfung die Augen zu. Was sie als letztes vor ihrem geistigen Auge sah, bevor sie einschlief, war das Gesicht eines Mannes, welches ihr ein wohliges Gefühl bereitete. Es war das Gesicht von Peter Crane.

46

Neo Marsten hockte in einem Schiffscontainer und wartete darauf, dass das Frachtschiff aus dem Hafen von Los Angeles auslief. Die Reederei gehörte ihm, was jedoch nur eine Handvoll Leute wussten. Ein Mitglied der Crew hatte in aller Eile dafür gesorgt, dass in dem Container ein Schlafsack, Nahrung und Getränke, einige Bücher für die lange Überfahrt, eine Taschenlampe und ein Eimer für gewisse Bedürfnisse für Marsten deponiert waren. Und dass der Container noch auf das Schiff verladen wurde. Der Rest der Crew wusste nichts von Marstens Anwesenheit und sie würden auch nie davon erfahren. Das Schiff fuhr nach Panama, wo Marsten Bekannte hatte, die ihm noch einen Gefallen schuldeten.
Wie hatte das alles nur so schief gehen können, fragte er sich. Noch heute Morgen war er frisch und energiegeladen aufgestanden und hatte sich auf einen großartigen Tag gefreut. Und nun saß er hier in diesem Container und floh, wie ein geprügelter Hund.

Das Unglück hatte an dem Tag angefangen, als ISOS zum Schutz von Gouverneur Johnson mit hinzugezogen wurde. Marsten musste das zähneknirschend hinnehmen, denn wie hätte es ausgesehen, wenn ausgerechnet der Chef von NeoSec dagegen interveniert hätte? Im Prinzip hätte er dann auch direkt gestehen können, den Gouverneur umbringen zu wollen.
Eigentlich hätte das ein großer Tag werden sollen. Eric Lee war der erste Proband, bei dem die Experimente zur Leistungssteigerung des menschlichen Körpers ein voller Erfolg gewesen waren. Er wurde schneller und stärker als jeder andere Mensch. Zwar war Eric Lee ein Mann, der grundsätzlich tat was man ihm auftrug, jedoch zählte ein kaltblütiges Attentat auf einen Unschuldigen nicht dazu. Was nutzte allerdings ein Supersoldat, wenn dieser nicht tat, was man von ihm verlangte? Deswegen wurde nicht nur Eric Lees Körper einer Behandlung unterzogen. Nein, man manipulierte auch seine Gedanken. Natürlich ohne dass Lee etwas davon wusste. Den Wissenschaftlern, denen Marsten verdammt viel Geld dafür bezahlte, war ein Durchbruch auf dem Gebiet der Gedankenkontrolle gelungen. Man pflanzte Lee praktisch den Drang ins Gehirn, Gouverneur Johnson umbringen zu müssen. Ein einziger Satz löste diesen Drang aus. Man hatte sich für ein belangloses „Schönes Wetter heute" entschieden. Dieser Satz machte aus dem ehrenhaften Eric Lee einen Killer. Man hatte die Forschung der Gedankenkontrolle „Project Troy" getauft, denn dadurch wurden Menschen tatsächlich zu einer Art trojanischem Pferd. Dass es Cranes Team gelungen war, den Anschlag zu verhindern und ihnen dazu auch noch Lees Leiche und die Ampulle mit dem Mittel zur Leistungssteigerung in die Hände gefallen war, hatten für ihn und seine Pläne einen herben Rückschlag bedeutet. Eigentlich wollte er dafür sorgen, dass Lee danach von der Bildfläche verschwand. Das allerdings zu seinen Konditionen. Niemand hätte Lees Leiche jemals gefunden, dafür war gesorgt worden. Er selber war natürlich nie wegen der Experimente an Lee persönlich herangetreten. Für Lee war er immer nur der Chef von NeoSec geblieben. Alles andere hatten Mittelsmänner erledigt. Man bot ihm Geld und ein schönes, teures Haus. Nach kurzer Bedenkzeit sagte Lee zu und wurde Marstens

erster Soldat. Eigentlich hatte er sich eine ganze Armee erschaffen wollen. Eine Truppe, die jeden Gegner in Angst und Schrecken versetzt hätte, ganz nach dem Vorbild der SS im Dritten Reich. Doch nun stand er mit leeren Händen da. Dr. Goddard tot und die Wissenschaftler tot oder in Gefangenschaft, das Labor halb zerstört und die Formel hatte er in der Eile nicht mitnehmen können.

Er fand es besonders schade, dass er darüber hinaus nun auch das Wave verloren hatte. Dieser Club gehörte ihm und er war sein ganz persönliches Jagdrevier gewesen. Dort hatte er die ganzen jungen Mädchen gesucht und gefunden, die er dann seiner ganz besonderen Behandlung unterzogen hatte. In L.A. war es ganz normal, dass die jungen Starlets kamen und gingen. An einem Tag waren sie noch da, am anderen Tag waren sie bereits wieder fort, weswegen sie in einem solchen Club nie vermisst wurden. Und bei der Polizei hatte er mit großzügigen Zuwendungen dafür gesorgt, dass niemand diesen Fällen nachging. Er hatte das perfekte Konzept zum Ausleben seiner Triebe erschaffen. Woher diese Triebe kamen, wusste er nicht. Und er hatte es nie geschafft, sie zu kontrollieren. Schon lange hatte er sich damit abgefunden, also gab er sich ihnen mit endgültiger Konsequenz hin. Doch nun würde es wesentlich schwieriger für ihn werden, seiner Obsession nachzugehen. Egal, wo er hinging, er würde dort zunächst nicht den Schutz der Polizei genießen, und jedes tote Mädchen würde unweigerlich seine Verfolger auf seine Spur locken.

Er dachte an Peter Crane. Seine Identität kannte Marsten zu dem Zeitpunkt noch nicht, als man ihn in der Wüste gefangen genommen hatte. Und die Identität war ihm auch egal gewesen. Crane hatte sich als der perfekte Proband erwiesen und das war alles, was zählte. Ein fataler Fehler, wie sich nun herausgestellt hatte. Er musste sich eingestehen, dass er Crane direkt hätte erschießen lassen sollen. Aber das hatte er selbst dann nicht getan, als er erfuhr, wer der Mann überhaupt war, den sie dort gefangen hielten. Und damit hatte er den Untergang der Forschungsstation eingeleitet. Dass er Crane so unterschätzt hatte, war unverzeihlich. Ihm war die Flucht aus dem Labor geglückt und es war ihm

gelungen, Dr. Klein und dessen Familie zu retten. Und dafür würde Crane büßen. Für ihn hatte Marsten noch eine nette Überraschung parat, die ihn psychisch brechen würde. Danach würde Crane nicht mehr derselbe sein, so viel war sicher. Das war seine unerbittliche Rache an Peter Crane.
Wie sich gezeigt hatte, war Cranes Team schwerer umzubringen, als es jemals andere Gegner von ihm gewesen waren. In seiner Anfangszeit in L.A. hatte er es mit den mächtigsten und brutalsten Gangstern aufgenommen und er hatte sie ausnahmslos alle besiegt. Bei Cranes Team war ihm das jedoch nicht gelungen. Und nun waren sie im Besitz der Beweise von Walter Rollins und sie hatten ihn aus Los Angeles - aus seiner Stadt - vertrieben. Das alleine traf ihn schon äußerst schwer. Alles, was er dort erreicht und erschaffen hatte, war nun für immer fort. Er würde vermutlich nie mehr in sein geliebtes L.A. zurückkehren können. Doch er würde sich gnadenlos dafür rächen. Auch Cranes Team würde nicht ungeschoren davon kommen. Allerdings würde diese Rache noch warten müssen. Für die Vorbereitungen benötigte er noch etwas Zeit.
Bei dem Gedanken an seine Rachepläne musste er grinsen. Dann wanderten seine Gedanken zu Melody Mureaux und seine Miene verfinsterte sich wieder. Sie hatte es tatsächlich geschafft, ihn zum Narren zu halten. Sie war äußerst geschickt darin, anderen etwas vorzugaukeln und ausgerechnet er, der ein Großmeister in dieser Disziplin war, hatte sich von Mureaux täuschen lassen. Mittlerweile war ihm klar, was Mureaux von ihm gewollt hatte. Ob sie die Formel jedoch bekommen hatte, wusste er nicht. Das würde er allerdings noch herausfinden. So oder so würde jedoch auch sie dafür büßen, was sie getan hatte. Er bedauerte es zutiefst, dass er vorhin unterbrochen worden war, als er sich um sie kümmern wollte. Aber das würde er nachholen. Es gab kein Loch auf dieser Welt, in dem Mureaux sich vor ihm verstecken konnte.

Doch zunächst musste er diese lange und unbequeme Überfahrt über sich ergehen lassen. Das machte ihm jedoch nicht wirklich etwas aus, denn er war entkommen und das war es, was im Moment zählte.

Er würde sich neu aufstellen müssen. Alte Weggefährten um sich scharen und neue hinzugewinnen. Man hatte ihn geschlagen, aber nicht vernichtet. Er würde stärker und mächtiger zurückkommen, als jemals zuvor. Das würde jedoch auch große Entbehrungen bedeuten. Sein luxuriöses Leben in der Öffentlichkeit war vorbei. Fortan würde er einer der meistgesuchten Verbrecher der Welt sein. Das hieß für ihn ein Leben unter dem Radar. In seiner Anfangszeit in Los Angeles war es ähnlich gewesen. Er hatte seine Zeit in schäbigen Hotels verbracht, im Hintergrund die Fäden gezogen und keiner seiner Gegner hatte den großen Unbekannten jemals ausfindig machen können. Von daher machte er sich nicht wirklich Sorgen um sein zukünftiges Leben. Auch das würde er problemlos meistern und selbst ISOS und Peter Crane würden das nicht verhindern können.

47

In der Villa von Richard Metz saß das Team gemeinsam zur Nachbesprechung am großen Esszimmertisch. Tom der Pilot war auch dabei, genauso wie Tolino und Woodcock. Joan und Harold waren nach nebenan gegangen, um nicht zu stören.
„Sag mal, Pete, warum ist Vize Direktor Moore eigentlich direkt an Marsten herangetreten? Ich meine, es war ja durchaus ein großes Risiko und man wusste auch noch gar nicht genau, ob er wirklich der Kopf hinter all dem war.", wollte Lilly wissen.
„Ja, das war sicherlich ein Risiko. Schlimmstenfalls hätte es Moore sogar das Leben kosten können. Es war so gesehen ein Schuss ins Blaue, denn echte Beweise hatten wir tatsächlich nicht. Nur Vermutungen und ein paar Indizien. Aber es war klar, dass wir einer großen Sache auf der Spur waren und wir brauchten Ergebnisse. Also ist Moore dieses Risiko eingegangen und war damit, wie wir jetzt wissen, auf der richtigen Spur. Für Marsten wiederum war das eine willkommene Gelegenheit. Er wusste natürlich, dass ISOS in diesem Fall ermittelte und da kam ihm ein hoch-

rangiger Verbündeter aus den Reihen von ISOS gerade recht."
„Denkst du, Marsten hat geahnt, dass Moore gar nicht überlaufen wollte?", fragte Tolino.
„Nein, ich denke nicht. Das alles war bis hin zu dem vermeintlichen Attentat auf Frank wirklich perfekt und glaubwürdig eingefädelt. Das Attentat und Franks angeblicher Tod kann uns möglicherweise sogar noch helfen. Wenn Frank untertaucht, sodass Marsten nicht erfährt, dass er noch lebt, dann besteht die Möglichkeit, dass Marsten sich irgendwann hilfesuchend an Moore wendet. Das könnte unsere Chance sein, ihn zu schnappen. Frank wiederum wird in dieser Zeit leider nichts Anderes übrig bleiben, als sich in der Öffentlichkeit unkenntlich zu machen und zu verkleiden."
„Das ist kein Problem!", entgegnete Frank. „In meiner Zeit als Schmuggler bin ich öfters verkleidet gegenüber Komplizen und Kunden aufgetreten, damit mich niemand identifizieren konnte, falls mal etwas schief lief."
„Ich frage mich die ganze Zeit, ob wir nicht vielleicht zu forsch an die Sache heran gegangen sind.", zweifelte Vin. „Es ist uns nicht gelungen, Marsten aus dem Verkehr zu ziehen und nun stehen wir praktisch mit leeren Händen da."
„Hm.", überlegte Peter. „Marsten ist uns entwischt und das kann uns teuer zu stehen kommen. Denn er wird sich mit ziemlicher Sicherheit an uns rächen wollen. Und auch, dass Melody die Formel an sich bringen konnte, ist eine üble Sache. Wenn sie diese an die falschen Leute verkauft, dann steht der ganzen Welt eine ungemütliche Zeit bevor. Aber so ganz erfolglos waren wir dann doch nicht. Wir haben Gouverneur Johnsons Unschuld bewiesen, sodass er sein Amt weiter ausüben kann. Wir haben Dr. Klein, der jetzt für ISOS arbeitet, und dessen Familie gerettet. Außerdem haben wir den Inner Circle zerschlagen und ein ganzes Korruptionsnetzwerk ausgehoben. Wir haben also doch etwas erreicht."
„Da hast du schon recht.", stimmte Vin zu.
„Wie geht's jetzt weiter? Und was hat Priorität? Marsten oder Mureaux?", fragte Arif.

„Die größere Gefahr für die Allgemeinheit stellt wohl momentan die Formel dar. Nicht auszudenken, wenn sie in die falschen Hände gerät. Natürlich dürfen wir Marsten nicht unterschätzen. Er wird alles daran setzen uns zu töten und wir müssen hoffen, dass er sich die Zeit bis dahin nicht mit jungen Mädchen vertröstet. Unser wichtigstes Ziel ist es also, die Formel an uns zu bringen und sie sicher im Kabinett unterzubringen."
Als Kabinett wurde ein Hochsicherheitsbereich in der ISOS Zentrale in Washington bezeichnet. Dort wurden alle möglichen furchtbaren Dinge aufbewahrt, an die ISOS in jahrzehntelanger Arbeit gelangt war und die man nicht auf die Menschheit loslassen wollte. In diesem Bereich lagerten beispielsweise hochansteckende Krankheitserreger, die für Biowaffen missbraucht werden konnten, oder Waffenprototypen, die in der Lage waren, verheerende Schäden anzurichten. Die Formel würde dort gut aufgehoben sein. Zu Beginn hatten die ISOS Mitarbeiter diese Lagereinrichtung das „Horrorkabinett" getauft. Mittlerweile wurde es nur noch als das „Kabinett" bezeichnet. Selbst Direktor McDermott nannte es so.
„Leider bleibt uns für den Moment nur übrig abzuwarten.", fuhr Peter fort. „Marsten und Mureaux sind spurlos verschwunden. Blinder Aktionismus bringt uns dabei nicht weiter. Wir werden alle Hebel in Bewegung setzen, um die beiden aufzuspüren. Alle ISOS Nebenstellen, diverse Geheimdienste und Strafverfolgungsbehörden weltweit sind gewarnt und auf der Suche nach den beiden. Nun müssen wir Ergebnisse abwarten und auf Standby bleiben. Ich denke, wir sollten zurück nach Washington in die Zentrale, damit wir nötigenfalls direkt mit dem Jet starten können, wenn wir erste Hinweise haben, wo sich Melody oder Marsten aufhalten könnten. Vorher allerdings werde ich mit Nia und Lilly Joan und Harold zurück nach Kingman bringen. Wir werden auf der Ranch nochmal nach dem Rechten schauen und die Nacht dort verbringen. Wir sind morgen früh zurück und dann werden wir alle gemeinsam nach Washington fliegen. Ruht euch bis dahin etwas aus. Wir haben anstrengende Tage hinter uns und es liegen noch anstrengendere Tage vor uns. Wer weiß, wann

wir uns das nächste Mal etwas Ruhe gönnen können. Also genießt die paar Stunden."

Eine halbe Stunde später fuhren sie los in Richtung Kingman. Lilly fuhr mit Joan und Harold in Joans Auto und Peter und Nia in Nias Hummer. Als sie dort ankamen, war es schon spät und die Sonne war längst untergegangen. Peter, Nia und Lilly inspizierten zunächst jeden Quadratmeter des Hauses und des Grundstücks, bevor sie Harold und Joan hinein ließen. Die Cleaner Teams hatten perfekte Arbeit verrichtet und sogar die Einschusslöcher der Scheune beseitigt, wo auf Peter bei seiner Flucht geschossen worden war. Von den Leichen der getöteten Pferde war ebenfalls nichts mehr zu sehen. Im Inneren des Hauses hatten die Cleaner alles sauber gemacht, Patronenhülsen beseitigt und aufgeräumt. Alles sah aus wie neu.
Joan atmete zufrieden durch:
„Endlich wieder zu Hause und im eigenen Bett schlafen!", sagte sie zufrieden.
Auch Harold war überglücklich. Ich hätte nicht gedacht, dass ich die Farm nochmal wiedersehe.", sagte er mit Tränen in den Augen. „Nochmals vielen Dank, dass ihr mich und Dr. Klein aus diesem Loch herausgeholt habt."
„Nichts zu danken, Harold. Das würden wir jederzeit wieder tun.", sagte Nia und drückte ihn zum Trost.
„Ich würde euch gerne etwas zu Essen anbieten.", sagte Joan. „Aber wir haben nichts mehr hier. An dem Tag, als ich überfallen wurde, hatte ich geplant, Großeinkauf zu machen und unsere Vorräte wieder aufzufüllen."
„Kein Problem, Joan. Ich fahre mal eben in die Stadt etwas einkaufen.", bot Peter an.
„Das würdest du tun? Das wäre großartig. Hier ist meine Einkaufsliste.", antwortete Joan dankbar. Ihr war einfach nicht danach, in die Stadt zu fahren und unter Leute zu kommen.
„Klar, kein Problem."
„Soll ich mitkommen?", fragten Nia und Lilly gleichzeitig.

„Nicht nötig. Kümmert ihr euch um Harold und Joan.", sagte er und machte sich auf den Weg zu einem großen Supermarkt etwas außerhalb von Kingman.
Während der Fahrt war Peter in Gedanken. Er grübelte über Marsten, Melody und die Geschehnisse der letzten Tage. Deswegen bemerkte er nicht den Wagen, der ihm in einiger Entfernung folgte.
Als Peter im Supermarkt in einer der Regalreihen stand, trat ein Mann von hinten an ihn heran und flüsterte ihm etwas zu: „Schönes Wetter heute!"
Jegliches Leben entwich Peters Augen und sein Körper erstarrte. Wie eine lebende Leiche stand er dort.
Nach einigen Minuten schüttelte Peter den Kopf und setzte den Einkauf fort, als wäre nichts gewesen. Urplötzlich bekam er stechende Kopfschmerzen. Sein Schädel fühlte sich an, als würde er gleich platzen. Hektisch kaufte er alles, was auf Joans Liste stand und war froh, als er endlich wieder auf der Farm war.
„Was hast du?", fragte Nia besorgt bei seinem Anblick. Er war blass und seine Augen waren blutunterlaufen.
„Ich habe höllische Kopfschmerzen. Ich denke, ich gehe schonmal hoch und lege mich hin. Das sind wahrscheinlich noch kleine Nachwirkungen der Experimente.
„Ja, mach das!", sagte Nia verständnisvoll und küsste ihn auf die Wange. Peter ging hinauf ins Obergeschoss. Dort bewohnten sie wie immer wenn sie Joan und Harold besuchten, einen separaten Gästebereich mit eigener Eingangstür. Das Schlafzimmer dort hatten Joan und Harold eingerichtet, wie in den sechziger Jahren. In der Ecke stand auf vier Beinen ein alter Röhrenfernseher, der mit seinem Holzfurnier-Imitat eher aussah wie ein Möbelstück. Vor dem Fernseher standen zwei Ohrensessel, die mit einem moosgrünen Filzstoff bezogen waren. Der Boden war mit einem braunen Schlingen-Teppich belegt und die Wände mit dunklen Holzpaneelen verkleidet. Mehrere Hirschgeweihe hingen an den Wänden neben diversen Landschaftsgemälden.
Peter wollte das Fenster aufmachen, um etwas frische Luft hereinzulassen, doch scheinbar war es defekt und ließ sich nicht öffnen. Er schaltete leise das alte Transistorradio ein, weil er bei

Musik besser einschlafen konnte. Erschöpft ließ er sich auf das Bett fallen und schlief sofort ein.

Peter wälzte sich im Schlaf unruhig im Bett hin und her.
„NEIN!", schrie er und schreckte hoch. Schwer atmend, schwitzend und mit weit aufgerissenen Augen schaute er sich desorientiert um. Aus einem alten Transistorradio drang leise die Stimme von Johnny Cash, der „Walk the Line" sang.
Der Albtraum verblasste schon wieder und er konnte nicht mehr sagen, was ihn hatte aufschrecken lassen.
„Wo zum Teufel bin ich?", fragte er sich selber.
Er kannte das Zimmer nicht, in dem er sich befand und hatte keine Ahnung, warum er hier war. Er wusste nicht mal, in welcher Stadt oder welchem Land er sich überhaupt befand. Doch das Schlimmste war, dass er nicht wusste, wer er selber war. Krampfhaft versuchte er sich zu erinnern, wie er hierher gekommen war, und wie seine Identität war. Er konnte seine Gedanken jedoch nicht ordnen. In seinem Kopf herrschte Chaos. Bilder, Personen und Namen blitzten wild durcheinander in seinem Kopf auf.
Plötzlich wurde ihm schwindelig und Übelkeit überkam ihn in Wellen. Er spürte, wie ihm die Galle hochkam. Da es ihm nicht rechtzeitig gelang, aufzustehen, um ins Bad zu rennen, übergab er sich neben das Bett. Er bekam Schüttelfrost und kalter Schweiß trat ihm auf die Stirn. Mit dem Handrücken wischte er sich den Mund ab.
„Was ist nur los mit mir?", fragte er, doch niemand antwortete.
Er ließ sich zurück auf das Kissen fallen und atmete mehrmals tief ein und aus. Langsam ließ die Übelkeit nach. Er wollte liegen bleiben, um sich zu erholen und zu Kräften zu kommen. Doch es war so, als würde ihn etwas zwingen aufzustehen.
Er gab dem Drang nach, richtete sich auf und setzte sich auf die Bettkante. Er fühlte sich schwach und elend. Der Zwang, aufstehen zu müssen, ließ jedoch nicht nach. Vorsichtig und langsam stand er schließlich auf. Wieder wurde ihm schwindelig und es kam ihm vor, als würden die Wände des Zimmers regelrecht auf ihn zukommen. Er stützte sich an der Wand ab und atmete hek-

tisch. Panik überkam ihn und er drohte ohnmächtig zu werden. Nur durch pure Willenskraft gelang es ihm, stehen zu bleiben und bei Bewusstsein zu bleiben. Gähnend langsam kam sein Kreislauf wieder in Gang. Er schloss die Augen, beruhigte seine Atmung und konzentrierte sich darauf zu gehen. Einen Schritt nach dem anderen. Er schlurfte langsam, wie ein Betrunkener zum Fenster, um etwas frische Luft hinein zu lassen. Doch er bekam das Fenster nicht auf. Er schaute hinaus, aber es war dunkel. So dunkel, dass er nichts erkennen konnte. Keine Lichter, keine Sterne, keinen Mond. Nur tiefe, dunkle Schwärze.
Vor seinem geistigen Auge erschien ein Gesicht. Ein Frauengesicht. Eine hübsche Frau mit langen blonden Haaren und blauen Augen. Sie lächelte ihn mit strahlend weißen Zähnen an und ihm wurde wohlig warm.
„Nia…", sagte er verträumt.
Sie war das einzige, woran er sich erinnern konnte. Seine Freundin und große Liebe Nia Coor. Er sah, wie sie beide zusammen waren. Sah gemeinsame Urlaube, sah, wie sie sich liebten. Sah, wie sie glücklich waren. Die Erinnerungen trafen ihn mit Wucht, stürmten auf ihn ein und brachten seinen Schädel fast zum Platzen. Ihm wurde wieder schwindelig und er musste sich an der Fensterbank festhalten.
In einem Erinnerungsfetzen flüsterte ihm Nia mit einer warmen, beruhigenden Stimme etwas zu:
„Peter!"
Peter? War das sein Name? War er ein Mann namens Peter? Doch mit Ausnahme von Nia, konnte er keine Erinnerungen fokussieren und festhalten.
War Nia auch hier? Er wusste es nicht, aber so, wie er gerade eben einen Zwang verspürt hatte, aufstehen zu müssen, verspürte er jetzt einen übermächtigen Drang, Nia Coor zu finden.
Er wandte sich vom Fenster ab und ging in Richtung Zimmertür. Neben der Tür hing ein großer Spiegel, in dem er einen etwa 1,80 m großen Mann sah, mit leuchtend blauen Augen und kurz geschnittenen Haaren, die ihm wirr vom Kopf standen und strähnig und ungewaschen aussahen. Er trug eine Jeans und ein T-Shirt und war schlank und muskulös gebaut. Doch die Person

sah krank aus. Blass und ausgezehrt, mit dunkeln Rändern unter den blutunterlaufenen Augen. Das T-Shirt klebte vor Schweiß an seinem Körper. Die Person im Spiegel war ihm zugleich bekannt und unbekannt. Zwar wusste er, dass er selber diese Person war, allerdings blieb alles andere weiterhin im Dunkeln.

Er griff den Türknauf und öffnete die Tür. Vor sich sah er einen kurzen Flur. Links und am Ende des Flurs befand sich jeweils eine Tür. Die zu seiner Linken schien die Eingangstür zu sein, denn an ihr war ein Türspion angebracht. Dann musste hinter der anderen Tür das Badezimmer sein, überlegte er.

Dort würde er zuerst nachschauen. Er betrat den Flur. Auch hier waren die Wände mit Holz vertäfelt und mit Hirschgeweihen gesäumt. Erneut wurde ihm schwindelig. Wieder hatte er das Gefühl, als würden die Wände sich bewegen und auf ihn zukommen, als würden sie in Bewegung sein, um ihn zu zerquetschen. Er verlor das Gleichgewicht, torkelte gegen die Wand und schaffte es gerade noch so, sich auf den Beinen zu halten. Langsam ließ der Schwindelanfall wieder nach und er ging in Richtung Badezimmer. Geschwächt wie er war, kam ihm der Weg unendlich lang vor. Als er die Tür erreichte, packte er den Türknauf und öffnete sie. Am Waschbecken, vor dem Spiegel, ihm den Rücken zugewandt, stand sie. Nia. Sie war nur in einen weißen Bademantel gehüllt. Als sie seine Anwesenheit bemerkte, drehte sie sich zu ihm um. Ihre Schönheit verschlug ihm den Atem. Er meinte fast, wie bei einem Engel, ein Leuchten um sie herum wahrzunehmen. Sie lächelte ihn an und sein Herz begann zu rasen.

„Hallo, Liebster!"

Immer noch lächelnd kam sie auf ihn zu, stellte sich auf die Zehenspitzen und gab ihm einen Kuss auf die Wange. Ihre Haare waren noch leicht nass, weil sie gerade geduscht hatte. Sie duftete nach Shampoo und Bodylotion, und ihr wohlgerundeter Körper schmiegte sich an seinen. Erleichtert umarmte er sie und drückte sie an sich. Er hätte sie bis in alle Ewigkeit so festhalten können. Sie gab ihm die Hoffnung, dass alles gut würde.

Doch dann machte sie eine sorgenvolle Miene, löste sich leicht von ihm und fühlte seine Stirn.

„Was ist los mit dir? Du siehst schlecht aus und fühlst dich an, als hättest du Fieber. Bist du krank?"
„Ich…ich weiß es nicht…", brachte er mit krächzender Stimme hervor, weil sein Mund so ausgetrocknet war.
„Dann lege dich wieder hin. Wenn ich fertig bin, werde ich mich um dich kümmern. Ich werde dir Tee holen und dir kalte Wickel machen. Keine Sorge, ich kriege dich schon wieder hin.", sagte sie und zwinkerte ihm ermunternd zu.
Dann schaute sie an ihm herab und ihre Miene versteinerte sich.
„Warum hast du eine Waffe in der Hand?", fragte sie ängstlich.
Verdutzt hob er die Hand und blickte überrascht auf die Handfeuerwaffe, die er hielt. Er konnte sich nicht daran erinnern, die Waffe mitgenommen zu haben. Genau genommen wusste er nicht einmal, dass er überhaupt eine Waffe besaß.
Dann spürte er etwas in sich aufsteigen. Einen unbändigen Drang, der ihn überspülte wie eine riesige Welle. Nia sah, wie sich sein Gesichtsausdruck veränderte und trat einige Schritte zurück, bis sie mit dem Gesäß an das Waschbecken stieß.
„Peter, was hast du? Du machst mir Angst!"
Immer noch blickte er auf die Waffe. Der Drang wurde übermächtig. Er wollte sich wehren und dagegen ankämpfen. Das durfte nicht sein. Doch er kam nicht dagegen an. Die Hand begann zu zittern. Ganz langsam, so als wäre es nicht seine Hand und nicht sein Arm, richtete er die Waffe auf Nia. So sehr er sich auch anstrengte, er konnte den Arm nicht bewegen, konnte die Waffe nicht von Nia abwenden. Es fühlte sich so an, als hätte er die Kontrolle über seinen Körper verloren, so als wäre er ferngesteuert. Eine Erkenntnis traf ihn wie ein Donnerschlag: Er würde es nicht verhindern können.
„PETER, HÖR AUF!", schrie sie panisch mit weit aufgerissenen Augen. Sie wollte am liebsten fliehen oder auf ihn losgehen. Doch ihre Beine versagten den Dienst. Zu furchtbar war es, von ihrem Liebsten mit der Waffe bedroht zu werden, aber noch furchtbarer war der animalische tödliche Ausdruck auf seinem Gesicht. Er hatte nicht mehr diesen sanften Ausdruck, den er immer hatte, wenn er sie liebevoll anschaute. In Kontrast zu seinem Gesicht, schauten seine Augen sie tieftraurig an. Etwas End-

gültiges lag in diesem Blick. Sie sah den inneren Kampf, den er austrug und hoffte, dass das Gute in ihm gewinnen würde.
„Nein…..Nein….NEEEEIIIIIIIIN!", schrie er. Tränen liefen ihm die Wangen hinab.
Dann drückte er ab und schoss Nia in den Kopf.
So dachte er zumindest. Nia hatte gesehen, dass es ihm mit purer Willenskraft gelungen war, im letzten Moment den Schuss ganz leicht nach links zu verziehen, woraufhin sie gleichzeitig nach rechts abtauchte. Der Schuss ging fehl und die Kugel schlug in die Wand hinter Nia ein. Sie griff sich den Fön von der Ablage, holte aus und schlug Peter damit k.o. Wie ein nasser Sack fiel er zu Boden und regte sich nicht mehr. Nia sank ebenfalls zu Boden und weinte bittere Tränen, denn dieser Moment, in dem ihr Liebster versucht hatte, sie zu erschießen, war der schlimmste Moment ihres Lebens gewesen.

48

Einige Wochen später saßen Peter, Nia, Lilly, Arif und Frank im Angel's Pub in Berlin, einem schicken Lokal, dem sie immer einen Besuch abstatteten, wenn sie in Berlin waren. Das Wirtspärchen Rudolf und Annie waren sogar mittlerweile Freunde von ihnen.

Frank Thiel war kaum wiederzukennen. Er trug eine Perücke mit dunkelblonden, halblangen Haaren. Er hatte sich einen Vollbart wachsen lassen und auf seiner Nase saß eine riesige Sonnenbrille, die sein halbes Gesicht verdeckte. Die Verkleidung und die Änderung seiner Körperhaltung sorgten dafür, dass er nicht mehr als Frank Thiel zu erkennen war. Frank war immer noch dazu gezwungen, sich zu verkleiden, um Neo Marsten weiterhin in dem Glauben zu lassen, er sei tot. Man hoffte, dass Marsten irgendwann Kontakt zu Vize Direktor Moore aufnahm würde.

Frank war froh, dass sie alle glimpflich aus dieser Sache herausgekommen waren. Zwar gab es gewisse Spannungen im Team, aber sie arbeiteten immer noch alle zusammen und sie waren immer noch Freunde. Für Frank zwei ganz wichtige Punkte. Über einen Ausstieg aus dem Team dachte er nicht mehr nach. Sie hatten eine Aufgabe und er würde helfen, diese Aufgabe zu lösen. Und wenn Neo Marsten erledigt und Melody Mureaux mit der Formel gefasst war, dann würde er ein paar Tage Urlaub machen, um sich danach frohen Mutes in die Arbeit zu stürzen. Aus dem Kriminellen Frank Thiel war ein ISOS Agent mit Leib und Seele geworden. Und das würde er niemals freiwillig aufgeben. Das war ihm in den letzten Wochen klargeworden.

Arif Arsan sah besser aus als noch vor einigen Wochen. Er war clean geblieben und hatte wieder angefangen zu trainieren. Seine Gesichtsfarbe sah mittlerweile wieder deutlich gesünder aus und er war bei weitem nicht mehr so abgemagert wie zu der Zeit seines Drogenkonsums.
Las Vegas war er fern geblieben. Er würde diese Stadt nie mehr in seinem Leben besuchen. Die Versuchungen, die Vegas ihm bot, waren einfach zu groß. Alkohol, Glücksspiel und Drogen. Drei Dinge, die ein Ex-Junkie meiden sollte.
Als Peter, Nia und Lilly Harold und Joan nach Kingman gebracht hatten, war Arif zurück in die Entzugsklinik gefahren, um sich mit Salma auszusprechen. Er hatte ihr gesagt, was ihm erlaubt war ihr zu sagen, zum Beispiel, dass er bei ISOS arbeitete. Sie hatte sich dass alles angehört, ohne eine Miene zu verziehen. Als er fertig war, hatte sie sich kommentarlos von ihm verabschiedet und ihn zurückgelassen, wie einen begossenen Pudel. Doch am nächsten Tag war etwas geschehen, womit er nicht gerechnet hatte. Salma hatte ihn angerufen. Sie entschuldigte sich dafür, dass sie so abweisend zu ihm gewesen war und fragte, ob er Lust hätte, sich nach ihrer Schicht mit ihr zu treffen. Es dauerte einen Augenblick, bis Arif antwortete, denn er hüpfte in diesem Moment vor Freude herum wie ein Flummi. Natürlich hatte er zugesagt. Seitdem trafen sie sich, wann immer es ihnen möglich war und telefonierten häufig. Eine Beziehung hatten sie noch

nicht und Arif wusste nicht, ob es jemals dazu kommen würde. Denn diesbezüglich würde sein Beruf immer eine Hürde sein. Dennoch hoffte er natürlich, dass er irgendwann mit Salma zusammenkam. Er würde jedenfalls alles dafür tun. Doch zunächst musste er gemeinsam mit seinen Freunden Neo Marsten und Melody Mureaux finden.

Lilly war noch immer sehr aufgewühlt wegen der Ereignisse in L.A. und Kingman. Es war ihr unbegreiflich, wie Menschen nur so skrupellos sein konnten. Melody Mureaux war im Besitz einer Formel, welche die Welt ins Chaos stürzen konnte. Aber das war Melody egal. Sie war nur auf den Profit aus. Und Neo Marsten hatte es mit Project Troy beinahe geschafft, dass Peter Nia umgebracht hätte. Wenn das geschehen wäre, dann hätte das den Menschen Peter zerstört, so viel war sicher. Ihren Peter, den sie liebte, wie einen Bruder. Ein Gefühl, das sie so von sich nicht kannte, hatte von Lilly Besitz ergriffen: Kalte, unbarmherzige Wut. Wenn sie Marsten und Mureaux fanden, dann würde Lilly nicht zögern, sie ins Jenseits zu befördern. Normalerweise war Lilly nicht so. Sie glaubte immer an das Gute im Menschen. Doch weder Marsten noch Mureaux hatten irgendetwas Gutes an sich. Sie hatten ohne Rücksicht gemordet, um ihre Ziele zu erreichen und brauchten deswegen nicht mit Gnade zu rechnen, dachte Lilly grimmig.

Nia beobachtete Peter verstohlen dabei, wie er telefonierte. Der Vorfall in Kingman hatte sie schwer getroffen. Sie wusste natürlich, dass Peter unter Zwang gehandelt hatte, doch das Bild, wie er eine Waffe auf sie richtete, bekam sie einfach nicht aus ihrem Kopf. Sie versuchte, sich nichts anmerken zu lassen, und doch war sie irgendwie distanzierter zu Peter. Wenn er sie anfasste, zuckte sie leicht zurück und sie versuchte es zu vermeiden, ihn zu küssen. Natürlich bemerkte er das, und Nia konnte in seinen Augen eine unendliche Traurigkeit über die Distanz zwischen ihnen ablesen. Sie hoffte inständig, dass irgendwann wieder alles normal zwischen ihnen war.

Nach dem Schuss von Peter war Lilly mit gezückter Waffe ins Zimmer gestürmt und hatte entgeistert auf den am Boden liegenden Peter gestarrt.

„Was ist passiert?", fragte sie schockiert.

„Er hat auf mich geschossen!", antwortete Nia zwischen mehreren Schluchzern.

„WAS?" Lilly konnte es kaum glauben. Sie wusste, dass Peter niemals auf die Idee kommen würde, auf Nia zu schießen. Doch die Waffe in Peters Hand und die Kugel in der Wand waren eindeutig.

Kurze Zeit später kamen auch Joan und Harold dazu, die das alles ebenfalls kaum glauben mochten.

Als sie sich alle wieder etwas beruhigt hatten und Peter allmählich zu sich kam, eilte Harold zur Scheune und holte ein Seil, mit dem sie ihn vorsichtshalber fesselten.

Als Peter wieder bei vollem Bewusstsein war, konnte er sich von dem Zeitpunkt, an dem er den Supermarkt verlassen hatte, an nichts mehr erinnern. Er selber war am meisten schockiert. Verzweifelt schlug er die gefesselten Hände vors Gesicht.

„Es tut mir so leid.", murmelte er die ganze Zeit.

Anstatt die Nacht in Kingman zu verbringen, verfrachteten sie Peter, den sie lieber gefesselt ließen, in Nias Hummer und fuhren sofort zurück nach L.A. Joan und Harold blieben in Kingman und Lilly versprach, sie auf dem Laufenden zu halten. Während der Fahrt sprachen sie kaum ein Wort. Sie waren allesamt zu bestürzt über den Vorfall.

Sie brachten Peter direkt zu Dr. Klein und hofften, von ihm eine Erklärung zu kriegen.

„Während meiner Zwangsarbeit in der Forschungseinrichtung, hat man mit mir natürlich nicht viel gesprochen, denn ich gehörte ja eigentlich nicht dazu. Aber dennoch belauschte ich die anderen gerne, in der Hoffnung, dass ich vielleicht irgendetwas über meine Familie aufschnappen konnte. Bei den belauschten Gesprächen wurde immer über etwas geheimes namens ‚Project Troy' getuschelt. Aber mehr darüber, als dass es sich um Experimente zur Gedankenkontrolle handelte, habe ich nicht herausbekommen."

„Können Sie ihm helfen?", fragte Nia flehend.
„Hm." Dr Klein überlegte. „Ein Freund von mir, Dr. Erhardt, arbeitet auch auf diesem Gebiet. Vielleicht kann er helfen. Er forscht ebenfalls in Stanford. Ich kann ihn anrufen. Wenn Sie mich mitnehmen, dann könnte ich gemeinsam mit Erhardt Peter wieder auf die Beine bringen. Ich kümmere mich um seinen Körper, denn in meinem Labor dort habe ich alles, was ich dazu brauche, um Peter zu behandeln, und Erhardt kann sich um seine Psyche kümmern."
„Dann los!", sagte Nia hoffnungsvoll.

In den darauffolgenden Wochen war Peter durch ein wahres Martyrium gegangen. Da es nach wie vor von Marsten und Melody keine Spur gab, war die Zeit nicht ihr Problem. Dr. Kleins Behandlungen zehrten Peter aus. Er war geschwächt und konnte sich manchmal kaum auf den Beinen halten. Aber es gelang dem Doktor, Peters Körper zu heilen und die Ergebnisse der Experimente rückgängig zu machen. Die Zeit, in der er nicht von Dr. Klein behandelt wurde, verbrachte er bei Dr. Erhardt, dem es mit Hypnose und allerlei fragwürdigen Apparaturen gelang, Peters Gehirn von Project Troy zu befreien.
Man sah ihm die Strapazen nach wie vor deutlich an. Er war blass, ausgezehrt und wirkte kränklich. Nur in seinen Augen sah Nia das Feuer, das immer loderte, wenn er auf der Jagd war.
„Das war der Reporter Dieter Schüller.", erklärte Peter, als er aufgelegt hatte.
„Dieter?", fragte Frank. „Wie geht's ihm?"
Frank und Peter hatten dem Reporter, der für die Berliner Zeitung arbeitet, in einer brenzligen Situation geholfen.
„Gut. Er möchte sich morgen mit uns treffen."
„Ist er auch Teil des Netzwerks?", fragte Arif.
Im Laufe vieler Jahre hatte Peter sich ein weltweites Netz aus Informanten aufgebaut. Es waren Leute, denen er geholfen oder gar das Leben gerettet hatte. Außerdem hatte er auch Freunde bei vielen Geheimdiensten und Polizeibehörden, die ihm gern behilflich waren, da sie wussten, dass sie umgekehrt auch ihn immer um Hilfe fragen konnten.

Peter nannte es das Netzwerk.
Allerdings waren nicht nur gute Menschen Teil des Netzwerks. So hatte Peter beispielsweise mal durch Zufall, dem Anführer einer Bikergang das Leben gerettet. Seitdem war Peter quasi Ehrenmitglied des Clubs, obwohl er noch nie auf einem Motorrad gesessen hatte. Die Geschäfte der Gang waren größtenteils illegal. Peter sah jedoch darüber hinweg, denn sie hatten sich immer wieder als hervorragende Informationsquelle erwiesen. Und das sogar auf internationaler Ebene durch befreundetet Clubs weltweit.
„Ja, Schüller ist auch Teil des Netzwerks. Ich werde ihn ebenfalls auf Marsten und Mureaux ansetzen. Er verfügt weltweit über exzellente Kontakte!"
„Wie haben es die beiden nur geschafft, solange unterzutauchen?", fragte Lilly nachdenklich.
„Ich weiß es nicht.", antwortete Peter. „So viele Wochen sind bereits vergangen und wir haben nicht einen Hinweis darauf, wo sich Melody oder Marsten aufhalten. Es ist zum Haare raufen. Aber wir werden sie finden. Irgendwann werden wir sie finden!

Danksagung

An erster Stelle möchte ich meiner Frau und meiner Schwester danken, die beide an der Entstehung dieses Buches ihren Anteil hatten. Beide haben mich unterstützt, motiviert und mein Werk korrigiert. Ohne sie wäre RUSH nie entstanden.
Ihr seid die Besten!

Dann möchte ich den Käufern meines Erstlingswerks RAGE für ihre durchweg positive Kritik danken. Dass Menschen meine Arbeit gefällt, hat mich bei der Entstehung von RUSH sehr motiviert und angetrieben.

Zu guter Letzt möchte ich BoD danken, die Nachwuchsautoren wie mir eine hervorragende Plattform bieten, um die eigenen Werke zu vertreiben.

Texte & Cover:
© Copyright by Ingo Koch
Deutschland, Stolberg (Rhld.)
Alle Rechte vorbehalten.
Tag der Erstveröffentlichung: 03.10.2015